杜甫全集

下

[唐]杜甫 著
[清]朱鹤龄 辑注

韩成武 周金标 孙微 张岚 韩梦泽 点校

上海古籍出版社

杜工部诗集卷之十二

永泰中,居成都草堂,去蜀至云安,居夔州作。

正月三日归溪上有作,简院内诸公

野外堂依竹,篱边水向城。蚁浮仍腊味,鸥泛已春声。药许邻人劚,书从稚子擎。白头趋幕府,深觉负平生。

敝庐遣兴奉寄严公

野外平桥路,春沙映竹村。风轻粉蝶喜,花暖蜜蜂喧。把酒宜—作且深酌,题诗好细论。府中瞻暇日,江上忆词源〔一〕。迹寄—作忝朝廷旧,情依节制尊。还思长者辙,恐避席为门〔二〕。

〔一〕词源:谓严公。
〔二〕《陈平传》:"家贫,以席为门,然门外多长者车辙。"

营　屋

我有阴江竹,能令朱夏寒。阴通积水内,高入浮云端。

甚—作如疑鬼物凭,不顾剪伐残。东偏若面势,户牖永可安。爱惜已六载〔一〕,兹晨去千竿〔二〕。萧萧见白日,洶洶开奔湍。度徒各切堂匪华丽,养拙异考槃〔三〕。草茅虽薙葺,衰疾方少宽。洗音洒然顺所适,此足代加餐。寂无斧斤响,庶遂憩息欢。

〔一〕公自上元元年营草堂,至永泰元年为六载。
〔二〕言欲于竹间营屋,故必去之为快。
〔三〕《考工记》:"室中度以几,堂上度以筵。"《毛诗》注:"考,成也。槃,乐也。"

除　草 原注:去荨草也。荨音潜

《益部方物赞》:"㷇麻,自剑以南,处处有之。或触其叶,如蜂螫人,以溺灌之即解。茎有刺,叶或青或紫,善治风肿。"考杜诗,当作荨。李实曰:"荨叶如苎麻,川人名曰荨麻,羊食众草,惟荨不食。毛刺蠚人,亦曰蠚麻。旧注云山韭、《海篇》云菜,皆非。"

草有害于人,曾何生阻修!其毒甚蜂虿,其多弥道周。清晨步前林,江色未散忧。芒刺在我眼,焉能待高秋!霜露—作雪—沾凝《英华》作衣,蕙叶亦难留〔一〕。荷锄先童稚,日入仍讨求。转致水中央,岂无双钓舟〔二〕?顽根易滋蔓,敢使依旧丘?自兹藩篱旷,更觉松竹幽。芟夷不可阙,疾恶信如仇!

〔一〕赵曰:"言待秋去之,则蕙叶与荛草美恶无辨矣。"

〔二〕以钓舟载而致之水,即除恶务尽意。旧注引《周礼》"萍氏水化"之说,非。

春日江村五首

农务村村急,春流岸岸深。乾坤万里眼,时序百年心〔一〕。茅屋还堪赋,桃源自可寻。艰难贱_{陈作昧}生理,飘泊到如今。

〔一〕赵汸曰:"二语极漂流衰谢之感。"

迢递来三蜀,蹉跎有_{一作又}六年。客身逢故旧,发兴自林泉。过懒从衣结,频游任履穿〔一〕。藩篱无限景_{陈本、川本并作颇无限},恣意买_{黄作向}江天。

〔一〕衣结、履穿:注俱别见。

种竹交加翠,栽桃烂熳红。经心石镜月,到面雪山风。赤管随王命〔一〕,银章付老翁〔二〕。岂知牙齿落,名玷荐贤中。

〔一〕《汉官仪》:"尚书令仆丞郎,月给赤管大笔一双,篆题曰北宫著作。"

〔二〕《汉·百官表》:"凡吏秩比二千石以上,皆银印青绶。"注:"《汉旧仪》云：银印，背龟纽，其文曰章，谓刻曰某官之章也。"

扶病垂朱绂，归休步紫苔〔一〕。郊扉存晚计，幕府愧群材。燕外晴丝卷，鸥边水叶开。邻家送鱼鳖，问我数能来。

〔一〕沈约诗："客位紫苔生。"

群盗哀王粲，中年召贾生〔一〕。登楼初有作，前席竟为荣。宅入先贤传，才高处士名〔二〕。异时怀二子，春日复含情。

〔一〕王粲《七哀诗》："西京乱无象，豺虎方遘患。"良曰："豺虎，喻群盗也。"
〔二〕王粲、贾生宅，注俱别见。《西征赋》："贾生，洛阳之才子。"《魏志》："蔡邕见王粲，谓坐客曰：此王公孙，有异才。""处士名"言王、贾之才，不遇于时，犹之处士而已。

公依严武，似王粲荆州；官幕僚，似贾生王傅。故此诗以二子自况，因以自悲也。宅空载于先贤，名实同于处士，二语正为卜居草堂、吏隐使府发叹，寄感甚深。

春 远

肃肃花絮晚〔一〕，菲菲红素轻〔二〕。日长惟鸟雀，春远独柴荆。数有关中乱〔三〕，何曾剑外清？故乡—作园归不得，地入亚夫营〔四〕。

〔一〕《本草》:"柳花,一名絮。"
〔二〕"红"言花,"素"言絮也。
〔三〕《唐书》:"广德二年十月,仆固怀恩诱吐蕃、回纥入寇。十一月,吐蕃遁去。永泰元年二月戊寅,党项羌寇富平。"富平属京兆府,故曰"数有关中乱"。
〔四〕亚夫营:在细柳,注见四卷。

绝句六首

日出篱东水,云生舍北泥。竹高鸣翡翠,沙僻舞鹍一作鹎鸡。

蔼蔼花蕊乱,飞飞蜂蝶多。幽栖身懒动,客至欲如何?

凿井交棕叶〔一〕,开渠断竹根。扁舟轻褭缆,小径曲通村。

〔一〕吴若本注:"交棕,即井绠也。"赵曰:"蜀有盐井,雨露之水落其中则坏,新凿井时,即交棕叶以覆之。"二说备存待考。

急雨捎溪足,斜晖转树腰。隔巢黄鸟并,翻藻白鱼跳。

舍下笋穿壁,庭中藤刺七亦切,一作到檐。地晴丝冉冉,江白草纤纤。

江动月移石,溪虚云傍花。鸟栖知故道,帆过宿谁家?

绝句四首

堂西长笋别开门,堑北行椒却背村〔一〕。梅熟许同朱老吃,松高拟对阮生论原注:朱、阮,剑外相知。

〔一〕行椒:椒之成行者。 补注:《怀旧赋》:"列列行椒。"

欲作鱼梁云复一作覆湍,因惊四月雨声寒。青溪先有蛟龙窟,竹石如山不敢安〔一〕。

〔一〕赵曰:"鱼梁乃劈竹积石、横截中流以取鱼者。因溪下有蛟龙,时兴云雨,故未敢安也。"

两个黄鹂鸣翠柳,一行白鹭上青天。窗含西岭千秋雪,门泊东吴万里船〔一〕。

〔一〕范成大《吴船录》:"蜀人入吴者,皆从合江亭登舟,其西则万里桥。杜诗'门泊东吴万里船',此桥正为吴人设。"

药条药—作菜甲润青青,色过棕亭入草亭。苗满空山惭取誉,根居隙地怯成形。

喜　雨

南国旱—作早无雨,今朝江出云〔一〕。入空才漠漠,洒迥已纷纷。巢燕高飞尽,林花润色分。晓来声不绝,应得夜深闻。

〔一〕旧注:"《礼记》:'天降时雨,山川出云。'故云'江出云'也。"

天边行

天边老人归未得古叶都木切,日暮东临大江哭。陇右河源不种田〔一〕,胡骑羌兵入巴蜀〔二〕。洪涛滔天风拔木,前飞秃鹙后鸿—作黄鹄。九度附书向洛阳,十年骨肉无消息叶苏六切。

〔一〕河源军:注见七卷。
〔二〕《旧唐书》:"上元年后,陇西、河西州郡尽陷吐蕃。"按:胡与羌异类。《唐书》:"吐蕃本西羌,属党项,汉西羌别种。"——此"羌兵"也。杜氏《通典》:"吐谷浑,本鲜卑慕容氏,东胡之支,晋时西徙枹罕。"——此"胡骑"也。鹤注以吐蕃属"胡",党项、浑、奴剌属"羌",欠考。

莫相疑行

男儿生无所成头皓白樊作男儿一生无成头皓白,牙齿欲落真可惜。忆献三赋蓬莱宫,自怪一日声辉荆作烜,一作烨赫。集贤学士如堵墙〔一〕,观我落笔中书堂〔二〕。往时文采动人主,此《文粹》作今日饥寒趋路旁。晚将末契托年少《文粹》作末节契年少〔三〕,当面输一作论心背面笑。寄谢悠悠世上儿,莫争好恶莫相疑。

〔一〕集贤学士:注见二卷。《礼记》:"孔子射于矍相之圃,观者如堵墙。"

〔二〕李华《中书政事堂记》:"武德以来,于门下省议事,谓之政事堂。高宗光宅元年,裴炎自侍中除中书令,执宰相笔,乃迁政事堂于中书省。"《本传》:"甫献《三大礼赋》,帝奇之,使待制集贤院,命宰相试文章。"

〔三〕黄曰:"'年少'谓郭英乂也。英乂代严武帅蜀,年方三十馀。"按:公《传》云:"英乂粗暴武人,无能刺谒,乃扁舟下峡。"公在成都,未尝与英乂往来,安得有"末契托年少"之句乎?

赤霄行

《楚词》:"载赤霄而凌太清。"

孔雀未知牛有角蔡叶音谷,渴饮寒泉逢抵触〔一〕。赤霄玄圃须往来,翠尾金花不辞辱〔二〕。江中淘河吓音罅,又音赫飞燕〔三〕,衔泥却落羞华屋。皇孙犹曾莲勺困〔四〕,卫当作鲍庄见贬伤其足〔五〕。老翁慎莫怪少年,葛亮《贵和》书有篇〔六〕。丈夫垂名动万年,记忆细故非高贤〔七〕。

〔一〕《文子》:"兕牛之动以觗触。"
〔二〕《埤雅》:"《博物志》:孔雀尾多变色,或红或黄,如云霞无定。人采其尾,有金翠,始生三年尚小,五年而后成。初春乃生,四月后凋,与花蕊俱荣衰。"《岭南异物志》:"交趾郡人网捕孔雀,采其金翠尾,装为扇拂,或全株生截其尾为方物,云生取则金翠之色不减耳。"
〔三〕《尔雅》:"鹈,鴮鸅。"注:"今之鹈鹕也。好群飞,入水食鱼,故名鴮鸅,俗呼为淘河。"《庄子》:"鸱得腐鼠,鹓雏过之,仰而视之曰:'吓!'"注:"吓,怒而拒物声。""吓飞燕"言燕从江上来,淘河疑争其鱼而吓之。
〔四〕《汉·宣帝纪》:"帝初为皇曾孙,喜游侠,常困于莲勺卤中。"如淳曰:"为人所困辱也。""莲勺县有盐池,纵广十馀里,乡人名为卤中。"莲,音辇。钱笺:"《元和郡国志》:下邽县东二十三里,有莲勺故城。"
〔五〕《左传》:"齐国子相灵公以会,高、鲍处守。及还,孟子诉之曰:'高、鲍将不纳君。'秋,刖鲍牵而逐高无咎。仲尼曰:'鲍庄子之智不如葵,葵犹能卫其足。'"注:"葵倾叶向日,以蔽其根。"
〔六〕《诸葛亮传》:"陈寿所上《诸葛亮集》,目录凡二十四篇,《贵和》第十一。"
〔七〕《汉书》注:"细故,小事也。"

赵次公曰:"此遭侮而感叹之作。"按:诗云"老翁慎莫怪少年",乃是劝勉他人语,非自喻也。

三韵三首

高马勿唾—作捶面,长鱼无损鳞。辱马马毛焦,困鱼鱼有神。君看磊落士,不肯易其身。

荡荡万斛船,影若扬—作摇白虹。起樯必椎牛〔一〕,挂席集众功。自非风动天,莫置大水中。

〔一〕古歌:"椎牛煮猪羊。"

列—作烈士恶多门〔一〕,小人自同调。名利苟可取,杀身傍权要。何当官曹清?尔辈堪一笑。

〔一〕《左传》:"晋政多门。"

黄鹤曰:"此诗刺广德、永泰间朝士之趋附元载、鱼朝恩者。"

宿青溪驿奉怀张员外十五兄之绪

《舆地纪胜》:"青溪驿,在嘉州犍为县。"《高力士外传》:"李辅国弄权,但经推按,不死则流,黔中道尤多。员外则张谓、张之绪、李宣。"按:辅国死于宝应元年十月,之绪当以辅国败后,复官员外郎也。

漾舟千山内,日入泊柽郭作荒渚。我生本飘飘,今复在何许?石根青枫林,猿鸟聚俦侣。月明游子静,畏虎不得语。中夜怀友朋,乾坤此深阻。浩荡前后间,佳期赴—作付荆楚〔一〕。

〔一〕《楚词》:"与佳期兮夕张。"

宴戎州杨使君东楼

《唐书》:"戎州南溪郡,属剑南道,本犍为郡,天宝元年更名。"《全蜀总志》:"东楼在叙州府治东北,唐建,杜甫有诗。"

　　胜绝惊身老,情忘发兴奇。座从歌妓密,乐_{音洛}任主人为〔一〕。重碧拈_{旧作酤,欧阳公云当作拈。一作擎}春_{一作筒}酒〔二〕,轻红擘荔枝〔三〕。楼高欲愁思,横笛未休吹。

〔一〕魏文乐府:"善为乐方。"
〔二〕曹植《七启》:"苍梧缥清。"注:"缥,深碧色。"
〔三〕《唐书》:"戎州土贡荔枝煎。"白居易《荔枝图序》:"壳如红缯,膜如紫绡,瓤肉莹白如冰雪。"

赵曰:"二千石设筵,岂有'酤'酒者,当以'拈'为正。元微之《元日》诗'羞看稚子先拈酒',白乐天《岁假》诗'岁酒先拈辞不得',则'拈酒'乃唐人语也。山谷《戎州》诗'试倾一杯重碧色,快剥千颗轻红肌',皆用此诗语。"

渝州候严六侍御不到先下峡

《唐书》:"渝州南平郡,属剑南道,本巴郡,天宝元年更名。"《旧书》:"属山南西道。"

闻道乘骢发，沙边待至今。不知云雨散[一]，虚费短长吟。山带乌蛮阔[二]，江连白帝深[三]。船经一柱观，留眼—作滞共登临。

〔一〕王粲诗："风流云散，一别如雨。"颜延之诗："朋好雨云垂。"江总《别袁昌》诗："不言云雨散，更似东西流。"

〔二〕《唐书·南蛮传》："南诏，本哀牢夷后，乌蛮别种也，居永昌、姚州之间。独锦蛮，亦乌蛮种，在秦藏川南。"《梁益记》："巂州巂山，其地接诸蛮部，有乌蛮、白蛮。"

〔三〕白帝：注别见。

拨闷—云赠严二别驾

闻道云安麹米春[一]，才倾一盏即醺人。乘舟取醉非难事，下峡销愁定几巡。长年三老遥怜汝[二]，捩音列舵开头—作鸣桡捷有神[三]。已办青钱防雇直，当令美味入吾唇。

〔一〕云安：注见下。《东坡志林》："退之诗：'百年未满不得死，且可勤买抛青春。'《国史补》：'酒有荥阳之土窟春，富平之石冻春，剑南之烧春。'子美亦云：'闻道云安麹米春。'裴铏《传奇》记裴航事，亦有松醪春。乃知唐人名酒多以'春'也。"

〔二〕长年三老：注别见。

〔三〕捩：拗也，又折也。李实曰："川中人以掌前梢为开头，今名看头。"

闻高常侍亡 原注：忠州作

《旧书·代宗纪》："永泰元年正月乙卯，左散骑常侍高適卒。"

归朝不相见，蜀使忽传亡。虚历金华省〔一〕，何殊地下郎〔二〕？致君丹槛折，哭友白云长。独步诗名在〔三〕，只令故旧伤。

〔一〕《汉宫阙记》："金华殿在未央宫白虎殿右，秘府图书皆在焉。"
〔二〕王隐《晋书》："苏韶仕中牟令卒，韶伯父承第九子节，夜梦见韶，言颜回、卜商今见在，为修文郎，修文郎凡八人，鬼之圣者项梁，成贤者吴季子。"
〔三〕曹植诗："仲宣独步于汉南。"

《杜诗博议》云："'虚历金华省，何殊地下郎'，惜其有才不展，虽官华要，何异地下修文，痛之深也。史称適负气敢言，权贵侧目，又常侍主讽谏过失，故有'丹槛折'之句。"

宴忠州使君侄宅

《唐书》："忠州南宾郡，属山南东道，本临州，贞观八年更名。"

出守吾家侄，殊方此日欢。自须游阮舍 陈作巷〔一〕，不是怕湖—作胡滩〔二〕。乐助长歌送 陈作逸，杯饶旅思宽。昔曾如意舞〔三〕,牵率强为看〔四〕。

〔一〕阮巷:注见三卷。
〔二〕钱笺:"《峡程记》:四百五十滩,有清水、重峰、湖滩、汉滩。"《一统志》:"湖滩,在夔州府万县西六十里,其水甚险,春夏水泛,江面如湖。"
〔三〕庾信诗:"山简倒接䍦,王戎如意舞。"王褒《饷酒》诗:"未能扶毕卓,犹足舞王戎。"
〔四〕《左传》:"牵率老夫。"谢瞻《答灵运》诗:"牵率酬嘉藻。"

禹 庙

钱笺:"《方舆胜览》:禹祠在忠州临江县南,过岷江二里。"

禹庙空山里,秋风落日斜。荒庭垂橘柚,古屋画龙蛇〔一〕。云气生虚《英华》作嘘青壁,江声走白沙。早知乘四载〔二〕,疏凿控三巴〔三〕。

〔一〕《招魂》:"仰观刻桷,画龙蛇些。"孙莘老曰:"橘柚锡贡、驱龙蛇,皆禹之事,公因见此有感也。"
〔二〕《书》传:"四载,谓水乘舟,陆乘车,泥乘辅,山乘樏。"
〔三〕《江赋》:"巴东之峡,夏后疏凿。"谯周《巴记》:"刘璋分巴,以永宁为巴东郡,垫江为巴郡,阆中为巴西郡,是为三巴。"

题忠州龙兴寺所居院壁

忠州三峡内〔一〕,井邑聚云根〔二〕。小寺常争米,孤城早闭门。空看过客泪,莫觅主人恩。淹泊—作薄仍愁虎,深居赖独园。

〔一〕赵曰:"三峡以明月峡为首,巴峡、巫峡之类为中,东突峡为尽。忠州在渝州之上,所谓'三峡内'也。"
〔二〕张协诗:"云根临八极。"注:"五岳之云触石出者,云之根也。"

哭严仆射归榇

《通典》:"唐左、右二仆射,本副尚书令,自尚书令废,仆射为宰相。开元元年改为左、右丞相,从二品,天宝元年复旧。"《严武传》:"永泰元年四月薨,年四十,赠尚书左仆射。"

素幔随流水,归舟返旧京〔一〕。老亲如—作知宿昔〔二〕,部曲异平生。风送—作逆蛟龙雨—作匣〔三〕,天长骠骑营〔四〕。一哀三峡暮,遗后见君情。

〔一〕旧京:西京也。武本华阴人,故榇归京师。
〔二〕老亲:谓武之母。《国史补》:"武卒,母哭且曰:而今而后,吾知免为官婢矣。"
〔三〕钱笺:"《西京杂记》:'汉帝及诸王送死,皆珠襦玉匣,匣形如铠甲,连以金缕,皆镂为蛟龙、鸾凤、龟麟之象,世谓为蛟龙玉匣。'按《霍光传》'赐璧、珠玑、玉衣、梓宫',则人臣亦可称'蛟龙匣'也。"按:任昉《求立太宰碑表》云"珠襦玉匣,遽饰幽泉",公《哀李光弼》诗亦云"零落蛟龙匣","雨"字断为"匣"字之讹。

〔四〕《汉书》:"元狩六年,霍去病以骠骑将军薨。"其年略与武同,故以比之。旧注引《晋书》齐王攸,非是。

旅夜书怀

细草微风岸,危樯独夜舟。星垂平野阔,月涌大江流。名岂文章著?官因_{俗本作应}老病休。飘零_{俗本作飘飘}何所似?天地_{一作外}一沙鸥。

云安九日郑十八携酒陪诸公宴

《旧唐书》:"云安县属夔州,本汉巴郡朐䏰县地,县西三十里有盐官。"

寒花开已尽,菊蕊独盈枝。旧摘人频异,轻香酒暂随。地偏初衣袷_{袷同〔一〕},山拥更登危。万国皆戎马,酣歌泪欲垂。

〔一〕《说文》:"袷,无絮衣。"徐曰:"夹衣也。"《秋兴赋》:"藉莞蒻,御袷衣。"

答郑十七郎一绝

雨后过畦润,花残步履迟。把文惊小陆〔一〕,好客见当时〔二〕。

〔一〕小陆:陆云也,以比郑十八。
〔二〕郑当时:见十一卷。

别常徵君

儿扶犹杖策,卧病一秋强。白发少新洗,寒衣宽总长。故人忧见及〔一〕,此别泪相忘。各逐萍流转,来书细作行。

〔一〕忧见及:言徵君忧己之病而见访。

长江二首

众水会涪万〔一〕,瞿塘争一门〔二〕。朝宗人共挹,盗贼尔谁尊!孤石隐如马〔三〕,高萝垂饮猿〔四〕。归心异波浪,何事即飞翻?

〔一〕《旧书》①："涪州涪陵郡，武德元年以渝州之涪陵镇置。万州南浦郡，武德二年析信州置。俱属山南东道。" 黄曰："时公在云安，云安与万州为邻，'使君'一滩占两境。"

〔二〕《水经》："江水又东，径广溪峡。"注："斯乃三峡之首也。峡中有瞿唐、黄龙二滩。" 钱笺："《寰宇记》：瞿唐在夔州东一里，古西陵峡也。连崖千丈，崩流电激。《方舆胜览》：瞿唐峡，乃三峡之门，两崖对峙，中贯江，望之如门焉。"

〔三〕李膺《益州记》："滟滪堆夏月涨没数十丈，其状如马，舟人不敢进。又曰'犹豫'，言舟子取途，不决水脉，故犹豫也。"《水经注》："江中有孤石为滟豫石，冬出水二十馀丈，夏则没，亦有裁出矣。"乐府："滟豫大如马，瞿唐不可下。"《寰宇记》："滟滪堆周围二十丈，在州西南二百步，蜀江中心，瞿唐峡口。"

〔四〕《水经注》："瞿唐峡多猿，猿不生北岸，非惟一处，或取之放着北山中，初不闻声。"吴均书："企水之猿，百臂相接。"

浩浩终不息，乃知东极临一作深。众流归海意，万国奉君心。色借潇湘阔，声驱滟滪深荆作沉。未辞添雾雨，接上遇一作过衣襟〔一〕。

〔一〕《列仙传》："王子晋游伊、洛间，道士浮丘公接上嵩山。"《杜诗博议》："江流之大，不辞雾雨。雾雨接江流而上，过人衣襟之间，所谓'波浪兼天'者如此。"

承闻故房相公灵榇自阆州启殡，归葬东都，有作二首

远闻房太尉一作守，非，归葬陆浑山〔一〕。一德兴王后〔二〕，

---

① "旧书"，底本误作"晋书"。

孤魂久客间。孔明多故事〔三〕,安石竟崇班〔四〕。他日嘉陵泪一作涕,仍沾楚水还〔五〕。

〔一〕陆浑山:注见五卷。《唐书》:"瑨,河南人,少好学,与东平吕向偕隐陆浑山十年。"
〔二〕瑨相肃宗中兴,故以"一德兴王"许之。
〔三〕《蜀志》:"陈寿与荀勖等定《故蜀丞相诸葛亮故事》二十四篇以进。"
〔四〕《谢安传》:"安薨时年六十六,帝三日临于朝堂,赐东园秘器、朝服,赠太傅,谥曰文靖。及葬,加殊礼,依大司马桓温故事。"《王献之传》:"谢安薨,赠礼有异同之议,献之与徐邈共明安之忠勋,遂加殊礼。"
〔五〕嘉陵江在阆州,注见十一卷。江水流至夔州为楚水,公在阆州曾哭瑨墓,故言此泪仍随江水而来也。

丹旐飞飞日〔一〕,初传发阆州。风尘终不解,江汉忽同流。剑动亲一作新身匣〔二〕,书归故国楼〔三〕。尽哀知有处,为客恐长休。

〔一〕丹旐:铭旌也。周王褒《送葬》诗:"丹旐书空位。"《寡妇赋》:"飞旐翩以启路。"
〔二〕补注:《左传》:"不识属辟。"疏云:"属,次大棺。辟,亲身棺也。"匣:即蛟龙玉匣。
〔三〕故国:谓东都。

将晓二首

石城除击柝〔一〕,铁锁欲开关。鼓角愁荒塞,星河落曙一作晓山。巴人常小梗,蜀使动无还。垂老孤帆色,飘飘—作飘飖犯百—作白蛮[二]。

〔一〕《水经》:"江水径临江县南,左径石城南。"《巴汉志》:"朐䏰县山有大小石城。"汉朐䏰,唐云安也。

〔二〕《唐书》:"诸蛮羁縻州九十二,隶戎州都督府。"

军吏回官烛,舟人自楚歌。寒沙蒙薄雾,落月去清波。壮惜身名晚,衰惭应接多。归朝日簪笏,筋力定如何?

怀锦水居止二首

军旅西征僻,风尘战伐多[一]。犹—作独闻蜀父老,不忘去声舜讴歌。天险终难立,柴门岂重过[二]?朝朝巫峡水,远逗郭作远远锦江波。

〔一〕《唐书》:"永泰元年冬十月,剑南节度使郭英义为兵马使崔旰所杀,邛州牙将柏茂琳、泸州牙将杨子琳、剑州牙将李昌夔等共起兵讨之。"

〔二〕柴门:谓浣花草堂。

万里桥南赵、郭作西宅[一],百花潭北庄。层轩皆面水,老树饱经霜。雪岭界天白,锦城曛日黄。惜哉形胜地,回首一茫茫。

〔一〕公前诗云"万里桥西一草堂",此诗又云"万里桥南宅",堂盖居于桥之西南也。

青　丝

青丝白马谁家子〔一〕?粗豪且逐风尘起〔二〕。不闻汉主放妃嫔〔三〕,近静潼关扫蜂蚁〔四〕?殿前兵马破汝时〔五〕,十月即为齑粉期〔六〕。不郭作未如—作知面缚归金阙〔七〕,万一皇恩下玉墀。

〔一〕青丝白马:用侯景事,以比仆固怀恩也。

〔二〕《唐书》:"广德二年十月,怀恩与回纥、吐蕃进逼奉天。永泰元年九月,又诱回纥、吐蕃、吐谷浑、党项、奴剌俱入寇。"

〔三〕《旧唐书》:"永泰元年二月,内出宫女千人、品官六百人守洛阳宫。"此与肃宗收京即放宫女三千,皆盛德事,故借汉主为言也。"不闻"谓岂不闻乎。

〔四〕《唐书》:"吐蕃陷长安,泾州刺史高晖为乡导。吐蕃遁,帅三百骁骑东走,潼关守将李日越擒而杀之。"

〔五〕殿前兵马:谓神策军也。时鱼朝恩以神策军屯苑中,数出征伐,有功。

〔六〕《庄子》:"使宋王而寤,子为齑粉矣。"永泰元年九月,怀恩死于鸣沙,"齑粉"之言果验。

〔七〕《史记》注:"面缚者,缚手于背,面向前也。"

三绝句

前—作去年渝州杀刺史〔一〕，今年开州杀刺史〔二〕。群盗相随剧虎狼，食人更肯留妻子！

〔一〕渝州：注见前。
〔二〕《唐书》："开州盛山郡，属山南西道，本万世郡，天宝元年更名。"

钱笺："'渝州杀刺史'，鲍钦止谓段子璋。子璋反梓州，袭绵陷剑，于渝无与也。'开州杀刺史'，鲍谓因徐知道之反。知道反成都，去开州又远甚。师古注：'吴璘杀渝州刺史刘卞，杜鸿渐讨平之。翟封杀开州刺史萧崇之，杨子琳讨平之。'黄鹤云：'事在大历元年与三年。'考《杜鸿渐传》，无讨平吴璘事。大历三年，杨子琳攻成都，为崔宁妾任氏所败，何从讨平开州？天宝乱后，蜀中山贼塞路，渝、开之事，史不及书，而杜诗载之。师古妄人，用杜诗而曲为之说，并吴璘等姓名，皆师伪撰以欺人也，注杜者之可恨如此。"

二十一家同入蜀，惟残一人出骆谷〔一〕。自说二女啮臂时〔二〕，回头却向秦云哭。

〔一〕《唐书》："兴道有骆谷路，南口曰傥谷，北口曰骆谷。"《元和郡县志》："傥谷，一名骆谷，在兴道县北三十里。"按：骆谷在长安西南，骆谷关在京兆府盩厔县西南一百二十里。武德七年，开骆谷道以通梁州，在今关外九里，贞观四年，移于今所。骆谷道，汉魏旧道也，南通蜀汉。《寰宇记》："自鄠县界西南，经盩厔县，又西南入骆谷，出骆谷，入洋州兴势县界。"
〔二〕《史记》："吴起出卫国门，与母诀，啮臂而盟。"

殿前兵马虽骁雄，纵暴略与羌浑同〔一〕。闻道杀人汉水上，妇女多在官军中。

〔一〕羌浑：党项羌、吐谷浑也。《唐书》："党项，古析支地，东距松州，北邻吐谷浑。"吐谷浑，注见前。

代宗任用中人，专倚禁军以平祸乱，而不知其纵暴乃如此，此诗故深刺之也。师古注："时天子命陆瓘以三千神策军弹压蜀乱。"遍考《史》《鉴》，俱无此事。凡师古所引《唐史拾遗》，皆出伪撰，严沧浪已尝辨之。如公诗"自平中官吕太一"，其事本载正史，师乃云《唐史拾遗》有吕宁为太一宫使。即此推之，他可知矣。

此诗梁权道从旧次编广德二年，鲁訔编上元二年，黄鹤编大历三年。今按：首章渝、开"杀刺史"，事虽无考，而以二后章证之，则此乃永泰元年事也。《唐书本纪》："永泰元年九月，仆固怀恩诱党项、浑、奴剌寇同州及凤翔、盩厔。"此诗末章云"纵暴略与羌浑同"，则知其时为寇者，乃羌、浑也。次章云"惟残一人出骆谷"，骆谷关在盩厔西南，又知"二十一家"因避羌浑而入蜀也。虽宝应元年，党项、奴剌尝寇梁、洋间，然尔时禁军尚未盛。《兵志》云："广德元年，代宗幸陕，鱼朝恩举神策军迎扈，后以军归禁中，自将之。永泰元年，又以神策军屯苑中。自是寖盛，分为左右厢，势居北军右，数出征伐，有功。"以诗中"殿前兵马"句观之，则是作于宝应之后。若广德二年、上元二年、大历三年，羌、浑皆未尝入寇梁、洋也。

遣　愤

闻道花门将，论功未尽归〔一〕。自从收帝里，谁复总戎机〔二〕？蜂虿终怀毒〔三〕，雷霆可震威〔四〕。莫令鞭血地，再湿汉臣衣[五]！

〔一〕《通鉴》："永泰元年十月，郭子仪使白光元帅精骑，与回纥将药葛罗，追吐蕃于灵台西原，大破之，又破之于泾州东。于是回纥胡禄都督等二百馀人入见，前后赠赍缯帛十万匹，府藏空竭，税百官俸以给之。"所谓"论功未尽归"也。

〔二〕吐蕃败去，京师解严。时鱼朝恩统神策军，势寝盛。"谁复总戎机"，盖讽中人典兵，而任子仪之不专也。

〔三〕《通俗文》："长尾为虿，短尾为蝎。"

〔四〕《汉·贾山传》："人主之威，非特雷霆也。"

〔五〕《左传》："齐侯诛屦于徒人费，弗得，鞭之见血。" 于慎行曰："初，雍王见回纥可汗于黄河北，责雍王不于帐前舞蹈，车鼻遂引药子昂、李进、章少华、魏琚，各搒捶一百，少华、琚一宿而死。'汉臣'、'鞭血'，正记此事也。"

十二月一日三首

今朝腊月春意动，云安县前江可怜。一声何处送书雁，百丈谁家上水—作濑船[一]？未将梅蕊惊愁眼，要黄作更取椒花—作楸花媚远天[二]。明光起草人所羡[三]，肺病几时朝日边？

〔一〕王周《峡船具诗序》："岸石如齿，非麻枲纫绳之为前牵，取竹之筋者，破而用枲为靷以续之，以备其牵者，谓之百丈。"《演繁露》："劈竹为大辫，用麻绳连贯以为牵具，是名百丈。乐天《入峡》诗'苒苒竹篾签，欹危舵师趾'，篾即百丈也。"《入蜀记》："上峡惟用橹及百丈，不用张帆。百丈以巨竹四破为之，大如人臂。"《吴都赋》："直冲涛而上濑。"

〔二〕椒花：注见二卷。按：十二月一日去元日已近，故用椒花献颂事。媚：即《古乐府》"入门各自媚"之媚耳。此正应起语"春意动"三字。杨用修谓椒花色绿，与叶无辨，不可言媚，当作"楸花"，吾不谓然。

〔三〕明光起草：注见四卷。

寒轻市上山烟碧，日满楼前江雾黄。负盐出井此溪女〔一〕，打鼓发船何郡郎？新亭举目风景切〔二〕，茂陵著书消渴长〔三〕。春花不愁不烂熳，楚客惟听棹相将〔三〕。

〔一〕《唐书》："夔州奉节县，有永安井盐官。"又："云安、大昌皆有盐官。"

〔二〕山谦之《丹阳记》："新亭，吴旧亭也。隆安中，丹阳尹司马恢移创今地。"《通鉴》注："新亭去江宁县十里，近临江诸。"《王导传》："每至暇日，邀饮新亭，周顗中坐，叹曰：风景不殊，举目有江山之异。"

〔三〕茂陵：注见十一卷。

〔四〕楚客：公自谓。棹相将：言相将以举棹也。

即看燕子入山扉，岂有黄鹂历翠微？短短桃花临水岸，轻轻柳絮点人衣。春来准拟开怀久，老去亲知见面稀。他日一杯难强进，重嗟筋力故山违。

诗作于十二月一日，而有"燕子"、"黄鹂"、"桃花"、"柳絮"之句，盖逆道其事，末所谓"他日一杯难强进"也。

又　雪

南雪不到地，青崖沾未消。微微向日薄，脉脉去人遥〔一〕。冬热鸳鸯病,峡深豺虎骄。愁边有江水,焉得北之朝〔二〕?

〔一〕古诗:"脉脉不得语。"

〔二〕旧注:"言江水止是东流,安得折而之北,使我得顺流以归长安乎?"

雨

冥冥甲子雨,已度立春时〔一〕。轻箑须—作烦相向,纤绨恐自疑〔二〕。烟添才有色,风引更如丝〔三〕。直觉巫山暮,兼催宋玉悲〔四〕。

〔一〕《朝野佥载》:"俚谚云:春雨甲子,赤地千里。"黄曰:"按《旧史》,大历元年正月丁巳朔,则是初八日为甲子。公是时在云安,其年十一月甲子日长至方改元。若大历二年,甲子在正月十三日,而立春已在元年十一月二十六七,无容谓'冥冥甲子雨,已度立春时'也。"又曰:"《旧史》:元年春旱,至六月庚子始雨。与唐谚合。诗正以谚为忧,故接以'轻箑'、'纤绨'之句。"

〔二〕《秋兴赋》:"于时乃屏轻箑,释纤绨。"注:"箑,扇也。纤绨,细葛。"恐自疑:疑其可着也。

〔三〕张协诗:"腾云似涌烟,密雨如散丝。"

〔四〕宋玉《九辩》:"悲哉秋之为气也。"

南　楚

《通典》:"夔州,春秋鱼国,后属楚。巫山县,楚置,故称南楚。"

南楚青春异,暄寒早早分。无名江上草,随意岭头云。正月蜂相见,非时鸟共闻。杖藜妨跃马,不是故离群。

老　病

老病巫山里,稽留楚客中。药残他日裹,花发去年丛。夜足沾沙雨,春多逆水风。合分双赐笔〔一〕,犹作一飘蓬。

〔一〕赐笔:注见前。

水阁朝霁,奉简云安严明府—作严云安

东城抱春岑,江阁邻石面。崔嵬晨云白,朝旭—作日射芳甸〔一〕。雨槛卧花丛,风床展书卷—云轻幔。钩帘宿鹭起,丸药流莺啭〔二〕。呼婢取酒壶,续儿读《文选》。晚交严明府,矧此数相见。

〔一〕谢朓诗:"杂英满芳甸。"

〔二〕《晋·陈寿传》:"父丧,有疾,使婢丸药。"

杜 鹃

西川有杜鹃,东川无杜鹃。涪万—作南无杜鹃,云安有杜鹃〔一〕。我昔游锦城,结庐锦水边。有竹一顷馀,乔木上参天。杜鹃暮春至,哀哀叫其间。我见常再拜,重是古帝魂。生子百鸟巢,百鸟不敢嗔—作喧。仍为喂其子,礼若奉至尊。鸿雁及羔羊,有礼太古前。行户郎切飞与跪乳〔二〕,识序如—作又知恩。圣贤古鲍作吾法则,付与后世传。君看禽鸟情,犹解事杜鹃。今忽暮春间,值我病经年。身病不能拜,泪下如迸泉〔三〕。

〔一〕夏𬺈曰:"四句乃题下甫自注耳,误以为诗。"黄希曰:"《白头吟》'郭东亦有樵,郭西亦有樵',此诗起法,或本此。"吴曾《漫录》:"乐府《江南词》'鱼戏莲叶东,鱼戏莲叶西,鱼戏莲叶南,鱼戏莲叶北',子美正用此格。"赵曰:"连用四'杜鹃',正《诗》'有酒醑我,无酒酤我,坎坎鼓我,蹲蹲舞我'之势,岂是题下注耶?此四句特纪杜鹃有无,其下云'我昔游锦城'至'哀哀叫其间',则以成'西川有杜鹃'之句。下又云'君看禽鸟情'至'泪下如迸泉',则以成'云安有杜鹃'之句。诗之引结甚明。"

〔二〕《春秋繁露》:"雁有行列,羔饮其母必跪,皆类知礼者,故以为贽。"

〔三〕刘琨《扶风歌》:"据鞍长叹息,泪下如流泉。"

赵次公曰:"此诗讥世之不修臣节者,曾禽鸟之不若也。世有《杜鹃辨》,乃仙井李新元应之作,鬻书者编入《东坡外集》诗话中。其说云:'子美之意,盖讥当时之刺史也。严武在蜀,虽横敛刻薄,而实资中原,是"西川有杜鹃"。其不虔王命,擅军旅,绝贡赋以自固,如杜克逊在梓州,是"东川无杜鹃"耳。涪、万、云安刺史,微不可考。凡尊君者为"有",怀贰者为"无",不在乎杜鹃真有无也。'其说穿凿无足取。"钱笺:"按杜克逊事,新、旧两《书》俱无之。严武镇蜀之后,节制东川者,李奂、张献诚也。其以梓州反者,段子璋也。梓州刺史见杜集者,有李梓州、章梓州、杨梓州,未闻有杜也。既曰讥当时之刺史,不应以严武并列也。逆节之臣,前有段子璋,后有崔旰、杨子琳,不当舍之而刺涪、万之刺史微不可考者也。杜克逊既不见史传,则亦后人伪撰耳。其文义舛错鄙倍,必非东坡之言。"

子　规

峡里云安县,江楼翼瓦齐[一]。两边山木合,终日子规啼。眇眇春风见,萧萧夜色栖—作凄。客愁那听此?故作傍人低—作故傍旅人低。

〔一〕蔡曰:"翼瓦,谓檐宇飞扬,如鸟之张翼也。《诗·斯干》:如鸟斯翼。"

近　闻

《唐书》:"永泰元年十月,郭子仪与回纥定约,共击退吐蕃,时仆固名臣及党项帅皆来降。大历元年二月,命杨济修好吐蕃,吐蕃遣首领论泣陵来朝。"此诗盖记其事。

近闻犬戎远遁逃,牧马不敢侵临洮。渭水逶迤白日静,陇山萧瑟秋云高〔一〕。崆峒五原亦无事〔二〕,北庭数有关中使〔三〕。似闻赞普更求亲〔四〕,舅甥和好应难弃〔五〕。

〔一〕渭水:出渭州。陇山:在陇州。

〔二〕崆峒:注见五卷。《唐书》:"盐州五原郡,属关内道。本盐川郡,武德元年,侨治灵州。二年,平梁师都,复置州。天宝元年,更名五原。"《元和郡县志》:"五原者,龙游原、乞地千原、青岭原、岢岚贞原、横槽原。"按:《地志》"崆峒"有三,此与"五原"并举,当指在平凉者言之。"五原",今榆林地,直长安西北,与灵州接壤。先是,仆固怀恩自灵州合吐蕃、回纥入寇,今吐蕃败走,故"崆峒"、"五原"皆无事也。

〔三〕《唐书》:"北庭大都护府,属陇右道。"《通鉴》:"北庭节度统瀚海、天山、伊吾三军,屯伊、西二州境。"按:关中之使,来自北庭,正指吐蕃而言。次公注北庭谓突厥,或云回纥,误矣。

〔四〕赞普:注见三卷。

〔五〕《唐书》:"贞观十五年,文成公主下降吐蕃。景龙二年,金城公主复降吐蕃。开元二年,赞普乞和亲,上书言许与通聘,即日舅甥如初。"

客 居

客居所居堂,前江后山根。下堑万寻岸,苍涛郁飞翻。葱青众木梢,邪竖杂石痕〔一〕。子规昼夜啼,壮士敛精魂〔二〕。峡开四千里〔三〕,水合数百源〔四〕。人虎相半居,相伤终两存。蜀麻久不来,吴盐拥荆门〔五〕。西南失大将〔六〕,商旅自星奔〔七〕。今又降元戎〔八〕,已闻动行轩。舟子候利涉,亦凭节制尊。我在路中央〔九〕，生理不得论。卧愁病脚废，徐步视小园。短畦带碧草，怅望思王孙。凤随其凰去，篱雀暮喧繁〔一〇〕。览物想故国，十年别乡—作荒村。日暮归几翼？北林空自昏。安得覆八溟，为君洗乾坤！稷契易为力，犬戎何足吞！儒生老无成，臣子忧四藩—作蕃，鲁直刊作思翻。箧中有旧笔，情至时复援〔一一〕。

〔一〕沈约诗："倾壁复邪竖。"

〔二〕《恨赋》："拱木敛魂。"

〔三〕钱笺："《荆州记》云：'巫峡首尾一百六十里，旧云自三峡取蜀，数千里恒是一山，此好大之言也。惟三峡七百里中，两岸连山，略无阙处。'梁简文《蜀道难》诗：'峡山七百里，巴水三回曲。'公所谓'峡开四千里'，盖统论江山之大势，非专指峡山也。"

〔四〕宋肇《三峡堂记》："峡江，绵跨西南诸夷，合牂牁、越巂、夜郎、乌蛮之水，萦纡曲折，掀腾汹涌，咸归纳于峡口，实众水之会也。"

〔五〕荆门：注别见。

〔六〕失大将：谓郭英乂为崔旰所杀。

〔七〕《广绝交论》："靡不望影星奔。"

〔八〕《通鉴》："大历元年二月壬子，以杜鸿渐为山南西道、剑南东西川副元帅，剑南西川节度使，以平蜀乱。"

〔九〕路中央：言云安路在荆、蜀之间。

〔一〇〕刘安《招隐士》："王孙游兮不归，春草生兮萋萋。"赵曰："见碧草则思王孙，见雀喧则怀凤举，皆因小园感兴。"

〔一一〕曹植诗："援笔从此辞。"

客　堂

忆昨离少城,而今异楚蜀。舍舟复深山,窅窕一林麓。栖泊云安县,消中内相毒。旧疾廿载_{一作再来},衰年得无足_{一作得弱足,一作弱无足}?死为殊方鬼,头白免短促。老马终望云〔一〕,南雁意在北。别家长儿女,欲起惭筋力。客堂序节改,具物对羁束。石暄蕨牙紫〔二〕,渚秀芦笋绿〔三〕。巴莺_{一作稼}纷未稀,徽_{音要}麦早向熟〔四〕。悠悠日动江,漠漠春辞木。台郎选才俊〔五〕,自顾亦已极。前辈声名人,埋没何所得?居然绾章绂〔六〕,受性本幽独。平生憩息地,必种数竿竹。事业只浊醪,营葺但草屋。上公有记者〔七〕,累奏资薄禄。主忧岂济时?身远弥旷职。循_{鲍作修}文庙算正,献可天衢直〔八〕。尚想趋朝廷,毫发裨社稷。形骸今若是,进退委行色。

〔一〕《赭白马赋》:"望朔云而蹀足。"

〔二〕陆玑《诗疏》:"蕨,山菜,初生似蒜,茎紫墨色,可食如葵。"谢灵运诗:"野蕨渐紫苞。"

〔三〕《尔雅》疏:"葭,一名芦荚,一名藡。藡,或谓之荻。郭云:今江东人呼芦笋为䔖。"

〔四〕按:莺"未稀"而麦"向熟",正是春去夏来之时,所以感怀于节序。次公云"莺"作"稼"为是,又引《汉书》"立苗欲疏"解之,凿说难从。

〔五〕《汉官仪》:"尚书郎,初从三署郎选,诣尚书台试。每一郎阙,则试五人,先试笺奏,初入台称郎中,满岁称侍郎。"孔融《荐祢衡表》:"路粹、严象以异才擢拜台郎。"杜氏《通典》:"龙朔二年,改尚书省为中台,后复为尚书省,亦谓之省台。"

〔六〕章绂:谓所服绯鱼。

〔七〕上公:谓严郑公。

〔八〕《左传》:"献可替否。"

石砚 原注:平侍御者

平公今诗伯,秀发吾所羡。奉使三峡中,长啸得石砚。巨璞禹凿馀,异状君独见。其滑乃波涛,其光或雷电。联坳於交切各尽墨〔一〕,多水递隐见形甸切〔二〕。挥洒容数人,十手可对面。比公头上冠〔三〕,贞一作正质未为贱。当公赋佳句,况得终清宴。公含起草姿,不远明光殿〔四〕。致于丹青地,知汝随顾盼〔五〕。

〔一〕联坳:谓砚穴相并。尽墨:谓尽墨力,犹今云发墨也。

〔二〕多水:砚润出水也。

〔三〕《唐书》:"法冠者,御史大夫、中丞、御史之服也,一名獬豸冠。"

〔四〕《三秦记》:"未央宫渐台西有桂宫,内有明光殿,皆金玉珠玑为帘箔,金陛玉阶,昼夜光明。"按《黄图》,汉有两明光宫,一在长乐宫,后成都侯王商借以避暑之所;一在甘泉宫,武帝以燕赵美人充之。若明光殿,自在桂宫,二者原不相干。杜诗"不远明光殿"、东坡诗"何人先入明光宫",注家都混为一,程大昌、王楸皆有辨。

〔五〕随顾盼:言此砚致于明光禁中,丹墀青琐之地,亦得蒙天子之盼睐也。

赠郑十八贲

郑十八：见前。赵曰："郑盖云安县令，故诗有'异味烦县尹'之句。"

温温士君子，令我怀抱尽。灵芝冠众芳，安得阙亲近？遭乱意不归，窜身迹非隐⁽一⁾。细人尚姑息，吾子色愈谨。高怀见物理，识者安肯哂？卑飞欲何待，捷径应未忍⁽二⁾。示我百篇文，诗家一标准。羁离交屈宋⁽三⁾，牢落值颜闵。水陆迷畏途，药饵驻修轸⁽四⁾。古人日已远，青史字不泯。步趾咏唐虞⁽五⁾，追随饭葵堇音谨⁽六⁾。数杯资好事，异味烦县尹。心虽在朝谒，力与愿矛盾"闻"上声⁽七⁾。抱病排金门⁽八⁾，衰容岂为敏⁽九⁾？

〔一〕"遭乱"二句，公自言也。
〔二〕张衡《应间》："捷径邪至，吾不忍以投步。" 二语言郑十八甘心下位，不失足于邪径也。
〔三〕"羁离"以下，皆自述。
〔四〕江逌赋："驻修轸乎平原。"此言以丹药驻年。
〔五〕《左传》："今君亲步玉趾。"刘桢诗："步趾慰吾身。"
〔六〕《图经本草》："葵，处处有之，苗叶作菜茹甚甘美，但性滑利，不益人。"《尔雅》："啮苦芹。"注："今堇葵也。叶似柳，子如米汋，食之滑。"《唐本草》："堇菜，野生，花紫色。"鲍照诗："蓼虫避葵堇。"
〔七〕《尸子》："楚人有鬻矛与盾者，曰：'吾盾之坚，莫能陷也。'又曰：'吾矛之利，于物无不陷也。'或曰：'以子之矛，陷子之盾，何如？'其人弗能应也。"

〔八〕扬雄《解嘲》:"历金门,上玉堂。"

〔九〕《左传》:"鲁人以为敏。"

别蔡十四著作

　　贾生恸哭后,寥落无其人。安知蔡夫子,高义迈等伦!献书谒皇帝,志已清风尘。流涕洒丹极,万乘为酸辛。天地则创与疮同瘝,朝廷多一作当正臣。异才复间出,周道日惟新。使蜀见知己,别颜始一伸。主人薨城府〔一〕,扶榇归咸秦。巴道此相逢,会我病江滨。忆念凤翔都〔二〕,聚散俄十春〔三〕。我衰不足道,但愿子章一作意陈。稍令社稷安,自契鱼水亲。我虽消渴甚,敢忘帝力勤?尚思未朽骨,复睹耕桑民。积水驾三峡,浮龙倚长津。扬舲洪涛间〔四〕,仗子济物身。鞍马下秦塞,王城通北辰〔五〕。玄甲聚不散〔六〕,兵久食恐贫。穷谷无粟帛,使者来相因。若冯凭同,一作逢南辕吏陈作使〔七〕,书札到天垠。

〔一〕主人:赵次公、黄鹤俱云郭英乂也。按《旧史》,英乂奔简州,普州刺史韩澄斩其首送崔旰。英乂必殡于成都,故此云"薨城府",盖隐之也。或疑指严武,非是。

〔二〕上云"献书谒皇帝",此云"忆念凤翔都",盖肃宗在凤翔时,著作尝上书言事。

〔三〕自至德二载至大历元年,恰"十春"也。

〔四〕《楚词》注:"舲,船有窗牖者。"

〔五〕"鞍马"二句,言著作出峡后,复从陆道归京师。

〔六〕《汉书》:"发属国玄甲军。"注:"甲,黑色。"《唐书》:"崔旰反,柏茂林等举兵讨之。大历元年三月,山南西道节度使张献诚与旰战于梓州,大败。"

〔七〕夔州在长安之南,故自长安来者为"南辕"。

蔡著作以使事之成都,值有崔旰之乱。公欲其以兵食匮乏归奏天子,计安蜀人。观"但愿子章陈"及"玄甲聚不散"等语可见。

寄常徵君

白水青山空复春,徵君晚节傍风尘。楚妃堂上色殊众〔一〕,海鹤阶前鸣向人。万事纠纷犹绝粒〔二〕,一官羁绊实藏身。开州入夏知凉冷〔三〕,不似云安毒热新〔四〕。

〔一〕《古今乐录》:"张永《元嘉技录》有《吟叹》四曲,一曰《楚妃叹》。"楚妃:楚庄王夫人樊姬也,事见《列女传》。

〔二〕《鵩鸟赋》:"纠错相纷。"

〔三〕开州:注见前。

〔四〕《九域志》:"开州东至夔州云安县龙目驿二百九十里。"

味此诗"晚节傍风尘"语,盖深为常徵君惜也。徵君未出,如楚妃之色,处于堂上,所谓"静女其姝"也。徵君既出,如海鹤之性,鸣向阶前,不免牢笼之苦矣。"纠纷"二句,又若为徵君解者,明其虽仕而非风尘俗吏也。末二句,言开州凉冷,非若云安之不可居,不犹胜我之旅食乎?时常必官于开州,故复慰之如此。

寄岑嘉州

杜确《岑参集序》:"参自库部正郎出为嘉州,杜鸿渐表为职方郎中兼侍御史,列于幕府,无几使罢,寓居于蜀。" 钱笺:"鸿渐使罢还朝,在大历二年六月,则公寄此诗当在元年。"

不见故人十年馀,不道故人无素书。愿逢颜色关塞远,岂意出守江城居?原注:州据蜀江外外江三峡此相接〔一〕,斗酒新诗终自疏。谢朓每篇堪讽诵,冯唐已老听吹嘘。泊船秋夜经春草,伏枕青枫限玉除〔二〕。眼前所寄选何物?赠子云安双鲤鱼。

〔一〕外江:今嘉定州之岷江也,江在州城东。
〔二〕限玉除:言不得至京阙也。

移居夔州作

《唐书》:"夔州云安郡,属山南东道。"《寰宇记》:"夔州云安县,上水去夔州奉节县二百四十三里。"

伏枕云安县,迁居白帝城。春知催柳别,江与一作已放船清。农事闻人说,山光见鸟情。禹功饶断石,且就土微平〔一〕。

〔一〕旧注:"沿峡皆因开凿而成,故少平土,惟夔州稍平耳。"

船下夔州郭宿,雨湿不得上岸,别王十二郭作二十判官

依沙宿舸船,石濑月娟娟〔一〕。风起春灯乱,江鸣夜雨悬〔二〕。晨钟云外晋作岸湿,胜地石堂烟一作偏。柔橹轻鸥外〔三〕,含情吴作悽觉汝贤。

〔一〕《楚词》:"石濑兮浅浅。"
〔二〕蔡邕《霖雨赋》:"悬长雨之霖霖。"
〔三〕古诗:"柔橹鸣深江。"

漫成一首 郭作漫成

江月去人只数尺,风灯照夜欲三更〔一〕。沙头宿鹭联拳静一作起〔二〕,船尾跳平声鱼拨方割切,一作泼剌力達切鸣〔三〕。

〔一〕梁刘瑗诗:"月光移数尺,方知夜已深。"
〔二〕旧注:"谢庄《玩月》诗:水鹭足联拳。"
〔三〕谢灵运赋:"鱼水深而拨剌。"钱笺:"吴曾《漫录》:'张衡《思玄赋》"弯飞弧之拨剌",注:"拨剌,张弓声。"而非鱼也。太白诗"双鳃呀呷鳍鬣张,跋剌银盘欲飞去",意与杜同,而以"拨"为"跋"。'"

引　水

鲁訔曰："夔俗无井，皆以竹引山泉而饮，蟠窟山腹间，有至数百丈者。"

月峡瞿唐云作顶[一]，乱石峥嵘俗无井。云安沽水奴仆悲，鱼复移居心力省[二]。白帝城西万竹蟠，接筒引水喉不干。人生流滞生理难，斗水何直百忧宽[三]！

〔一〕明月峡：注见九卷。
〔二〕《旧唐书》："奉节县属夔州，本汉巴郡鱼复县，今县北三里赤甲城是也。隋改为人复，贞观二十三年改为奉节。"
〔三〕《庄子》："朅斗升水之活。"

寄韦有夏郎中

钱笺："潘淳曰：颜鲁公《东方朔碑》阴有朝城主簿韦有夏，殆斯人耶？"

省郎忧病士，书信有柴胡。饮子频通汗，怀君想报珠[一]。亲知天畔少，药饵峡中无。归楫生衣卧[二]，春鸥洗翅呼。犹闻上急水，早作取平途[三]。万里皇华使，为僚记腐儒[四]。

〔一〕《东坡志林》："沈佺期《回波辞》云'姓名虽蒙齿录，袍笏未复牙绯',子美以'饮子'对'怀君',亦'齿录'、'牙绯'之比也。"《四愁诗》:"何以报之明月珠。"

〔二〕生衣:谓水衣。黄曰:"归舟虽理而未动,故水衣生其上。"

〔三〕取平途:言取道夔州也。

〔四〕《左传》:"荀林父曰:同官为僚。"

上白帝城

刘禹锡《夔州刺史厅壁记》:"夔初城于瀼西,后周大总管龙门王述登白帝,叹曰:'此奇势可居。'遂移府于今治所。隋初杨素以越公领总管,又张大之。"《荆州图经》:"白帝城西临大江,东南高二百丈,西北高一千丈。"《全蜀总志》:"白帝城在夔州府治东五里,下即西陵峡口,大江溯腾澎湃,信楚蜀咽喉。"

城峻随天壁〔一〕,楼高望—作更女墙〔二〕。江流思夏后,风至忆襄王〔三〕。老去闻悲角,人扶报夕阳。公孙初恃险,跃马意何长〔四〕!

〔一〕《水经注》:"白帝山城,周回二百八十步,北缘马岭,接赤岬山。其间平处,南北相去八十五丈,东西七十丈。又东傍瀼溪,即以为隍。西南临大江,瞰之眩目。惟马岭小差逶迤,犹斩山为路,羊肠数转,然后得上。"

〔二〕《释名》:"城上垣谓之女墙,言其卑小,比之于城,如女子之于丈夫也。"

〔三〕《风赋》:"楚襄王游于兰台之宫,有风飒然而至,王乃披襟当之,曰:快哉此风!"

〔四〕《蜀都赋》:"公孙跃马而称帝。"

上白帝城二首

江城含变态，一上一回新。天欲今朝雨，山归万古春。英雄馀事业，衰迈久风尘。取醉他乡客，相逢故国人。兵戈犹拥蜀[一]，赋敛强—作尚输秦。不是烦形胜，深惭—作愁畏损神。

〔一〕兵戈拥蜀：谓崔旰之乱。

白帝空祠庙[一]，孤云自往来。江山城宛转，栋宇客徘徊。勇略今何在？当年亦壮哉[二]！后人将酒肉，虚殿日尘埃。谷鸟鸣还过，林花落又开。多惭病无力，骑马入青苔。

〔一〕钱笺："《方舆胜览》：白帝庙，在奉节县东八里旧州城内。汉末公孙述自称白帝。"
〔二〕《后汉书》："公孙述讨宗成、王岑之乱，遂有蜀土，僭帝号十二年。"

陪诸公上白帝城头黄作楼宴越公堂之作

原注：越公，杨素也，有堂在城上，画像尚存

李贻孙《夔州都督府记》："白帝城东南斗上二百七十步，得白帝庙。又有越公堂，在庙南而少西，隋越公素所建也，奇构隆敞，内无撑柱，复视中脊，邈不可度，五逾甲子，无土木之隙，见其人之瑰杰也。"按：诗有"柱穿"、

"栈缺"之句,而《记》云"无土木之隙",疑《记》语未足信。

此堂存古制,城上俯江郊。落构垂云雨,荒阶蔓草茅。柱穿蜂溜蜜,栈缺燕添巢〔一〕。坐接春杯气,心伤艳蕊梢。英灵如过隙〔二〕,宴衎愿投胶〔三〕。莫问东流水,生涯未即抛。

〔一〕阁木曰"栈"。
〔二〕英灵:谓越公也。《庄子》:"人生天地间,若白驹之过隙。"
〔三〕古乐府:"以胶投漆中,谁能别离此。"骆宾王诗:"一心一意无穷已,投漆投胶非足拟。"

白帝城最高楼

城尖径仄旌旆愁_{旧作旌,非},独立缥缈之飞楼。峡坼云霾龙虎睡,江清日抱鼋鼍游。扶桑西枝对_{一作封}断石,弱水东影随长流〔一〕。杖藜叹世者谁子〔二〕?泣血迸空回白头。

〔一〕峡之高,可望扶桑西向;江之远,可接弱水东来。与"朱崖着毫发,碧海吹衣裳"同义。
〔二〕阮籍诗:"所怜者谁子。"

武侯庙

张震《武侯祠堂记》:"唐夔州治白帝,武侯庙在西郊。"

遗庙丹青落—作古，空山草木长。犹闻辞后主〔一〕，不复卧南阳〔二〕。

〔一〕《蜀志》："后主建兴五年，亮率诸军北驻汉中，临发上表。"
〔二〕《蜀志》注："《汉晋春秋》云：亮家于南阳之邓县，在襄阳城西二十里，号曰隆中。"《荆州图副》云："邓城旧县西南一里，隔沔有诸葛亮宅，是汉昭烈三顾处。"一曰：南阳是襄阳墟名，非南阳郡也。

此诗后二语，人无解者。武侯为昭烈驱驰，未见其忠，惟以后主昏庸，而尽瘁出师，不复有归卧南阳之意，此则"云霄万古"者耳。曰"犹闻"者，空山精爽，如或闻之。

八阵图

八阵：注见十一卷。《寰宇记》："八阵图，在奉节县西南七里。《荆州图副》云：'永安宫南一里，渚下平碛上有孔明八阵图，聚细石为之，各高五尺，广十围，历然棋布，纵横相当，中间相去九尺，正中开南北巷，悉广五尺，凡六十四聚。或为人散乱，及为夏水所没，冬时水退，复依然如故。'"《成都图经》："武侯八阵有三：在夔者六十有四，方阵法也。在弥牟镇者二十有八，当头阵法也。在棋盘市者二百五十有六，下营阵法也。"

功盖三分国，名成八阵图。江流石不转，遗恨失吞吴。

《东坡诗话》："尝梦子美谓仆：'世人多误会吾《八阵图》诗，以为先主、武侯欲与关羽复仇，故恨不能灭吴，非也。吾意本谓吴蜀唇齿之国，不当相图。晋之能取蜀者,以蜀有吞吴之志,以此为恨耳。'此说甚长。"按史,昭烈败秭归,诸葛亮曰:"法孝直若在,必能制主上东行。就使东行,必不倾危。"观此,则征吴非孔明意也。子美此诗,正谓孔明不能止征吴之举,致秭归挫辱,为生平遗恨,东坡之说殊非。潘鸿曰:"蜀自昭烈亡后,未尝有吞吴之志。为晋所灭,失不在此。此亦非东坡之言,当削去。"

谒先主庙

钱笺:"《方舆览胜》:庙在奉节县东六里。"

惨澹风云会,乘时各有人。力侔分社稷,志屈偃经纶。复汉留长策,中原仗老臣。杂耕心未已,欧_{於口切}呕_同血事酸辛〔一〕。霸气西南歇,雄图历数屯。锦江元过楚,剑阁复通秦〔二〕。旧俗存祠庙,空山立_{他本作泣}鬼神。虚檐交_{一作扶}鸟道〔三〕,枯木半龙鳞。竹送清_{樊作青}溪月,苔移玉座春〔四〕。闾阎儿女换,歌舞岁时新。绝域归舟远,荒城系马频。如何对摇落?况乃久风尘。孰_{荆作势}与关张并,功临耿邓亲〔五〕。应_{一作继}天才不小,得士契无邻〔六〕。迟暮堪帷幄,飘零且钓缗。向来忧国泪,寂寞洒衣巾。

〔一〕《蜀志》:"亮与司马宣王对于渭南,每患粮不继,分兵屯田,为久驻之基。耕者杂于渭滨居民之间,百姓安堵,军无私焉。"《魏志》:"亮粮尽势穷,忧恚呕血,一夕烧营,遁走入谷,道发病,卒。"裴松之曰:"亮在渭滨,魏人蹑迹,胜负之形,未可测量,而云呕血,盖因孔明亡而自夸大也。夫以孔明之略,岂为仲达呕血乎?刘琨丧师,与元帝笺亦云亮军败呕血。此则引虚记以为言也。"

〔二〕旧注:"'锦江'、'剑阁',蜀地也。'过楚'、'通秦',伤其未久而复合于晋。"

〔三〕庙在山中,故曰"交鸟道"。

〔四〕谢朓诗:"玉座犹寂寞。"

〔五〕耿邓:耿弇、邓禹也。

〔六〕《蜀志》:"谯周等上言,圣王应际而生,与神合契,愿大王应天顺民。""孰与"二句,申言诸葛之功,可轶关、张而追耿、邓也。"应天"二句,言非先主应天之才,不能得士如诸葛,有鱼水之契也。"风尘""摇落"中感怀遇合,全是自伤。

诸葛庙

久游巴子国^{〔一〕},屡入武侯祠。竹日斜虚寝,溪风满薄帷^{〔二〕}。君臣当共济,贤圣亦同时。翊戴归先主,并吞更出师。虫蛇穿画屋,巫觋_{研历切}醉蛛丝^{〔三〕①}。欷忆吟《梁父》,躬耕也_{赵作起}未迟^{〔四〕}。

〔一〕《水经注》:"江州县,故巴子之都。《春秋》桓九年'巴子使韩服告楚,请与邓好'是也。及七国称王,巴亦王焉。"《元和郡国志》:"武王伐殷,巴人助焉,后封为巴子。"《三巴记》:"其地东至鱼复,西至僰道,北接汉中,南极牂牁。"

〔二〕《咏怀》诗:"薄帷鉴明月。"

〔三〕《国语》:"在男曰觋,在女曰巫。"

---

① "研历切",底本如此,疑误。"觋"字《广韵》"胡狄切",今读xí。

〔四〕躬耕未迟：公以诸葛自况也,即"迟暮堪帷幄"之意。

古柏行

赵曰："成都武侯祠堂附于先主庙,夔州则先主、武侯庙各别。此诗专咏夔州庙柏,《夔州十绝》所谓'武侯祠堂不可忘,中有松柏参天长'是也。"

孔明庙前—作阶有老柏,柯如青铜根如石〔一〕。霜—作苍皮溜雨四十围,黛色参天二千尺〔二〕①。君臣已与时际会,树木犹为人爱惜。云来气接巫峡长〔三〕,月—作日出寒通雪山白。忆昨路绕锦亭《英华》作城东〔四〕,先主武侯同閟宫〔五〕。崔嵬枝干郊原古,窈窕丹青户牖空。落落盘踞虽得地,冥冥孤高多烈风。扶持自是神明力,正直元因造化功〔六〕。大厦如倾要梁栋,万牛回首丘山重。不露文章世已惊,未辞剪伐谁能送？苦心岂免容蝼蚁？香叶终经宿鸾凤〔七〕。志士幽人莫怨嗟—作伤,古来材大难为用—云皆难用。

〔一〕任昉《述异记》："卢氏县有卢君冢,冢旁柏二株,枝条荫茂二百馀步,根劲如铜石。"

〔二〕"四十围"、"二千尺",皆假象为词,非有故实。《梦溪笔谈》讥其太细长,《缃素杂记》以古制"围三径一"驳之,次公注又引南乡故城社柏大四十围,皆为鄙说。考《水经注》"社柏",本云"三十围",亦与此不合。

〔三〕《宜都山川记》："巴东三峡巫峡长。"

---

① "尺",底本作"石",据诸善本改。

〔四〕严武有《寄题杜二锦江野亭》诗，故曰"锦亭"。

〔五〕钱笺："《寰宇记》：'先主庙在成都府西八里，惠陵东七十步，武侯祠在先主庙西。'《成都记》：'先主庙西院即武侯庙，前有双大柏，古峭可爱，人云诸葛手植。'陆游《跋古柏图》：'余在成都，屡至昭烈惠陵，此柏在陵旁庙中，忠武侯室之南，所云"先主武侯同閟宫"者，与此略无小异。'"

〔六〕"锦亭"至此，言成都庙柏在郊原平地，故可久存。若此之盘踞高山而烈风莫撼者，诚得于神明造化之力耳。次公谓八句皆言成都之柏，恐非。

〔七〕谢承《后汉书》："方储遭母忧，种松柏，鸾栖其上。"

负薪行

夔州处女发半华，四十五十无夫家。更遭丧乱嫁不售，一生抱恨堪—作长咨嗟。土风坐男使女立，应东坡作男当门户《英华》作应门当户女出入〔一〕。十犹—作有八九负薪归，卖薪得钱应供给。至老双鬟—作环只垂颈，野花山叶银钗并〔二〕。筋力登危集市门，死生射利兼盐井〔三〕。面妆首饰杂啼痕，地褊衣寒困石根。若道巫山女粗丑，何得此—作北有昭君村〔四〕？

〔一〕古乐府："健妇持门户，亦胜一丈夫。"

〔二〕陆游《入蜀记》："峡中负物卖，率多妇人。未嫁者为同心髻，高二尺，插银钗至六只，后插象牙梳如手大。"

〔三〕《蜀都赋》："乘时射利，财丰巨万。"

〔四〕钱笺："《寰宇记》：'归州兴山县有王昭君宅，即此邑人也，故曰昭君之县。村连巫峡，香溪在邑界，即昭君所游。'《方舆胜览》：'归州东北四十里有昭君村。'"《琴操》云："昭君死胡中，乡人思之，为之立庙。庙有大柏，又有捣练石，在庙侧溪中，今香溪也，庙属巫山县。"

最能行

峡中丈夫绝轻死，少在公门多在水。富豪有钱驾大舸〔一〕，贫穷取给行艓音葉子〔二〕。小儿学问止《论语》，大儿结束随商旅。欹帆侧舵入波涛，撇漩"旋"去声，一作旋梢溃无险阻〔三〕。朝发白帝暮江陵〔四〕，顷来目击信有徵。瞿唐漫天虎须怒〔五〕，归州长年行《英华》作与最能〔六〕。此乡之人气一作器量窄〔七〕，误竟南风疏北客〔八〕。若道上一作士无英俊才，何得山有屈原宅〔九〕？

〔一〕《方言》："南楚江湖湘，凡船大者谓之舸。"
〔二〕杜田《补遗》："艓，小舟名，言轻如叶也。《切韵》《玉篇》并不载。"按：王智深《宋记》："司空刘休范举兵，潜作舰艓。"戴暠《钓竿》诗："藁花装小艓。"公用字所本。
〔三〕《江赋》："漩澴荥瀯，渨濆溃瀑。"善曰："皆波浪回旋喷涌而起之貌。"旧注："撇，拂也，与擎同。梢，摇也。于漩则撇，于溃则梢。"王周《峡船具诗序》："峡中湍浚，激石忽发者谓之溃，洄洑而漩者谓之脑。"李实曰："今川语，漩、溃皆去声。'撇'犹过，'梢'者，用梢拨之而度。"
〔四〕《荆州记》："自白帝至江陵一千二百里。"《水经注》："有时朝发白帝，暮到江陵。虽乘奔御风，不以疾也。"
〔五〕瞿唐：注见前。《水经注》："江水又径虎须滩，滩水广大，夏断行旅，又东径羊肠虎臂滩。"《全蜀总志》："虎须潭，在夔州府治西。"

〔六〕《宋景文笔记》:"蜀人谓舵师为'长年三老'。"《入蜀记》:"长,读如长幼之长。'长年三老',梢工是也。""最能"言行瞿唐、虎须甚易也。

〔七〕《水经注》:"袁山松曰:归乡山秀水清,故出杰异;地险流绝,故其性亦隘。"

〔八〕《左传》:"南风不竞。"竞,强也。言以地主为强,而欺北客也。

〔九〕《水经注》:"秭归县,故归乡。《地理志》:'归子国也。县北一百六十里,有屈原故宅,累石为屋基,今其地曰乐平里。宅之东北六十里有女媭庙,捣衣石犹存。'"

同元使君舂陵行 有序

按:次山《舂陵行》序其诗作于广德二年间,公诗乃大历初年作。

览道州元使君结《舂陵行》兼《贼退后示官吏作》二首,志之曰:当天子分忧之地,效汉官良吏之目—作日。今盗贼未息,知民疾苦,得结辈十数公,落落然参错天下为邦伯,万物吐晋作姓壮气,天下少—作小安可待矣—作已!不意复见比兴体制,微婉顿挫之词,感而有诗,增诸卷轴。简知我者,不必寄元。

遭乱发尽—作遽白,转衰病相婴—作萦。沉绵盗贼际,狼狈江汉行。叹时药力薄,为客赢瘵成。吾人诗家秀—作流,博采世上名。粲粲元道州〔一〕,前圣畏后生。观乎《舂陵》作,歘见俊哲情。复览《贼退》篇,结也实国桢。贾谊昔流恸,匡衡尝引经。道州忧—作哀黎庶,词气浩纵横。两章对秋月—作水,一字偕华星〔二〕。致君唐虞际,纯—作淳朴忆大庭〔三〕。何时降玺书〔四〕,用尔为丹青〔五〕。狱讼永永州本作久衰息,岂唯偃甲兵。凄恻念诛求,薄敛近休明。乃知正人意,不苟飞长缨。凉飙振南岳,之子宠若惊。色沮金印大,兴含沧浪一作溟清〔六〕。我多长卿病,日夕思朝廷。肺枯渴太甚,漂泊公孙城。呼儿具纸笔,隐几临轩楹。作诗呻吟内,墨淡字敧倾。感彼危苦词,庶几知者听。

〔一〕《唐书·地理志》:"道州江华郡,属江南西道。"《元结传》:"代宗立,结授著作郎。久之,拜道州刺史。"

〔二〕魏文帝诗:"华星出云间。"

〔三〕《庄子》:"昔容成氏、大庭氏结绳而用之,若此时则至治也。"《左传》注:"大庭氏,古国名,在鲁城内。"《古史考》:"大庭氏,姜姓,以火德王,号曰炎帝。"

〔四〕《汉·循吏传》:"二千石有治效,辄用玺书勉励焉。"

〔五〕《盐铁论》:"公卿者,神化之丹青。"

〔六〕《晋·周𫖮传》:"今年杀诸贼奴,取金印如斗大系肘后。""正人"以下,因元诗有归老江湖之志,故以此美之。

舂陵行有序　元结

癸卯岁,漫叟授道州刺史。道州旧四万馀户,经贼已来,不满四千,大半不胜赋税。到官未五十日,承诸使征求符牒二百馀封,皆曰:"失其限者,罪至贬削。"呜呼!若悉应其命,则州县破乱,刺史欲焉逃罪;若不应命,又即获罪戾,必不免也。吾将守官,静以安人,待罪而已。此州是舂陵故地,故作《舂陵行》以达下情〔一〕。

军国多所须,切责在有司。有司临郡县,刑法竟—作意欲施。供给岂不忧?征敛又可悲。州小经乱亡,遗人实困疲。大乡无十家,大族命单羸。朝餐是草根,暮食乃树皮。出言气欲绝,意速行步迟。追呼尚不忍,况乃鞭朴之!邮亭传急符,来往迹相追。更无宽大恩,但有迫促期。欲令鬻儿女,言发恐乱随。悉使索其家,而又无生资。听彼道路言,怨伤谁复知!去冬山贼来,杀夺几无遗。所愿见王官,抚养以惠慈。奈何重驱逐,不使存活为!安人天子命,符节我所持。州县忽—作复乱亡,得罪复是谁?逋缓违诏令,蒙责固所宜。前贤重守分,恶以祸福—作败移。亦云贵守官,不爱能适时。顾惟孱弱者,正直当不亏。何人采国风,吾欲献此辞。

〔一〕《汉书》:"零陵郡泠道县有春陵乡。"《水经注》:"都溪水出春陵县北二十里仰山。县本泠道县之春陵乡,盖因舂溪为名矣。汉长沙定王分以为县,武帝元朔五年,封王仲子买为春陵节侯。"《唐书》:"大历二年,于道州东南二百二十里、春陵侯故城北十五里置大历县。"

贼退示官吏有序 元结

癸卯岁,西原贼入道州,焚—作杀掠几尽而去。明年,贼又攻永破邵,不犯此州边鄙而退。岂力能制敌与?盖蒙其伤怜而已。诸使何为忍苦征敛,故作诗一篇以示官吏〔一〕。

昔岁逢太平,山林二十年。泉源在庭户,洞壑当门前。井税有常期,日晏犹得眠。忽然遭世变,数岁亲戎旃。今来典斯郡,山夷又纷然。城小贼不屠,人贫伤可怜。是以陷邻境,此州独见全。使臣将王命,岂不如贼焉?今彼征敛者,迫之如火煎。谁能绝人命,以作时世贤?思欲委符节,引竿自刺船。将家就鱼麦,归老江湖边。

〔一〕按:《唐书·西原蛮传》:"西原种落张侯、夏永等内寇,陷道州,据城五十馀日,桂管经略使邢济击平之。馀众复围道州,刺史元结固守不下。"今序云"不犯此州边鄙",疑《史》有误。《杜诗博议》:"颜鲁公撰《次山墓碑》云:'君在州二年,归者万馀家,贼亦怀畏,不敢来犯。'与次山诗序语合,《唐史》之误明矣。"

杜工部诗集卷之十三

大历中,公居夔州作。

示獠奴阿段

《北史》:"獠者,南蛮别种,无名字,以长幼次第呼之。丈夫称阿谟、阿段,妇人称阿夷、阿等之类,皆语之次第称谓也。"

山木苍苍落日曛,竹竿袅袅细泉分。郡人日夜争馀沥,竖_{黄作稚}子寻源独不闻。病渴三更回白首,传声一注湿青云。曾惊陶侃胡奴异〔一〕,怪尔常穿虎豹群。

〔一〕旧注:"陶侃家僮千馀人,尝得胡奴,不喜言。侃一日出郊,奴执鞭以随。胡僧见而惊,礼曰:'此海山使者也。'侃异之。至夜,失奴所在。"按:此事见今本刘敬叔《异苑》,说者以伪撰疑之,当更考。 补注:顾炎武曰:"古人经史,俱是写本。子美久客四方,未必能携,一时用事之误,固所不免。'曾惊陶侃胡奴异',盖谓士行有胡奴可比阿段。胡奴,乃侃子范小字,非奴也。"或曰:当作"陶岘胡奴",事见《甘泽谣》。

峡中览物

曾为掾吏趋三辅〔一〕,忆在潼关诗兴多。巫峡忽如瞻华岳,蜀江犹似见黄河〔二〕。舟中得病移衾枕,洞口经春长薜萝。形胜有馀风土恶,几时回首一高歌〔三〕。

〔一〕掾吏:谓为华州功曹。
〔二〕潼关、西岳,皆在华州,黄河亦经华而东。
〔三〕回首高歌:言离峡中而去。

忆郑南 旧作忆郑南玭

玭:蒲眠切,珠名。吴若注:"玭,疑作玼,音泚,玉色鲜洁也。"按:郑南,华州郑县之南。详诗意,只是忆郑南寺旧游耳。玭字或讹或衍。赵云:"师民瞻本削去玭字,草堂本亦作'忆郑南',今从之。"

郑南伏毒寺旧作守,赵定作寺〔一〕,潇洒到江心。石影衔珠阁,泉声带玉琴〔二〕。风杉曾曙倚,云峤忆春临。万里苍茫一作浪水一作外,龙蛇只自深〔三〕。

〔一〕蔡曰:"伏毒寺,在华州郑县。《刘禹锡别集》云'舅氏牧华州,前后由华觐谒,陪登伏毒寺,曾题诗于梁',即此是也。"
〔二〕嵇康《琴赋》:"徽以荆山之玉。"江淹《去故乡赋》:"抚玉琴兮何亲。"
〔三〕言峡水苍茫,徒为龙蛇窟穴耳,叹郑南江心之不得到也。

赠崔十三评事公辅

　　飘飘西极马,来自渥洼池。飒飖似立切寒一作定,一作邓山桂〔一〕,低徊风雨枝。我闻龙正直,道屈尔何为?且有元戎命〔二〕,悲歌识者知流俗本作谁。官联辞冗长去声,行路洗一作徙欹危。脱剑主人赠,去帆春色随。阴沉铁凤阙〔三〕,教练羽林儿〔四〕。天子朝侵早,云台仗数移。分军应供给,百姓日支离。黠吏因封己〔五〕,公才或守雌〔六〕。燕王买一作贾骏骨〔七〕,渭老得熊罴。活国名公在,拜坛群寇疑〔八〕。冰壶动瑶碧,野水失蛟螭〔九〕。入幕诸彦聚一作集,渴贤高选宜。骞腾坐可致,九万起于斯。复进出矛戟〔一〇〕,昭然开鼎彝。会看之子贵,叹及老夫衰。岂但江曾决〔一一〕,还思雾一披〔一二〕。暗尘生古镜,拂匣照西施。舅氏多人物,无惭困翮垂〔一三〕。

　　〔一〕《唐韵》:"飒飖,大风也。"谢灵运《入华子岗》诗:"南州实炎德,桂木凌寒山。"

　　〔二〕元戎命:言应羽林军帅之命。

　　〔三〕《汉书》:"建章宫东则凤阙,高二十馀丈。"《西都赋》注:"圆阙上作铁凤凰,令张两翼,举头敷尾。"

　　〔四〕羽林:注见二卷。按:评事掌出使推按,不为冗官。此云"官联辞冗长",又云"教练羽林儿",盖崔自外僚征入朝,为羽林幕职,评事恐是兼官,或先曾以评事贬斥。

　　〔五〕《国语》:"引党以封己。"注:"封,厚也。"

　　〔六〕《晋书》:"孔愉有公才而无公望。"《老子》:"知其雄,守其雌。"

　　〔七〕《战国策》:"涓人为君求千里马,马已死,买其骨五百金,返以报,君大怒。涓人曰：'死马且买之，况生马乎？马今至矣。'不三年，千里马至者三。"

〔八〕活国、拜坛：言羽林帅府得人。

〔九〕玉壶消冰、蛟螭失水，言群盗将荡灭也。

〔一〇〕《世说》："见钟士季如观武库，但睹矛戟。"

〔一一〕赵曰："'江曾决'言向闻评事言论，如江河之决也。"

〔一二〕披雾：注见一卷。

〔一三〕困翮：公自谓也。

奉寄李十五秘书文嶷二首

避暑云安县，秋风早下来。暂留刊作之鱼复浦〔一〕，同过楚王台〔二〕。猿鸟千崖窄〔三〕，江湖万里开〔四〕。竹枝歌未好，画舸莫陈作且迟一作轻回〔五〕。

〔一〕鱼复：注见十二卷。

〔二〕钱笺："《寰宇记》：楚宫，在巫山县西二百步阳台古城内，即襄王所游之地。阳云台，高一百二十丈，南枕长江。" 时秘书将适洪州，故公与之期会于夔如此。

〔三〕千崖窄：言峡中多崖嶂而少平地。

〔四〕万里开：出峡之景也。

〔五〕旧注："竹枝歌，巴渝之遗音，惟峡人善唱。"刘禹锡《竹枝词序》："建平里中儿，联歌竹枝，吹短笛击鼓以赴节，歌者扬袂杂舞，以曲多为贤，音中黄钟之羽，其卒章激讦如吴声。" 何宇度《谈资》："竹枝歌凄惋悲怨，苏长公云：有楚人哀屈吊贾之遗声焉。《鹤林玉露》载宋时三峡犹能歌之，今则亡矣。" "竹枝歌未好"，公不以巴渝之音为好也。"画舸莫迟回"，促其早至而出峡也。解者多失之。

行李千金赠,衣冠八尺身。飞腾知有策,意度不无神。班秩兼通贵〔一〕,公侯出异人。玄成负文彩〔二〕,世业岂沉沦?

〔一〕《唐书》:"秘书郎,从六品上。"故曰"通贵"。
〔二〕韦玄成:注见二卷。

贻华阳柳少府

《唐书》:"华阳县属成都府,贞观十七年析成都县置。"

系马乔木间,问人野寺门。柳侯披衣笑晋作啸〔一〕,见我颜色温。并坐石堂下一作石下堂,一云堂下石,俯视大江奔。火云洗月露,绝壁上朝暾〔二〕。自非晓相访,触热生病根。南方六七月,出入异中原。老少多喝於歇切死〔三〕,汗逾水浆翻〔四〕。俊才得之子,筋力不辞烦。指挥当世事,语及戎马存。涕泪一云流涕溅我裳,悲风一作气排帝阍。郁陶抱长策,义仗知者论。吾衰病江汉,但愧识玙璠。文章一小技,于道未为尊。起予幸班白,因是托子孙〔五〕。俱客古信州〔六〕,结庐依毁垣。相去四五里,径微山叶繁。时危挹佳士,况免军旅喧。醉从赵女舞,歌鼓秦人盆〔七〕。子壮顾我伤,我欢兼泪痕。馀生如过鸟,故里今空村。

〔一〕陶潜诗:"相思则披衣,言笑无厌时。"
〔二〕谢灵运诗:"晚见朝日暾。"暾:日始出貌。

〔三〕《汉纪》:"元封四年夏,大旱,民多暍死。"暍:伤暑也。

〔四〕《世说》:"魏文帝问钟毓:'面何以汗?'对曰:'兢兢皇皇,汗出如浆。'"

〔五〕《世说》:"曹公少时见桥玄,玄谓曰:吾老矣,当以子孙相累。"

〔六〕《旧唐书》:"夔州本梁信州,隋为巴东郡,武德元年改信州,二年又改夔州。"《新书》:"避皇外祖独孤信讳,改夔州。"

〔七〕李斯《书》:"击瓮叩缶,弹筝拊髀,而歌呼呜呜快耳者①,真秦之声也。"杨恽《书》:"家本秦也,能为秦声。妇赵女也,雅善鼓瑟。酒后耳热,仰天拊缶而歌呜呜。"《尔雅》:"盆,谓之缶。"

雷

大旱山岳焦〔一〕,密云复无雨。南方瘴疠地,罹此农事苦。封内必舞雩〔二〕,峡中喧击鼓〔三〕。真龙竟寂寞,土梗空俯偻 音吕俯 他本作俯偻〔四〕。吁嗟公私病,税敛缺不补。故老仰面啼,疮痍向谁数?暴尪或前闻,鞭巫非稽古〔五〕。请先偃甲兵,处分听人主。万邦但各业,一物休尽取〔六〕。水旱其数一云数至然,尧汤免亲睹?上天铄金石,群盗乱豺虎〔七〕。二者存一端,愆阳不犹愈?昨宵殷其雷,风过齐万弩。复吹霾翳散,虚觉神灵聚。气暍肠胃融,汗湿一作滋衣裳污一作腐。吾衰犹一作尤拙计一云计拙,失望筑场圃。

〔一〕《庄子》:"大旱金石流、土山焦而不热。"

〔二〕《周礼·司巫》:"若国大旱,则率巫而舞雩。"

---

① "歌呼",底本无"呼"字,据《史记》补。

〔三〕《神农求雨书》："祈雨，不雨则暴巫，暴巫而不雨，则积薪击鼓而焚山。"

〔四〕土梗：土人也。《左传》："一命而偻，再命而伛，三命而俯。"偻俯：言鞠躬以祈神也。

〔五〕《左传·僖二十一年》："夏旱，公欲焚巫尪，臧文仲曰：非旱备也。"注："尪者，瘠病之人，其面上向，俗谓天哀其病，恐雨入其鼻，故为之旱，所以公欲焚之。"《礼记》："岁旱，穆公召县子而问曰：'天久不雨，吾欲暴尪而奚若？'曰：'天则不雨，而暴人之疾子，虐，毋乃不可与？''然则吾欲暴巫而奚若？'曰：'天则不雨，而望之愚妇人，于以求之，毋乃已疏乎？'"

〔六〕四语言救旱之道，讥方镇之擅兵横敛也。

〔七〕《招魂》："十日代出，流金铄石。"言水旱之数，尧汤不免，且亢阳虽酷，不犹愈于盗贼乎？

火

楚—作焚山经月火，大旱则斯举。旧俗烧蛟—作蛇龙，惊惶致雷雨。爆皮教切嵌丘衔切魑魅泣〔一〕，崩冻岚阴肟侯古切〔二〕。罗落沸百泓〔三〕，根源皆万—作太古。青林一灰烬，云气无处所〔四〕。入夜殊黄作珠赫然，新秋照牛女〔五〕。风吹巨焰作，河掉—作淡，《正异》定作汉腾烟柱〔六〕。势欲焚昆仑〔七〕，光弥燉香靳切洲渚〔八〕。腥至焦长蛇，声吼—云吼争缠猛虎。神物已高飞，不—作只见石与土〔九〕。尔宁要谤讟，凭此近荧侮。薄关长吏忧，甚昧至精主〔一〇〕。远迁谁扑灭〔一一〕？将恐及环堵〔一二〕。流汗卧江亭，更深气如缕。

〔一〕《韵会》:"嵌,岩山险貌。"

〔二〕《文选》注:"《埤苍》:盱,赤文也。"《广韵》:"盱,文采状。又,明也。"言积冻之地为火所崩迫,故岚阴皆有赤光。

〔三〕罗落沸百泓:言火烬周围陨落,泓水尽为沸腾也。

〔四〕《高唐赋》:"风止雨霁,云无处所。"

〔五〕照牛女:火光烛天也。黄曰:"《旧书》:大历元年,三月不雨,至于六月。今诗云'新秋照牛女',殆是山南入秋犹未雨也。"

〔六〕蔡曰:"'河掉',河汉之掉也。"按:此解未安。当以《正异》为是。或本作"淡","淡"乃"汉"(漢)字之讹耳。烟柱:烟直上如柱然。

〔七〕《书》:"火炎昆冈,玉石俱焚。"

〔八〕《左传》:"行火所燄。"燄:炙也。

〔九〕言蛟龙高飞,石土不碍。《贵耳集》:"古传龙不见石,人不见风,鱼不见水。"

〔一〇〕言蛟龙神物,奈何为焚山之举,以谤讟而荧侮之?此固旧俗不经,实因长吏薄于忧民,不知以精诚为主,尽祈救之道耳。"薄关长吏忧",微刺当时郡邑有司也。梦弼注:"薄,读伯各切,谓迫近郊关也。"恐不然。

〔一一〕《上林赋》:"烂熳远迁。"

〔一二〕《诗》:"将恐将惧。"

热三首

雷霆空霹雳,云雨竟虚无〔一〕。炎赫衣流汗,低垂气不苏〔二〕。乞为寒水玉〔三〕,愿作冷秋菰。何晋作那似儿童岁,风凉出舞雩。

〔一〕《上林赋》:"乘虚无,与神俱。"

〔二〕《史记》:"汉军皆披靡。"正义:"靡谓精体低垂。"
〔三〕《山海经》:"堂庭之山多水玉。"注:"水精也。"

瘴云终不灭,泸水复西来〔一〕。闭户人高卧,归林鸟却回。峡中都似火,江上只空晋作闻雷。想见阴宫雪〔二〕,风门飒沓一作踏开〔三〕。

〔一〕《后汉书》注:"泸水,一名若水,出旄牛徼外,经朱提至僰道入江,在今巂州。时有瘴气,三月、四月经之必死。五月以后,行者差得无害。故诸葛《表》云'五月渡泸',言其艰苦也。"《一统志》:"泸江在泸州城东,入合江县界。"
〔二〕繁钦《暑赋》:"虽托阴宫,罔所避游。"
〔三〕傅毅《舞赋》:"飒沓合并。"

朱李沉不冷〔一〕,雕胡晋作菰炊屡新〔二〕。将衰骨尽痛,被褐一作褐,非味空频。欻翕炎蒸景,飘飖征戍一作伐人。十年可解甲?为尔一沾巾!

〔一〕魏文帝书:"浮甘瓜于清泉,沉朱李于寒水。"①
〔二〕炊屡新:以热甚不能餐。

七月三日亭午已后,校热退,晚加小凉,稳睡有诗,因论壮年乐事,戏呈元二十一曹长

今兹商用事〔一〕,馀热亦已末。衰年旅炎方,生意从此

---

① 底本作"魏文帝诗沉甘瓜于清泉浸朱李于寒水",据《六臣注文选·魏文帝〈与梁朝歌令吴质书〉》改。

活。亭午减汗流,比一作北邻耐人聒。晚风爽乌匼遏合切〔二〕,筋力苏摧折。闭目逾十旬,大江不止渴。退藏恨雨师,健步闻旱魃〔三〕。园蔬抱金玉,无以供采掇。密云虽聚散,徂暑终衰歇。前圣眷古慎字焚巫,武王亲救暍〔四〕。阴阳相主客,时序递回斡乌括切〔五〕。洒落惟清秋,昏霾一空阔。萧萧紫塞雁〔六〕,南向欲行列。欻思红颜日,霜露冻阶闼。胡马挟雕弓,鸣弦不虚发〔七〕。长铍音批逐狡兔〔八〕,突羽当满月〔九〕。惆怅白头吟,萧条游侠窟〔一〇〕。临轩望山阁〔一一〕,缥缈安可越？高人炼丹砂,未念将朽骨。少壮迹颇疏,欢乐曾倏忽。杖藜风尘际,老丑难翦拂。吾子得神仙,本是池中物。贱夫美一睡,烦促婴词笔。

〔一〕《月令》:"孟秋之月,其音商,律中夷则。"

〔二〕薛梦符曰:"乌匼,乌巾也。"赵曰:"今亦有匼顶巾之语。"　按:《博物志》:"魏武作白帢。"《礼部韵略》:"帢,帽也,亦作𢂿,士服,状如弁,缺四角。"至"匼"字,古人多用,如鲍照诗"银屏匼匝",公诗"马头金匼匝",《唐书》"杨再思阿匼取容"、"卢杞诡谀阿匼",皆不以言巾。吴若注云:"匼,当作帢,音恰。"殆是,今字书多从之。洪驹父谓"乌匼,不舒貌",此臆说耳。

〔三〕《山海经》:"黄帝攻蚩尤于冀州之野,蚩尤请风伯雨师纵大风雨,帝下天女曰魃,雨止,遂杀蚩尤。魃不得复上,所居不雨。"《神异经》:"南方有人,长二三尺,裸身而目在顶上,走行如风,名曰𤰞,俗曰旱魃,所见之国大旱,赤地千里。"

〔四〕《帝王世纪》:"武王自孟津还,及于周,见暍人,王自左拥而右扇之。"

〔五〕谢惠连《七夕》诗:"倾河易回斡。"

〔六〕《古今注》:"秦筑长城,土色皆紫,汉塞亦然。"《月令》:"季秋之月,鸿雁来宾。"

〔七〕《上林赋》："弦不虚发。"

〔八〕《广韵》："铋，箭也。"《通俗文》："骨镞曰鶋，铁镞曰镝，鸣箭曰骹，靃叶曰铋，皆古制。"

〔九〕刘孝威赋："弯弓满月之势。"李白诗："弯弓绿弦开，满月不惮坚。"赵曰："'突羽'言羽箭奔突，'当满月'言挽弓之满如月，箭当其间。"

〔一〇〕郭璞诗："京华游侠窟。"

〔一一〕山阁：元曹长所居。

牵牛织女

牵牛出河西〔一〕，织女处其东〔二〕。万古永相望，七夕谁见同〔三〕？神光竟难候，此事终蒙胧〔四〕。飒然精灵鲁訔作爽合，何必秋遂逢他本作通？亭亭新妆立，龙驾具曾空一作穹〔五〕。世人亦为尔，祈请走儿童。称家随丰俭，白屋达公宫〔六〕。膳夫翊堂殿，鸣玉凄房栊。曝衣遍天下〔七〕，曳月扬微风〔八〕。蛛丝小人态，曲缀一作掇瓜果中〔九〕。初筵湿重露〔一〇〕，日出甘所终一作从〔一一〕。嗟汝未嫁女，秉心郁忡忡。防身动如律，竭力机杼中。虽无舅姑事，敢昧织作功？明明君臣契，咫尺或未容。义无弃礼法，恩始夫妇恭。小大有佳期，戒之在至公。方圆苟龃壮所切龉偶许切〔一二〕，丈夫多英雄一云勿替丈夫雄。

〔一〕《尔雅》："何鼓谓之牵牛。"注："今荆楚人呼牵牛星为担鼓。担者，何也。"

〔二〕《晋志》："织女三星，在天纪东端，天女也，主果蓏、丝帛、珍宝。"陆机诗:"牵牛西北回,织女东南顾。" **补注**:朱新仲曰:"牵牛,牛星也。织女,非女星。织女三星,在牛之上,主金帛。女四星,在牛之东,是须女也。须,婢之贱称。诗人往往以织女为牛女,误矣。"潘鸿曰:"按《丹元子步天歌》云:'牛上直见三何鼓,鼓上三星号织女。更有四黄名天桴,何鼓直下如连珠。'盖牛上四星曰天桴,桴北三星踞汉湄,曰何鼓,世谓之牵牛。自汉以来,《天文志》皆以牵牛即牛宿,而谓何鼓在牵牛北。若牵牛是六星之牛宿,则当配以四星之女宿矣。织女固非女宿,牵牛亦非牛宿也,当辨之。"

〔三〕周处《风土记》:"七月七日夜,洒扫于庭,露施几筵,设酒脯时果,散香粉于筵上,以祀河鼓织女,言此二星辰当会。少年守夜者咸怀私愿,或云见天汉中奕奕正白气,有光曜五色,以此为征,便拜而乞愿。"

〔四〕《容斋随笔》:"宋苍梧王当七夕,令杨玉夫伺织女渡河,曰:'见则报我,不见当杀汝。'钱希白《洞微志》载:苏德奇为徐肇祀其先人,曰:'当夜半可见。'翟公巽作《祭仪》云:'或祭于昏,或祭于旦,皆非。当以鬼宿渡河为候。而鬼宿渡河,常在中夜,必使人仰占以俟之。'予按:经星终古不动,鬼宿随天西行,春昏见于南,夏晨见于东,秋夜半见于东,冬昏见于东。安有所谓'渡河'及'常在中夜'之理?织女昏晨与鬼宿正相反,其理则同。苍梧狂悖小儿不足道,钱、翟二公亦不深考,自是牵俗之过。杜诗'牵牛出河西'云云,盖已洞晓其非实也。"

〔五〕谢朓《七夕赋》:"回龙驾之容裔。"

〔六〕《左传》:"有守于公宫。"

〔七〕崔寔《四民月令》:"七月七日,曝经书及衣裳。"

〔八〕谢庄赋:"曳云表之素月。"

〔九〕《荆楚岁时记》:"七夕,人家妇女结彩缕,穿七孔针,陈瓜果于庭中以乞巧。有蟢子网于瓜上者,则以为得巧。"

〔一〇〕陶潜诗:"浥露掇其英。"

〔一一〕甘所终:言日出始休也。

〔一二〕《九辩》:"圆凿而方枘兮,吾固知其龃龉而难入。"枘,音芮,木端所以入凿。

牛女会合，自汉人已有其说。吴均《齐谐》又撰桂阳城武丁事以实之，世俗多为所惑。公故首辟其诬，而终言夫妇之义通于君臣，近虽咫尺，非佳期不合，苟弃礼失身，能不为丈夫所贱耶？或曰：此托意君子进身之道，感牛女事而发之。

毒热寄简崔评事十六弟

大火旧作暑，《正异》定作火运金气〔一〕，荆扬不知秋。林下有塌翼〔二〕，水中无行舟。千室但扫地，闭关人事休。老夫一作大转不乐，旅次兼百忧。蝮蛇暮偃蹇，空床难暗投。炎宵恶明烛，况乃怀旧丘。开襟仰内弟《英华》同，一作第，非〔三〕，执热露白头。束带负芒刺，接居成阻修。何当清霜飞？会子临江楼。载闻大《易》义，讽咏一作兴诗家流。蕴藉异时辈，检身非苟求。皇皇使臣体〔四〕，信是德业优。楚材择杞梓〔五〕，汉苑归骅骝〔六〕。短章达我心，理为一作待识者筹。

〔一〕大火：注见十一卷。《月令》：“孟秋之月，盛德在金。”

〔二〕陈琳檄："忠义之佐，垂头塌翼。" 赵曰："'塌翼'，谓鸟以热而难飞也。"

〔三〕《白帖》："舅子为内兄弟。陆厥有《答内兄顾希叔》诗。"崔评事乃公诸舅之子，故曰"内弟"。

〔四〕《诗》序："皇华，遣使臣也。"《唐书》："评事，掌出使推按。"

〔五〕《左传》："晋卿不如楚，其大夫则贤，皆卿材也。如杞梓皮革，自楚往也。虽楚有材，晋实用之。"

〔六〕旧注："杞梓、骅骝，皆美评事。"

殿中杨监见示张旭草书图

《唐书》:"殿中省监一人,掌天子服御之事。"张旭草书:注见一卷。

斯人已云亡,草圣秘难得。及兹烦见示,满目一凄恻。悲风生微绡〔一〕,万里起古色。锵锵鸣玉动,落落群松直。连山蟠其间〔二〕,溟涨与笔力〔三〕。有练实先书,临池真尽墨〔四〕。俊拔为之主,暮年思转极。未知张王后〔五〕,谁并百代则。呜呼东吴精〔六〕,逸气感清识〔七〕。杨公拂箧笥,舒卷忘寝食。念昔挥毫端,不独观酒德〔八〕。

〔一〕潘岳诗:"凯风扬微绡。"

〔二〕《法书要录》:"索靖章草书,若雪岭孤松,冰河危石;萧思话行草,如连冈尽望,势不断绝。"

〔三〕谢灵运诗:"溟涨无端倪。"《南史》:"王僧虔论书云:张芝、索靖、韦诞、钟会、二卫,并得名前代,无以辨其优劣,惟见笔力惊异耳。"

〔四〕卫恒《书势》:"弘农张伯英,凡家之衣帛,必先书而后染练之。临池学书,池水尽黑,韦仲将谓之草圣。"

〔五〕张王:张芝、王羲之也。《羲之传》:"我书比钟繇当抗行,比张芝草犹当雁行。"

〔六〕钱笺:"李颀《赠张颠》诗:皓首穷草隶,时称太湖精。"

〔七〕清识:谓杨监。

〔八〕刘伶有《酒德颂》。旭饮醉辄书,故云。

杨监又出画鹰十二扇

近时冯绍正，能画鸷鸟样。明公出此图，无乃传其状〔一〕？殊姿各独立，清绝心有向—作尚。疾禁平声千里马，气敌万人将。忆昔骊山宫，冬移含元仗。天寒大羽猎，此物神俱王〔二〕。当时无凡材，百中皆用壮。粉墨形似间，识者一惆怅。干戈少暇日，真骨老崖嶂。为君除狡兔，会是翻—作飞鞲上。

〔一〕钱笺："《历代名画记》：'冯绍正，开元中任少府监，八年为户部侍郎，善画鹰鹘鸡雉，尽其形态，嘴眼脚爪毛彩俱妙。曾于禁中画五龙堂，有降云蓄雨之感。'谢赫《画评》：'画有传移摹写，为六法之一。'张彦远云：'顾恺之有摹拓妙法。古时好拓画，十得七八。亦有御府拓本，谓之官拓。'十二扇，盖拓冯监画本也。"

〔二〕《津阳门诗》注："申王有高丽赤鹰，岐王有北山黄鹘，逸气奇姿，特异他等。上每校猎，必置于驾前，目为决胜儿。"

送殿中杨监赴蜀见相公

按史，大历元年二月，杜鸿渐镇蜀，明年六月入朝。此诗当是元年秋作。

去水绝还波，洩云无定姿。人生在世间，聚散亦暂时。离别重相逢，偶然岂定《正异》作足期？送子清秋暮，风物—作动长年悲〔一〕。豪俊贵勋业,邦家频出师。相公镇梁益〔二〕,军事无子遗〔三〕。解榻再见今〔四〕,用才复择谁?况子已高位〔五〕,为郡得固辞〔六〕?难拒供给费,慎哀渔夺私。干戈未甚息,纪纲正所持。泛舟巨石横,登陆草露滋。山门日易久—云夕〔七〕,当念居者思。

〔一〕《淮南子》:"木叶落,长年悲。"
〔二〕《初学记》:"剑南道,《禹贡》梁州之域也,自剑阁而南分为益州。"
〔三〕无子遗:言事无遗策也。
〔四〕《后汉·徐穉传》:"陈蕃为太守,惟穉来特设一榻,去则悬之。"
〔五〕按:《唐志》"殿中监,从三品",则其位已高。
〔六〕得固辞:言不得辞也。意鸿渐是时辟杨为蜀中郡守,故云然。下四句正告以为郡之道。
〔七〕山门:谓夔峡间。

赠李十五丈别

李十五:即前秘书文嶷。

峡人鸟兽居,其室附层巅。下临不测江,中有万里船。多病纷倚薄〔一〕,少留改岁年。绝域谁慰怀?开颜喜名贤。孤陋忝末亲,等级敢比肩?人生意气合,相与襟袂连。一日两遣仆,三日一共筵。扬论展寸心,壮笔过飞泉〔二〕。玄成美价存,子山旧业传〔三〕。不闻八尺躯,常受众目怜。且为辛苦行,盖被生事牵。北回白帝棹,南入黔阳天〔四〕。汧公制方隅,迥出诸侯先。封内如太古,时危独萧然〔五〕。清高金茎露_{一作掌露,一作茎掌},正直朱丝弦〔六〕。昔在尧四岳,今之黄颍川。忓迈恨不同,所思无由宣。山深水增波,解榻秋露悬〔七〕。客游虽云久,主要_{陈作亦思}月再圆。晨集风渚亭,醉操云峤篇。丈夫贵知己,欢罢念归旋〔八〕。

〔一〕谢灵运诗:"拙疾相倚薄。"

〔二〕曹植《王仲宣诔》:"文若春华,思若涌泉。"

〔三〕《周书》:"庾信,字子山。父肩吾,为梁太子中庶子,掌管记室。东海徐摛,为左卫率。摛子陵及信,并为抄撰学士。父子在东宫,既有盛才,文并绮丽,故世号为徐庾体焉。"

〔四〕黔阳:注见十卷。

〔五〕旧注:"汧公,李勉也,宗室郑惠王孙。"黄曰:"《旧史》:'大历七年,勉拜工部尚书及滑亳节度',不言封汧国。《新史》谓'自岭南节度召归,进工部尚书,封汧国公'。勉以大历四年入岭南,归在五年公没之后,今此诗已云'汧公',盖《新史》误也。"钱笺:"肃宗初年,勉为梁州都督。宝应元年建辰月,党项、奴剌寇梁州,勉弃郡走,后历河南尹,徙江西观察使。大历二年来朝,拜京兆尹。李十五自峡中往访,正勉在江西时。'南入黔阳天',自黔阳取道之豫章也。杜田注'访勉于梁州',大误。"

〔六〕《后汉·党锢传》:"直如弦,死道边。"鲍照诗:"直如朱丝绳。"按:《旧书》称勉"坦率淡素,好古尚奇,清廉简易,为宗臣之表",此数语盖实录。

〔七〕时勉按察江西,故用陈蕃事。曰"秋露",则李十五往谒在大历元年之秋也。

〔八〕言李至豫章,必有留连诗酒之乐,然为欢易尽,不可久游而忘归也。

种莴苣并序

　　既雨已秋,堂下理小畦,隔种一两席许莴苣,向二旬矣,而苣不甲拆,伊人—作独野,赵云:别本是苋青青〔一〕。伤时君子,或晚得微禄,坎坷不进,因作此诗。

　　阴阳一错—作屯乱,骄蹇不复理〔二〕。枯旱于其或作此中,炎方惨如燬。植物半蹉跎,嘉生将已矣〔三〕。云雷欻奔命,师伯集所使〔四〕。指挥赤白日,澒洞青光—作雷色起。雨声先已晋作以风,散足尽西靡〔五〕。山泉落沧江,霹雳犹在耳。终朝纡飒沓,信宿罢萧洒洒同,想里切。堂下可以畦,呼童对经始。苣兮蔬之常,随事艺其子。破块数席间〔六〕,荷锄功易止。两旬不甲拆,空惜埋泥滓。野苋迷汝来,宗生实于此〔七〕。此辈岂无秋?亦蒙寒露委〔八〕。翻然出地速,滋蔓户庭毁。因知邪干正,掩抑至没齿。贤良虽得禄,守道不封己。拥塞败芝兰,众多盛荆杞。中园陷萧艾,老圃永为耻〔九〕。登于白玉盘〔一〇〕,藉以如霞绮〔一一〕。苋也无所施,胡颜入筐篚〔一二〕。

　　〔一〕《本草》:"莴苣花子并同白苣,江东人谓之莴笋。苋有赤、白二种①,俱大寒,或谓细苋,俗谓之野苋。"
　　〔二〕蔡邕诗:"苦热气骄蹇。"
　　〔三〕《史记》:"神降之嘉生。"注:"嘉,谷也。"
　　〔四〕旧注:"'师伯',雨师、风伯也。"
　　〔五〕谢朓诗:"森森散雨足。"宋玉《笛赋》:"白日西靡。"旧注:"西靡,言

---

① "赤白",底本作"人白",据《本草纲目》改。

雨散斜向西也。"

〔六〕《盐铁论》:"周公之时,风不鸣条,雨不破块。"

〔七〕《吴都赋》:"宗生高冈,族茂幽草。"

〔八〕鲍照诗:"归华先委露。"

〔九〕言君子守道,异于小人之封己,犹莴苣出地不蕃,非若野苋之易蔓也。彼芝兰拥败,而荆杞、萧艾盛荣,物类固然,岂特苣、苋哉!

〔一〇〕徐摛《咏橘》诗:"愧以无雕饰,徒然登玉盘。"

〔一一〕谢朓诗:"馀霞散成绮。"赵曰:"古人每言绮馔,盖贵家以锦绮藉食。"

〔一二〕言玉盘、霞绮之间,必苣始充用,无有荐及野苋者。是小人虽能掩饰君子,而终不为时之所贵也。

"莴苣",公以自喻,观诗序有"晚得微禄"句,词旨甚明。

驱竖子摘苍耳

《尔雅》注:"卷耳,或曰苓耳,形似鼠耳,丛生如盘。"陆玑《诗疏》:"叶似胡荽,白花,细茎,可煮为茹。四月生子,如妇人耳珰。"按:《本草》:"即今苍耳。"

江上秋已分,林—作村中瘴犹剧。畦丁告劳苦,无以供日夕。蓬莠独郭作犹不焦,野蔬暗泉石。卷耳况疗风〔一〕,童儿且时摘—云童仆先将摘。侵星驱之去,烂熳郭作漫任远适。放筐亭午际,洗剥相蒙幂音密〔二〕。登床半生熟〔三〕,下箸还小益。加点瓜薤间,依稀橘—作木奴迹〔四〕。乱世诛求急,黎民糠籺音核窄〔五〕。饱食复何心,荒哉膏粱客!富家厨肉臭,战地骸骨白。寄语恶少年,黄金且休掷。

〔一〕《本草》:"卷耳主疗寒痛、风湿、周痹、四肢拘挛。"
〔二〕旧注:"幂,覆食巾。谓洗其土,剥其毛,以巾覆之。"
〔三〕赵曰:"登床,登食床也。"
〔四〕《荆州记》:"吴丹阳太守李衡于武陵龙阳泛洲,种甘橘千株。临死,敕其子曰:'吾洲里千头木奴,岁可得绢千匹。'"
〔五〕《陈平传》:"亦食糠覈耳。"晋灼曰:"覈,音纥。京师人谓粗屑为'纥头'。"

信行远修水筒 原注:引泉筒

公《伐木》诗序有"隶人信行"。

汝性不茹荤,清净仆夫内。秉心识本—作根源,于事少凝滞。云端水筒坼,林表山石碎。触热藉子修,通流与厨会。往来四十里,荒险崖谷大。日曛惊未餐,貌赤愧相对。浮瓜供老病,裂饼常所爱。于斯答恭谨,足以殊殿最。讵要方士符〔一〕,何假将军盖〔二〕?行诸直如笔,用意崎岖外。

〔一〕《汝南先贤传》:"葛玄与吴大帝坐楼上,见作请雨土人,曰:'雨易得耳。'即书符着社庙中。须臾,大雨淹注,平地水尺馀。"何云曰:《真诰》有'制虎豹符'。此诗'方士符'盖用之。《示獠奴阿段》诗云'怪尔常穿虎豹群',此可证也。"
〔二〕《古今注》:"曲盖,太公所作。武王伐纣,大风折盖,太公因折盖之形而为曲盖焉,战国常以赐将军。" 钱笺:"按次公引《东观汉记》'李贰师将军拔佩刀刺山而泉飞出',但无'盖'字。高丽刻《草堂诗》作'佩',较'盖'字为稳,宜从之。" 按:此言信行触热入山,不烦张盖也,恐亦非用贰师事。

催宗文树鸡栅

吾衰怯行迈,旅次展崩迫[一]。愈风传乌鸡[二],秋卵方漫吃[三]。自春生成者,随母向百翻。驱趁制不禁,喧呼山腰宅。课奴杀青竹[四],终日憎—作增,晋作帽赤帻[五]。踏藉盘案翻,塞蹊使之隔。墙东有隙晋作闲散地,可以树高栅。避热时来晋作未归,问儿所为迹。织笼曹其内,令入不得掷。稀间蔡读居觅切可—作苦突过,觜爪—作距还污席[六]。我宽蝼蚁遭,彼免狐貉厄[七]。应宜各长幼,自此均勍敌。笼栅念有修,近身见—作知损益[八]。明明领处分,一一当剖析[九]。不昧风雨晨[一〇],乱离减忧戚。其流则凡鸟[一一],其气心匪石[一二]。倚赖穷岁晏,拨烦去—作及冰释[一三]。未似尸乡翁,拘留盖阡陌[一四]。

〔一〕任昉表:"无任崩迫之情。"
〔二〕《本草》:"乌雌鸡,治风湿麻痹。"
〔三〕张衡《南都赋》:"春卵夏笋。"卵,鸡子也。春卵可以抱育,故"秋卵"方食之。
〔四〕杀青竹:火炙竹去汗则不蠹,以立栅也。
〔五〕钱笺:"潘岳《射雉赋》:'摘朱冠之艳赫。'良曰:'朱冠雉帻,赤也。'干宝《搜神记》:'安阳城南有亭,一书生明术数,入亭宿,夜半有赤帻者来,或问曰：向赤帻者谁？答曰：西舍老雄鸡也。'"

〔六〕"稀间"，言栅中稀疏有间。"突过"、"污席"，明织笼之不可已也。

〔七〕《齐民要术》："鸡栖，宜拣地为笼，内着栈，安稳易肥，又免狐狸之患。"

〔八〕言因修此笼栅，近譬诸身，见损益之理，莫不宜然。

〔九〕处分、剖析：告宗文之词也。

〔一〇〕《诗》："风雨如晦，鸡鸣不已。"

〔一一〕《说文》："凤，神鸟也。从鸟，凡声。"陆佃曰："凡鸟为凤，总众鸟者也。"

〔一二〕《诗》："我心匪石，不可转也。"言司晨有信。

〔一三〕《庄子》："涣若冰将释。"

〔一四〕《列仙传》："祝鸡翁者，洛阳人也，居尸乡北山下，养鸡百年馀，鸡至千头，皆有名字，欲取呼名，则种别而至。卖鸡及子，得千馀万，辄置钱去之。""拨烦去冰释"，即上"乱离减忧戚"意也。"拘留"应"树笼栅"，"阡陌"应"墙东隙地"。言祝鸡翁任其飞走，吾则未能，故"拘留"而"盖"之"阡陌"之间也。旧解都非。

白盐山

《水经注》："广溪峡，斯乃三峡之首也。北岸山上有神渊，渊北有白盐崖，高可千馀丈，俯临神渊。土人见其高白，故因名之。"《方舆胜览》："白盐山在州城东十七里。"

卓立群峰外，蟠根积水边〔一〕。他皆任厚地，尔—作我独近高天。白榜千家邑〔二〕，清秋万估—作古船。词人取佳句，刻画竟难—作谁传《英华》作刷练始堪传。

〔一〕《荆州记》:"白盐崖下有黄龙滩,水最急,沿溯所忌。"
〔二〕白榜:以白为榜,今悬额是也。

滟滪堆

巨石水中央,江寒出水长。沉牛答云雨〔一〕,如马戒舟航〔二〕。天意存倾覆,神功接混茫。干戈连解缆,行止忆垂堂〔三〕。

〔一〕沉牛:即《灵湫》诗之"沉豪牛"也。《水经》:"江水又东径广溪峡。"注:"山上有神渊,天旱燃木,岸上推其灰烬,下秽渊中,寻则降雨。峡中瞿唐滩,滩上有神庙,至灵验,商旅上下,飨荐不辍。"
〔二〕如马:注见十二卷。
〔三〕《相如传》:"家累千金,坐不垂堂。"

滟滪

滟滪既没孤根深,西来水多愁太阴〔一〕。江天漠漠鸟双去,风雨时时龙一吟。舟人渔子歌回首,估客胡商泪满襟。寄语舟航恶年少,休翻盐井掷—作横,—云摸黄金〔二〕。

〔一〕吴杨泉《五湖赋》:"太阴之所毖,玄灵之所游。"
〔二〕翻盐井以逐厚利,必不顾沉溺之患,故公以戒之。

白　帝

白帝城中云出门_{鲁作城头云若屯},白帝城下雨翻盆。高江急峡雷霆斗,翠_{一作古}木苍_{一作长}藤日月昏。戎_{一作去}马不如归马逸,千家今有百_{一作十}家存。哀哀寡妇诛求尽,恸哭秋原何处村?

黄　草

黄草峡西船不归〔一〕,赤甲山下行人《正异》作人行稀〔二〕。秦中驿使无消息,蜀道兵_{一作干}戈有是非〔三〕。万里秋风吹锦水,谁家别泪湿罗衣?莫愁剑阁终堪据,闻道松州已被围。

〔一〕《水经注》:"江水又东,右径黄葛峡,山高峡险,无人居。又左径明月峡。"《益州记》:"涪州黄葛峡有相思崖,今名黄草峡。山草多黄,故名。"《通鉴》:"大历四年,涪州守捉使王守仙伏兵黄草峡。"胡三省曰:"黄草峡在涪州之西。"

〔二〕《水经》:"江水又东南径赤岬西。"注:"是公孙述所造,因山据势,周回七里一百四十步,东高二百丈,西北高一千丈,南连基白帝。山甚高大,不生树木,其石悉赤。土人云:如人袒胛,故谓之赤甲山。"《荆州图经》:"鱼复县西北赤甲山,东连白帝城,西临大江。"《一统志》:"在今夔州府城北。"

〔三〕鲍曰:"'蜀道兵戈',言崔旰之乱。"

按史：杜鸿渐至蜀，崔旰与杨子琳、柏茂林等各授刺史防御，而不正旰专杀主将之罪，故有"兵戈是非"之语。盖言崔氏乱成都，柏、杨讨之，其是非不可无辨也。然旰本建功西山，郭英乂通其妾媵，激之生变，其罪有不专在旰者。未几释甲，随鸿渐入朝，而吐蕃则岁岁为蜀患。故末语又不忧剑阁而忧松州也。松州先为吐蕃所陷，此云"已被围"，必中间严武又收复。又按：此诗首二语，乃夔州作无疑，黄鹤疑"松州被围"谓广德元年事，因以"秦中驿使"为李之芳使吐蕃，"蜀道兵戈"为徐知道据剑阁。全解俱谬，今以旧编正之。

夔州歌十绝句

中巴之东巴东山[一]，江水开辟流其间。白帝高为三峡镇，夔州—作瞿唐险过百牢关[二]。

〔一〕《华阳国志》："刘璋分巴，以垫江以上为巴郡，巴郡居巴西、巴东之中，曰中巴。"《水经注》："章武二年，改白帝为永安，巴东郡治也。"

〔二〕《唐书》："汉中郡西县西南有百牢关。"钱笺："《图经》：百牢关，孔明所建，故基在今兴元西县，两壁山相对，六十里不断，汉江水流其间，乃入金牛益昌路也。"《寰宇记》："隋开皇中置，以入蜀路险，号曰百牢。"

白帝夔州各异城，蜀江楚峡混殊名[一]。英雄割据非天意，霸王蔡读去声，一作主并吞在物情[二]。

〔一〕陆游《入蜀记》："唐故夔州，与白帝城相连。杜诗'白帝夔州各异城'，盖言难辨也。"按：古白帝城，在夔州城东，故曰"各异城"；瞿唐峡，旧名西陵峡,与荆州西陵峡相乱,故曰"混殊名"也。

〔二〕英雄割据:谓公孙述、刘焉辈。霸王并吞:如汉高以巴蜀收中国。

群雄竞起闻旧作问,卞、刊作闻,郭作向前朝音潮,王者无外见今朝〔一〕。比毗至切讶渔阳结怨恨〔二〕,元听舜日旧箫韶。

〔一〕《公羊传》:"王者无外。"
〔二〕朱浮《责彭宠书》:"奈何以区区渔阳,结怨天子?"

赤甲白盐俱刺七迹切天〔一〕,闾阎缭绕接山巅。枫林橘树丹青合〔二〕,复道重楼锦绣悬。

〔一〕《南都赋》:"森䔽䔽而刺天。"
〔二〕《西京杂记》:"终南山有树,叶一青一赤,望之斑驳如锦绣,长安谓之丹青树。"此云"丹青",谓枫叶丹、橘叶青也。

瀼奴朗切东瀼西一万家〔一〕,江北江南晋作江南江北春冬花。背飞鹤子遗琼蕊〔二〕,相趁凫雏入蒋牙〔三〕。

〔一〕《水经注》:"白帝山城,东望瀼溪,即以为隍。"《寰宇记》:"夔州大昌县西,有千顷池,水分三道,一道南流,为奉节县西瀼水。"《入蜀记》:"夔人谓山涧之流通江者曰瀼,居人分其左右,谓之瀼东、瀼西。"

〔二〕《拟李陵〈别诗〉》:"双凫相背飞,相远日已长。"赵曰:"《楚词》'屑琼蕊以为粮',是言玉英。陆士衡《拟古》'上山采琼蕊',则言花之白也。"王粲《白鹤赋》:"食灵岳之琼蕊。"

〔三〕《海赋》:"凫雏离褷,鹤子淋渗。"《蜀都赋》:"攒蒋丛蒲。"注:"蒋,菰名也。"

东屯稻畦一百顷〔一〕,北有涧水通青苗〔二〕。晴浴狎鸥分处处〔三〕,雨随神女下朝朝。

〔一〕《困学纪闻》:"东屯乃公孙述留屯之所,距白帝城五里。东屯之田可百顷,稻米为蜀第一。"《四川总志》:"东瀼水在府治东十里,公孙述于东瀼滨垦稻田,号曰东屯。"
〔二〕《困学纪闻》:"东屯有青苗陂。"《一统志》:"青苗陂在瞿唐东,畜水溉田,民得其利。"
〔三〕孙绰诗:"物我俱忘怀,可以狎鸥鸟。"

蜀麻吴盐自古通〔一〕,万斛之舟行若风。长<small>展两切</small>年三老长歌里,白昼摊钱高浪中<small>《江邻几杂志》作白马滩前高浪中</small>〔二〕。

〔一〕补注:顾炎武曰:"子美诗'蜀麻吴盐自古通',又曰'风烟渺吴蜀,舟楫通盐麻',又曰'蜀麻久不来,吴盐拥荆门',可证唐时行盐,不以地限。若如今日之法,各有行盐地界,吴盐安得至蜀哉?"
〔二〕《梁冀传》:"能意钱之戏。"注:"何承天《纂文》曰诡亿,一曰射意,一曰射数,即摊钱也。"

忆惜咸阳都市合,山水之图张卖时。巫峡曾经宝屏见,楚宫犹对碧峰疑。

武侯祠堂<small>一作生祠</small>不可忘,中有松柏参天长。干戈满地客愁破,云日如火炎天凉。

阆风玄圃与蓬壶〔一〕,中有高堂诸本同,晋作唐天下无。借问夔州压何处?峡门江腹拥城隅。

〔一〕"阆风"、"玄圃"在昆仑,"蓬壶"在东海。

诸将五首

汉朝陵墓对南山,胡虏千秋尚入关〔一〕。昨日玉鱼蒙葬地〔二〕,早时金碗出人间〔三〕。见音现愁汗马西戎逼〔四〕,曾闪朱旗北斗殷荆作闲,诸本多同。《正异》定作殷〔五〕。多少材官守泾渭〔六〕,将军且莫破愁颜。

〔一〕《后汉·董卓传》:"卓留屯毕圭苑中,使吕布发诸帝陵及公卿以下冢墓,收其珍宝。""关",潼关也。禄山入长安,诸陵必遭焚毁。公不忍斥言,故托之"汉朝陵墓"耳。

〔二〕《两京新记》:"宣政门内曰宣政殿,初成,每见数十骑驰突出,高宗使巫祝刘明奴问其所由。鬼曰:'我,汉楚王戊太子,死葬于此。'奴曰:'《汉书》:戊与七国反,诛,死无后。焉得葬此?'鬼曰:'我当时入朝,以路远不从坐,后病死,天子于此葬我,《汉书》自遗误耳。'明奴因宣诏,欲为改葬。鬼曰:'出入诚不安,改葬幸甚。天子敛我玉鱼一双,今犹未朽,勿见夺也。'明奴以事奏闻。及发掘,玉鱼宛然,棺柩略尽。"

〔三〕旧注:"《搜神记》:卢充家西有崔少府墓,充一日入一府舍,见少府,少府以小女与充为婚。三日,崔曰:'君可归,女生男,当以相还。'居四年,三月三日,临水戏,忽见崔氏抱儿还充,又与金碗,并赠诗云云。充取儿、碗及诗,女忽不见。充诣市卖碗,崔女姨母曰:'昔吾妹嫁少府,生女,未出而亡,赠一金碗着棺中。'"蔡曰:"当作'玉碗',见《汉武故事》。"按:《汉武故事》:"邺县有一人,于市货玉杯,吏疑其御物,欲捕之,因忽不见。县送其器,推问,乃茂陵中物也。霍光自呼吏问之,说市人形貌如先帝。"《南史》:"沈炯为魏所虏。尝独行,经汉武通天台,为表奏之。其略曰:'甲帐珠帘,一朝零落;茂陵玉碗,遂出人间。'"即此事也。然易"玉"为"金",义有未安。此与"空馀金碗出"盖皆借用卢充事。《杜诗博议》:"戴叔伦《赠徐山人》诗云'汉陵帝子黄金碗,晋代仙人白玉棺',可见'玉鱼'、'金碗',皆用西京故实,与首句'汉朝陵墓'相应,但汉后稗史自《西京杂记》《风俗通》《拾遗记》诸书而外,传者绝少,无从考据耳。卢充幽婚,恐尚非的证。"

〔四〕《代宗纪》:"永泰元年八月,仆固怀恩诱吐蕃寇奉天、醴泉,党项羌、浑、奴剌寇同州、鳌屋,京师戒严。"

〔五〕《东京赋》:"杖朱旗而建大号。"《御览》:"《东观汉记》云:段颎征还京师,鼓吹、曲盖、朱旗、骑马,殷天蔽日。"周必大曰:"《汉书》有'朱旗绛天',杜云'曾闪朱旗北斗殷',是因朱旗绛天,闪见斗亦赤也。本是'殷'字,於颜切,红色也。修书时宣宗讳正紧,或改作'閒'。今既祧不讳,则是'殷'字何疑?"按:《左传》:"三辰旂旗。"疏云:"画北斗七星。"《汉书》:"招摇灵旗,九夷宾将。"注云:"画招摇于旗,以征伐。"招摇,北斗第七星也。此诗"北斗殷",当以旗言之。次公注谓"闪朱旗于北斗,城中閒暇自若",文义难通,用修已经驳正。

〔六〕《汉书》:"材官蹶张。"泾渭,在长安西北。《代宗纪》:"时郭子仪自河中至,进屯泾阳,李忠臣屯中渭桥。"《通鉴》:"永泰元年九月丙寅,回纥、吐蕃合兵围泾阳,及暮,二虏退屯北原。"注:"泾阳之北原。"

此以吐蕃侵逼责诸将也。前四句追言禄山破潼关时,"玉鱼"、"金碗",援往事以戒之也。下遂言禄山之祸未已,吐蕃又屡告警急,曾不思朱旗闪斗,军容何盛,而但任其深入内地,泾渭戒严,尔诸将独不忧及陵墓耶?按史:广德元年,吐蕃入京师,劫宫阙,焚陵寝。玩此诗首末二句,言外有馀慨。

韩公本意筑三城,拟绝天骄拔汉旌〔一〕。岂意尽烦回纥马,翻然远救朔方兵〔二〕。胡来不觉潼关隘〔三〕,龙起犹闻晋水清〔四〕。独使至尊忧社稷,诸君何以答升平?

〔一〕《旧唐书·张仁愿传》:"景龙二年,拜左卫大将军,同中书门下三品,封韩国公。神龙三年,仁愿于河北筑三受降城。先是,朔方与突厥以河为界,河北岸有拂云祠,突厥每入寇,必祷祠,候冰合而入。时默啜西击娑葛,仁愿乘虚夺漠南之地,筑三城,首尾相应。以拂云祠为中城,东西相去各四百里,皆据津济,遥相接应。北拓三百馀里,于牛头朝那山北置烽燧一千八百所。自是突厥不得度山放牧,朔方无复寇掠。"《新书》:"中城南直朔方,西城南直灵武,东城南直榆林。"胡三省曰:"中受降城在黄河北岸,南去朔方千三百馀里,安北都护府治焉。东受降城在胜州东北二百里,西南去朔方千六百里。西受降城在丰州北黄河外八十里①,东南去朔方千馀里。"

〔二〕至德初,郭子仪领朔方军,以回纥兵讨安庆绪。

〔三〕旧注:"'胡来',谓禄山也。"

〔四〕《水经》:"晋水出晋阳县西悬瓮山,东入汾水。"钱笺:"一行《并州起义堂颂》:'我高祖龙跃晋水,凤翔太原。'《册府元龟》:'高祖师次龙门县,代水清。太宗生时,有二龙戏于门外井中,经三日乃冲天而去。'"

此责诸将之借助于回纥也。自回纥助顺,肃宗之复两京,雍王之讨朝义,皆用回纥兵力,卒之恃功侵扰,反合吐蕃入寇。公故追感晋阳起义之盛,而叹诸将之不能为天子分忧也。 《杜诗博议》:"'胡来'旧指禄山,或以为指吐蕃,皆非是。愚谓此指回纥为怀恩所诱,连兵入寇也。潼关设险,本以控制山东,而今朔方失守,胡骑反从西北蹂躏三辅,则潼关之险失矣,其害皆起于借兵收复。然太宗龙兴晋阳,亦尝请兵突厥,内平隋乱。其后突厥恃功,直犯渭

---

① "丰州北",底本作"丰州地",据胡三省注《资治通鉴》改。

桥,卒能以计摧灭之,此不独太宗之神武,亦由英、卫二公专征之力也,故继之曰:'独使至尊忧社稷,诸君何以答升平?'所以勉子仪者至矣。"

洛阳宫殿化为烽,休道秦关百二重〔一〕。沧海未全归禹贡,蓟门何处尽_{黄作觅}尧封〔二〕?朝廷衮职虽多预_{师尹本作谁争补},天下军储不自供〔三〕。稍喜临边王相国,肯销金甲事春农〔四〕。

〔一〕《汉纪》:"秦得百二焉。"注:"秦地险固,二万人足当诸侯百万人。"
〔二〕蓟门:注见四卷。尽尧封:如《王制》"北不尽恒山,南不尽衡山"之"尽"。今流俗本皆从"觅",非也。沧海、蓟门:即河北幽、瀛等州。时节度使李怀仙等收安史馀党,相与蟠据其地。
〔三〕按:补衮,宰相之职。唐诸镇节度,多加中书令、平章事,兼领内衔,所谓"衮职虽多预"也。府兵法坏,兵农遂分,天下军须,皆仰给馈饷,而不自食其地,所谓"军储不自供"也。　补注:《后汉·法真传》:"臣愿圣朝就加衮职。"注:"衮职,三公也。"
〔四〕《旧唐书》:"广德二年,王缙拜同平章事。其年八月,代李光弼都统河南、淮西、山南东道诸节度行营事,兼领东京留守。岁馀,迁河南副元帅,请减军资钱四十万贯,修东都殿宇。"

此责诸将坐视河北沦弃,不修屯营之制,而犹有取于王相国。曰"稍喜"者,亦不满之辞。

回首扶桑铜柱标〔一〕,冥冥氛祲未_{一作不}全销。越裳翡翠无消息,南海明珠久寂寥〔二〕。殊锡曾为大司马,总戎皆插侍中貂〔三〕。炎风朔雪天王地,只在忠臣_{陈作良}翊圣朝。

〔一〕扶桑：注见五卷。《南史》："林邑国，汉日南郡象林县，古越裳界也。北接九真郡南界，水步道二百馀里有西屠夷，亦称王。马援所植两铜柱，表汉界处也。"《水经注》："昔马文渊积石为塘，达于象浦，建金标为南极之界。"《唐书》："环王，本林邑，其南大浦有五铜柱山，形若倚盖，西重岩，东涯海。明皇令特进何履光以兵定南诏，复立马援铜柱乃还。"《投荒杂录》："爱州九真郡有铜柱，马援以表封疆。"

〔二〕《汉·西域传赞》："孝武之世，睹犀布瑇瑁，则建朱崖七郡。自是之后，明珠、文甲、通犀、翠羽之珍，盈于后宫。"《后汉·贾琮传》："交趾土多珍，产明玑、翠羽、瑇瑁、异香、美木之属。"《岭表录异》："廉州有大池，谓之珠池，每年刺史修贡。"

〔三〕《唐书》："门下省侍中二人，正二品，掌出纳帝命，相礼仪。与左右常侍、中书令，并金蝉珥貂。"

此因南荒不靖，责诸将名位益崇，不思销氛祲以报圣朝也。钱笺："此言朝廷不当使中官为将也。开元中，中官杨思勖将兵讨安南五溪，残酷好杀，而越裳不贡矣。代宗初，中官吕太乙收珠广南，阻兵作乱，而南海不靖矣。李辅国以中官判元帅行军司马，专掌禁兵，又拜兵部尚书，诏群臣于尚书省送上，所谓'殊锡'也。鱼朝恩以中官为天下观军容宣慰处置使，程元振加镇军大将军、右监门卫大将军，充宝应军使，所谓'总戎'也。炎风朔雪，皆天王之地，只当精求忠良，以翊圣朝，岂可使一二中人据将帅之重任，自取溃偾乎？立意如此，而词旨敦厚，不露头角，真诗人之风也。"

锦江春色逐人来，巫峡清秋万壑哀〔一〕。正忆往时严仆射音夜，共迎中使望乡台。主恩前后三持节〔二〕，军令分明数举杯。西蜀地形天下险，安危须仗出群材。

〔一〕殷仲文诗："哀壑叩虚牝。"

〔二〕按：严武一镇东川，两镇剑南，故曰"三持节"。赵次公、黄鹤纷纷诸说，俱为《史》《鉴》所惑，今尽削之。

钱笺："此言蜀中将帅也。是时，崔旰、柏茂琳等交攻，杜鸿渐惟事姑息，奏以节制，让旰、茂林等各为本州刺史。上不得已，从之。鸿渐以三川副元帅兼节度，主恩尤重，然军令分明，有愧严武远矣。公故感今而指昔，谓必如武出群之才，斯可当安危重寄，而惜鸿渐之非其人也。"又曰："鸿渐入蜀，以军政委崔旰，日与僚属纵酒高会，故曰'军令分明数举杯'，追思严武之军令，实暗讥鸿渐之日饮不事事，有愧主恩也。《八哀诗》于严武则云'岂无成都酒，忧国只细倾'，可以互相证明。"

秋兴八首

玉露凋伤枫树林〔一〕，巫山巫峡气萧森〔二〕。江间波浪兼天涌，塞上风云接地阴〔三〕。丛菊两—作重开他日泪，孤舟一系故园心〔四〕。寒衣处处催刀尺〔五〕，白帝城高急暮砧〔六〕。

〔一〕李密诗："金风荡佳节，玉露凋晚林。"
〔二〕《水经注》："江水历峡东径新崩滩，其下十馀里有大巫山，非惟三峡所无，乃当抗峰岷、峨，偕岭衡、疑，其间首尾一百六十里，谓之巫峡，盖因山为名也。三峡七百里中，两岸连山，略无阙处，自非亭午夜分，不见曦月。"张协诗："荒楚郁萧森。"
〔三〕塞上：注见四卷。
〔四〕公至夔州已经二秋，时舣舟以俟出峡，故言再见菊开，仍陨他日之泪；孤舟久系，惟怀故园之心也。
〔五〕郭泰机诗："衣工秉刀尺。"

〔六〕砧：捣衣石。庾信诗："秋砧调急节。"

夔府孤城落日斜〔一〕，每依北—作南斗望京华〔二〕。听猿实下三声泪，奉使虚随八月槎〔三〕。画省香炉违伏枕〔四〕，山楼粉堞隐悲笳〔五〕①。请看石上藤萝月，已映洲前芦荻花。

〔一〕《旧唐书》："贞观十四年，夔州为都督府，督归、夔、忠、万、涪、渝、南七州。天宝元年，改云安郡。乾元元年，刺史唐论请升为都督府，寻罢之。"
〔二〕按：南斗不直夔城，公诗有"秦城北斗边"，又云"秦城近斗杓"，作"北斗"是。赵、蔡皆主此说。
〔三〕《水经注》："每至晴初霜旦，林寒涧肃，常有高猿长啸，属引凄异，空岫传响，哀转久绝，故渔者歌曰：'巴东三峡巫峡长，猿鸣三声泪沾裳。'"峡猿感泪，向闻其语，今乃信之，故曰"实下"；海上浮查，有时自还，今不得归，故曰"虚随"也。
〔四〕《汉官仪》："尚书省中，皆以胡粉涂壁，紫青界之，画古列士，重行书赞。尚书郎更直于建礼门内，台给青缣白绫被，或锦被、帏帐、茵褥、通中枕。女侍史二人，皆选端正，执香烛烧薰，从入台中，给使护衣服。"②
〔五〕山楼：白帝城楼。
〔六〕"萝月""映洲"，又是"依斗""望京"之时，紧应次句。

千家山郭静朝晖，日日—作百处江楼坐翠微③。信宿渔人还泛泛，清秋燕子故飞飞〔一〕。匡衡抗疏功名薄，刘向传经心事违〔二〕。同学少年多不贱，五陵衣马自轻肥〔三〕。

---

① "山楼"，底本作"城楼"，据诸善本改。
② "给使护衣服"，底本缺"给使"二字，据《汉官六种》补。
③ "百处"，底本作"日处"，据《杜诗详注》改。

〔一〕《文昌杂录》:"燕子至秋社乃去,仲春复来。"

〔二〕《汉·匡衡传》:"衡为少傅数年,数上疏陈便宜。及朝廷有政议,传经以对,言多法义。建昭三年,代韦玄成为丞相。"《刘向传》:"宣帝初,立《穀梁春秋》,征更生受《穀梁》,讲论五经于石渠。成帝即位,更名向,诏领校中五经秘书。"公疏论房琯,旋贬于外,故言进欲如衡之抗疏言事,而遇已不及;退欲如向之校经于朝,而又与愿违也。

〔三〕《西都赋》:"北眺五陵。"注:"长陵、安陵、阳陵、茂陵、平陵也。"《汉书》:"徙吏二千石、高赀富人、豪侠兼并之家于诸陵。" 钱笺:"《七歌》云'长安卿相多少年',所谓'同学'者,长安卿相也。曰'少年',曰'轻肥',公之目当时卿相如此。"

闻道长安似奕棋〔一〕,百年世事不胜一作堪悲。王侯第宅皆新主,文武衣冠异昔时。直北关山金鼓震他本作振〔二〕,征西车马樊作骑羽书迟一作驰〔三〕。鱼龙寂寞秋江冷〔四〕,故国平居有所思。

〔一〕《左传》:"奕者举棋不定,不胜其偶,而况置君而不定乎?"此言谋国者,如奕棋之无定算。

〔二〕旧注:"直北,谓陇西、关辅间。"《子虚赋》:"扠金鼓。"注:"金鼓,钲也。"

〔三〕羽书:即羽檄。按史:广德元年,吐蕃入长安,征天下兵,莫至,故曰"羽书迟"。

〔四〕钱笺:"《水经注》:'鱼龙以秋日为夜。'龙秋分而降,蛰寝于渊,故以秋日为夜也。"

此叹长安之洊经丧乱也。"金鼓"、"羽书",谓吐蕃频年入寇。
前三章俱主夔州言,此章以下皆及长安之事。

蓬莱宫阙对南山〔一〕，承露金茎霄汉间。西望瑶池降王母〔二〕，东来紫气满函关〔三〕。云移雉尾开宫扇〔四〕，日绕龙鳞识圣颜〔五〕。一卧沧江惊岁晚，几回青琐点一作照，非朝班〔六〕。

〔一〕《唐会要》："大明宫，龙朔三年，号曰蓬莱宫。北据高原，南望爽垲，每天晴日朗，南望终南山如指掌，京城坊市街陌如在槛内。"

〔二〕《汉武内传》："七月七日，上斋居承华殿，忽青鸟从西来，集殿前。上问东方朔，朔曰：'此西王母欲来也。'有顷，王母至。"

〔三〕《关尹内传》："关令尹喜常登楼，望见东极有紫气西迈，曰：'应有圣人经过京邑。'乃斋戒。其日果见老君乘青牛车来过。"《史记》正义："《抱朴子》云，老子西游，遇关令尹喜于散关。或以为函谷关。"

〔四〕雉尾扇：注见五卷。《唐会要》："开元中，萧嵩奏：朔望受朝宣政殿，请备羽扇于殿两厢。上将出，所司承旨索扇，扇合，上坐定，乃去扇；将退，又索扇如初。"

〔五〕《南齐书》："高帝龙颡钟声，鳞文遍体。"《汉书》："高祖隆准而龙颜。"注："颜，额颡也。"

〔六〕楼钥曰："点与玷通，古诗多用之。束皙《补亡》诗'鲜伟晨葩，莫之点辱'，陆厥《答内兄》诗'复点铜龙门'，杜诗'几回青琐点朝班'，正承用此也。"

钱笺："公诗'忆献三赋蓬莱宫'，此记其事也。'瑶池'、'王母'，暗指册立贵妃。唐人诗以王母喻贵妃，不一而足，以贵妃尝为女道士也。天宝元年，玄元皇帝降形，云有灵宝符在函谷关尹喜宅旁，上发使求，得之，故曰'东来紫气满函关'也。虽记天宝承平盛事，而荒淫失政，亦略见矣。'云移'二句，记朝仪之盛。曰'识圣颜'者，公以布衣召见，所谓'往时文采动人主'也，落句方及拾遗移官之事。"

瞿唐峡口曲江头,万里风烟接素秋〔一〕。花萼夹城通御气〔二〕,芙蓉小苑入边愁〔三〕。珠帘绣柱围黄鹄一作鹤,鹤鹄古通〔四〕,锦缆牙樯起白鸥〔五〕。回首可怜歌舞地,秦中自古帝王州。

〔一〕薛道衡诗:"鸟道风烟接。"梁元帝《纂要》:"秋曰白藏,亦曰素秋。"

〔二〕《旧唐书》:"南内曰兴庆宫,宫西南隅有花萼相辉、勤政务本之楼。开元二十六年六月,遣范安及于长安广花萼楼,筑夹城至芙蓉苑。"

〔三〕芙蓉园:注见一卷。《汉书》:"萧望之署小苑东门候。"小苑:宜春苑也,宜春苑即曲江。曰"入边愁",见御苑已废。

〔四〕《西京杂记》:"昭帝始元元年,黄鹄下建章太液池中,帝作《黄鹄歌》。""围黄鹄"盖用此事。梦弼云"柱帷绣作黄鹄文",非。

〔五〕锦缆牙樯:言泛舟曲江,《乐游园》诗"青春波浪芙蓉园"是也。

此叹曲江歌舞之盛不可复睹也。

昆明池水汉时功,武帝旌旗在眼中〔一〕。织女机丝虚夜月〔二〕,石鲸鳞甲动秋风〔三〕。波漂菰米沉云黑〔四〕,露冷莲房坠粉红〔五〕。关塞极天惟鸟道,江湖满地一渔翁。

〔一〕《汉书》:"元狩三年,发谪吏穿昆明池。"臣瓒曰:"《西南夷传》:越巂昆明国有滇池,方三百里,汉使求通身毒国,为昆明所闭。欲伐之,故作昆明池象之,以习水战,在长安西南,周回四十里。"《长安志》:"昆明池,在长安县西二十里,今为民田。"《西京杂记》:"昆明池中有戈船、楼船各数百艘,楼船上建楼橹,戈船上建戈矛,四角垂幡旄,旌葆麾盖,照灼涯涘。"

〔二〕曹毗《志怪》:"昆明池作二石人,东西相望,象牵牛织女。"《西都赋》注:"作牵牛织女于左右,以象天河。"

〔三〕《西京杂记》:"昆明池刻玉石为鲸鱼,每至雷雨,鱼常鸣吼,鬐尾皆动。汉世祭之以祈雨,往往有验。"

〔四〕菰米:注别见。《西京赋》:"昆明灵沼,黑水玄阯。"注:"水色黑,故曰玄阯。"赵曰:"'沉云黑',言菰米之多,望之长远,黯黯如云之黑也。"

〔五〕《尔雅》:"荷,芙蕖,其实莲,其根藕,其中的。"注:"莲,谓房也。"《杜诗博议》:"《北史》:'李顺兴言昆明池中有大荷叶,可取盛饼食,其居去池十数里,日不移影,顺兴负荷叶而归,脚犹泥。'可证昆明莲花自古有之,注家都失引。"杨慎曰:"菰米不收而听其沉波,莲房不采而任其坠露。读二语,兵戈乱离之状具见矣。"

此叹昆明荒凉。玄宗穷兵南诏,旋致祸乱,故借汉武事以发叹也。"织女"以下,极状昆明清秋景物,故国旧君之感,言外凄然。

昆吾御宿自逶迤〔一〕,紫阁峰阴入渼陂〔二〕。香稻—作红豆,—作红稻啄馀—作残鹦鹉粒,碧梧栖老凤凰枝〔三〕。佳人拾翠春相问〔四〕,仙侣同舟晚更移〔五〕。彩笔昔游—作曾干气象〔六〕,白头吟望苦低垂〔七〕。

〔一〕《羽猎赋序》:"武帝广开上林,东南至宜春、鼎湖、御宿、昆吾。"晋灼曰:"昆吾,地名,上有亭。"师古曰:"御宿苑,在长安城南,今之御宿川也。" 钱笺:"《长安志》:昆吾亭,在蓝田县境。御宿川,在万年县西南四十里。《三秦记》:樊川,一名御宿川。"

〔二〕张礼《游城南记》:"圭峰、紫阁,在终南山四皓祠之西。圭峰下有草堂寺,紫阁之阴即渼陂,杜诗'紫阁峰阴入渼陂'是也。"《长安志》:"终南有紫阁峰。"《一统志》:"在鄠县东南三十里。"

〔三〕赵曰:"红稻,宫中以供鹦鹉者。香稻、碧梧,渼陂景物;鹦鹉、凤凰,形容其美耳。《笔谈》目为倒句,非是。"

〔四〕《洛神赋》:"或采明珠,或拾翠羽。"

〔五〕《后汉书》:"李膺与郭泰同舟而济,众宾望之,以为神仙。"

〔六〕彩笔:指集中《渼陂行》诸诗。干气象:即"赋诗分气象"意也。

〔七〕低垂:注见前。

钱笺:"此记游渼陂之事也。'仙侣同舟'谓岑参兄弟。公诗云'气冲星象表,词感帝王尊',所谓'彩笔昔曾干气象'也。公与岑参辈宴游,在天宝献赋之后,穷老追思,故有'白头吟望'之叹焉。"

张性曰:"自'闻道长安'以后五诗,皆以前六句咏长安之事,末乃叹其不得归也。"

补注:钱笺:"此八首诗有篇章次第,钩锁开阖,今要而言之。'枫树凋伤',即所见以起兴也。'江间'、'塞上',状其悲壮;'丛菊'、'孤舟',写其凄紧。末二句结上生下,故次章即以'夔府孤城'接之,绝塞高城,杪秋薄暮,俄看落日,俄见南斗。'每依南斗望京华'为八首之纲骨,皎然所谓'截断众流句'也。炉烟远而哀猿号,急杵断而悲笳发,芦月荻花,凄情满眼。'请看'二字,唤起有力,即连上'城高暮砧',当句呼应耳。夜夜如此,朝朝亦然;日日如此,信宿亦然。渔人燕子,触目自伤。远则匡衡、刘向之不如,近则同学轻肥之相笑,此章正申'秋兴'名篇之意。然'每依南斗'句,又是三章中吃紧喈节。萧条岁晚,身事如此,长安棋局,世事如彼,物换人移,金鼓不息,荒江寂寞,所以不能无故国之思也。次下乃重章以申之,'蓬莱宫阙'一章,思全盛日之长安也。'瞿唐峡口'一章,思陷没后之长安也。'昆明池水'一章,思自古帝王之长安也。'昆吾御宿'一章,思承平昔游之长安也。蓬莱崇丽,朝省尊严,叙述长安全盛,而感伤则于末句见之。盖肃宗灵武回銮,放逐蜀郡旧臣,自此中官窃柄,开元、天宝之盛事不可复见,而公坐此移官,沧江岁晚,能无三叹于今昔乎?'几回青琐',深悲近侍奉引,为日无多也。由瞿唐鸟道,指曲江禁苑,兵尘秋气,万里连延。'小苑入边愁',正言禄山反时事也。'珠帘绣柱',曲江宫殿之繁华;'锦缆牙樯',曲江水嬉之炫耀。此痛定而追思之也。长安天府，三成帝畿，故曰周以龙兴，秦以虎视，至唐而乐游歌舞之地，逸豫不戒，驯至丧乱，能无伤乎？'昆明池水'紧承上章末句。唐时游幸，莫盛于曲江，故悲陷没则先及之。汉朝形胜，莫壮于昆吾，故追隆古则特举之。曰'汉时'，曰'武帝'，正克指自古帝王言。'织女'、'石鲸'、'莲房'、'菰米'，感叹金堤灵沼之遗迹，而跂想其妍丽，自伤僻远不得见也。杨用修以为概指乱后凋残，则迂矣。解者又谓此诗借汉武开边，以喻玄宗。玄宗虽兴兵南诏，未尝穿昆明习战，安用此廋辞致讥乎？'昆吾御宿'①，更指昔游之地，连蹑'昆明池水'来，言不独穿凿昆明为武帝之功，凡上林、宜春之间离宫禁籞，建置历然，亦皆如昆明旗帜，常在眼前也。'秦中自古帝王州'亦总结于此。'碧梧'、'红豆'，秋色依然；'拾翠'、'同舟'，春游如昨。追彩笔于壮盛，感星象于至尊，岂非神游化人？梦回帝所，'低垂'、'吟望'，至是而秋兴之情事终焉。此诗章虽为八，重重钩摄，有无量楼阁门在，今人都理会不及。"

咏怀古迹五首_{吴本作咏怀一章，古迹四首}

支离东北风尘际〔一〕，漂泊西南天地间。三峡楼台淹日月，五溪衣服共云山〔二〕。羯胡事主终无赖，词客哀时且未还。庾信平生最萧瑟②，暮年诗赋动江关〔三〕。

〔一〕东北风尘：谓禄山反范阳。

〔二〕五溪：注见九卷。《后汉·南蛮传》："帝女妻槃瓠，解去衣裳，为仆鉴之结，着独力之衣，生六男六女。织绩木皮，染以草实，好五色衣服，裁

---

① "昆吾"，底本作"昆明"，据杜诗及文意改。
② "平生"，底本作"生平"，据诸善本改。

制皆有尾形。"

〔三〕《庾信传》:"信在周,虽位望通显,常有乡关之思,乃作《哀江南赋》以致其意。其辞曰:'信年始二毛,即逢丧乱,藐是乱离,至于没齿。燕歌远别,悲不自胜;楚老相逢,泣将何及?'又云:'将军一去,大树飘零;壮士不还,寒风萧瑟。'"

摇落深知宋玉悲〔一〕,风流儒雅亦吾师。怅望千秋一洒泪,萧条异代不同时。江山故宅空文藻〔二〕,云雨荒台岂梦思〔三〕?最是楚宫俱泯灭,舟人指点到今疑。

〔一〕宋玉《九辩》:"草木摇落而变衰。"
〔二〕宋玉宅:注别见。赵曰:"宋玉宅,归州、荆州皆有之,此言归州宅也。"
〔三〕《高唐赋》:"昔先王尝游高唐,梦见一妇人,王因幸之,去而辞曰:'妾在巫山之阳,高丘之岨,旦为行云,暮为行雨,朝朝暮暮,阳台之下。'"按:《高唐》称先王梦神女,本寓言怀王以讽襄王之荒淫耳。世人相传,遂致疑云雨之事。公云"岂梦思",明其为子虚亡是之说也。　补注:李善《文选注》:"《汉书注》云:'云梦中高唐之台,此赋盖假设其事讽谏淫惑也。'"

群山万壑赴荆门〔一〕,生长明妃尚有村〔二〕。一去紫台连朔漠〔三〕,独留青冢向黄昏〔四〕。画图省识春风面〔五〕,环佩空归月夜魂〔六〕①。千载琵琶作胡语,分明怨恨曲中论〔七〕。

〔一〕荆门山在峡州,峡州有昭君村,详十二卷。

————————
① "月夜",底本作"夜月",据诸善本改。

〔二〕石崇《明君词序》:"明君本昭君,触晋文帝讳改焉。"

〔三〕《别赋》:"紫台稍远,关山无极。"善曰:"紫台,即紫宫也。"崔国辅《昭君》诗:"紫台绵望绝,秋草不堪论。"

〔四〕《归州图经》:"胡地多白草,昭君冢独青,乡人思之,为立庙香溪。"《一统志》:"昭君墓在古丰州西六十里。"

〔五〕《西京杂记》:"元帝后宫既多,使画工图形,按图召幸之。宫人皆赂画工,独王嫱不肯,遂不得见。匈奴来朝,求美人为阏氏,上以昭君行。及去,召见,貌为后宫第一,帝悔之,穷按其事,画工皆弃市。"画图之面,本非真容,不曰"不识",而曰"省识",盖婉词。

〔六〕月夜魂归,明其始终不忘汉宫也。

〔七〕《释名》:"琵琶,本胡中马上所鼓也,推手前曰琵,引却曰琶。"石崇《明君词序》:"昔公主嫁乌孙,令琵琶马上作乐,以慰其道路之思,其送明君亦必尔也,其造新曲,多哀怨之声。"《琴操》:"昭君在匈奴,恨帝始不见遇,乃作怨思之歌,后人名为《昭君怨》。"

蜀主窥吴幸三峡,崩年亦在永安宫〔一〕。翠华想像空一作寒山里,玉殿虚无野寺中。古庙杉松巢水鹤原注:殿今为寺庙,在宫东〔二〕,岁时伏腊走村翁。武侯祠屋常邻近,一体君臣祭祀同。

〔一〕《蜀志》:"章武二年,先主败于猇亭,由步道还鱼复,改鱼复为永安。三年四月,先主殂于永安宫。"《寰宇记》:"宫在州西七里。"

〔二〕《春秋繁露》:"鹤知夜半。"注:"鹤,水鸟也,夜半水位感其生气,则益喜而鸣。"

诸葛大名垂宇宙,宗臣遗像肃清高。三分割据纡筹策,万古云霄一羽毛〔一〕。伯仲之间见伊吕,指挥若定失萧曹〔二〕。运旧作福,赵定作运移汉祚终难复—作难恢复,志决身歼军务劳。

〔一〕言孔明筹策,特屈于三分,若其声名飞扬,卓绝万古,如云霄一羽,谁能匹之?公诗有"飞腾战伐名",可悟"云霄羽毛"之义。《焦氏笔乘》云:"言人以三分割据为孔明功业,不知此乃其所轻为,正如云霄间一羽毛耳。"说亦通。

〔二〕魏文帝《典论》:"傅毅之于班固,伯仲之间耳。"《陈平传》:"诚能去两短,集两长,天下指挥即定矣。" 钱笺:"张辅《葛乐优劣论》:'孔明殆将与伊、吕争俦,岂徒乐毅为伍?'后魏崔浩著论:亮不能为萧、曹亚匹。谓陈寿贬亮,非为失实。公此诗以伊、吕、萧、曹相提而论,所以伸张辅之说,而抑崔浩之党陈寿也。"

雨不绝

鸣雨既过渐细晋作细雨微,映空摇飏去声如丝飞。阶前短草泥不乱,院里长条风乍稀〔一〕。舞石旋应将乳子〔二〕,行云莫自湿仙衣〔三〕。眼边江舸何匆促,未待—作得安流逆浪归。

〔一〕《说文》:"院,垣也。"《增韵》:"室有垣墙者为院。"黄鹤谓是严武幕中,非也。

〔二〕《御览》:"甄烈《湘川记》:'石形似燕,大小如一,山明云净,即翩翩飞翔。'罗含《湘中记》:'石燕在零陵县,遇风雨则飞舞如燕,止则为石。'"

〔三〕行云:用神女事。

晚　晴

返—作晚照斜初彻—作散，浮云薄未归。江虹明远—作近饮，峡雨落馀飞。凫鹤—作雁终高去，熊罴觉自肥。秋分客尚在，竹露夕—作久微微。

宿江边阁

即西阁也。《年谱》："大历元年秋，公寓夔之西阁。"

暝色延山径，高斋次水门〔一〕。薄云岩际宿，孤月浪中翻〔二〕。鹳鹤追飞静—作尽，豺狼得食喧。不眠忧战伐，无力正乾坤。

〔一〕《襄沔记》："城内有高斋，梁昭明造《文选》处。简文为晋安王时，引刘孝威等于此综核诗集，因号为高斋。"

〔二〕何逊诗："薄云岩际出，初月波中上。"

夜宿西阁呈元二十一曹长

城暗更筹急，楼高雨雪微。稍通绡幕霁〔一〕，远带玉绳稀〔二〕。门鹊晨光起—作喜，樯—作墙乌宿处飞〔三〕。寒江流甚细,有意待人归。

〔一〕《说文》:"帷在上曰幕。"绡幕:以绡为之也。
〔二〕玉绳:注见二卷。
〔三〕门鹊、樯乌:皆言晓景。旧注:"门鹊,指门端刻鹊;樯乌,船樯上刻乌形。"皆曲说也。

西阁口号呈元二十一

山木抱云稠,寒江绕上头。雪崖才变石,风幔不依楼。社稷堪流涕,安危在运筹。看君话王室,感动几销忧。

西阁雨望

楼雨沾云幔,山寒鲁作高着水城。径添沙面出,湍减石棱生〔一〕。菊蕊凄疏放,松林驻远情。滂沱朱槛湿,万虑倚一作傍檐楹。

〔一〕途泞,故沙面添;湍涨,故石棱减。

西阁三度期大昌严明府同宿不到

《唐书》:"大昌县属夔州。"

问子能来宿,今疑索故要〔一〕。匣琴虚夜夜,手板自朝朝〔二〕。金吼霜钟彻〔三〕,花催腊—作蜡炬销。早凫江槛底,双影谩飘飖〔四〕。

〔一〕《韵会》:"故,古通作固。"索故要:言明府不来,疑索我之固要而后至也。

〔二〕《周礼》疏:"古人在君前,以笏记事,后代用簿。簿,今手板。"《晋·舆服志》:"八座执笏,其馀卿士,但执手板。"《海录》:"今名刺也。"按:古人施敬则用手板。自朝朝:候明府之久也。或曰:谓明府勤于参谒上官,故期而不至也。

〔三〕《山海经》:"丰山有九钟焉,是知霜鸣。"注:"霜降则钟鸣,故言知也。"

〔四〕又以早来期之。

西阁二首

巫山小摇落,碧色见郭作是松林。百鸟各相命〔一〕,孤云无一作非自心。层晋作曾轩俯江壁,要路亦高深。朱绂犹纱帽〔二〕,新诗近玉琴〔三〕。功名不早立,衰疾谢知音。哀世非王粲,终然一作朝学越吟〔四〕。

〔一〕王粲《登楼赋》:"鸟相鸣而举翼。"注:"《大戴礼·夏小正》云:鸣也者,相命也。"

〔二〕《唐书》:"隋贵臣多服乌纱帽,后渐废,贵贱通服折上巾。"此云"朱绂犹纱帽",盖当时以为隐居之服。李义山诗"乌帽逸人寻",此可证也。

〔三〕玉琴：注见前。

〔四〕《史记》："越人庄舄仕楚，为执珪，有顷而病。楚王曰：'舄今富贵矣，亦思越不？'使人往听之，犹越声也。"王粲《登楼赋》："庄舄显而越吟。"

懒心似江水，日夜向沧洲。不道含香贱[一]，其如镊白休[二]。经过凋_{旧作调，赵定作凋}碧柳，萧瑟倚朱楼。毕娶何时竟[三]？消中得自由[四]。豪_{一作荣}华看古往，服食寄冥搜[五]。诗尽人间兴，兼须入海求[六]。

〔一〕《汉官仪》："尚书郎，握兰，含鸡舌香奏事，与黄门侍郎对揖。"

〔二〕《南史》："鬱林王年五岁，戏高帝旁。帝令左右镊白发，问王：'我谁耶？'答曰：'太翁。'帝笑曰：'岂有为人作曾祖而拔白发乎？'即掷镜、镊。"

〔三〕《后汉书》："向子平男女嫁娶毕，敕断家事，勿复相关。"

〔四〕消中：注见十一卷。

〔五〕古诗："服食求神仙。"

〔六〕公诗"到今有馀恨，不得穷扶桑"，又云"蓬莱如可到，衰白问群仙"，末二语即此意。

西阁夜

恍惚寒山暮，逶迤白雾昏。山虚风落石，楼静月侵门。击柝可怜子，无衣何处村？时危关百虑，盗贼尔犹存。

夜 一云秋夜客舍

露下天高秋水—作气清,空山独夜旅魂惊〔一〕。疏灯自照孤帆宿,新月犹悬双杵鸣〔二〕。南菊再逢人卧病〔三〕,北书不至雁无情。步檐旧作蟾,赵定作檐倚杖看牛斗〔四〕,银汉遥应接凤城〔五〕。

〔一〕王粲《七哀》:"独夜不成寐。"
〔二〕杵:春杵也。两人对举之,故曰"双"。
〔三〕南菊再逢:即所云"丛菊两开"也。
〔四〕按:《楚词》:"曲屋步櫩。"注:"步櫩,长砌也。"《上林赋》:"步櫩周流。"注:"步櫩,步廊也。櫩,古簷字。"《说文》又作檐。《留青日札》云:"步檐,如今之飞檐、步廊也,屋之半间,亦曰一步。"
〔五〕《河图括地象》:"河精,上为天汉,亦曰银汉、曰银河。"梁戴暠诗:"黑龙过饮渭,丹凤俯临城。"赵曰:"秦穆公女吹箫,凤降其城,因号丹凤城,其后言京师之城曰凤城。"李峤《题城》诗:"独下仙人凤,群惊御史乌。"

杜工部诗集卷之十四

大历中,公居夔州作。

覆舟二首

巫峡盘涡晓,黔阳贡物秋。丹砂同陨石〔一〕,翠羽共沉舟〔二〕。羁使空斜影 郭作景,龙宫一作居闷积流〔三〕。篙工幸不溺,俄顷逐轻鸥。

〔一〕《本草》:"丹砂,久服通神明,不老轻身,神仙能化为汞。"《衍义》云:"出辰州蛮峒老鸦井者最良。"《左传》:"陨石于宋五。"
〔二〕《尔雅》注:"翠鹬似燕,绀色,生郁林。"《异物志》:"翡赤而翠青,其羽可以为饰。"邹阳《书》:"积羽沉舟。"
〔三〕闷积流:言龙宫积水之内,贡物皆藏于此也。

竹宫时望拜〔一〕,桂馆或求仙〔二〕。姹陟嫁切女凌波日〔三〕,神光照夜年〔四〕。徒闻斩蛟剑〔五〕,无复爨犀船〔六〕。使者随秋色,迢迢独上天〔七〕①。

〔一〕《汉·礼乐志》:"正月上辛,用事甘泉圜丘,昏祠至明,夜常有神光集于祠坛。天子自竹宫而望拜,百官侍祠者数百人,皆肃然动心焉。"师古

---

① "独上天",底本作"欲上天",据诸善本改。

曰:"竹宫去坛三里。"

〔二〕《郊祀志》:"公孙卿曰:'仙人好楼居。'于是上令长安作飞廉、桂馆,甘泉作益寿、延寿观,使卿持节设具而候神人。"师古曰:"飞廉、桂馆,二馆名。"

〔三〕《参同契》:"河上姹女,灵而最神,得火则飞,不染垢尘。"真一子注:"河上姹女,即真汞也。《汉真人大丹诀》:姹女隐在丹砂中。《道家四象论》:西方庚金,淑女之异名,故有姹女之号。"《洛神赋》:"凌波微步。"

〔四〕《郊祀志》:"宣帝筑世宗庙,神光兴于殿旁,如烛状。"《武帝纪》:"祭后土,神光三烛。"

〔五〕《吕氏春秋》:"荆人佽飞得宝剑,渡江中流,两蛟绕舟,几没。佽飞拔剑斩蛟,乃得济。"

〔六〕《晋书》:"温峤宿牛渚矶,水深不可测,世云其下多怪物。峤遂燃犀角照之,须臾,见水族覆火,奇形异状。"

〔七〕上天:言归朝也。

此诗盖纪当时之事也。真汞出于丹砂,道家以汞属肾,为水;铅属心,为火,故汞喻之河上姹女。"姹女凌波","神光照夜",言天子方修丹房之术,而复大兴祠祀以求长生也。"斩蛟"四句方及覆舟,所云"使者",疑即方士,故借汉武事以为讽耳。梦弼注谓刺玄宗,不知唐世人主多好神仙,岂必玄宗耶?

奉汉中王手札

国有乾坤大,王今叔父尊。剖符来蜀道,归盖取荆门〔一〕。峡险通舟过_{陈作峻},江长注海奔。主人留上客〔二〕,避暑得名园。前后缄书报,分明馈玉恩〔三〕。天云浮绝壁,风竹在华轩。已觉良—作凉宵永_{陈作逸},何看骇浪翻?入期朱邸雪〔四〕,朝傍紫微垣。枚乘文章老〔五〕,河间礼乐存〔六〕。悲秋宋玉宅,失路武陵源〔七〕。淹薄俱崖口,东西异石根。夷音迷咫尺,鬼物傍—作倚黄昏。犬马诚为恋〔八〕,狐狸不足论。从容草奏罢,宿昔奉清樽〔九〕。

〔一〕王先贬蓬州,时罢郡归朝,取道夷陵。
〔二〕主人:谓归州郡守。
〔三〕《吴都赋》:"矜其宴居,则珠服玉馔。"
〔四〕《玉海》:"《汉书注》:郡国朝宿之舍在京师者,率名邸。"诸侯朱户,故曰朱邸。
〔五〕枚乘:注见九卷。
〔六〕《汉书》:"景帝子河间献王德,学举六艺,被服儒术,武帝时来朝,献礼乐,对三雍宫。"
〔七〕悲秋:谓汉中王。失路:公自谓也。时王在归州,归州在夔之东。
〔八〕曹植《表》:"不胜犬马恋主之情。"
〔九〕奉清樽于草奏之馀,盖言为拾遗时也。或云"言王入朝草奏,当念我之邀欢于宿昔",亦通。

奉汉中王手札,报韦侍御、萧尊师亡

秋日萧韦逝,淮王报峡中。少—作小年疑柱史,多术怪仙公〔一〕。不但时人惜,只应吾道穷。一哀侵疾病,相见自儿童。处处邻家笛,飘飘客子蓬〔二〕。强吟《怀旧赋》〔三〕,已作白头翁。

〔一〕韦以年少而亡,故"疑"之;萧学仙而亦亡,故"怪"之。

〔二〕曹植诗:"转蓬离本根,飘飘随长风。类此客游子,捐躯远从戎。"

〔三〕潘岳有《怀旧赋》。

存殁口号二首

席谦不见近弹棋一作碁〔一〕,毕耀一作曜仍传旧小诗原注:道士席谦,吴人,善弹棋。毕曜,善为小诗。玉局他年无限笑晋作事,白杨今日几人悲?

〔一〕《梁冀传》:"冀善弹棋、格五。"注:"《艺经》曰:弹棋,两人对局,白黑棋各六枚,先列棋相当,下呼上更相弹也,其局以石为之。"《古今诗话》:"弹棋有谱一卷,唐贤所为。其局方五尺,中心高如盖,其颠为小壶,四角微起。李义山诗'莫近弹棋局,中心最不平',谓其中尊也。白乐天诗'弹棋局上事,最妙是长斜',谓持角长斜,一发过半局,谱中具有此法。柳子厚《叙》用'二十四棋'者,即此戏也,今人罕为之矣。"

郑公粉绘随长夜,曹霸丹青已白头原注:高士荥阳郑虔,善画山水。曹霸,善画马。天下何曾有山水?人间不解重骅骝。

《容斋续笔》:"子美《存殁》绝句,每篇一存一殁,盖席谦、曹霸存,毕耀、郑虔没也。鲁直《荆江亭即事十首》,其一云:'闭门觅句陈无己,对客挥毫秦少游。正字不知温饱味,西风吹泪古藤州。'乃用此体,时少游殁而无己存也。"

月　圆

孤月当楼满,寒江动夜扉①。委波金不定〔一〕,照席绮逾依〔二〕。未缺空山静,高悬列宿稀。故园松桂—作菊发,万里共清辉。

〔一〕《月赋》:"委照而吴业昌。"《郊祀歌》:"月穆穆以金波。"
〔二〕邹阳《酒赋》:"绡绮为席,犀璩为镇。"江淹诗:"绮席生浮埃。"

中　宵

西阁百寻馀,中宵步绮疏〔一〕。飞星过水白,落月动沙虚。择木知幽鸟,潜波想巨鱼。亲朋满天地,兵甲少来书。

〔一〕《梁冀传》:"窗牖皆有绮疏。"注:"绮疏,谓镂为绮文也。"

不　寐

瞿唐夜水黑,城内改更筹。翳翳月沉雾,辉辉星近楼。气衰甘少寐,心弱恨知吴作和,陈作多,黄作容愁。多垒满山谷,桃

---

① "寒江",底本作"寒山",据诸善本改。

源无处求。

远 游

江阔浮高栋,云长出断山。尘沙连越巂,风雨暗荆蛮。雁矫衔芦内,猿啼失木间。敝裘苏季子,历国未知还。

遣 愁

养拙蓬为户,茫茫何所开。江通神女馆〔一〕,地隔望乡台〔二〕。渐惜容颜老,无由弟妹来。兵戈与人事,回首一悲哀。

〔一〕《水经注》:"丹山西即巫山,宋玉所谓'帝女居之,名曰瑶姬。朝为行云,暮为行雨,朝朝暮暮,阳台之下。旦早视之,果如其言,故为立庙,号朝云焉'。"《方舆胜览》:"神女庙,在巫山县治,西北二百五十步,有阳云台。"《吴船录》:"阳台高唐观,人云在来鹤峰上。宋玉赋本托讽襄王,后世一切以儿女亵之。今庙中石刻引《墉城记》:'瑶姬,西王母之女,称云华夫人。助禹驱神鬼,斩石疏波,有功见纪,今封妙用真人。'庙额曰凝真观。"

〔二〕望乡台在成都,故曰"地隔"。

秋 清

高秋疏肺气,白发自能梳。药饵憎加减,门庭闷扫除。

杖藜还客拜,爱竹遣儿书。十月江平稳,轻舟进所如。

秋　峡

江涛万古峡,肺气久衰翁。不寐防巴虎,全生狎楚童。衣裳垂素发,门巷落丹枫。常怪商山老,兼存翊赞功。

雨　晴

雨晴—作时山不改,晴罢峡如新。天路休殊俗,秋江思杀人。有猿挥泪尽,无犬附—作送书频〔一〕。故国愁眉外,长歌欲损神。

〔一〕《述异记》:"陆机有犬曰黄耳,黠慧能解人语。机在洛,久无家问,为书,盛以竹筒,系犬颈,犬即驰还家。既得答,仍驰还洛。"

垂　白—作白首,诗同

垂白冯唐老,清秋宋玉悲。江喧长少睡,楼迥独移时。多难身何补?无家病不辞。甘从千日醉〔一〕,未许《七哀诗》〔二〕。

〔一〕《魏都赋》:"醇酎中山,沉湎千日。"《搜神记》:"狄希,中山人,能造千日酒,饮之一醉千日。"

〔二〕曹植、王粲、张载皆有《七哀诗》。

摇 落

摇落巫山暮,寒江东北流。烟尘多战鼓,风浪少行舟。鹅费羲之墨,貂馀季子裘。长怀报明主,卧病复高秋。

草 阁

草阁临无 王作芜,非 地〔一〕,柴扉永不关。鱼龙回夜水,星月动秋山。久一作夕露清一作晴初湿,高云薄未还。泛舟惭小妇,飘泊损红颜。

〔一〕《头陀寺碑》:"飞阁逶迤,下临无地。"

江 月

江月光于一作如水,高楼思杀人〔一〕。天边长作客,老去一沾巾。玉露薄一作团清影,银河没半轮。谁家挑锦字〔二〕?灭烛一作烛灭翠眉颦。

〔一〕曹植诗:"明月照高楼,流光正徘徊。"庾肩吾《望月》诗:"楼上徘徊月,窗中愁思人。"

〔二〕《晋·列女传》:"窦滔妻苏蕙,字若兰,织锦为《回文璇玑图诗》赠滔,宛转循环以读之,词甚凄惋,凡八百四十字。"

江 上

江上日多病,萧萧荆楚秋。高风下木叶,永夜揽貂裘。勋业频看镜,行藏独倚楼。时危思报主,衰谢不能休。

中 夜

中夜江山静,危楼望北辰。长为万里客,有愧百年身。故国风云气,高堂战伐尘〔一〕。胡雏负恩泽,嗟尔太平人。

〔一〕蔡曰:"故国,长安也。高堂,谓杜陵屋庐。"

江 汉

江汉思归客,乾坤一腐儒。片云天共远,永夜月同孤。落日心犹壮,秋风病欲苏。古来存老马,不必取长途。

吹　笛

　　吹笛秋山风月清,谁家巧作断肠声?风飘律吕相和切〔一〕,月倚_{他本作傍}关山几处明〔二〕。胡骑中宵堪北走_{音奏}〔三〕,武陵一曲想南征〔四〕。故园杨柳今摇_{一云摧}落〔五〕,何得愁中却_{旧作曲,王原叔得老杜诗稿,作却}尽生?

〔一〕《笛赋》:"律吕既和,哀声互降。"
〔二〕乐府《横吹曲》有《关山月》,《解题》云:"《关山月》,伤离别也。"周王褒诗:"关山夜月明。"
〔三〕《世说》:"刘越石为胡骑围数重,城中窘迫无计,越石始夕乘月登楼清啸,胡贼闻之,凄然长叹。中夜奏胡笳,贼皆流涕,人有怀土之思。向晓又吹之,贼并弃围奔走。"
〔四〕钱笺:"陈周弘让《长笛吐清气》诗:'胡骑争北归,偏知别乡苦。'《古今注》:'《武溪深》,乃马援南征之所作也。援门生爰寄生善吹笛,援作歌以和之,名曰《武溪深》。'陈贺衡《长笛吐清气》诗:'方知出塞胡,不作武陵深。'"
〔五〕钱笺:"《宋书》:'晋太康末,京洛为《折杨柳》之歌,有兵革辛苦之辞。'《旧唐书·乐志》:'梁乐府《胡吹歌》云:"上马不捉鞭,反拗杨柳枝。下马吹横笛,愁杀行客儿。"此歌词元出北国之横笛。'《演繁露》:'笛亦有《落梅》《折柳》二曲,今其词亡,不可考矣。'"

南　极

　　南极青山众,西江白谷分。古城疏落木,荒戍密寒云。

岁月蛇常见,风飙虎或_{一作忽}闻。近身皆鸟道,殊俗自人群。睥睨登哀柝〔一〕,蝥_{旧作矛,赵定作蝥}弧照夕曛〔二〕。乱离多醉尉,愁杀李将军〔三〕。

〔一〕《古今注》:"女墙,城上小墙也,亦名睥睨,言于城上睥睨人也。"
〔二〕《左传》:"郑伐许,颍考叔取郑伯之旗蝥弧以先登。"
〔三〕《李广传》:"广屏居蓝田南山中射猎,尝夜出,从人饮,还至亭,灞陵尉醉,呵止广。广骑曰:'故李将军。'尉曰:'今将军尚不得夜行,何故也!'宿广亭下。"

秋日寄题郑监湖上亭三首

郑审,为秘书少监。审湖亭在江陵。

碧草违_{一作逢}春意,沅湘万里秋。池要山简马,月净_{一作静}庾公楼〔一〕。磨灭馀篇翰〔二〕,平生一钓舟。高唐寒浪减〔三〕,仿佛识昭丘〔四〕。

〔一〕按:《地志》:"孙权改鄂曰武昌,以陆逊辅太子镇之。晋永平中,置江州,庾亮为刺史治此,在武昌郡东北八十里。"祝穆谓"亮所登南楼,乃武昌县安乐宫端门"是也。郡治南黄鹤山顶上,亦有南楼,非亮所登,宋李焘有辨。
〔二〕《书》序:"其馀错乱磨灭。"
〔三〕《高唐赋序》:"楚襄王与宋玉游于云梦之台,望高唐之观。"《寰宇记》:"阳云台高一百二十丈,南枕长江,宋玉云'游阳云之台,望高唐之观',

即此也。"

〔四〕《登楼赋》:"北弥陶牧,西接昭丘。"善曰:"《荆州图记》云:当阳东南七十里有楚昭王墓,登楼则见所谓昭丘。"

前四句,秋日湖亭之胜。下二句,伤郑监之失志而寄兴于此。末二句,则寄题之情也。据《汉书》注,高唐在云梦华容县,后人因巫山神女,遂传在巫峡。此诗"高唐寒浪减,仿佛识昭丘"及《夔州歌》中有"高唐天下无",皆指在巫峡者言之。

新作湖边宅,还闻宾客过。自须开竹径,谁道避云萝?官序潘生拙〔一〕,才名贾傅他本作谊多〔二〕。舍舟应卜一作转地,邻接意如何?

〔一〕潘岳《闲居赋序》:"自弱冠达于知命之年,八徙官而一进阶,再免,一除名,一不拜职,迁者三而已矣。虽通塞有遇,抑亦拙者之效也。"

〔二〕郑时谪居江陵,故以潘岳、贾谊比之。

暂阻一作住蓬莱阁〔一〕,终为江海人。挥金应平声物理〔二〕,拖玉岂吾身〔三〕! 羹煮秋莼滑一作弱,杯凝郭、黄作迎露菊新〔四〕。赋诗分气象〔五〕,佳句莫频频或作莫辞频〔六〕。

〔一〕华峤《后汉书》:"学者称东观为老氏藏室、道家蓬莱。桓帝时,始置秘书监。"鱼豢《魏略》:"兰台为外台,秘书为内阁。"

〔二〕张协《咏二疏》诗:"挥金乐当年,岁暮不留储。顾谓四座宾,多财为累愚。"

〔三〕《西征赋》:"飞翠緌,拖鸣玉,以出入禁门者众矣。"言郑之不拖玉而运金者,盖安物理之常,而悟此身之妄也。

〔四〕陶潜诗:"秋菊有佳色,浥露掇其英。一觞虽独进,杯尽壶复倾。"

〔五〕气象:湖亭景物之气象也。

〔六〕赵曰:"莫频频,言莫不频频有之乎?"

雨

行云递崇高,飞雨霭而至。潺潺石间溜,汩汩松上驶。亢阳乘秋热,百谷皆—作亦已弃。皇天德泽降,焦卷有生意〔一〕。前雨伤卒暴,今雨喜容易。不可无雷霆,间作鼓增气。佳声达中宵,所望时一致。清霜九月天,仿佛见滞穗。郊扉及我私—云栽籽〔二〕,我圃日苍翠。恨无抱瓮力〔三〕,庶减临江费〔四〕。

〔一〕应璩《书》:"顷者炎旱,日更甚,沙砾销铄,草木焦卷。"

〔二〕《诗》:"雨我公田,遂及我私。"

〔三〕《庄子》:"子贡过汉阴,见一丈人方为圃畦,凿隧而入井,抱瓮而出灌,搰搰然用力甚多而见功寡。"

〔四〕临江费:谓临江汲水之费。

雨 郭知达本合下二首作三首

峡云行清晓,烟雾相徘徊。风吹苍江树,雨洒石壁来〔一〕。凄凄生馀寒,殷殷兼出雷。白谷变气候,朱炎安在哉！高鸟湿不下，居人门未开。楚宫久已灭，幽佩为谁哀〔二〕？侍臣书王梦，赋有冠古才。冥冥翠龙驾〔三〕，多自巫山台。

〔一〕《朱文公语录》："杜诗最多误字，蔡兴宗《正异》固好而未尽。某尝欲广之，作《杜诗考异》，未暇也。如'风吹苍江树，雨洒石壁来'，'树'字无意思，当作'去'字无疑，'去'字对'来'字。又如蜀有漏天，以其西极阴盛常雨，如天之漏也，故杜诗云'鼓角漏天东'，后人不晓其义，遂改'漏'字为'满'，似此类极多。"

〔二〕《神女赋》："摇佩饰，鸣玉鸾。"

〔三〕扬雄《河东赋》："乘翠龙而超河兮。"师古曰："翠龙，穆天子所乘马也。" 补注："翠龙"是行雨之龙，非谓穆天子所乘马也。

雨二首

鲁訔本编入江陵诗，非是。

青山淡无姿〔一〕，白露谁能数〔二〕？片片水上云，萧萧沙中雨。殊俗状巢居〔三〕，曾台附他本作俯风渚。佳客适万里，沉思情延伫〔四〕。挂帆远色外，惊浪满吴楚。久阴蛟螭出，寇盗复几许〔五〕。

〔一〕江淹诗："青山淡无姿。"

〔二〕补注：陈启源曰："《华严经》：'龙王降雨时，菩萨悉能分数其滴。''白露谁能数'暗用此义。"

〔三〕元稹《通州》诗:"平地才应一顷馀,阁栏都大似巢居。"自注:"巴人都在山坡架木为居,自号阁栏头也。"

〔四〕《离骚》:"结幽兰而延伫。"

〔五〕古诗:"河汉清且浅,相去复几许。"

空山中宵阴,微冷先枕席〔一〕。回风起清曙—作晓,万象萋已碧。落落出岫云,浑浑倚天石。日假何道行〔二〕?雨含长江白。连樯荆州船,有士荷戈戟。南防草镇惨〔三〕,沾湿赴远役。群盗下辟山〔四〕,总戎备强敌。水深云光廓,鸣橹各有适。渔艇息—作自悠悠,夷歌负樵客。留滞一老翁,书时记朝夕。

〔一〕陶潜诗:"夜中枕席冷。"
〔二〕旧注:"日行有黄道、赤道。雨久阴晦,故不知所行何道。"
〔三〕草镇:地名。
〔四〕辟山:未详。按:《宋史》有辟山县,隶重庆府,疑即此地。

八哀诗 并序

伤时盗贼未息,兴起王公、李公,叹旧怀贤,终于张相国。八公前后存没,遂不铨次焉〔一〕。

〔一〕言不以存殁之前后为次。按:曲江卒于开元二十八年,八人中没最先。

赠司空王公思礼

　　司空出东夷〔一〕，童稚刷劲翮。追随燕蓟儿，颖锐—作脱物不隔。服事哥舒翰〔二〕，意无晋作气流沙碛。未甚拔行间，犬戎大充斥。短小精悍姿〔三〕，屹然强寇敌。贯穿百万众，出入由古与犹通咫尺。马鞍悬将首〔四〕，甲外控鸣镝〔五〕。洗剑青海水，刻铭天山石〔六〕。九曲非外蕃〔七〕，其王转深壁。飞兔不近驾〔八〕，鸷鸟资远击。晓达兵家流，饱闻《春秋》癖〔九〕。胸襟日沉静，肃肃晋作萧萧自有适。潼关初溃散〔一〇〕，万乘犹辟易。偏裨无所施，元帅见手格。太子入朔方，至尊狩梁益。胡马缠伊洛，中原气甚逆。肃宗登宝位，塞望势敦迫—作逼〔一一〕。公时徒步至，请罪将厚责。际会清河公，间道传玉册〔一二〕。天王拜跪毕，说议果冰释。翠华卷飞雪—云飞雪中，熊虎亘阡陌。屯兵凤凰山〔一三〕，帐殿泾渭辟〔一四〕。金城贼咽喉〔一五〕，诏镇雄所扼。禁暴靖—作静无双，爽气春淅沥。巷有从公歌〔一六〕，野多青青麦〔一七〕。及夫哭庙后〔一八〕，复领太原役。恐惧禄位高〔一九〕，怅望王土窄。不得见清时，呜呼就窀穸〔二〇〕。永—作空系五湖舟〔二一〕，悲甚田横客〔二二〕。千秋汾晋间〔二三〕，事与云水白。昔观文苑传，岂述廉蔺绩《英华》作颇迹〔二四〕？嗟嗟晋作嗟嗟邓大夫，士卒终倒戟〔二五〕。

〔一〕《唐书》："王思礼，高丽人也。父虔威，为朔方军将。思礼少习戎旅，入居营州。"

〔二〕《唐书》："从王忠嗣至河西，与哥舒翰同籍麾下。及翰为陇右节度使，思礼与中郎将周佖为翰押衙。"

〔三〕《史记》："郭解为人，短小精悍。"

〔四〕蔡琰诗："马鞍悬虏头。"

〔五〕钱笺："鲜于注：甲外，军阵之外也，即游骑掠军离什伍者。"

〔六〕《旧唐书》："思礼以拔石堡城功，除右金吾卫将军，充关西兵马使兼河源使。"

〔七〕九曲：河西地，见二卷。《旧唐书》："天宝十二载，翰征九曲。思礼后期，欲引斩之，续命使释之。思礼徐言曰：'斩则斩，却唤作何物？'诸将以是壮之。"

〔八〕《瑞应图》："飞兔，神马，行三万里，明君有德则至。"

〔九〕《晋书》："杜预为镇南将军，有《春秋左传》癖。"

〔一〇〕《唐书》："哥舒翰守潼关，思礼充元帅府马军都将。""翰军既败，至潼津收散卒，复守关。贼将崔乾祐进攻之，于是火拔归仁等绐翰出关，执以降贼。"

〔一一〕塞望：言肃宗即位灵武，勉从劝进之请，以塞人望也。

〔一二〕《唐书》："房琯从帝还都，封清河郡公。""翰败潼关，思礼走行在，肃宗责不坚守，将斩之。宰相房琯谏，以为可收后效，遂见赦。" 钱笺："新、旧二《书》记思礼虆下被释，在灵武，与公诗合。而《通鉴》载思礼自潼关至，在次马嵬驿之前；又云即授河西陇右节度使，令赴镇。恐当有误。"

〔一三〕《御览》："《图经》云：岐山，一名天柱山。文王时，凤鸣岐山，人亦呼为凤凰堆。"《唐书》："思礼除关内节度使，守武功。贼将安守忠来战，思礼退守扶风。贼分兵略太和关，去凤翔五十里，上命郭子仪击之而退。"

〔一四〕帐殿：注见四卷。

〔一五〕金城：注见一卷。时思礼为关内节度使镇此，黄鹤以为河西之金城，误矣。《马援传》："援击五溪蛮，进壶头，扼其咽喉。"

〔一六〕《诗》："无小无大，从公于迈。"

〔一七〕《庄子》："青青之麦，生于陵陂。"

〔一八〕哭庙：注见四卷。

〔一九〕《旧唐书》："长安平，思礼先入清宫，迁兵部尚书，封霍国公。光

661

弼徙河阳，代为太原尹、北京留守、河东节度使，寻加守司空。"

〔二〇〕《左传》注："窀，厚也。穸，夜也。厚夜，犹长夜也。"《旧唐书》："上元二年四月，以疾薨，辍朝一日，赠太尉，谥武烈。"

〔二一〕五湖舟：公自谓也。

〔二二〕《古今注》："《薤露》《蒿里》，并丧歌也。本出田横门人，横自杀，门人伤之，为作悲歌。"

〔二三〕汾晋：即太原。

〔二四〕廉颇、蔺相如事，见《史记》。

〔二五〕《旧唐书》："思礼薨，管崇嗣代为太原尹。数月，召邓景山代崇嗣。景山以文吏见称，至太原，检覆军吏隐没者，军众愤怨，遂杀景山。"《左传》："倒戟以御公徒。"

故司徒李公光弼

按：光弼已封王，赠太保，公诗止称"司徒"者，其功名著于司徒时，盖从时人所称耳。《洗兵马》亦云："司徒清鉴悬明镜。"

司徒天宝末，北收晋阳甲〔一〕。胡骑攻吾城，愁寂意不惬。人安若泰山，蓟北断右胁〔二〕。朔方气乃—作多苏，黎首见帝业〔三〕。二宫泣西郊〔四〕，九庙起颓压。未散河阳卒，思明伪臣妾〔五〕。复自碣石来〔六〕，火焚乾坤猎。高视笑禄山〔七〕，公又大献《英华》作大捷〔八〕。异王册崇勋〔九〕，小敌信所怯〔一〇〕。拥兵镇河汴〔一一〕，千里初妥贴〔一二〕。青蝇纷—作徒营营〔一三〕，风雨秋一叶。内省未入朝，死泪终映睫〔一四〕。大屋去高栋，长城扫遗堞〔一五〕。平生白羽扇〔一六〕，零落蛟龙匣〔一七〕。雅望与英姿，恻怆音昌槐里接〔一八〕。三军晦光彩，烈士痛稠叠。直笔在史臣,将来洗箱箧〔一九〕。吾思哭孤冢,南纪阻归楫〔二〇〕。扶颠永萧条,未济失利涉。疲苶乃结切,他本作薾,非竟何人〔二一〕?洒涕巴东峡〔二二〕。

〔一〕《旧唐书》:"太原,汉晋阳县,天授元年置北都,兼都督府。"

〔二〕太原在幽蓟之西,故曰"右胁"。

〔三〕《旧唐书》:"郭子仪为朔方节度,荐光弼为云中太守,充河东节度副使。潼关失守,授户部尚书,兼太原尹、北京留守。至德二载,史思明等四伪帅率众十馀万攻太原,拒守五十馀日,伺其怠出击,大破之,斩首七万馀级。加校检司徒,寻迁司空。"

〔四〕二宫:玄宗、肃宗也。

〔五〕伪臣妾:谓思明至德二载率所部来降。

〔六〕碣石:注见一卷。

〔七〕笑禄山:言思明复炽,笑禄山之无成也。

〔八〕《唐书》:"思明来援庆绪,光弼拒战尤力。思明即伪位,纵兵河南。代子仪为朔方节度、天下兵马副元帅,与思明战中潬西,大破之。又收怀州,擒安太清,献俘太庙。"

〔九〕异王:异姓封王也。《旧唐书》:"宝应元年五月,光弼进封临淮郡王。"

〔一〇〕《光武纪》:"刘将军生平见小敌怯,今见大敌勇,甚可怪也。"按:怯小敌,正见其勇于大敌耳。旧注指北邙败绩,非是。北邙之败,乃鱼朝恩为之,且思明岂可言小敌?

〔一一〕《通鉴》:"上元二年五月,复以光弼为河南副元帅,统河南、淮南东西、山南东、荆南、江南西、浙江东八道行营节度,出镇临淮。"

〔一二〕王逸《楚词序》:"义多乖异,文不妥贴。"

〔一三〕《诗》:"营营青蝇,止于樊。"

〔一四〕《唐书》:"宦官鱼朝恩、程元振用事,日谋有以中伤者。及来瑱为元振诼死,光弼愈恐。吐蕃寇京师,代宗诏入援,光弼畏祸,迁延不敢行。广德二年七月,薨于徐州,年五十七,赠太保,谥武穆。"《谭宾录》:"光弼惧朝恩之害,不敢入朝。田神功等不受其制,愧耻成疾,薨。"张率诗:"独向长夜泪承睫。"

〔一五〕《宋书》:"檀道济被收,脱帻投地,曰:'坏汝万里长城。'"

〔一六〕裴启《语林》:"诸葛武侯以白羽扇指麾三军。"

〔一七〕蛟龙匣:注见十二卷。

〔一八〕《长安志》:"槐里故城,即犬戎城,在兴平县东南一十里。"钱笺:"《神道碑》:'窆公于富平县先茔之东。铭曰:渭水川上,檀山路旁。'檀山在县西北四十里。汉武帝葬槐里之茂陵,卫青、霍去病墓去茂陵不三里。光弼葬在冯翊,犹卫、霍之接近槐里,故曰'侧怆槐里接'。" 按:《旧书》本传:"光弼葬于三原,诏百官祖送延平门外。"《碑》又云"窆于富平县"。考三原与富平接壤,在京师东北。槐里,则《汉志》属右扶风,非光弼葬地也。《唐书》"高祖献陵在三原,中宗定陵在富平",故以槐里比之。旧注直云光弼葬槐里,则失实矣。

〔一九〕洗箱箧:洗其未入朝之恨也。

〔二〇〕《诗》:"滔滔江汉,南国之纪。"

〔二一〕《庄子》:"苶然疲役,而不知所归。"

〔二二〕巴东:注见十三卷。

赠左仆射郑国公严公武

郑公瑚琏器,华岳金天晶〔一〕。昔在童子日,已闻老成名〔二〕。嶷然大贤后〔三〕,复见秀骨清〔四〕。开口取将相,小心事友生。阅书百氏—作纸尽〔五〕,落笔四座惊。历职匪父任〔六〕,嫉邪常力争。汉仪尚整肃,胡骑忽纵横。飞传张恋切自河陇〔七〕,逢人问公卿。不知万乘—作乘舆出,雪涕风悲鸣。受词剑阁道,谒帝萧关城〔八〕。寂寞云台仗〔九〕,飘飖沙塞旌。江山少使者,箫鼓凝皇情〔一〇〕。壮士血相视〔一一〕,忠臣气不_{一作未}平。密论贞观_{去声}体,挥发岐阳征〔一二〕。感激动四极,联翩收二京。西郊牛酒再_{《英华》作至},原_{《英华》作九}庙丹青明〔一三〕。匡汲俄宠辱,卫霍竟哀荣〔一四〕。四登会府地〔一五〕,三掌华阳兵〔一六〕。京兆空柳色_{一作市}〔一七〕,尚书无履声〔一八〕。群乌自朝夕〔一九〕,白马休横行〔二〇〕。诸葛蜀人爱,文翁儒化成〔二一〕。公来雪山重,公去雪山轻。记室得何逊〔二二〕,韬钤延子荆〔二三〕。四郊失壁垒,虚馆开_{一作问}逢迎。堂上指图画,军中吹玉笙〔二四〕。岂无成都酒〔二五〕?忧国只细倾。时观锦水钓,问俗终相并〔二六〕。意待犬戎灭,人藏红粟盈。以兹报主愿,庶或_{《英华》作获}裨世程。炯炯一心在,沉沉二竖婴。颜回竟短折,贾谊徒忠贞〔二七〕。飞旐出江汉,孤舟转荆衡〔二八〕。虚无_{吴若诸本及《英华》同,今本作横}马融笛〔二九〕,怅望龙骧莹〔三〇〕。空馀老宾客,身上愧簪缨。

〔一〕《说文》:"晶,精光也。"《旧唐书》:"玄宗先天二年,封华岳神为金天王。"

〔二〕《新书》:"武,字季鹰,华州华阴人,挺之子。幼豪爽,父奇之。"

〔三〕赵曰:"大贤,谓挺之。"《新史·挺之传》云"姿质轩秀"。

〔四〕《旧史·武传》云"神气俊爽",故有"复见秀骨"之句。

〔五〕《旧唐书》:"武读书不甚究精义,涉猎而已。"

〔六〕《刘向传》:"以父德任为辇郎。"注:"任,保任也。"《旧书》:"武弱冠以门荫策名,哥舒翰奏充判官,迁侍御史。"匪父任:言其才自可得官,不尽由门荫也。

〔七〕飞传:传车也。

〔八〕萧关：注见十卷。钱笺："《旧书·武传》：'至德初，武杖节赴行在。房琯以名臣子素重之，至是，首荐才略可称，累迁给事中。'按：此诗云'飞传自河陇'，又云'受词剑阁道'，盖禄山之乱，武自河陇访知乘舆所在，趋赴剑阁，然后玄宗遣诣行在，亦如房琯、张镐之以玄宗命至自蜀郡也。当据以补刘《书》之阙。"按：《唐志》："平凉郡有萧关县，西北邻灵武。"肃宗自彭原至平凉，数日，始回军趋灵武。武于平凉谒肃宗，盖在琯未至之先也。

〔九〕《哀江南赋》："非无北阙之兵，犹有云台之仗。"

〔一〇〕颜延之诗："箫鼓震溟洲。"又诗："穷远凝圣情。"此言肃宗志在灭贼。

〔一一〕《别赋》："刎血相视。"

〔一二〕岐阳：凤翔也。肃宗驻凤翔，武尝赞议收复。

〔一三〕《汉书》："叔孙通请立原庙。"注："原，重也。先有庙，今更立之。"

〔一四〕旧注："武拜京兆，旋贬巴州，是俄宠俄辱也。终以剑南节度没，则生荣死哀备矣。"

〔一五〕会府：省会之府也。按史：收长安，武拜京兆少尹，宝应元年，拜京兆尹，两镇剑南，皆兼成都尹，故曰"四登会府地"。次公合剑南节度言，非是。

〔一六〕《禹贡》："华阳黑水惟梁州。" 按：《旧书·严武传》云："武初以御史中丞出为绵州刺史，迁东川节度使，再拜成都尹，兼御史大夫，充剑南节度使，迁黄门侍郎，拜成都尹，充剑南节度等使。"诗所谓"三掌华阳兵"、"主恩先后三持节"也。但二《史》不记其迁拜出镇之岁月，《通鉴》又遗其初镇东川，以故注家有纷纭之说。考武以乾元元年二月贬巴州刺史，未久而节度东川。上元二年，段子璋反，东川节度李奂奔成都，武自东川入朝，必在奂前，则奂盖代武也。《旧传》云"自东川入为太子宾客"，考《旧纪》"乾元二年六月，以邠州刺史房琯为太子宾客"，武既坐琯同罢，则必与琯同召，其初镇盖在乾元元、二之间也。《高适旧传》云"段子璋反，适从崔光远讨斩之。光远兵大掠，天子怒，罢光远，以适代之"，而赵抃《玉垒记》云"上元二年，崔光远命花惊定讨平段子璋，纵兵剽掠，至断腕取金。监军按其罪，冬十月恚死。其月，廷命严武"，《旧纪》"是年建丑月，以严武为成都尹"，可证光远之罢，武实代之；武召入，以适代；适失西山三州，又以武代。《唐史》谓适代光远，误也。《通鉴》以宝应元年武被召之月为赴镇之月，尤误也。至于两川之分合，说者莫能归一。《旧书·地理志》云"至德二年十月，驾回西京，改蜀郡为都府，长史为尹，又分为剑南、东川、西川，各置节度使。广德元年，严武为成都尹，复并东西川为一节度"，《新书·方镇表》云"至德二载，置剑南、东川节度使，广德二年废，以所管十五州隶西川"，《唐会要》则以两川之分，在上元元年二月，而其合在广德二年正月八日。以予考之，分当从《旧志》《新表》，而《会要》为非；合当据杜集，而《志》《表》诸书皆漏也。《高适旧传》云"始上皇东迁，分剑南为两节度。百姓弊于调度，而西山三城列戍。适上疏，不纳"，《新传》同。盖适在蜀州疏论之也。《图经》云"至德二载，明皇幸蜀，始分剑南为东、西两川"，可证两川之分，原出上皇意。而《严武传》于再镇云"上皇诰，合两川为一道，拜武成都尹"，此乃误以分为合，不知上皇之诰，自移居西内已久不行，故曰：分当从《志》《表》，而《会要》为非也。高适《请罢东川疏》有云："异时以全蜀之饶而山南佐之，犹不能举，今裂梓、遂等八州，专为一节度，岁月之计，西川不得参也。"而杜集有《为王阆州论巴蜀安危表》云："今梁州既置节度，足与成都久远相应矣。东川更分管数州，于内幕府取给，破弊滋甚。若兵马悉付西川，梁州益坦为声援，是重敛之下，免出多门。西南之人，有活望矣。"此表乃广德元年作也。按《方镇表》："广德元年，升山南西道防御守捉使为节度使，寻降为观察使，治梁州。"梁州与梓州接壤，观公之论，梁州既置节度，足与成都相应，东川兵马当并西川，形势甚明。其时朝廷遂合并剑南，以省劳费，未必不自公此表发之。既而崔宁不靖，大历二年，剑南复分为二，则以梁州已降，观察不足恃为声援故也。由此而言，剑南之合，正在严武三镇之时。然杜集有《严中丞枉驾见过》诗，是宝应元年作，已有"川合东西瞻使节"之句。其年，上武《说旱》亦云："请管内东西两川各遣一使。"盖武先时尝镇东川，及迁成都，即以旧属俾兼节制，重其事权。未几，武去，而高适代，则不复兼东川矣。东川使节久悬,仅以章彝为留后,《巴蜀安危表》所云"留后之寄,绵历岁时,非所以塞众望"者,此也。直至广德二年,严武以黄门侍郎出镇,复举以畀之,而东川节度始废。盖剑南、二川,两合于严武。其宝应暂合,史家都不书,故曰:合当据杜集,而《志》《表》诸书都漏也。

〔一七〕《汉·张敞传》:"敞为京兆尹时,罢朝会,走马章台街。"唐人诗有《章台柳》。

〔一八〕尚书履:注见二卷。

〔一九〕《朱博传》:"御史府中列柏树,常有野乌数十,栖集其上,晨去暮来,号曰朝夕乌。"

〔二〇〕《南史》:"侯景乘白马渡江。"休横行:言武虽没,而盗贼犹为胁息也。次公引白马生事,非。

〔二一〕文翁:注见十一卷。

〔二二〕《梁书》:"何逊为建安王记室,王爱文学之士,日与游宴。"

〔二三〕《晋书》:"孙楚,字子荆,参石苞骠骑军事。"武尝辟公为参谋,故以何逊、孙楚自比。

〔二四〕刘孝威诗:"浮丘侍玉笙。"

〔二五〕萧子显诗:"朝酤成都酒,暝数河间钱。"

〔二六〕观钓之时,亦兼问俗,言其忧国如此。

〔二七〕《唐书》:"广德二年,破吐蕃,收盐川城,加检校吏部尚书。永泰元年四月,薨,时年四十,赠尚书左仆射。"

〔二八〕出江汉、转荆衡:言武之灵榇自荆江而归葬也。

〔二九〕马融《长笛赋序》:"独卧郿平阳邬中,有洛客舍逆旅,吹笛为《气出》《精列》《相和》。融去京师逾年,暂闻,甚悲而乐之。"或曰:"虚横马融笛",言武既死,世无知音也。

〔三〇〕《晋·王濬传》:"武帝因谣言,拜濬为龙骧将军,伐吴。太康六年卒,葬柏谷山,大营茔域,葬垣周四十五里。"

赠太子太师汝阳郡王琎

汝阳让帝子〔一〕，眉宇真天人〔二〕。虬髯似太宗〔三〕，色映塞外—本作寒夜春〔四〕。往者开元中①，主恩视遇频〔五〕。出入独非时，礼异见群臣。爱其谨洁极，倍此骨肉亲。从容退—作听朝后，或在风雪晨。忽思格猛兽〔六〕，苑囿腾清尘〔七〕。羽旗动若一，万马肃骎骎。诏王来射雁，拜命已挺身。箭出飞鞚内，上又—作入回翠麟〔八〕。翻然紫塞翮〔九〕，下拂明月轮〔一〇〕。胡人虽获多〔一一〕，天笑不为新〔一二〕。王每中一物，手自与金银。袖中谏猎书，扣马久上陈。竟无衔橛虞〔一三〕，圣聪—作慈矧多仁。官免供给费，水有在藻鳞。匪惟帝老大，皆是王忠勤。晚年务置醴，门引申白宾〔一四〕。道大容无能，永怀侍芳茵。好学尚贞—作正烈，义形必沾巾〔一五〕。挥翰绮绣扬，篇什若有神。川广不可溯，墓久狐兔邻〔一六〕。宛彼汉中郡鲁作王〔一七〕，文雅见天伦〔一八〕。何以开—作慰我悲？泛舟俱远津。温温昔风味，少壮已书绅。旧游易磨灭，衰谢增—作多酸辛。

〔一〕《唐书》：“让皇帝宪，本名成器，睿宗立为皇太子，以玄宗有讨平韦氏功，恳让储位，封宁王，薨，谥让皇帝。”

〔二〕《七发》：“阳气见于眉宇之间。”天人：注见一卷。

〔三〕《酉阳杂俎》：“太宗虬须，常戏张弓挂矢。”

〔四〕春色映于塞外，极状其眉宇，犹《别张建封》诗所云"风神荡江湖”也。

〔五〕《羯鼓录》：“汝阳秀出藩邸，玄宗特钟爱焉。又以其聪悟敏慧，妙

---

① “往者”，底本作“昔者”，据诸善本改。

达音旨,每出游幸,顷刻不舍。"

〔六〕朱景玄《名画录》:"明皇射猎,一箭中两野猪,诏韦无忝于玄武门写之。"

〔七〕相如《谏猎书》:"犯属车之清尘。"

〔八〕回翠麟:言帝急回马,将助之射也。

〔九〕紫塞翩:言雁。

〔一〇〕明月轮:言弓。

〔一一〕《长杨赋序》:"上将大夸胡人以多禽兽,令胡人手搏之,自取其获,上亲临观焉。"

〔一二〕天笑:注别见。

〔一三〕《谏猎书》:"清道而行,中路而驰,犹时有衔橛之变。"注:"橛,车之钩心也。马衔或断,钩心或出,则致倾败以伤人。"

〔一四〕《汉书》:"楚元王少与鲁穆生、白生、申公俱受《诗》于浮丘伯。元王敬礼申公等,穆生不嗜酒,元王每置酒,尝为设醴。"《旧唐书》:"琎与贺知章、褚廷诲等善,为诗酒之交。"

〔一五〕《公羊传》:"义形于色。"

〔一六〕《唐书》:"琎以天宝九载卒,赠太子太师。"

〔一七〕汉中王:汝阳王弟,详一卷。公尝与汉中王会梓州。

〔一八〕天伦:注见一卷。

赠秘书监江夏李公邕

长啸宇宙间,高才日陵—作沦替。古人不可见,前辈复谁继?忆昔李公存,词林有根柢。声华当健笔〔一〕,洒落富清制。风流散金石,追琢山岳锐〔二〕。情穷造化理,学贯天人际。干谒走其门,碑版照四裔〔三〕。各满深望还,森然起凡例。萧萧白杨路〔四〕,洞彻宝珠惠〔五〕。龙宫塔庙涌卜圜作踊〔六〕,

浩劫浮云一作空卫〔七〕。宗儒俎豆事，故吏去思计。盺睐已皆虚，跋涉曾不泥。向来映当时，岂独一作特劝后世〔八〕！丰屋珊瑚钩〔九〕，骐驎织成罽居例切〔一〇〕。紫骝随剑几，义取无虚岁〔一一〕。分宅脱骖间〔一二〕，感激怀未济。众归赒给美，摆落多藏秽〔一三〕。独步四十年，风听九皋唳〔一四〕。呜呼江夏姿〔一五〕，竟掩宣尼袂〔一六〕。往者武后朝，引用多宠嬖。否臧太常议〔一七〕，面折二晋作三张势〔一八〕。衰俗凛生风，排荡秋旻霁。忠贞负冤晋作怨恨，宫阙深旒缀。放逐早联翩，低垂困炎厉一作疬。日斜鹏鸟入〔一九〕，魂断苍梧帝〔二〇〕。荣《英华》同，一作策枯走不暇〔二一〕，星驾无安税。几分汉庭竹〔二二〕，夙拥文侯篲〔二三〕。终悲洛阳狱〔二四〕，事近小臣毙〔二五〕。祸阶初负谤，易力何深哜才诣切〔二六〕！伊昔临淄亭〔二七〕，酒酣托末契。重叙东都别，朝阴改轩砌〔二八〕。论文到黄作倒崔苏〔二九〕，指晋作推尽流水逝。近伏盈川雄〔三〇〕，未甘特进丽〔三一〕。是非张相国，相扼一危脆。争名古岂然，关楗他本作楗捷，蔡云：捷或作楗，其献切，门限也。《英华》作关键，注云：键、楗，《广韵》通用欻不闭〔三二〕。例一作倒及吾家诗，旷怀扫氛翳。慷慨嗣真作原注：和李大夫〔三四〕，咨嗟玉山桂〔三五〕。钟律俨高悬〔三六〕，鲲鲸喷迢递。坡陀青州血〔三七〕，芜没汶阳瘗〔三八〕。哀赠竟一作晚萧条〔三九〕，恩波延揭巨列切厉〔四〇〕。子孙存一作在如线，旧客舟凝滞〔四一〕。君臣尚论兵，将帅接燕蓟〔四二〕。朗咏《六公篇》原注：公有张、桓等五王洎狄相六公诗〔四三〕，忧来豁蒙蔽。

〔一〕健笔：注见一卷。
〔二〕"金石"二句：以邕所制碑文言之。

671

〔三〕谢灵运诗:"碑版谁传闻。"《周礼》注:"饼金谓之版。"

〔四〕陈藏器《本草》:"白杨,北土极多,人种墟墓间,树大皮白。"陶潜《挽歌》:"荒草何茫茫,白杨亦萧萧。"

〔五〕洞彻宝珠惠:言泉路幽昏,得邕碑文,如惠以宝珠之洞照也。

〔六〕《洛阳伽蓝记》:"永熙三年,永宁寺浮图为火所烧,有人从东莱来,云见浮图于海中,光明照耀,俨然如新,海上之民咸皆见之。""龙宫塔庙涌"暗用此事也。

〔七〕浩劫:注见十一卷。言邕所撰塔庙碑文历浩劫而浮云常拥卫之。

〔八〕他如学宫故事,良吏去思,转盼皆成虚迹。其跋涉来请者,应之从无泥滞。烁今传后,实深有赖其文耳。《旧唐书》:"邕早擅才名,尤长碑颂。虽贬职在外,中朝衣冠及天下寺观多赍持金帛,往求其文,前后所制,凡数百首。"

〔九〕珊瑚钩:注见二卷。

〔一〇〕《汉书》注:"罽,织毛若今氍及氈毹之类。"骐驎:罽所织。

〔一一〕《旧唐书》:"邕受纳馈遗,多至钜万,时议以为鬻文获财,未有如邕者。"

〔一二〕《吴志》:"周瑜推道南大宅以舍孙策,有无通共。"《史记》:"越石父贤,在缧绁中,晏子出,遭之涂,解左骖赎之,延为上客。"

〔一三〕陶潜诗:"摆落悠悠谈。"《唐书》:"仇人告邕赃贷枉法,许昌人孔璋上书救之,曰:'斯人所能者,拯孤恤穷,救乏赈惠,积而便散,家无私聚。'"

〔一四〕《唐书》:"玄宗东封回,邕献词赋,称旨。后因上计,中使临索其新文。"邕文章彻天听,故以"九皋鹤唳"比之。

〔一五〕按:《世系表》:"后汉会稽太守高阳侯徙居江夏,遂为江夏李氏。其后元哲徙居广陵,元哲生善,善生邕。"故题曰"江夏李公",此又云"江夏姿"也。次公以《唐史》"江都人"为疑,盖失考耳。

〔一六〕《公羊传》:"西狩获麟,孔子反袂拭面,涕泣沾袍。"

〔一七〕《旧唐书·韦巨源传》:"太常博士李处直议巨源,谥曰昭,邕再驳之,文士推重。"

〔一八〕《唐书》:"邕拜左拾遗,中丞宋璟劾张昌宗兄弟反状,武后不应。邕在阶下大言曰:'璟所陈社稷大计,陛下当听。'后色解,即可璟奏。"

〔一九〕《鵩鸟赋》:"庚子日斜,鵩集予舍。"

〔二〇〕梁吴均诗:"依依望九疑,欲谒苍梧帝。"《唐书》:"邕累贬雷州司户、崖州舍城丞,又贬钦州遵化尉。"皆在南荒,故用长沙、苍梧事。

〔二一〕赵曰:"荣枯无常,奔走不暇,所以无税驾之地。"

〔二二〕《汉书》:"文帝三年,初与郡守为铜虎符、竹使符。"应劭曰:"竹使符,以竹箭五枚,五寸,镌刻篆书第一至第五。"师古曰:"各分其半,右留京师,左以与之。"

〔二三〕阮籍《奏记》:"子夏处西河之上,而文侯拥彗。"注:"彗,帚也。"《旧唐书》:"邕为陈州刺史,历括、淄、滑三州刺史。天宝初,为汲郡北海太守。上计京师,皆以邕重义爱士,古信陵之流。"

〔二四〕《后汉·蔡邕传》:"邕上书自陈,下洛阳狱,诏减死一等,与家属髡钳,徙朔方。"

〔二五〕《左传》:"与犬,犬毙;与小臣,小臣亦毙。"

〔二六〕《说文》:"哜,尝也。"《唐·艺文传》:"擩哜道真。"言谗人排毁,诚易为力,然何哜祸之深,一至此乎?

〔二七〕临淄:即济南郡,详一卷。公有《陪北海宴历下亭》诗。

〔二八〕潘岳《杨仲武诔》:"日仄景西,望子朝阴。"

〔二九〕钱笺:"崔苏,崔融、苏味道也。《唐书》:'融为文华婉,当时未有辈者,官国子司业。味道九岁能属辞,与李峤俱以文翰显武后时,同凤阁鸾台三品。'《朝野佥载》云:'李峤、崔融、苏味道、杜审言为文章四友,世号崔、李、苏、杜。'故公诗称之。旧注以为崔信明、苏源明,或又疑崔尚、苏颋,皆误。"

〔三〇〕《唐书·杨炯传》:"炯为梓州司法参军,迁盈川令,卒。"

〔三一〕《李峤传》:"神龙三年,封赵国公,加特进,同中书门下三品。峤富才思,前与王勃、杨盈川接,中与崔融、苏味道齐名。张说曰:'杨盈川文如悬河注水,酌之不竭;李峤文如良金美玉,无施不可。'"

〔三二〕《张说传》:"玄宗诛萧至忠,召说为中书令,封燕国公。东封还,为尚书右丞相。"《旧书》:"邕素轻张说,说甚恶之。"

〔三三〕《老子》:"善闭,无关键而不可开。"《头陀寺碑》:"玄关幽键,感而遂通。"

〔三四〕公祖审言集有《和李大夫嗣真奉使存抚河东》诗。按:"慷慨嗣真作",是言邕与公论及审言诗而叹伏之,非指历下亭唱和之作也。《千家注》本此句下有公自注:"甫有和李太守诗。"考旧善本俱无之,今削去。

〔三五〕《晋书》:"郤诜对武帝曰:'臣举贤良对策,为天下第一,犹桂林一枝,昆山片玉。'"

〔三六〕《汉·京房传》:"好钟律,知音声。"

〔三七〕青州郡:注见一卷。《唐书》:"天宝五载,左骁卫兵曹参军柳勣有罪下狱,邕尝遗勣马,吉温使引邕尝以休咎相语,阴赂遗。宰相李林甫素忌邕,因傅以罪。诏刑部员外郎祁顺之、监察御史罗希奭就郡杖杀之,年七十。"

〔三八〕武德二年,北海郡置汶阳县,六年省。《说文》:"瘗,幽埋也。"

〔三九〕《唐书》:"代宗时赠邕秘书监。"

〔四〇〕《说文》:"揭,高举也。"延揭厉:言国恩之及,尚待高揭而扬厉之。

〔四一〕《别赋》:"舟凝滞于水滨。"

〔四二〕将帅:谓河北诸降将。

〔四三〕五王:张柬之、桓彦范、敬晖、崔玄炜、袁恕己。狄相:仁杰也。赵明诚《金石录》:"唐《六公诗》,李邕撰,胡履灵书。予初读《八哀诗》,恨不见其诗。晚得石本,其文词高古,真一代佳作也。六公者,五王各为一章,狄丞相别为一章。"钱笺:"董逌《书跋》:'李北海《六公咏》,今《太和集》中虽有诗而无其姓名。予见荆州《六公咏》石刻,文既不刓,诗尤奇伟,豪气激发,如见断鳌立极时,宜老杜有云。序言邕为荆州,今新、旧《书》皆不书。'"

钱笺:自"伊昔临淄亭"至篇末,学者多苦其汗漫不属。吾谓"论文"以下，论其文也，杨、李、崔、苏、邕同时文笔之士。邕之论文也，叹崔、苏之已逝，伏盈川而夷特进，与燕公之论相合。燕公首推盈川，次及崔、李，世皆叹其是非之当，何至于邕则相扼不少贷？盖崔、苏皆没，而邕独与说争名，说虽忌刻，亦邕之露才扬己，有以取之，卢藏用所以致戒于干将莫邪也。"关键不闭"，用《道德经》之语，惜邕之不善闭也。"例及"以下，论其诗也。邕之诗，可以接踵吾祖，《六公》之篇，可以追配嗣真之作，所谓声谐钟律、气喷鲸鲵者也。膳部之没也，李峤以下请加命，武平一为表之。邕既子孙如线，而己则旧客凝滞，谁复为之追雪者？此所以感今思昔，不能自已于哀也。

故秘书少监武功苏公源明

武功少也孤，徒步客—作寓徐兖[一]。读书东岳中，十载考坟典。时下莱芜郭[二]，忍饥浮云巘。负米晚为身，每食脸必泫[三]。夜字照爇薪[四]，垢衣生—作带碧藓。庶以勤苦志，报兹劬劳愿《英华》同，读上声，吴作显。学蔚醇儒姿，文包旧史善[五]。洒落—作泪辞幽人，归来潜京辇。射君东堂策郭作射策君东堂[六]，宗匠集精选。制可题《英华》作题墨未干[七]，乙科已大阐[八]。文章日自负，吏禄《英华》作椽吏亦累践[九]。晨趋间阖内，足踏宿昔跰古典切[一〇]。一麾出守还[一一]，黄屋朔风卷。不暇陪八骏，虏庭悲所遣[一二]。平生满樽酒，断此朋知展。忧愤病二秋，有恨石—作不可转[一三]。肃宗复社稷，得无顺逆—作逆顺辨？范晔顾其儿[一四]，李斯忆黄犬[一五]。秘书茂松色《英华》同，一作意[一六]，再扈王仲正本作再从，一作屡侍祠坛墠[一七]。前后百卷文，枕藉皆禁脔卢演切[一八]。篆刻王仲正作制作扬雄流[一九]，溟涨本末《英华》作未浅。青荧芙蓉剑[二〇]，犀兕岂独剸止兖切[二一]。反为后辈亵，予实苦怀缅。煌煌斋房芝[二二]，事绝—作终万手搴音蹇。垂之俟来者,正始征劝勉〔二三〕。不要悬黄金,胡为投乳贊音狁〔二一〕?结交三十载,吾谁与游衍?荥阳复冥寞〔二五〕,罪罟已横去声冒吉券切〔二六〕。呜呼子逝日,始泰则《英华》作即终寒〔二七〕。长安米万钱〔二八〕,凋丧尽馀喘。战伐何当解,归帆阻清沔〔二九〕。尚缠漳水疾〔三〇〕,永负蒿里钱〔三一〕。

〔一〕《唐书》:"源明,京兆武功人,初名预,少孤,寓居徐、兖。"

〔二〕《旧书》:"莱芜,汉县,后废。长安四年,于废嬴县置莱芜县,属兖州。"

〔三〕《家语》:"子路为亲负米百里之外。"旧注:"源明养不及亲,负米自为而已,故每食必泫然流涕。"

〔四〕《晋中兴书》:"范汪家贫好学,燃薪写书既毕,诵读亦竟。"

〔五〕《唐书》:《易元苞》,苏源明传;又有《源明前集》三十卷。

〔六〕射策:注见一卷。山谦之《丹阳记》:"太极殿,周路寝也。东西堂,魏制,周小寝也。"《晋书》:"挚虞举贤良,武帝诏诸贤良方正直言,会东堂策问。"

〔七〕蔡邕《独断》:"群臣有所奏请,尚书令奏下之,有制诏,天子答之曰可。"

〔八〕《唐书》:"诸进士试时务策五条,帖一大经。经策全得,为甲第;策得四、帖过四以上,为乙第。"源明工文词,有名天宝间,及进士第。

〔九〕《唐书》:"更试集贤院,累迁太子谕德。"

〔一〇〕《增韵》:"足胝曰趼。"

〔一一〕颜延之《咏阮咸》诗:"屡荐不入官,一麾乃出守。"善曰:"曹嘉之《晋纪》:'山涛举咸为吏部郎,三上,武帝不能用。'麾,言为荀勖所麾也。傅畅《诸公赞》曰:'勖性自矜,因事左迁咸为始平太守。'"按:"一麾",谓麾之使出,后人用者,多作旌麾之麾。

〔一二〕《唐书》:"出为东平太守,召还,为国子司业。禄山陷京师,源明以病不受伪署。"

〔一三〕《诗》："我心匪石，不可转也。"

〔一四〕《宋书》："范晔坐谋反诛，临刑，其子蔼取地土及果皮掷晔，晔问曰：'汝嗔我耶？'蔼曰：'今日何缘嗔！但父子同死，不能不悲。'"

〔一五〕《史记》："二世具李斯五刑，论腰斩咸阳市。顾谓其中子曰：'吾欲与若复牵黄犬，俱出上蔡东门，逐狡兔，岂可得乎？'"

〔一六〕《唐书》："肃宗复两京，擢考功郎中、知制诰，后为秘书少监，卒。"

〔一七〕《书》："为三坛同墠。"

〔一八〕禁脔：注别见。

〔一九〕扬子《法言》："或问：'吾子好赋？'曰：'然。童子雕虫篆刻，壮夫不为。'"

〔二〇〕《越绝书·宝剑篇》："扬其华，如芙蓉始出。"卢照邻诗："相邀侠客芙蓉剑。"

〔二一〕劙：截也。李尤《剑铭》："陆劙犀兕，水截鲸鲵。"溟海涨溢，美其文之浩汗无涯；剑光青荧，美其文之锋颖独出。

〔二二〕《汉书》："武帝大兴祠祀，元封中，斋房生芝而作歌。"《通鉴》："乾元二年六月，上从王玙请，立太乙坛于南郊之东，自汉武帝祠太乙，至唐复祀之。"《旧唐书·肃宗纪》："上元二年七月，延英殿御座梁上生玉芝，一茎三花，上制《玉灵芝》诗。"按：《本传》：肃宗时"宰相王玙以祈禬进，禁中祷祀穷日夜，中官用事，给养繁靡"，"源明数陈政治得失，上疏切谏"。故此诗用斋房采芝事。

〔二三〕因言其持正之论，可以训将来而征勤勉也。

〔二四〕《尔雅》："赞有力。"注："出西海大秦国，有养者，似狗，多力，犷恶。"赵曰："下两句危之也。乳赞，犹乳虎，言佞媚则黄金可悬，而切直则犯时相之怒，不啻投乳赞也。"

〔二五〕荥阳：谓郑虔。

〔二六〕《诗》注："罪罟，设罪以为罟。"

〔二七〕始泰：谓见肃宗中兴。终蹇：谓没于荒岁。

〔二八〕按：《旧史》：广德二年，自秋及冬，斗米千文，一斛则万钱矣。苏、郑皆卒于是年，故他诗曰"谷贵没潜夫"，又曰"凶问一年俱"也。 补注：《汉书·高帝纪》："关中大饥，米斛万钱。"

〔二九〕《山海经》注："汉水至江夏安陆县入江，即沔水。"

〔三〇〕刘桢诗："余婴沉痼疾，窜身清漳滨。"

〔三一〕《古今注》："《蒿里》，丧歌也。人死，精魂归于蒿里，使挽者歌以送之。"

故著作郎贬台州司户荥阳郑公虔

鹡鸰至鲁门，不识钟鼓飨〔一〕。孔翠望赤霄〔二〕，愁思—作人雕笼养〔三〕。荥阳冠众儒〔四〕，早闻名公赏。地崇士大夫，况乃精气—作气清，《英华》作气精爽原注：往者公在疾，苏许公颋位尊望重，素未相识，早爱才名，躬自抚问，临以忘年之契，远迩嘉之。天然生知资，学立游夏上。神农或阙漏，黄石愧师长〔五〕。药纂西极—作域名原注：公著《荟蕞》等诸书之外，又撰《胡本草》七卷，兵流指诸掌。贯穿无遗恨，荟乌外切蕞在最切何技痒〔六〕。圭臬星经奥〔七〕，虫篆丹青广〔八〕。子云窥未遍，方朔谐太枉〔九〕。神翰顾不一〔一〇〕，体变钟兼两〔一一〕。文传天下口，大字犹在榜。昔献书画图，新诗亦俱往。沧洲动玉陛—作阶，寡《英华》作宫鹤误一响〔一二〕。三绝自御题〔一三〕，四方尤所仰。嗜酒益疏放，弹琴视天壤。形骸实土木〔一四〕，亲近惟几杖。未曾寄鲁作记官曹〔一五〕，突兀倚书幌。晚就芸香阁〔一六〕，胡尘昏坱莽。反覆归圣朝，点染无涤荡〔一七〕。老蒙台州掾，泛泛《英华》作遏泛浙江桨。履穿四明雪〔一八〕,饥拾楢以周切溪橡〔一九〕。空闻紫芝歌,不见杏坛丈〔二〇〕。天长眺东南,秋色馀魍魉〔二一〕。别离惨至今,斑白徒怀曩。春深秦山秀,叶坠清渭朗。剧谈王侯门,野税林下鞅〔二二〕。操纸终夕酣,时物集遐想。词场竟疏阔,平昔滥吹_{晋作咨,赵作推}奖。百年见存没,牢落吾安放一云仿?萧条阮咸在,出处同世网。他日访江楼,含凄述飘荡_{原注:著作与今秘监郑君审,篇翰齐价,谪江陵,故有阮咸、江楼之句}〔二三〕。

〔一〕爰居:海鸟也。《庄子》:"昔者,海鸟止于鲁郊,鲁侯御而觞之于庙,奏《九韶》以为乐,具太牢以为膳,鸟乃眩视悲忧,三日而死。"江淹《拟古》诗:"咸池飨爰居,钟鼓或愁辛。"

〔二〕张华《鹪鹩赋序》:"孔雀翡翠,或陵赤霄之际,或托绝垠之外,然皆负赠婴缴,羽毛入贡。"

〔三〕祢衡《鹦鹉赋》:"闭以雕笼,剪其翅羽。"

〔四〕《唐书》:"虔,郑州荥阳人。"

〔五〕神农著《本草》,黄石公授张良《兵法》。此言虔所著之书,为神农、黄石所不逮也。

〔六〕《唐书》:"虔学长于地理,山川险易、方隅物产、兵戈众寡,无不详审。尝为《天宝军防录》,言典事该,诸儒服其善著书。" 钱笺:"封演《闻见记》:'天宝中,协律郎郑虔采集异闻,著书八十馀卷。人有窃窥其草稿,告虔私修国史,虔闻而遽焚之,由是贬谪十馀年。虔所著书,既无副本,后更纂录,率多遗忘,犹成四十馀卷。书未有名,及为广文博士,询于国子监司业苏源明,源明请名《会粹》,取《尔雅序》会粹旧说也。西河太守卢象赠虔诗曰"书名会粹才偏逸,酒号屠苏味更醇",即此谓也。'高元之《茶甘录》:'子美诗"荟蕞何技痒",荟,草多貌;蕞,小也。虔自谓著书虽多,皆碎小之事也。后人传写,误为会粹,谓会集其纯粹,失之远矣。唐史目其书为《会萃》,亦承袭之误。'"按:二说不同,据《尔雅序》,乃是会粹,粹,音最,聚也。

次公云:"当以公诗为正。"《射雉赋》:"徒心烦而技懫。"徐爰注:"有技艺欲逞,曰技懫。"《荼甘录》:"言不能自忍,如人之痒也。"

〔七〕陆倕《石阙铭》:"陈圭置臬。"注:"圭以测日景,臬以平水也。"天官家有甘、石二氏《星经》。

〔八〕《白帖》:"虫书,即蝌蚪书。"鱼豢《魏略》:"邯郸淳善苍雅虫篆。"傅咸赋:"又图像于丹青。"

〔九〕窥未遍、谐太枉:言虔之学,过乎子云之博览;虔之言,异乎方朔之诙谐也。

〔一〇〕神翰:染翰之工也。《陈书·顾野王传》:"虫篆奇字,无所不通。"又善丹青,故云"不一"。

〔一一〕钱笺:"羊欣《古来能书人名》:'钟繇,魏太尉。书有三体,一曰铭石,谓正书;二曰章程,谓对书;三曰行押,谓行书。'《金壶记》:'繇工三色书,草、隶、八分最优。'虔善草、隶,故云'兼两'也。"《唐书》:"虔好书,常苦无纸。于慈恩寺贮柿叶数屋,日往取叶肆书,岁久殆遍。"吕惣《续书评》:"虔书如风送云收,霞催月上。"

〔一二〕张协诗:"寡鹤空悲鸣。""沧洲"二句:美其画也。玉陛之上,展沧洲之画图,而寡鹤误为发响,形容其绘事逼真。

〔一三〕《唐书》:"虔善图山水,尝自写其诗并画以献,帝大署其尾曰:'郑虔三绝。'"

〔一四〕《嵇康传》:"土木形骸,不自藻饰。"

〔一五〕《唐书》:"玄宗置广文馆,以虔为博士。虔闻命,不知广文曹司何在,诉宰相,曰:'上增国学,置广文馆以居贤者,令后世言广文博士自君始,不亦美乎?'虔乃就职。久之,雨坏庑舍,有司不复修完,寓治国子馆,自是遂废。"

〔一六〕鱼豢《魏略》:"芸香辟纸蠹,故藏书台称芸台。"

〔一七〕无涤荡:言无有洗其污贼之迹者。

〔一八〕《天台山赋》:"登陆则有四明、天台。"善曰:"谢灵运《山居赋》注:天台、四明相接连。四明,方石四面,自然开窗。"《史记》:"东郭先生久待诏公车,贫困,履行雪中,有上无下,足尽踏地,人皆笑之。"

〔一九〕《天台赋》:"济楢溪而直进。"善曰:"顾凯之《启蒙记》注:之天台山,路经楢溪水,深险清冷。前有石桥,径不盈尺,长数十丈,下临绝涧,惟忘其身,然后能济。"《寰宇记》:"楢溪,在临海县东三十五里。"拾橡:注见七卷。《唐书》:"虔迁著作郎。安禄山反,劫百官,置东都,伪授虔水部郎中,因称风缓,求摄市令,潜以密章达灵武。贼平,免死,贬台州司户参军事,后数年,卒。"

〔二〇〕《庄子》:"孔子游乎缁帷之林,坐杏坛之上。"杏坛丈:言广文馆师席。《礼》:"席间函丈。"

〔二一〕《天台赋》:"始经魍魉之涂。"

〔二二〕鲍照诗:"无由税归鞅。"言在长安时与虔游宴之乐。

〔二三〕《晋书》:"阮籍与兄子咸共为竹林之游。"郑审,虔之侄也,故以咸比之。

故右仆射相国《英华》有曲江二字张公九龄

相国生南纪〔一〕,金璞无留矿古猛切,与鑛同〔二〕。仙鹤下人间〔三〕,独立霜毛整。矫然江海思,复与云路永。寂寞想土一作玉阶〔四〕,未遑一作尝等箕颍。上君白玉堂〔五〕,倚君金华省〔六〕。碣石一作竭力岁峥嵘〔七〕,天地一作池日蛙黾〔八〕。退食吟大庭〔九〕,何心记一作托榛梗〔一〇〕?骨惊畏曩哲〔一一〕,鬓变负人境〔一二〕。虽蒙换蝉冠〔一三〕,右地恶女六切多幸〔一四〕。敢忘二疏归〔一五〕,痛迫苏耽井〔一六〕。紫绶一作绂,《英华》作金紫映暮年,荆州谢所领〔一七〕。庾公兴不浅〔一八〕,黄霸镇每静〔一九〕。宾客引调同,讽咏在务屏〔二〇〕。诗罢地有馀一云诗地能有馀,篇终语清省〔二一〕。一阳发阴管,淑气含公鼎〔二二〕。乃知君子心,用才文章境。散帙起翠螭〔二三〕,倚薄巫庐并〔二四〕。绮丽玄晖拥,笺诔任昉骋〔二五〕。自我—作成一家则,未阙只字警〔二六〕。千秋沧海南,名系朱鸟影〔二七〕。归老《英华》作欵守故林〔二八〕,恋阙悄一作尝延颈。波涛良史笔〔二九〕,芜—作无,非绝大庾岭〔三〇〕。向时礼数隔〔三一〕,制作难上请。再读徐孺碑〔三二〕,犹思理烟艇。

〔一〕《唐书》:"自上洛南逾江汉,携武当、荆山,至于衡阳,乃东循岭徼,达东瓯,至闽中,是谓南纪。"按:九龄,韶州曲江人。曲江,正岭徼地,故曰"生南纪"也。

〔二〕《说文》:"矿,铜铁樸石也。"徐曰:"铜铁之生者多连石。" 无留矿:言其成器之早也。

〔三〕钱笺:"九龄《家传》:九龄母梦九鹤自天而下,飞集于庭,遂生九龄。"

〔四〕《司马迁传》:"墨者亦上尧舜,言其堂高三尺,土阶三等。"

〔五〕《西都赋》注:"《黄图》曰:未央宫有玉堂殿,玉堂殿内十二门阶陛,皆玉为之。"

〔六〕金华省:注见十二卷。《唐书》:"九龄擢进士第,拜校书郎,历中书舍人、秘书少监、集贤院学士、中书侍郎。"

〔七〕"碣石"句:未详。师尹曰:"碣石,禄山所据之方。" 岁峥嵘:言禄山有叛志,寝自高大也。《唐书》:"禄山讨奚、契丹败,九龄欲即事诛之,帝不许。"

〔八〕东方朔《七谏》:"蛙黾游乎华池。"注:"喻谗谀弄口得志也。"

〔九〕大庭:注见十二卷。

〔一〇〕郭璞《游仙诗》:"戢翼栖榛梗。"《本事诗》:"曲江与李林甫同列,林甫疾之若仇,曲江为《海燕》诗以致意,曰:'无心与物竞,鹰隼莫相猜。'亦终退斥。"

〔一一〕《别赋》:"心折骨惊。"

〔一二〕谢朓诗："谁能鬓不变？"赵曰："畏囊哲，畏不逮于前贤。负人境，伤功名之不立。"

〔一三〕《旧唐书》："侍中、中书令，加貂蝉，佩紫绶。"按：《本传》："开元二十二年，九龄为中书令。二十四年，迁尚书右丞相，罢政事。"所谓"换蝉冠"也。

〔一四〕右地忝多幸：言林甫忌之，犹得以右相罢，间惭忝为多幸也。

〔一五〕《汉书》："疏广为太子太傅，兄子受，为少傅，俱上疏乞骸骨。上以其年笃老，皆许之。"

〔一六〕《神仙传》："苏耽，郴县人，少孤，养母至孝，忽辞母云：'受性应仙，当违供养。'母曰：'汝去，使我如何存活？'曰：'明年天下疫疾，庭中井水、檐边橘树，可以代养。'至时，病者食橘叶、饮井水而愈。"《唐书》："九龄迁工部侍郎，乞归养，诏不许。及母丧解职，毁不胜哀，有紫芝产坐侧，白鸠、白雀巢家树。是岁，夺哀，拜中书侍郎、同平章事。固辞，不许。"

〔一七〕《唐书》："九龄尝荐周子谅为御史，子谅劾奏牛仙客，语援谶书。帝怒，杖于朝堂，流瀼州，道死。九龄坐举非其人，贬荆州长史。"按：唐制：大都督府长史，从三品，应紫绶。荆州为上都督，故时服"紫绶"也。

〔一八〕《晋书》："庾亮镇武昌，诸佐吏乘月共登南楼，俄而亮至，诸人将起避之，亮徐曰：'诸君且住，老子于此，兴复不浅。'"

〔一九〕黄霸：注别见。

〔二〇〕《唐书》："九龄虽以直道黜，不戚戚婴望，惟文史自娱，朝廷许其胜流。"《旧书》："孟浩然还襄阳，九龄时镇荆州，署为从事，与之唱和。"

〔二一〕补注：《困学纪闻》："《文心雕龙》云：'士衡才优，而缀词尤烦；士龙思劣，而雅好清省。'"

〔二二〕赵曰："一阳发阴管，谓黄钟之律；淑气含公鼎，谓大烹之和。以美九龄之诗篇也。"

〔二三〕《广雅》："龙无角曰螭。"

〔二四〕《江赋》："巫庐嵬崛而比峤。"赵曰："'散峡'二句，言开散曲江文峡，神物欻起，其高至上薄巫庐也。"

〔二五〕《南史》："谢玄晖善为诗，任彦升工于笔。"

〔二六〕《史记·自序》:"以拾遗补阙,成一家之言。"

〔二七〕《天官书》:"南宫朱鸟。"索隐曰:"南宫,赤帝,其精为朱鸟也。"朱鸟:南方七宿。

〔二八〕《唐书》:"封始兴县伯,请还展墓,病卒,年六十八,谥文献。"

〔二九〕按:《旧书》:"九龄迁中书令,尝监修国史。"又《唐会要》云:"《六典》,开元二十八年张九龄所上。"此所谓"良史笔"也。

〔三〇〕《恨赋》:"终芜绝于异域。"《旧唐书》:"东峤县,即大庾岭,属韶州。"《新书》:"韶州始兴,有大庾岭新路,开元十七年,诏张九龄开。"《一统志》:"在南安府城西二十五里。"波涛:言其笔如波涛之翻。芜绝:言其人没而史笔遂绝也。

〔三一〕任昉《哭范仆射》诗:"平生礼数绝。"

〔三二〕《后汉书》:"徐穉,字孺子,豫章南昌人①,称南州高士。"九龄《徐徵君碣》:"有唐开元十五年,忝牧兹邦,风流是仰。在悬榻之后,想见其人;有表墓之仪,岂孤此地。"

览柏中丞旧作允,《正异》改作丞兼子侄数人除官制词,因述父子兄弟四美,载歌丝纶

纷然丧乱际,见此忠孝门。蜀中寇亦甚,柏氏功弥存。深诚补王室,戮力自元昆。三止锦江沸〔一〕,独清玉垒昏。高名入竹帛,新渥照乾坤。子弟先卒伍,芝兰叠玙璠。同心注师律,洒血在戎轩。丝纶实具载,绂冕已殊恩。奉公举骨肉,诛叛经寒温。金甲雪犹冻,朱旗尘不翻。每闻战场说,歘激懦气奔。圣主国多盗,贤臣官则尊。方当节钺用,必绝

---

① "豫章",底本作"豫州",据《后汉书》改。

褥涔音戾根。吾病日回首，云台谁再论？作歌挹盛事，推毂期孤骞他本作骞，非〔二〕。

〔一〕三止锦江沸：是柏中丞与崔旰相攻时事。黄鹤指讨平段子璋、徐知道及崔旰，非也。子璋反东川，与成都无涉。次公谓宝应元年徐知道反，永泰元年崔旰反，大历三年杨子琳以泸州反。考子琳入成都，公去夔已久，柏中丞亦不闻后复迁蜀，安可妄为之说哉？

〔二〕《冯唐传》："上古王者遣将，跪而推毂。"

《杜诗博议》："《年谱》：'公至夔州时，柏中丞为夔州都督，公为作《谢上表》。'今考柏都督乃柏茂林，'中丞'，其兼官也。黄鹤注以柏都督是贞节，中丞则茂林，又以茂林与贞节为兄弟，俱大谬。按《旧书·代宗纪》：'永泰元年闰十月，剑南节度使郭英乂为其兵马使崔旰所杀。邛州柏茂林、泸州杨子琳、剑州李昌夔等，皆起兵讨旰，蜀大乱。大历元年二月，邛州刺史柏茂林充邛南防御使，剑南西山兵马使崔旰为茂州刺史，充剑南西山防御使，从杜鸿渐请也。八月壬寅，以茂州刺史崔旰为成都尹，剑南西川节度、行军司马、邛州刺史柏茂林为邛南节度使，从杜鸿渐请也。二年七月丙寅，以崔旰为剑南西川节度观察等使。三年五月戊辰，以崔旰检校工部尚书，改名宁。'《唐历》《通鉴》亦同，初无柏贞节事。而《旧书》于《杜鸿渐传》则云：'崔旰杀英乂，据成都，自称留后。邛州裨将柏贞节、泸州裨将杨子琳、剑州裨将李昌夔等兴兵讨之。'于《崔宁传》又云：'旰率兵攻成都，英乂出兵于城西门，令柏茂琳为前军，郭英幹为左军，郭嘉琳为后军，与旰战。茂琳等军屡败，旰令降将统兵，与英乂转战，大败之。'一则记贞节兴兵而不及茂琳，一则记茂琳丧军而不及贞节。《新书·崔宁传》则兼录二传之文，上书柏茂琳等战败，下书邛州柏贞节讨宁。鸿渐表为邛州刺史，于《杜鸿渐传》则止书贞节。今以《本纪》考之，则授邛州刺史、邛南防御及节度，皆茂林一人之事。盖茂林以牙将为英乂前军，败于城西，复归邛州，兴兵讨宁耳。疑'贞节'乃茂林之字,或后改名,非二人也。《新书·方镇表》:'大历元年置邛南防御使,治邛州,寻升为节度使,未几,废。置剑南西山防御使,治茂州,未几,废。'二使之置,专为旰与茂林也。邛南节度既废,茂林不闻他除,岂非即拜夔州都督乎?鸿渐初议授柏茂林邛南、崔旰剑南,以两解之。既而旰专制西川,渐不相容,故徙茂林于夔州,盖以避旰之逼。然自节度除都督为失职,故此诗云'方当节钺用',又《观宴》诗云'几时来翠节',盖惜之也。公《为柏都督谢上表》云:'察臣剑南区区,恐失臣节如彼;加臣频烦阶级,镇守要冲如此。'此正自明讨旰之事。效忠朝廷,不以失旄节为望,而以增阶级为喜也。是诗'深诚补王室'及'诛叛经寒温'等语,皆谓讨旰。其曰'独清玉垒昏'者,《唐志》'玉垒山,在彭州',《九域志》云'在茂州',彭州西北至茂州止八十里,是时鸿渐以茂州授旰,故曰'玉垒昏'。题云'览柏中丞兼子侄数人除官制词,因述父子兄弟四美',诗云'戮力自元昆',又云'子弟先卒伍',必茂林起兵时,阖门赴义,子弟俱在戎行,而其人不可考矣。公有《蜀州柏二别驾将中丞命》诗,'柏二'当即四美之一。"

览镜呈柏中丞

渭水流关内,终南在日边。胆销豺虎窟,泪入犬羊天。起晚堪从事,行迟更学<small>一作觉</small>仙[一]?镜中衰谢色,万一故人怜。

〔一〕旧注:"凡仕者必早起,起晚矣,尚堪从事乎?仙者必身轻步疾,行迟矣,更可学仙乎?"或曰:《仙传》载蓟子训行若迟徐,走马不及。左慈着木屐①,拄一竹杖,孙讨逆鞭马追之,终不能及。此所云"行迟更学仙"也,戏言

---

① "木屐",底本作"木履",据《北堂书钞》改。

之以见其衰谢之意耳。

陪柏中丞观宴将士二首

极乐三军士,谁知百战场?无私齐绮馔〔一〕,久坐密金章〔二〕。醉客沾鹦鹉,佳人指凤凰〔三〕。几时来翠节?特地引红妆〔四〕。

〔一〕何逊《轻薄篇》:"玉盘传绮食。"
〔二〕鲍照诗:"左右佩金章。"
〔三〕《岭表录异》:"鹦鹉螺,旋尖处屈而朱,如鹦鹉嘴,故以名壳,装为酒杯,奇而可玩。"梁简文帝《答张缵书》:"车渠屡酌,鹦鹉骤倾。"按:"鹦鹉"蒙"绮馔","凤凰"蒙"金章"。《唐会要》:"延载元年,内出绣袍赐文武官,三品以上,其袍文,宰相饰以凤凰,尚书饰以对雁,舒襟皆各为回文。"又《唐书》:"代宗诏曰:所织盘龙、对凤、麒麟、狮子等锦绮,并宜禁。"可证凤凰乃当时章服也。旧注引凤凰事,都支离。
〔四〕时柏中丞尚未拜节度,故云然。

绣段装檐额,金花帖鼓腰〔一〕。一夫先舞剑,百戏后歌樵一作譙〔二〕。江树城孤远,云台使寂寥。汉朝频选将,应拜霍嫖姚。

〔一〕庾信诗:"圆花钉鼓床。"《宋书》:"萧思话年十馀岁,好打细腰鼓。"
〔二〕赵曰:"歌樵,戏作夔峡樵歌之音也。《阁夜》诗:'夷歌是处起渔樵。'"

杜工部诗集卷之十五

大历中,公居夔州作。

往 在

往在西京日—作时,胡来满彤—作丹宫。中宵焚九庙,云汉为之红。解瓦飞十里,缌须兑切帷纷—作粉曾—作层空。疚心惜木主,一一灰悲风[一]。合昏排铁骑[二],清旭《正异》作晓散锦幪吴作骤,《正异》定作幪[三]。贼臣表逆节晋作帅,相贺以成功。是时妃嫔戮[四],连为粪土丛[五]。当宁陷玉座[六],白间剥画虫[七]。不知二圣处[八],私泣百岁翁。车驾既云还,楹桷欻穹崇[九]。故老复涕泗,祠官树椅桐[一〇]。宏壮不如初,已见帝力雄。前春礼郊庙,祀事亲圣躬[一一]。微躯忝近臣,景读为影从去声陪群公[一二]。登阶捧玉册,峨冕聆—作眹,非金钟[一三]。侍祠恧先露—作霈,掖垣迩濯龙[一四]。天子惟孝孙[一五],五云起九重[一六]。镜奁换粉黛[一七],翠羽犹葱胧郭作昽。前者厌羯胡,后来遭犬戎[一八]。俎豆腐膻肉,罘罳行角弓。安得自西极,申命空山东。尽驱诣阙下,士庶塞关中。主将晓逆顺[一九],元元归始终。一朝自罪己—云罪己已,万里车书通。锋镝供锄犁,征戍—作伐听所从。冗官各复业,土著直略切还力农。君臣节俭足,朝野欢呼—作娱同。中兴似—作比国初,继体同太宗。

端拱纳谏诤，和风日冲融。赤墀樱桃枝，隐映银丝笼。千春荐灵寝，永永垂无穷。京都不再火，泾渭开愁容。归号故松柏[二〇]，老去苦─作若飘蓬。

〔一〕《旧唐书》："中宗已祔太庙，开元四年，出置别庙。至十年，置九庙，而中宗神主复祔太庙。天宝末，两都倾陷，神主亡失。肃宗既复旧物，建主作庙于上都。其东都神主，大历中始于人间得之。"

〔二〕合昏：黄昏也。

〔三〕《广韵》："驴子曰骒。"郭知达本注："徐陵诗：'金鞍覆锦幪。'幪，鞍帕也，公诗屡用'锦幪'，以'幪'为正。"

〔四〕《幸蜀记》："天宝十五年七月九日，禄山令张通儒害霍国公主、永王妃、侯莫陈氏、驸马杨朏等八十馀人，又害皇孙、郡县主、诸妃等三十六人。"

〔五〕《王明君词》："今为粪土英。"

〔六〕《礼记》："天子当宁而立。"

〔七〕《景福殿赋》："皎皎白间，离离列钱。"善曰："白间，青琐之侧，以白涂之，今犹谓之白间。"

〔八〕二圣：玄宗、肃宗。

〔九〕《左传》："丹楹刻桷。"楹，庙楹。桷，椽也。

〔一〇〕《诗》："椅桐梓漆。"旧注："树椅桐，将复兴礼乐也。"

〔一一〕《旧书·肃宗纪》："乾元元年夏四月辛亥，九庙成，备法驾，迎神主入新庙。甲寅，上亲享九庙，遂有事于圆丘。"按："前春"犹云"前岁"也。旧注疑是年郊庙在夏，不应言春，昧其义矣。

〔一二〕《东都赋》："天官景从。"

〔一三〕《韩诗外传》："古者，天子左右五钟。将出，则撞黄钟之钟，右五钟皆应。入则撞蕤宾之钟，左五钟皆应。"

〔一四〕杜田曰："《后汉·桓帝纪》：祠老子于濯龙宫。《马后纪》：帝幸濯龙中。《续汉志》曰：濯龙，园名也，近北宫。《百官志》有濯龙监一人。"《东京赋》"濯龙芳林，九谷八溪"，薛综注："《洛阳图经》曰：濯龙，池名。"《赭白马赋》"处以濯龙之奥"，注："濯龙，内厩名。《卢植集》：诏给濯龙厩马三百匹。"诸书称濯龙不同，大抵以宫得名而置监，池、园、厩皆因之也。　恧先露：言己新进小臣，得与侍祠之列，故以先蒙恩露为惭也。迩濯龙：言时为拾遗，出入掖垣，其地密迩宫禁也。

〔一五〕孝孙：肃宗也。以方祠事先祖，故称孝孙。

〔一六〕董仲舒《雨雹对》："云五色而为庆，三色而成霓。"

〔一七〕《后汉·阴后纪》："帝率百官上后陵，从席前，伏御床，视太后镜奁中物，感动悲泣，令易脂泽妆具。"

〔一八〕厌羯胡：谓安史之乱。遭犬戎：谓代宗时吐蕃陷京师。

〔一九〕主将：谓史朝义诸降将。

〔二〇〕号松柏：言归展坟墓。

昔　游

昔者与高李原注：高适、李白，晚一作同登单父台〔一〕。寒芜际碣石，万里风云来。桑柘叶如雨，飞藿去一作共徘徊〔二〕。清霜大泽冻，禽兽有馀哀。是时仓廪实，洞达寰区一作瀛开。猛士思灭胡，将帅望三台〔三〕。君王无所惜，驾驭英雄才。幽燕盛用武〔四〕，供给亦劳哉。吴门转粟帛，泛海陵蓬莱。肉食三一作四十万，猎射起尘吴作黄埃。隔河忆长眺，青岁已摧颓。不及少年日，无复故人杯。赋诗独流涕，乱世想贤才。有一作君，一作若能市骏骨〔五〕，莫恨少龙媒。商山议得失〔六〕，蜀主脱嫌猜〔七〕。吕尚封国邑，傅说已盐梅。景晏楚山深，水鹤去低回。庞公任本性,携子卧苍苔〔八〕。

〔一〕《旧唐书》:"单父,古邑,贞观十七年属宋州。"《寰宇记》:"子贱琴台,在县北一里,高三丈。"
〔二〕《广韵》:"藿,大豆叶。又草名。"
〔三〕蔡曰:"'望三台',谓明皇宠任蕃将,徼幸边功,禄山领范阳节度,求平章事也。"
〔四〕盛用武:谓禄山讨奚、契丹无宁岁。
〔五〕市骏:注见十三卷。
〔六〕商山:谓四皓也。《汉书》:"上欲使太子将兵击黥布,四人说建成侯吕泽,夜见吕氏,止其行。"故云"议得失"。
〔七〕《蜀志》:"先主与亮情好日密,关、张不悦,先主解之曰:'孤之有孔明,犹鱼之有水也。'"故云"脱嫌猜"。
〔八〕"市骏"以下,言人君果能求贤,则四皓、孔明、太公、傅说之流,世岂少其人哉?若我之漂泊楚山,终当为庞公之高隐矣。语意本无断续。

壮　游

往昔—作者十四五,出游翰墨场。斯文崔魏徒原注:崔郑州尚,魏豫州启心〔一〕,以我似—作比班扬。七龄思即壮,开口咏凤皇。九龄书大字,有作成一囊。性豪业嗜酒,嫉恶怀刚肠〔二〕。脱略—作落小时辈,结交皆老苍〔三〕。饮酣视八极,俗物多茫茫。东下姑苏台〔四〕,已具浮海航。到今有遗恨,不得穷扶桑。王谢风流远,阖闾丘墓荒〔五〕。剑池石壁仄,长洲芰荷香〔六〕。嵯峨阊门北〔七〕,清庙映回—作池塘〔八〕。每趋吴太伯,抚事泪浪浪[九]。枕戈忆勾践[一〇],渡浙想秦皇[一一]。蒸鱼闻匕首[一二],除道哂要章[一三]。越女天下白[一四],镜湖五月凉[一五]。剡溪蕴秀异[一六],欲罢不能忘。归帆拂天姥[一七],中岁贡旧乡[一八]。气劘屈贾垒[一九],目短曹刘墙。忤下考功第[二〇],独辞京尹堂。放荡齐赵间,裘马颇清狂。春歌丛台上[二一],冬猎青丘旁[二二]。呼鹰皂—作紫枥—作栎林,逐兽云雪冈。射飞曾纵鞚,引—云跋臂落鹜鶬。苏侯据鞍喜原注:监门胄曹苏预,忽如携葛强[二三]。快意八九年,西归到咸阳。许与必词伯,赏游实贤王[二四]。曳裾置醴地,奏赋入明光[二五]。天子废食召,群公会轩裳。脱身无所爱—作受,痛饮信行藏。黑貂宁—作不免敝[二六]?斑鬓兀称觞[二七]。杜曲晚—作挽,—作换耆旧,四郊多白杨。坐深乡党敬[二八],日—作自觉死生忙。朱门任—作务倾夺,赤族迭罹殃。国马竭粟豆[二九],官鸡输稻粱[三〇]。举隅见烦费[三一],引古惜兴亡。河朔风尘起,岷山行幸长。两宫各警跸,万里遥相望。崆峒杀气黑,少海旌旗黄[三二]。禹功亦命子,涿鹿亲戎行[三三]。翠华拥吴岳[三四],螭虎啖豺狼。爪牙一不中[三五],胡兵更陆梁。大—作天军载草草,凋瘵满膏肓。备员窃补衮,忧愤心飞扬。上感九庙焚—作毁,下悯万民疮。斯时伏青蒲[三六],廷诤守御床。君辱敢爱死?赫怒幸无伤。圣哲体仁恕,宇县复小康。哭庙灰烬中,鼻酸朝未央[三七]。小臣议论绝,老病客殊方。郁郁苦不展,羽翮困低昂。秋风动哀壑,碧蕙捐—作损微芳。之推避赏从,渔父濯沧浪[三八]。荣华敌勋业,岁暮有严霜。吾观鸱夷子[三九],才格出寻常。群凶逆未定,侧伫英俊翔。

〔一〕钱笺:"《唐科名记》:崔尚,擢久视二年进士。《唐会要》:神龙三年,才膺管乐科,魏启心及第。"

〔二〕《绝交书》:"刚肠嫉恶。"

〔三〕补注:陆机《叹逝》诗:"鸦发成老苍。"

〔四〕《越绝书》:"阖庐起姑苏台,三年聚材,五年乃成,高见三百里。"《吴地记》:"台因山为名,西南去国二十五里。"

〔五〕《越绝书》:"阖闾冢在吴县昌门外,葬以磐郢、鱼肠之剑。葬三日,白虎踞其上,号曰虎丘。"

〔六〕《吴郡图经》:"长洲苑,在县西南七十里。"孟康曰:"以江水洲为苑。"韦昭云:"在吴县东。"

〔七〕《吴越春秋》:"阖闾欲西破楚,楚在西北,故立闾门,以通天气,复名破楚门。"

〔八〕《吴郡志》:"太伯庙,东汉永兴二年,太守糜豹建于闾门外。"按:《史记》注引《皇览》云:"太伯冢在吴县北梅里聚,去城十里。"其庙在闾门外,正与冢相近也。旧注指孙皓父和之庙,谬极。

〔九〕《楚词》:"沾余襟之浪浪。"

〔一〇〕按:"枕戈待旦"乃晋刘琨语,此作勾践事用,未详。

〔一一〕《秦本纪》:"始皇浮江下,观籍柯,渡海渚,过丹阳,至钱唐,临浙江,水波恶,乃西百二十里,从狭中渡。上会稽,祭大禹,望于南海,立石刻,颂秦德。"

〔一二〕《刺客传》:"吴公子光具酒请王僚,使专诸置匕首鱼腹中进之,以刺王僚。僚死,光自立,是为阖闾。"

〔一三〕《朱买臣传》:"会稽闻太守至,发民除道。入吴界,见其故妻、妻夫治道,买臣呼到太守舍,置园中,给食之。"要章:买臣所怀会稽太守章也。《说文》:"腰,本作要。"钱笺:"《吴郡图经续记》①:'死亭湾,在闾门外七里,故传朱太守妻惭,自经于此。''蒸鱼'、'除道',皆咏吴郡故事也。"

---

① "吴郡",底本作"吴地"。

〔一四〕李白《越女词》:"玉面耶溪女,青蛾红粉妆。一双金齿屐,两足白如霜。"

〔一五〕《会稽记》:"汉顺帝永和五年,立镜湖,在会稽、山阴两县界。"《舆地记》:"山阴南湖,萦带郊郭,白水翠岩,映发如镜。"

〔一六〕《九域志》:"越州东南二百八十里有剡县,县有剡溪。"《一统志》:"剡溪在嵊县县治南。"

〔一七〕天姥:注见三卷。

〔一八〕旧乡:谓长安。

〔一九〕《汉书赞》"贾山自下劘上",注:"劘,音摩,谓剀切之也。"垒,喻战垒。《左传》:"致师者,御靡旌摩垒而还。"

〔二〇〕《唐书》:"每岁仲冬,州县馆监举其成者,送之尚书省。举选不由馆学者,谓之乡贡,皆怀牒自列于州县。既至省,由户部集阅,而关于考功员外郎试之。"《唐摭言》:"俊秀等科比,皆考功主之。开元二十四年,廷议省郎位轻,不足以临多士,乃诏礼部侍郎专之。"按:公以乡贡下考功第,当在二十四年以前。

〔二一〕《汉·高后传》:"赵王宫丛台灾。"师古曰:"连聚非一,故名丛台。本六国时赵王故台,在邯郸城中。"《元和郡县志》:"在磁州邯郸县城内东北隅。"

〔二二〕《周书·王会》注:"青丘,海东地名。"《子虚赋》:"秋田乎青丘,徬徨乎海外。"服虔曰:"青丘国,在海东三百里。"

〔二三〕《晋·山简传》:"举鞭问葛强,何如并州儿。"葛强:山简爱将也。时苏侯与公同猎,故以葛强比公。

〔二四〕贤王:汝阳王也。

〔二五〕奏赋:谓献《大礼三赋》。

〔二六〕《苏秦传》:"黑貂之裘敝。"

〔二七〕《秋兴赋》:"斑鬓彪以承弁。"

〔二八〕乡党敬:人复推公为长也。

〔二九〕《考工记》"国马之輈",注:"国马,谓种马。"

〔三〇〕官鸡：谓斗鸡也，注详十七卷。

〔三一〕举隅见烦费：言举此一隅，则众费可知。

〔三二〕《山海经》"无皋之山，南望幼海"，注："幼海，少海也。"《淮南子》："九州之外有八殥，东方曰太渚，曰少海。"《唐书·东夷传》："流鬼，直黑水靺鞨东北、少海之北，三面皆阻海。"按：崆峒在西，少海在东，言东西皆用兵也。旧注引《东宫故事》，太子比少海，指广平王俶为元帅，恐非。

〔三三〕《帝王世纪》："黄帝与蚩尤战于涿鹿之野。"《史记》注："上谷郡有涿鹿县。"此言肃宗亲征。

〔三四〕吴岳：注见五卷。

〔三五〕《诗》："祈父，予王之爪牙。"《史记》注："《三苍》云：中，得也。"不中：言"不相中"也，此指邺城之败。

〔三六〕青蒲：注见十六卷。

〔三七〕"备员"至此，自序为拾遗时事。

〔三八〕之推、渔父：皆自况。

〔三九〕《货殖传》："范蠡适齐，为'鸱夷子皮'。"师古曰："言若盛酒之鸱夷，多所容受，而可卷怀。"

遣　怀

昔我游宋中，惟梁孝王都〔一〕。名今陈留亚〔二〕，剧则贝魏俱〔三〕。邑中九万家，高栋照通衢。舟车半天下，主客多欢娱。白刃仇不义，黄金倾有无。杀人红尘里，报答在斯须〔四〕。忆与高李辈，论交入酒垆〔五〕。两公壮藻思，得我色敷腴〔六〕。气酣登吹台〔七〕，怀古视平芜。芒砀云一去〔八〕，雁鹜空相呼〔九〕。先帝正好武，寰海未凋枯。猛将收西域〔一〇〕，长戟破林胡〔一〕。百万攻一城,献捷不云输。组练弃如泥,尺土负—作胜百夫〔二〕。拓境功未已,元和辞大炉〔三〕。乱离朋友尽,合沓岁月徂〔四〕。吾衰将焉托?存没再呜呼〔五〕!萧条益堪愧,独在天一隅—云:萧条病益甚,愧独天一隅。乘黄已去矣,凡马徒区区。不复见颜鲍,系舟卧荆巫〔六〕。临餐吐更食,尝恐违抚孤。

〔一〕《汉书》:"梁孝王城睢阳,北界太山,西至高阳,四十馀城,多大县。"《唐书》:"宋州睢阳郡,属河南道,本梁郡,天宝元年更名。"《旧书》:"宋州治宋城,即汉睢阳县。"

〔二〕《史·郦生传》:"陈留,天下之冲,四通五达之郊也。"《唐书》:"汴州陈留郡,属河南道。"

〔三〕剧:烦剧也。《唐书》:"贝州清河郡,魏州武阳郡,俱属河北道。"按:贝州,今东昌府恩县;魏州,今大名府地。

〔四〕言其邑浩穰而多侠士。

〔五〕《世说》:"王濬冲经黄公酒垆,顾谓后车客:'吾昔与嵇、阮共酣饮于此垆。'"

〔六〕古乐府:"好妇出迎客,颜色正敷腴。" 补注:鲍照《行路难》:"人生苦多欢乐少,意气敷腴在盛年。"

〔七〕《水经注》:"《陈留风俗传》曰:'县有苍颉、师旷城,上有列仙之吹台,梁王增筑以为吹台,城隍夷灭,略存故址,其台方一百许步。晋世丧乱,乞活凭居,削隳故台,遂成二层,上基犹方四五十步,高一丈馀,世谓之乞活台。'"《元和郡国志》:"吹台,在开封县东南六里。"《唐书》本传:"甫从高適、李白过汴州,登吹台,慷慨怀古,人莫测也。"

〔八〕《汉书》:"高祖隐于芒砀山,所居上尝有云气。"应劭曰:"芒,属沛国。砀,属梁国。"《唐书》:"砀山县属宋州。"

〔九〕《西京杂记》:"梁孝王兔园中有雁池,池间有鹤洲、凫渚。"

〔一〇〕猛将：谓高仙芝、哥舒翰辈。

〔一一〕《战国策》："燕北有林胡、楼烦。"《史记》正义："二胡，朔、岚以北。"《通鉴》注："契丹，即战国时林胡地。"《唐会要》："开元二十六年，张守珪大破契丹、林胡，遣使献捷。"

〔一二〕《广韵》："俗谓负为输。"《战国策》："将军必负十万、二十万之众乃用之。"注："负，恃也。"按："负百夫"即此义。以百万之众攻一城，岂非负百夫而争此尺土乎？此极言开边之祸，旧注未明。

〔一三〕《庄子》："今一以天地为大炉，以造化为大冶。"

〔一四〕《洞箫赋》："薄索合沓。"

〔一五〕李卒于宝应元年，高复卒于永泰元年，故曰"再鸣呼"也。

〔一六〕张载诗："西瞻岷山岭，嵯峨似荆巫。"

李潮八分小篆歌

周越《书苑》："李潮善小篆，师李斯《峄山碑》，见称于时。"赵明诚《金石录》："《唐慧义寺弥勒像碑》，李潮八分书也。潮书初不见重当时，独杜诗盛称之。今石刻在者，惟此碑与《彭元曜墓志》，其笔法亦不绝工。"

苍颉鸟迹既茫昧〔一〕，字体变化如浮云〔二〕。陈仓石鼓又_{一作文}已讹〔三〕，大小二篆生八分〔四〕。秦有李斯汉蔡邕〔五〕，中间作者绝不闻。峄山之碑野火焚，枣木传刻肥失真〔六〕。苦县光和尚骨立_{《猗觉寮》作力}〔七〕，书贵瘦硬方通神。惜哉李蔡不复得，吾甥李潮下笔亲。尚书韩择木〔八〕，骑曹蔡有邻〔九〕。开元以来数_{上声}八分，潮也奄有二子成三人。况潮小篆逼秦相，快剑长戟森相向〔一〇〕。八分一字直百金，蛟龙盘拏肉屈_{与倔通}

强去声〔一〕。吴郡张颠夸草书,草书非古空雄壮。岂如—作知吾甥不流宕〔二〕,丞相中郎丈人行叶下浪切〔三〕。巴东—作江逢李潮,逾月求我歌。我今衰老才力薄,潮乎潮乎奈汝何〔四〕!

〔一〕卫恒《书势》:"黄帝之史沮诵、苍颉,眺彼鸟迹,始作书契。"

〔二〕《王羲之传》:"尤善隶书,论者称其笔势,以为飘若浮云,矫若惊鸿。"

〔三〕《元和郡县志》:"石鼓文在凤翔天兴县南二十许里,石形如鼓,其数有十,盖纪周宣王田猎之事,即史籀大篆也。" 钱笺:"宋王厚之曰:'石鼓粗有鼓形,字刻于其旁,石质坚顽,类今人为碓砧者。韩愈以为宣王鼓,韦应物以为文王鼓、宣王刻,欧阳修《集古录》始设三疑,郑樵摘丞殹二字见于秦斤、秦权而以为秦鼓。'董逌曰:'《左传》:"成有岐阳之蒐。"杜预谓:"还归自奄,乃大蒐于岐阳。"宣王蒐岐阳,世无闻哉。方成康与穆赋颂钟鼎之铭,皆番吾之迹,则此为番吾可知。'程大昌曰:'是成王鼓也。'"

〔四〕卫恒《书势》:"宣王太史籀,著大篆十五篇,与古文或异,时人即谓之籀书。李斯作《苍颉篇》,赵高作《爰历篇》,胡毋敬作《博学篇》,皆取史籀式,或颇省改,所谓小篆者也。"周越《书苑》:"八分者,秦羽人上谷王次仲,饰隶书为之,钟繇谓之章程书。《蔡文姬别传》云:'臣父邕言:割程邈隶字,八分取二分;割李斯小篆,二分取八分,故名八分。'又云皆似八字,势有偃波。"张怀瓘《书断》:"《水经注》曰:'上郡王次仲,变仓颉旧文为今隶书。'既变仓颉书,即非效程邈隶。蔡邕《劝学篇》谓'次仲初变古形'是也。始皇之世,出其数书,小篆古形,犹存其半,八分已减小篆之半,隶又减八分之半,然可云子似父,不可云父似子,故知隶不能生八分矣。八分则小篆之捷,隶亦八分之捷,本谓之楷书。楷、隶初制,大范几同,故后人惑之。"按:卫恒《书势》详隶而不言八分,其实师宜官、梁鹄、邯郸淳、毛弘皆工八分者。张怀瓘以程邈以后之隶,与钟、王之今楷为一,意盖取汉碑之隶皆属之于八分,而专以隶为楷也。欧阳永叔以八分为隶,洪适因之,迄无定说。吾衍

《学古编》云:"八分,汉隶之未有挑法者也,比秦隶则易识,比汉隶则微似篆,用篆笔作汉隶即得之。"今存其说待考。

〔五〕《书断》:"李斯小篆入神,大篆入妙。伯喈八分、飞白入神,大篆、小篆、隶书入妙。"

〔六〕峄山碑:见一卷。封演《闻见记》:"峄山始皇刻石,其文李斯小篆,后魏太武登山,使人排倒之。然而历代摹拓,以为楷则,邑人疲于奔命,聚薪其下,因野火焚之。由是残阙,不堪摹写,然犹求者不已。有县宰取旧文,勒于石碑之上,凡成数片,置之县廨,须则拓取。今人间有峄山碑,皆新刻之碑也。"欧阳公《集古录》:"今俗所谓峄山碑,秦二世诏李斯篆,《史记》不载,其字特大,不类泰山存者。其本出于徐铉,又有别本,出于夏竦家。自唐封演已谓峄山碑非真,而杜甫直谓'枣木传刻'耳。"又曰:"今峄山实无此碑,郑文宝尝学小篆于徐铉,以铉所摹本刻石于长安,世多传之。"

〔七〕《后汉·桓帝纪》:"延熹八年正月,遣中常侍左悺之苦县,祠老子。"《续汉书》:"桓帝梦老子,令中常侍左悺于赖乡祠之,诏陈相、边韶立祠兼刻石。"《金石录》:"苦县《老子铭》,旧传蔡邕文并书,杜诗云云,世云此碑是也。然而边韶延熹八年作,非光和中,未知杜所云是此碑否?《书苑》遂以为韶文而蔡书,亦无所据。"杜田曰:"苦县祠立于桓帝延熹,而光和乃灵帝年号,岂非祠立于延熹、碑乃立于光和乎?"潘淳曰:"樊毅《西岳碑》,后汉光和二年立。苦县《老子碑》亦汉碑,其字刻极劲,杜诗'苦县光和',谓二碑也。"

〔八〕《旧书·肃宗纪》:"上元元年四月,右散骑常侍韩择木为礼部尚书。"窦泉《述书赋》:"韩常侍则八分中兴,伯喈如在,光和之美,古今远代。"《宣和书谱》:"韩择木,昌黎人,工隶,兼作八分。风流闲媚,世谓邕中兴焉。"

〔九〕《述书赋》:"卫包、蔡邻,工夫亦到,出于人意,乃近天造。"注:"蔡有邻,济阳人,善八分。本拙弱,至天宝间遂臻精妙,相、卫中多其迹。"《书史会要》:"有邻,邕十八代孙,官至右卫率府兵曹参军。工八分书,书法劲险。"

〔一〇〕《法书要录》:"袁昂云:'韦仲将书,如龙拏虎距,剑拔弩张。皇

699

朝欧阳询书森森然，若武库矛戟。'"

〔一一〕成公绥《隶书体》："或若虬龙盘游，蜿蝉轩翥。"

〔一二〕不流宕：言草书失之流宕，八分则不然。

〔一三〕《匈奴传》："汉天子，吾丈人行。"言先后行辈也。

〔一四〕赵曰："退之《石鼓歌》'少陵无人谪仙死，才薄将奈石鼓何'，仿此诗末二语也。"

秋日夔府咏怀奉寄郑监审李宾客之芳一百韵

郑审：注见十四卷。 《旧唐书》："广德元年，李之芳兼御史大夫，使吐蕃，被留二年乃得归，拜礼部尚书，改太子宾客。"

绝塞乌蛮北，孤城白帝边。飘零仍百里，消渴已三年。雄剑鸣开匣，群书满系船一作：所向皆穷辙，馀生且系船〔一〕。乱离心不展一作转，衰谢日萧然。筋力妻孥问，菁华岁月迁。登临多物色，陶冶赖诗篇〔二〕。峡束沧师作苍江起，岩排石师作古树圆。拂云霾楚气，朝海蹴吴天〔三〕。煮井为盐速〔四〕，烧畬诗遮切図度遘各切地偏〔五〕。有时惊叠嶂，何处觅平川？鸂鶒双双舞，獼猴垒垒悬。碧萝长似带，锦石小如钱。春草何曾歇，寒花亦可怜。猎人吹戍火，野店引山泉〔六〕。唤起搔头急〔七〕，扶行几展穿〔八〕。两京犹薄产，四海绝随肩〔九〕。幕府初交辟，郎官幸备员。瓜时犹一作仍旅寓〔一〇〕，萍泛苦黄作若夤缘〔一一〕。药饵虚狼藉，秋风洒静便平声〔一二〕。开襟驱晋作袪瘴疠〔一三〕，明目扫一作拂云烟。高宴诸侯礼，佳人上客前。哀筝伤老大，华屋艳神仙。南内开元曲,常时弟子传〔一四〕。法歌声变转,满座涕潺湲原注：都督柏中丞筵闻梨园弟子李仙奴歌〔一五〕。吊影夔州僻,回肠杜曲煎〔一六〕。即今龙厩水原注：西京龙厩门,苑马门也,渭水流苑门内〔一七〕,莫带犬戎膻〔一八〕。耿贾扶王室〔一九〕,萧曹拱御筵〔二〇〕。乘黄作秉威灭蜂虿,戮力效鹰鹯〔二一〕。旧物森犹在,凶徒恶未悛〔二二〕。国须行战伐,人忆止戈鋋〔二三〕。奴仆何知礼,恩荣错与权〔二四〕。胡星一彗孛,黔首川本作首恶遂拘挛〔二五〕。哀痛丝纶切,烦苛法令蠲〔二六〕。业成陈始王,兆喜出于畋〔二七〕。宫禁经纶密,台阶翊戴全。熊罴载吕望,鸿雁美周宣〔二八〕。侧听中兴主,长吟不世贤。音徽一柱数,道里下牢千原注：郑在江陵,李在夷陵〔二九〕。郑李光时论,文章并我先。阴何尚清省〔三〇〕,沈宋欻联翩〔三一〕。律比昆仑竹〔三二〕,音知燥湿弦〔三三〕。风流俱善价,恓当久忘筌〔三四〕。置驿常如此,登龙盖有焉。虽云隔礼数,不敢坠周旋〔三五〕。高视收人表〔三六〕,虚心味道玄〔三七〕。马来皆汗血,鹤唳必青田〔三八〕。羽翼商山起,蓬莱汉阁连〔三九〕。管宁纱帽净郭作静〔四〇〕,江令锦袍鲜〔四一〕。东郡时题壁,南湖日扣舷〔四二〕。远游凌绝境〔四三〕,佳句染华笺。每欲孤飞去,徒为百虑牵〔四四〕。生涯已寥落,国步尚迍邅。衾枕成芜没,池塘作弃捐原注：平生多病,卜筑遣怀。别离忧怛怛,伏腊涕涟涟。露菊斑丰镐〔四五〕,秋蔬一作茹影涧瀍〔四六〕。共谁论昔事,几处有新阡〔四七〕。富贵空回首,喧争懒着鞭。兵戈尘漠漠,江汉月娟娟。局促看秋燕,萧疏听晚蝉〔四八〕。雕虫蒙记忆〔四九〕,烹鲤问沉绵〔五〇〕。卜羡君平杖〔五一〕,偷存子敬毡〔五二〕。囊虚把钗钏,米尽拆花钿〔五三〕。甘子阴凉叶,茅斋八九椽。阵图沙北岸,市暨音既瀼西巅原注:峡人目市井泊船处曰市暨,江水横通山谷处,方人谓之瀼。羁绊心尝折,栖迟病即痊。紫收岷岭一云下芋,白种陆池一作家莲[五四]。色好梨胜颊[五五],穰多栗过拳[五六]。敕厨惟一味[五七],求饱或三鳣[五八]。儿去看鱼笱一云俗异邻蛟室[五九],朋吴作人来坐马鞯[六〇]。缚柴门窄窄,通竹溜涓涓[六一]。堑抵公畦棱原注:京师农人指田远近,多云几棱。棱,岸也,音去声[六二],村依野庙壖堧同,而宣切[六三]。缺篱将棘拒,倒石赖藤缠。借问频朝谒,何如稳昼眠?谁云行不逮一作达[六四],自觉坐能坚。雾雨银章涩[六五],馨香粉署妍[六六]。紫鸾无近远,黄雀任翩翾[六七]。困学违从众,明公各勉旃[六八]。声华夹宸极,早晚到星躔[六九]。恳谏留匡鼎[七〇],诸儒引伏当作服虔[七一]。不过一作逢输鲠直,会是正陶甄[七二]。宵旰忧虞轸,黎元疾苦骈。云台终日画,青简为谁编[七三]?行路难何有,招寻兴已专。由来具飞楫[七四],暂拟控鸣弦[七五]。身许双峰寺[七六],门求七祖禅[七七]。落帆追宿昔,衣褐向真诠。安石名高晋原注:郑,高简,得谢太傅之风,昭王客赴燕原注:李,宗亲,有燕昭之美。燕,周之裔。途中非阮籍,查上似张骞[七八]。披拂一作晞,晋作豁云宁在[七九],淹留景不延[八〇]。风期终破浪[八一],水怪莫飞涎[八二]。他日辞神女,伤春怯杜鹃。淡交随聚散[八三],泽国绕回旋《草堂》本云一作还,还、旋古通用[八四]。本自依迦叶音摄[八五],何曾藉偓佺[八六]?炉峰生转盻[八七],橘井尚高褰[八八]。东走穷归鹤[八九],南征尽跕都牒切鸢[九〇]。晚闻多妙教,卒践塞前愆。顾恺丹青列[九一],头陀琬琰以冉切镌[九二]。众香深黯黯[九三],几地肃芊芊[九四]。勇猛为心极[九五],清羸任体孱[九六]。金篦空刮眼,镜象未离铨一云平等未难铨〔九七〕。

〔一〕乌蛮：注见十二卷。广德二年，公《归成都》诗有"消中只自惜"语，及居夔府，已三年矣。

〔二〕自起至此，皆自叙。

〔三〕拂云：古树之上拂云天。朝海：沧江之朝宗于海也。

〔四〕《蜀都赋》："滨以盐池。"刘曰："盐池，出巴东北新井县，水出地如涌泉，可煮为盐。"

〔五〕《农书》："荆楚多畬田，先纵火燎炉，候经雨下种。历三岁，土脉竭，复燎旁山。"燎，爇火燎草；炉，火烧山界也。杜田曰："楚俗，烧榛种田曰畬。先以刀芟治林木，曰斫畬。其刀以木为柄，刃向曲，谓之畬刀。"

〔六〕"峡束"至此，皆述夔之风景，应"登临多物色"。

〔七〕《西京杂记》："武帝过李夫人，就取玉簪搔头。"

〔八〕《世说》："阮孚尝自蜡屐，因叹曰：'未知一生能着几两屐。'"

〔九〕绝随肩：言无故旧也。

〔一〇〕《左传》："齐侯使连称、管至父戍葵丘，曰：'瓜时而往，及瓜而代。'"

〔一一〕《韵会》："夤缘，连络也。"孟浩然诗："沙岸晓夤缘。"

〔一二〕谢灵运诗："还得静者便。"

〔一三〕《登楼赋》："向北风而开襟。"

〔一四〕《唐书》："兴庆宫在皇城东南，距京城之东。开元初置，至十四年又增广之，谓之南内。"《唐会要》："开元二年，上于梨园自教法曲，号皇帝梨园弟子。"又："太常梨园，别教院法歌乐章曲等。"《通鉴》："开元二十四年，升胡部于堂上，后又诏道调、法曲与胡部新声合作。"

〔一五〕补注：白居易诗："法曲法曲合夷歌，夷声邪乱华声和。以乱干和天宝末，明年胡尘犯宫阙。"自注："玄宗虽雅好度曲，然未尝使番汉杂奏。天宝十三年，始诏诸道调、法曲与胡部新声合作，识者深叹异之。明年冬，禄山反。""唤起"至此，自叙被征幕府，旅寓峡中，并及伤感法曲之事。

703

〔一六〕《高唐赋》:"感心动耳,回肠伤气。"杜曲:注见一卷。

〔一七〕《通鉴》注:"唐禁苑南门,直宫城之玄武门,北枕渭水,苑内有飞龙、祥麟、凤苑等六厩。"

〔一八〕犬戎:谓吐蕃陷京师。

〔一九〕《后汉书论》:"耿贾之洪烈。"谓耿弇、贾复也。

〔二〇〕耿贾、萧曹:比李、郭诸功臣。

〔二一〕《左传》:"见无礼于君者诛之,如鹰鹯之逐鸟雀也。"

〔二二〕凶徒:谓安史诸降将。

〔二三〕《东都赋》:"戈铤彗云。"铤:小矛也。《杜诗博议》:"公以代宗不能往问河北之罪,而但慕止戈之名,养成祸乱,故曰'国须行战伐,人忆止戈铤',盖伤之也。"

〔二四〕赵曰:"奴仆,似指禄山,言不当付以兵柄。"

〔二五〕《西征赋》:"陋吾人之拘挛。""吊影"至此,序吐蕃为难,及中兴之后,馀恶未殄。"奴仆"四句,又推言乱本,与"胡雏负恩泽,嗟尔太平人"同意。有谓指程元振者,非。

〔二六〕《旧纪》:"永泰元年正月,下制罪己。二年十一月,大赦,改元,停什亩税一法。""哀痛"二句,盖指此也。

〔二七〕《诗》序:"《七月》,陈王业也。周公遭变,陈后稷先公风化所由,致王业之艰难也。"钱笺:"'始王'指代宗践阼。'于畋'以文王出猎事,喻代宗幸陕,犹所谓'贤多隐屠钓,王肯载同归'也。"

〔二八〕《诗》序:"《鸿雁》,美宣王也。"

〔二九〕一柱观、下牢关:注俱别见。

〔三〇〕阴何:阴铿、何逊。

〔三一〕沈宋:沈佺期、宋之问。言二公之诗,尚阴、何之清省,而欷追沈、宋,与相联翩也。

〔三二〕《汉·律历志》:"黄帝使伶伦去大夏之西、昆仑之阴,取竹嶰谷,断两节,间而吹之,以为黄钟之宫。"

〔三三〕《韩诗外传》:"夫时有燥湿,弦有缓急,徽指推移,不可记也。"

《广绝交论》:"客所谓抚弦徽音,未达燥湿变响。"

〔三四〕《文赋》:"惬心者贵当。"《庄子》:"得鱼而忘筌。"

〔三五〕"哀痛"至此,言代宗初政之美,将得贤辅以佐中兴。二公正"不世贤"者,且其文章惬当,无愧古人,故我不敢忘周旋之好也。

〔三六〕曹植《与杨德祖书》:"足下高视于上京。"人表:人寰之表也。

〔三七〕《答宾戏》:"味道之腴。"《五君咏》:"探道好渊玄。"

〔三八〕汗血、青田:注别见。

〔三九〕赵曰:"李宾客,太子官也,故用四皓事。郑监乃秘书少监,故用蓬莱阁事。"

〔四〇〕管宁:见九卷。

〔四一〕江总仕陈,为尚书令,集有《山水衲袍赋》,序云:"皇储监国馀辰,劳谦终宴,有令以衲袍降赐。" 按:《赋》云"裁缝则万壑萦体,针缕则千岩映目。埒符采于雕焕,并芬芳于兰菊",袍之鲜丽可知。今公云"锦袍",言其丽如锦也。

〔四二〕夷陵郡在夔州之东,故曰"东郡"。"南湖"即郑监湖亭。

〔四三〕《楚词》有《远游》篇。或曰:远游,履名。

〔四四〕"高视"以下,皆颂述郑、李二公,因言其近在荆南,时有吟赏之乐,欲往从之而不能也。钱笺:"'东郡'、'南湖',正是叹二公之冗散,惜代宗之有贤而不能用也。"

〔四五〕《括地志》:"丰宫,在京兆府鄠县东三十五里。镐京,在京兆府长安县西北十八里。"

〔四六〕涧瀍:注见九卷。

〔四七〕《风俗通》:"南北曰阡,又谓之冢。"

〔四八〕"生涯"至此,自叙客夔之况。

〔四九〕扬子:"童子雕虫篆刻,壮夫不为。"

〔五〇〕古诗:"呼儿烹鲤鱼,中有尺素书。"王勋《久客病归》诗:"沉绵赴漳浦。"

〔五一〕君平卜:注见十二卷。蔡曰:"杖头钱,乃阮宣子事。海陵卜圜谓:'今世图画所传,严君平挟蓍策,携筇竹杖,亦挂百钱于杖头。故岑参《咏君平卜肆》诗云:君平曾卖卜,卜肆荒已久。至今杖头钱,时时地上有。'"

〔五二〕子敬毡:注见十卷。

〔五三〕把钗钏、拆花钿:言市易之也。

〔五四〕《御览》:"任昉《述异记》云:吴中有陆家白莲种、顾家斑竹。"

〔五五〕《蜀都赋》:"紫梨津润。"

〔五六〕《西京杂记》:"上林苑有峄阳栗,峄阳都尉曹龙所献,大如拳。"

〔五七〕《王羲之传》:"有一味之甘,割而分之。"

〔五八〕《杨震传》:"有冠雀衔三鳣鱼,飞集讲堂前。"钱笺:"《后汉书》注:'鳣,音善。'臣贤按:'《续汉》及谢承《书》,鳣字皆作鱓。'然则鳣、鱓古字通。《颜氏家训》:'孙卿云:"鱼鳖鳅鳣。"韩非、《说苑》皆曰:"鳣似蛇,蚕似蜀。"并作鳣字。假鳣为鱓,其来久矣。'按《杨震传》'三鳣',音善,所谓'假鳣为鱓'者也。《尔雅·释鱼》:'音知然反。'陆德明音义:'张连反,即黄鱼也。'此鳣鲔之鳣,杜诗所谓'三鳣'也,盖用《杨震传》'三鳣'而兼取郭、陆音释,未知当否? 吴曾曰:'以《杨震碑》考之,则云"贻我三鱼,以辨懿德"。称鳣称鱓,未必皆得其真也。'"

〔五九〕《诗》注:"筍,以竹为之,鱼入其中。"

〔六〇〕旧注:"《战国策》:苏秦激张仪,令相秦,以马鞯席坐之。"按:"朋来坐马鞯",犹云"坐客寒无毡"也,与苏、张事不合。且旧注引《国策》《艺文类聚》,又引《史记》,今《国策》《史记》并无此文。

〔六一〕通竹:言引山泉也。

〔六二〕按:韵书棱字无去音,盖方言也。陆龟蒙诗:"我本曾无一棱田,平生啸傲空渔船。"棱亦作去声用。

〔六三〕《晁错传》:"凿太上皇庙壖垣。"师古曰:"壖者,内垣之外游地也。"

〔六四〕行不逮:言行迟也。

〔六五〕银章:注见十二卷。因久不服之,故"涩"。

〔六六〕粉署:注见十三卷。 "雕虫"至此,因二公尺书来问,述己客居贫困之状,且言无意朝谒,徒想省署之妍华而已。

〔六七〕《鶺鸰赋》:"育翩翾之陋体兮。"

〔六八〕《杨恽传》:"方当盛汉之隆,愿勉旃,无多谈。"

〔六九〕旧注:"诸侯象四七,宰相法三台,皆星躔也。"

〔七〇〕《匡衡传》:"诸儒为语曰:'无说诗,匡鼎来。匡说诗,解人颐。'"张晏曰:"衡少时字鼎,长乃易字稚圭。世所传衡《与贡禹书》上言'衡敬报',下言'匡鼎白',知是字也。"《西京杂记》:"鼎,衡小名。"

〔七一〕服虔:注见九卷。

〔七二〕扬子:"甄陶天下在和。"

〔七三〕"紫鸾"至此,言我惟安于卑飞,二公当勉为公辅之业,引忠直以正天下。今上有宵旰,民多疾苦,云台中人,谁足传青史乎?盖深以此期二公也。钱笺:"二公官于外郡,此望其征入,辅佐中兴,正与前一节相应。"

〔七四〕《海赋》:"飞迅鼓楫。"

〔七五〕控鸣弦:言戒途以行也。

〔七六〕钱笺:"《旧书》:'道信与弘忍并住蕲州双峰山东山寺,故谓其法为东山法门。'赞宁《高僧传》:'道信禅师留止庐山十年,蕲州道俗请渡江北黄梅县,见双峰寺有好泉石,即住入山三十馀年。弘忍七岁至双峰,后密付法衣,号东山法门。'姚宽《西溪丛语》引《宝林传》云:'能大师传法衣处,在曹溪宝林寺,宝林后枕双峰。咸淳中,魏武帝玄孙曹叔良,住双峰山宝林寺左,人呼为双峰曹侯溪。仪凤二年,叔良惠地于大师。开元已来,时人乃号六祖为双峰和尚。'据此,则曹溪亦称'双峰'。赞宁《传》云:'六祖削椎髻于南海法性寺。正演畅玄风,惨然不悦,曰:"吾师今归寂矣!"凶讣至,移住宝林寺。刺史韦璩请出大梵寺,苦辞,入双峰曹侯溪。'事迹与《宝林传》相符。今《曹溪志》载宝林寺,无双峰之名,盖失考也。按东山法门在蕲之双峰寺,六祖尝云:'吾于菩提树下,开东山法门。'此诗'身许双峰寺',似应指蕲之双峰。赵蝦有《宿四祖寺》诗,云'千株松下双峰寺',此亦其证也。"

〔七七〕钱笺:"《西溪丛语》引鲍钦止注云:'北宗神秀禅师门人普寂,立其师为六祖,而自称七祖。''简《传灯录》,北宗门人自立秀师为第六祖,不见普寂称七祖事。'李华《大德云禅师碑》云:'自菩提达磨,降及大照禅师,七叶相承,谓之七祖。'又《中岳越禅师记》云:'摩诃达摩,七叶至大照禅师。'王缙《大证禅师碑》云:'达摩传慧可,可传僧粲,粲传道信,信传弘忍,忍传大通,大通传大照,相承如嫡,密付法印。'按《旧书》:'神秀弟子普寂,号大照禅师。'则所谓'大照'者,普寂也。独孤及《三祖碑》云:'能公退老于曹溪,其嗣无闻。秀公传普寂,门徒万人,升堂者六十三。'圭峰密公圆觉《疏钞》云:'能大师灭后,二十年中,曹溪顿旨沉废于荆吴,嵩岳渐门炽盛于秦洛。普寂禅师谬称七祖,二京法主,三帝门师,朝臣归宗,敕使监卫,雄雄若是,谁敢当冲?'此皆普寂自称七祖之明文也。开元中,菏泽神会直入东都,大播曹溪顿门,致普寂之门盈而后虚,御史卢奕附寂弹会,奉敕黜移。天宝之乱,主坛度以助军须,肃宗召入内供养,南宗弥盛。会序宗脉,从如来下西域诸祖外,震旦凡六祖,图绘其形,太尉房琯作《六叶图序》。当是时,南北分宗,门徒敌对,张燕公盖两事焉,王维泪缙,兄南而弟北,公与房琯则归心于南宗,不许北宗门人跻秀而祧能者也,故其诗曰'身许双峰寺,门求七祖禅','身许双峰',知其不许度门矣。七祖曰'求',则知大照之七叶,非其宗子矣。房序六叶,公求七祖,金汤护法之严辞也。又按:王维《六祖碑铭》叙其弟子,独标神会,而菏泽三传之后,圭峰叙此方七祖相承传法,断以菏泽为第七祖,则当上元迁塔之后,菏泽门人必有援祖功宗德之议,以绍七祖之统者。公之意,或以为大鉴既没,法衣不传,则亦不应更立七祖,以踵普寂之谬。斯所以定六叶之宗传,息彼宗之斗诤也,故曰'门求七祖禅',又曰'余亦师粲可'。公之为法门眼目,其义深,其辞婉矣。"

〔七八〕途中、查上:公自谓也。

〔七九〕《世说》:"卫瓘见乐广,曰:'若披云雾而睹青天。'"

〔八〇〕谢灵运诗:"寻异景不延。"

〔八一〕《南史》:"宗悫曰:愿乘长风,破万里浪。"

〔八二〕《孔子世家》:"水之怪龙、罔象也。"《海赋》:"天琛水怪,蛟人之室。"《江赋》:"扬鬐掉尾,喷浪飞涎。"

〔八三〕《礼记》:"君子之交淡若水。"

〔八四〕"行路"至此,言己将去夔,以求法门,经途与二公相晤,不久便顺流南下也。

〔八五〕《弥勒成佛经》:"《弥勒佛赞》言:大迦叶比丘,是释迦牟尼佛大弟子。"《传灯录》:"迦叶,摩竭陀国人,姓婆罗门,为天竺二十五祖之首。"

〔八六〕《列仙传》:"偓佺,槐山采药父也,食松实,形体生毛数寸,能飞行,逐走马。"赵曰:"此言学佛而不学仙,白乐天诗'海山不是我归处,归即应归兜率天',意亦与公同也。"

〔八七〕炉峰:注别见。

〔八八〕苏耽"橘井",注见十四卷。《天台赋》:"游氛高褰。"褰:开也。"橘井"在马岭山上,故云"高褰"。

〔八九〕归鹤:用丁令威事。

〔九〇〕《马援传》:"援击交趾,谓官属曰:'我在浪泊、西里间,下潦上雾,毒气熏蒸,仰视飞鸢跕跕堕水中。'"

〔九一〕顾恺之:注见四卷。恺之尝于瓦棺寺画维摩诘像。

〔九二〕《文选》注:"《姓氏英贤录》云:'王巾,字简栖,为《头陀寺碑》,文词巧丽,为世所重。碑在鄂州,题云齐国录事参军琅琊王巾制。'"《困学纪闻》:"《说文通释》:王巾,音彻,俗作巾,非。"镌:镌碑也。顾画、王碑,皆想像东游之事。

〔九三〕《法华经》:"击大法鼓,烧众名香。"《天台赋》:"众香馥以扬烟。"

〔九四〕《决定经》:"不舍初地,入于二地,乃至十地。"《籍田赋》:"碧色肃其芊芊。"

〔九五〕陈张君祖诗:"练神超勇猛。"

〔九六〕《顾野王传》:"体素清羸。"

〔九七〕金篦:注见九卷。 《圆觉经》:"诸如来心,于中显现,如镜中象。"《说文》:"铨,衡也,一曰度也。"言金篦虽可刮去眼膜,而执镜象以为实有,则犹未离铨量之间也。 "迦叶"至此,言欲遍诣佛地,精修佛理,而终期于摄象以归虚。公之所谓"门求七祖禅"者如此。

寄刘峡州伯华使君四十韵

《唐书》："峡州夷陵郡,属山南东道。"

峡内多云雨,秋来尚郁蒸。远山朝白帝,深水谒—作出夷陵[一]。迟暮嗟为客,西南喜得朋[二]。哀猿更平声,一作劳起坐,落雁失飞腾。伏枕思琼树[三],临轩对玉绳[四]。青松寒不落,碧海阔逾澄[五]。昔岁文为理,群公价尽增。家声同令闻,时论以儒称。太后当—作临朝肃,多才接迹升。翠虚捎所交切魍魉[六],丹极上鹍黄作鲲鹏[七]。宴引春壶酒—作满,恩分夏簟冰。雕章五色笔[八],紫殿九华灯[九]。学并卢王敏,书偕褚薛能。老兄真不坠,小子独无承[一〇]。近有风流作,聊从月窟充芮切,旧本讹作继,师作窟,赵作峡徵[一一]。放蹄知赤骥,捩翅服苍鹰[一二]。卷轴来何晚,襟怀庶可凭。会期吟讽数,益破旅愁凝。雕刻初谁料—作解[一三],纤毫欲自矜。神融蹑飞动,战胜洗侵凌[一四]。妙取筌蹄弃,高宜百万层。白头遗恨在,青竹几人登[一五]。回首追谈笑[一六],劳歌跼寝兴[一七]。年华纷已矣,世故莽相仍。刺史诸侯贵,郎官列宿应。潘生骖—作安云阁远[一八],黄霸玺书增[一九]。乳赞音献号攀石[二〇],饥鼯诉落藤[二一]。药囊亲道士[二二],灰劫问胡僧[二三]。凭久乌皮拆—作绽[二四],簪稀白—作皂帽棱[二五]。林居看蚁穴[二六],野食待—作幸鱼罾。筋力交凋丧,飘零免战兢。皆—作昔,一作尝为百里宰,正似六安丞[二七]。姹女萦新裹[二八],丹砂冷旧秤。但求椿寿永[二九],莫虑杞天崩[三〇]。炼骨调情性,张兵挠棘矜[三一]。养生终自惜,伐数—作叛必全惩〔三二〕。政术甘疏诞,词场愧服膺。展怀诗颂—作诵鲁〔三三〕,割爱酒如渑原注:平生所好,消渴止之〔三四〕。呫呫宁书字〔三五〕,冥冥欲避矰〔三六〕。江湖多白鸟,天地有青蝇〔三七〕。

〔一〕赵曰:"江水至夷陵逾深,故云'谒',以对'朝'字为工。"

〔二〕《易》:"西南得朋。"夔在中州之西南。得朋:指伯华。

〔三〕李陵《赠苏武》诗:"思得琼树枝,以解长渴饥。"江淹《拟古》诗:"愿一见颜色,不异琼树枝。"注:"琼树,玉树也,在昆仑山,故难见。"

〔四〕玉绳:注见二卷。

〔五〕青松、碧海:以比刘使君。

〔六〕《甘泉赋》:"捎夔魖而抶獝狂。"注:"捎、抶,皆击也。"王延寿《梦赋》:"捎魍魉,拂诸渠。"

〔七〕《庄子》:"北溟有鱼,名曰鲲,化而为鸟,名曰鹏。"

〔八〕《三国典略》:"齐萧悫尝于秋夜赋诗,邢子才曰:'萧之斯文,可谓雕章间出。'"《南史》:"江淹尝宿冶亭,梦一丈夫,自称郭璞,谓淹曰:'吾有笔在卿处多年,可以见还。'淹乃探怀中,得五色笔一以授之。"

〔九〕《汉武内传》:"七月七日,西王母至,帝扫除宫内,然九光之灯。"梁王枢《古意》:"香灯照九华。"

〔一〇〕卢王:卢照邻、王勃。褚薛:褚遂良、薛稷也。《晋书》:"刘毅与刘裕樗蒲,毅得雉,裕曰:'老兄试为卿答。'" 钱笺:"《唐书》:'刘允济博学,善属文,与王勃早齐名。垂拱四年,奏上《明堂赋》,则天手制褒美,拜著作郎。'诗云'学并卢王敏',又与公祖审言同事天后,知必为允济也。"胡震亨曰:"详诗语,其先当是刘宪也。宪与公之祖审言同列《文艺传》。宪在则天时,累官冬官员外郎,审言亦为膳部员外郎,是为'接迹升'也。宪尝受诏,推按来俊臣,嫉其酷暴,欲因事绳之,反为俊臣所构,坐贬,故云'翠虚捎魍魉'。俊臣败,宪转凤阁舍人。景龙中,与审言同直修文馆,故云'丹极上鹍鹏'也。"按:《唐史》:二刘皆以来俊臣构贬官,后皆转凤阁,直修文馆。但宪文名不甚著。史称审言雅善五言诗,工书翰,有能名。此云"学并卢王"、"书兼褚薛",以刘与审言并称,必属允济无疑也。审言子并以手刃周季重被杀,苏颋为墓志,允济为祭文,则二公交契之厚可知矣。

〔一一〕《宋·郊祀歌》:"月窟来宾,日际奉土。"注:"窟,窟也。"赵曰:"恭州有明月峡,今三峡中亦有之,盖石壁有一窍,圆透见天,其明如月,故以名峡也。"按:"月窟"犹言月胁、月窟。《草堂》及郭本作"窟",较"继"字为优。又近志载夷陵州有明月峡,作"峡"亦通。

〔一二〕放蹄、揪翅:喻刘诗之驰骋不羁。

〔一三〕《庄子》:"刻雕众形而不为巧。"

〔一四〕《韩非子》:"子贡见子夏肥而问之,子夏曰:吾义战胜,故肥。"

〔一五〕《庄子》:"筌者所以取鱼,得鱼而忘筌;蹄者所以取兔,得兔而忘蹄。"注:"筌者,积柴水中,使鱼依而食焉,一云鱼笱也。蹄,兔罥也,又云兔弶也。系其脚,故云蹄。""雕刻初谁料"即《文赋》之"笼天地于形内,挫万物于笔端"也。"纤毫欲自矜"即"考殿最于锱铢,定去留于微芒"也。"神融蹠飞动"即"精骛八极,心游万仞"也。"战胜洗侵凌"即"方天机之骏利,夫何纷而不理"也。"妙取筌蹄弃,高宜百万层"即"形不可逐,响难为系。块孤立而特峙,非常言之所纬"也。因刘使君以诗来寄,而言诗道之难如此。能传青简者,实鲜其人也。

〔一六〕追谈笑:追怀使君之谈笑也。

〔一七〕谢混诗:"信此劳者歌。"善曰:"《韩诗》:《伐木》废,朋友之道缺。劳者歌其事。诗人伐木,自苦其事,故以为文。"

〔一八〕《秋兴赋序》:"余以太尉掾兼虎贲中郎将,寓直于散骑之省,高阁连云,阳景罕曜。"

〔一九〕《汉·循吏传》:"二千石有治理效者,辄报玺书勉厉,增秩赐金。""潘安",公自谓,承"郎官"句;"黄霸"谓刘使君,承"刺史"句。

〔二〇〕乳赘:注见十四卷。

〔二一〕张正见诗:"饥鼯落剑锋。"

〔二二〕药囊：注见六卷。

〔二三〕曹毗《志怪》："汉武帝穿昆明池，极深悉是灰墨，无复土，以问东方朔，曰：'臣愚，不足以知之，可问西域胡。'后汉明帝时，外国道人来洛阳，有忆朔言者，试以灰墨问之，胡人曰：'经云：天地大劫将尽则劫烧，此劫烧之馀也。'"按《高僧传》，西域胡人乃竺法兰。　此下皆公自叙。

〔二四〕乌皮几：注见十一卷。

〔二五〕《通典》："宋以后制高屋白纱帽。"《齐·和帝纪》："百姓皆着下屋白纱帽。"又"皂帽"，管宁事。

〔二六〕焦赣《易林》："蚁封户穴，大雨将集。"

〔二七〕《后汉书》："桓谭谏用谶，帝大怒，出为六安郡丞。意忽忽不乐，道病卒。"注："六安郡故城，在今寿州安丰县南。"按：刘峡州疑从省郎迁刺史，故言我为郎官，应皆出宰百里，今飘零见弃，却似六安丞之贬斥耳。赵云"公出为华州司功，故用六安丞事"，亦通，但与"百里宰"难贯。

〔二八〕姹女：注见十四卷。裹：药裹也。

〔二九〕《庄子》："上古有大椿者，以八千岁为春，八千岁为秋。"

〔三〇〕《列子》："杞国有人忧天地崩坠，身无所寄。"

〔三一〕《徐乐传》"奋棘矜"，师古曰："棘，戟也。矜者，棘之把。"

〔三二〕一说："炼骨"、"养生"，承"椿寿永"；"张兵"、"伐叛"，承"杞天崩"。按："张兵"、"伐叛"二句，于文义不属，从《草堂》本作"伐数"为长。《七发》云"皓齿蛾眉，命曰伐性之斧"，多欲以伐性，犹之"张兵"以害身也。故"养生"之理，贵于自惜，而"伐数"之事，必"全惩"之。"数"，即年数之数。钱笺："唐人好炼服丹砂钟乳，刘使君亦必尔。此诗'姹女'数句，盖讽之也。下云'伐数必全惩'，微意可见。"

〔三三〕诗颂鲁：言作诗颂使君，犹史克之颂鲁侯也。

〔三四〕《左传》："有酒如渑，有肉如陵。"

〔三五〕书字：用殷浩事，见三卷。

〔三六〕扬子《法言》："鸿飞冥冥，弋人何篡焉。"

〔三七〕鲍曰："'江湖多白鸟'与'白鸥多浩荡'同意。"一说：《大戴礼·

《夏小正》"丹鸟羞白鸟",丹鸟,丹良也;白鸟,蚊蚋也。凡有翼者为鸟。梁元帝《纳凉》诗:"白鸟翻帷暗,丹萤入帐明。"蔡曰:"昌黎诗'蝇蚊满人区,可与尽力格',寓意与此正同。"

夔府书怀四十韵

昔罢河西尉,初兴蓟北师。不才名位晚,敢恨省郎迟?扈圣崆峒日[一],端居滟滪时。萍流仍汲引,樗散尚恩慈[二]。遂阻云—作灵台宿[三],常怀《湛露》诗[四]。翠华森远矣,白首飒凄其。拙被林泉滞,生逢酒赋欺[五]。文园终寂寞[六],汉阁自磷缁[七]。病隔君臣议,惭纡德泽私。扬镳惊主辱,拔剑拨年衰所追切[八]。社稷经纶地,风云际会期。血流纷在眼,涕泗乱交颐。四渎楼船泛,中原鼓角悲。贼壕连白翟[九],战瓦落丹墀[一〇]。先帝严灵—作虚寝[一一],宗臣切受遗[一二]。恒山犹突骑,辽海竟张旗[一三]。田父嗟胶漆[一四],行人避蒺藜[一五]。总戎存大体,降将饰卑词[一六]。楚贡何年绝[一七]?尧封旧俗疑[一八]。长吁翻北寇,一望卷西夷[一九]。不必陪玄圃[二〇],超然待具茨[二一]。凶兵铸农器[二二],讲殿辟书帷[二三]。庙算高难测,天忧实在兹[二四]。形容真潦倒,答效莫支持。使者分王命,群公各典司。恐乖均赋敛,不似问疮痍。万里烦供给,孤城最怨思[二五]。绿林宁小患[二六]?云梦欲难追[二七]。即事须尝胆[二八],苍生可察眉[二九]。议堂犹集凤[三〇],贞观去声是元龟[三一]。处处喧飞檄,家家急竞锥。萧车安不定[三二],蜀使下何之[三三]?钓濑疏坟籍,耕岩进弈棋。

地蒸馀破扇，冬暖更纤绤。豺遘晋作构哀登楚今本一作粲〔三四〕，麟伤泣象尼〔三五〕。衣冠迷适越〔三六〕，藻绘忆游睢音虽〔三七〕。赏月延秋桂，倾阳逐露葵。大庭终反朴，京观且僵尸〔三八〕。高枕虚眠昼，哀歌欲和谁？南宫载勋业〔三九〕，凡百慎交绥〔四〇〕。

〔一〕按：崆峒山在平凉，公谒肃宗于凤翔，未尝至平凉，此盖以黄帝问道比肃宗也。

〔二〕汲引：谓严武辟请。恩慈：谓除员外郎。

〔三〕宿：直宿也。蔡质《汉仪》："尚书郎入直台中。"

〔四〕《诗》序："《湛露》，天子燕诸侯也。"

〔五〕《西京杂记》："梁孝王集诸游士于兔园，邹阳作《酒赋》。"

〔六〕《汉书》："司马相如拜为孝文园令，后病免，家居茂陵。"

〔七〕汉阁：用扬雄事。谢灵运诗："磷缁谢清旷。"言峡中卧病，已同司马，而名玷朝班，实与校书汉阁无异。

〔八〕《舞赋》："龙骧横举，扬镳飞沫。"善曰："镳，马勒旁铁也，扬之则飞马口之沫。"主辱：谓车驾幸陕。自起至此，皆自叙。

〔九〕《汉·匈奴传》："晋文公攘戎狄，居西河、圁洛之间，号曰赤翟、白翟。"注："圁洛，今上郡宁川地。"《史记》索隐："故西河郡有白部胡。"按：唐鄜、延二州，即春秋白翟地。禄山反，京畿、鄜坊皆附之，故云"连白翟"。

〔一〇〕《光武纪》："大破莽兵于昆阳城西，会大雷风，屋瓦皆飞。"此追言肃宗中兴时事。旧注指吐蕃陷京师，非也。

〔一一〕先帝：肃宗也。严灵寝：言收京修寝庙。

〔一二〕宗臣：郭子仪也。按史：宝应元年建卯月，上不豫，召子仪入卧内，曰"河东之事，一以委卿"，所谓"切受遗"也。

〔一三〕恒山、辽海：皆河北之地。

〔一四〕《孙武子》："胶漆之材，车甲之奉，日费千金。"

〔一五〕《六韬》："狭路微径，张铁蒺藜。"《晁错传》："具蔺石，布渠答。"

苏林曰:"渠答,铁蒺藜也。" 钱笺:"吕祖谦曰:'胶漆所以为弓,诛求之多,则田父叹焉。铁蒺藜所以御马,所在布地,故行人避之。'"

〔一六〕郭知达本注:"总戎,元帅也。代宗讨史朝义,以雍王适为天下兵马元帅。"按:《通鉴》:史朝义死,贼将田承嗣、薛嵩等降,副元帅仆固怀恩恐贼平宠衰,奏留承嗣等分帅河北,自为党援,由是诸镇桀骜不可制。公诗"总戎存大体,降将饰卑词",正纪其事。曰"存大体",为朝廷隐也。

〔一七〕《左传》:"管仲责楚曰:尔贡包茅不入。"

〔一八〕尧封:谓蓟门。旧俗疑:犹云"兵残将自疑"也。

〔一九〕"北寇",安史馀党,"西夷"则吐蕃也。"翻"即翻城之翻,"卷"即席卷之卷。

〔二○〕昆仑,一曰"玄圃",详二卷。

〔二一〕《庄子》:"黄帝将见大隗于具茨之山,至于襄城之野,七圣皆迷,遇牧马童子,问涂焉。"《唐书》:"许州阳翟县有具茨山。"

〔二二〕《老子》:"兵者,凶器也。"《家语》:"铸剑戟以为农器。"

〔二三〕《东方朔传》:"文帝集上书囊为殿帷。"《杜诗博议》:"《通鉴》:永泰元年九月庚寅朔,置百高座于资圣、西明两寺,讲《仁王经》。甲辰,吐蕃十万众至奉天,京城戒严。丙午,罢百高座讲。十月己未,复讲经于资圣寺。时羌胡外讧,藩镇内叛,而帝与宰相元载等俱好佛,怠于政事。'讲殿辟书帷',盖以讽也。"

〔二四〕按:代宗尝出幸陕州,故用周穆、黄帝事,言我岂必陪车驾于玄圃乎?但望求贤问道,如黄帝之下访具茨,则凶兵可销,讲殿可御,治平不难致矣。今庙算未知何如,我之在此,实切忧天,特衰老无补,为足叹也。次公解,都支离。

〔二五〕孤城:夔州也。时崔旰乱,蜀方用兵,供给烦困,夔民苦之,故以责奉使诸公也。

〔二六〕《后汉·刘玄传》:"诸亡命共攻离乡,聚藏于绿林中。"注:"绿林山,在荆州当阳县东北。"

〔二七〕《韩信传》:"信初之国,有告信反,上用陈平计,伪游云梦。信来朝,遂禽以归。"钱笺:"代宗即位,复授来瑱襄阳节度,潜令裴茂图之。茂兵为瑱所败,瑱入朝谢罪,程元振诬构赐死。仆固怀恩上书自讼曰:'来瑱受诛,朝廷不示其罪,诸道节度谁不疑惧?近闻诏追数人,尽皆不至,实罄中官谗口,虚受陛下诛夷。'范至诚亦曰:'公信其甘言,入则为来瑱不复还矣。'代宗以诈杀瑱而藩镇皆贰,所谓'云梦欲难追'也。"

〔二八〕《吴越春秋》:"越王欲报吴怨,悬胆于户,出入尝之。"

〔二九〕《列子》:"晋有郄雍者,能视盗,察眉睫之间而得其情。"

〔三〇〕《后汉书》:"邓骘等并奉朝请,有大议,诣朝堂,与公卿参谋。"

〔三一〕言民生困穷,必致绿林之患矣。诸镇疑贰,难追云梦之失矣。欲服诸镇,须尝胆以图之;欲苏民生,则在察其情于眉睫也。今庙堂议政,诚自多人,奈何不法贞观之治,以为龟鉴哉?

〔三二〕《汉·萧育传》:"南郡江中多盗贼,拜育为太守。上以育耆旧名臣,乃以三公使车,载育入殿中受策。"注:"使车,三公奉使之车。"安不定:言以萧车安抚之而犹不定也。

〔三三〕蜀使:用相如事,见十卷。言盗贼群起,诛求益急,萧车、蜀使,徒劳遣发耳,应"使者分王命"一节。

〔三四〕王粲《七哀诗》:"西京乱无象,豺虎方遘患。"登粲:指粲登荆州城楼作赋也。

〔三五〕《孔子世家》:"叔梁纥祷尼丘,生孔子。孔子生而首上圩顶,故名丘,字仲尼。"

〔三六〕《庄子》:"宋人资章甫而适越,越人断发文身,无所用之。"

〔三七〕陈琳《为曹洪与魏文帝书》:"游睢、涣者,学藻缋之采。"《陈留风俗传》:"襄邑县南有睢水、涣水,睢、涣之水出文章,故有黼黻藻锦、日月华虫,以奉天子宗庙御服焉。"赵曰:"公少时尝游宋州,故云'忆游睢'。"

〔三八〕《左传》:"古者明王伐不敬,取其鲸鲵而封之,以为大戮,于是乎有京观。"注:"积尸封土其上,谓之京观。"

〔三九〕《后汉书》:"永平中,图画中兴二十八将于南宫云台。"

〔四〇〕《左传》:"晋人秦人,出战交绥。"注:"古名退军为'绥'。秦晋志未能坚战,短兵未致争而两退,故曰'交绥'。"李卫公曰:"绥,六辔总也。"黄曰:"二句深戒大臣及诸将,欲功成图像,当以交绥为慎,勿使志之不坚而后可也。""钓濑"至末,复自序客夔,而以除乱立功责之凡百有位焉。应"翻北寇"、"卷西夷"等语。

哭王彭州抡

王抡:见八卷。

执友嗟沦没,斯人已寂寥。新文生沈谢[一],异骨降松乔[二]。北部初高选[三],东堂早见招[四]。蛟龙缠倚剑[五],鸾凤夹吹箫[六]。历职汉庭久,中年胡马骄[七]。兵戈闇—作闻两观[八],宠辱自三朝[九]。蜀路江干窄,彭门—作关地里—作理遥[一〇]。解龟生碧草[一一],谏猎阻青霄[一二]。顷壮戎麾出[一三],叨陪幕府要[一四]。将军临气候[一五],猛—作壮士塞风飙。井漏—作渫,—作满泉谁汲? 烽疏火不烧[一六]。前筹自多—作多自暇—作假,隐去声几接终朝[一七]。翠石俄双表[一八],寒松竟后凋。赠诗焉敢坠[一九]? 染翰欲无聊。再哭经过罢[二〇],离魂去住销。之官方玉折[二一],寄葬与萍漂。旷望涯洼道,霏微河汉桥。夫人先即世,令子各清标[二二]。巫峡长云雨,秦城近斗杓[二三]。冯唐毛发白,归兴日萧萧。

〔一〕沈谢:沈约、谢灵运。生沈谢:言沈、谢复生。
〔二〕《战国策》:"有乔松之寿。"注:"王子晋、赤松子。"《西京赋》:"美往昔之松乔。"

〔三〕《魏志》:"武帝年二十,举孝廉为郎,除洛阳北部尉,迁顿丘令。"初高选:言抡初授官得京畿尉也。

〔四〕东堂:注见十四卷。

〔五〕《越绝书》:"薛烛曰:当造剑之时,蛟龙奉炉,天帝装炭。"

〔六〕吹箫:注见一卷。

〔七〕胡马:谓安史之乱。

〔八〕《东京赋》:"建象魏之两观。"

〔九〕三朝:玄宗、肃宗及代宗也。

〔一〇〕彭门:注见六卷。

〔一一〕谢灵运诗:"解龟在景平。"注:"解去所佩龟印也。"《汉·表》:"中二千石,银印龟纽。"

〔一二〕谏猎:用相如事。抡终于彭州刺史,先尝以侍御罢官,上书天子,不报,故有"解龟"、"谏猎"之句。

〔一三〕戎麾出:谓抡出守彭州,用颜延之"一麾出守"语。

〔一四〕幕府要:谓严武辟抡居幕府。公时为节度参谋,故曰"叨陪"也。

〔一五〕气候:用兵之气候。刘歆《七略》有《风候孤虚》二十卷。

〔一六〕《易》:"井渫不食。"注:"渫,不停污也。"赵曰:"军旅所在,必先沦井泉。凡有警急,必频举烽燧。今井泉不汲,烽火不烧,则无事矣。以王参军谋,故然。"

〔一七〕接终朝:言己居幕府中,得与抡终日相接也。

〔一八〕双表:以施之墓者。潘岳《怀旧赋》:"岩岩双表,列列行楸。"

〔一九〕赠诗:抡赠公之诗。

〔二〇〕赵曰:"再哭,言昔尝哭抡之死,今槔过夔州,再哭之。"

〔二一〕之官:言之任彭州。颜延之《祭屈原文》:"兰薰而摧,玉缜则折。"

〔二二〕钱笺:"'渥洼道',天马所来,属'令子'。'河汉桥',乌鹊所驾,属'夫人'。旧注大谬。"《左传》注:"即世,卒也。"

〔二三〕《春秋运斗枢》:"北斗七星,第一至第四为魁,第五至第七为杓,合而为斗。"《说文》:"杓,斗柄。"按:《天官书》:"魁枕参首。杓,自华以西南。"是秦城正上直斗杓也。抡之丧,必归葬京师,故因以流滞自伤。

偶 题

文章千古事,得失寸心知〔一〕。作者皆殊列,名声岂浪垂?骚人嗟不见,汉道盛于斯〔二〕。前辈飞腾入,馀波绮丽为〔三〕。后贤兼旧列—作例。《韵会》:例,古或作列。郭作制,历代各清规〔四〕。法自儒家有〔五〕,心从弱岁疲。永怀江左逸,多谢—作病邺中奇〔六〕。骐骥皆良马,骐骊—作麒麟带好儿。车轮徒已斫〔七〕,堂构惜—作肯仍亏〔八〕。谩作潜夫论〔九〕,虚传幼妇碑—作词〔一〇〕。缘情慰漂荡〔一一〕,抱疾屡迁移。经济惭长策,飞栖假一枝。尘沙傍蜂虿,江峡绕蛟螭。萧瑟唐虞远,联翩楚汉危〔一二〕。圣朝兼盗贼,异俗更喧卑。郁郁星辰剑,苍苍云雨池〔一三〕。两都开幕府,万寓字同插军麾。南海残铜柱〔一四〕,东风避月支〔一五〕。音书恨乌鹊〔一六〕,号怒怪熊罴。稼穑分诗兴,柴荆学土宜〔一七〕。故山迷白阁,秋水忆黄当作皇陂〔一八〕。不敢要佳句,愁来赋别离。

〔一〕《文赋》:"吐滂沛乎寸心。"

〔二〕《公孙弘传》:"汉之得人,于斯为盛。"

〔三〕刘桢诗:"绮丽不可忘。"赵曰:"文章至于绮丽,乃骚雅之末流,故曰馀波。"

〔四〕兼旧制、各清规：言后人兼取前人制作，以为规范，公所谓"递相祖述"也。

〔五〕《汉·艺文志》："《儒家言》十八篇。"

〔六〕钱笺："《谢灵运传论》：降自元康，潘、陆特秀，遗风馀烈，事极江左。自建武暨于义熙，历载将百，仲文始革孙，许之风，叔源大变太元之气。爰逮宋氏，颜、谢腾声。"邺：魏都。谢灵运有《拟魏太子邺中集》诗。

〔七〕《庄子》："轮扁对齐桓公曰：夫斫轮，徐则甘而不固，疾则苦而不入。不徐不疾，得之于手，应之于心，臣不能以喻臣之子，臣之子亦不能受之于臣，是以行年七十而老斫轮。"

〔八〕《书》："若考作室，既厎法，厥子乃弗肯堂，矧肯构？"

〔九〕《后汉书》："王符，字节信，隐居著书三十馀篇，以讥当时失得，不欲章显其名，故号曰《潜夫论》。"

〔一〇〕《魏略》："邯郸淳作《曹娥碑》，蔡邕题其后曰：'黄绢幼妇，外孙齑臼。'杨修读之即解得，曹操行三十里乃悟曰：'黄绢，色丝，"绝"字也。幼妇，少女，"妙"字也。外孙，女子之子，"好"字也。齑臼，受辛之器，"辞"字也。言"绝妙好辞"。'"言骥子、麟儿难得，斫轮虽巧，肯构无人，我之著作亦空传耳。

〔一一〕《文赋》："诗缘情而绮靡。"

〔一二〕赵曰："治古莫盛于唐、虞，战争莫切于刘、项，故以'唐虞'、'楚汉'为言。"

〔一三〕星辰剑：用张华事。云雨池：用周瑜语。自喻在夔失所，如剑之埋狱而未出，如蛟龙之在池而未跃也。

〔一四〕铜柱：注见十三卷。

〔一五〕月支：注见二卷，以比吐蕃。

〔一六〕《西京杂记》："乾鹊噪而行人至。"

〔一七〕《周礼》："辨土宜之法。"注："土宜，谓五谷植稚所宜也。"

〔一八〕白阁、皇陂：注俱见二卷。

瞿唐两崖

三峡传何处？双崖壮此门。入天犹石色，穿水忽云根。猱玃厥缚切须髯古〔一〕，蛟龙窟宅尊。羲和冬一作骖驭近，愁畏日车翻〔二〕。

〔一〕《尔雅》注："玃，貜玃也，似猕猴而大，色苍黑，能攫持人①，故云'玃'。"《述异记》："猿五百岁化为玃，玃千岁化为老人。"
〔二〕李尤《歌》："安得壮士翻日车。"

峡口二首

峡口大江间，西南控百一作白蛮。城欹连粉堞，岸断更青山。开辟多一作当天险，防隅一水关。乱离闻鼓角，秋气动衰颜。

时清关失险，世乱戟如林。去矣英雄事，荒哉割据心。芦花留客晚，枫树坐猿深。疲苶烦亲故，诸侯数赐金原注：主人柏中丞频分月俸。

---

① "持"，底本作"抟"，据《尔雅》注改。

天　池

《全蜀总志》："天池，在夔州府治东，巫山县治亦有之。"

　　天池马不到，岚壁鸟才通。百顷青云杪，曾波白石中。郁纡腾秀气，萧瑟浸寒空。直对巫山峡—作出，兼疑夏禹功〔一〕。鱼龙开辟有，菱芡—作芰古今同—云丰。闻道奔雷黑，初看浴日红。飘零神女雨，断续楚王风。欲问支机石，如临献宝宫〔二〕。九秋惊雁序〔三〕，万里狎渔翁—作樵童。更是无人处，诛茅任薄躬〔四〕。

〔一〕疑为禹所凿。
〔二〕《荆楚岁时记》："汉武帝令张骞使大夏，寻河源，乘槎经月而至一处，见一女织，一丈夫牵牛饮河，织女取搘机石与骞而还，搘机石为东方朔所识。"《集林》："昔有人穷河源，见妇人浣纱，问之，曰：'此天河也。'乃与一石而归。问严君平，曰：'织女支机石也。'"献宝宫：注见九卷。
〔三〕梁元帝《纂要》："秋曰三秋、九秋。"九秋：九十日也。
〔四〕《卜居》："将诛锄草茅以力耕乎？"

阁　夜

即西阁。

　　岁暮阴阳催短景，天涯霜雪霁寒宵—作宵。五更鼓角声悲壮[一]，三峡星河影动摇[二]。野哭千家闻战伐，夷歌是晋作几,一作数处起渔樵[三]。卧龙跃马终黄土[四]，人事音书漫一作音尘日,刊作音书颇,吴作依依漫寂寥。

〔一〕《祢衡传》："衡善击鼓，曹操召为渔阳参挝，容态有异，声节悲壮。"
〔二〕《史·天官书》："天一、枪、棓、矛、盾、角动摇，大兵起。"《汉书》："元光中，天星尽摇，上以问候星者，对曰：'星摇者，民劳也。'后征伐四夷，百姓劳于兵革。"
〔三〕《蜀都赋》："陪以白狼，夷歌成章。"
〔四〕旧注："'卧龙'，孔明也，郭外有孔明庙。'跃马'，公孙述也，城上有白帝祠。"

瀼西寒望

瀼西：注见十三卷。

水色含群动，朝光切太虚。年侵一作终频怅望[一]，兴远一萧疏。猿挂时相学[二]，鸥行炯自如。瞿唐春欲至，定卜瀼西居。

〔一〕陆机诗："后途随年侵。"
〔二〕谢灵运《游名山志》："观挂猿下饮，百丈相连。"

白帝楼

漠漠虚无里,连连睥睨侵。楼光去日远,峡影入江深。腊破思端绮〔一〕,春归待一金。去年梅柳意,还欲搅边心。

〔一〕古诗:"客从远方来,遗我一端绮。"

白帝城楼

江度寒山阁,城高绝塞楼。翠屏宜晚对〔一〕,白谷会深游。急急能鸣雁〔二〕,轻轻不下鸥〔三〕。夷陵春色起,渐拟放扁舟。

〔一〕《天台赋》:"抟壁立之翠屏。"
〔二〕《庄子》:"庄子舍于故人之家,令竖子杀雁烹之。竖子曰:'其一能鸣,其一不能鸣,请奚杀?'主人曰:'杀不能鸣者。'"
〔三〕《列子》:"海上有人每旦从鸥鸟游,鸥鸟之至者百数而不止,其父曰:'鸥鸟从汝游,汝取来,吾玩之。'明日,鸥鸟舞而不下矣。"

晓望白帝城盐山

徐步携斑杖,看山仰白头。翠深开断壁,红远结飞楼。

日出清江—作寒望,暄和散旅愁。春城见松雪〔一〕,始拟进归舟。

〔一〕颜延之诗:"山明见松雪。"

峡 隘

闻说江陵府,云沙静—作净眇然。白鱼如切玉,朱橘不论钱。水有远湖树,人今何处船?青山各陈作若在眼,却望峡中天〔一〕。

〔一〕言欲去峡而未能。

冬 深

花叶随天意,江溪共石根。早霞随类影〔一〕,寒水各依—作流痕。易下杨朱泪,难招楚客魂。风涛暮不稳,舍棹宿谁门?

〔一〕赵曰:"'随类影',言其变态无常。"

西阁曝日

凛冽郭作烈倦玄冬,负暄嗜飞阁〔一〕。羲和流德泽,颛顼愧倚薄〔二〕。毛发具一作且自和《英华》作私,肌肤潜沃若〔三〕。太阳信深仁,衰气欻有托。欹倾烦注眼〔四〕,容易收病脚〔五〕。流离《英华》作浏漓木杪一作梢猿,翱跱山巅鹤〔六〕。朋旧作用,非知苦聚散,哀乐日已作《英华》作亦已昨。即事会赋诗,人生忽如昨《英华》作错。古来遭丧乱,贤圣尽萧索。胡为将暮年,忧世心力弱。

〔一〕负暄:注别见。
〔二〕《月令》:"孟冬之月,其帝颛顼。"
〔三〕《诗》注:"沃若,润泽貌。"赵曰:"言暖如汤沃然。"
〔四〕欹倾注眼:言展转向日而卧也。
〔五〕公《客居》诗:"卧愁病脚废"。
〔六〕流离、翱跱:言猿鹤亦喜暖而自得。

不离西阁二首

江柳非时发,江花冷色频。地偏应有瘴,腊近已含春。失学从愚子,无家任一作住老身。不知西阁意,肯别定留人〔一〕?

〔一〕赵曰:"言西阁之意,肯令我别乎,抑定留人也?"

西阁从人别,人今亦故亭〔一〕。江云飘素练—作葉,石壁断—作斬空青〔二〕。沧海先迎日,银河倒列星。平生耽胜事,吁怪始初经〔三〕。

〔一〕《复古编》:"'停'本作'亭',后人别作'停'。"言非西阁留人,人则自留耳。
〔二〕李白诗:"林烟横积素,山色倒空青。"
〔三〕以胜概初经,未能遽去。

缚鸡行

小奴缚鸡向市卖,鸡被缚急相喧争。家中厌鸡食虫蚁,不知鸡卖还遭烹。虫鸡于人何厚薄?吾叱奴人解其缚。鸡虫得失无了时,注目寒江倚山阁。

折槛行

《汉·朱云传》:"云请赐尚方斩马剑,断佞臣一人头,以厉其馀。上问:'谁也?'对曰:'安昌侯张禹。'帝大怒,命御史将云下,云攀殿槛,槛折。"注:"槛,轩前栏也。"《容斋续笔》:"至今宫殿正中一间,独不施栏楯,谓之'折槛',盖自汉以来相传如此。"

呜呼房魏不复见,秦王学士时难羡〔一〕。青衿—作襟,非胄子困泥涂〔二〕，白马将军若雷电〔三〕。千载少似朱云人，至今折槛空嶙峋〔四〕。娄公不语宋公语〔五〕，尚忆先皇容直臣〔六〕。

〔一〕《唐书》："武德四年，太宗为天策上将军，寇乱稍平，乃作文学馆，收聘贤才。司勋郎中杜如晦、考功郎中房玄龄等，并以本官为学士，凡分三番，递宿阁下，悉给珍膳。命阎立本图像，褚亮为之赞，题名字、爵里，号'十八学士'。在选中者，天下所慕向，谓之'登瀛洲'。"按史：房玄龄本名乔，故秦府学士。魏徵佐隐太子建成，不在十八人之列。吴若注以并举房、魏为疑，梦弼云："此叹房、魏之直谏不可得，因泛思秦王时之十八学士也。""秦王学士"本不蒙"房魏"言之，然考《翰林故事》，贞观中，秘书监虞世南等十八人为十八学士，秦府学士遇缺即补，意贞观犹沿其制。徵以贞观三年为秘书监，安知不尝与十八人之数乎？此诗称"秦王学士"者，犹"秦王破阵曲"，后遂以名乐耳。

〔二〕《诗》注："青衿，青领也，学士所服。"《书》注："胄子，长子也，谓卿大夫之子弟。"

〔三〕《魏志》："庞德与关羽交战，射羽中额。德常乘白马，羽军谓为'白马将军'，皆惮之。"

〔四〕《魏都赋》："陛楯嶙峋。"注："嶙峋，高貌。"

〔五〕娄公、宋公：娄师德、宋璟也。《容斋三笔》："或疑娄公既无语，何得称直臣？钱伸仲云：'朝有阙政，娄公或不语，则宋公语之。'但师德乃武后时人，璟为相时，其亡久矣。"

〔六〕诗言"先皇"，谓玄宗也。

钱笺："永泰元年三月，命左仆射裴冕、右仆射郭英乂等文武之臣十三人，于集贤殿待制，以备询问，盖亦仿太宗瀛洲学士之意。然是时阉竖恣横，次年八月，国子监释奠，鱼朝恩率六军诸将听讲，子弟皆服朱紫为诸生，朝恩遂判国子监事。而集贤待制诸臣，噤口不一救正，故作此诗以讥之。

首二句,叹待制之臣不及贞观盛时也。'青衿'二句,言教化凌夷,而中人子弟得以横行也。当时大臣钳口饱食,效师德之退逊,而不能继宋璟之忠谠,故以'折槛'为讽,言集贤诸臣自无魏、宋辈耳,未可谓朝廷不能容直臣如先皇也。" 按:是时鱼朝恩为左监门卫大将军兼神策军使,"白马将军若雷电",盖谓朝恩也。黄鹤指崔旰,非是,且于"青衿胄子"句难通。

杜工部诗集卷之十六

大历中,公居夔州作。

立 春

春日春盘细生菜〔一〕,忽忆两京梅发时。盘出高门行白玉〔二〕,菜传纤手送青丝〔三〕。巫峡寒江那对眼,杜陵远客不胜悲。此身未知归定处,呼儿觅纸一题诗。

〔一〕《摭遗》:"东晋李鄂,立春日命以芦菔、芹芽为菜盘相馈贶。"《四时宝镜》:"立春日,春饼生菜,号'春盘'。"

〔二〕《水经注》:"苏林曰:高门,长安城北门也。一曰厨门,其内有长安厨官在事,故曰厨门。"或曰:"高门",概言高大之门。《庄子》:"高门悬薄,无不走也。"

〔三〕《诗》:"纤纤女手。"青丝:青菜之细缕者。

王十五前阁会

楚岸收新雨,春台引细风。情人来石上〔一〕,鲜鲙出江中〔二〕。邻舍烦书札,肩舆强老翁。病身虚俊味〔三〕,何幸饫儿童。

〔一〕鲍照诗:"留酌待情人。"
〔二〕《七发》:"鲜鲤之鲙。"
〔三〕《艺苑雌黄》:"江朝宗言:杜诗'俊味'亦有来处,《本草》'葫'注云:'此物煮为羹臛极美,足为馔中之俊。'"

崔评事弟许相迎不到,应虑老夫见泥雨怯出,必愆佳期,走笔戏简

江阁邀宾许马迎,午时起坐自天明。浮云不负青春色,细雨何孤白帝城?身过花间沾湿好,醉于马上往来轻。虚疑皓首冲泥怯,实少银鞍傍险行。

愁 原注:强戏为吴体

江草日日唤愁生,巫—作春峡泠泠非世情〔一〕。盘涡鹭浴底心性,独树花发自分明。十年戎马暗万黄作南国,异域宾客老孤城。渭水秦山—作川得见否?人今罢病虎纵横〔二〕。

〔一〕伏知道诗:"桃花隔世情。"
〔二〕张璁曰:"'虎纵横',谓暴敛也。时京兆用第五琦什亩税一法,民多流亡。"

昼 梦

二月饶睡昏昏然,不独夜短昼分眠。桃花气暖眼自醉,春渚日落梦相牵。故乡门巷荆棘底,中原君臣豺虎边。安得务农息战斗?普天无吏横索钱。

入宅三首

《年谱》:"大历二年春,公自西阁迁居赤甲。"

奔峭背赤甲,断崖当白盐。客居愧迁次,春酒_{一作色}渐多添。花亚欲移竹,鸟窥新卷帘。衰年不敢恨,胜概欲相兼。

乱后居难定,春归客未还。水生鱼复浦,云暖麝香山〔一〕。半_{樊作判}顶梳头白,过眉拄杖斑。相看多使者,一一问函关〔二〕。

〔一〕《夔州图经》:"麝香山在州东南一百五十五里,山出麝香,故名。"黄曰:"麝香山,《寰宇记》:'在秭归县东南一百十里。'今于夔州言之者,武德二年前秭归属夔也。"

〔二〕《水经注》:"潼关历北出东崤,通谓之函谷关。"文颖曰:"故关在弘农衡山岭,今移在河南谷城县。"王应麟曰:"潼关至函谷关,历陕、华二州之地,俱谓之桃林塞,时周智光据华州反。"

733

宋玉归州宅〔一〕，云通白帝城。吾人淹老病，旅食岂才名！峡口风常急，江流气不平。只应与儿子，飘转任浮生。

〔一〕《唐书》："归州属山南东道，武德二年析夔州之秭归、巴东置。"《入蜀记》："访宋玉宅，在秭归县之东。今为酒家，旧有石刻'宋玉宅'三字。"

赤　甲

卜居赤甲迁居新，两见巫山楚水春。炙背可以献天子，美芹由来知野人〔一〕。荆州郑薛寄诗—作书近，蜀客郄音隙岑非我邻〔二〕。笑接郎中评事饮〔三〕，病从深酌道吾真。

〔一〕《列子》："宋国有田父，东作，自曝于日，不知有绵纩、狐貉，谓其妻曰：'负日之暄，人莫知之，以献吾君，将有重赏。'里之富室告之曰：'昔人有美戎菽、甘枲、茎芹、萍子，对乡豪称之。乡豪取尝之，蜇于口，惨于腹，众哂而怨之。子此类也。'"嵇康《绝交书》："野人有快炙背而美芹子者，欲献之至尊，虽有区区之意，亦已疏矣。"

〔二〕蔡曰："郑审、薛据、郄昂、岑参，皆公之故旧也。"按：《文苑英华》载苻载《志杨鸥墓》云："永泰二载，相公杜公鸿渐，奏授犀浦县令，僚友杜员外甫、岑郎中参、郄舍人昂，闻公殒落，失声咨嗟。"又《太白集》有《送郄昂谪巴中》诗。《巴州碑记》云：郄昂有《陪严使君武暮春》五言二首，在南龛，诗甚典丽。则"郄"为郄昂无疑。时岑嘉州在鸿渐幕府，故云"蜀客"。

〔三〕赵曰："'评事'必崔评事，'郎中'无考。"

卜　居

归羡辽东鹤，吟同楚执珪[一]。未成游碧海，着处觅丹梯。云障宽江北，春耕破瀼西。桃红客若至，定似昔—作晋人迷。

〔一〕辽东鹤：注见八卷。楚执珪：注见十三卷。

暮春题瀼西新赁草屋五首

宋费士戣《漕司高斋记》："公在夔，各随所寓而赋高斋。后人即其处，各肖像，以高斋名之。今东屯、白帝，斋、像具存。瀼西居后废。按《图经》所载，漕廨即其故地也。"《年谱》："大历二年三月，公迁居瀼西。"

久嗟三峡客，再与暮春期。百舌欲无语，繁花能几时？谷虚云气薄，波乱日华迟。战伐何由定？哀伤不在兹。

此邦千树橘，不见比封君[一]。养拙干戈际，全生麋鹿群。畏人江北草，旅食瀼西云。万里巴渝曲，三年实饱闻。

〔一〕《史·货殖传》："封者食租税，千户之君，岁率二十万。蜀、汉、江陵千树橘，其人皆与千户侯等。"

彩云阴复白,锦树晓_{晋作晚}来青。身世双蓬鬓,乾坤一草亭。哀歌时自惜,醉舞为谁醒?细雨荷锄立,江猿吟翠屏。

壮年学书剑,他日委泥沙。事主非无禄,浮生即有涯。高斋依药饵,绝域改春华。丧乱丹心破,王臣未一家。

欲陈济世策,已老尚书郎。不息豺虎斗,空惭鸳鹭行。时危人事急_{晋作恶},风逆_{晋作急}羽毛伤。落日悲江汉,中宵泪满床。

暮　春

卧病拥塞在峡中,潇湘洞庭虚映空。楚天不断四时雨,巫峡常吹千里风。沙上草阁柳新闇_{一作暗},城边野池莲欲红。暮春鸳鹭立洲渚,挟子翻飞还一丛〔一〕。

〔一〕王筠诗:"庭禽挟子栖。"《说文》:"丛,聚也。"一丛:言鸳鹭与子丛聚而飞也。

即　事

暮春三月巫峡长〔一〕,晶_{胡切了切}晶行云浮_{一作无}日光〔二〕。雷声忽送千峰雨,花气浑如百和香〔三〕。黄莺过水翻回去,燕子冲泥湿不妨。飞阁卷帘图画里,虚无只少对潇湘。

〔一〕《荆州记》:"巴东三峡巫峡长。"
〔二〕陶潜诗:"畠畠川上平。"
〔三〕古诗:"博山炉中百和香,郁金苏合与都梁。"

江雨有怀郑典设

《唐书》:"东宫官有典设郎四人。"

春雨暗暗塞晋作发峡中,早晚来自楚王宫〔一〕?乱波纷披已打岸,弱云狼籍不禁风。宠光蕙叶与多碧〔二〕,点注桃花舒小红〔三〕。谷口子真正忆汝,岸高瀼滑—作阔限西东〔四〕。

〔一〕暗用"朝云暮雨"事。
〔二〕《诗》:"为龙为光。"注:"龙,宠也。"《招魂》:"光风转蕙。"梁元帝诗:"雨罢叶生光。"
〔三〕钟会《孔雀赋》:"五色点注,华羽参差。"沈约诗:"桃枝红若点。"
〔四〕时公在瀼西,郑必在瀼东也。

熟食日示宗文宗武

旧注:"秦人呼寒食为熟食节,以禁烟火,预办熟物食之。"

消渴游江汉,羁栖尚甲兵。几年逢熟食,万里逼清明。松柏邙旧作卬,杜田定作邙山路,风光一作花白帝城〔一〕。汝曹催我老,回首泪纵横。

〔一〕《元和郡县志》:"北邙山,在河南府偃师县北二里。"杨佺期《洛城记》:"邙山,古今东洛九原之地也。" 旧注:"子美先茔在洛,流寓不能展省,故有此句。"

又示两儿

令节成吾老,他时见汝心〔一〕。浮生看物变,为恨与年深。长葛书难得,江州涕不禁〔二〕。团圆思弟妹〔三〕,行坐白头吟。

〔一〕刘辰翁曰:"他时见汝思亲之心,谓身后寒食。"
〔二〕《旧唐书》:"长葛县属许州,隋分许昌县置。江州浔阳郡,属江南西道,本九江郡,天宝元年更名。"赵曰:"长葛、江州,必公弟妹所在。"
〔三〕《史记》正义:"封豕,主沟渎,不欲团圆,团圆则兵起。"

得舍弟观书,自中都已达江陵。
今兹暮春月末,行李合到夔州。
悲喜相兼,团圆可待,赋诗即事,情见乎词

《唐书》:"至德二载,以西京为中京。"

尔到_{晋作过}江陵府,何时到峡州?乱离生有别,聚集病应瘳。飒飒开啼眼,朝朝上水楼。老身须付托,白骨更何忧!

喜观即到,复题短篇二首

巫峡千山暗,终南万里春。病中吾见弟,书到汝为人。意_{一作竟}答儿童问,来经战伐新_{或云尘}。泊船悲喜后,款款话_{一作议}归秦。

待尔嗔乌鹊,抛书示鹡鸰。枝间喜不去,原上急曾经。江阁嫌津柳〔一〕,风帆数_{上声}驿亭。应论十年事,撚_{晋作愁}绝始星星〔二〕。

〔一〕嫌津柳:嫌其遮望眼也。
〔二〕《广韵》:"撚,以手撚物。"① 谢灵运诗:"星星白发垂。"赵曰:"旧本作'然绝',当以'撚绝'为正。唐人诗:'吟安一个字,撚断数茎髭。'"

返　照

楚王宫北正黄昏,白帝城西过雨痕。返照入江翻石壁,归云拥树失山村。衰年肺病惟高枕,绝塞愁时早闭门。不

---

① "撚物",底本作"摵物",据《广韵》改。

可久留豺虎乱,南方实有未招魂。

晴二首

久雨巫山暗,新晴锦绣文_{一作纹}。碧知湖外_{晋作上}草,红见海东云。竟日莺相和,摩霄鹤数群。野花干更落,风处急纷纷。

啼乌争引子,鸣鹤不归林。下食遭泥去,高飞恨久阴。雨声冲塞尽,日气射江深。回首周南客,驱驰魏阙心。

雨

始贺天休雨,还嗟地出雷〔一〕。骤看浮_{一作巫,非}峡过,密作_{一作塞}密渡江来。牛马行无色〔二〕,蛟龙斗不开。干戈盛阴气,未必自阳台。

〔一〕《易》:"雷出地奋,豫。"
〔二〕牛马:注见一卷。

月三首

断续巫山雨,天河此夜新。若无青嶂月,愁杀白头人。

魍魎移深树,虾蟆没半轮。故园当北斗,直指照西秦。

并照—作点巫山出,新窥楚水清。羁栖愁—作秋里见,二十四回明〔一〕。必验升沉体,如知进退情。不违银汉落,亦伴玉绳横。

〔一〕言客夔已两年。

万里瞿唐峡—作月,春来六上弦。时时开暗室,故故满青天。爽合风襟静,高当泪脸悬。南飞有乌鹊,夜久落江边。

晨 雨

小雨晨光内,初来叶上闻。雾交才洒地①,风折—作逆旋随云。暂起紫荆色,轻沾鸟兽群。麝香山一半〔一〕,亭午未全分。

〔一〕麝香山:注见前。

反—作返照

反照开巫峡,寒空半有无。已低鱼复暗,不尽白盐孤。

---

① "洒地",底本作"有色",据诸善本改。

荻岸如秋水,松门似画图。牛羊识僮仆,既夕应传呼。

向　夕

畎亩孤城外,江村乱水中。深山催短景,乔木易高风。鹤下云汀一作河近,鸡栖草屋同。琴书散明烛,长夜始堪终。

怀灞上游

怅望东陵道〔一〕,平生灞上游〔二〕。春浓停野骑,夜宿敞云楼。离别人谁在?经过老自休。眼前今古意,江汉一归舟。

〔一〕东陵瓜:注见三卷。
〔二〕《汉·高帝纪》注:"灞上,地名,在长安东三十里。古曰兹水,秦穆公更名灞。"

过客相寻

穷老真无事,江山已定居。地幽忘盥栉,客至罢琴书。挂壁移筐赵作留果,呼儿间他本俱作问煮鱼。时闻系舟楫,及此问吾庐。

竖子至

樝庄加切，或作楂，通作柤梨且一作才缀碧〔一〕，梅杏半传黄。小子幽园至，轻笼熟奈香〔二〕。山风犹满把黄作地，野露及新尝。欹枕一作欲寄江湖客〔三〕，提携日月长〔四〕。

〔一〕《本草》："樝子似梨而涩。"《风土记》："樝，梨属，肉坚而香。"
〔二〕《蜀都赋》："朱樱春熟，素柰夏成。"《广志》："柰有青、赤、白三种。"《本草》："今名频婆。"
〔三〕江湖客：公自谓也。
〔四〕提携：指竖子言。

园

仲夏流多水，清晨向小园。碧溪摇艇阔，朱果烂枝繁。始为江山静，终防市井喧。畦蔬绕茅屋，自足媚盘飧。

归

束带还骑马①，东西却渡船〔一〕。林中才有地，峡外绝无

---

① "束带"，底本作"東带"，据诸善本改。

天。虚白高人静〔二〕,喧卑俗累牵。他乡悦迟暮,不敢废诗篇。

〔一〕东西:谓瀼东、瀼西。
〔二〕《庄子》:"虚室生白。"注:"人能虚心游世,则纯白备于内。"

承闻河北诸道节度入朝,欢喜口号绝句十二首

禄山作逆降天诛,更有思明亦已无。汹汹人寰犹不定,时时战斗欲何须?

社稷苍生计必安,蛮夷杂种错相干。周宣汉武今王是,孝子忠臣后代看。

喧喧道路多歌—作好童谣,河北将军尽入朝〔一〕。始晋作自是乾坤王室正,却教江汉客魂销。

〔一〕按史:大历二年正月,淮南节度使李忠臣入朝。三月,汴宋节度使田神功来朝。八月,凤翔等道节度使李抱玉入朝。河北入朝事,史无明文。疑公在夔州,特传闻之,而未实然耳。

不—作北道诸公无表来〔一〕,茫然鲁作茫茫庶事遣—作使人猜。拥兵相学干戈锐,使者徒劳百万—作万里回。

〔一〕言河北诸道前时不朝,为可疑。旧注引吐蕃陷京师,诸道节度不

入援,与此全无交涉。

鸣玉锵金尽正臣,修文偃武不无人。兴王会静俗本作尽妖氛气,圣寿宜过一万春〔一〕。

〔一〕《世说》:"孙皓《尔汝歌》:上汝一杯酒,愿汝寿万春。"

英雄见事若通神,圣哲为心小一身。燕赵休矜出佳丽,宫闱不拟选才人〔一〕。

〔一〕才人:注见二卷。

抱病江天白首郎,空山楼阁暮春光。衣冠是日朝天子,草奏何时一作人入帝乡?

澶市连切漫山东一百州〔一〕,削成如案抱青丘〔二〕。苞茅重入归关内,王祭还供尽海头。

〔一〕《西京赋》:"澶漫靡迤,作镇于近。"山东:即河北道。
〔二〕削成如案:言已平也。青丘:注见十五卷。

东逾辽水北滹旧作呼沱〔一〕,星象风云气共和。紫气关临天地阔〔二〕,黄金台贮俊贤多〔三〕。

〔一〕《水经》:"大辽水出塞外卫白平山,东南入塞,过辽东襄平县西。"

又："小辽水,出玄菟高句丽县辽山,西南至辽隧县,入大辽水。"《山海经》："大戏之山,滱沱之水出焉。"《后汉书》注："在今代州繁畤县,东流经定州深泽县东南,即光武渡处,今犹谓之危渡口。"

〔二〕紫气：注见十三卷。

〔三〕鲍照诗："岂伊白璧赐,将起黄金台。"善曰："王隐《晋书》：'段匹磾讨石勒,进屯故安县故燕太子丹金台。'《上谷郡图经》：'黄金台,在易水东南十八里,燕昭王置千金于台上,以延天下之士。'二说既异,故俱引之。"按：《史记》："昭王为郭隗改筑宫而师事之。"《新序》同此语。——不言"台"也。孔融《论盛孝章书》："昭王筑台,以尊郭隗。"任昉《述异记》："燕昭为郭隗筑台,今在幽州燕王故城中。"——并无"黄金"字。"黄金台"之名,始自鲍照诗,《御览》引《史》"昭王置千金云云世谓之黄金台",盖误以为《图经》为《史》耳。

渔阳突骑邯郸儿〔一〕,酒酣并辔金鞭垂。意气即归双阙舞,雄豪复遣五陵知〔二〕。

〔一〕渔阳突骑：注见九卷。《汉书》："赵都邯郸,秦置郡。"《唐书》："磁州有邯郸县,属河北道。"

〔二〕五陵：注见十三卷。

李相将军拥蓟门,白头惟有—作虽老赤心存。竟能尽说诸侯入,知有从来天子尊。

按史：李怀仙先以范阳归顺,是时为检校侍中,幽州、卢龙等军节度使,但未有"说诸侯入朝"事。梦弼谓是李光弼,近之。光弼在玄、肃朝,尝加范阳节度使,又尝兼幽州大都督府长史,虽止遥领其地,亦可谓之"拥蓟门"也。广德二年,光弼已没,此所云"白头"、"赤心",盖追美之。钱笺："《旧书》：'光弼轻骑入徐州,田神功遽归河南,尚衡、殷仲卿、来瑱皆相继赴阙及惧鱼朝恩潜,不敢入朝,人疑其有二心.'此诗特以'白头'、'赤心'许之。《八哀诗》云'直笔在史臣,将来洗箱箧',此公之直笔也。"

十二年来多战场,天威已息阵堂堂[一]。神灵汉代中兴主,功业汾阳异姓王[二]。

〔一〕《孙武子》:"无击堂堂之阵。"
〔二〕《郭子仪传》:"宝应元年二月,进封汾阳郡王。"

钱笺:"河北诸将归顺之后,朝廷多故,招聚徐孽,拥兵擅地,朝廷不能制。公闻其入朝,喜而作诗。首举禄山、思明立戒,耸动之以周宣、汉武,劝勉之以孝子忠臣,而末二章则举李、郭二公以为表仪,其立意深远若此。"

晚登瀼上堂

故跻瀼岸高,颇免崖石拥。开襟野堂豁,系马林花动。雉堞粉似—作如云,山田麦无陇[一]。春气晚更生,江流静犹涌。四序婴我怀,群盗久相踵。黎民困逆节,天子渴垂拱。所思注东北,深峡转修耸。衰老自成病,郎官未为冗。凄其望吕葛[二],不复梦周孔。济世数上声向时,斯人各枯冢[三]。楚星南天黑,蜀月西雾重。安得随鸟翎?迫此惧将恐。

〔一〕陇:田中高处。麦无陇:麦之茂也。
〔二〕谢灵运诗:"怀宝亦凄其。"
〔三〕钱笺:"'斯人'盖指房琯、张镐、严武之流,公所相期'济世'者也。"

旧注即以"吕葛"、"周孔"言之,非是。

醉为马坠,诸公携酒相看

甫也诸侯老宾客,罢酒酣歌拓金戟。骑马忽忆少年时,散蹄迸落瞿唐石。白帝城门水云外,低身直下八千尺。粉堞电转紫游缰,东得平冈出天壁。江村野堂争入眼,垂鞭嚲^{典可切}鞚凌紫陌〔一〕。向来皓首惊万人,自倚红颜能骑射^{食亦切}。安知决臆追风足,朱汗骖驔^{音潭}犹喷^{本作歕,普闷切}玉〔二〕①。不虞一蹶终损伤,人生快意多所辱。职当忧戚伏衾枕,况乃迟暮加烦促。朋^{一作明,非}知来问腆我颜,杖藜强起依僮仆。语尽还成开口笑〔三〕,提携别扫清溪曲。酒肉如山又一时,初筵哀丝动豪竹。共指西日不相贷,喧呼且覆杯中渌。何必走马来为问,君不见嵇康养生被杀戮〔四〕。

〔一〕《晋中兴书》:"太和中,邺下童谣:'青青御路杨,白马紫游缰。'"《广韵》:"嚲,垂下貌。"

〔二〕朱汗:汗血马也。卢照邻诗:"雕弓夜宛转,铁骑晓骖驔。"《穆天子传》:"天子东游于黄泽,使宫乐谣曰:'黄之泽,其马喷沙,皇人威仪。黄之泽,其马喷玉,皇人寿毂。'"

〔三〕《庄子》:"开口而笑,一月之中,不过四五日。"

〔四〕嵇康著《养生论》,后刑东市。

---

① "骖驔",底本作"骖驔",据诸善本改。"普闷切",底本作"善问切",据《广韵》改。

园官送菜 并序

按：《送菜》诗云"常荷地主恩"，《送瓜》诗云"柏公镇夔国"，则知"地主"即柏都督，都督乃茂琳也。《旧书》："大历元年八月，茂琳方迁卭南节度。"其到夔州，必在元年、二年之交，《草堂》编入二年为是。

园官送菜把，本数日阙，矧苦苣、马齿，掩乎嘉蔬，伤小人妒害君子。菜不足道也，比而作诗。

清晨蒙—作送菜把，常荷地主恩。守者愆实数，略有其名存。苦苣刺如针[一]，马齿叶亦繁[二]。青青嘉蔬色，埋没在晋作自中园。园吏未足怪，世事因—作固堪论。呜呼战伐久，荆棘暗长原。乃知苦苣辈，倾夺蕙草根。小人塞道路，为态何喧喧。又如马齿盛，气拥葵荏昏[三]。点染不易虞，丝麻杂罗纨。一经器物内，永挂粗刺痕[四]。志士采紫芝，放歌避戎轩。畦丁负笼至，感动百虑端。

〔一〕《本草》："苦苣，即野苣也。野生者又名褊苣，今人家常食为白苣。岭南吴人无白苣，常植野苣，以供厨馔。"

〔二〕《图经本草》："马齿苋，虽名苋类，而苗叶与人苋辈都不相似。一名五行草，以其叶青、梗赤、花黄、根白、子黑也，亦可食，少酸。"

〔三〕葵荏：嘉蔬也。葵：注见六卷。《尔雅》疏："苏，一名桂荏，叶下紫色，气甚香。"马融《广成颂》："桂荏凫葵。"

〔四〕言苦苣、马齿，一点染器物，则粗刺永存，小人可畏如之。

园人送瓜

江间虽炎瘴,瓜熟亦不早。柏公镇夔国,滞务兹—作资一扫。食新先战士〔一〕,共少及溪—作穷老〔二〕。倾筐蒲鸽青〔三〕,满眼颜色好〔四〕。竹竿接嵌窦〔五〕,引注来鸟道。沉浮乱水玉〔六〕,爱惜如芝草〔七〕。落刃嚼冰霜,开怀慰枯槁。许以秋蒂除〔八〕,仍看小童—作儿抱晋作饱〔九〕。东陵迹芜绝,楚汉休征讨。园人非故侯,种此何草草〔一〇〕。

〔一〕《北齐书》:"兰陵王长恭为将,每得一瓜,必与将士共之。"
〔二〕共少:犹云分甘。
〔三〕蒲鸽:未详。
〔四〕《齐民要术》注:"凡瓜落,疏色青黑者为美,黄白及斑,虽大而恶。"
〔五〕嵌窦:岩泉也。
〔六〕水玉:注见十三卷。
〔七〕《广雅》:"土芝,瓜也。"晋嵇含《瓜赋》:"其名龙胆,其味亦奇,是谓土芝。"
〔八〕谢朓《辞隋王子隆笺》:"邈如坠雨,飘似秋蒂。"
〔九〕小童抱:更抱秋瓜来送也。
〔一〇〕《诗》:"劳人草草。"注:"草草,劳心也。"

课伐木并序

课隶人伯夷、辛秀、信行等,入谷斩阴木〔一〕,人日四根止。维条伊枚,正直挺然。晨征暮返,委积庭内。我有藩篱,是缺是补,载伐篠簜〔二〕,伊仗―作杖支持,则旅次于小安。山有虎,知禁,若恃爪牙之利,必昏黑撑晋作撑,―作搪突。夔人屋壁,列―作例树白菊―作桃,―作菊,镘为墙,实以竹,示式遏。为与虎近,混沦乎无良。宾客忧害马之徒〔三〕,苟活为幸,可默息已。作诗示宗武―作文诵。

长夏无所为,客居课奴仆。清晨饭其腹,持斧入白谷。青冥曾巅后,十里斩阴木。人肩四根已,亭午下山麓。尚闻丁丁声,功课日各足。苍皮成―作见委积,素节相照烛。藉汝跨小篱,当仗苦虚竹〔四〕。空荒咆熊罴,乳兽待人肉。不示知禁情,岂惟干戈哭。城中贤府主〔五〕,处贵如白屋。萧萧理体净〔六〕,蜂虿不敢毒。虎穴连里闾,堤防旧风俗。泊舟沧江岸,久客慎所触。舍西崖峤壮,雷雨蔚含畜。墙宇资屡―作累修,衰年怯幽独。尔曹轻执热,为我忍烦促。秋光近青岑,季月当泛菊。报之以微寒,共给酒一斛。

〔一〕《周礼》:"仲冬斩阳木,仲夏斩阴木。"注:"阳木,春夏生者。阴木,秋冬生者。"

〔二〕《禹贡》注:"篠,箭竹。簜,大竹。"

〔三〕《庄子》:"去其害马者而已。"

〔四〕伐木为篱杙,又以苦竹遮护之,序所云"载伐篠簜,伊仗支持"也。

〔五〕夔州升都督府,注见十三卷。"贤府主"必柏都督也。

〔六〕《送瓜》诗云"柏公镇夔国,滞务兹一扫",与此诗"萧萧理体净"语意正合。

柴 门

泛—作孤舟登瀼西,回首望两崖〔一〕。东城干旱天,其气如焚柴。长影没窈窕,馀光散谽呀〔二〕。大江蟠嵌根,归海成一家。下冲割坤轴,竦壁攒镆铘〔三〕。萧飒—作瑟洒秋色,氛—作气昏霾日车。峡—作岘门自此始〔四〕,最窄容浮查。禹功翊造化,疏凿就欹斜。巨黄作巴渠决太古〔五〕,众水为长蛇。风烟渺吴蜀,舟楫通盐麻〔六〕。我今远游子,飘转混泥沙。万物附本性,约—作处身不愿奢。茅栋盖一床,清池有馀花。浊醪与脱粟,在眼无咨嗟。山荒人民少,地僻日夕佳。贫穷—作病,一作贱固其常,富贵任生涯。老于干戈际,宅幸蓬荜遮。石乱上上声云气,杉清晋作青延日—作月华。赏妍又分外,理惬夫何夸。足了垂白年,敢居高士差。书此豁平昔〔七〕,回首犹暮霞。

〔一〕两崖:瞿唐两崖也。

〔二〕按:韵书:"谽,胡绀切,哺也。""呀,虚加切,张口也。"用此无义,当是"谽谺"之讹耳。《上林赋》:"谽呀豁閜。"注:"谽呀,洞谷空大貌,与谽谺同。"言日光返照,散映于谽谺之间也。

〔三〕镆铘:剑名。言山峡之竦如之。

〔四〕《水经注》:"广溪峡,乃三峡之首也。自昔禹凿以通江,郭景纯所谓'巴东之峡,夏后疏凿'。"庾仲雍《荆州记》:"巴楚有明月峡、广德峡、东突峡,今谓巫峡、秭归峡、归乡峡。"《峡程记》:"三峡即明月峡、巫山峡、广溪峡,其瞿唐、滟滪、燕子、屏风之类,皆不与三峡之数。"《寰宇记》:"夔州三峡,曰西峡、巴峡、巫峡。"宋肇《三峡堂记》又以西陵峡、巫峡、归峡为三峡。按:三峡,诸说不同,今公云"峡门自此始",与《水经注》合。疑明月峡不列三峡内,盖明月峡在夔州之上也。然《忠州龙兴寺》诗又云"忠州三峡内",则公于此亦无定说矣。又按:公诗"瞿唐争一门"与"三峡传何处,双崖对此门",即此诗所谓"峡门"也。他本讹作"峡",或遂以峡门为夔州地名,大谬。

〔五〕按:"巨渠"恐当作"巴渠"。《水经注》:"清水出巴渠县东北巴岭南獠中,即巴渠水也。西南流至其县,又西入峡。"又曰:"巴渠水南历檀井溪之檀井水,下入汤溪水,汤溪水又南入于江,名曰汤口。"

〔六〕夔州居荆蜀之中,吴盐、蜀麻所会。

〔七〕《世说》:"殷仲堪谓子弟云:'勿以我受任方州,云豁平昔时意。'"

槐叶冷淘

青青高槐叶,采掇付中厨。新面来近市,汁滓宛相俱〔一〕。入鼎资过熟,加餐愁欲无。碧鲜俱照箸〔二〕,香饭兼苞芦〔三〕。经齿冷于雪,劝人投比一作此珠。愿随金騕褭〔四〕,走置锦屠苏〔五〕。路远思恐泥去声,兴深终不渝。献芹则小小,荐藻明区区。万里露寒殿〔六〕,开冰清玉壶。君王纳凉晚,此味亦时须。

〔一〕《周礼》"醴齐",注:"醴,犹体也,成而汁滓相将。"

〔二〕碧鲜:言其色也。《吴都赋》:"玉润碧鲜。"碧:石之青美者。

〔三〕苞芦:旧注俱云芦笋也。芦笋与"香饭"何干?按:《说文》:"卢(盧),饭器也,亦作籚。"此"芦"(蘆)字必"籚"字误。"苞"如《管子》"道有遗苞"之"苞",言取冷淘兼香饭,苞裹之饭器中,欲以赠人耳。伪苏注:"蜀人呼鱼鲜为苞芦。"此与《酒八仙歌》注"蜀人以衣领为船",《过王倚饮》诗注"萝卜为土酥"等,俱极谬妄可笑,而近之无识者遂采入韵书,不可不辨。

〔四〕金騕褭：注见十卷。

〔五〕按：屠苏（蘇），本作庮廀。《玉篇》："庮廀，庵也。"服虔《通俗文》"屋平曰庮廀"、萧子云《雪赋》"没屠苏（蘇）之高影"是也。《广韵》："又酒名，元日饮之，可除温气。"盖昔人居庮廀酿酒，因以名之也。又大帽形类屋，亦名屠苏（蘇），《晋志》"谣曰：屠苏（蘇）障日覆两耳"、刘孝威诗"插腰铜匕首，障日锦屠苏（蘇）"是也。此言驰贡冷淘，以进所思，当用屠苏（蘇）本义。

〔六〕露寒：注见八卷。

上后园山脚

黄曰："诗曰'自我登陇首，十年经碧岑'，按公以乾元二年入陇右，至大历三年为十年。然是年正月已出峡，今首云'朱夏热所婴'，乃是二年夏无疑。"

朱夏热所婴，清旭—作旦步北林。小园背高冈，挽葛上崎崟。旷望延驻目，飘飖散疏襟。潜鳞恨水壮〔一〕，去翼依云深〔二〕。勿谓地无疆，劣于山有阴。石楠音原，或云善本作原遍天下，水陆兼浮沉〔三〕。自我登陇首，十年经碧岑。剑门来巫峡，薄倚—云当作倚薄浩至今。故园暗戎马，骨肉失追寻。时危无消息，老去多归心。志士惜白日，久客藉黄金。敢为苏门啸〔四〕，庶作《梁父吟》。

〔一〕颜延之诗："春江壮风涛。"

〔二〕"潜鳞"二句：以况隐沦之士须在幽深，故下言九州虽大，不若此山之阴可以避乱也。

〔三〕"石楲"二句：未详。沈存中云："石楲，木名，子如芍药，其皮可御饥。时天下荒乱，水陆并载石楲以充粮。"未知是否。

〔四〕《阮籍传》："籍常于苏门遇孙登，还，半岭闻有声，如鸾凤之音，乃登啸也。"

奉送王信州崟北归

信州：即夔州，详十三卷。按：唐颍州亦曰信州。今诗有"绝塞豁穷愁"语，乃是夔州。盖王罢夔守归朝，而公送之。旧本误编湖南诗内，今改正。

朝廷防盗贼，供给愍诛求。下诏迁_{一作选}郎署，传声典信_{一作能典}州。苍生今日困，天子向时忧。井屋有烟起，疮痍无血流〔一〕。壤歌惟海甸〔二〕，画角自山楼。白发寐常早，荒榛农复秋。解龟逾卧辙〔三〕，遣骑觅扁舟〔四〕。徐榻不知倦，颍川何以酬_{一作醻}〔五〕？尘生_{一作老尘}彤管笔〔六〕，寒腻黑貂裘。高义终焉在，斯文去矣休。别离同雨散〔七〕，行止各云浮〔八〕。林热鸟开口，江浑鱼掉头〔九〕。尉佗虽北拜〔一〇〕，太史尚南留〔一一〕。军旅应都息，寰区要尽收。九重思谏诤，八极念怀柔。徙倚瞻王室，从容仰庙谋。故人持雅论，绝塞豁穷愁。复见陶唐理，甘为汗漫游〔一二〕。

〔一〕言王守夔之后，民困遂苏。
〔二〕《帝王世纪》："尧时有八九十老人，击壤而歌。"
〔三〕解龟：注见十五卷。《后汉书》："侯霸为临淮太守，被征，百姓相携号哭,遮使者车,或当道而卧。"

〔四〕觅扁舟:刘真长事,见八卷。

〔五〕颍川:陈氏郡,以陈蕃比王信州也。言王今罢郡归,觅舟下榻,加礼不倦,我将何以酬之耶?黄鹤云王当得颍州,大谬。

〔六〕《诗》:"彤管有炜。"注:"彤,赤也。"公为郎官,得用赤管笔。

〔七〕曹植诗:"风流云散,一别如雨。"

〔八〕刘琨诗:"去矣若云浮。"

〔九〕林热、江浑:见别王在暑月。

〔一○〕《汉书》:"高祖使陆贾赐尉佗印,为南越王,贾说佗郊迎,北面称臣,奉汉约。高祖大悦,拜贾为大中大夫。"钱笺:"尉佗北拜,当是指崔旰辈,时旰入朝。"

〔一一〕太史南留:公自叹留滞也。

〔一二〕《淮南子》:"若士谓卢敖曰:'吾与汗漫游于九垓之外。'"《白帖》:"汗漫,仙人名。"

季夏送乡弟韶陪黄门从叔朝谒

《唐书》:"杜鸿渐以黄门侍郎、同平章事镇蜀。大历二年六月戊戌,自蜀还朝。"

令弟尚为苍水使原注:韶比兼开江使,通成都外江下峡舟船〔一〕,名家莫出杜陵人。比毗至切,一作此来相国兼安蜀,归赴朝廷已入秦。舍舟策马论兵地〔二〕,拖玉腰金报主身。莫度清秋吟蟋蟀〔三〕,早闻今本一作开黄阁郭作阁画麒麟。

〔一〕《吴越春秋》:"禹登衡岳,梦见赤绣衣男子,自称苍水使者,曰:'闻帝使文命于此,故来候之。'"

〔二〕诏出峡后,当从陆道归京师,故曰"舍舟策马"。

〔三〕《圣主得贤臣颂》:"蟋蟀俟秋吟。"

送十五弟侍御使蜀

喜弟文章进〔一〕,添余别兴牵。数杯巫峡酒,百丈内江船〔二〕。未息豺狼斗,空催犬马年。归朝多便道,搏击望秋天。

〔一〕《北史》:"卢恺作露布,帝读,大悦,曰:'恺文章大进。'"

〔二〕旧注:"水自渝上合州者,谓之内江;自渝由戎、泸上蜀者,谓之外江。"按:《通鉴》:"朱龄石伐蜀,众军从外水取成都,臧僖从中水取广汉,老弱乘高舰,从内水向黄虎。"史照《释文》云:"巴郡正对二水口,右则涪内水,左则蜀外水。内水自渝上合州至绵州,外水自渝上戎、泸至蜀。"杨用修谓:"外水即岷江,内水即涪江,中水即沱江。"

七月一日题终明府水楼二首

高栋曾轩已自凉,秋风此日洒衣裳〔一〕。翛然欲下阴山雪〔二〕,不去非无汉署香〔三〕。绝壁过云开锦绣,疏松夹_{黄作隔}水奏笙簧。看君宜着王乔履,真赐还疑出尚方_{原注:终明府,功曹也,兼摄奉节令,故有此句。伫观奏即真也}〔四〕。

〔一〕张华诗:"穆如洒清风。"
〔二〕《广志》:"代郡阴山,五月犹宿雪。"
〔三〕言水楼之凉,远胜含香粉署,所以留此不去耳。
〔四〕《汉·百官公卿表》:"少府属官,一曰尚方。"师古曰:"尚方,主作禁器物。"

宓子弹琴邑宰日〔一〕,终军弃繻英妙时〔二〕。承家节操尚不泯,为政风流今在兹。可怜宾客尽倾盖,何处老翁来赋诗?楚江巫峡半云雨,清簟疏帘看弈棋。

〔一〕《吕氏春秋》:"宓子贱治单父,身不下堂,弹鸣琴而治之。"
〔二〕《汉书》:"终军年十八,选为博士弟子。步入关,关吏与军繻,军问:'以此何为?'吏曰:'为复传还,当以合符。'军弃繻而去。后为谒者行郡国,建节东出关,关吏曰:'此乃前弃繻生也。'"《西征赋》:"终童山东之英妙。"

行官张望补稻畦水归

行官:是行田者。韩文公《答孟简书》:"行官自南回,过吉州。"盖唐时有此名目。

东屯大江北—云枕大江〔一〕,百顷平若案。六月青稻多,千畦碧泉乱。插秧适云已,引溜加溉灌。更仆往方塘,决渠当断岸〔二〕。公私各地着直略切〔三〕,浸润无天旱。主守问家臣〔四〕,分明《正异》作朋见溪畔一作伴〔五〕。芊芊炯翠羽,剡"盐"上声剡生—作向银汉〔六〕。鸥鸟镜里来,关山雪边看〔七〕。秋菰成黑米〔八〕,精凿音作,—作谷傅白粲〔九〕。玉粒足晨炊,红鲜任霞散〔一〇〕。终然添旅食,作苦期壮观。遗穗及众多,我仓戒滋漫〔一一〕。

〔一〕东屯:注见十三卷。
〔二〕《西都赋》:"决渠降雨,荷锸成云。"
〔三〕《汉书》注:"地着,谓安土也。"
〔四〕家臣:即行官张望。
〔五〕蔡兴宗曰:"耘者,必分朋曹而进,故东坡《远景楼记》谓:'耘者毕出,数百人为曹。'旧作'分明',乃字画小讹耳。"
〔六〕《籍田赋》:"碧色肃其芊芊。"《说文》:"剡,锐利貌。"《离骚》:"皇剡剡其扬灵。"
〔七〕"芊芊"二句:言苗色之青葱。"鸥鸟"二句:言畦水之明净。
〔八〕《图经本草》:"菰生水中,叶如蒲苇,又谓之茭白。中心如小儿臂者,名菰手,其苗有硬茎者,谓之菰蒋草。至秋结实,乃雕胡米也。岁饥,人以当粮。"陈藏器曰:"菰首小者,擘之,内有黑灰如墨,名乌郁,人亦食之。张翰思吴中莼菰,即此。"庾肩吾诗:"黑米生菰蒋,青花出稻苗。"
〔九〕《左传》注:"凿谓治米使白,本作繫。凡舂米一石,得三斗为精,得四斗为凿。"《汉书》注:"白粲,谓择米,使白粲粲然。"傅白粲:言以菰米傅合白粲而炊之。
〔一〇〕钱笺:"鲜于注:江浙人谓红米曰红鲜。"
〔一一〕"及众多",利于人也;"戒滋漫",啬于己也。古人之用意如此!

秋行官张望督促东渚耗稻向毕,清晨遣女奴阿稽、竖子阿段往问

东渚:即东屯。按:《说文》:"耗,本作秏,稻属,从禾,毛声,今作耗。"

《吕氏春秋》:"饭之美者,有玄山之禾、南海之秏。"督促秏稻:是言督领田禾之事。旧注:"秏,减也,谓蒲稗之能为禾害者减去之。"非是。

东渚雨今足,伫闻粳稻香。上天无偏颇,蒲稗各自长。人情见非类,田家戒其荒。功夫竞揨揨,除草置岸旁。谷者命之本,客居安可忘?青春具所务,勤垦免乱常。吴牛力容易,并驱纷游场_{吴作动莫当}〔一〕。丰苗亦已穊_{几利切,或作溉}〔二〕,云水照方塘。有生固蔓延〔三〕,静一资堤防。督领不无人,提携颇在纲〔四〕。荆扬风土暖,肃肃候微霜。尚恐主守疏,用心未甚臧。清朝遣婢仆,寄语逾崇冈。西成聚必散,不独陵我仓〔五〕。岂要仁里誉?感此乱世忙。北风吹蒹葭,蟋蟀近中堂。荏苒百工休〔六〕,郁纡迟暮伤。

〔一〕《诗》:"并驱从两狼兮。"《籍田赋》:"游场染屦。"赵曰:"'纷游场',言其多也。"

〔二〕《汉书》:"深耕穊种。"注:"穊,稠也。穊种者,言多子孙。"

〔三〕蔓延:谓蒲稗之属。

〔四〕《书》:"若网在纲。"

〔五〕《籍田赋》:"我仓如陵,我庾如坻。"

〔六〕《月令》:"霜降,百工休。"

阻雨不得归瀼西甘_{一作柑,后同}林

三伏适已过,骄阳化为霖。欲归瀼西宅,阻此江浦深。坏舟百板坼,峻岸复万寻。篙工初一弃,恐泥劳寸心。伫一

作倚立东城隅,怅望高飞禽。草堂乱玄圃〔一〕,不隔昆仑岑。昏浑衣裳外〔二〕,旷绝同曾—作层阴。园甘长成时,三寸如黄金〔三〕。诸侯旧上计〔四〕,厥贡倾千林〔五〕。邦人不足重,所迫豪吏侵〔六〕。客居暂封殖,日夜偶瑶琴。虚徐五株态〔七〕,侧塞烦胸襟。安得辍雨—作两,非足,杖藜出岖嵚?条流数上声翠实〔八〕,偃息归碧浔。拂拭乌皮几,喜闻樵牧音。令儿快搔背〔九〕,脱我头上簪。

〔一〕草堂:瀼西草堂也。

〔二〕昏浑:谓雨气。

〔三〕《南史·刘义康传》:"文帝尝冬月啖柑,叹其形味殊劣。义康还东府,取柑大三寸者供御。"梁宗炳《柑颂》:"南金其色,隋珠其形。"

〔四〕《汉书》"计偕",注:"计者,上计簿也。"

〔五〕《唐书》:"夔州岁贡柑橘。"

〔六〕赵曰:"言柑本供御,而邦人苦豪吏之侵夺,反不重之,想尔时不复多种矣。近世蜀中官取荔枝,至伐去不留,亦此类。"

〔七〕《诗》:"其虚其邪。"音徐,《尔雅》作徐。

〔八〕刘孝仪《绿李赋》:"绿珠满条流。"又云:"翠实累累。"

〔九〕《三辅决录》注:"丁邯迁汉中太守,妻弟为公孙述,将系狱,光武诏曰:'汉中太守妻,乃系南郑狱,谁当搔其背垢者?'"

又上后园山脚

此诗《草堂》本失载。

昔我游山东，忆戏东岳阳。穷秋立日观去声〔一〕，矫首望八荒。朱崖着直略切毫发〔二〕，碧海吹衣裳〔三〕。蓐收困用事〔四〕，玄冥蔚强梁〔五〕。逝水自朝宗，镇石一作名各其方。平原独憔悴〔六〕，农力废耕桑。非关一作北阙风露涧，曾是戍役伤。于时国用富，足以守边疆。朝廷任猛将，远夺戎马场。到今事反覆，故老泪万行。龟蒙不可见〔七〕，况乃复旧乡。肺萎属久战，骨出热中肠。忧来杖匣剑，更上林北冈。瘴毒猿鸟落，峡干南日黄。秋风亦已起，江汉始如汤。登高欲有往，荡析川无梁。哀彼远征人，去家死路旁。不及父祖茔，累累冢相当。

〔一〕《泰山记》："西岩为仙人石门，东岩为介丘，东南岩名日观。"

〔二〕《汉书》："武帝定越地，置珠崖郡，在南海中，亦曰朱崖。"

〔三〕《十洲记》："东有碧海，广狭浩汗与东海等，水不咸苦，正作碧色。"

〔四〕蓐收：金神，主秋。

〔五〕玄冥：水神，主冬。

〔六〕平原：犹言中原。黄鹤指德州平原郡，非也。时河北皆苦戍役，不应独举平原一郡言之。　补注：陶渊明《拟古》诗"山河满目中，平原独茫茫"，即此诗"平原"也，断非指平原郡。

〔七〕《左传》注："太山博县北有龟山。"蒙山：注见一卷。《齐乘》："蒙山在龟山东，二山连属，长八十里。"

按：开元末，公游齐、赵，有《望岳》诗。此云"忆戏东岳阳"、"穷秋立日观"，则后又尝登岱顶矣。《通鉴》："天宝九载四月，平卢范阳节度使安禄山欲以边功市宠，数侵掠奚、契丹，奚、契丹各杀公主以叛，禄山讨破之。"此诗"平原"、"戍役"、"猛将"、"戎马"等语，正指当时之事。《年谱》："是岁公在齐州。"其登泰山,则在秋冬之交也。

甘　林

舍舟越西冈,入林解我衣。青刍适马性,好鸟知人归。晨光映远岫,夕露见日晞。迟暮少寝食,清旷喜荆扉。经过倦俗态,在野无所一云或违。试问甘藜藿,未肯羡轻肥。喧静不同科,出处各天机。勿矜朱门是,陋此白屋非。明朝步邻里,长老可以依。时危赋敛数色角切,脱粟为尔挥。相携行豆田,秋花蔼菲菲。子实不得吃〔一〕,货市送王畿。尽添军旅用,迫此公家威。主人长跪问他本皆作辞,戎马何时稀？我衰易悲伤,屈指数上声贼围。劝其死王命,慎莫远奋飞〔二〕。

〔一〕子实：言豆子成实。
〔二〕远奋飞：言逃亡远去。

按：《旧书》："大历元年三月,税青苗地钱,命御史府差使征之。又用第五琦什亩税一法,编户流亡。二年九月,吐蕃寇灵州、邠州,诏郭子仪率师镇泾阳,京师戒严。"故有"时危赋敛数"及"货市送王畿"、"戎马何时稀"等句。

暇日小园散病,将种秋菜,督勤_{郭作勒}耕牛,兼书触目

不爱入州府,畏人嫌我真。及乎归茅宇—云及归在茅屋,旁舍未曾嗔。老病忌—作恐拘束,应接丧精神。江村意自放,林木心所欣。秋耕属地湿,山雨近甚匀。冬菁饭之半〔一〕,牛力晚—作晓来新。深耕种数亩,未甚后四邻。嘉蔬既不一,名数颇具陈。荆巫非苦寒,采撷接青春。飞来两白鹤,暮啄泥中芹。雄者左翻垂,损伤已露—作及筋。一步再流血,尚经—作惊,是矰缴勤。三步六号叫,志屈悲哀频。鸾凰不相待,侧颈诉高旻。杖藜俯沙渚,为汝鼻酸辛〔二〕。

〔一〕《南都赋》"秋韭冬菁",注:"菁,蔓菁也。"陈藏器《本草》:"芜菁,北人名蔓菁,蜀人呼为诸葛菜,比诸蔬,其利其博。"

〔二〕"飞来白鹤"以下皆是兴,序所云"兼书触目"也。蔡曰:"古乐府《艳歌何尝行》,一曰《飞鹄行》:'飞来双白鹄,乃从西北来。十十五五,罗列成行。妻卒被病,行不能相随。五里一反顾,六里一徘徊。我欲衔汝去,口噤不能开。我欲负汝去,毛羽何摧颓。乐哉新相知,忧来生别离。踌躇顾群侣,泪下不自知。'此诗全用《艳歌行》四解之意。"

雨

山雨不作泥,江云薄为雾。晴飞半岭鹤,风乱平沙树。

明灭洲景微,隐见岩姿露。拘闷出门游,旷绝经目趣。消中日伏枕,卧久尘及屦。岂无平肩舆？莫辨望乡路。干戈浩未息,蛇虺反相顾。悠悠边月破,郁郁流年度〔一〕。针灸阻朋曹,糠籺胡骨切,一作覈对童孺。一命须屈色,新知渐成故。穷荒益自卑,飘泊欲谁诉？尪羸愁应接,俄顷恐违迕。浮俗何万端,幽人有高步。庞公竟独往〔二〕,尚子终罕遇〔三〕。宿留洞庭秋〔四〕,天寒潇湘素。杖策可入舟,送此齿发暮〔五〕。

〔一〕沈佺期诗："别离频破月,容鬓骤催年。"
〔二〕庞德公：见五卷。
〔三〕《高士传》："尚子平敕断家事,与禽庆俱游五岳名山,不知所终。"
〔四〕《郊祀志》"宿留海上",注："宿留,谓有所须待也。"
〔五〕言将送老于潇湘、洞庭之间。时公欲出峡下荆南,故云然。

听杨氏歌

佳人绝代歌,独立发皓齿。满堂惨不乐,响下清虚一作浮云里。江城带素月,况乃清夜起。老夫悲暮年,壮士泪如水。玉杯久寂寞,金管迷宫徵〔一〕。勿云听者疲,愚智心尽死。古来杰出士一作事,岂待黄作特一知己？吾闻昔秦青,倾侧一云倒天下耳〔二〕。

〔一〕"玉杯"二句：言听其歌者,为之停杯不饮,即金管亦失次而不能奏也。

〔二〕《列子》："薛谭学讴于秦青，未穷青之技，遂辞归。青饯于之郊衢，抚节悲歌，声振林木，响遏行云。谭乃谢，求反，终身不敢言归。"

秋风二首

秋风淅淅吹巫山，上牢下牢修水关〔一〕。吴樯楚柂牵百丈〔二〕，暖向神—作成都寒未还〔三〕。要路何日罢长戟？战自青羌连白—作百，非蛮〔四〕。中巴不得—作曾消息好〔五〕，暝传戍鼓长云间。

〔一〕《唐书》："峡州夷陵郡，本治下牢戍，在夷陵县西北二十八里。贞观九年，徙治步阐垒。"《十道志》："三峡口地曰峡州。上牢、下牢，楚、蜀分畛。"旧注："上牢，巫峡；下牢，夷陵。"

〔二〕百丈：注见十二卷。

〔三〕《魏·李冲传》："廓神都以延王业。"《唐书》："光宅元年，号东都曰神都。"按：此云"牵百丈"，以上峡者言之，疑作"成都"为是。

〔四〕《后出师表》："賨叟、青羌、散骑、武骑一千馀人。"《通鉴》注："青羌，羌之一种。"《水经注》："青衣县，故有青衣羌国也。县有蒙山，青衣水所发。"《唐书》："嘉州本梁青州，州有青衣水。"《唐会要》："东谢蛮，在黔州之西数百里，北至白蛮。"《唐书·南蛮传》："弄栋蛮，白蛮种也。其部本居弄栋县鄙地，后散居磨些江侧。"

〔五〕中巴：注见十三卷。

秋风淅淅吹我衣，东流之外西日微。天清—作晴小城捣练急，石古细路行人稀。不知明月为谁好，早晚孤帆他—作也夜归？会将白发倚庭树，故园池台今是非。

见萤火

巫山秋夜萤火飞，疏帘巧入坐人衣。忽惊屋里琴书冷，复乱檐边星宿稀。却绕井栏添个个，偶经花蕊弄辉辉。沧江白发愁看汝，来岁如今归未归。

溪　上

峡内淹留客，溪边四五家。古苔—作苔生迮—作湿，又作窄地，秋竹隐疏花。塞俗人无井，山田饭有沙。西江使船至，时复问京华。

树　间

岑寂双甘树，婆娑一院香。交柯低几杖，垂实碍衣裳。满岁如松碧，同时待菊黄〔一〕。几回沾叶晋作落露，乘月坐胡床〔二〕。

〔一〕松碧：交柯之色。菊黄：垂实之时。
〔二〕《演繁露》："今之交床，本自虏来，始名胡床，隋改为交床，唐时又名绳床。"

白 露

白露团甘子,清晨散马蹄。圃开连石树,船渡入江溪。凭几看鱼乐,回鞭急鸟栖〔一〕。渐知秋实美,幽径恐多蹊。

〔一〕鸟栖:言日已夕。

雨

万木云深隐,连山雨未开。风扉掩不定,水鸟过_{一作去}仍回。鲛馆如鸣杼〔一〕,樵舟岂伐枚〔二〕?清凉破炎毒,衰意欲登台。

〔一〕《江赋》:"鲛人构馆于悬流。"
〔二〕《诗》"伐其条枚",注:"枝曰条,干曰枚。"

夜 雨

小雨夜复密,回风吹早秋。野凉侵闭户,江满带维舟。通籍恨_{陈作限}多病,为郎忝薄游〔一〕。天寒出巫峡,醉别仲宣楼〔二〕。

〔一〕夏侯湛《东方朔画赞序》:"以为浊世不可富乐也,故薄游以取位。"
〔二〕言北归也。

更　题

只应踏初雪,骑马发荆州。直怕巫山雨,真伤白帝秋。群公苍玉佩〔一〕,天子翠云裘〔二〕。同舍晨趋侍,胡为淹此一云此滞留?

〔一〕《礼记》:"大夫佩水苍玉而纯组绶。"《六典》:"珂,三品以上九子,四品七子,五品五子。佩,一品山玄玉,五品以上水苍玉。"
〔二〕宋玉《讽赋》:"主人之女,翳承日之华,被翠云之裘。"

舍弟观归蓝田迎新妇,送示二首

汝去迎妻子,高秋念却回。即今萤已乱,好与雁同来〔一〕。东望西江永旧作水,赵定作永〔二〕,南游北户开〔三〕。卜居期静处,会有故人杯。

〔一〕《月令》:"八月鸿雁来。"
〔二〕蜀江从西来,夔为楚上游,正蜀江尽处,故曰"西江永"。

〔三〕《尔雅》注:"觚竹在北,北户在南。"《吴都赋》:"开北户以向日。"

时观归蓝田,必东出瞿唐峡。又将卜居江陵,江陵在蓝田之南,故言我送汝东下,但见西江之永;待汝南来,当为北户之开,望之之切也。下二句预言卜居乐事,应与后寄观诗参看。

楚塞难为路—作别,蓝田莫滞留。衣裳判普官切,正作拌白露,鞍马信清秋。满峡重江水〔一〕,开帆八月舟〔二〕。此时同一醉,应在仲宣楼。

〔一〕蜀江非一,故曰"重江"。
〔二〕开帆:公自言欲出峡之江陵。

第五弟丰独在江左,近三四载寂无消息,觅使寄此二首

乱后嗟吾在,羁栖见汝难。草黄骐骥病,沙晚—作晓鹡鸰寒。楚设关城险〔一〕,吴吞水府宽。十年朝夕泪,衣袖不曾干。

〔一〕《史记》:"蜀伐楚,楚为扞关以距之。"《后汉·郡国志》:"巴郡鱼复县,有扞关。"《岑彭传》:"公孙述遣将,乘枋箄,下江关。"注:"旧在赤甲城,后移在江南岸,对白帝城故基。"

闻汝依山寺,杭州定越州〔一〕?风尘淹别日,江汉失—作

共，非清秋。影着啼猿树，魂飘结蜃楼〔二〕。明年下春水，东尽白云求。

〔一〕《唐书》："杭州馀杭郡，越州会稽郡，俱属江南西道。"言汝依杭州山寺耶？抑定是越州耶？

〔二〕《史·天官书》："海旁蜃气象楼台，广野气成宫阙。"陈藏器《本草》："车螯是大蛤，一名蜃，能吐气为楼台。海中春夏间，依约岛溆，常有此气。"赵曰："上是己所在之处，故云'影着'；下是丰所在之处，故云'魂飘'。"

送李功曹之荆州充郑侍御判官重赠

曾闻宋玉宅，每欲到荆州〔一〕。此地生涯晚，遥悲水国秋。孤城一柱观，落日九江流。使者虽光彩，青枫远自愁。

〔一〕《水经注》："宜城城南有宋玉宅，玉邑人，隽才辩给，善属文而识音也。"《西溪丛语》："唐余知古《渚宫故事》曰：'庾信因侯景之乱，自建康遁归江陵，居宋玉故宅。宅在城北三里，故其赋曰："诛茅宋玉之宅，穿径临江之府。"老杜云"曾闻宋玉宅，每欲到荆州"，李义山亦云"可怜留著临江宅，异代应教庾信居"是也。然子美移居夔州，《入宅》诗云"宋玉归州宅，云通白帝城"，又有"江山故宅"之咏，盖归州亦有宋玉宅也。'"

送王十六判官

客下荆南尽，君今复入舟。买薪犹白帝，鸣橹少一作已沙头〔一〕。衡霍生春早,潇湘共海浮〔二〕。荒林庾信宅〔三〕,为仗主人留。

〔一〕旧注:"江陵吴船至,泊于郭外沙头。"钱笺:"《方舆胜览》:'沙头市去江陵城十五里。'《入蜀记》:'过白湖,抛江,至升子铺,日入,泊沙市。自公安至此六十里,自此至荆南,陆行十里,舟不复进矣。老杜云"买薪犹白帝,鸣橹已沙头",又刘梦得云"沙头樯竿上,始见春江阔",皆谓此也。'"

〔二〕《尔雅》疏:"衡山一名霍山。"赵曰:"皮日休以霍之本地自在寿州,作《霍山赋》上之,中云:'自汉之后,始易吾号,而归于衡。'公今所云'衡霍'乃是衡山,故与'潇湘'作对,盖王自江陵而适湖南也。"

〔三〕庾信宅:在江陵,即宋玉宅也。

送李八秘《英华》作校书赴杜相公幕

按史:鸿渐还朝,仍以平章事领山、剑副元帅,故称"相公幕"。

青帘白舫益州来,巫峡秋涛天地回。石出倒听枫叶下〔一〕,橹摇背一作皆,非指菊花开。贪趋相府今晨发,恐失佳期后命催。南极一星朝北斗〔二〕,五云多处是三台〔三〕。

〔一〕石出:滟滪堆水落则出也。杨慎曰:"'倒听枫叶下'与包佶诗'波影倒江枫'同意。"

〔二〕南极一星:谓李秘书,秘书从南楚而往,故以称之。

〔三〕三台:谓杜相公。

赠李八秘书别三十韵

往时中补右，扈跸上元初〔一〕。反气凌行在，妖星下直庐〔二〕。六龙瞻汉殿一作阙，万骑集一作略姚一作妫墟〔三〕。玄朔回天步〔四〕，神都忆帝车〔五〕。一戎才汗马，百姓免为鱼。通籍蟠螭印〔六〕，差肩列凤舆〔七〕。事殊迎代邸，喜异赏朱虚〔八〕。寇盗方归顺，乾坤欲晏如。不才同补衮，奉诏许牵裾。鸳鹭叨云阁〔九〕，骐骥俗本作麒麟滞玉除一作石渠，赵云：当以石渠为正〔一〇〕。文园多病后，中散旧交疏。飘泊哀相见，平生意有余。风烟巫峡远，台榭楚宫虚。触目非论故〔一一〕，新文尚起予〔一二〕。清秋凋碧柳，别浦落红蕖〔一三〕。消息多旗帜，经过叹里闾〔一四〕。战连唇齿国，军急羽毛书〔一五〕。幕府筹频问原注：山剑元帅杜相公，初屈幕府参筹画，相公朝谒，今赴后期也。山家药正锄原注：秘书比卧青城山中。台星入朝谒，使节有吹嘘〔一六〕。西蜀黄作属灾长弭，南翁愤始摅〔一七〕。对敌扬同抗旧作坑，非士卒〔一八〕，干没费仓储。势藉兵须用，功无礼忽诸〔一九〕。御鞍金騕褭，宫砚玉蟾蜍〔二〇〕。拜舞银钩落，恩波锦帕舒〔二一〕。此行非不济，良友昔相于〔二二〕。去棹吴作帆，去声依颜色，沿流想疾徐〔二三〕。沉绵疲井臼〔二四〕，倚薄似樵渔。乞上声米烦佳客，钞诗听小胥〔二五〕。杜陵斜晚照，潏水带寒淤〔二六〕。莫话清溪发，萧萧白映梳。

〔一〕"中补"二句：未详。或曰：公肃宗初拜左拾遗，此谓"中补右"者，必李秘书于是时官右补阙也。"中"者，右补阙属中书省也。唐制：左右补阙、拾遗,掌供奉、讽谏,扈从乘舆。"扈跸上元初"谓扈跸于主上之初元,非如《寄题草堂》诗所云"经营上元初"也。

〔二〕陆机诗:"厌直承明庐。"萧子云有《岁暮值庐赋》。

〔三〕《汉书》:"《世本》妫虚,在汉中郡西城县西北,舜之居。"《帝王世纪》:"安原谓之妫虚,或谓之姚墟。" 肃宗驻跸凤翔,凤翔与汉中接境,故曰"万骑略姚墟"。

〔四〕肃宗先即位灵武,灵武在朔方,故曰"玄朔回天步"。

〔五〕《史·天官书》:"斗为帝车,运于中央,临制四方。"索隐曰:"宋均云:言是大帝乘车巡狩,故无所不纪。" 忆帝车:言都人皆忆乘舆所在也。

〔六〕蔡邕《独断》:"玺者,印也。印者,信也。天子玺以玉螭虎纽,古者尊卑共之。"

〔七〕王僧孺书:"抗首接膝,履足差肩。"沈佺期诗:"黄阁谬差肩。"

〔八〕《汉·文帝纪》:"群臣奉天子法驾,迎代王于代邸,入未央宫,即皇帝位,益封朱虚侯二千户,赐金千斤。"蔡曰:"朱虚侯乃齐悼惠王之子,李秘书必宗室,故以比之。"《杜诗博议》:"'赏异朱虚',惜其不得殊擢。或以为讥肃宗,非也。"

〔九〕云阁:注见十五卷。

〔一〇〕《三辅故事》:"天禄阁、石渠阁,并在未央宫大殿北,以藏秘书。""叨云阁",公自谓;"滞石渠",谓李秘书。盖李自右补阙迁秘书省也。

〔一一〕非论故:言无可与道故者。

〔一二〕《韵会》:"余,旧韵亦作予。予本无余音。"《刊谬正俗》曰:"《曲礼》'予一人',郑康成注云:'余、予,古今字。'因郑此说,近代学者遂皆读予为余。"今公以"起予"叶平声用,盖从后人读耳。

〔一三〕旧注:"'清秋'二句,纪与李相见之时。"

〔一四〕叹里闾:叹其凋敝也。

〔一五〕战连、军急:言崔旰与杨、柏及张献诚相攻。

〔一六〕台星、使节:皆谓杜鸿渐。秘书当因鸿渐表荐入朝,故下皆言奏对之事。

〔一七〕旧注:"南翁,南楚老人也。" 补注:南翁,犹《项羽传》所称"南公"也,古公、翁二字通用。

〔一八〕《上林赋》:"抏士卒之精,费府库之财,而无德厚之恩。"善曰:"抏,损也,音玩。"吴曾《漫录》:"抏,挫也,吾官切。"按:《平准书》"百姓抏弊以巧法",《索隐》曰:"《三苍》:抏,音五官切。抏者,耗也。"取此音以释此诗,于义甚当。王褒《讲德论》"惊边杌士,屡犯乌茂",铣曰:"杌,动也。"恐亦是"抏士"讹为"杌"耳。

〔一九〕《张汤传》:"始为小吏干没。"正义谓:"无润及之,而取他人也。"言秘书今入对,当以师老财匮为言。盖全蜀之势,今方藉兵,不得不用,而诸将冒功无礼,如所谓"抏士卒"、"费仓储"者,其可忽之而不问乎?是时崔旰虽归朝,而杨子琳未释甲,蜀中所在聚兵,军储耗蠹,故公因秘书赴幕而及之,言外亦暗规鸿渐。

〔二〇〕《西京杂记》:"广川王发晋灵公冢,得玉蟾蜍一枚,大如拳,腹空,容五合水,光润如新玉,取以盛水滴砚。"

〔二一〕锦帕:即锦幪,马鞍饰。言秘书此行,将承恩赐马,有锦帕之舒,且入直侍书,见银钩之落也。次公指杜相公言,于上下语势不接。

〔二二〕焦贡《易林》:"患解忧除,良友相于。"

〔二三〕想疾徐:想像其舟行之疾徐也。

〔二四〕《冯衍传》:"儿女常自操井臼。"

〔二五〕小胥:小吏也。

〔二六〕杜陵、潏水:公故居所在。

别李秘书始兴寺所居

不见秘书心若失,及见秘书失心疾。安为动主理信然,我独觉子神充—作精神实。重闻西方止旧本多作之,杜田作正,黄鹤定作止,今本多从之观经[一],老身古寺风泠泠。妻儿待我陈作米且归去,明日杖藜来细听。

〔一〕黄希曰:"《摩诃止观》,陈、隋间国师天台智者所说,凡十卷。"按:李华《左溪大师碑》:"慧文禅师学龙树法,授慧思大师,南岳祖师是也。思传智者大师,天台法门是也。智者传灌顶大师,灌顶传缙云威大师,缙云传东阳威大师,左溪是也。左溪所传,《止观》为本,祇树园内常闻此经。"此诗"止观经",明白可据。旧本"止"讹作"之",音相近耳。杜田引《无量寿经》"正观""邪观"语,或又疑《止观》非经,谓是观经者,皆非也。

君不见简苏徯

君不见道边废弃池,君不见前者摧折桐[一]。百年死树中琴瑟[二],一斛旧水藏蛟龙。丈夫盖棺事始定,君今幸未成老翁,何恨憔悴在山中?深山穷谷不可处,霹雳魍魉兼一作并狂风。

〔一〕《七发》:"龙门之桐,其根半死半生。"
〔二〕庾信《拟连珠》:"龙门死树,尚抱咸池之曲。"

赠苏四徯

异县昔同游,各云厌转蓬。别离已五年,尚在行李中。

戎马日衰息，乘舆安九重。有才何栖栖？将老委所穷〔一〕。为郎未为贱，其奈疾病攻。子何面黧黑，焉得豁心胸？巴蜀倦剽劫，下愚成土风。幽蓟已削平，荒徼尚弯弓。斯人脱身来，岂非吾道东〔二〕？乾坤虽宽大，所适装囊空。肉食哂菜色，少壮欺老翁。况乃主客间，古来偪侧同。君今下荆扬，独帆如飞鸿。二州豪侠场，人马皆自雄。一请甘饥寒，再请甘养蒙。

〔一〕委所穷：言困穷委之于命也。
〔二〕《马融传》："郑玄辞归，融曰：'郑生今去，吾道东矣。'"

别苏徯 原注：赴湖南幕

故人有游子，弃掷傍天隅。他日怜才命，居然屈壮图。十年犹塌翼，绝倒为惊呼〔一〕。消渴今如此黄作在，提携愧老夫。岂知台阁旧〔二〕，先陈作洗拂凤凰雏。得实俗本作食，非翻苍竹〔三〕，栖枝把翠梧。北辰当宇宙，南岳据江湖。国带烟尘色，兵张虎豹符〔四〕。数论封内事，挥发府中趋〔五〕。赠尔一作汝秦人策〔六〕，莫鞭辕下驹〔七〕。

〔一〕《世说》："卫玠谈道，平子绝倒。"
〔二〕公为拾遗时，徯父在台阁，故曰"台阁旧"。按史：肃宗收京，苏源明擢考功郎中、知制诰，岂徯乃源明之子耶？
〔三〕《庄子》："凤凰非梧桐不栖，非竹实不食。"

〔四〕《汉书》音义:"铜虎符,第一至第五,发兵则遣使者至郡合之。"
〔五〕古乐府:"盈盈公府步,冉冉府中趋。"
〔六〕《左传》:"秦伯使士会行,绕朝赠之以策。"注:"策,马挝也。"
〔七〕《汉·灌夫传》:"上怒内史,曰:'今日廷论,局趣效辕下驹。'"应劭曰:"驹者,驾著辕下。"张晏曰:"俯头于车辕下,随母而已。"

别崔潩,因寄薛据、孟云卿 原注:内弟潩赴湖南幕职

志士惜妄动,知深_{陈作深如}难固辞。如何久磨砺?但取不磷缁。夙夜听忧主,飞腾急济时。荆州过_{一作遇}薛孟,为报欲论诗。

巫峡弊庐奉赠侍御四舅别之澧朗

《唐书》:"澧州澧阳郡,朗州武陵郡,俱属江南西道,天宝初割属山南东道。"《一统志》:"澧州今属岳州府,朗州今为常德府。"

江城秋日落,山鬼闭门中。行李淹吾舅,诛茅问老翁。赤眉犹世乱,青眼只途穷。传语桃源客,人今出处同〔一〕。

〔一〕桃源在朗州,故有末句。

孟 氏

公有《过孟十二仓曹十四主簿兄弟》诗。

　孟氏好兄弟,养亲惟小园。承颜胼手足,坐客强盘飧。负米夕_{晋作寒},他本作力,非葵外,读书秋树根。卜邻惭近舍,训子学_{一作觉,非}先_{一作谁}门〔一〕?

〔一〕 末使孟母择邻事。

吾宗_{原注:卫仓曹崇简}

　吾宗老孙子,质朴古人风。耕凿安时论,衣冠与世同。在家常早起,忧国愿年丰。语及君臣际,经书满腹中〔一〕。

〔一〕《赵壹传》:"文籍虽满腹,不如一囊钱。"

杜工部诗集卷之十七

大历中，公居夔州作。

寄薛三郎中據

《唐会要》："天宝六年，风雅古调科，薛據及第。"韩愈《薛公达墓志》："父據，为尚书郎中，赠给事中。"按：《唐诗纪事》云"據终礼部侍郎"，与韩《志》不合。

人生无贤愚，飘飘若埃尘。自非得神仙，谁免危《英华》作克免其身？与子俱白头，役役一作没没常苦辛。虽为尚书郎，不及村野人。忆昔村野人，其乐难具陈。蔼蔼桑麻交，公侯为等伦。天未厌戎马，我辈本长贫。子尚客荆州，我亦滞江滨。峡中一卧病，疟疠终冬春。春复加肺气，此病盖有因。早岁与苏郑，痛饮情相亲。二公化为土，嗜酒不失真。余今委修短，岂得恨命屯？闻子心甚壮，所过信席珍。上马不用扶，每一作忽扶必怒嗔。赋诗宾客间，挥洒动八垠。乃知盖代手，才力老益神[一]。青草洞庭湖，东浮沧海漘。君山可避暑，况足采白蘋。子岂无扁舟，往复江汉津？我未下瞿唐，空念禹功一作勤。听说松门峡，吐药揽衣巾。高秋却束带，鼓枻视青旻。凤池日澄碧，济济多士新。余病不能起，健者勿逡巡[二]。上有明哲君，下有行化臣。

〔一〕殷璠曰①:"據为人骨鲠,兼有气魄,其文亦尔。"
〔二〕《袁绍传》:"董卓欲废立,绍勃然曰:'天下健者,岂惟董公?'"

奉酬薛十二丈判官见赠

忽忽峡中睡,悲—作秋风方一醒。西来有好鸟〔一〕,为我下青冥。羽毛净白雪,惨澹飞云汀。既蒙主人顾,举翮唳孤亭。持—作特以比佳士,及此慰扬舲〔二〕。清文动哀玉〔三〕,见道发新硎。欲学鸱夷子,待勒燕山铭〔四〕。谁重斩邪吴、郭作断蛇,黄作斩郲剑—云国重斩邪剑〔五〕,致君君未听。志在麒麟阁,无心云母屏〔六〕。卓氏近新寡,豪家朱门—作户扃。相如才《英华》作琴调逸〔七〕,银汉会双星〔八〕。客来洗粉黛〔九〕,日暮拾流萤〔一〇〕。不是无膏火,劝郎勤六经。老夫自汲涧,野水日泠泠。我叹黑头白,君看银印青〔一一〕。卧病识山鬼,为农知地形。谁矜坐锦帐〔一二〕,苦厌食鱼腥。东西两岸晋作岸两圻,横—作积水注沧溟。碧色忽—云苦惆怅,风雷搜百灵。空中右—作有白虎,赤节引娉婷。自云帝里—作季女〔一三〕,噢苏困切雨凤凰翎〔一四〕。襄王薄行迹〔一五〕,莫学冷如丁—作冰,一云令威丁〔一六〕。千秋一拭泪,梦觉古效切有微馨。人生相感动,金石两青荧。丈人但安坐〔一七〕,休辩渭与泾。龙蛇尚格斗,洒血暗郊坰。吾闻聪明主,治—作活国用轻刑。销兵铸农器,今古岁方宁。文—作天王日俭德,俊乂始盈庭。荣华贵少壮,岂食楚江萍〔一八〕?

---

① "殷璠",底本作"商璠",按此注所引见于殷璠《河岳英灵集》,据改。

〔一〕西来好鸟：用王母事，见十三卷。

〔二〕慰扬舲：慰己出峡之怀也。

〔三〕旧注："徐陵赋：哀玉发于新声。"

〔四〕《后汉书》："窦宪大破北单于于稽落山，命中护军班固作《燕然山铭》，勒石纪功。"

〔五〕蔡曰："'斩邪'用朱云请剑斩佞臣头事。若作'断蛇'，恐非人臣可用。"按："斩蛇剑"，《同谷七歌》已用之，唐人使事不如此拘泥。黄鹤以上有"燕山铭"，下有"麒麟阁"句，疑用陈汤斩郅支单于事，亦不然。

〔六〕《西京杂记》："赵飞燕为后，女弟昭仪遗云母屏风、琉璃屏风。"

〔七〕《司马相如传》："相如初游临邛，富人卓氏女文君新寡，善琴，相如因以琴心挑之，遂为夫妇。"

〔八〕双星：牛、女二星也。

〔九〕《梁鸿传》："孟光初傅粉黛，后更为椎髻，着布衣，操作而前。"

〔一〇〕拾流萤：用车胤事，见一卷。

〔一一〕银印：见十二卷。旧注："'银印青'，谓印有青荧之色。"

〔一二〕《汉官仪》："尚书郎入直，官供锦继被，给帐帷，茵褥、通中枕。"

〔一三〕《水经注》："宋玉谓天帝之季女名曰瑶姬，未行而亡，封于巫山之台。所谓巫山之女，高唐之姬，朝为行云，暮为行雨。"

〔一四〕《神仙传》："栾巴噀酒为雨，灭成都火。"《列仙传》："秦穆公女弄玉，妻萧史，后乘凤凰飞去。"

〔一五〕张协诗："房栊无行迹。"

〔一六〕旧注："'冷如丁'用丁令威化鹤千年来归事。"

〔一七〕古乐府："丈人且安坐，调弦未遽央。"

〔一八〕《家语》："楚昭王渡江，有一物大如斗，圆而赤，取之以问孔子，曰：'此萍实也，吾昔过陈，闻童谣曰：楚王渡江得萍实，大如斗，赤如日，剖而食之甜如蜜。'"

冯班曰："此诗初似不可解，再四读之，略得其旨。首云'好鸟西来'，言薛判官有赠诗之及也。'清文'以下，序薛来诗之意，言方欲学鸱夷伯越，勒铭燕然，惜利器如断蛇之剑，不为时君所知，然志在立功，岂溺情于云母屏之乐者哉？疑薛有临邛之遇，致诗于公以自明，故为序其意如此。下遂言薛有相如之逸才，得卓女于豪家，方洗粉黛，拾流萤，相勉以勤学，非风流放诞者比也。又言我在峡中，辛苦为农，犹不免结梦阳台，有襄王之遇。盖精灵感动，金石为开，人固能无情乎？特戏言以解之耳。末言薛不必苦辨清浊，但当乘时立功，自致荣华而已，相如之事，不足讳也。"

寄狄明府博济

梁公曾孙我姨弟[一]，不见十年官济济。大贤之后竟陵迟，浩荡古今同一体。比看伯叔四十人，有才无命百僚底[二]。今者兄弟一百人，几人卓绝秉周礼[三]？在汝更用文章为，长兄白眉复天启[四]。汝门请从曾翁_{一云公}说，太后当朝多巧计。狄公执政在末年，浊河终不污清济。国嗣初将付诸武，公独廷诤守丹陛。禁中决册_{陈浩然作册决}请_{一作诏}房陵，前_{一作满}朝长老皆流涕[五]。太宗社稷一朝正，汉官威仪重昭洗。时危始识不世才，谁谓荼苦甘如荠？汝曹又宜列土_{一作鼎}食，身使门户多旌棨[六]。胡为飘泊岷汉间，干谒王侯颇历抵_{一作诋}？况乃山高水有波，秋风萧萧露泥泥。虎之饥，下巉岩。蛟之横，出清泚。早归来，黄土污衣_{浩然作人}眼易眯_{音米}[七]。

〔一〕《狄仁杰传》："仁杰圣历三年卒，中宗即位，赠司空，睿宗又封梁国公。"

〔二〕百僚底：言官居百僚之下也。

〔三〕《左传》:"鲁犹秉周礼,未可动也。"

〔四〕《蜀志》:"马良,字季常,兄弟五人,并有才名。谚曰:'马氏五常,白眉最良。'良眉中有白毛,故以为称。"

〔五〕《唐书》:"武后革唐为周,废中宗为庐陵王,迁于房州,欲以武三思为太子。仁杰数谏,且曰:'子母、姑侄,孰亲?若立三思,庙不祔姑。'后悔悟,即日迎中宗还宫。"

〔六〕《汉书》注:"褮,有衣之戟,以赤黑缯为之。"谢朓诗:"载笔陪旌褮。"

〔七〕《字林》:"眯,物入眼为病也。"《庄子》:"簸糠眯目,则天地四方易位矣。"

寄韩谏议注

今我不乐思岳阳,身欲奋飞病在床。美人娟娟隔秋水,濯足洞庭望八荒。鸿飞冥冥日月白,青枫叶赤天雨_{去声}霜〔一〕。玉京群帝集北斗〔二〕,或骑麒麟翳凤皇〔三〕。芙蓉旌旗_{一作麾}烟雾乐_{今本一作落},影动倒景摇潇湘〔四〕。星宫之君醉琼浆〔五〕,羽人稀少不在旁〔六〕。似闻昨者_{郭作夜}赤松子〔七〕,恐是汉代韩张良〔八〕。昔随刘氏定长安,帷幄未改神惨伤。国家成败吾岂敢?色难腥腐餐风_{旧本同,黄作枫}香〔九〕。周南留滞古所_{一作莫}惜〔一〇〕,南极老人应寿昌〔一一〕。美人胡为隔秋水?焉得置之贡玉堂!

〔一〕鲍照诗:"北风驱雁天雨霜。"

〔二〕《灵枢金景内经》:"下离尘境,上界玉京元君。"注:"玉京者,无为之天也。东西南北，各有八天，凡三十二天，盖三十二帝之都也。玉京之下，乃昆仑北都。"《太霄隐书》："无上大道君，治无极大罗天中。玉京之上，七宝玄台，金床玉几。"《晋·天文志》："北斗七星，在太微北，人君之象，号令之主。"

〔三〕《集仙录》："群仙毕集，位高者乘鸾，次乘麒麟，次乘龙，鸾鹤每翅各大丈馀。"《甘泉赋》："登凤凰兮翳华芝。"注："翳，蔽也。"

〔四〕《汉·郊祀志》："登遐倒景。"如淳曰："在日月之上，反从下照，故其景倒。"相如《大人赋》："贯列缺之倒景。"注引《陵阳子明经》曰："列缺气去地二千四百里，倒景气去地四千里，其景皆倒在下。"

〔五〕《楚词》："华酌既陈，有琼浆些。"《真诰》："羽童捧琼浆。"

〔六〕《楚词》："仍羽人于丹丘兮。"注："羽人，飞仙也。"

〔七〕《张良传》："愿弃人间事，从赤松子游耳。"《列仙传》："赤松子，神农时雨师，能入水自烧。"

〔八〕陆机《高祖功臣颂序》："太子少傅、留文成侯韩张良。"

〔九〕《邓通传》："太子齰痈而色难之。"鲍照《升天行》："何时与尔曹，啄腐共吞腥。"《鹤林玉露》："'餐风香'，解者不晓所出。予观佛书云：'凡诸所嗅，风与香等。'意杜用此。"按：范成大诗"悬知仙骨有青冥，风香久已涤膻腥"，亦作"风香"用。旧注引《南史》"任昉营佛斋，调枫香二石"，作"枫"，亦通。

〔一〇〕周南：注见八卷。

〔一一〕《晋书》："老人一星，在弧南，一曰南极，常以秋分之旦见于丙，春分之夕没于丁，见则治平，主寿昌。"

韩谏议，不可考，其人大似李泌，必肃宗收京时尝与密谋，后屏居衡湘，修神仙羽化之道，公思之而作。"似闻"以下，美其功在帷幄，翛然远引。"周南"以下，惜其留滞秋水，而不得大用也。或疑韩谏议乃韩休之子汯，讹作"注"，又云此诗为李泌隐衡山而作，其说牵合难从。

秋野五首

秋野日疏旧作蔬,非。一作荒芜〔一〕,寒江动碧虚。系舟蛮井络一作路〔二〕,卜宅楚村墟。枣熟从人打,葵荒欲自锄。盘飧老夫食,分减及溪鱼。

〔一〕谢朓诗:"邑里向疏芜。"
〔二〕扬雄《蜀都赋》:"稽乾度则井络储精。"左思《蜀都赋》:"岷山之精,上为井络。"注:"岷山之地,上为东井维络也。"

易识浮生理,难教一物违。水深鱼极乐,林茂鸟知归。吾蔡云疑作衰老甘贫病,荣华有是非。秋风吹几杖,不厌北山薇。

礼乐攻吾短,山林引兴长。掉头纱帽侧,曝背竹书光〔一〕。风落收松子,天寒割蜜房〔二〕。稀疏小红翠,驻屐近微香。

〔一〕竹书:竹简书也。执书以曝日,故云"竹书光"。
〔二〕左思《蜀都赋》:"蜜房郁毓被其阜。"注:"蜜房,蜂窠房也。"

远岸秋沙白,连山晚照红。潜鳞输骇浪〔一〕,归翼会高风〔二〕。砧响家家发〔三〕,樵声个个同。飞霜任青女〔四〕,赐被隔南宫〔五〕。

〔一〕《南都赋》:"川渎则箭驰风疾,长输远逝。"注:"输,泻也。"《江赋》:"骇浪暴洒,惊波飞薄。"

〔二〕魏文帝诗:"适与飘风会。"

〔三〕谢惠连诗:"櫩高砧响发。"

〔四〕《淮南子》:"秋三月,青女乃出,以降霜雪。"高诱注:"青女,天神,青腰玉女,主霜雪也。"

〔五〕《后汉书》:"药崧家贫,为郎,常独直台上,无被,枕杜。帝闻而嘉之,诏给帷被皁袍。"

身许麒麟画,年衰鸳鹭群。大江秋易盛,空峡夜多闻。径隐千重石,帆留一片云。儿童解侯买切蛮语,不必作参军〔一〕。

〔一〕《世说》:"郝隆为蛮府参军,上巳日作诗曰:'娵隅跃清池。'桓温问何物,答曰:'蛮名鱼为娵隅。'温曰:'何为作蛮语?'隆曰:'千里投公,始得蛮府参军,那得不蛮语也。'"

课小竖锄斫舍北果林,枝蔓荒秽净讫,移床三首—云秋日闲居三首

病枕依茅栋,荒锄净果林。背堂资僻远,在野兴清深。山雉防求敌〔一〕,江猿应独吟。洩云高不去,隐几亦无心〔二〕。

〔一〕《射雉赋》:"伊义鸟之应敌。"徐爰注:"雉见敌必战,不容他杂。"

〔二〕《归去来词》:"云无心以出岫。"

众蟄生寒早，长林卷雾齐。青虫悬就日，朱果落封—作成泥。薄俗防人—作狸面〔一〕，全身学《马蹄》〔二〕。吟诗坐晋作重回首，随意葛巾低。

〔一〕《汉·匈奴传》："披发左衽，人面兽心。"
〔二〕《庄子·马蹄篇》："马蹄可以践霜雪，毛可以御风寒，齕草饮水，翘足而陆，此马之真性也。"

篱弱门何向，沙虚岸只—作自摧。日斜鱼更食，客散鸟还来。寒水光难定，秋山响易哀。天涯稍曛黑，倚杖更—作独徘徊。

解闷十二首

草阁柴扉星散居，浪翻江黑雨飞初。山禽引子哺红果，溪女—作友，赵定作女得钱留白鱼〔一〕。

〔一〕公云安诗："负盐出井此溪女。"

商胡离别下扬州〔一〕，忆上西—作兰陵故驿楼〔二〕。为问淮南米贵贱，老夫乘兴欲东游—作流，非〔三〕。

〔一〕时有胡商下扬州来别，因道其事。
〔二〕西陵驿楼：公少游吴越时所登也。钱笺："《水经注》：'浙江又径固陵城北,今之西陵也。有西陵湖,亦谓之西城湖。'《会稽志》云:'西陵城在萧山县西十二里,谢惠连有《西陵阻风献康乐》诗,吴越改曰'西兴',东坡诗"为传钟鼓到西兴"是也。'按乐天《答微之泊西陵驿见寄》云'烟波尽处一点白,应是西陵古驿台',则西陵旧有驿,至吴越始改'西兴'耳。"

〔三〕钱笺:"《越绝书》:'秦皇东游,之会稽。'《水经注》:'会稽山,东有涧,去禹庙七里,深不见底,谓之禹井,东游者多探其穴也。'《会稽志》云:'晋宋人指会稽、剡中皆曰东,如《谢安传》"海道还东"是也。'公诗亦云'东尽白云求'。"

一辞故国十经秋,每见秋瓜忆故丘—作侯,非〔一〕。今日南—作东湖采薇蕨〔二〕,何人为觅郑瓜—作袁,非州原注:今郑秘监审〔三〕?

〔一〕《水经注》:"长安第二门,本名霸城门,又名青门,门外旧出佳瓜。其南有下杜城。"

〔二〕南湖:郑监所在也。《夔州咏怀》诗:"南湖日扣舷。"

〔三〕张礼《游城南记》:"济潏水,陟神禾原,西望香积寺,下原,过瓜洲村。"注:"瓜洲村,在申店潏水之阴。《许浑集》有《和淮南相公重游瓜洲别业》诗,'淮南相公',杜佑也。"按:瓜洲村与郑庄相近。郑庄,虔郊居也。审为虔之侄,其居必在瓜洲村,故有末语。"州"当作"洲",与"秋瓜忆故丘"紧相应。或以大历中,审尝任袁州刺史,改作"袁州",生趣便索然矣。

沈范早知何水部〔一〕,曹刘不待薛郎中原注:水部郎中薛据〔二〕。独当省署开文苑,兼泛沧浪学钓翁〔三〕。

〔一〕《梁书·何逊传》:"范云见其对策,大相称赏,因结忘年交好,一文一咏,云辄嗟赏。沈约亦爱其文,尝谓逊曰:'吾每读卿诗,一日三复,犹不能已。'"

〔二〕不待薛郎中：言據之才，恨不与曹、刘同时也。據诗，载《文苑英华》。

〔三〕據前在省部，今在荆南，故云。

李陵苏武是吾师，孟子论文更不疑_{原注：校书郎孟云卿。}一饭未曾留俗客，数篇今见古人诗。

复忆襄阳孟浩然，清诗句句尽堪传。即今耆旧无新语，漫钓槎头缩颈—作项鳊〔一〕。

〔一〕缩项鳊：出《襄阳耆旧传》，详八卷。孟浩然诗："鸟泊随阳雁，鱼藏缩项鳊。"又："试垂竹竿钓，果得槎头鳊。"

陶冶性灵存—作在底物〔一〕？新诗改罢自长吟。孰_{今本作熟，赵云：孰即稔孰之孰}知二谢将能事〔二〕，颇学—作觉阴何苦用心〔三〕。

〔一〕钟嵘《诗评》："阮嗣宗《咏怀》之作，可以陶性灵，发幽思。"颜之推《家训》："至于陶冶性情，从容讽谕，入其滋味，亦乐事也。"
〔二〕二谢：谢灵运、谢朓。
〔三〕阴何：阴铿、何逊。

不见高人王右丞，蓝田丘壑漫—作蔓寒藤〔一〕。最传秀句寰区满，未绝风流相国能_{原注：右丞弟，今相国缙}〔二〕。

〔一〕《旧唐书·王维传》："乾元中，转尚书右丞，晚年得宋之问蓝田别墅，墅在辋口，水周于舍下，竹洲花坞，与裴迪浮舟往来，啸咏终日，所赋诗号《辋川集》。"

〔二〕《金壶记》："王维与弟缙，名冠一时。时议云：'论诗则王维、崔颢，论笔则王缙、李邕、祖咏、张说不得与焉。'"

先帝贵妃今陈作俱寂寞，荔枝还复入长安〔一〕。炎方每续朱樱献，玉座应悲白露团〔二〕。

〔一〕钱笺："《通鉴》：'贵妃欲得生荔枝，岁命岭南驰驿致之，比至长安，色味不变。'《唐国史补》：'贵妃生于蜀，好食荔枝，南海所生，尤胜蜀者，故每岁飞驰以进。然方暑而熟，经宿辄败。'乐史《外传》：'十四载六月一日，贵妃生日，于长生殿奏新曲，会南海进荔枝，因名《荔枝香》。十五载六月，贵妃缢于马嵬，才绝，而南方进荔枝至，上使力士祭之。'按：诸书皆云南海进荔枝，蔡君谟《荔枝谱》曰'贵妃嗜涪州荔枝，岁命驿致'，东坡亦云'天宝岁贡取之涪'，盖当时南海与涪州并进也。"

〔二〕樱桃荐庙，荔枝继焉。献自南海，故曰"炎方"。

以下四首，皆言荔枝，此追感广南驿送之事也。

忆过泸戎摘荔枝〔一〕，青枫隐映石逶迤。京华应见无颜色旧作京中旧见君颜色，陈无己作京华应见无颜色，今本多从之〔二〕，红颗酸甜只自知〔三〕。

〔一〕《方舆胜览》："蜀中荔枝，泸、叙之品为上，涪州次之，合州又次之。涪州以妃子得名，其实不如泸、叙。"按：叙州，即戎州。

〔二〕补注：公《过戎州》诗有"轻红擘荔支"之句。此记其事而因叹其色味易变，不见知于京华也。

〔三〕《荔枝谱》:"广南及梓、夔间所生者,大率早熟,肌肉薄而味甘酸。"

补注:钱笺:"张曲江《荔支赋》曰'亭十里兮莫致,门九重兮曷通？山五岭兮白云,水千里兮青枫',所谓'青枫隐映石逶迤'也。又曰'何斯美之独远,嗟尔命之不逢。每被销于凡口,罕获知于贵躬',所谓'红颗酸甜只自知'也。"

翠瓜碧李沉玉甃音绉〔一〕,赤梨蒲萄寒露成〔二〕。可怜先不异枝蔓,此物娟娟长远生。

〔一〕碧李:注见八卷。江逌《井赋》:"构玉甃之百节。"
〔二〕《南史》:"扶桑国有赤梨,经年不坏。"

补注:钱笺:"曲江《赋》曰'沉美李而莫取,浮甘瓜而自退',又曰'柿何称乎梁侯,梨何幸乎张公',又曰'直欲神乎醴露,何比数于甘橘。援蒲萄以见拟,亦古人之深失',公诗申明此意,言诸果虽枝蔓相同,而荔支以远方独异。今不达京华,使人以瓜、李、梨、萄等凡果相目,可为叹息也。"

侧生野岸及江蒲一作浦〔一〕,不熟丹宫满玉壶〔二〕。云壑布衣鲐背死〔三〕,劳人害马荆公本同,吴作劳生害马。山谷云:善本是劳人重马翠眉须旧作疏,山谷云:善本作须。

〔一〕《蜀都赋》:"旁挺龙目,侧生荔枝。"赵曰:"自戎僰而下,以亩为蒲,今官私契约皆然。因以押韵,师作'江浦',非是。"或曰:"刘熙《释名》'草团屋曰蒲,又谓之庵',此诗'江蒲'似用此义,言荔枝生于野岸江庵之侧耳。"
〔二〕颜延之诗:"皓月鉴丹宫。"
〔三〕《诗》:"黄发台背。"注:"老人背有鲐文。"

补注：此章又申上二章意。伤荔支徒侧生南裔，不得熟于禁近之地。即有驿致京华者，不过因贵妃一笑之故，而色味永不见知。此与布衣老死云壑者，何以异哉？以上三章，全是寓意。

钱笺："以上三章，檃括张曲江《荔支赋》而作。曲江谓南海荔枝，百果无一可比，特生于远方，京华莫知，固未之信。魏文帝引蒲萄、龙眼相比，是时南北不通，传闻之大谬尔。故其赋云：'物以不知为轻，味以无比而疑。远不可验，终然永屈，士无深知，与彼何异。'此诗'泸戎'章，言物以不知而轻也；'翠瓜'章，言味以无比而疑也；'侧生'章，言远不可验，终然永屈，士无以异也。云壑布衣，老死鲐背，曾不如荔支远生，犹得奔腾传置，供翠眉之一笑，士之无验永屈，殆又甚焉，深可叹也。古人虽漫兴小诗，比物托喻，必有由来，注家都不晓。"

复愁十二首

人烟生处僻_{一云远处}，虎迹过新蹄。野鹘_{一作鹤，又作鹞，晋作雉}翻窥草，村船逆上溪。

钓艇收缗尽，昏鸦_{一作鸥}接翅稀。月生初学扇，云细不成衣〔一〕。

〔一〕李义府《堂堂词》："镂月成歌扇，裁云作舞衣。"

万国尚戎马_{他本作防寇}，故园今若何？昔归相识少，早已战场多〔一〕。

〔一〕公乾元初,尝归东都。东都,田园所在。

身觉省郎在,家须农事归。年深荒草径,老恐失柴扉。

金丝缕—作镂箭镞,皂尾制—作掣旗竿。一自风尘起,犹嗟行路难。

胡虏何曾盛？干戈不肯休。闾阎听小子,谈笑—作话觅封侯。

贞宋本避讳作正观铜牙弩〔一〕,开元锦兽张〔二〕。花门小箭好,此物弃沙场。

〔一〕《释名》："弩,怒也,有怒势也。其柄曰臂,似人臂也。钩弦曰牙,似牙齿也。牙外曰郭,为牙之规郭也。合名之曰机。"《南越志》："龙川有营涧,常有铜弩牙流出水,皆以银黄雕镂,取之者祀而后得。父老云越王弩营处也。"
〔二〕《书》："若虞机张。"《汉书》"申屠嘉以材官蹶张",如淳曰："能蹋强弩张之。"

按史：收东京时,郭子仪战不利。回纥于黄埃中发十馀矢,贼惊顾曰："回纥至矣！"遂溃。"花门小箭好",此一证也。安史之乱,皆藉回纥兵收复,中国劲弩,反失其长技,公所以叹之。

今日翔麟马〔一〕,先宜驾鼓车〔二〕。无劳问河北,诸将角樊作擢,一作觉,非荣华〔三〕。

〔一〕《唐·回纥传》："贞观二十一年，骨利干献良马百匹，帝取其异者，号十骥，皆为美名，九曰翔麟紫。"《兵志》："以尚乘掌天子之御，凡十二闲，为二厩，一曰祥麟，一曰凤苑，以系饲之。"

〔二〕驾鼓车：注见三卷。

〔三〕郭本注："'角荣华'，角胜于荣华也。"

言河北诸将，方以爵土竞相雄长，朝廷虽有战马，安所用之？时降将羁縻，代宗专事姑息，公度非兵力所制，故此诗云然。薛苍舒谓"公欲息兵休战"，失其旨矣。

任转江淮粟，休添苑囿兵〔一〕。由来貔虎士，不满凤凰城。

〔一〕按史：永泰元年，鱼朝恩以神策军屯苑中。公诗所云"殿前兵马"也。

言禁兵不必添设，但当转运以实京师。末二句，即"天子有道，守在四夷"之意也。代宗宠任朝恩，由是宦官典兵，卒以亡唐。公此诗所讽，岂徒为冗兵虑哉！

江上亦秋色，火云终不移。巫山犹锦树，南国且黄鹂。

每恨陶彭泽，无钱对菊花〔一〕。如今九日至，自觉酒须赊。

〔一〕檀道鸾《续晋阳秋》："陶潜九月九日无酒，于宅边摘菊盈把。久之,望见白衣人,乃王弘送酒,便就酌而归。"

病减诗仍拙,吟多意有馀。莫看江总老[一],犹被赏时鱼[二]。

〔一〕江总:注见三卷。
〔二〕《玉海》:"《苏氏记》云:'永徽以来,正员官始佩鱼。开元八年九月,中书令张嘉贞奏:致仕及内外官五品以上,检校、试判及内供奉官,准正员例佩鱼。自是恩制赏绯紫,必兼鱼袋,谓之章服。'"《演繁露》:"《六典》:'符宝郎随身鱼符,所以明贵贱、应宣召。其制,左一右一,左者进内,右者随身。饰以玉、金、银三等,题云某位姓名,并以袋盛。其袋,三品以上饰以金,五品以上饰以银。'" 言我虽老,若江总犹有银鱼之赐,则流落亦未足为恨也。公尝检校员外郎,赐绯鱼袋,故云。

洞　房

赵曰:"此下八篇,盖一时所作。"

洞房环佩冷[一],玉殿起秋风。秦地应新月,龙池满旧宫[二]。系舟今夜远,清漏往时同。万里黄山北[三],园陵白露中[四]。

〔一〕洞房环佩:追言贵妃往时也。
〔二〕龙池:注见十卷。旧宫:兴庆宫也。
〔三〕《汉·东方朔传》:"建元三年,微行北至池阳,西至黄山。"晋灼曰:

"黄山,宫名,在槐里。"《地理志》:"右扶风槐里县,有黄山宫,孝惠二年起。"《元和郡国志》:"汉黄山宫,在兴平县西南三十里。"

〔四〕钱笺:"按汉武茂陵,在兴平县东北十七里,正黄山宫之北,盖借茂陵以喻玄宗泰陵也。"

宿 昔

宿昔青门里,蓬莱仗数移。花娇迎杂树,龙喜出平池〔一〕。落日—作月留王母〔二〕,微风倚少儿〔三〕。宫中行乐秘,少有外人知〔四〕。

〔一〕《李翰林别集序》:"开元中,禁中初重木芍药,得四本,红、紫、浅红、通白者,上因移植于兴庆池东沉香亭前,会花方繁开,上乘照夜白,太真妃以步辇从。" 潘鸿曰:"唐人呼牡丹为木芍药①,即牡丹也。'花娇'对'龙喜',皆事实。" 补注:《明皇十七事》:"天宝中,兴庆池小龙尝出游宫垣南沟水中,蜿蜒奇状,莫不瞻睹。"

〔二〕《汉武内传》:"王母言语粗毕,啸命灵官驾龙,严车欲去。帝下席叩头,请留殷勤,王母乃坐。""王母"比贵妃。

〔三〕《卫青传》:"卫媪长女君孺,次女少儿,次女则子夫。少儿先与霍仲孺通,生去病。及卫皇后立,少儿更为陈掌妻。""少儿"比贵妃诸姨也。按:《飞燕外传》:"帝令后所爱侍郎冯无方吹笙,以倚后歌,歌酣风起,后扬袖曰:'仙乎仙乎,去故而就新乎?'帝乃令无方持后履。""微风倚少儿",盖合用少儿、飞燕事。

〔四〕《汉书》:"周仁得幸,入卧内。后宫秘戏,仁尝在旁,终无所言。"

---

① "木芍药",底本误衍作"花木芍药"。

能　画

能画毛延寿，投壶郭舍人〔一〕。每蒙天一笑〔二〕，复似物皆—作初春〔三〕。政化平如水，皇恩晋作明断若神。时时用抵戏〔四〕，亦未杂风尘。

〔一〕《西京杂记》："画工有杜陵毛延寿，写人好丑老少，必得其真。""武帝时，郭舍人善投壶，以竹为矢，不用棘。古之投壶，取中而不求还，故人小豆，恶矢跃而出也。郭舍人则激矢令还，一矢百馀反，谓之骁，言于辈中为骁杰也。每投壶，帝辄赐金帛。"

〔二〕《神异经》："东荒山中有大石室，东王公居焉。与一玉女投壶，设有人不出者，天为之笑。"张华曰："笑者，开口流光，今电是也。"

〔三〕物皆春：言画之工，可回春色。

〔四〕《汉·武帝纪》："元封三年春，作角抵戏，三百里内皆来观。"文颖曰："角抵者，两两相当，角力、角技艺，故称角抵，盖杂技乐也。"

《容斋三笔》："言伎艺倡优，不应蒙人主顾盼赏接，然使化如水、恩若神，为治大要，既无所损，则时或用此辈，亦未致乱也。"

斗　鸡

斗鸡初赐锦〔一〕，舞马既—作解登床〔二〕。帘下宫人出，楼前御曲—作柳，赵定作曲长〔三〕。仙游终一阕〔四〕，女乐久无香〔五〕。寂寞骊山道，清秋草木黄。

〔一〕钱笺:"陈弘祖《东城父老传》:'玄宗在藩邸时,乐民间清明节斗鸡戏。及即位,立鸡坊于两宫间,索长安雄鸡,金毫、铁距、高冠、昂尾千数,养于鸡坊,选六军小儿五百人,使驯扰教饲之。帝出游,见贾昌弄木鸡于云龙门道旁,召入,为五百小儿长。天子甚爱幸之,金帛之赐,日至其家,天下号为神鸡童。时人为之语曰:生儿不用识文字,斗鸡走马胜读书。贾家小儿年十三,富贵荣华代不如。'"《雍录》:"骊山有斗鸡殿,在观风殿之南。"

〔二〕《明皇杂录》:"上尝令教舞马四百匹,各分左右部,目为某家龙、某家骄。时塞外以善马来贡者,上俾之教习,无不曲尽其妙。因命衣以文绣,络以金铃,饰其鬃鬣,间以珠玉。其曲谓之《倾杯乐》者数十回,奋首鼓尾,纵横应节。又施三层板床,乘马而上,抃转如飞。或命壮士举榻,马舞于榻上,乐工数十人环立,皆衣淡黄衫、文玉带,必求年少姿美者,每千秋节,命舞于勤政楼下。"《猗觉寮杂记》:"《魏志》:'陈思王表文帝曰:臣得大宛紫骝马一匹,教令习拜,今已能拜,又能行与鼓节相应。'又《宋书》:'大明中,吐谷浑遣使献舞马,谢庄为作《舞马赋》。'是知马可教以舞,不始于唐也。"

〔三〕钱笺:"《明皇杂录》:'上每宴赐酺,则御勤政楼。太常陈乐,教坊大陈寻橦、走索、丸剑、角抵、斗鸡。令宫人数百,饰以珠翠,衣以锦绣,自帏中击雷鼓,为《破阵乐》。'又曰:'玄宗制新曲四十馀,又新制乐谱,每初年望夜,御勤政楼观灯作乐,贵臣戚里设看楼观望。夜阑,太常乐府悬散乐毕,即遣宫女于楼前缚架,出眺歌舞以娱之。'"

〔四〕《开天传信记》:"明皇梦游月宫,诸仙子娱以上清之乐,其曲凄楚动人,明皇以玉笛寻得之,曲名《紫云回》。"《异闻录》:"开元六年八月望,上与申天师、洪都客作术,夜游月宫,见素娥十馀人,笑舞于广庭桂树之下,音乐清丽,遂归,制《霓裳羽衣》之曲。"《津阳门》诗注:"叶法善尝引上入月宫,闻仙乐。及归,但记其半,遂于笛中写之。会西凉节度使杨敬述进《婆罗门曲》,声调相符,遂以月中所闻为散序,敬述所进为腔,名《霓裳羽衣》也。"

〔五〕女乐:谓梨园弟子,注别见。

历 历

历历开元事,分明在目前。无端盗贼起,忽已岁时迁。巫峡西江外,秦城北斗边。为郎从白首〔一〕,卧病数秋天。

〔一〕荀悦《汉纪》:"冯唐白首,屈于郎署。"

洛 阳

洛阳昔陷没,胡马犯潼关。天子初愁思,都人惨别颜。清笳去宫阙,翠盖出关山。故老仍流涕,龙髯幸再攀〔一〕。

〔一〕《旧书·玄宗纪》:"上皇至自蜀,士庶舞忭路侧,曰:'不图今日再见二圣。'"

骊 山

骊山绝望幸,花萼罢登临〔一〕。地下无朝烛〔二〕,人间有赐金〔三〕。鼎湖龙去远,银海雁飞深〔四〕。万岁蓬莱日,长悬旧羽林〔五〕。

〔一〕花萼:注见一卷。

〔二〕《水经注》:"始皇葬骊山,以人鱼膏为灯烛,取其不灭。"赵曰:"'朝烛',当音朝觐之朝。凡朝在早则秉烛而受朝,今地下幽闷,无朝见之烛。旧注以朝为晨朝,失之。"

〔三〕《汉书》:"高后崩,遗诏赐诸侯王各千金,将相、列侯、郎吏皆以秩赐金。"《杜诗博议》:"此言明皇赐予臣下之金,没后尚在人间,如千秋节赐百官金镜、珠囊是也。"

〔四〕《汉书》:"秦始皇葬于骊山之阿,下锢三泉,上崇山坟,水银为江海,黄金为凫雁。"何逊《经孙氏陵》诗:"银海终无浪,金凫会不飞。"

〔五〕羽林军:注见三卷。黄曰:"《礼乐志》:'芬树羽林,云景杳冥。'师古曰:'言所树羽葆,其盛若林也。'末句当用此。若以为羽林军,不可云'悬'。"

提　封

提封汉天下〔一〕,万国尚同心。借问悬车—作军守〔二〕,何如俭德临〔三〕?时征俊乂入,莫虑—作草窃,赵定作莫虑犬羊侵。愿戒兵犹火〔四〕,恩加四海深。

〔一〕《汉书》:"提封顷亩。"注:"谓提举四封之内,总计其数也。"
〔二〕《国语》:"悬车束马,以逾太行。"
〔三〕《困学纪闻》:"明皇以侈致乱,故少陵以俭德为救时之砭。"
〔四〕《左传》:"兵犹火也,不戢将自焚也。"

鹦　鹉—云剪羽

鹦鹉含愁思,聪明忆别离。翠衿浑短尽,红觜漫多知。

未有开笼日,空残旧宿枝。世人怜复损,何用羽毛奇?

此诗似檃括祢衡《赋》语。"聪明"则"性辩惠而能言,才聪明以识机"也,"忆别离"则"痛母子之永隔,哀伉俪之生离"也,"翠衿"、"红觜"则"绀趾丹觜,绿衣翠衿"也,"浑欲短"则"顾六翮之残毁,虽奋迅其焉如"也,"漫多知"则"岂言语以阶乱,将不密以致危"也,"未有开笼日"则"闭以雕笼,剪其翅羽"也,"空残宿旧枝"则"想昆山之高峻,思邓林之扶疏",末句"羽毛奇"则"虽同俗于羽毛,故殊智而异心"也。

孤 雁—云后飞雁

孤雁不饮啄,飞鸣声念群—作声声飞念群。谁怜一片影,相失万重云。望尽—作断似犹见,哀多如更—作更复闻。野鸦无意绪,鸣噪自—作亦纷纷。

鸥

江浦寒鸥戏,无他亦自饶〔一〕。却思翻玉羽,随意点春苗〔二〕。雪暗还须浴晋作落,风生一任飘〔三〕。几群沧海上,清影日萧萧。

〔一〕无他:言无他求。
〔二〕春苗:春草芽也。

〔三〕《南越志》:"江鸥一名海鸥,在涨海中随潮上下,常以三月风至,乃还洲渚,颇知风云。若群飞至岸,必风,渡海者以此为候。"

猿

袅袅啼虚壁,萧萧挂冷枝。艰难人不免,隐见尔如知〔一〕。惯习元从众,全生或用奇〔二〕。前林腾每及,父子莫相离〔三〕。

〔一〕言"挂枝"、"啼壁",如识隐见之机,人反有不如者矣。
〔二〕全生:如抟树、避矢之类。
〔三〕《吴都赋》:"猿父哀吟,㹳子长啸。"

麂

音几,本作麐。《尔雅》:"麐,大麕,旄毛,狗尾。"《本草衍义》:"麂,獐类,山深处颇多,其声如击破钹。"

永与清溪别,蒙将玉馔俱。无才逐仙隐〔一〕,不敢恨庖厨〔二〕。乱世轻全物,微声及祸枢。衣冠兼盗贼,饕音叨餮音铁用斯须〔三〕。

〔一〕《神仙传》:"葛仙翁于女几山学道数十年,登仙,化为白麂,二足,时出山上。"

〔二〕《说苑》:"鹿生于山,命悬于庖厨。"

〔三〕《左传》注:"贪财为饕,贪食为餮。"

鸡

纪德名标五〔一〕,初鸣度必三〔二〕。殊方听有异,失次晓无惭。问俗人情似,充庖尔辈堪。气交亭育际〔三〕,巫峡漏司南〔四〕。

〔一〕《韩诗外传》:"夫鸡,头戴冠,文也;足傅距,武也;见敌而斗,勇也;得食相呼,义也;鸣不失时,信也。鸡有五德,君犹沦而食之,其所由来近也。"

〔二〕《史·历书》:"鸡三号,卒明。"注:"夜至鸡三鸣,始为正月一日。"

〔三〕《列子》:"亭之毒之。"注:"化育之意。"刘孝标《启》:"一物之微,遂留亭育。"自昏而晓,正造化气候所交,故曰"气交亭育际"。

〔四〕夔州在南,鸡司昏晓,今失其司晨之职,故曰"巫峡漏司南"也。

黄 鱼

日见巴东峡,黄鱼出浪新〔一〕。脂膏兼饲犬〔二〕,长大不容身。筒桶—作箳,非相沿久〔三〕,风雷肯为神—作伸?泥沙卷涎沫,回首怪龙鳞〔四〕。

〔一〕《尔雅》注:"鱣鱼,体有甲无鳞,肉黄,大者长二三丈,江东人呼为黄鱼。"陆玑曰:"大者千馀斤,可蒸为䏽,又可为鲊,鱼子可为酱。"

〔二〕《盐铁论》:"江陵之人,以鱼饲犬。"《论衡》:"彭蠡之滨,以鱼食犬。"

〔三〕陆龟蒙《渔具诗序》:"缗而竿者,总谓之筌。筌之流,曰筒、曰车。"旧注:"筒桶,捕鱼器也。"

〔四〕按:《说文》:"鱣,鲤也。"《诗》义疏:"鱣,身形似龙,盖鱼之灵异者。"龙能变化,役风雷,而此乃坐困泥沙,故以为怪也。

白　小

旧注:"白小,即今面条鱼。"

白小群分命,天然二寸鱼〔一〕。细微沾水族,风俗当园蔬〔二〕。入肆银花乱,倾箱雪片虚。生成犹拾卵〔三〕,尽取义何如〔四〕?

〔一〕庾信《小园赋》:"一寸二寸之鱼。"

〔二〕《宾退录》:"《靖州图经》载其俗,居丧不食酒肉盐酪,而以鱼为蔬,今湖北多然,谓之鱼菜。老杜常往来荆楚,而夔与湖北为邻,'风俗当园蔬'盖指此也。"

〔三〕《西京赋》:"攫胎拾卵,蚳蝝尽取。"注:"卵,鸟子也。"

〔四〕言生成之道,卵犹不忍弃。鱼虽小而尽取之,岂得为义乎?

自瀼西荆扉且移居东屯茅屋四首

于槖《东屯少陵故居记》:"峡中多高山峻谷,地少平旷。东屯距白帝五里,而近稻田水畦,延袤百顷,前带清溪,后枕崇冈,树林葱蒨,气象深秀,称高人逸士之居。"陆游《记》:"东屯李氏居已数世,上距少陵才三易主,大历初故券犹在。"何宇度《谈资》:"工部草堂在城东十馀里,尚有遗址可寻,止有一碑,存数字,题'重修东屯草堂记',似是元物。"

白盐危峤北,赤甲古城东。平地一川稳,高山四面同〔一〕。烟霜凄野日,粳稻熟天风。人事伤蓬转,吾将守桂丛〔二〕。

〔一〕谢灵运《诗序》:"石门新营所住,四面高山。"
〔二〕刘安《招隐士》:"桂树丛生兮山之幽。"

东屯复瀼西,一种住清_{吴作青}溪。来往皆_{陈作兼}茅屋,淹留为稻畦。市喧宜近利_{原注:瀼西居近市}〔一〕,林僻此无蹊。若访衰翁语,须令剩客迷〔二〕。

〔一〕《易·巽》:"为近利市三倍。"①公《夔府咏怀》诗:"市暨瀼西巅。"
〔二〕陆机诗:"游赏愧剩客。"剩:多也。

道北冯都使,高斋见一川〔一〕。子能渠细石,吾亦沼清泉。枕_{去声}带还相似,柴荆即有焉〔二〕。斫畲应费日〔三〕,解缆不知年。

〔一〕陆游《少陵高斋记》:"少陵居夔,三徙居,皆名'高斋'。其诗曰'次

---

① "利市",底本作"市利",据《十三经注疏》改。

水门'者,白帝城之高斋也;曰'依药饵'者,瀼西之高斋也;曰'见一川'者,东屯之高斋也。故又曰'高斋非一处'。"

〔二〕《北史》:"韦夐淡于荣利,所居之宅,枕带林泉,对玩琴书,萧然自适。" 言林泉枕带,两家相似,故柴荆之居,即可兼彼而有之。

〔三〕斫畲:注见十五卷。

牢落西江外,参差北户间〔一〕。久游巴子国,卧病楚人山。幽独移佳境,清深隔远关〔二〕。寒空见鸳鹭,回首忆—作想朝班。

〔一〕北户:注见十六卷。

〔二〕远关:瞿唐关也。《入蜀记》:"瞿唐关西门,正对滟滪堆。自关而东,即少陵东屯故居。"

社日两篇

社有春、秋二祀,此诗所咏,乃是秋社。

九农成德业,百祀发光辉〔一〕。报效神如在,馨香旧不违。南翁巴曲醉,北雁塞声微〔二〕。尚想东方朔,诙谐割肉归〔三〕。

〔一〕《左传》:"少皞氏以九扈为九农正,扈民无淫者也。"《国语》:"共工氏之子曰勾龙,为后土官,能平九土,故祀以为社。"

〔二〕南翁:注见十六卷。巴曲:即巴渝曲。 《月令》:"鸿雁,春北秋南。"此云"北雁",谓北来之雁也。

〔三〕《东方朔传》:"伏日诏赐从官肉,朔拔剑割肉,谓同官曰:'伏日当早归,请受赐。'即怀肉去。大官奏之,诏朔自责。朔曰:'拔剑割肉,一何壮也!割之不多,又何廉也!归遗细君,又何仁也!'"《西溪丛语》:"此诗'诙谐割肉',社日用伏日事,苏、黄皆以为误。按《史记·诸侯年表》,秦德公二年,初作伏祠,社乃同日,至汉方有春、秋二社,与伏分也。"

陈平亦分肉〔一〕,太史竟论功〔二〕。今日江南老〔三〕,他时渭北童。欢娱看绝塞,涕泪落秋风。鸳鹭回金阙,谁怜病峡中!

〔一〕《陈平传》:"里中社,平为宰,分肉甚均。"
〔二〕论功:言平之功为太史所论列也。
〔三〕江南:峡江之南。

八月十五夜月二首

满目飞明镜,归心折大刀〔一〕。转蓬行地远,攀桂仰天高。水路疑霜雪,林栖见羽毛。此时瞻白兔,直欲数秋毫。

〔一〕《古乐府》:"藁砧今何在?山上复有山。何当大刀头,破镜飞上天。"吴兢《解题》:"藁砧,砆也。重山,出也。大刀头,刀头有环,问夫何时当还也。'破镜飞上天',言月半缺当还也。"

稍下巫山峡,犹衔白帝城。气沉全浦暗,轮仄半楼明。

刁斗皆催晓,蟾蜍且自倾。张弓倚残魄〔一〕,不独汉家营。

〔一〕倚残魄:与"长剑倚天外"之"倚"同。

十六夜玩月

旧挹金波爽,皆传玉露秋。关山随地阔,河汉近人流〔一〕。谷口樵归唱,孤城笛起愁。巴童浑不寐,半夜有行舟。

〔一〕孟浩然诗:"江清月近人。"

十七夜对月

秋月仍圆夜,江村独老身。卷帘还照客,倚杖更随人〔一〕。光射潜虬动〔二〕,明翻宿鸟频。茅斋依橘柚,清切露华新。

〔一〕梁朱超诗:"惟馀故楼月,远近必随人。"
〔二〕《蜀都赋》:"下高鹄,出潜虬。"

晓　望

白帝更声尽,阳台曙色分。高峰寒—作初上日,叠岭宿霾一作未收云。地坼江帆隐,天清木叶闻。荆扉对麋鹿,应共尔为群。

日　暮

牛羊下来久,各已闭柴门。风月自清夜,江山非故园。石泉流暗壁,草露满秋原吴作滴秋根,一作滴秋原〔一〕。头白明灯里,何须花烬繁?

〔一〕沈约诗:"草根滴霜露。"

暝

日下四山阴,山庭岚气侵〔一〕。牛羊归径险,鸟雀聚枝深。正枕当星剑〔二〕,收书动玉琴。半扉开烛影,欲掩见清砧。

〔一〕谢灵运诗:"夕曛岚气阴。"
〔二〕《越绝书·宝剑篇》:"观其钣,烂如列星之行。观其光,如水溢于塘。"庾信诗:"流星抱剑文。"

晚

杖藜寻晚巷一作巷晚，炙背近墙暄。人见幽居僻，吾知拙养尊。朝廷问府主〔一〕，耕稼学山村。归翼飞栖定〔二〕，寒灯亦闭门。

〔一〕朝廷之事则问府主，正见"养拙"意。
〔二〕庾信诗："鸟寒栖不定。"

夜

绝岸风威动，寒房烛影微。岭猿霜外宿，江鸟夜深飞。独坐亲雄剑，哀歌叹短衣〔一〕。烟尘绕阊阖，白首壮心违。

〔一〕《淮南子》："甯戚饭牛车下，击牛角而为商歌曰：'南山粲，白日烂。短布单衣适止骭，长夜漫漫何时旦？'"

九月一日过孟十二仓曹、十四主簿兄弟

藜杖侵寒露，蓬门启曙烟。力稀经树歇，老困拨书眠。秋觉追随尽，来因孝友偏。清谈见滋味，尔辈可忘年〔一〕。

〔一〕《后汉书》:"祢衡始弱冠,孔融年四十,与为忘年交。"

孟仓曹步趾领新酒酱二物满器,见遗老夫

楚岸通秋屐,胡床面夕畦。籍慈力切,一作藉糟分汁滓〔一〕,瓮酱落提携〔二〕。饭粝音辣添香味,朋来有醉泥。理生那免俗?方法报山妻。

〔一〕刘伶《酒德颂》:"枕曲藉糟。"汁滓:注见十六卷。
〔二〕《周礼》:"酱用百有二十瓮。"

送孟十二仓曹赴东京选

黄曰:"《唐书》:'太宗时,以岁旱谷贵,东人选者集于洛州,谓之东选。'洛州,即东京也。"

君行别老亲,此去苦家贫。藻镜留连客〔一〕,江山憔悴人。秋风楚竹冷,夜雪巩梅春〔二〕。朝夕高堂念,应宜彩服新。

〔一〕《晋书》:"太康四年制曰:藻镜铨衡。"
〔二〕《唐书》:"巩县属东都河南府。"言秋别南楚,春期犹在巩、洛,正是留连憔悴之感。

凭孟仓曹将书觅土娄旧庄①

平居丧乱后,不到洛阳岑。为历云山问,无辞荆棘深。北风黄叶下,南浦白头吟。十载江湖客,茫茫迟暮心。

九日五首

吴若本题下注云"缺一首"。赵次公以"风急天高"一首足之,云"未尝缺",梦弼注同。

重阳独酌—云少饮杯中酒,抱病起—作岂登江上台。竹叶于人既无分〔一〕,菊花从此不须开。殊方日落玄猿哭,旧国霜前白雁来〔二〕。弟妹萧条各何往?干戈衰谢两相催。

〔一〕张衡《七辨》:"玄酒白醴,蒲萄竹叶。"张华《轻薄篇》:"苍梧竹叶清,宜城九酝酒。"

〔二〕《左传》:"曹鄙人公孙强好弋,获白雁献之。"《梦溪笔谈》:"北方有白雁,似雁而差小,秋深乃来,来则霜降,河北人谓之霜信。"

旧日重阳酒,传杯不放杯。即今蓬鬓改,但愧菊花开。北阙心常恋,西江首独回。茱萸晋作萸房赐朝士,难得一枝来。

---

① "土娄",底本作"土楼",据诸善本改。

旧与苏司业，兼随郑广文。采花香泛泛，坐客醉纷纷。野树歆—作歌还倚，秋砧醒却闻。欢娱两冥漠—作寞，西北有孤云。

故里樊川菊〔一〕，登高素浐源〔二〕。他时一笑王作醉后，今日几人存①？巫峡蟠江路，终南对国门。系舟身万里，伏枕泪双痕。为蔡读去声客裁乌帽〔三〕，从儿具绿樽。佳辰对—作带群盗，愁绝更堪论。

〔一〕《长安志》："樊川一名后宽川，在万年县南三十五里。"《十道志》曰："其地即杜陵之樊乡，汉高祖以赐将军樊哙食邑于此，故曰樊川。人言其墓在神禾原上，为长安名胜之地。"

〔二〕张礼《游城南记》："《长安志》云：少陵原南接终南山，北直浐水。今万年县有洪固乡司马村，在长安城之东南，少陵在村之东北。则浐水在东，非在北矣。少陵东接风凉原，浐水出焉。东北对白鹿原，邢谷水出焉。二水合流入渭，杜诗所谓'登高素浐源'是也。少陵之东冈下，即浐水之西岸。"

〔三〕乌帽：注见十二卷。赵曰："'裁乌帽'特以'为客'，平时不巾可知矣。"

登 高

旧编成都诗内。按：诗有"猿啸哀"之句，定为夔州作。

风急天高猿啸哀，渚清沙白鸟飞回。无边落木萧萧下，

---

① "几人"，底本作"几家"，据诸善本改。

不尽长江衮衮他本作滚滚来。万里悲秋常作客，百年多病独登台。艰难苦恨繁霜鬓，潦倒新亭停通浊酒杯〔一〕。

〔一〕《绝交书》："潦倒粗疏"，又"浊酒一杯"。时公以肺病断饮。

九日一云登高诸人集于林

诗云"九日明朝是"，乃前一日作。

九日明朝是，相要旧俗非〔一〕。老翁难早出，贤客幸知归。旧采黄花剩，新梳白发微。漫看年少乐，忍泪已沾衣。

〔一〕旧俗：谓樊川故里。

晚晴吴郎见过北舍

圃畦新一作佳雨润，愧子废锄来。竹杖交头拄，柴扉扫一作隔径开。欲栖群鸟乱，未去小童催。明日重阳酒，相迎自酸醅。

简吴郎司法

《唐书》："府、州各有司法参军事。"《唐六典》："炀帝罢州置郡，改司功、司仓、司户、司兵、司法、司士等为书佐,皇朝因其六司,而以书佐为参军事。"

有客乘舸自忠州,遣骑安置瀼西头。古堂本买藉疏豁〔一〕,借汝迁居停宴游。云石荧荧高叶曙—作晓,风江飒飒乱帆秋。却为姻娅过逢地〔二〕,许坐曾轩数散愁。

〔一〕古堂:即瀼西草堂。
〔二〕《尔雅》:"妇之父母、婿之父母相谓为婚姻,两婿相谓为娅。"

又呈吴郎

堂前扑枣任西邻〔一〕,无食无儿一妇人。不为困穷宁有此?只缘恐惧转须亲。即防—作知远客虽多事,使—作便插疏篱却甚真〔二〕。已诉征求贫到骨,正思戎马泪盈巾。

〔一〕《汉书》:"王吉居长安,东家有大枣树,垂吉庭中。吉妇取枣以啖吉,吉知之,乃去妇。"首句暗用其事。
〔二〕远客:谓吴郎。插疏篱:言编篱以限往来。二语主西邻妇人言,旧解非是。

覃山人隐居

南极老人自有星〔一〕,北山移文谁勒铭〔二〕?徵君已去独松菊〔三〕,哀壑无光留户庭。予见乱离不得已,子知出处必须经〔四〕。高车驷马带倾覆〔五〕,怅望秋天虚翠屏。

〔一〕老人星:注见前。
〔二〕《文选》五臣注:"周颙先隐都北钟山,后出为海盐令,欲过北山,孔稚圭乃假山灵意,作文移之。"中云"驰文驿路,勒移山庭"。按:《齐书》:"元徽中,颙出为剡令。建元中,为山阴令。"未尝令海盐也,《选》注误,《一统志》因之亦误。
〔三〕《后汉·韩康传》:"亭长以韩徵君当至,方修道桥。"
〔四〕《诗》传:"经,度之也。"《广韵》:"经,量度也。"
〔五〕《四皓歌》:"驷马高盖,其忧甚大。"

言老人星自在而山人出矣,谁为勒北山之文者乎?以深讥之也。"徵君"二句,即《移文》所云"诱我松桂,欺我云壑"也。下二句言我以乱离,故不得已而奔走,山人则诚隐者,何不以出处之宜,一为经度乎?责其不当轻出也。末二句又言危机所伏,出不如处,以深惜之。此诗讽刺山人,最为明切。解者多支离。

柏学士茅屋

碧山学士焚银鱼〔一〕,白马却走身岩居。古人已用三冬足〔二〕,年少今—作曾开万卷馀。晴云满户团倾盖〔三〕,秋水浮阶溜决渠〔四〕。富贵必从勤苦得,男儿须读五车书〔五〕。

〔一〕银鱼:注见前。

〔二〕《东方朔传》:"臣年十二,学书三冬,文史足用。"
〔三〕周王褒诗:"俯观云似盖,低望月如弓。"
〔四〕《汉·沟洫志》:"举锸为云,决渠为雨。"
〔五〕《庄子》:"惠施多方,其书五车,其道舛驳。"

题柏大兄弟山居屋壁二首①

叔父朱门贵,郎君玉树高〔一〕。山居精典籍,文雅涉风骚。江汉终吾老,云林得尔曹。哀弦绕白雪〔二〕,未与俗人操。

〔一〕应璩《与满公琰书》:"外嘉郎君谦下之德。"注:"璩常事其父,故呼郎君。"
〔二〕谢希逸《琴论》:"《白雪》,师旷所作商调曲也。"《唐书·乐志》:"《白雪》,周曲也。"鲍照诗:"蜀琴抽白雪,郢曲绕阳春。"

野屋流寒水,山篱带薄云。静因连虎穴,喧已去人群。笔架沾窗雨,书签映隙曛。萧萧千里足荆作马,个个五花文〔一〕。

〔一〕五花:注见一卷。

寄柏学士林居 鲁訔作草堂

自胡之反持干戈,天下学士亦奔波〔一〕。叹彼幽栖载典

---

① "屋壁",底本缺"屋"字,据诸善本改。

籍，萧然暴露依山阿。青山万重_{他作里}静散地，白雨_{郭作羽，非一}洗空垂萝。乱代飘零余到此，古人成败子如何〔二〕。荆扬冬春异风土，巫峡日夜多云_{一作风雨}。赤叶枫林百舌鸣，黄泥_{一作花}野岸天鸡舞〔三〕。盗贼纵横甚密迩，形神寂寞甘辛苦。几时高议排金门，各使苍生有环堵。

〔一〕庾信《碑文》："豫州拓境，两镇奔波。"
〔二〕因学士载书而隐，故问以观古人成败之事，今当何如也。
〔三〕天鸡：注见八卷。

寄从孙崇简

公《吾宗》诗自注："卫仓曹崇简。"《唐世系表》："崇简出襄阳房，为益州司马参军。"

嵯峨白帝城东西，南有龙湫北虎溪。吾孙骑曹不记_{一作骑马}，业学尸乡常养鸡〔一〕。庞公隐时尽室去，武陵春树他人迷。与汝林居未相失，近身药裹酒常携〔二〕。牧竖_{郭作叟}樵童亦无赖，莫令斩断青云梯〔三〕。

〔一〕《世说》："王子猷为桓冲骑曹参军，桓问曰：'卿署何曹？'曰：'不知何曹，时见牵马来，似是马曹。'又问：'所管几马？'曰：'不知马，何由知数？'"尸乡祝鸡翁：注见一卷。
〔二〕《汉·外戚传》："武发箧中，有裹药二枚。"
〔三〕青云梯：注见二卷。蔡曰："末二语，托言勿相疏绝。"

戏寄崔评事表侄、苏五表弟、韦大少府诸侄

隐豹深愁雨〔一〕,潜龙故起云。泥多仍径曲,心醉阻贤群〔二〕。忍待《东观馀论》作对江山丽,还披鲍谢文。高楼忆疏豁鲁作阔,秋兴坐氤氲。

〔一〕《列女传》:"南山有玄豹,雾雨七日,不下食者,欲以泽其衣毛而成其文章也。"

〔二〕《晋书》:"太原郭奕高爽,为众所推,见阮咸而心醉。"

季秋苏五弟缨江楼夜宴崔十三评事、韦少府侄三首

峡险江惊急,楼高月迥明。一时今夕会,万里故乡情。星落黄姑渚〔一〕,秋辞白帝城。老人因酒病,坚坐待君倾。

〔一〕古乐府:"黄姑织女时相见。"《荆楚岁时记》:"黄姑即何鼓,音讹耳。"《尔雅》:"何鼓,谓之牵牛。"《博物志》:"有人到天河,遥望宫中有织妇,一丈夫牵牛,渚次饮之。"

明月生长好,浮云薄渐一作暂遮。悠悠照边一作远塞〔一〕,悄悄忆京华。清动杯中物,高随海上查①。不眠瞻白兔,百过落乌纱。

---

① "高随",底本作"高瞻",据诸善本改。

〔一〕谢庄《月赋》："升清质之悠悠。"

对月那无酒,登楼况有江。听歌惊白鬓,笑舞拓秋窗。樽蚁添相续,沙鸥并一双。尽怜君醉倒,更觉片一作我心降。

季秋江村

乔木村墟古,疏篱野蔓悬。素琴将暇日,白首望霜天。登俎黄甘重,支床锦石圆〔一〕。远游虽寂寞,难见此山川。

〔一〕《史·龟策传》："南越老人用龟支床足。"①

小　园

由来巫峡水,本自楚人家。客病留因药,春深买为花。秋庭风落果,瀼岸雨颓沙。问俗营寒事,将诗待物华。

寒雨朝行视园树

柴门杂俗本作拥树向千株,丹橘黄甘北他本作此,非地无。江

---

① "支床足",底本作"床支足",据《史记》改。

上今朝寒雨歇,篱中秀—作边新色画屏纡。桃蹊李径年虽古—作故〔一〕,栀子红椒艳复—作色,非殊〔二〕。锁石藤梢元自落,倚刊作到天松骨见来枯。林香出实垂将尽,叶蒂辞—作离枝—作柯不重苏。爱日恩光蒙借贷〔三〕,清霜杀气得忧虞〔四〕。衰颜动觅藜床坐〔五〕,缓步仍须竹杖扶。散骑未知云阁处〔六〕,啼猿僻在楚山隅。

〔一〕《李广传赞》:"桃李不言,下自成蹊。"师古曰:"蹊,径道也。"
〔二〕言园树得雨,葱蒨生色。
〔三〕《左传》注:"冬日可爱。"江淹《上建平王书》:"惠以恩光,顾以颜色。"
〔四〕言凋零于岁暮者,虽借恩爱日,终以清霜为忧。
〔五〕《北堂书钞》:"《英雄记》曰:向诩常坐藜床上。"庾信诗:"鹿裘披稍裂,藜床坐欲穿。"
〔六〕散骑、云阁:注见十五卷。

伤 秋

村—作林僻来人少①,山长去鸟微。高秋收画—云藏羽扇,久客掩柴—作荆扉。懒慢头时栉,艰难带减围〔一〕。将军犹—作思汗马,天子尚戎衣〔二〕。白蒋风飙脆,殷乌闲切柽丑成切晓夜稀〔三〕。何年减—作灭豺虎?似有故园归。

---

① "来人少",底本作"人来少",据诸善本改。

〔一〕《梁·昭明太子传》:"体素壮,腰带十围,至是减削过半。"

〔二〕按史:大历二年九月,吐蕃寇灵州、邠州,京师戒严。故有"汗马"、"戎衣"之句。

〔三〕蒋:菰蒋也。 《说文》:"殷,赤黑色。"《尔雅》:"柽,河柳。"注:"今河旁赤茎小杨也。"陆玑《诗疏》:"皮赤如绛,枝叶如松,一名雨师。"

即 事——云天畔

天畔群山孤草亭,江中风浪雨冥冥。一双白鱼不受钓,三寸黄甘犹自青〔一〕。多病马郭作长卿无日起〔二〕,穷途阮籍几时醒?未闻细柳散金甲,肠断秦川——作州,非流浊泾。

〔一〕注见十六卷。
〔二〕按:公诗"葛亮"、"马卿",或疑不当截字用,然六朝人已有之。庾信《碑文》:"渡泸五月,葛亮有深入之兵。"薛道衡《碑文》:"尚寝马卿之书,未允梁松之奏。"

有 叹

壮心久零落,白首寄人间。天下兵常斗原注:"传蜀官军自围普、遂。"遂,一作还,江东客未还〔一〕。穷猿号雨雪,老马怯——作望,一作泣关山。武德开元际,苍生岂重攀!

〔一〕公第五弟丰,时客江东,《元日》诗"不见江东弟"是也。

耳聋

生年鹖冠子〔一〕,叹世鹿皮翁〔二〕。眼复几时暗?耳从前月聋。猿鸣秋泪缺,雀噪晚愁空。黄落惊山树,呼儿问朔风。

〔一〕《汉书》:"道家《鹖冠子》一篇。居深山,以鹖为冠。"袁淑《真隐传》:"鹖冠子,或曰楚人,衣敝履穿,因服成号,著书言道家事。"

〔二〕鹿皮翁:注见六卷。

独坐二首

竟日雨冥冥,双崖洗更青〔一〕。水花寒落岸,山鸟暮过庭。暖老须燕玉〔二〕,充饥忆楚萍〔三〕。胡笳在楼上,哀怨不堪听。

〔一〕双崖:瞿唐两崖也。

〔二〕古诗:"燕赵多佳人,美者颜如玉。"须燕玉:所谓八十非人不暖也。钱笺:"'燕玉',宋人仍袭多用,实不知其何出。顾大韶曰:'此用玉田种玉事也。'按《搜神记》:'雍伯葬父母于无终山,有人与石一斗,命种之,玉生其田。北平徐氏有女,雍伯求之,要以白璧一双。伯至玉田,求得五双,徐氏妻之。'在北平城西北一百三十里有无终城,故燕地也,今为玉田县。燕玉事出此无疑。"

〔三〕楚萍:注见十六卷。

白狗斜临北〔一〕,黄牛更在东〔二〕。峡云常照夜,江日—作月会兼风。晒药安垂老,应门试小童。亦知行不逮,苦恨耳多聋。

〔一〕《水经注》:"大江东带乡口溪,溪源出归乡县东南数百里,西南入县,径狗峡、西峡,崖龛中石隐起,有狗形,形状具足,故以狗名峡。"《舆地纪胜》:"白狗峡,在秭归县东三十里。"

〔二〕黄牛峡:注见七卷。

云

龙以一作自瞿唐会,江依白帝深。终年常起峡,每夜必通林。收获辞霜渚,分明在夕岑。高斋非一处,秀气豁烦襟。

月

四更山吐月,残夜水明楼。尘匣元开镜〔一〕,风帘自上钩〔二〕。兔应疑鹤发,蟾亦恋貂裘〔三〕。斟酌姮音恒,俗作嫦娥寡,天寒奈郭作耐九秋〔四〕。

〔一〕鲍照《拟古》:"明镜尘匣中,宝琴生网丝。"庾信《镜》诗:"玉匣聊开镜,轻灰暂拭尘。"

〔二〕谢朓诗:"风帘入双燕。"枚乘《月赋》:"隐圆岩而似钩。"《西溪丛语》:"沈云卿《月》诗'台前疑挂镜,帘外自悬钩','尘匣'二句用此。"

〔三〕张衡《灵宪》:"羿请不死之药于西王母,其妻姮娥窃之以奔月,是名蟾蜍。"

〔四〕梁元帝《纂要》:"秋曰三秋,亦曰九秋、素秋。九秋,以九十日言之。"

雨四首

微雨不滑道,断云疏复行。紫崖奔处黑,白鸟去边明。秋日新沾影,寒江旧落声。柴扉临野碓,半湿捣香粳。

江雨旧无时,天晴忽散丝。暮秋沾物冷,今日过云迟。上马回休出,看鸥坐不移_{吴作辞}。高_{一作层}轩当滟滪,润色静书帷。

物色岁将晏,天隅人未归。朔风鸣淅淅,寒雨下霏霏。多病久加饭,衰容新授衣。时危觉凋丧,故旧短书稀。

楚雨石苔滋,京华消息迟。山寒青兕叫,江晚白鸥饥。神女花钿落,鲛人织杼悲。繁忧不自整,终日洒如丝。

东屯月夜①

抱疾漂萍老,防边旧谷屯〔一〕。春农亲异俗,岁月在衡门。青女霜枫重,黄牛峡水喧。泥留虎斗迹,月挂客愁村。乔木澄稀影,轻云倚细根。数惊闻雀噪,暂睡想猿蹲。日转

---

① "月夜",底本作"夜月",据诸善本改。

东方白,风来北斗昏。天寒不成寐,无梦寄归魂。

〔一〕见"东屯"注。

东屯北崦衣检切

盗贼浮生困,诛求异俗贫。空村惟见鸟,落日未逢人。步壑风吹面,看松露滴身。远山回白首,战地有黄尘。

从驿次草堂复至东屯茅屋一本无茅屋二字二首

驿:乃白帝城之驿。草堂:瀼西草堂也。

峡内—作里归田舍—作客,江边借马骑。非寻戴安道,似向习家池。山郭作地险风烟僻陈作合,天寒橘柚垂。筑场看敛积,一学楚人为。

短景难高卧,衰年强去声此身。山家蒸栗暖〔一〕,野饭射麋新〔二〕。世路知交薄,门庭畏客频。牧童斯—作须在眼,田父实为邻。

〔一〕王逸《玉论》:"黄如蒸栗。"
〔二〕《左传》:"麋兴于前,射麋丽龟。"

暂往一作住白帝,复还东屯

复作归田去,犹残获稻功。筑场怜穴蚁,拾穗许村童。落杵光辉白,除芒子粒红。加餐可扶老,仓庾一作廪慰飘蓬。

茅堂检校收稻二首

东屯茅堂。

香稻三秋末,平畴百顷间。喜无多屋宇,幸不碍云山。御裌裕同侵寒气〔一〕,尝新破旅颜。红鲜终日有,玉粒未吾悭。

〔一〕《秋兴赋》:"藉莞蒻,御袷衣。"

稻米炊能白,秋葵煮复新。谁云滑易饱,老藉软俱匀。种幸房州熟〔一〕,苗同伊阙春〔二〕。无劳映渠碗〔三〕,自有色如银。

〔一〕《唐书》:"房州房陵郡,属山南东道。武德元年,析迁州之竹山、上庸置。"
〔二〕伊阙县:属河南府,公有庄墅在焉。
〔三〕魏文帝《车渠碗赋序》:"车渠,玉属也。多纤理缛文,生于西国,其俗宝之。"陆倕《蠡杯铭》:"用迈羽杯,珍逾渠碗。"

刈稻了咏怀

稻获空云水，川平对石门。寒风疏草一作落木，旭一作晓日散鸡豚晋作犹。野哭初闻战，樵歌稍上声出村。无家问消息，作客信乾坤。

大历二年九月三十日

为客无时了，悲秋向夕终。瘴馀夔子国，霜薄楚王宫。草敌虚岚翠，花禁冷叶一作蕊红。年年小摇落，不与故园同。

十月一日

有瘴非全歇，为冬亦不难。夜郎溪日暖〔一〕，白帝峡风寒。蒸裹如千室〔二〕，焦俗作燋糖旧作糟，赵定作糖幸一柈盘同〔三〕。兹辰南国重，旧俗自相欢。

〔一〕按：唐黔中道黔、施、珍、思等州，皆古夜郎地，与巴夔接境。"溪"即五溪也。旧注"犍为有夜郎溪"，不知何据。
〔二〕《齐民要术》："蒸裹方七寸准，豉汁煮秫米、生姜、橘皮、胡芹、小蒜、盐，细切熬糁，膏油涂箬，十字裹之，糁在上，复以糁，屈牖箬之。"①

---

① "箬"，底本作"篆"，据《齐民要术·蒸缹法》改。

〔三〕《方言》:"饧,谓之餹。"《齐民要术》:"煮白饧,宜缓火,火急则焦气。"《四民月令》:"十月先冰冻,作京饧,煮暴饴。"

孟冬

殊俗还多事,方冬变所为。破甘霜落爪,尝稻雪翻匙。巫峡寒都薄,乌蛮—作黔溪瘴远随。终然减滩濑,暂喜息蛟螭。

朝二首

清旭楚宫南〔一〕,霜空万岭含。野人时独往,云木晓相参。俊鹘无声过,饥乌下食贪。病身终不动,摇落任江潭〔二〕。

〔一〕《江赋》:"视雾袯于清旭。"
〔二〕庾信《枯树赋》:"昔年杨柳,依依汉南。今看摇落,凄怆江潭。"

浦帆去声晨初发〔一〕,郊扉冷未开。林疏黄叶坠,野静白鸥来。础润休全湿〔二〕,云晴欲半回。巫山冬可怪,昨夜有奔雷。

〔一〕按:《释名》:"随风张幔曰帆。"《左传》注:"拔旗投衡上,使不帆,风差轻。"晋湛方生有《帆入南湖》诗,谢灵运有《游赤石进帆海》诗,皆读去声。

〔二〕《淮南子》:"山云蒸而柱础润。"

夜二首

白海盐刘氏校本作向夜月休弦,灯花半委—作委半眠。号山无定鹿,落树有惊蝉。暂忆江东鲙,兼怀雪下船。蛮歌犯星起,空—作重觉在天边。

城郭悲笳暮,村墟过翼稀。甲兵年数久,赋敛夜深归。暗树依岩落,明河绕塞微。斗斜人更望,月细鹊休飞。

雷

巫峡中宵动,沧江十月雷。龙蛇不成蛰,天地划争回。却碾空山过,深蟠绝壁来。何须妒云雨,霹雳楚王台。

闷

瘴疠浮三蜀,风云暗百蛮。卷帘惟白水,隐几亦青山。猿捷长难见,鸥轻故不还。无钱从滞客,有镜巧催颜。

戏作俳音排谐体遣闷二首

《史记》注："滑稽,犹俳谐也。"

异俗吁可怪〔一〕,斯人难并居。家家养蔡读去声乌鬼〔二〕,顿顿食黄鱼〔三〕。旧识能一作难为态〔四〕,新知已暗疏。治生且耕凿,只有不关渠〔五〕。

〔一〕《鲁灵光殿赋》："吁可畏乎,其骇人也。"

〔二〕《漫叟诗话》："川人家家养猪,每呼猪作乌鬼声,故谓之乌鬼。"《梦溪笔谈》："《夔州图经》称峡中人皆养鸬鹚,以绳系颈,使捕鱼,得则倒提出之,谓之乌鬼。"《邵氏见闻录》："夔峡之人,岁正月,十百为曹,设牲酒于田间,已而众操兵大噪,谓之养乌鬼。养,去声。长老言地近乌蛮,战死者多与人为厉,用以禳之。"《山谷别集》："峡中养雅雏,带以铜锡环,献之神祠中,谓之乌鬼。"《蔡宽夫诗话》："元微之《江陵》诗'病赛乌称鬼,巫占瓦代龟',自注云:'南人染病,竞赛乌鬼,楚巫列肆,悉卖龟卜。'乌鬼之名见于此。巴楚间常有杀人祭鬼者,曰乌野七头神,则乌鬼乃所事神名耳。或云养字乃赛字之误,理亦宜然。鸬鹚决非乌鬼,当从元注也。"《演繁露》："元微之尝投简阳明洞,有诗云:'乡味犹珍蛤,家神爱事乌。'乃知唐俗真有乌鬼也。"按:元诗见《长庆集》。元去公时近,又夔隶荆南,必与江陵同俗,他说皆未可信。"猪"与"鸬鹚",尤为无稽。

〔三〕《文字解诂》："续食曰顿。"吴曾《漫录》："'顿顿'字亦有所本。晋谢仆射、陶太常诣吴领军,日已中,客比得一顿食。"

〔四〕态:即交态之态。

〔五〕不关渠:言不与彼相关。

西历青羌坂—作板,非〔一〕,南留白帝城原注:顷岁自秦涉陇,从同谷县去游蜀,留滞于巫山。於音乌菟音徒,一作彀菟侵客恨〔二〕,粔音巨籹音女作人情〔三〕。瓦卜传神语〔四〕,畬田费火耕—作声,赵定作耕〔五〕。是非何处定?高枕笑浮生。

〔一〕青羌:注见十六卷。按:唐嘉州本古青衣羌,其地近邛崃九折坂,故曰"青羌坂"。唐咸通中,赵鸿《题杜甫同谷茅茨》诗云:"青羌迷道路,白社寄杯盂。"

〔二〕《左传》:"斗伯比淫于邧子之女,生子文焉。邧夫人使弃诸梦中,虎乳之。楚人谓乳'彀',虎'於菟',故命之曰'斗彀於菟'。"

〔三〕《招魂》:"粔籹蜜饵,有餦餭些。"注:"粔籹,以蜜和米面煎作之。" 补注:"粔籹,蜜饵也。吴谓之膏环,饵粉饼也。"《齐民要术》:"膏环,一名粔籹,用秫稻,米屑,水蜜溲之,强泽如汤饼面,手搦团,可长八寸许,屈令两头相就,膏油煮之。"

〔四〕《岳阳风土记》:"荆湖民俗,疾病不事医药,惟灼龟打瓦,或以鸡子卜求祟所在,使俚巫治之。"

〔五〕畬田:注见十五卷。

大觉高僧兰若而者切。原注:和尚去冬往湖南

《释氏要览》:"梵言阿兰若,唐言无诤,《四分律》云空静处。"

巫山不见庐山远〔一〕,松林—作间兰若秋风晚。一老犹鸣日暮钟,诸僧但乞蔡读去气切斋时饭〔二〕。香炉峰色隐晴湖,种杏仙家近白榆〔三〕。飞锡去年啼邑子〔四〕,献花何日许门徒〔五〕?

〔一〕庐山：注见三卷。远：远公也。李白诗："笑别庐山远。"

〔二〕钱笺："荆公《楞严疏》：'佛与比丘，辰巳间应供，名为斋时。'《僧祇律》云：'过此午时景，一发一瞬草叶等，则非食时也。'"

〔三〕远法师《庐山记》："山东南有香炉山，孤峰秀起，游气笼其上，即焚煴若香烟。其南岭临宫亭湖，下有神庙，以宫亭为号。""众岭中，第三岭极高峻。岭下半里许有重岩，上有悬崖，古仙之所居也。汉董奉馆于岩下①，常为人治病，病愈者令栽杏五株，数年之间，蔚然成林。计奉在人间近三百年，容状常如三十时，俄而升仙，绝迹于杏林。"《神仙传》："董奉居庐山治病，重者种杏五株，轻者一株，号董仙杏林。"古诗："天上何所有，历历种白榆。"《春秋运斗枢》："玉衡星散为榆。""近白榆"，言其高近乎天也。按：二句皆用庐山事，则"隐晴湖"乃彭蠡湖也。题下所注"湖南"谓彭蠡湖之南。

〔四〕飞锡：注见九卷。《汉·尹翁归传》："于定国欲属托邑子两人。"注："邑子，同邑人之子也。"

〔五〕《因果经》："善慧仙人持花七茎，欲以献佛。时灯照王出城迎佛，王臣礼敬，散献名花，花悉堕地。善慧即散五花，皆住空中，化成花台。后散二茎，亦止于空，即释迦牟尼佛也。"谢灵运《远法师诔》："今子门徒，实同斯艰。"

谒真谛寺禅师

兰若山高处，烟霞嶂几重？冷郭作冻泉依细石，晴雪落长松。问法看诗妄，观身向酒慵。未能割妻子〔一〕，卜宅近前峰。

〔一〕《南史》："宋周颙长于佛理，终日长蔬，虽有妻子，独处山舍。"

---

① "董奉"，底本作"董倿"，据《庐山记》改。

上卿翁请修武侯庙遗像缺落，时崔卿权夔州

崔卿翁：公之舅氏。

大贤为政即多闻，刺史真符不必分。尚有西郊诸葛庙，卧龙无首对江濆。

奉送卿二翁统节度镇军还江陵

火旗还锦缆〔一〕，白马出江城。嘹唳吟笳发，萧条别浦清。寒空巫峡曙，落日渭阳情。留滞嗟衰疾，何时见息兵？

〔一〕《考工记》："龙旂九斿，以象大火。鸟旟七斿，以象鹑火。"注："大火，苍龙宿之心。鹑火，朱鸟宿之柳。"赵曰："火旗，朱旗也。"

久雨期王将军不至

天雨萧萧滞—作带茅屋，空山无以慰幽独。锐头将军来何迟〔一〕，令我心中苦不足。数看黄雾乱玄云①，时听严风折乔木。泉源泠泠杂猿狖，泥泞晋作泽漠漠饥鸿鹄。岁暮穷阴

———

① "数看"，底本作"数将"，据诸善本改。

耿未已，人生会面难再得叶都木切，音笃。忆尔腰下铁丝箭，射杀林中雪色鹿。前者坐皮因问毛，知子历险人马劳。异兽如飞星宿落，应弦不碍苍山高。安得突骑只五千，崒然眉骨皆尔曹？走平乱世相催促，一豁明主正郁陶。忆一云恨昔范增碎玉斗〔二〕，未一作来使吴郭作吾兵着白袍〔三〕。昏昏阆阖闭氛祲〔四〕，十月荆南雷怒号〔五〕。

〔一〕锐头将军：白起，注见三卷。

〔二〕《汉书》："张良以玉斗献范增，增拔剑撞而碎之。"

〔三〕按：《南史》："陈庆之麾下悉着白袍，所向披靡。先是，洛中谣曰：'名军大将莫自牢，千兵万马避白袍。'""吴兵着白袍"定用此也。旧注引夫差、侯景事，或又引吕蒙白衣摇橹事，俱谬。"范增"二句，未详其指，疑比王将军之老谋而不见用。

〔四〕《唐书》："大历二年九月，吐蕃入寇邠、灵二州，京师戒严。"故云"阆阖闭氛祲"。

〔五〕雷出非时，亦兵气所感。

杜工部诗集卷之十八

大历中，公居夔州，出峡至江陵作。

虎牙行

《水经》："江水又东历荆门、虎牙之间。"注："荆门在南，上合下开，状似门；虎牙在北，石壁色红，间有白文，类牙形。二山，楚西塞也，水势急峻。"《后汉书》注："在今峡州夷陵县东南。"谢省曰："因篇内有虎牙二字，摘以为题，非正赋虎牙也，下《锦树行》亦然。"

秋一作北风欻吸吹南国〔一〕，天地惨惨无颜色。洞庭扬波江汉回，虎牙铜柱皆倾侧〔二〕。巫峡阴岑朔漠气，峰峦窈窕溪谷黑。杜鹃不来猿狖寒一作啼，山鬼幽忧雪霜逼。楚老长嗟忆炎瘴，三尺角弓两斛力〔三〕。壁立石《英华》作古城横塞起〔四〕，金错旌竿满云直。渔阳突骑猎青丘〔五〕，犬戎锁甲闻《英华》作围丹极〔六〕。八荒十年防盗贼，征戍诛求寡妻哭，远客中宵泪沾臆。

〔一〕《文选》注："欻吸，犹奄忽也。"谢朓《高松赋》："卷风飙之欻吸。"
〔二〕《水经注》："江水又东径汉平二百馀里，左自涪陵东出百馀里而届于积石，东为铜柱滩。"《一统志》："铜柱滩在重庆府涪陵江口。"
〔三〕《南史》："齐鱼复侯子响，勇绝人，开弓四斛力。"旧注："短弓难开，须两斛之力,以风寒而坚劲也。"

〔四〕白帝城在山上,故曰"石城"。

〔五〕渔阳:言安、史。青丘:注见十五卷。

〔六〕犬戎:言吐蕃。金锁甲:注见二卷。广德元年,吐蕃陷京师,故曰"围丹极"。

锦树行

今日苦短昨日休,岁云暮矣增离忧。霜凋碧树作_{荆作行,}_{吴作待}锦树^{〔一〕},万壑东逝无停留。荒戍之城石色古,东郭老人住青丘^{〔二〕}。飞书白帝营斗粟,琴瑟几杖柴门幽。青_{荆作春}草萋萋尽枯死,天马_{陈作骥}跂—作跛足随犛_{陵之切}牛^{〔三〕}。自古圣贤多薄命,奸雄恶少皆封—作封公侯。故国三年一消息,终南渭水寒悠悠。五陵豪贵反颠倒^{〔四〕},乡里小儿狐白裘。生男堕地要膂力,一生_{黄作生女}富贵倾邦—作家国。莫愁父母少黄金,天下风尘儿亦得^{〔五〕}。

〔一〕杨慎曰:"白诗'黄夹缬林寒有叶','夹缬',锦之别名,杜诗'霜凋碧树作锦树'同意。"

〔二〕东郭:公所居。按:《阻雨》诗"伫立东城隅"、《柴门》诗"东城干旱天",可证公瀼西居在夔州东郭。又按:《史记》"齐人东郭先生待诏公车",公以东郭先生自拟,故云"住青丘"。青丘:齐地,在青州乐安县。

〔三〕《山海经》:"荆山其中多犛牛。"注:"旄,牛属也,黑色,出西南徼外。"按:郭云:"旄,牛属。"其非即旄牛可知。旧注引《上林赋》,误。

〔四〕五陵:注见十三卷。

〔五〕傅玄乐府："男儿堕地称姝。"按：贵妃时，民间语曰"生男勿喜女勿悲，君看生女作门楣"，诗末正翻此。言风尘之时，男儿亦好，岂必生女能致富贵乎？世变之感，愈深愈痛。

自　平

自平宫中<small>苕溪渔隐云：东坡定作中官</small>吕太一，收珠南海千馀日〔一〕。近供生犀翡翠稀，复恐征戍干戈密。蛮溪豪族小动摇〔二〕，世封刺史非时<small>一作常</small>朝〔三〕。蓬莱殿前<small>一作里</small>诸主将，才如伏波不得骄。

〔一〕《旧书·代宗纪》："广德元年十二月甲辰，宦官市舶使吕太一逐广南节度使张休，纵兵大掠广州。"《韦伦传》："代宗即位，中官吕太一于岭南矫诏募兵为乱。"《通鉴》："张休弃城走端州，太一纵兵焚掠，官军讨平之。"黄曰："太一反于广德元年十二月，平之必在二年，至大历二年为三年，故曰'千馀日'也。"

〔二〕《旧唐书》："大历二年九月，桂州山獠陷州城，刺史李良遁去。"故曰"小动摇"。

〔三〕《唐书》："太宗时，溪洞蛮酋归顺者，皆世授刺史。"

钱笺："此诗言唐盛时处置蛮夷之法。'蛮溪豪族小动摇'，言其小小蠢动，朝廷置之不问也。'世封刺史非时朝'，不责以时朝之礼也，如此则蛮夷率俾，虽有伏波之将，不得生事于外夷也。'蓬莱殿前诸主将'指中官掌禁军者而言。"按：太一平后，蛮豪复小梗，公恐出镇者遽兴兵生事，故援羁縻之义以戒之。

寄裴施州

《唐书》："施州清江郡，属黔中道。" 裴施州：黄鹤云："裴冕也。"按：《旧书·裴冕传》："永泰元年三月，冕与裴遵庆等并集贤待制，俄充山陵使，表李辅国所昵术士刘烜为山陵使判官。烜抵法，冕坐贬施州刺史。数月移澧州，复征为左仆射。"又《代宗纪》："宝应元年九月，右仆射、山陵使裴冕贬施州刺史。广德二年二月，以澧州刺史裴冕为左仆射，兼御史大夫。"冕贬施岁月，《纪》《传》互异如此。考广德元年三月葬玄宗、肃宗，则冕山陵之命，必在广德元年以前，而不在永泰元年，明矣。冕自澧州征还，至永泰元年三月，方待制集贤，盖《本传》误也。公到夔州，冕已久居朝廷，不应有此寄及。考诗云"几度寄书白盐北，苦寒赠我青羔裘"，公以大历二年秋移居东屯，东屯正在白盐之北，公《移东屯》诗"白盐危峤北"可证，则知是诗乃二年冬所作也。史载：二年二月，左仆射裴冕置宴于子仪之第，是冬何得在施州？又况冕先镇成都，公必与相往还，诗中绝不及之。所云"自从相遇减多病，三岁为客宽边愁"，意公遇裴在去蜀之年。其人名不可考，而必非即裴冕也。黄鹤误以为冕，他家都无此说。又编入云安诗，与"寄书白盐"语尤刺戾，特为正之。

廊庙之具裴施州，宿昔一逢无比一作此流。金钟大镛在东序，冰壶玉衡《英华》注：一作珩悬清秋。自从相遇感《英华》作减多病，三岁为客宽边愁。尧有四岳明至理，汉二千石真分忧〔一〕。几度寄书白盐北，苦寒寄我青羔《英华》作丝，一作缣裘〔二〕。霜雪回光避锦袖，龙蛇刊作蛟龙动箧蟠银钩〔三〕。紫衣使者辞复命，再拜故人谢佳政。将老已失子孙忧，后来况接才华盛《英华》此句下有"遥忆书楼碧池映"七字〔四〕！

〔一〕《汉·百官公卿表》:"郡守,秦官,秩二千石。"

〔二〕《西京杂记》:"刘向作弹棋献成帝,以代鞠蹴,帝大说,赐青羔裘、紫丝履。"

〔三〕《书薮》:"欧阳率更书飞白,冠绝,有龙蛇战斗之象。"银钩:注见七卷。

〔四〕才华盛:指裴施州言之,旧注非。

郑典设自施州归

吾怜荥阳秀,冒暑初有适。名贤慎出处一作所出,不肯妄行役。旅兹殊俗远,竟以屡音虑空迫。南谒裴施州〔一〕,气合无险僻。攀援悬根木〔二〕,登顿入天他本作矢,非石〔三〕。青山自一川,城郭洗忧戚。听子话此邦,令我心悦怿。其俗则一作甚淳朴,不知有主客。温温诸侯门,礼亦如古昔。敕厨倍常羞,杯盘颇狼籍〔四〕。时虽属丧乱,事贵赏一作当匹敌。中宵愜良会,裴郑非远戚。群书一万卷,博涉供务隙。他日辱银钩,森疏见矛戟〔五〕。倒屣喜旋归,画地求一作来所历。乃闻风土质,又重田畴辟。刺史似寇恂〔六〕,列郡宜竞借蔡读咨昔切,他本作惜〔七〕。北风吹瘴疠,羸老思散策。渚拂蒹葭寒,峤穿萝茑幂。此身仗儿仆,高兴潜有激〔八〕。孟冬方首去声路,强饭取崖壁。叹尔疲驽骀,汗沟血不赤〔九〕。终然备外饰,驾驭何所益?我有平肩舆,前途犹准的。翩翩入鸟道,庶脱蹉跌厄〔一〇〕。

〔一〕裴施州：见上篇。《九域志》："施与夔为邻,在夔之南三百馀里。"

〔二〕江总赋："岸木悬根。"

〔三〕入天石：言石势之参天也,公《瞿唐》诗"入天犹石色"可证。旧本讹作"矢",须溪云"暗用李广射石没羽事",此喜新之见,笺杜诗正不宜尔。

〔四〕《滑稽传》："履舄交错,杯盘狼籍。"

〔五〕《书苑》："欧阳询真行之书,出于大令,森然如武库矛戟。"

〔六〕寇恂：注见十卷。

〔七〕按："竞借"从草堂本为正,谢灵运《山居赋》"怨浮龄之如借",叶入声,音迹。

〔八〕高兴、有激：言己亦思谒裴,而以孟冬为期。

〔九〕《赭白马赋》："膺门沫赭,汗沟走血。"注："汗沟,马中脊也。"马援《铜马相法》："汗沟欲深长。"

〔一〇〕言涉险非驽马所堪,必肩舆,庶无蹉跌。

写怀二首

劳生共乾坤〔一〕,何处异风俗。冉冉自趋竞,行行见羁束。无贵贱不悲,无富贫亦足〔二〕。万古一骸骨,邻家递歌哭。鄙夫到巫峡,三岁如转烛〔三〕。全命甘留滞,忘情任荣辱。朝班及暮齿,日给还脱粟。编蓬石城东〔四〕,采药山北谷。用心霜雪间,不必条蔓绿〔五〕。非关故安排,曾是顺幽独〔六〕。达士如弦直,小人似钩曲〔七〕。曲直吾不知,负暄候樵牧。

〔一〕《庄子》："大造劳我以生。"

〔二〕阮籍《大人先生传》："无贵则贱者不怨，无富则贫者不争，各安于身而无所求也。"

〔三〕公以永泰元年到云安，至大历二年为三岁。

〔四〕《尚书大传》："子夏作壤室，编蓬户，弹琴瑟其中。"

〔五〕"霜雪"二句：自言守岁寒而无慕荣华。

〔六〕谢灵运诗："安排徒空言，幽独赖鸣琴。"

〔七〕《后汉书》："顺帝末京师童谣云：'直如弦，死道边。曲如钩，封公侯。'"

夜深坐南轩，明月照我膝。惊风翻河汉，梁栋日已出<small>他本作已出日</small>。群生各一宿，飞动自俦匹。吾亦驱其儿，营营为私实<small>晋作室</small>。天寒行旅稀，岁暮日月疾。荣名忽中人〔一〕，世乱如虮虱。古者三皇前，满腹志愿毕〔二〕。胡为有结绳，陷此胶与漆〔三〕？祸首燧人氏，厉阶董狐笔〔四〕。君看灯烛张，转使飞蛾密〔五〕。放神八极外，俯仰俱萧瑟。终契如往还<small>一作终然契真如</small>，得匪合<small>一作金</small>仙术〔六〕？

〔一〕《九辩》："薄寒之中人。"

〔二〕《庄子》："鼹鼠饮河，不过满腹。"

〔三〕待绳约胶漆而固者，是侵其德也。附离不以胶漆，约束不以缠索。

〔四〕嗜欲起于火食，是非生于良史，故云"祸首"、"厉阶"。

〔五〕飞蛾赴烛，言荣名之"中人"如此。

〔六〕"终契"二句难解。按：《文选》孙楚《陟阳候》诗"齐契在今朝"，注引《说文》："契，大约也。言齐死生，契在于今朝。""终契"即"齐契"之契也。"如往还"即《吴越春秋》所云"生往死还"也。如此说稍通，终属晦僻。蔡兴宗、赵次公俱从别本，定作"终然契真如，得匪金仙术"。"金仙"，佛也。其义似优，当据此改正。

可 叹

　　天上浮云如一作似白衣,斯须改变如苍狗〔一〕。古往今来共一时,人生万事无不有。近者抉眼去其夫〔二〕,河东女儿身姓柳。丈夫正色动引经,丰城客子王季友〔三〕。群书万卷常暗诵,《孝经》一通看在手。贫穷老叟家卖屐一作履,好事就之为携酒〔四〕。豫章太守高帝孙〔五〕,引为宾客敬颇久。闻道三年未曾语〔六〕,小心恐惧闭其口。太守得之更不疑,人生反复看亦一作已丑。明月无瑕岂容易〔七〕,紫气郁郁犹冲斗〔八〕。时危可仗真豪俊,二人得置君侧否?太守顷者领山南黄作在南山,非〔九〕,邦人思之比父母。王生早曾拜颜色〔一〇〕,高山之外皆培部苟切塿路苟切〔一一〕。用为羲和天为成,用平水土地为厚。王也论道阻江湖,李也疑一作凝丞旷前后〔一二〕。死为星辰终不灭〔一三〕,致君尧舜焉肯朽?吾辈碌碌饱饭行,风后力牧常回首〔一四〕。

〔一〕《晋·天文志》:"郑云如绛衣。"又云:"祥云如狗,赤色长尾。"

〔二〕《吴世家》:"子胥将死,曰:抉吾眼置吴东门。"抉眼去其夫:言如抉眼中之物而去之。

〔三〕《唐书》:"丰城县属洪州豫章郡。"

〔四〕《扬雄传》:"好事者载酒肴从游学。"

〔五〕高帝孙:李勉也。《唐书·世系表》:"郑惠王元懿生安德郡公琳,琳生择言,择言生勉。"《旧唐书》:"勉历河南尹,徙洪州刺史、江西观察使。大历二年四月,拜京兆尹、御史大夫。"

〔六〕黄曰:"隆兴有石幢,载勉在张镐之后、魏少游之前。镐以广德二年九月卒,勉即以是月继之,至大历二年,凡三年。此诗乃入为京尹时作,故曰'三年未曾语'也。"

〔七〕《淮南子》:"明月之珠,不能无颣。"

〔八〕紫气:丰城剑也。季友,丰城人,故用之。言季友之贤,为太守所信,乃至见弃于妻,此事之反覆而可丑者,然其才则如珠光剑气,岂得而掩没之哉?

〔九〕《旧唐书》:"肃宗宝应初,勉为梁州刺史、山南西道观察使。"

〔一〇〕早曾拜颜色:谓己与王生相遇之早。

〔一一〕《说文》:"培塿,小土山。"《方言》:"冢,秦晋间谓之培塿。"

〔一二〕《尚书大传》:"古者天子必有四邻,前曰疑,后曰丞,左曰辅,右曰弼。"

〔一三〕《庄子》:"傅说得之以相武丁,乘东维,骑箕尾,而比于列星。"

〔一四〕《帝王世纪》:"黄帝得风后于海隅,进以为相;得力牧于大泽,进以为将。"

此诗为季友作也。季友,肃、代间人,殷璠谓其诗放荡,爱险务奇,然而白首短褐。钱起有《赠季友赴洪州幕》诗云:"列郡皆用武,南征所从谁。诸侯重才略,见子如琼枝。"即"豫章宾客"之事也。《潘淳诗话》载《唐江西新幢子记题名》云:"使兼御史中丞李勉,兼监察御史王季友。"盖勉罢河南尹,以御史中丞归西台,出为江西观察使,故结衔如此。于邵《送王司议季友赴洪州序》云:"洪州之为连率,旧矣,朝廷重于镇,定咨尔宗支,勉移独坐之权,专方面之寄,是以王司议得为副车。"今按此诗"丰城客子"云云,则季友只在勉幕府耳。《题名》及《序》所云,与"白首短褐"语不合,疑御史、司议止是虚衔,未尝官于朝也。季友虽云豪俊,何至许以良相?盖季友为妻所弃,时议必多嗤薄之者。公盛称其人,以破俗见,明事变无常,不足为贤者之累也。

观公孙大娘弟子舞剑器行 并序

大历二年十月十九日,夔府别驾元持—作特宅,见临颖李十二娘舞剑器，壮其蔚跂，问其所师，曰："余公孙大娘弟子也。"开元三—作五载，余尚童稚，记于郾城观公孙氏舞剑器浑脱〔一〕，浏漓顿挫，独出冠时。自高头宜春、梨园二伎—作教坊内人〔二〕，洎外供奉《英华》有"舞女"二字，晓是舞者，圣文神武皇帝初，公孙一人而已〔三〕。玉貌锦—作绣衣，况余白首。今兹弟子，亦匪盛颜。既辨其由来，知波澜莫二，抚事慷慨，聊为《剑器行》。昔吴人张旭善草书书帖，数尝于邺—作鄴县见公孙大娘舞西河剑器，自此草书长进，豪荡感激〔四〕，即公孙可知矣。

昔有佳人公孙氏，一舞剑器动四方。观者如山色沮丧，天地为之久低昂。㸌户沃切如羿射九日落〔五〕，矫如群帝骖龙翔〔六〕。来《英华》作末如雷霆收震怒〔七〕，罢如江海凝清光。绛唇珠袖两寂寞，晚旧作况，非有弟子传芬芳。临颖美人在白帝，妙舞此曲神扬扬。与余问答既有以，感时抚事增惋伤。先帝侍女八千人，公孙剑器初第一。五十年间似反掌〔八〕，风尘澒洞昏王室。梨园弟子散如烟，女乐馀姿映寒日。金粟堆南木已拱〔九〕，瞿唐石城草《英华》作暮萧瑟。玳筵急管曲复终〔一〇〕，乐极哀来月东出。老夫不知其所往，足茧荒山转愁疾〔一一〕。

〔一〕《唐书》："临颖、郾城二县俱属许州。"段安节《乐府杂录》："健舞曲有稜大、阿连、柘枝、剑器、胡旋、胡腾等。软舞曲有凉州、绿腰①、苏合香、屈柘、团圆旋、甘州等。"《通鉴》："中宗宴近臣，令各效伎艺为乐，将作大匠宗晋卿舞浑脱。"胡三省注："长孙无忌以乌羊毛为浑脱毡帽，人多效之，谓之

---

① "绿腰"，底本作"丝腰"，据《乐府杂录》改。

赵公浑脱,因演以为舞。"杨慎曰:"《唐书》吕元泰《疏》:'比见坊邑率为浑脱队,骏马胡服,名曰苏莫遮。''浑脱队'即浑脱舞也。'苏莫遮',胡帽,今曲名有之。"

〔二〕崔令钦《教坊记》:"右教坊在光宅坊,左教坊在延政坊。右多善歌,左多工舞。妓女入宜春院谓之内人,亦曰前头人,尝在上前也。"《雍录》:"开元二年正月,置教坊于蓬莱宫侧,上自教法曲,谓之梨园弟子。天宝中,即东宫置宜春北院,命宫女数百人为梨园弟子。梨园在光化门北。光化门者,禁苑南面西头第一门。"

〔三〕《明皇杂录》:"上素晓音律,安禄山献白玉箫管数百事,陈于梨园,自是音响不类人间。诸公主及虢国以下,竞为贵妃弟子。每授曲之终,皆广有进奉。时公孙大娘能为《邻里曲》及裴将军满堂势、西河剑器、浑脱舞,妍妙皆冠绝于时。"

〔四〕李肇《国史补》:"张旭草书得笔法,后传崔邈、颜真卿。旭尝言:'始吾见公主担夫争路,而得笔法之意,后见公孙氏舞剑器,而得其神。'"

〔五〕燿:灼也。梁元帝赋:"睹燿火之迢遥。"《淮南子》:"尧时十日并出,尧令羿射中九日,日乌皆死,堕其羽翼。"

〔六〕夏侯玄赋:"又如东方群帝兮,腾龙驾而翱翔。"

〔七〕刘辰翁曰:"'雷霆收震怒',谓其犹殷殷有声也。"

〔八〕自开元五年至是年,凡五十一年。

〔九〕明皇泰陵在金粟山,注见十卷。

〔一〇〕江总诗:"玳筵欢趣密。"鲍照《乐府》:"催筵急管为君舞。"

〔一一〕《战国策》:"苏子足重茧,日百而舍。"注:"茧,足胝也。"

荆南兵马使太常卿赵公大食刀歌

太常卿:赵之兼官。《旧唐书》:"大食本在波斯之西,兵刀劲利,其俗勇于战斗。"

太常楼船声嗷嘈[一],问兵刮寇趋_{陈作超}下牢[二]。牧出令奔飞百艘_{音骚}[三],猛蛟突兽纷腾逃。白帝寒城驻锦袍,玄冬示我胡国刀。壮士短衣头虎毛[四],凭轩拔鞘_{所交切}天为高。翻风转日木_{一作水}怒号,冰翼云_{一作雪}淡伤哀猱[五]。镌错碧罂_{音英}鹈_{音匹}鹕_{音题}膏[六],铓锷_{一云铦锋}已莹虚秋涛[七]。鬼物撇捩辞_{陈作乱,《正异》定作辞}坑壕[八],苍水使者扪赤绦_{他刀切,亦作绦}[九],龙伯国人罢钓鳌[一〇]。芮公回首颜色劳[一一],分阃_{荆作壶}救世用贤豪。赵公玉立高歌起[一二],揽环结佩相终始[一三]。万岁持之护天子,得君乱丝与君理[一四]。蜀江如线如针_{一作针如水}[一五],荆岑弹丸心未已[一六]。贼臣恶子休干纪,魑魅魍魉徒为耳,妖腰乱领敢欣喜。用之不高亦不庳[一七],不似长剑须天倚[一八]。吁嗟光禄英雄弭[一九],大食宝刀聊可比。丹青宛转麒麟里,光芒六合无泥滓。

〔一〕沈约赋:"声嗷嘈而远迈。"

〔二〕下牢:注见十六卷。夔州本隶荆南,故荆南兵马使以"刮寇"至也。

〔三〕牧:州牧。令:邑令也。艘:船之总名。

〔四〕头虎毛:首蒙虎皮也。

〔五〕《酉阳杂俎》:"王天运征勃律还,忽惊风四起,雪花如翼。""冰翼"恐亦此义。势回风日,色薄冰云,极言刀之利也。

〔六〕镌:刻也。错:磨也。罂:长颈瓶。《尔雅》注:"鹈鹕,似凫而小,膏中莹刀。"①戴暠诗:"剑莹鹈鹕膏。"一云:"碧罂,以盛膏者。"

① "刀",底本作"刀剑",据《尔雅》注删。

〔七〕虚秋涛：言锋锷莹如秋水。

〔八〕撇捩：奔逸也。辞坑壕：越壕堑而去也。

〔九〕《搜神记》："秦时有人夜渡河，见一人丈馀，手横刀而立，叱之，乃曰：'吾苍水使者也。'"赵曰："'赤絛'，以赤色丝为绳，刀饰也。'扣赤絛'，将拔刀也。"

〔一〇〕《列子》："龙伯之国有大人，举足不盈数步，而暨五山之所，一钓而连六鳌。"言此刀锋锷磨莹愈明，鬼物见之，无不惊逸，如苍水使者甫扣刀而钓鳌之人亦为辟易也。

〔一一〕旧注："芮公，荆南节度使也。"按：唐惟豆卢钦望、豆卢宽封芮公，而不在大历间。《旧书·卫伯玉传》："广德元年，拜江陵尹，充荆南节度观察等使。大历初，丁母忧，朝廷以王昂代之。伯玉讽将吏留己，遂起复，再为节度，至大历十一年入觐卒。"则是时节度荆南者，乃伯玉也。伯玉以大历二年六月封阳城郡王，或由芮公进封阳城，亦未可知，史失之不详耳。

〔一二〕桓温《表》："抗节玉立，誓不降辱。"

〔一三〕揽环结佩：言揽刀环而佩服之。

〔一四〕谢承《后汉书》："方储为郎中，章帝以繁乱丝付储使理，储拔刀三断之，曰：'反经任势，临事宜然。'"《北齐书》："神武使诸子理乱丝，文宣抽刀斩之，曰：'乱者必斩。'"言荆南芮公以西顾为忧，任贤济世，于是赵公起而应之，欲终始佩服此刀，除乱萌以安王室。

〔一五〕旧注："蜀江至瞿唐，为峡所束如线。"

〔一六〕《登楼赋》："蔽荆山之高岑。"注："《汉书》：临沮县，荆山在东北。"

〔一七〕《射雉赋》："揆悬刀，骋绝伎，如輗如轩，不高不埤。"注："埤，短也。埤与庳古字通用。"

〔一八〕宋玉《大言》："长剑耿介倚天外。"言赵公此刀，以平区区荆蜀之梗，无足难者。彼贼臣干纪，用之以诛斩其腰领，高下不差，岂似倚天长剑但为夸大之辞哉！

〔一九〕光禄：未详。赵曰："赵公兼官也。"弭：言弭乱。

王兵马使二角鹰

角鹰：注见七卷。

悲台萧飒—作瑟石巃嵸，哀壑权桠浩呼汹〔一〕。中有万里之长江，回风滔陈作陷日孤光动〔二〕。角鹰翻倒壮士臂，将军玉帐轩翠—作昂，一作勇气〔三〕。二鹰猛脑絛徐坠旧作徐侯穄，荆公改作絛徐坠，诸本皆从之〔四〕，目如愁胡视天地〔五〕。杉鸡竹兔不自惜〔六〕，孩吴作溪虎野羊俱辟易〔七〕。鞲上锋棱十二翮〔八〕，将军勇锐与之敌。将军树勋起安西〔九〕，昆仑虞泉入马蹄〔一〇〕。白羽曾肉三狻先丸切猊五兮切〔一一〕，敢决岂不与之齐？荆南芮公得将军〔一二〕，亦如角鹰下翔—作入朔云。恶鸟飞飞啄金屋，安得尔辈开其群，驱出六合枭鸾分〔一三〕。

〔一〕权桠：不齐貌。
〔二〕回风滔日：即"滔天"之"滔"。
〔三〕玉帐：注见七卷。《甘泉赋》："飏翠气之宛延。"善曰："言宫观之高，故翠气宛延在其侧而飏之。"赵曰："'轩翠气'言壮士臂鹰于前轩，开玉帐之翠气也。"
〔四〕潘尼《苦雨赋》："始蒙瀎而徐坠。"
〔五〕愁胡：注见一卷。
〔六〕《临海异物志》："杉鸡，头有长黄毛，冠颊正青，常在杉树下。竹兔，小如野兔，食竹叶。"
〔七〕孩虎：犹云乳虎也。《本草》："山羊，即《尔雅》羱羊，一名野羊，善斗至死。"

〔八〕傅玄《鹰赋》："左目若侧，右视如倾。劲翮二六，机连体轻。"

〔九〕安西：注见首卷。

〔一〇〕《淮南子》："日入于虞渊。"唐讳"渊"，故云"泉"。

〔一一〕《上林赋》："弯蕃弱，满白羽。"注："羽，箭也。"《尔雅》："㺎狿，如虦猫，食虎豹。"注："狮子也。"肉㺎狿：言得而肉之也。

〔一二〕芮公：注见上篇。

〔一三〕《辨命论》："枭鸾不接翼。"

冬　至

年年至日长为客，忽忽穷愁泥_{乃计切}杀人。江上形容吾独老，天边_{一作涯}风俗自相亲。杖藜雪后临丹壑，鸣玉朝来散紫宸。心折此时无一寸，路迷何处是_{一作见}三秦〔一〕？

〔一〕《史记》："项羽分秦地为三：章邯为雍王，都废丘。司马欣为塞王，都栎阳。董翳为翟王，都高奴。谓之三秦。"

小　至

《唐会要》："开元八年，中书、门下奏《开元新格》，冬至日祀圜丘，遂用小冬日视朝。"张性曰："小至，谓至前一日，如小寒食之义。"按：今人呼除夕前一日为小除夕，"小至"义同此，即《会要》所云"小冬日"也。

天时人事日相催，冬至阳生春又来。刺_{七迹切}绣五纹_{一作}

851

文添弱线〔一〕,吹葭六琯动浮海盐刘氏校本作飞灰〔二〕。岸容待腊将舒柳,山意冲寒欲放梅。云物不殊乡国异〔三〕,教儿且覆掌中杯〔四〕。

〔一〕《史记》:"刺绣纹不如倚市门。"线有五色,故云"五纹"。添线:注见四卷。

〔二〕葭:芦也。琯:以玉为之,凡十有二。六琯:举律以该吕也。《后汉·律历志》:"候气之法,为室三重,布缇缦,木为案,内庳外高,加律其上,以葭莩灰抑其内端,按历候之,气至者灰去。"注:"葭莩出河内。"

〔三〕《左传》:"凡分、至、启、闭,必书云物。"

〔四〕鲍照《三日》诗:"临流竞覆杯。" 补注 钱笺:"旧注引'覆杯池'及《礼记》'覆醢'为解。偶观李太白《宴北湖》诗云'感此劝一觞,愿君覆瓠壶。荣盛当作乐,无令后贤吁',则知'覆杯'乃倾壶倒瓮、及时行乐之意。二公诗正可相发明也。"

柳司马至

有客归三峡,相过问两京。函关犹出俗本一作自将〔一〕,渭水更屯兵。设备邯郸道〔二〕,和亲逻力佐切迤苏简切,《唐书》作娑,《韵会》云:娑,或作迤,通作些城〔三〕。幽燕惟鸟去,商洛少人行。衰谢身何补?萧条病转婴。霜天到宫阙,恋主寸心明。

〔一〕函关:注见十六卷。

〔二〕《汉书》:"文帝至霸陵,慎夫人从,帝指视新丰道曰:'此走邯郸道也。'"

〔三〕《旧唐书·吐蕃传》："其人或随畜牧,而不常厥居,然颇有城郭,其国都城号逻些城。"《新书》："吐蕃赞普居跋布川,或居逻娑川。咸亨元年,诏大将军薛仁贵为逻娑道行军大总管。"又《地理志》："赞普察神所二百五十里,至农歌驿。逻娑在东南,距农歌二百里。唐使至,吐蕃宰相每遣使迎候于此。"

时吐蕃寇灵、邠,京师戒严,又河北诸镇多跋扈,朝命不通,公诗所以叹之。

别李义

按:诗云"中外贵贱殊",是义与公为中表戚。

神尧十八子,十七王其门〔一〕。道国洎舒国,实惟亲弟昆〔二〕。中外贵贱殊,余亦忝诸孙〔三〕。丈人嗣三叶_{诸本作王业,非}〔四〕,之子白玉温〔五〕。道国继德业,请从丈人论。丈人领宗卿〔六〕,肃睦古制敦。先朝纳谏诤,直气横乾坤。子建文章_{郭作笔壮},河间经术存〔七〕。尔_{他本俱作温}克富诗礼,骨清虑不喧。洗_{音洒}然遇知己,谈论淮湖_{一作河}奔〔八〕。忆昔初见时,小襦绣芳荪〔九〕。长成忽会面,慰我久疾魂。三峡春冬交,江山云雾昏。正宜且聚集,恨此当离樽。莫怪执杯迟,我衰涕唾烦〔一〇〕。重问子何之?西上岷江源。愿子少干谒,蜀都足戎轩。误失将帅意,不如亲故恩。少年早归来,梅花已飞翻。努力慎风水,岂惟数盘飧?猛虎卧在岸,蛟螭出无痕。王子自爱惜,老夫困石根。生别古所嗟,发声为尔吞。

〔一〕《通鉴》:"天宝十三载二月,上高祖谥曰神尧大圣光孝皇帝。"鲍曰:"高祖二十二子,卫怀王玄霸、楚哀王智云皆先薨。太子建成、巢王元吉以事诛,诏除籍,故止言'十八'。太宗有天下,止十七子封王。"

〔二〕《唐书》:"道王元庆,高祖第十六子。舒王元名,第十八子。"赵曰:"详味诗意,李乂者,道国之裔孙,而公则舒国后裔之外孙也。旧注却云杜与李俱出陶唐,是何梦语!"

〔三〕钱笺:"按公《祭外祖祖母文》曰:'纪国则夫人之门,而舒国则府君之外父。''外父'者,即外王父也。公为舒国外孙之外孙,故曰'余亦忝诸孙',赵注未详。"

〔四〕丈人:李乂之父。

〔五〕之子:谓乂也。

〔六〕《唐书》:"宗正寺卿一人,从三品,掌天子族亲属籍,以别昭穆。"

〔七〕汉河间王:注见十四卷。

〔八〕"丈人领宗卿"以下,应"丈人嗣三叶"。"尔克富诗礼"以下,应"之子白玉温"。

〔九〕《急就篇》注:"短衣曰襦,自膝以上。"荪:芳草。谢灵运诗:"挹露馥芳荪。"

〔一○〕《解嘲》:"涕唾流沫。"

《杜诗博议》:"按《旧书》:'道王元庆,麟德元年薨。子临淮王诱嗣,次子询。询子微,神龙初封为嗣道王,景云元年官宗正卿卒;子鍊,开元二十五年袭封嗣道王,广德中,官宗正卿。'《新书·宗室世系表》于道孝王元庆之下,首书嗣王诱,次书嗣王宗正卿微、嗣王宗正卿鍊、嗣王京兆尹实。《困学纪闻》云'乂盖微之子',以予考之,不然。乂乃鍊之诸子,而实之弟耳。诗云'丈人嗣三叶',丈人谓鍊。自诱至鍊,为嗣道王者三世,故曰'嗣三叶'也。又云'丈人领宗卿,肃穆古制敦。先朝纳谏诤,直气横乾坤',按《旧志》：'天宝十载正月，遣太子率更令嗣道王鍊，祭沂山东安公。'则鍊在玄宗时，已蒙任使，所云'先朝纳谏诤'者，盖玄宗也。又云'忆昔初见时，小襦绣芳荪。长成忽会面，慰我久客魂'与'少年早归来，梅花已飞翻'、'王子自爱惜，老夫困石根'等语，皆前辈谆勉之词。盖公天宝中曾见义于京师，年尚少，今来巫峡，将入蜀干谒，故以'猛虎'、'蛟螭'戒之。若令义为微之子，则微卒于景云中，去大历二年且五十六七载，义之齿当长于公，安得目为'少年'而自居'老夫'乎？由此言之，则义为鍊之诸子审矣。"

送高司直寻封阆州

丹雀衔书来[一]，暮栖何乡树①？骅骝事天子[二]，辛苦在道路。司直非冗官，荒山甚无趣。借问泛舟人，胡为入云雾？与子姻娅间，既亲亦有故。万里长江边，邂逅一相遇。长卿消渴再，公幹沉绵屡音虑。清谈慰老夫，开卷得佳句。时见文章士，欣然淡《英华》作谈情素。伏枕闻别离，畴能忍漂寓？良会苦短促，溪行水奔注。熊罴咆空林，游子慎驰骛。西谒巴中侯[三]，艰险如跬步。主人不世才，先帝常特顾。拔为天军佐[四]，崇大王法度。淮海生清风，南翁尚思慕[五]。公宫造广厦，木石乃无数。初闻伐松柏，犹卧天一柱[六]。我瘦一作病书不成，成字读一作字亦误。为我问故人，劳心练征戍。

〔一〕《周礼》疏："《中候·我应》云：'季秋甲子，赤雀衔丹书入丰，止于昌户，昌拜稽首，受其文。'"《遁甲》："赤雀不见，则国无贤。"注："赤雀，主衔

---

① "栖"（棲），底本作"楼"（樓），据诸善本改。

书,阳精也。"

〔二〕穆王八骏,一曰骅骝。

〔三〕巴中侯:指封阆州。

〔四〕天军:禁军也。《汉·天文志》:"虚危南有众星,曰羽林天军。"

〔五〕南翁:注见十六卷。封阆州必尝官淮海,故云"尚思慕"。

〔六〕伐松柏而天柱则卧之,叹封阆州以廊庙之才,不得大用。

奉送蜀州柏二别驾将中丞命,赴江陵起居卫尚书太夫人,因示从弟行军司马位

别驾:中丞之弟。《旧唐书·代宗纪》:"大历元年五月,加荆南节度使卫伯玉检校工部尚书。"钱笺:"《唐书·世系表》:'杜济与位同出杜景秀下,并征南十四代孙。'公为征南十三叶,集有《示从孙济》诗,斯为合矣。位,又称'从弟',何与?《新表》承用谱牒,恐必有误。"

中丞问俗画熊频〔一〕,爱弟传书彩鹢新。迁转五州防御使〔二〕,起居八座太夫人〔三〕。楚宫腊送荆门水,白帝云偷碧海春。报与—作与报惠连书不惜〔四〕,知吾斑鬓总如银〔五〕。

〔一〕《后汉·舆服志》:"三公、列侯车,倚鹿较,伏熊轼,黑幡。"颜师古曰:"'倚鹿较'者,画立鹿于车之前、两輎外也。'伏熊轼'者,车前横轼为伏熊之形也。"

〔二〕《唐书·方镇表》:"广德二年置夔忠涪防御使,治夔州,原领夔、峡、忠、归、万五州,隶荆南节度。"刘禹锡《夔州刺史厅壁记》:"武德七年,夔州名都督府,督黔巫一十九郡。开元中,犹领七州。天宝初,罢州置郡,号

云安。至德二年,命嗣道王錬为太守,赐之旌节,统峡州五郡军事。乾元初,复为州,偃节于有司,第以防御使为称,寻罢,以支郡隶江陵。"按:柏中丞为夔州都督,时自都督迁防御也。

〔三〕《初学记》:"光武分尚书为六曹,并一令、一仆射,谓之八座。魏有五曹,与二仆射、一令,谓之八座。隋以六尚书、左右仆射,合为八座。唐同。"《后汉·岑彭传》:"大长秋,以朔望问太夫人起居。"注:"汉法,列侯之母方称太夫人也。"

〔四〕《宋书》:"谢惠连能属文,族兄灵运嘉赏之,云:'每对惠连,辄得佳句。'"

〔五〕《秋兴赋》:"斑鬓彪以承弁。"

奉贺阳城新、旧《唐书》作城阳郡王太夫人恩命加邓国太夫人原注:阳城郡王,卫伯玉也

按:《旧书·代宗纪》:"大历二年六月壬寅,荆南节度使卫伯玉封城阳郡王。"又《本传》:"大历初,丁母忧,当代,伯玉讽将吏留已,遂起复再任。"今诗乃贺其母受封,盖伯玉封王后,母亦进封大国,则大历初母未尝没也。《本传》既误,《通鉴》又以伯玉遭母忧在六年夏四月,益与二《史》牴牾,俟博闻者考焉。

卫幕衔恩重,潘舆送喜频〔一〕。济时瞻上将,锡号戴慈亲。富贵当如此,尊荣迈等伦。郡依封土旧,国与大名新〔二〕。紫诰鸾回纸〔三〕,清朝如字燕贺人〔四〕。远传冬笋味〔五〕,更觉彩衣春。奕叶班姑史〔六〕,芬芳孟母邻。义方兼有训,词翰两如神。委曲承颜体,鶱飞报主身。可怜忠与孝,双美画

一作映麒麟。

〔一〕潘岳《闲居赋》:"太夫人乃御板舆,升轻轩。"
〔二〕郡封仍是阳城,故曰"旧";夫人加号邓国,故曰"新"。
〔三〕紫诰:注见二卷。庾信《贺娄慈碑》:"台堪走马,书足回鸾。"
〔四〕《淮南子》:"大厦成而燕雀相贺。"
〔五〕冬笋:用孟宗事,见十卷。
〔六〕《后汉·列女传》:"扶风曹世叔妻者,同郡班彪之女名昭,字惠姬。兄固,著《汉书》,其八《表》及《天文志》未竟而卒。和帝诏昭就东观藏书阁,踵而成之。"

送田四弟将军将夔州柏中丞命起居江陵节度阳城郡王卫公幕—云夔府送田将军赴江陵

离筵罢多酒,起地发寒塘。回首中丞座,驰笺异姓王。燕辞枫树日,雁度麦城霜〔一〕。定—作空醉山翁酒,遥怜似葛强〔二〕。

〔一〕《水经注》:"沮水又东径驴城西、磨城东,又南径麦城西。"《郡国志》:"荆州当阳县东南有麦城。"《一统志》:"在当阳县东六十里。"
〔二〕"山翁"比卫公,"葛强"比田将军。

寄杜位 原注:顷者与位同在故严尚书幕

寒日经檐短,穷猿失木悲〔一〕。峡中为客恨,江上忆君时。天地身何往,风尘病敢辞?封书两行泪,沾洒裛新诗。

〔一〕《世说》:"穷猿奔林,岂暇择木?"

玉腕骝 原注:江陵节度卫公马也

闻说荆南马,尚书玉腕骝。骅骝—作顿骖飘赤汗〔一〕,跼蹐顾长楸〔二〕。胡虏三年入,乾坤一战收〔三〕。举鞭如有问,欲伴习池游〔四〕。

〔一〕《汉郊祀歌》:"天马下,沾赤汗。"
〔二〕曹植诗:"走马长楸间。"
〔三〕言安史乱后三年,得此马一战收复。按:《伯玉传》:"乾元二年,大破思明伪将李归仁于彊子坂。"岂指此欤?
〔四〕山简游习池:注见七卷。

见王监兵马使说近山有白黑二鹰,罗者久取竟未能得。王以为毛骨有异他鹰,恐腊后春生,骞飞避暖,劲翮思秋之甚,眇不可见,请余赋诗二首

王兵马:见前。《酉阳杂俎》:"漠北鹰,白者身长且大,五斤有馀,细斑短柱,鹰内之最,向代州中山飞。又有房山白、渔阳白、东道白。取鹰法:七

月二十日为上时,内地者多,塞外殊少,八月上旬为次时,八月下旬为下时,塞外鹰毕至矣。"

云—作雪飞玉立尽清秋,不惜奇毛恣远游。在野只教心力破〔一〕,干—作于人何事网罗求?一生自猎知无敌〔二〕,百中争能耻下鞲〔三〕。鹏碍九天须却避〔四〕,兔藏—作经,—作营三窟—作穴莫深忧〔五〕。

〔一〕心力破:言虞人心力徒劳,序所谓"虞者久取,竟未能得"也。

〔二〕鹰所以猎今野鹰,故云"自猎"。庾信诗:"野鹰能自猎,江鸥解独渔。"

〔三〕《东观汉记》:"太守桓虞曰:'善吏如使良鹰,下鞲命中。'"

〔四〕《后幽明录》:"楚文王好猎,有人献一鹰,文王见其殊常,故为猎于云梦。毛群羽族,争噬竞搏,此鹰远瞻云际,俄而云际有一物,凝翔鲜白,此鹰便竦翮而升,矗若飞电,须臾羽堕如雪,血下如雨,有大鸟堕地,两翅广数十里。时有博物君子曰:'此大鹏雏也。'"

〔五〕《战国策》:"狡兔有三窟,仅得免其死。"言此鹰能击大而不击小。太白乐府"神鹰梦泽,不顾鸱鸢。为君一击,鹏抟九天",即此意也。

黑鹰不省人间有,度海疑从北极来。正翻抟风超紫塞,玄—作立,赵定作玄冬几夜宿阳台〔一〕。虞罗自各—作觉虚施巧,春雁同归必见猜〔二〕。万里寒空只一日,金眸玉爪不刊作未凡材。

〔一〕梁元帝《纂要》:"冬曰玄冬。"《海内经》:"雁门之山,雁出其间,在高柳县北。"

〔二〕《月令》:"季冬之月,雁北向。"

张璁曰:"公尝为王兵马赋二角鹰,言其勇锐相敌,此亦所以况之也。"

送鲜于万州迁巴州

钱笺:"颜真卿《鲜于仲通神道碑》:'仲通子六人,皆有令问。叔曰万州刺史炅,雅有父风,颇精吏道,作牧万州,政绩尤异,有诏迁秘书监,寻又改牧巴州。'"卢东美《鲜于氏冠冕颂序》:"炅广德中为尚书都官郎,出守万州,转巴州,皆有理称。"

京兆先时杰〔一〕,琳琅照一门〔二〕。朝廷偏注意一作玺〔三〕,接近与名藩〔四〕。祖帐排陈作维舟数,寒江触石喧〔五〕。看君妙为政,他日有殊恩。

〔一〕鲜于京兆:见二卷。
〔二〕《唐书》:"李叔明与兄仲通俱尹京兆,兼秩御史大夫,并节制剑南。又与子昇俱兼大夫,蜀人推为盛门。"《冠冕颂序》:"仲通天宝末为京兆尹,弟叔明乾元中亦为之。炅兄昱为工部侍郎,炅子映为屯田郎兼侍御史。三世冠冕,为海内盛族。"
〔三〕《陆贾传》:"天下安,注意相。天下危,注意将。"
〔四〕《九域志》:"万州至达州二百七十里,达州至巴州又二百二十里。"故曰"接近与名藩"。
〔五〕《公羊传》:"泰山之云,触石而出。"

奉送十七舅下邵桂

《唐书》:"邵州邵阳郡,属山南西道。"桂州:注见八卷。

绝域三冬暮,浮生一病身。感深辞舅氏,别后见何人?缥缈苍梧帝〔一〕,推迁孟母邻〔二〕。昏昏阻云水,侧望苦伤神。

〔一〕《九域志》:"苍梧山在道州,道与邵为邻。"
〔二〕孟母:注见六卷。时舅必奉母同往,故云。

舍弟观自蓝田迎妻子到江陵,因寄三首

汝迎妻子达荆州,消息真传解我忧。鸿雁影来连峡内,鹡鸰飞急到沙头〔一〕。嶢关险路今虚远〔二〕,禹凿寒江正稳流。朱绂即当随彩鹢,青春不假报黄牛〔三〕。

〔一〕沙头:注见十六卷。
〔二〕嶢关:即蓝田关也,注见一卷。钱笺:"《长安志》:'杜氏《通典》曰:七盘十二绊,蓝田之险路也。绊坡在县东南。'"
〔三〕庾信诗:"春江下白帝,画舸向黄牛。"言我即当出峡,不必汝之遣报于黄牛也。

马度—作瘦秦山雪正深,北来肌骨苦寒侵。他乡就我生春色,故国移居见客心〔一〕。剩欲—作欢剧提携如意舞,喜多行坐白头吟。巡檐索共—作近梅花笑,冷蕊疏枝半不禁。

〔一〕蓝田属京兆府,故曰"故国"。

庾信罗含俱有宅[一],春来秋去作谁家?短墙若在从残草,乔木如存可假花。卜筑应同蒋诩径[二],为园须似邵平瓜[三]。比年一作因病一作断酒开涓滴,弟劝兄酬何怨嗟!

〔一〕庾信宅:注见十六卷。《晋·罗含传》:"含为荆州别驾,以廨舍喧扰,于城西三里小洲立茅屋,伐木为床,织苇为席而居。"钱笺:"《渚宫记》:'安成王在镇,以罗含故宅借录事刘朗之。尝见一丈夫,衣冠甚伟,惊问,失之。朗之俄以罪见黜,人谓君章有神。'"

〔二〕嵇康《高士传》:"蒋诩,杜陵人。诩为兖州,王莽居宰衡,诩移疾归杜陵。荆棘塞门,舍中三径,终身不出。"

〔三〕邵平瓜:注见三卷。按:蒋诩、邵平,皆老于长安者,引此正寓思长安故居,非漫然用事。

夜　归

夜半归来冲虎过,山黑家中已眠卧。傍见北斗向江低,仰看明星当空大唐佐切[一]。庭前把烛嗔一作唤两炬[二],峡口惊猿闻一个。白头老罢舞复歌,杖藜不睡谁能那奴卧切[三]?

〔一〕《尔雅》:"明星谓之启明。"注:"太白星也。晨见东方为启明,昏见西方为太白。"

〔二〕炬:束苇以烧。《后汉·廉范传》:"令军士各缚两炬,三头燃火。"

〔三〕那:何也。《左传》:"弃甲则那。"

前苦寒行二首

《古今乐录》:"王僧虔《技录》:清调有六曲,一《苦寒行》。"

汉时长安雪一丈,牛马毛寒缩如猬〔一〕。楚江巫峡冰入怀,虎豹哀号又堪记。秦城老翁荆扬客,惯习炎蒸岁絺绤。玄冥祝融气或交,手持白羽未敢释〔二〕。

〔一〕《西京杂记》:"元封二年大寒,雪深五尺,野中鸟兽皆死,牛马蜷踞如猬,三辅人民冻死者十有二三。"《炙毂子》:"猬似鼠,性狞钝,物少犯则毛刺攒起。"

〔二〕言楚地素炎热,恐冬日忽行夏令,故羽扇未敢释也。

去年白帝雪在山,今年白帝雪在地。冻埋蛟龙南浦缩,寒刮_{陈作割}肌肤北风利。楚人四时皆麻衣,楚天万里_{《英华》作顷}无晶辉。三尺之乌足_{《英华》作骨}恐断〔一〕,羲和送将何所归_{刊作迭送将安归,郭作送将安所归,《英华》作送之将安归}?

〔一〕《淮南子》:"日中有踆乌。"注:"踆,趾也,谓三足乌。"

后苦寒_{一本有行字}二首

南纪巫庐瘴不绝,太古以来无尺雪。蛮夷长老怨苦寒,昆仑天关冻应《英华》作欲折〔一〕。玄猿口噤不能啸，白鹄翅垂眼流一作出血，安得春泥补地裂〔二〕？

〔一〕《长杨赋》："顺斗极，运天关。横巨海，漂昆仑。"
〔二〕《月令》："仲冬之月，冰益壮，地始坼。"

晚一作晓来江门一作间，一作边失大木，猛风中夜吹《英华》作飞白屋。天兵斩断《英华》作新斩青海戎〔一〕，杀气南行动坤轴，不尔苦寒何太一作其酷！巴东之峡生凌澌一作澌，非〔二〕，彼苍回斡鸟活切人得知〔三〕？

〔一〕青海戎：吐蕃也。按史：吐谷浑界有青海，乾封元年，封慕容宣超为青海王，后其地属吐蕃。
〔二〕《说文》："澌，流冰也。"徐曰："冰解而流也。"
〔三〕言阴极阳生，峡中冰解，固有其时，彼苍之转旋元气，人岂知之耶？

晚　晴

高唐旧作堂，师尹改作唐暮冬雪壮哉，旧瘴无复似尘埃。崖沉谷没白皑皑〔一〕，江石缺裂青枫摧。南天三旬苦雾开，赤日照耀从西来，六龙寒急光徘徊。照我衰颜忽落地，口虽吟咏心中哀。未怪及时少年子，扬眉结义黄金台〔二〕。泪旧作洎，陈作洎，俱非乎吾生何飘零〔三〕，支离委绝同死灰。

865

〔一〕班彪《北征赋》:"涉积雪之皑皑。"
〔二〕黄金台:注见十六卷。
〔三〕《离骚》:"汩余若将弗及兮。"注:"汩,去貌,疾若水流。"

复 阴

方冬合沓玄阴塞,昨日晚晴今日黑。万里飞蓬映天过,孤城树羽扬风直。江涛簸—作欺岸黄沙走,云雪埋山苍兕吼〔一〕。君不见夔子之国杜陵翁〔二〕,牙齿半落左耳聋。

〔一〕鲍照诗:"苍兕号空林。"
〔二〕《左传》:"楚人灭夔,以夔子归。"注:"夔,楚同姓国,今建平秭归县。"《寰宇记》:"夔州,春秋时夔子国。巫山县,夔子熊挚治。今秭归城东二十里,有故夔子城。"

元日示宗武

大历三年正月元日。

汝啼吾手战,吾笑汝身长。处处逢正月,迢迢滞远方。飘零还柏酒—作叶〔一〕,衰病只藜床。训谕郭作喻青衿子,名惭白首郎。赋诗犹落笔,献寿更称觞。不见江东弟原注:第五弟丰,漂泊江左,近无消息,高歌泪数行。

〔一〕宗懔《岁时记》:"正月一日,进椒柏酒。凡饮次第,从小起。"

又示宗武

觅句新知律,摊书解满床。试吟青玉案〔一〕,莫羡_{陈作带}紫罗囊〔二〕。假_{一作暇}日从时饮〔三〕,明年共我长〔四〕。应须饱经术,已似爱文章。十五男儿志,三千弟子行。曾参与游夏,达者得升堂。

〔一〕张衡《四愁诗》:"美人赠我锦绣段,何以报之青玉案。"
〔二〕《晋书》:"谢玄少好佩紫罗香囊,叔父安患之,而不欲伤其意,因戏赌取之,遂止。"
〔三〕《楚词》:"聊假日以媮乐兮。"贾逵《国语注》:"暇,闲也,暇或为假,古雅切。"
〔四〕《焦仲卿妻诗》:"新妇初来时,小姑如我长。"

远怀舍弟颖、观等

阳翟空知处〔一〕,荆南近得书〔二〕。积年仍远别,多难不安居。江汉春风起,冰霜昨夜除。云天犹错莫,花萼尚萧疏。对酒多疑梦,吟诗正忆渠。旧时元日会,乡党羡吾庐。

〔一〕《唐书》:"阳翟县,贞观元年属许州,龙朔二年隶洛州。"阳翟:颖之所在也。

〔二〕荆南：即江陵，观迎妻子在焉。

续得观书，迎就当阳居止，正月中旬定出三峡

《唐书》："当阳县，属荆州府。"

自汝到荆府，书来数唤吾。颂椒添讽咏，禁火卜欢娱一作呼〔一〕。舟楫因人动，形骸用杖扶。天旋夔子峡，春近岳阳湖。发日排南喜，伤神散北吁。飞鸣还接翅〔二〕，行音杭序密衔芦〔三〕。俗薄江山好，时危草木苏。冯唐虽晚达，终觊在皇都。

〔一〕言寒食时必可相聚。
〔二〕《诗》："题彼鹡鸰，载飞载鸣。"
〔三〕《春秋繁露》："雁有行列。"

太岁日

黄曰："大历三年，岁次戊申。今题云'太岁日'，是又直戊申日也。按《旧史》，大历三年春正月丙午朔，则戊申乃初三日。"潘鸿曰："太岁日，疑当时以是为庆，故诗有'闾阎'、'衣冠'等句。"

楚岸行将老,巫山坐复春。病多犹是客,谋拙竟何人〔一〕。闾阖开黄道〔二〕,衣冠拜紫宸。荣光悬日月〔三〕,赐予出金银。愁寂鹓行断,参差虎穴邻。西江元下蜀,北斗故临秦。散地逾高枕,生涯脱要津。天边梅柳树,相见几回新。

〔一〕颜延之诗:"存没竟何人。"

〔二〕《汉·天文志》:"日有中道。中道者黄道,一曰光道。"《晋志》:"黄道,日之所行也,半在赤道外,半在赤道内。"

〔三〕《文选》注:"《尚书中候》:帝尧之时,荣光出河,休气四塞。"《齐书》:"永明中,天忽黄,色照地,王融上《金天颂》。王摛曰:'是非金天,所谓荣光。'武帝大说。"

人日二首

《北史·魏收传》:"董勋《答问礼俗》云:'正月一日为鸡,二日为狗,三日为猪,四日为羊,五日为牛,六日为马,七日为人,八日为谷。'"

元日到人日,未有不阴时。冰雪莺难至,春寒花较迟。云随白水落,风振紫山悲。蓬鬓稀疏久,无劳比素丝。

此日此时人共得,一谈一笑俗相看。樽前柏叶休随酒〔一〕,胜里金花巧耐寒〔二〕。佩剑冲星聊暂拔,匣琴流水自须弹〔三〕。早春重引江湖兴,直道无忧行路难。

〔一〕柏酒:注见前。

〔二〕《荆楚岁时记》:"人日剪彩为人,或镂金箔为人,以贴屏风,亦戴之头鬓。"贾充《李夫人典戒》:"人日造华胜相遗,像瑞图金胜之形,又像西王母戴胜也。"《汉书》注:"胜,妇人首饰也,汉代谓之华胜。"

〔三〕《吕氏春秋》:"伯牙鼓琴,志在流水,钟子期曰:'善哉,汤汤乎若流水。'"

江 梅

梅蕊腊前破,梅花年后多。绝知春意好—作早,最奈客愁何!雪树元—作能同色,江风亦自波。故园不可见,巫岫郁嵯峨。

庭 草

楚草经寒碧,庭春入眼浓。旧低收叶举,新掩卷牙重〔一〕。步履宜轻过,开筵得屡供。看花随节序,不敢强为容〔二〕。

〔一〕言旧叶之低而收敛者,今已起发矣。新芽之掩而萦卷者,亦重重可观矣。

〔二〕言庭草花开,自随节序,独我憔悴之身,不堪强为容耳。

喜闻盗贼蕃寇总退口号五首

《旧唐书》："大历二年九月,吐蕃寇灵州,进寇邠州。十月,灵州奏破吐蕃二万。"《通鉴》："十月,朔方节度使路嗣恭破吐蕃于灵州城下,斩首二千馀级,吐蕃引去。"今诗云"萧关陇水入官军",按《唐志》"萧关在武州,与灵州近",正是其时之事;诗又云"今春喜气满乾坤",盖作于三年之春也。

萧关陇水入官军〔一〕,青海黄河卷塞云。北极晋作阙转愁一作深龙虎气,西戎休纵犬羊群。

〔一〕萧关:注见十卷。陇水:在陇州。

赞普多教使入秦,数通和好止晋作尚烟尘。朝廷忽用哥舒将,杀伐虚悲公主亲〔一〕。

〔一〕《唐书》:"开元末,金城公主薨,吐蕃遣使告哀,因请和,玄宗不许。天宝七载,以哥舒翰节度陇右,攻拔石堡城,收九曲故地。"此追言旧事。

崆峒西极晋作北过昆仑,驼马由来拥国门。逆气数年吹路断,蕃人闻道渐星奔。

勃律天西采玉河〔一〕,坚昆碧碗一作盏最来多。旧随汉使千堆宝,少一作小答胡王万匹罗。

〔一〕《唐书》:"大勃律,直吐蕃西,与小勃律接①。小勃律去京师九千里而赢,距吐蕃牙帐东八百里。勃律王'没谨忙'贻北庭节度使张孝嵩书曰:'勃律,唐西门,失之则西方诸国皆堕吐蕃。'"《北史》:"于阗国在葱岭北二百馀里,城东三十里有首拔河,中出玉石。"《五代史》:"于阗国南一千三百里曰玉州,云张骞所穷河源出于阗而山多玉者,此也。其河源所出,至于阗分为三:东曰白玉河,西曰绿玉河,又西曰乌玉河。"

〔二〕《唐书》:"坚昆国在康居西、葱岭北。"《旧书》:"北庭都护府北至坚昆七千里。"李德裕《黠戛斯朝贡图序》曰:"黠戛斯者,本坚昆国也。贞观二十一年其酋长入朝,授以将军印,拜坚昆都督。迨天宝季年,朝贡不绝。"
碧碗:即琉璃碗。

补注:钱笺:"奘师《西域记》云:'赡部洲地有四主焉:南象主、西宝主、北马主、东人主。象主,印度国也;人主,中国也;马主,突厥国也;宝主,胡国也。'公此诗'勃律天西采玉河,坚昆碧碗最来多',与西方'宝主'之记最为符合。宣律师云'雪山之西,至于西海,名宝主',今曰'勃律天西',则为雪山之西可知。又云'地接西海,偏悦异珍,而轻礼重货,是为胡国',今曰'胡王',非'胡国'而何?报答之礼,以'万匹罗'为重,非'轻礼重货'而何?宝主疆域风土,两行写尽。"

今春喜气满乾坤,南北东西拱至尊。大历二黄作三年调玉烛〔一〕,玄元皇帝圣云孙。

〔一〕玉烛:注见四卷。
〔二〕《尔雅》:"玄孙之子为来孙,来孙之子为晜孙,晜孙之子为仍孙,仍孙之子为云孙。"

---

① "小勃律",底本脱"小"字,据《新唐书·西域传》补。

送大理封主簿五郎亲事不合，却赴通州。主簿前阆州贤子，余与主簿平章郑氏女子，垂欲纳采，郑氏伯父京书至，女子已许他族，亲事遂停

《唐书》："大理寺主簿二人，从七品上。通州通川郡，属山南西道。"封阆州：见前。《太平广记》："天宝中，范阳卢子梦谒其从姑，姑访卢未婚，曰：'吾有外甥女子姓郑，甚有容质，当为儿平章。'""平章"盖唐人语也。

禁脔去东床[一]，趋庭赴北堂[二]。风波空远涉，琴瑟幾<small>原注：音泊</small>虚张。渥水出骐骥，昆山生凤凰。两家诚款款，中道许苍苍。颇谓秦晋匹[三]，从来王谢郎。青春动才调，白首缺辉光。玉润终孤立[四]，珠明得暗藏。馀寒拆花卉，恨别满江乡。

〔一〕《晋·谢混传》："孝武帝为晋陵公主求婿，谓王珣曰：'主婿但如刘真长、王子敬便足。'珣曰：'谢混虽不及真长，不减子敬。'未几，帝崩。袁崧欲以女妻之，珣戏曰：'卿莫近禁脔。'初，元帝始镇建业，公私窘罄，每得豚，以为珍膳，项下一脔尤美，辄以荐帝，呼为'禁脔'，故珣因以为戏。混竟尚主。"《王羲之传》："郗鉴使门生求女婿于王导，子弟咸自矜持，惟一人在东床坦腹卧，乃羲之也。"

〔二〕封主簿至通州省母，故曰"赴北堂"。

〔三〕《左传》："秦晋匹也，何以卑我？"

〔四〕《晋书》："乐广，人谓之冰镜。婿卫玠，时号玉人。议者以为妇公冰清，女婿玉润。"

将别巫峡,赠南卿—作乡兄瀼西果园四十亩

苔竹素所好,萍蓬无定居。远游长儿子,几地别林庐。杂蕊红相对,他时锦不如。具舟将出峡,巡圃念携锄。正月喧莺未,兹辰放鹢初。雪篱梅可折,风榭柳微舒。托赠卿家有,因歌野兴疏。残生逗—作逼江汉〔一〕,何处狎樵渔?

〔一〕《芥隐笔记》:"'残生逗江汉'出阴铿诗'行舟逗远树',非逗留之逗。"

大历三年春,白帝城放船出瞿唐峡。久居夔府,将适江陵,漂泊有诗,凡四十韵

老向巴人里,今辞楚塞隅。入舟翻不乐,解缆独长吁。窄转深啼狖,虚随乱浴—作落凫。石苔凌几杖,空翠扑肌肤。叠壁排霜剑,奔泉溅水珠。杳冥藤上下,浓淡树荣枯。神女峰娟妙〔一〕,昭君宅有无〔二〕。曲留明怨惜—作别,梦尽失欢娱〔三〕。摆阖盘涡沸,敧斜激浪输。风雷缠地脉〔四〕,冰雪曜天衢〔五〕。鹿角真走—作趋险,狼头如跋胡 原注:鹿角、狼头,二滩名〔六〕。恶滩宁变色,高卧负微躯。书史全倾挠,装囊半压濡。生涯临臬兀〔七〕,死地脱斯须〔八〕。不有平川决—作快〔九〕,焉知众壑趋?乾坤霾涨海,雨露洗春芜。鸥鸟牵丝飐〔一〇〕,骊龙濯锦纡〔一一〕。落霞沉绿绮〔一二〕,残月坏金枢〔一三〕。泥笋

苍初荻,沙茸出小蒲〔一四〕。雁儿争水马〔一五〕,燕子逐樯乌〔一六〕。绝岛容烟雾,环洲纳晓晡〔一七〕。前闻辨陶牧〔一八〕,转盼拂宜都〔一九〕。县郭南畿好原注:路入松滋县〔二〇〕,津亭北望孤〔二一〕。劳心依憩息,朗咏划昭苏〔二二〕。意遣乐还笑,衰迷贤与愚。飘萧将素发,汩没听洪炉〔二三〕。丘壑曾忘返,文章敢自诬?此生遭圣代,谁分哭穷途!卧疾淹为客,蒙恩早厕儒。廷争酬造化〔二四〕,朴直乞江湖。滟滪险相迫,沧浪深可逾。浮名寻已已,懒计却区区〔二五〕。喜近天皇寺,先披古画图原注:此寺有晋右军书、张僧繇画、孔子及颜子十哲形像〔二六〕。应经帝子渚〔二七〕,同泣舜苍梧。朝士兼戎服,君王按湛卢〔二八〕。旄头初俶扰〔二九〕,鹢首丽泥涂〔三〇〕。甲卒身虽贵,书生道固殊。出群皆野鹤,历块匪辕驹〔三一〕。伊吕终难降〔三二〕,韩彭不易呼〔三三〕。五云高太甲〔三四〕,六月旷抟扶〔三五〕。回首黎元病〔三六〕,争权将帅诛〔三七〕。山林托疲荼一作荫,非〔三八〕,未必免崎岖。

〔一〕陆游《入蜀记》:"过巫山凝真观,谒妙用真人祠,即世所谓巫山神女也。祠正对巫山,峰峦上插霄汉,山脚直入江中,神女峰最为奇峭。"

〔二〕昭君宅:注见十六卷。

〔三〕乐府有《昭君怨》。《神女赋序》:"寐而梦之,寤不自识。惘兮不乐,怅尔失志。"所谓"失欢娱"也。

〔四〕《江赋》:"流风蒸雷。"《海赋》:"惊浪雷奔。"

〔五〕冰雪:言波浪之色。

〔六〕《左传》:"德,则其人也;不德,则其鹿也。铤而走险,急何能择?"《诗》:"狼跋其胡,载疐其尾。"注:"跋,躐也。胡,颔下悬肉。"《水经注》:"江水又东径流头滩,又东径狼尾滩而历人滩。"《一统志》:"鹿角、狼尾、虎头三滩,在夷陵州,最险。"或曰:"流头滩"当即所谓"狼头"也。

〔七〕《易》:"困于臲卼。"《广韵》:"臲卼,不安也,通作槷䖂。"

〔八〕自起至此,序放舟峡中,水势险恶可畏。

〔九〕江水出峡,其流始平,故曰"平川"。

〔一〇〕牵丝颰:言鸥羽如丝之白也。

〔一一〕沈怀远《南越志》:"蟠龙身长四丈,青黑色,赤带如锦文。"

〔一二〕谢朓诗:"馀霞散成绮。"

〔一三〕伏滔《望清赋》:"金枢理辔。"木华《海赋》:"大明擸辔于金枢之穴。"善曰:"大明,月也。擸,犹揽也。月有御,故言辔。金,西方也。"《说文》:"枢,户枢也。"

〔一四〕谢灵运诗:"初篁苞绿箨,新蒲含紫茸。"茸,谓蒲花也。

〔一五〕《山海经》:"诸毗之水,中多水马,其状如马,文臂牛尾。"《江赋》"騧马腾波以嘘蹀"即此也。又《岁时记》:"竞渡以水车,谓之飞凫,亦曰水马。"旧注引《本草》:"水马,虾类,如马形,生南海中,亦曰海马"。按:三者未知孰是,疑"騧马"近之。

〔一六〕阴铿诗:"亭嘶背枥马,樯转向风乌。"赵曰:"樯乌,船樯上刻为乌形,以占风者。"按:此用"樯乌",当从旧注,与《西阁》诗不同。

〔一七〕谢灵运诗:"环洲亦玲珑。""平川"至此,序出峡时所见景物。

〔一八〕《登楼赋》:"北弥陶牧。"注:"陶,乡名。郭外曰牧。"《荆州记》:"江陵县西有陶朱公冢。"

〔一九〕《水经注》:"夷道县,汉武帝伐西南夷,路由此出,故曰夷道。刘备改曰宜都①,郡治在县东四百步。"《唐书》:"宜都县属峡州。"

〔二〇〕肃宗以江陵府为南都,故曰"南畿"。

〔二一〕《水经注》:"江津戍南对马头岸,北对大岸,谓之江津口。"此云"津亭",疑即江津之亭也。

〔二二〕《礼记》:"蛰虫昭苏。"

〔二三〕洪炉:注见十四卷。

〔二四〕廷争:言疏救房琯。

---

① "改曰宜都",底本脱"改"字,据《水经注》补。

〔二五〕"劳心"至此,皆自叙。

〔二六〕《历代名画记》:"张僧繇,吴人,梁武帝崇饰佛像,多僧繇画。江陵天皇寺,明帝置也,内有柏堂,僧繇画庐舍那佛及仲尼十哲像。帝怪问:'释门之内,如何画孔圣?'僧繇曰:'后当赖此耳。'及后周灭佛法,焚天下寺塔,独此殿以有宣尼像,得不毁拆。"

〔二七〕《九歌》:"帝子降兮北渚。"注:"帝子,尧二女,湘夫人也。"

〔二八〕《吴越春秋》:"越王允常,使欧冶子作名剑五,一曰湛卢。允常以献之吴,吴公子光弑吴王僚,湛卢去如楚。"

〔二九〕《书》:"俶扰天纪。"

〔三〇〕《晋·天文志》:"自东井十六度至柳八度,为鹑首,于辰在未,秦之分野,属雍州。" 丽泥涂:言广德元年吐蕃陷长安。

〔三一〕此叹武夫得势,儒道不行。"出群"、"历块",皆以书生言之。

〔三二〕降:降生也。赵曰:"书生以伊、吕自命,不肯降意武夫。"亦通。

〔三三〕呼:即"饥鹰易呼"之"呼"。

〔三四〕《困学纪闻》:"杜诗'五云高太甲',注不解'五云'之义。尝观王勃《益州夫子庙碑》云'帝车南指,遁七曜于中阶;华盖西临,藏五云于太甲',《酉阳杂俎》谓燕公读碑,至'帝车'至'太甲'悉不解,访之一公,一公言:'北斗建于七曜,在南方,有是之祥,无位圣人当出,"华盖"以下,则不可悉。'《晋·天文志》:'华盖在旁,六星曰六甲,分阴阳而配节候。太甲,恐是六甲一星之名。'然未有考证。"按:京房《易飞候》云:"视四方有大云,五色具而不雨,下有贤人隐。""五云"当用此义以自况也。"太甲"或出纬书,难以强释。《沧浪诗话》疑"太甲"即"太乙","甲""乙"相近。《留青日札》又引"五车"证"五云",云"五车以五寅日候之,甲寅为五候之首,故曰太甲",皆臆说耳。

〔三五〕《庄子》:"鹏之徙于南溟,抟扶摇而上者九万里,去以六月息者也。"司马云:"抟,飞而上也。上行风谓之扶摇。"沈佺期诗:"散材仍葺厦,弱羽遽抟扶。"按:是时公适荆南,又将下湖南,故用鹏徙南溟事,他解深求反失之。

〔三六〕黎元病:言巴蜀困于用兵争权。

〔三七〕将帅:旧注指崔旰、杨子琳,近是。但其时旰方入朝,子琳为泸州刺史,何以云"将帅诛"？岂谓其自相诛讨耶？

〔三八〕疲苶：公自谓。

巫山县汾州唐使君十八弟宴别,兼诸公携酒乐相送,率题小诗,留于屋壁

《唐书》："巫山县属夔州。"《九域志》："在夔州东七十二里。"唐十八先为汾州刺史,时贬施州。

卧病巴东久,今年强作归。故人犹远谪,兹日倍多违。接宴身兼杖,听歌泪满衣。诸公不相弃,拥别借光辉。

敬寄族弟唐十八使君

《左传》："范宣子曰:'昔匄之祖,自虞以上为陶唐氏,在夏为御龙氏,在商为豕韦氏,在周为唐杜氏。'"师古曰："唐,太原晋阳县也。杜,京兆杜县也。"公《万年县君京兆杜氏墓铭》："其先系统于伊祁,分姓于唐杜。"

与君陶唐后,盛族多其人。圣贤冠史籍,枝派罗源津。在今气一作最磊落,巧伪莫敢亲。介立实吾弟,济时肯杀身。物白讳受玷,行高无污真。得罪永泰末,放之五溪滨〔一〕。鸾凤有铩所拜切翮,先儒曾抱麟〔二〕。雷霆劈一作霹,非长松,骨大却生筋。一失不足伤,念子孰蔡云:孰与熟同自珍。泊舟楚宫岸,

恋阙浩酸辛。除名配清江,厥土巫峡邻〔三〕。登陆将首去声途〔四〕,笔札枉所申。归朝跼病肺,叙旧思重陈。春风洪涛壮〔五〕,谷转颇弥旬〔六〕。我能泛中流,搪突鼍獭瞋〔七〕。长年已省柁〔八〕,慰此贞良臣。

〔一〕五溪:注见九卷。
〔二〕刘琨诗:"宣尼悲获麟,西狩涕孔丘。"注:"孔子亦抱麟而泣。"
〔三〕清江郡:注见前。《九域志》:"施州清江县,北至州界一百里,自界首至夔一百二十五里。"故云"巫峡邻"。
〔四〕首途:言将赴施州贬所。
〔五〕颜延之诗:"春江风涛壮。"
〔六〕《江赋》:"盘涡谷转。"
〔七〕任昉《笺》:"惟此鱼目,唐突璠玙。"
〔八〕省柁:言己将出峡东下。

春夜峡州田侍御长史津亭留宴得筵字

《出峡》诗云"津亭北望孤",即此。

北斗三更席,西江万里船。杖藜登水榭,挥翰宿青天。白发烦一作须多酒,明星惜此筵。始知云雨峡,忽尽下牢边。

泊松滋江亭

《唐书》:"松滋县,属江陵府。"《舆地纪胜》:"江亭,在松滋县治后,杜甫、孟浩然俱有诗。"

纱帽随鸥鸟,扁舟系此亭。江湖深更白,松竹远微—作还青。一柱全应近,高唐莫再经。今宵南极外,甘作老人星。

行次古城店泛江作,不揆鄙拙,奉呈江陵幕府诸公

《水经注》:"江水又东径陆抗故城北。"《玉海》:"《荆州图记》:夷陵县南,对岸有陆抗故城,周回十里,即山为墉,四面天险。"

老年常道路,迟日复山川。白屋花开里,孤城麦秀边。济江元自阔,下水不劳牵。风蝶勤依桨,春鸥懒避船。王门高德业〔一〕,幕府盛才贤。行色兼多病,苍茫泛爱前〔二〕。

〔一〕卫伯玉封阳城郡王,故曰"王门"。
〔二〕殷仲文诗:"广筵散泛爱。"此指幕府诸公。

乘雨入行军六弟宅

杜位为江陵行军司马。黄鹤本云:"新添。"

曙角凌云乱,春城带雨长。水花分堑七艳切弱,巢燕得泥

忙。令弟雄军佐,凡才污省郎。萍漂忍流涕,衰飒近中堂。

上巳日徐司录林园宴集

《旧唐书》:"开元元年,改录事参军为司录参军。"

鬓毛垂领白,花蕊亚枝红。欹倒衰年废,招寻令节同。薄—作荡衣临积水,吹面受和风〔一〕。有喜留攀桂,无劳问转蓬。

〔一〕二语言上巳祓除之乐。

宴胡侍御书堂 原注:李尚书之芳、郑秘监审同集,得归字韵

江湖春欲暮,墙宇日犹微。暗暗书籍满,轻轻花絮飞。翰林名有素,墨客兴无违〔一〕。今夜文星动,吾侪醉不归。

〔一〕《长杨赋序》:"藉翰林为主人、子墨为客卿以风。"

书堂饮既,夜复邀李尚书下马,月下赋绝句

湖水—作月,俗本作上,非林风相与清,残樽下马复同倾。久

挤野鹤如双鬓〔一〕,遮莫邻鸡下五更〔二〕。

〔一〕野鹤如霜鬓:即"鹤发"意,而倒用之。
〔二〕《艺苑雌黄》:"'遮莫',盖俚语,犹云'尽教',自唐以来有之。太白诗:'遮莫姻亲连帝城,不如当身自簪缨。'"

奉送苏州李二十五长史丈之任

《唐书》:"苏州吴郡,属江南西道。"

星坼台衡地,曾为人所怜。公侯终必复〔一〕,经术竟相传。食德见从事,克家何妙年〔二〕。一毛生凤穴,三尺献龙泉。赤壁浮春暮,姑苏落海边〔三〕。客间头最白,惆怅此离筵。

〔一〕《张华传》:"华为司空,少子韪以中台星坼,劝华逊位。华不从,未几被害。"长史父必以宰相得罪,但未详,或云是适之之子也。《左传》:"公侯之子孙,必复其始。"
〔二〕《易·讼》"六三"①:"食旧德,贞厉,终吉。或从王事,无成。"《蒙》"九二":"子克家。"
〔三〕赤壁:注见十一卷,李至苏州所经也。《吴郡志》:"姑苏山,连横山之北,古台在其上,旧《图经》云在吴县西三十里。"《九域志》:"苏州东北去海一百八十里。"

---

① "六三",底本作"六二",据《十三经注疏》改。

暮春江陵送马大卿公恩命追赴阙下

自古求忠孝,名家信有之。吾贤富才术,此道未磷缁。玉府标孤映[一],霜蹄去不疑。激扬音韵彻,籍甚众多推[二]。潘陆应同调[三],孙吴亦异时。北辰征事业,南纪赴恩私[四]。卿月升金掌[五],王春度玉墀。薰风行应律[六],《湛露》即歌诗[七]。天意高难问,人情老易悲。樽前江汉阔,后会且深期。

〔一〕《穆天子传》:"天子至于群玉之山,四彻中绳,先王之所谓策府。"
〔二〕《汉书》注:"籍甚,狼籍甚盛也。"
〔三〕《南史》:"江右称潘、陆,江左称颜、谢。"《诗品》:"陆才如海,潘才如江。"
〔四〕赴恩私:言马自江陵追赴阙下。
〔五〕《洪范》:"卿士惟月,师尹惟日。"金掌:即承露仙人掌。
〔六〕《吕氏春秋》:"东南方曰薰风。"《礼记》:"八风从律而不奸。"
〔七〕言大卿入朝,及此春期,犹得陛见,可以应薰风而歌《湛露》也。

和江陵宋大少府暮春雨后同诸公及舍弟宴书斋

渥洼汗血种,天上麒麟儿。才士得神秀,书斋闻尔为。棣华晴雨好,彩服暮春宜。朋酒日欢会[一],老夫今始知。

〔一〕《诗》:"朋酒斯飨。"注:"两樽曰朋。"

暮春陪李尚书、李中丞过郑监湖亭泛舟得过字

尚书:即之芳。中丞:未详。

海内文章伯,湖边意绪多。玉樽移晚兴,桂楫带酣歌。春日繁鱼鸟,江天足芰荷。郑庄宾客地,衰白远来过。

宇文晁尚书之甥、崔彧司业之孙、尚书之子重泛郑监前湖

《唐书·宰相世系表》:"崔彧官太子少詹事。""尚书之子",佚其名,"孙"下当有缺字。

郊扉俗远长幽寂,野水春来更接连。锦席淹留还出浦,葛巾欹侧未回船。樽当霞绮轻初散,棹拂荷珠碎却圆〔一〕。不但习池归酩酊,君看郑谷去夤缘。

〔一〕梁元帝《登百花亭》诗:"荷珠漾水银。"

归 雁

《唐会要》:"大历二年,岭南节度使徐浩奏:'十一月二十五日,当管怀

集县阳雁来,乞编入史.'从之。先是,五岭之外,朔雁不到,浩以为阳为君德,雁随阳者,臣归君之象也。"按:此诗云"闻道今春雁,南归自广州",正是三年春所作;又云"是物关兵气,何时免客愁",盖浩以为祥,公以为异耳。钱笺:"史称浩贪而佞,公诗盖深讥之。"

闻道今春雁,南归自广州。见花辞涨海〔一〕,避雪到罗浮〔二〕。是物关兵气〔三〕,何时免客愁?年年霜露隔,不过五湖秋〔四〕。

〔一〕谢承《后汉书》:"交趾七郡土献,皆从涨海出入。"《南史》:"扶南国东界即大涨海,海中有大洲,洲上有诸薄国。"

〔二〕《罗浮山记》:"罗,罗山;浮,浮山也。二山合体,谓之罗浮,在增城、博罗二县境。"《茅君内传》:"罗浮之洞,周回五百里,名曰朱明曜真之天。"《一统志》:"罗浮山在今惠州府,连广州境。" 雁,木落南翔,冰泮北徂。"辞涨海",北徂也;"到罗浮",南翔也。

〔三〕雁避雪极南,实穷阴寒沍驱之,是即"兵气"所感。

〔四〕雁至衡阳则回,此"五湖"当指洞庭湖言。太湖为"五湖",而《荆州记》云"洞庭湖,亦谓之太湖",又《史记索隐》云"具区、洮滆、彭蠡、青草、洞庭共为五湖",则洞庭正得称"五湖"耳。

短歌行赠王郎司直

按此诗"仲宣楼头"二句,乃公在荆南时作,诸本都入宝应元年成都诗内,非也。《草堂》编大历三年,最是。

王郎酒酣拔剑斫地歌莫哀,我能拔尔抑塞磊落之奇才。豫樟翻风白日动,鲸鱼跋浪沧溟开〔一〕,且脱剑佩休徘徊。西得诸侯棹锦水,欲向何门趿_{先答切}珠履〔二〕?仲宣楼头春已_{一作}_色深〔三〕,青眼高歌望吾子〔四〕,眼中之人吾老矣〔五〕。

〔一〕翻风、跋浪:美司直之才以慰藉之也。
〔二〕珠履:注见二卷。《说文》:"趿,进足有所撷取也。"
〔三〕《荆州记》:"当阳县城楼,王仲宣登之而作赋。"《一统志》:"仲宣楼在荆门州,即当阳县城楼。"按:《方舆胜览》:"仲宣楼在荆州府城东南隅。"此乃后梁时高季兴所建,或引之,非也。
〔四〕《仪礼》"望吾子之教也",注:"吾子,相亲之辞。"
〔五〕陆云诗:"仿佛眼中人。"

时王司直西适成都,公惜其负此奇才而有事干谒,故言今将往依何人之门耶?我在江陵望子,及春时来会,因叹己年已老,恐后此不复相见耳。旧注误解"诸侯"句,谓司直时为蜀中刺史,梦弼又谓公以"仲宣楼"自况其依司直,俱大谬。

忆昔行

忆昔北寻小有洞〔一〕,洪河怒涛过轻舸。辛勤不见华盖君,艮岑青辉惨么麽_{亡果切}〔二〕。千崖无人万壑静,三步回头五步坐。秋山眼冷魂未归,仙赏心违泪交堕。弟子谁依白茅_{一作石}室?卢老独启青铜锁。巾拂香馀捣药尘,阶除灰死烧丹火。玄圃沧洲莽空阔,金节羽衣飘婀娜。落日初霞闪馀映,倏忽东西无不可〔三〕。松风涧水声合时，青兕黄熊啼向我。徒然咨嗟抚遗迹，至今梦想仍犹左—作作，音如佐〔四〕。秘诀隐文须内教平声〔五〕，晚岁何功使愿果。更讨—作觅衡阳董炼师〔六〕，南浮—作游早鼓潇湘舵。

〔一〕《御览》：“《名山记》云：'王屋山有洞，周回万里，名曰小有清虚之天。'《王君内传》云：'三十六洞天之第一，在河内沁水县界。'”《真诰》：“王屋山，仙之别天，所谓阳台也。始得道者皆诣台，是清虚之宫也。”“南岳夫人言：明日当诣王屋清虚宫。”

〔二〕华盖君、艮岑：注俱见四卷。《通俗文》：“不长曰幺，细小曰麽。”

〔三〕赵曰：“'玄圃'四句，言华盖君当在仙境往来也。'落日初霞'，早晚之时，或东游沧洲，或西游昆仑。'倏忽无不可'，言其任意所适也。”

〔四〕赵曰：“言抚华盖君之遗迹而咨嗟不忘，至今犹作此梦想也。公诗'主人送客何所作'，自注云'音佐'，与此同。”按：如赵说，“作”当叶“总古切”。然此恐是相左之“左”，即上“仙赏心违”意耳。

〔五〕《陶弘景传》：“既得神符秘诀，以为神仙可成。”《御览》：“《玉清石刻隐铭》曰：'佩玉帝隐文者，得为上仙。'”

〔六〕《六典》：“道士修行，其德高思精，谓之炼师。”《舆地纪胜》：“董奉先，天宝中修九华丹法于衡阳，栖朱陵后洞，杜甫《忆昔行》'更讨衡阳董炼师'是也。”《真仙通鉴》：“东楚董炼师，周游三湘名山，混迹于衡阳后洞，尝以咒术治人病苦，后尸解如蝉蜕。”

杜工部诗集卷之十九

大历中,公在江陵,憩公安,次岳州及居湖南作。

惜别行送向卿进奉端午御衣之《英华》作赴上都①

肃宗昔在灵武城,指挥猛将收咸京。向公泣血洒行殿,佐佑卿相乾坤平。逆胡冥寞随烟烬,卿家兄弟功名震②。麟麒图一作阁画鸿雁行,紫极出入黄金印。尚书勋业超千古,雄镇荆州继吾祖〔一〕。裁缝云雾成御衣,拜跪题封贺端午。向卿将命寸心赤,青山落日江湖一作潮白。卿到朝廷说老翁,漂零已是沧浪客。

〔一〕钱笺:"《旧书》:'广德元年,卫伯玉拜江陵尹、荆南节度使,寻加检校工部尚书,封阳城郡王。'此曰'镇荆州',知为伯玉也;'继吾祖'者,杜预以镇南大将军都督荆州诸军事也。旧注'尚书'指向卿之父珣,又云向秀继杜预镇荆州。唐人无所谓'向珣'者。《晋史》称向秀在朝不任职,容迹而已,安有继杜预镇荆州之事?旧注无稽伪撰,皆此类也。"

---

① "惜别行",底本作"忆别行",据诸善本改。
② "功名震",底本作"公名震",据诸善本改。

夏日杨长宁宅送崔侍御、常正字入京得深字

《唐书》:"长宁县属镇北大都护府。""秘书省有正字二人。"

醉酒扬雄宅〔一〕,升堂子贱琴。不堪垂老鬓,还对欲分襟。天地西江远,星辰北斗深。乌台俯麟阁〔二〕,长夏白头吟。

〔一〕《汉书》:"扬雄有宅一区,家贫嗜酒,时有好事者载酒从游学。"
〔二〕御史台为"乌台",注见十四卷。《通典》:"汉氏图籍藏麒麟、天禄二阁。桓帝延熹二年,始置秘书监一人。"《唐六典》:"秘书省,天授初改为麟台监,神龙元年复旧。初,汉御史中丞掌兰台秘书图籍,故历代置都邑,建台省,以秘书与御史为邻。"

夏夜李尚书筵送宇文石首赴县联句

《唐书》:"石首县属江陵府。"

爱客尚书重,之官宅相贤甫〔一〕。酒香倾坐侧,帆影驻江边之芳。翟表郎官瑞〔二〕,凫看令宰仙或。雨稀云叶断〔三〕,夜久烛花偏甫。数语欹—作敲纱帽,高文掷彩笺之芳。兴饶行处乐,离惜醉中眠或。单父长多暇,河阳实少年甫。客居逢自出〔四〕,为别几凄然之芳。

〔一〕宅相:注见二卷。

〔二〕翟：雉名。萧广济《孝子传》："萧芝至孝，除尚书郎，有雉数十，飞鸣车侧。"

〔三〕陆机《云赋》："金柯分，玉叶散。"

〔四〕《尔雅》："男子谓姊妹之子为出。"《左传》："康公，我之自出。""出"，生也。

《杜诗博议》："题中'宇文石首'即前'宇文晁'也。诗注'或'者，即崔或也。公与或同在李尚书筵中送宇文石首，故有'宅相'、'令宰'等句以美晁也。旧本俱作'宇文或'，误耳。"

多病执热奉怀李尚书之芳

衰年正苦病侵凌，首夏何须气郁蒸。大水淼弭沼切茫炎海接，奇峰碑兀火云升〔一〕。思沾道喝音谒黄梅雨，敢望宫恩玉井冰〔二〕？不是尚书期不顾〔三〕，山阴野或作夜雪兴难乘〔四〕。

〔一〕陶潜诗："夏云多奇峰。"《江赋》："巨石碑兀以前却。"

〔二〕鱼豢《魏略》："明帝九龙殿前为玉井绮栏，蟾蜍含受，神龙吐水。"《水经注》："华林园疏圃中有古玉井，井悉以珉玉为之，以锚石为口，工作精密。"戴延之《述征记》："冰井在凌云台北。"陆翙《邺中记》："石季龙于冰井台藏冰，三伏日以赐大臣。"

〔三〕《汉书》："陈遵，字孟公。每饮宾客，辄闭门，取客车辖投井中。时北部刺史奏事，过遵，值其方饮，刺史大穷，候遵沾醉时，突入见遵母，叩头自白当对尚书有期会状，母乃令从后阁出去。"应璩书："仲孺不辞同产之服，孟公不顾尚书之期。"

〔四〕山阴：注见八卷。

水宿遣兴奉呈群公

谢灵运诗："客游倦水宿。"

鲁钝仍多病，逢迎远复迷。耳聋须画字，发短不胜篦。泽国虽勤雨〔一〕，炎天竟浅泥。小江还积浪，弱缆且长堤。归路非关北，行舟却向西。暮年漂泊恨，今夕—作久客乱离啼。童稚频书札，盘飧诋俗本作具糁藜感切藜〔二〕。我行何到此？物理直难齐。高枕翻星月，严城叠鼓鼙〔三〕。风号闻虎豹，水宿伴凫鹥。异县惊虚往，同人惜解携。蹉跎长泛鹢，展转屡闻鸡〔四〕。嶷嶷瑚琏韵书"力展切"，此叶平声用器，阴阴桃李蹊。馀波期救溺，费日苦轻赍。杖—作支策门阑邃，肩舆羽翮低。自伤甘贱役，谁愍强幽栖〔五〕？巨海能无钓〔六〕？浮云亦有梯。勋庸思树立，语默可端倪。赠粟囷区伦切应指〔七〕，登桥柱必题〔八〕。丹心老未折，时访武陵溪。

〔一〕《穀梁传》："言不雨者，勤雨也。"注："思雨之勤也。"

〔二〕糁藜：注见十卷。

〔三〕《卫公兵法》："鼓三百三十槌为一通。鼓止角动，吹十二声为一叠。"

〔四〕自起至此，皆自序行色。

〔五〕隋炀帝诏："轻赍游阙，随机赴响。"言群公力能救溺，乃肩舆造门，无见愍者。势交之感，言外凄然。

〔六〕《庄子》："任公为大钩，以十五犗为饵，投钓于东海。"

〔七〕《吴志》："鲁肃家富于财，庐江周瑜为居巢长，闻之，往求资粮。肃时有米二囷,各三千斛,直指一囷与瑜。瑜奇之,乃结侨札之交。"

〔八〕题桥:注见二卷。

遣 闷

地阔平沙岸,舟虚小洞房。使尘来驿道,城日避乌樯〔一〕。暑雨留蒸湿,江风借夕凉。行云星隐见,叠浪月光芒。萤鉴缘帷彻〔二〕,蛛丝冒鬓长。哀筝犹凭皮孕切几〔三〕,鸣笛竟沾裳。倚着陟略切如秦赘〔四〕,过逢类楚狂。气冲看剑匣,颖脱抚锥囊〔五〕。妖孽关东臭,兵戈陇右疮。时清疑武略,世乱跼文场。馀力浮于海,端忧问彼苍〔六〕。百年从万事,故国耿难忘。

〔一〕言泊船城下,雨晦不见日也。旧注非。

〔二〕荧光可以照物,故曰"萤鉴"。阮籍诗:"薄帷鉴明月。"

〔三〕魏文帝书:"哀筝顺耳。"

〔四〕《贾谊传》:"秦人家富,子壮则出分;家贫,子壮则出赘。"师古曰:"言其不出妻家,亦犹人身之有赘。"

〔五〕《平原君传》:"夫贤士处世,譬如锥处囊中,其末立见。毛遂曰:'使遂早得处囊中,乃脱颖而出。'"

〔六〕《月赋》:"陈王初丧应、刘,端忧多暇。"

江边星月二首

骤雨清秋夜,金波耿玉绳〔一〕。天河元自白,江浦一作渚向来澄。映物连珠断〔二〕,缘空一镜升〔三〕。馀光隐—作忆更漏,况乃露华凝〔四〕。

〔一〕谢朓诗:"金波丽鳷鹊,玉绳低建章。"
〔二〕《汉·律历志》:"日月如合璧,五星如连珠。"
〔三〕古诗:"破镜飞上天。"公孙乘《月赋》:"蔽修堞而分镜。"
〔四〕此咏雨后之星月。

江月辞风缆—作槛,江星别雾—作露船。鸡鸣还曙—作晓色,鹭浴自晴川。历历竟谁种〔一〕?悠悠何处圆〔二〕?客愁殊未已,他夕始相鲜〔三〕。

〔一〕古诗:"天上何所有?历历种白榆。"
〔二〕悠悠:注见十七卷。
〔三〕此咏将晓之星月。

舟月对驿近寺

更深不假烛,月朗自明船。金刹青枫外〔一〕,朱楼白水边〔二〕。城乌啼眇眇,野鹭宿娟娟。皓首江湖客,钩帘独未眠。

〔一〕《维摩经》:"佛言佛灭后,以金身舍利起七宝塔,表刹庄严而供养。"《翻译名义集》:"梵语刺瑟胝,此云竿,即幡柱也。"《法苑》云:"阿育王取金华金幡悬诸刹上,塔寺低昂。"
〔二〕冯衍《显志赋》:"伏朱楼而四望。"

舟　中

风餐江柳下,雨卧驿楼边〔一〕。结缆排鱼网,连樯并米船。今朝云细薄,昨夜月清圆。飘泊南庭老〔二〕,只应学水仙〔三〕。

〔一〕鲍照诗:"风餐委松宿,云卧恣天行。"
〔二〕南庭:即边庭之庭。公在南方,故曰"南庭"。
〔三〕《琴曲》:"伯牙作《水仙操》。"《列仙传》:"琴高行涓彭之术,浮游冀州、涿郡间二百馀年。后入涿水中取龙子,与诸弟子期曰:'皆洁斋待于水旁。'果乘赤鲤来。留月馀,复入水去。"吴均诗:"是有琴高者,凌波去水仙。"又《甘泽谣》:"陶岘,开元末家昆山,遍游江湖。自制三舟,与孟彦深、孟云卿、焦遂共载,吴越之士号为水仙。"

江陵节度阳城郡王新楼成,　王请严侍御判官赋七字句,同作

楼上炎天冰雪生,高飞燕雀贺新成。碧窗宿雾濛濛湿,朱栱浮云细细轻。杖钺褰帷瞻具美〔一〕,投壶散帙有馀清〔二〕。自公多暇延参佐,江汉风流万古情。

〔一〕《后汉·贾琮传》:"琮为冀州刺史,之部,升车言曰:'刺史当远视广听,纠察美恶,何反垂帷裳以自掩塞乎?'命御者褰之。"
〔二〕《祭遵传》:"遵为将军,对酒设乐,必雅歌投壶。"

又作此奉卫王

西北楼成雄楚都〔一〕，远开山岳散江湖。二仪清浊还高下，三伏炎蒸定有无〔二〕？推毂几年惟镇静，曳裾终日盛文儒。白头授简焉能赋？愧似相如为大夫〔三〕。

〔一〕古诗："西北有高楼。"《汉书》："江陵，故楚郢都，楚文王自丹阳徙此。"

〔二〕梁元帝《纂要》："天地曰二仪。"言此楼中立于天高地下之间，尚有三伏之炎蒸否乎？

〔三〕《雪赋》："梁王游兔园，授简于司马大夫曰：'为寡人赋之。'"善曰："言'大夫'，尊之也。"

秋日荆南述怀三十韵

昔承推奖分，愧匪挺生材。迟暮宫臣忝〔一〕，艰危衮职陪。扬镳樊作鞭随日驭，折槛出云台。罪戾宽犹活，干戈塞未开〔二〕。星霜玄鸟变〔三〕，身世白驹催〔四〕。伏枕因超忽，扁舟任往来。九钻巴噀苏困切火〔五〕，三蛰楚祠雷〔六〕。望帝传应实〔七〕，昭王去不回〔八〕。蛟螭深作横，豺虎乱雄猜。素业行已矣〔九〕，浮名安在哉？琴乌曲怨愤〔一〇〕，庭鹤舞摧颓〔一一〕。秋水一作雨漫湘竹一作水，阴风过岭梅〔一二〕。苦摇求食尾〔一三〕，常曝报恩腮〔一四〕。结舌防谗柄，探肠有祸胎。苍茫步兵哭，展转仲宣哀〔一五〕。饥藉蔡云：一作借①，秦昔切家家米，愁征处处杯。休为贫士叹，任受众人咍音台〔一六〕。得丧初难识，荣枯划易该。差池分组冕，合沓起蒿莱。不必伊周地，皆登吴作知屈宋才〔一七〕。汉庭和异域〔一八〕，晋史坼一作拆中台〔一九〕。霸业寻常体，宗臣忌讳灾。群公纷戮力，圣虑窅樊作睿徘徊。数见铭钟鼎，真宜法斗魁〔二〇〕。愿闻锋镝铸，莫使栋梁摧。盘石圭多翦〔二一〕，凶门毂少推〔二二〕。垂旒资穆穆，祝网但恢恢。赤雀翻然至〔二三〕，黄龙讵一作不假媒〔二四〕？贤非梦傅野，隐类凿颜坏普回切。自古江湖客，冥心若死灰〔二五〕。

〔一〕江淹《拟陆机诗》："矫迹厕宫臣。"

〔二〕自序以拾遗出贬。

〔三〕《诗》传："玄鸟，鳦也。"古诗："秋蝉鸣树间，玄鸟逝安适。"谢灵运诗："园柳变鸣禽。"

〔四〕《史记》："魏豹谢郦生曰：人生一世间，如白驹过隙耳。"

〔五〕《韵会》："噀，喷水也。"《神仙传》："栾巴噀酒为雨，灭成都火，雨皆作酒气。"

〔六〕楚祠：楚地祠庙，或云即指楚王宫也。雷以八月收声，故曰"蛰"。按："九钻"、"三蛰"，言往来两川九年，其中客夔三年。山谷谓凡十二年，误也。苕溪渔隐曰："杜又有'十暑岷山葛，三霜楚户砧'之句，《诗谱》谓公以乾元己亥冬至蜀，不以暑计，起明年庚子至大历四年为十暑，时已在湖南。永泰乙巳秋，至云安。云安、荆、湖皆楚地，至是合为五霜。而云'三'者，独以峡中言之。"

〔七〕望帝：见《杜鹃》诗注。

〔八〕《湘中记》："益阳有昭潭，其下无底，湘水最深处也。或谓昭王南

---

① "借"字，底本无，据蔡梦弼《杜工部草堂诗笺》补。

征不复,没于此潭,因以为名。"钱笺:"'望帝'、'昭王',虽引楚、蜀之事,亦寓意玄宗也。玄宗为辅国劫迁西内,悒悒而崩。故以'望帝'、'昭王'喻之。昔人谓陶渊明悼国伤时,不欲显斥,寓以他语,使奥漫不可指摘。知此可与读杜诗矣。"

〔九〕《晋书》:"陆纳怒兄子俶曰:'秽我素业。'"

〔一〇〕《琴录》:"琴曲有《乌夜啼》。"吴兢《解题》:"《乌夜啼》,宋临川王义庆造也。义庆为江州刺史,文帝征之,家人大惧,妓妾夜闻乌啼,忧思而成曲。"

〔一一〕《韩非子》:"师旷援琴奏清徵①,有玄鹤二八,延颈而鸣,舒翼而舞。"《舞鹤赋》:"振迅腾摧。"

〔一二〕"湘竹"、"岭梅",皆近荆南。

〔一三〕司马迁《书》:"猛虎在深山,百兽震恐。及在槛阱,摇尾而求食。"

〔一四〕辛氏《三秦记》:"鱼集龙门下,登者化为龙,不登者点额曝腮而退。"《三辅决录·昆明池》:"人钓鱼,纶绝而去。梦于汉武帝,求去其钩。明日帝游于池,见大鱼衔索,帝取而去之。后三日,池边得明珠一双,帝曰:'鱼之报也。'"

〔一五〕王仲宣有《七哀诗》。翰曰:"哀汉乱也。"

〔一六〕《说文》:"哈,嗤笑也。"《楚辞》注:"楚人谓相啁笑曰哈。""星霜"至此,自叙客居楚蜀之况。

〔一七〕师尹曰:"是时官资滥进,宿德元勋多摈弃不用。此数语盖以风也。"

〔一八〕《汉·匈奴传》:"高帝出白登围,使刘敬结和亲之约。"

〔一九〕《晋·天文志》:"三台六星,西近文昌二星曰上台,为司命,主寿;次二星曰中台,为司中,主宗室;东二星曰下台,为司禄,主兵。""中台坼"用张华事,见十八卷。庾信《伤王褒》诗:"岂意中台坼,君当风烛前。"何

---

① "清徵",底本作"流徵",据《韩非子·十过》改,原文同时言及"清商""清徵""清角"。

云曰:"广德元年,房琯病卒于阆州。其年六月,回纥登里可汗归蕃,详《回纥传》中。所谓'和异域'、'坼中台'也,皆代宗初元事,故牵连书之。"

〔二〇〕《晋·天文志》:"北斗七星在太微北,魁四星为璇玑,杓三星为玉衡。杓南三星,及魁第一星、西三星,皆曰三公。"

〔二一〕《汉书》:"高祖封王子弟,地犬牙相制,所谓盘石之宗也。"

〔二二〕《淮南子》:"大将受命已,则设明衣,剪指爪,凿凶门而出。"

〔二三〕赤雀:注见十八卷。

〔二四〕《河图》:"黄龙五采,负图出置舜前。"《瑞应图》:"黄龙,四龙之长,王者不漉地而渔,则应和气而游于池沼。"《汉·郊祀歌》:"天马来,龙之媒。"

〔二五〕《淮南子》:"鲁君欲相颜阖,使人以币先焉,凿坏而遁之。""坏",屋后墙也。四语,公自谓。

胡震亨曰①:"此诗述己因房琯得罪始末甚详。'昔承推奖分',公受知于房琯也。'折槛出云台',以救琯谪官也。'不必伊周地,皆登屈宋才',追言肃宗时从龙诸相,未必皆贤也。'汉庭和异域',言回纥和亲。'晋史坼中台',言房琯罢相。肃宗乾元元年六月贬琯,七月,以宁国公主嫁回纥。合言之,见和亲非策,琯在位当无是也。'霸业寻常体',言和亲乃汉道杂霸,非国体之正也。'宗臣忌讳灾',言琯首建诸王分镇之议,触肃宗所忌讳而得祸也。'数见铭钟鼎,真宜法斗魁',言功臣虽多,非三公器,见一时人才皆不如琯也。'盘石圭多翦,凶门毂少推',言分镇以固盘石,圭当多剪。琯本谋原不错,但宰相不当使出将凶门,毂自宜少推耳,此若讳陈陶之败而为之解者。'垂旒资穆穆'至'黄龙不假媒',言外见当时贬琯为太过,更望朝廷以宽大用人,则贤才自至也。"又曰:"骆宾王有《幽絷书情》排律,乃公此诗所出,合观之始知。"《杜诗博议》:"'盘石圭多翦'二句,极言封建之制善于藩镇,非专谓宰相不可出将也。'群公纷戮力'以下,自是泛论,不必复主琯言之。"

---

① "胡震亨",底本误作"何震亨"。

秋日荆南送石首薛明府辞满告别，奉寄薛尚书颂德叙怀斐然之作三十韵

石首：见前。《旧书·吐蕃传》："大历二年十一月，和蕃使、检校户部尚书薛景仙自吐蕃使还，首领论泣陵随景仙入朝。"此诗云"闻道和亲入"，又云"跋涉体何如"，则"薛尚书"必景仙也。"薛明府"，详诗语，乃尚书之弟。

南征为客久，西候别君初[一]。岁满归凫舄，秋来把雁书。荆门留美化，姜被就离居[二]。闻道和亲入，垂名报国馀。连枝不日并，八座几时除[三]。往者胡星孛，恭惟汉网疏。风尘相顼洞，天地一丘墟。殿瓦鸳鸯坼[四]，宫帘翡翠虚[五]。钩陈摧徼道[六]，枪櫐力轨切失储胥[七]。文物陪巡狩，亲贤病拮据。公时呵獥狿[八]，首唱却鲸鱼[九]。势愜宗萧相原注：郭令公[一〇]，材非一范睢原注：诸名将[一一]。尸填太行道[一二]，血走浚仪渠[一三]。滏口师仍会[一四]，函关愤已摅[一五]。紫微临大角[一六]，皇极正乘平声舆。赏从频峨冕，殊恩一作私再直庐原注：公旧执金吾，新授羽林，前后二将军[一七]。岂惟高卫霍，曾是接应平声徐[一八]。降集翻翔凤，追攀绝众狙[一九]。侍臣双宋玉[二〇]，战策两穰苴[二一]。鉴彻劳悬镜[二二]，荒芜已荷锄。向来披述作原注：石首处见公新文一通。通，一作卷，重此忆吹嘘。白发甘凋丧，青云亦卷舒。经纶功不朽，跋涉体何如原注：公顷奉使和蕃，已见上？应讶耽湖橘，常餐占野蔬。十年婴药饵，万里狎樵渔。扬子淹投阁，邹生惜曳裾。但惊飞熠耀[二三]，不记改蟾蜍[二四]。烟雨封巫峡，江淮略孟诸[二五]。汤池虽险固，辽海尚填

淤〔二六〕。努力输肝胆,休烦独起予〔二七〕。

〔一〕隋尹式诗:"西候追孙楚,南津送陆机。"按:孙子荆有《征西官属送于陟阳候》诗,注:"陟阳,亭名。候,亭也。""西候"谓此,唐人每用之。旧注"斗杓,建西之候",非是。

〔二〕姜被:注见五卷。

〔三〕八座:注见十八卷。此期明府与兄并登八座也。

〔四〕《邺中记》:"邺城铜雀台,皆鸳鸯瓦。"梁昭明太子《讲席》诗:"日丽鸳鸯瓦。"

〔五〕《洞冥记》:"汉武帝甘泉宫起招仙阁,编翠羽麟毫以为帘。"

〔六〕《西都赋》:"周以钩陈之位。"又:"周庐千列,徼道绮错。"《汉书》注:"游徼,徼循禁备盗贼。""徼道",徼循之道也。

〔七〕《长杨赋》:"木拥枪櫐,以为储胥。"注:"枪櫐,作木枪相櫐为栅也。""储胥"言储蓄以待所须也。《三辅黄图》有储胥馆。

〔八〕禄山反,景仙守扶风,却贼,故曰"呵猰貐"。

〔九〕却鲸鱼:事详二卷。

〔一〇〕《汉书·赞》:"萧何、曹参,为一代宗臣。"

〔一一〕旧注:"范雎为秦谋兵事,伐魏、伐韩、破赵,故以比诸名将。"

〔一二〕太行山:注见四卷。

〔一三〕《水经注》:"汳水出阴沟于浚仪县北。阴沟,即蒗荡渠也。"又曰:"禹塞荥泽淫水,于荥阳下引河通淮、泗,名蒗荡渠,一名浚仪渠。"《元和郡县志》:"汴渠在河阴县南,即蒗荡渠,隋时名通济渠。"《旧唐书》:"浚仪县,属汴州。"

〔一四〕《元和郡县志》:"滏水出磁州滏阳县西北四十五里。鼓山亦名滏山,泉源奋涌若釜水,故以滏名之。太行八陉,第四曰滏口陉,对邺西,山岭高深,实为险绝。"

〔一五〕函关:注见十六卷。

〔一六〕大角:注见十卷。

〔一七〕《史记》:"卫令曰:周庐设卒甚谨。"《汉书》音义:"直宿曰庐。"

〔一八〕应徐:应玚、徐幹也。

〔一九〕《庄子》:"狙公赋芧曰:'朝三暮四。'众狙皆怒。"狙:猿也。

〔二〇〕《风赋序》:"楚襄王游于兰台之宫,宋玉、景差侍。"

〔二一〕《史记》:"齐威王追论古司马兵法,附穰苴于其中,号《司马穰苴兵法》。" 自"往者胡星孛"至此,皆颂薛尚书。"双宋玉"、"两穰苴",言宋玉、穰苴复见于今也,与"居然双捕虏"句法略同。次公以"降集"四语为兼美薛兄弟,失之。

〔二二〕悬镜:犹水镜之镜。

〔二三〕《诗》:"熠耀宵行。"注:"萤火也。"

〔二四〕张衡《灵宪》:"姮娥奔月,是为蟾蜍。"古诗:"三五明月满,四五蟾兔缺。"

〔二五〕《尔雅》:"十薮,宋有孟诸。"郭璞注:"在睢阳县东北。"《一统志》:"在今归德州虞城县西北。"略孟诸:言江淮之地,回略及于孟诸也。

〔二六〕填淤:注见五卷。《通鉴》:"大历三年六月,幽州兵马使朱希彩与朱泚、朱滔共杀节度使李怀仙,自称留后,朝廷不能制。"故云"尚填淤"也。

〔二七〕独起予:以尚书新文言之。

按:新、旧《书》皆不立《薛景仙传》。《逆臣传》载:"代宗讨史朝义,右金吾大将军薛景仙请以勇士二万椎锋死贼。"观此诗"滏口"数语,则收东京时,景仙尝会师滏阳,立功河北矣。《旧书》:"至德元载十二月,秦州都督郭英乂,代景仙为凤翔太守。"而不言景仙迁转何官。此诗云"殊恩再直庐",岂景仙自凤翔入,即历金吾、羽林之职耶?史家阙轶甚多,可据此补之。又《通鉴》:"广德二年正月,吐蕃陷京师。既去,以太子宾客薛景仙为南山五谷防御使。"景仙尝官宫僚,故以"应徐"比之也。公与景仙俱扈从还京,景仙独承恩侍直,官跻八座。"赏从"以下,虽云颂美,流落淹迟之感,实寓其中。

独　坐

悲秋回白首，倚杖背孤城。江敛洲渚—读专於切,音诸。《韵会》"渚"入六鱼出，天虚风物清。沧溟恨—作服,非衰谢，朱绂负平生。仰羡黄昏鸟，投林羽翩轻。

暮　归

霜黄碧梧白鹤栖，城上击柝复乌啼。客子入门月皎皎，谁家捣练风凄凄？南渡桂水阙舟楫〔一〕，北归秦—作洛,非川多鼓鼙〔二〕。年过半百不遂意，明日看云还杖藜。

〔一〕桂水：注别见。
〔二〕《通鉴》："大历三年八月，吐蕃复寇灵、邠，京师戒严。"邠去京师不满四百里。

哭李尚书之芳

漳滨与蒿里〔一〕，逝水竟同年。欲挂《英华》作把留徐剑，犹回忆戴船。相知成白首，此别间黄泉。风雨嗟何及〔二〕，江湖涕泫然。修文将管辂，奉使失张骞〔三〕。史阁行人在，诗家秀句传。客亭鞍马绝，旅榇网虫悬。复魄—作块昭丘远〔四〕，归魂素浐偏〔五〕。樵苏封葬地〔六〕，喉舌罢朝天〔七〕。秋色凋春草，王孙若个边〔八〕？

〔一〕漳滨、蒿里：注见十四卷。
〔二〕《诗》序："风雨，思君子也。"
〔三〕修文郎：注见十二卷。《魏志》："管辂，字公明，平原人。举秀才，谓弟辰曰：'天与我才明，不与我年寿，恐四十七八间，不见女嫁男婚也。'是岁八月为少府丞，明年二月卒，年四十八。"赵曰："'将'言将之而去，'奉使'谓之芳尝使吐蕃。"《周礼·秋官》："有大行人、小行人。""史阁行人在"言书其事于史策也。
〔四〕《礼记》："复诸侯以褒衣。"郑司农曰："复，谓始死招魂复魄也。"昭丘：注见十四卷。
〔五〕素浐：注见二卷。之芳乃长安人，故云。
〔六〕《战国策》："秦攻齐，令曰：'敢有去柳下季垄五十步樵采者，死不赦。'"《梁州记》："钟会征蜀，令军士不得于诸葛墓刍牧樵采。"
〔七〕喉舌：注见二卷。
〔八〕《招隐士》："芳草兮萋萋，王孙兮不归。"《唐·宗室世系表》："之芳，蒋王恽之孙。"沈佺期诗："京华若个边。"若个：唐人方言。

重　题

涕泗不能收，哭君馀—作余白头。儿童相识—作顾尽〔一〕，宇宙此生浮。江雨铭旌湿，湖风井径秋〔二〕。还瞻魏太子，宾客减应刘原注：公历礼部尚书，薨于太子宾客〔三〕。

〔一〕儿童:谓儿童之交。

〔二〕《芜城赋》:"边风起兮城上寒,井径灭兮丘垄残。"注:"九夫为井,遂上有径。"

〔三〕魏文帝《与吴质书》:"徐、陈、应、刘,一时俱逝。"

哭李常侍峄二首

按:诗有"江汉哭君时"之句,乃是荆南作。旧编潭州诗内,潭不应言"江汉"也。

一代风流尽,修文地下深。斯人不重见,将老失知音。短日行梅岭,寒山—作江落桂林〔一〕。长安若个伴—作畔,犹想映貂金〔二〕?

〔一〕疑常侍卒于广南,故有"梅岭"、"桂林"之语。
〔二〕常侍金蝉珥貂,详十三卷。

青琐陪双入,铜梁阻一辞〔一〕。风尘逢我地,江汉哭君时。次第寻书札,呼儿检赠诗。发挥王子表〔二〕,不愧史臣词。

〔一〕铜梁:注见七卷。
〔二〕《汉书》有《王子侯表》,李常侍必宗室,故云。

舟中出江陵南浦,奉寄郑少尹审

公自江陵移居公安,公安在江陵南九十里,故"出南浦"。郑审时为江陵少尹。

更欲投何处?飘然去此都。形骸元土木,舟楫复江湖。社稷缠妖气,干戈送老儒。百年同弃物,万国尽穷途。雨洗平沙净,天衔阔岸纡。鸣蜑随泛梗〔一〕,别燕起—作赴秋菰〔二〕。栖托难高卧,饥寒迫向隅〔三〕。寂寥相呴沫,浩荡报恩珠〔四〕。溟涨鲸波动,衡阳雁影徂。南征问悬榻,东逝想乘桴〔五〕。滥窃商歌听〔六〕,时忧卞泣诛〔七〕。经过忆郑驿,斟酌旅情孤〔八〕。

〔一〕《尔雅》注:"蜺,一名寒蜩,又名寒蜑,似蝉而小,青赤。"

〔二〕别燕:燕至秋社则去也。

〔三〕《说苑》:"今满堂饮酒,有一人向隅而泣,则满堂之人皆不乐矣。"

〔四〕《庄子》:"鱼相呴以湿,相濡以沫,不如相忘于江湖。"报恩珠:注见前。

〔五〕"南征"蒙"雁影","东逝"蒙"鲸波"。

〔六〕《吕览》:"甯戚欲干齐桓公,无以自达,于是击牛角而疾商歌,桓公闻之,命后车载归。"

〔七〕《韩非子》:"卞和得玉璞,以献楚王,王刖其足,乃抱璞而哭于荆山之下。"

〔八〕斟酌:言酌酒也。

移居公安山馆 黄作山馆

南国昼多雾，北风天正寒。路危行木杪，身远樊作迥宿云端。山鬼吹灯灭，厨人语夜阑。鸡鸣问前馆，世乱敢求安！

醉歌行赠公安颜《英华》有十字少府，请顾八疑脱分字题壁《英华》题下无五字

《唐书》："公安县属江陵府。"按："顾八"即后"顾八分文学"也。旧注谓吴人顾况，《千家》本又系以公自注，其妄甚明。

神仙中人不易得〔一〕，颜氏之子才孤标。天马长鸣待驾驭，秋鹰整翮当云霄。君不见东吴顾文学，君不见西汉杜陵老。诗家笔势君不嫌，词翰升堂为君扫〔二〕。是日霜风冻七泽〔三〕，乌蛮落照衔赤壁〔四〕。酒酣耳热忘头白〔五〕，感君意气无所惜，一为《英华》有醉字歌行歌主客〔六〕。

〔一〕神仙：用梅福事。颜为尉，故云。
〔二〕词：谓己之诗。翰：谓顾之笔。
〔三〕《子虚赋》："楚有七泽，其小小者，名曰云梦。"
〔四〕乌蛮：注见十二卷。赤壁：注见十一卷。
〔五〕《杨恽传》："酒酣耳热，呜呜而歌秦声。"
〔六〕主：谓颜少府。客：则公与顾八也。

送顾八分文学适洪《英华》无洪字吉州

《集古录》:"唐《吕諲表》,元结撰,顾戒奢八分书。景祐三年,余谪夷陵,过荆南,谒吕公祠堂,见此碑。"《西溪丛语》:"《吕公表》,前太子文学、翰林待诏顾诫奢书。"《东观馀论·跋吕肃公碑后》云:"杜诗'顾八分文学',谓诫奢也。观其遗迹,乃知子美非虚称。"《唐书》:"洪州豫章郡,吉州庐陵郡,俱属江西道采访使,治洪州。"

中郎石经后[一],八分盖憔悴。顾侯运炉锤[二],笔力破馀地。昔在开元中,韩蔡同赑屃平秘切屃虚器切[三]。玄宗妙其书,是以数子至。御札早流传,揄扬非造次[四]。三人并入直,恩泽各不二。顾于韩蔡内,辨眼工小字。分日示《英华》作侍诸王,钩深法更秘。文学与我游,萧瑟外声利。追随二十载,浩荡长安醉。高歌卿相宅,文翰飞省寺。视我班扬间,白首不相弃。骅骝入穷巷,必脱黄金辔。一论朋友难,迟暮敢失坠?古来事反覆,相见横涕泗。向者玉珂人,谁是青云器[五]?才尽伤形体《英华》作骸,病渴污官位。故旧独依然,时危话颠踬。我甘多病老,子负忧世志。胡为困衣食?颜色少称遂。远作辛苦行,顺从众多意。舟楫无根蒂,蛟鼍好为祟。况兼水贼繁,特戒风飙驶。崩腾戎马际一作险,往往杀长吏。子干东诸侯,劝一作勤勉无纵恣。邦以民为本,鱼饥费香饵[六]。请哀疮痍深,告诉皇华使。使臣精所择,进德知历试。恻隐诛求情,固应贤愚异[七]。列一作烈士恶苟得,俊杰思自致。赠子《猛虎行》[八],出郊载酸鼻。

〔一〕《水经注》:"蔡邕以熹平四年,与五官中郎将堂溪典等,奏求正定《六经》文字,灵帝许之。邕乃自书丹于碑,使工镌刻,立太学门外。碑始立,其观视及摹写者,车乘日千馀两,填塞街陌。今碑上悉铭刻蔡邕等名。魏正始中,又立古、篆、隶三字石经。"《东观馀论》:"石经在洛阳御史台中,曾得其缺本,《论语》之末题云'书学博士臣左立郎中','臣'上下皆缺,当是书者姓名。或云此即蔡邕书。又有一版《公羊》,其末云'溪典谏议大夫臣马日磾、臣赵陇、臣刘弘、郎中臣张文、臣苏陵、臣傅桢',上下皆缺。'溪'上当是'堂',乃'堂溪典'也。此盖鸿都一字石经,然经各异手书,不尽出蔡邕也。"钱笺:"洪氏《隶释》:'《水经注》云"光和六年,立石于太学讲堂前",其上悉刻蔡邕名,盖诸儒受诏在熹平,而碑成则光和年也。《隋志》有一字石经七种,三字石经三种。其论云"汉镌七经,皆蔡邕书",又云"魏立一字石经",其说自相矛盾。新、旧《唐志》有今字石经七种,而《注论语》云蔡邕作,又有《三字石经古篆》两种。盖唐史以隶为今字也。观遗经字画之妙,非中郎辈不能为,岂魏人笔力可到?当以《水经》为据。三体者乃后人所刻,儒林传为篆、隶二体,非也。'"

〔二〕《庄子》:"皆在炉锤之间耳。"

〔三〕韩择木、蔡有邻,见十五卷。《西都赋》:"缀以二华,巨灵赑屃。"注:"赑屃,作力之貌。"

〔四〕《书苑》:"明皇好图画,工八分、章草,丰茂英特。张说等献诗,明皇各赐赞褒美,自于彩笺上八分书之。"《次柳氏旧闻》:"玄宗善八分书,将命相,先以御体书其姓名置案上。"

〔五〕《五君咏》:"仲容青云器,实禀生民秀。"

〔六〕《五略》:"香饵之下,必有悬鱼。"费香饵:言当厚施予以恤民也。

〔七〕言朝廷所遣使臣,必精择而历试者,子可以疮痍告之。盖"恻隐"之与"诛求",贤愚固有异情耳。

〔八〕陆机《猛虎行》:"恶木岂无枝?志士多苦心。"

官亭夕坐戏简颜十少府

南国调寒杵〔一〕,西江浸日车。客愁连蟋蟀,亭古带蒹葭。不返青丝鞚,虚烧夜烛花。老翁须地主,细细酌流霞。

〔一〕庾信《捣衣》诗:"南国女郎砧,调声不用吟。"

移居公安敬赠卫大郎_钧

卫侯不易得,余病汝知之。雅量涵高远,清襟照等夷〔一〕。平生感意气,少小爱文词。江海由来合,风云若有期〔二〕。形容劳宇宙,质朴谢轩墀。自古幽人泣,流年壮士悲。水烟通径草,秋露接园葵〔三〕。入邑豺狼斗,伤弓鸟雀饥。白头供宴语,乌几伴栖迟。交态遭轻薄,今朝豁所思。

〔一〕袁粲《答王俭》诗:"老夫亦何寄,之子照清襟。"
〔二〕以上赠卫郎,下皆自叙。
〔三〕径草、园葵:移居之地也。

赠虞十五司马

远师虞秘监〔一〕,今喜得玄孙。形象丹青逼〔二〕,家声器宇存。凄凉怜笔势,浩荡问词源〔三〕。爽气金天豁,清谈玉露繁。仁鸣南岳凤〔四〕,欲化北溟鲲。交态知浮俗,儒流不异门。过逢连客位〔五〕,日夜倒芳樽。沙岸风吹叶,云江月上<small>上声</small>轩〔六〕。百年嗟已半,四座敢辞喧?书籍终相与〔七〕,青山隔故园。

〔一〕《唐书》:"虞世南,馀姚人。太宗践阼,迁太子右庶子,固辞,改为秘书监,封永兴县子。""世南没,太宗敕图其像于凌烟阁。"

〔二〕丹青逼:言司马之貌,逼似其祖也。

〔三〕笔势、词源:皆言秘监。《唐书》:"时称世南五绝,四曰文词,五曰书翰。"

〔四〕刘桢诗:"凤凰集南岳。"

〔五〕沈约诗:"客位紫苔生。"

〔六〕《别赋》:"月上轩而飞光。"

〔七〕《魏志》:"蔡邕闻王粲在门,倒屣迎之,谓座客曰:'此王公孙也,有异才,吾家书籍文章,尽当与之。'"

公安送韦二少府匡赞

逍遥公后世多贤〔一〕,送尔维舟惜此<small>俗本作别</small>筵。念我能书<small>一作常能</small>数字至,将诗不必万人传。时危兵革黄尘里,日短江湖白发前。古往今来皆涕泪,断肠分手各风烟〔二〕。

〔一〕《北史》:"周韦复养高不仕,明帝号为逍遥公。"《唐书》:"韦嗣立,中宗亦封逍遥公。韦氏九房,以复后为逍遥公房,嗣立后为小逍遥公房。"

〔二〕谢瞻《送王抚军》诗:"分手东城闉。"

公安县怀古

野旷吕蒙营〔一〕,江深刘备城〔二〕。寒天催日短,风浪与云平。洒落君臣契,飞腾战伐名。维舟倚前浦,长啸一含情。

〔一〕《寰宇记》:"公安县有孱陵城。《十三州志》曰:'吴大帝封吕蒙为孱陵侯,即此地也。'"《入蜀记》:"光孝寺后有废城,仿佛尚存,《图经》谓之吕蒙城。"

〔二〕《水经注》:"沱水东至孱陵县,入油水县治故城,王莽更名孱陵也。刘备孙夫人,权妹也,又更修之,其城背油向泽。"《荆州记》:"吴大帝推刘备为左将军、荆州牧,镇油口,即居此城,时人号为'左公',故名其城'公安'也。"

宴王使君宅题二首

汉主追韩信,苍生起谢安。吾徒自漂泊,世事各艰难。逆旅招要近,他乡思《英华》作意绪宽。不材甘朽质,高卧岂泥蟠?

泛爱容霜鬓—作发,留欢卜夜闲—作阑,一作上夜关〔一〕。自吟诗送老,相对酒开颜。戎马今何地?乡园独在—作旧山。江湖堕清月,酩酊任扶还。

〔一〕《英华辨证》:"世传杜子美不避家讳,其实非也。或改作'夜阑(闌)',又不在韵。按卞圜集杜诗及别本,自是'留欢上夜关(關)',盖有投辖之意。'上'字讹为'卜','关'(關)字讹为'闲'(閑)耳。"

送覃二判官

先帝—作皇弓剑远,小臣馀此生。蹉跎病江汉,不复谒承明〔一〕。饯尔白头日,永怀丹凤城〔二〕。迟迟恋屈宋,渺渺卧荆衡。魂断航舸居何切失,天寒沙水清。肺肝若稍愈,亦上赤霄行。

〔一〕曹植诗:"谒帝承明庐。"
〔二〕《长安志》:"东内大明宫,南面五门,正南曰丹凤门。"

公安送李二十九弟晋肃入蜀,余下沔鄂

晋肃:李贺之父,见韩文《讳辨》。《唐书》:"沔州汉阳郡,鄂州江夏郡,俱属江南西道,后并沔州入鄂州。"按:公是年冬发公安至岳阳,而题云"下沔鄂",诗又云"正解柴桑缆",盖公是时欲由沔鄂东下,后不果,乃之岳阳耳。

正解柴桑缆[一],仍看蜀道行。樯乌相背发[二],塞雁一行鸣。南纪连铜柱[三],西江接锦城。凭将百钱卜,飘泊问君平。

〔一〕《通典》:"寻阳县南楚城驿,即汉柴桑县也。"《元和郡县志》:"柴桑故城,在江州浔阳县西南二十里。"《一统志》:"在今九江府城南。"
〔二〕《拟李陵别诗》:"双凫相背飞。"
〔三〕赵曰:"南纪,江汉也,下沔鄂所经。"按:铜柱在交趾,于地为极南,故云"连铜柱"。

留别公安大易沙门

《后汉·郊祀志》:"沙门,汉言息心,剃发出家,绝情洗欲而归于无为也。"

隐居欲就庐山远,藻丽初逢休上人[一]。数问舟航留制作,长开箧笥拟心神。沙村白雪仍含冻,江县红梅已放春。先踏炉峰置兰若尔者切[二],徐飞锡杖出风尘。

〔一〕汤惠休:注见三卷。李白诗:"君同鲍明远,邀彼休上人。"
〔二〕兰若:注见十七卷。时公欲往庐山,故言当先置寺于彼,以待大易之来也。

晓发公安 原注：数月憩息此县

《入蜀记》："公《移居公安》诗'水烟通径草，秋露接园葵'，而《留别大易》云'白雪仍含冻，红梅已放春'，则是以秋至此县，暮冬始去，其曰'数月憩息'，盖为此也。"

北城击柝复欲罢，东方明星亦不迟。邻鸡野哭如昨日，物色生态能几时？舟楫眇然自此去，江湖远适无前期。出门转盼已陈迹，药饵扶吾随所之。

发刘郎浦

《江陵图经》："刘郎浦在石首县，先主纳吴女处。"赵曰："公自公安县往岳州，故经刘郎浦，浦在公安之下。"

挂帆早发刘郎浦，疾风飒飒暗亭午。舟中无日不尘沙，岸上空村尽豺虎。十日北风风未回，客行岁晚晚郭作尤相催。白头厌伴渔人宿，黄帽青鞋归去来。

别董颋

黄曰："诗云'逆浪开帆难'，盖董溯汉水而之邓也。又云'老夫缆亦解',公是时将适潭州,乃大历三年冬作。"

穷冬急风水,逆浪开帆难。士子甘旨阙,不知道里寒。有求彼乐土,南适小长安〔一〕。到刊作别我舟楫去,觉君衣裳单。素闻赵公节〔二〕,兼尽宾主欢。已结门庐一作闾,是望,无令霜雪残〔三〕。老夫缆亦解,脱粟朝未餐。飘荡兵甲际,几时怀抱宽?汉阳颇宁静〔四〕,岘首试考槃。当念着皂吴作白帽,采薇青云端〔五〕。

〔一〕《光武纪》:"战于小长安。"注:"《续汉书》:淯阳县有小长安聚,故城在今邓州南阳县南。"

〔二〕赵公:邓州守也。

〔三〕董因阙甘旨而谒赵公,故用"倚门"、"倚闾"事,劝其早归以慰慈母之望也。

〔四〕《唐书》:"鄂州汉阳县,本沔州汉阳郡。武德四年,以沔阳郡之汉阳、汉川二县置。元和三年州废,以县隶鄂州。"

〔五〕岘首:注见八卷。 按:岘山在襄阳,与邓州相近。公素有居襄阳之志,故因董适邓而及之。言我亦将道汉阳,登岘首,为终隐计,子当念我之采薇于云端也。黄鹤谓汉阳、岘首皆董适邓所经,诗意不然。

夜闻觱篥

《乐府杂录》:"觱篥者,本龟兹国乐,亦名悲栗。以竹为管,以芦为首,其声悲栗,有类于笳也。"

夜闻觱篥沧江上，衰年侧耳情所向。邻舟一听多感伤，塞曲三更欻悲壮〔一〕。积雪飞霜此夜寒，孤灯急管复风—作奔湍。君知天地—作下干戈满，不见江湖—作湘行路难〔二〕。

〔一〕胡笳有《入塞曲》《出塞曲》。

〔二〕刘辰翁曰："君知干戈如此，则不复恨行路矣。"或曰："君知干戈满地，独不见行路之难乎？乃更吹此，以助人悲伤也。"

岁晏行

岁云暮矣多北风，潇湘洞庭白雪—作云中。渔父天寒网罟冻，莫徭射雁鸣桑弓〔一〕。去年米贵阙军食〔二〕，今年米贱大伤农。高马达官厌酒肉，此辈杼柚茅茨空〔三〕。楚人重鱼不重鸟—作肉〔四〕，汝休枉杀南飞鸿。况闻处处鬻男女，割恩忍爱还租庸〔五〕。往日用钱捉私铸，今许—云来铅铁和青铜。刻泥为之最易得〔六〕，好恶不合长相蒙〔七〕。万国城头尽吹角，此曲哀怨何时终？

〔一〕《隋·地理志》："长沙郡杂有夷蜑，名曰莫徭，自言其先祖有功，常免征役，故以为名。"《礼记》："桑弧蓬矢，以射四方。"

〔二〕《旧唐书》："大历二年十月甲申，减京官职田三分之一充军粮。又十一月己丑，率百官、京城士庶，出钱以助军。"此诗作于三年之冬，故云"去年米贵阙军食"也。

〔三〕《玉篇》："柚，机具也。杼，机之持纬者。"

〔四〕《风俗通》："吴楚之人嗜鱼盐，不重禽兽之肉。"

〔五〕《别赋》:"割慈忍爱,离乡去里。"《旧唐书》:"凡授田者,丁岁纳粟稻,谓之租。不役者,日为绢三尺,谓之庸。"言楚地鸟非所贵,莫徭射雁亦徒杀耳。况鬻男女以供租庸,即得鸟,其谁食之?

〔六〕《旧唐书》:"天宝数载之后,富商奸人,渐收好钱,潜将往江淮之南,每钱货得私铸恶者五文,假托官钱将入京,私用鹅眼、铁锡、古文、綖缳之类,每贯重不过三四斤。"刻泥为之:以泥为钱模也。

〔七〕《左传》:"上下相蒙。"注:"蒙,欺也。"

泊岳阳城下

岳阳:即岳州,在天岳山之阳,故名。《唐书》:"岳州巴陵郡,属江南西道。"

江国逾千里,山城仅百层。岸风翻夕浪,舟雪洒寒灯。留滞才难尽,艰危气益增。图南未可料,变化有鲲鹏。

缆船苦风,戏题四韵,奉简郑十三判官泛

楚岸朔风疾,天寒鸲鹆呼〔一〕。涨沙霾草树,舞雪渡江湖。吹帽时时落,维舟日日孤。因声置驿外,为觅酒家垆。

〔一〕鸲鹆:注别见。

登岳阳楼

《岳阳风土记》:"岳阳楼,城西门门楼也,下瞰洞庭,景物宽阔。"

昔闻洞庭水,今上岳阳楼。吴楚东南坼拆同〔一〕,乾坤日夜浮〔二〕。亲朋无一字,老病有孤舟。戎马关山北,凭轩涕泗流。

〔一〕坼:地裂也。《史·赵世家》:"地坼东西,百三十步。"
〔二〕《拾遗记》:"洞庭山,浮于水上。"

陪裴使君登岳阳楼

裴使君:岳阳守也。

湖阔兼云雾,楼孤属晚晴。礼加徐孺子,诗接谢宣城〔一〕。雪岸丛梅发,春泥百草生。敢违渔父问〔二〕,从此更南征〔三〕。

〔一〕《谢朓传》:"除秘书丞,未拜,仍转中书郎,出为宣城太守。"
〔二〕《楚词》:"屈原既放,游于江潭,渔父见而问之。"
〔三〕《招魂》:"献岁发春兮,汨吾南征。"

过南岳入洞庭湖

按：衡山以岳麓为足，在长沙。此诗大历四年正月，公由岳阳之潭州时作。"南岳"乃岳麓也。《唐书》："潭州湘潭县有衡山。"《山海经》注："长沙巴陵县西有洞庭陂，潜伏通江。"《水经注》："湖水广圆五百餘里，日月若出没其中。"《岳阳风土记》："鼎、澧、沅、湘，合诸蛮黔南之水汇于洞庭，至巴陵与荆江合。"

洪波忽争道，岸转异江湖。鄂渚分云树[一]，衡山引舳舻[二]。翠牙穿裛蒋旧作桨，荆公本改作蒋，碧节吐一作上寒蒲。病渴身何去？春生力更无。壤童犁雨雪，渔屋架泥涂。欹侧风帆满，微冥水驿孤。悠悠回赤壁，浩浩略苍梧。帝子留遗恨[三]，曹公屈壮图。圣朝光御极，残孽驻艰虞[四]。才淑随厮养[五]，名贤隐锻炉[六]。邵平元入汉，张翰后归吴。莫怪啼痕数，危樯逐夜乌。

〔一〕《楚词》："乘鄂渚而返顾兮。"《水经注》："江之右岸有鄂县故城，旧樊楚也。《世本》称熊渠封中子某为鄂王，晋《太康地记》以为东鄂矣，《九州记》曰：'鄂，今武昌是也。孙权自公安徙此，改曰武昌。'"

〔二〕《说文》："舳，舟尾。舻，舟前也。"

〔三〕帝子：注见十八卷。

〔四〕残孽：谓河北诸降将。

〔五〕《汉·蒯通传》："随厮养之役者，失万乘之权。"

〔六〕锻炉：嵇康事，注见一卷。

宿青草湖

　　《水经注》:"湘水自汨口西北径垒石山西,而北对青草湖。"《元和郡国志》:"巴丘湖,又名青草湖,在巴陵县南七十九里,周回二百六十五里,俗云即古云梦泽。"《南迁录》:"洞庭湖西岸有沙洲,堆阜隆起,南名青草,北名洞庭,所谓重湖也。"

　　洞庭犹在目,青草续为名。宿桨依农事,邮签报水程〔一〕。寒冰争倚薄,云月递微明。湖雁双双起,人来故北征〔二〕。

　　〔一〕"邮签",驿馆漏筹也。听漏筹则计程而宿,是"报水程"也。
　　〔二〕叹己之未能北归也。

宿白沙驿 原注:初过湖南五里

　　按:《湘中记》云"白沙如霜雪",驿或以此名。

　　水宿仍馀照,人烟复此亭。驿边沙旧白,湖外草新青①。万象皆春气,孤槎自客星。随波无限月—作景,的的近南溟〔一〕。

　　〔一〕《庄子》:"南溟者,天池也。"

---

① "草新青",底本作"草新春",据诸善本改。

湘夫人祠

《水经注》:"太湖水西流径二妃庙南,世谓之黄陵庙。大舜之陟方也,二妃从征,溺于湘江,神游洞庭之渊,出入潇湘之浦,故民为立祠于水侧焉。"《方舆胜览》:"黄陵庙,在潭州湘阴北九十里。"钱笺:"王逸注《楚词》,以湘君为水神,湘夫人乃二妃也。郭璞曰:'天帝之二女,处江为神,即《列仙传》江妃二女也。'江湘有夫人,犹河洛之有宓妃也,安得谓之尧女哉?韩退之《黄陵庙碑》则以娥皇为湘君,女英为湘夫人,后世宗之。公此诗题曰'湘夫人祠',盖本王逸之说。"

肃肃湘妃庙,空墙碧水春。虫书玉佩藓,燕舞翠帷尘。晚泊登汀树,微馨借—作香惜渚蘋。苍梧恨不尽,染泪在丛筠。

祠南夕望

百丈牵江色,孤舟泛日斜。兴来犹杖屦,目断更云沙。山鬼迷春竹,湘娥倚暮花。湖南清绝地,万古一长嗟。

上水遣怀

赵子栎《谱》:"自岳之潭之衡,为上水;自衡回潭,为下水。"

我衰太平时,身病戎马后。蹭蹬多拙为,安得不皓首!

驱驰四海内,童稚日糊口。但遇新少年,少逢旧亲友。低颜下色地,故人知善诱。后生血气豪,举动见老丑〔一〕。穷迫挫曩怀,常如中风走〔二〕。一纪出西蜀〔三〕,于今向南斗。孤舟乱春华一作草,暮齿依蒲柳。冥冥九疑葬〔四〕,圣者骨已朽。蹉跎陶唐人,鞭挞日月久〔五〕。中间屈贾辈,谗毁竟自取此苟切。郁没樊作悒二悲魂〔六〕,萧条犹在否?嶒崱清湘石,逆行杂林薮。篙工密逞巧,气若酣杯酒。歌讴互激远樊作越,回斡乌括切明樊作相受授〔七〕。善知应触类,各藉颖脱手。古来经济才,何事独罕有〔八〕?苍苍众色晚,熊挂玄蛇吼。黄黑在树颠,正为于伪切群虎守〔九〕。嬴骸将何适?履险颜益厚。庶与达者论,吞声混瑕垢〔一〇〕。

〔一〕"故人"即"旧亲友","后生"即"新少年"也。

〔二〕朱浮《与彭宠书》:"伯通独中风狂走,自捐盛时。"

〔三〕公以乾元元年冬离长安,自陇入蜀,至大历四年在湖南,恰十二年,为一纪。

〔四〕《山海经》:"九疑山,舜所葬,在长沙零陵界中。"文颖曰:"九疑,半在苍梧,半在零陵。"《括地志》:"在永州唐兴县东南一百里。"

〔五〕公《慈恩寺》诗:"羲和鞭日月。"

〔六〕二悲魂:屈原、贾谊也。

〔七〕回斡:回动斡转其船也。船之首尾相呼,以求水脉,谓之"受授"。

〔八〕言即此操舟,若神推之,凡事莫不皆然。

〔九〕《诗》义疏:"熊能攀援上高树,见人则颠倒投地而下。"《尔雅》:"黑如熊,黄白文。"柳宗元《熊说》:"鹿畏貙,貙畏虎,虎畏熊。"详诗意,正言熊升树而守虎也。

〔一〇〕《左传》:"瑾瑜匿瑕,国君含垢。"

遣　遇

　　磬折辞主人[一]，开帆驾洪涛。春水满南国，朱崖云日高。舟子废寝食，飘风争所操。我行匪利涉，谢尔从者劳。石间采蕨女，鬻菜—作市输官曹。丈夫死百役，暮返空村号。闻见事略同，刻剥及锥刀。贵人岂不仁？视汝如莠蒿。索钱多门户，丧乱纷嗷嗷。奈何黠吏徒，渔夺成逋逃。自喜遂生理，花时甘刊作贳，侍夜切缊袍。

　〔一〕《庄子·渔父篇》："夫子曲腰磬折。"

解郭作遣忧

上水得脱危险而作。

　　减米散同舟，路难思共济。向来云涛盘[一]，众力亦不细。呀吭吴、赵作坑，一作帆，一作坑瞥眼过[二]，飞橹本无蒂。得失瞬息间，致远宜恐泥。百虑视安危，分明曩贤计。兹理庶可广，拳拳期勿替[三]。

　〔一〕赵曰："'云涛盘'言云涛之间盘转未出，乃方言所谓'盘滩'也。旧注：'云涛盘，滩名，极为险阻。'恐是附会。"
　〔二〕《西都赋》："呀周池而成渊。"赵曰："呀坑者，淤坑如口之呀开者也。"蔡曰:"呀吭,乃滩口也。"

〔三〕因脱险而推广之,即"安不忘危、存不忘亡"意也。

宿凿石浦

邵宝曰:"凿石浦,在今长沙府湘潭县西。"赵子栎《谱》:"登潭州,溯湘,宿凿石浦,过津口,次空灵岸,宿花石戍,过衡山。"

早宿宾从劳,仲春江山丽。飘风过无时,舟楫敢不—作不敢系音计。回塘澹暮色,日没众星嘒〔一〕。阙月殊未生〔二〕,青灯死分翳。穷途多俊异,乱世少恩惠。鄙夫亦放荡,草草频卒樊作年岁。斯文忧患馀,圣哲垂《象》《繋》音係。

〔一〕《诗》注:"嘒,微貌。"
〔二〕《礼记》:"月三五而盈,三五而阙。"

早 行

歌哭俱在晓,行迈有期程。孤舟似昨日,闻见同一声。飞鸟数—作散求食,潜鱼亦师作何独惊。前王作网罟,设法害生成。碧藻非不茂,高帆终日征。干戈未—作异揖让,崩迫开樊作关其情〔一〕。

〔一〕任昉《表》："无任崩迫之情。"言干戈未定，姑以碧藻、高帆，一开崩迫之情耳。

过津口

南岳自兹近①，湘流东逝深。和风引桂楫，春日涨云岑。回首—作道过津口，而多枫树林。白鱼困密网，黄鸟喧嘉音〔一〕。物微限通塞，恻隐仁者心〔二〕。瓮馀不尽酒，膝有无声琴〔三〕。圣贤两寂寞，眇眇独开襟〔四〕。

〔一〕补注：《早行》诗云"飞鸟数求食，潜鱼何独惊"，此诗又云"白鱼困密网，黄鸟喧嘉音"，亦因"楚人重鱼不重鸟"，故网罟独密耳。

〔二〕言鱼困鸟喧，物之通塞虽异，仁者则常怀恻隐之心焉。

〔三〕陆机诗："瓮馀残酒，膝有横琴。"

〔四〕《登楼赋》："向北风而开襟。"

次空灵岸

蔡曰："'空灵'当作'空舲'，刀笔误耳。"按：《水经注》："湘水县北有空泠峡，惊浪雷奔，浚同三峡。"《十道四蕃志》："湘水有空舲滩。"《一统志》："空舲岸，在湘潭县西一百六十里。"此诗云"沄沄逆素浪"，是自岳溯潭甚明，必湘水县北之空舲峡也。薛梦符注引归州空舲峡，却是下水矣，与公所

---

① "自兹近"，底本作"自兹异"，据诸善本改。

经行之地不合。

泛泛逆素浪[一],落落展清眺。幸有舟楫迟,得尽所历妙。空灵霞石峻[二],枫栝隐奔峭[三]。青春犹无私,白日已_{一作亦}偏照。可使营吾居,终焉托长啸。毒瘴未足忧,兵戈满边徼。向者留遗恨[四],耻为达人诮。回帆觊赏延[五],佳处领其要。

〔一〕《长杨赋》:"泛泛沸渭。"
〔二〕张载《赋》:"霞石驳落。"按:《湘中记》:"湘川下见底石如樗蒱,白沙若霜雪,赤崖若朝霞。"前诗"朱崖云日高",此诗"空灵霞石峻",皆用《记》中语也。
〔三〕《书》疏:"栝,木名,柏叶松身。"
〔四〕留遗恨:恨未尽山水之胜也。
〔五〕潘尼诗:"回帆转高岸,历日得延赏。"

宿花石戍

《唐书》:"潭州长沙有渌口、花石二戍。"《一统志》:"花石城,在长沙府湘潭县西一百六十里。"

午辞空灵岑,夕得花石戍。岸疏开辟水_{一作山水},木杂古今树。地蒸南风盛,春热西日暮。四序本平分[一],气候何回互[二]。茫茫天造_{一作地}间_{一作开},理乱岂恒数[三]?系舟盘藤轮,杖策古樵路。罢_{音疲}人不在村[四],野圃泉自注。柴扉虽

芜没,农器尚牢固。山东残逆气,吴楚守王度。谁能叩君门,下令减征赋?[五]

〔一〕《九辩》:"皇天平分四时兮。"
〔二〕《海赋》:"回互万里。"
〔三〕言地蒸春热,寒暑平分之气犹回互不齐,何怪理乱之无常数耶?
〔四〕不在村:言皆逃亡。
〔五〕山东:谓河北诸降将。按:《唐史》:"四年三月,遣御史税商钱。"时必吴楚为甚,故末语云然。

早　发

有求常百虑,斯文亦吾病。以兹朋故多,穷老驱驰并。早行篙师怠,席挂风不正。昔人戒垂堂,今则奚奔命[一]?涛翻黑蛟跃,日出黄雾映。烦促瘴岂侵?颓倚睡未一作还醒。仆夫问盥栉,暮颜腼青镜。随意簪葛巾,仰惭林花盛。侧闻夜来寇,幸喜囊中净。艰危作远客,干请伤直性。薇蕨饿首阳,粟马资历聘。贱子欲适音的从,疑误此二柄[二]。

〔一〕《左传》:"罢于奔命。"
〔二〕二柄:采薇及历聘也。《韩非》有《二柄篇》,借用其字。

次晚洲

何逊诗:"晚洲阻共人。"

参错云石稠〔一〕,坡陀风涛壮。晚洲适知名,秀色固异状。棹经垂猿把,身在度鸟上〔二〕。摆浪散帙妨,危沙折—作拆花当〔三〕。羁离暂愉悦,赢老反惆怅。中原未解兵,吾得终疏放?

〔一〕沈约诗:"烟林云石稠。"
〔二〕虞骞诗:"澄潭写度鸟。"阴铿诗:"度鸟息危樯。""棹经"二句:言春水涨而船行高也。
〔三〕按:《韩非子》"玉卮无当",《广韵》:"当,底也。"师注:"'花当'乃花根。"正此义,但对上"妨"字不等。俞舜卿谓"插花沙上,以当标识",亦未然。余意"危沙"谓沙涨,今江中常有之,言舟行虑险,惟当以折花自遣,即下所云"暂愉悦"也。

发白马潭

　　水生春缆没,日出野船开。宿鸟行犹去,丛花—作花丛笑不来〔一〕。人人伤白首,处处接金杯。莫道新知要,南征且未回。

〔一〕董斯张曰:"行,当读作杭。言宿鸟之成行者,犹起而去矣,丛花当笑我之不复来也。皆写日出船开之景,须溪评谬甚。"

野　望

　　纳纳乾坤大〔一〕,行行郡国遥〔二〕。云山兼五岭,风壤带三苗〔三〕。野树侵江阔,春蒲长雪消。扁舟空老去,无补圣明朝。

〔一〕刘向《九叹》:"衣纳纳而掩露。"裴逊之诗:"纳纳江海深。"
〔二〕古乐府:"行行重行行。"
〔三〕钱笺:"《元和郡国志》:'晋怀帝分荆州、湘中诸郡,置湘州,南以五岭为限,北以洞庭为界。'《书》传:'三苗之国,左洞庭,右彭蠡。'《水经注》:'洞庭湖右岸有山,世谓之苗乌头石①。石北右会翁湖口,水上承翁湖,左合洞浦。所谓三苗之国左洞庭者也。'《潭州图经》:'州为三苗国之南境。'"

入乔口 原注:长沙北界

《唐书》:"潭州有乔口镇兵。"《一统志》:"乔口镇,在长沙府城西北九十里。"

漠漠旧京远,迟迟归路赊。残年傍水国,落日对春华。树蜜早蜂乱〔一〕,江泥轻燕斜。贾生骨已朽,凄恻近长沙。

〔一〕按:《本草》有石蜜、木蜜。陶隐居曰:"木蜜,悬树枝作之,色青白。""树蜜"即木蜜也。梦弼引《古今注》"枳椇子,一名树蜜,一名木饧",与"早蜂乱"不应。

铜官渚守风

《水经注》:"湘水右岸,铜官浦出焉。湘水又北径铜官山,西临湘水。"

---

① "世谓之",底本作"世谓三",据钱笺及《水经注》改。

《方舆胜览》:"铜官渚,在宁乡县界三十里,旧《志》楚铸钱处。"《一统志》:"铜官渚在长沙府城北六十里。"

不_{樊作亦}夜楚帆落,避风湘渚间。水耕先浸草,春火更烧山〔一〕。早泊云物晦,逆行波浪悭。飞来双白鹤〔二〕,过去杳难攀。

〔一〕汉武诏:"江南之地,火耕水耨。"应劭曰:"烧草,下水,种稻,草与稻俱生,高七八寸,因悉芟去。复下水灌之,草死,稻独长,所谓火耕水耨。"

〔二〕古乐府《艳歌何尝行》:"飞来双白鹄,乃从西北来。""鹄"一作"鹤"。

北　风 原注:新康江口,信宿方行

《水经注》:"晋太康元年,改益阳县曰新康。"按:《地志》:"隋唐并新康入益阳,宋置宁乡县,今同。"

春生南国瘴,气待北风苏。向晚霾残日,初宵鼓大炉〔一〕。爽携卑湿地〔二〕,声拔洞庭湖。万里鱼龙伏,三更鸟兽呼。涤除贪破浪,愁绝付摧枯。执热沉沉在,凌寒往往须。且知宽病肺,不敢恨危途。再宿烦舟子,衰容问仆夫。今晨非盛怒〔三〕,便道却_{他本作即}长驱。隐几看帆席,云山涌坐隅。

〔一〕《王粲传》:"无异于鼓洪炉以燎毛发。"
〔二〕《贾谊传》:"长沙卑湿。"
〔三〕《风赋》:"盛怒于土囊之口。"

双枫浦

《方舆胜览》:"青枫浦,在潭州浏阳县。"《名胜志》:"浏水至县南三十五里,为青枫浦。县有八景,枫浦渔樵其一。"

辍棹青枫浦,双枫旧已摧。自惊衰谢力,不道栋梁材。浪足浮纱帽,皮须截锦苔〔一〕。江边地有主,暂借上天回〔二〕。

〔一〕锦苔:枫皮有苔藓,斑驳如锦也。
〔二〕赵曰:"末语用乘槎事。"按:《异苑》:"乌伤陈氏女,未醮,着履径上大枫树巅,了无危怖,举手辞诀家人而去,飘耸轻越,移时乃没。""暂借上天回"即用枫树事也。

清明二首

朝来新火起新烟〔一〕,湖色春光净客船。绣羽衔一作冲花他自得〔二〕,红颜骑竹我无缘〔三〕。胡童结束还难有,楚女腰肢亦可怜。不见定王城旧处〔四〕,长怀贾傅井依然〔五〕。虚沾焦当作周举为寒食〔六〕,实藉君平卖卜钱。钟鼎山林各天性,浊醪粗饭任吾年。

〔一〕《周礼》:"司烜氏仲春修火禁于国中。"注:"为季春将出火也。"旧注:"唐制,清明日赐百官新火。"

〔二〕绣羽:犹《射雉赋》所云"绮翼""绣颈""衮背"。鲍照《芙蓉赋》:"曜绣羽以晨过。"

〔三〕杜氏《幽求子》:"年五岁有鸠车之乐,七岁有竹马之乐。"《世说》:"桓温少时,与殷浩共骑竹马。"

〔四〕《汉书》:"长沙定王发,以孝景前二年立,二十八年薨。"《水经注》:"高祖五年,封吴芮为长沙王,城即芮筑。景帝二年,封唐姬子发为王,都此。"

〔五〕盛弘之《荆州记》:"湘州南市之东有贾谊宅,宅中有井,小而深,上敛下大,状似壶,即谊所穿也。井旁有石,有局脚食床,可容一人坐,形制甚古。"《寰宇记》:"贾谊庙在长沙县南六十里,庙即谊宅,宅中有井,上圆下方。"

〔六〕《后汉书》:"周举迁并州刺史。旧俗以介之推焚骸,至其月,咸言神灵禁举火。作吊书置之推庙,言春中寒食一月,老少不堪,今则三日而已,由是风俗颇革。"

此身飘泊苦西东,右臂偏枯半耳聋。寂寂系舟双下泪,悠悠伏枕左书空。十年蹴鞠将雏远,万里秋千习俗同〔一〕。旅雁上云归紫塞,家人钻火用青枫。秦城楼阁烟—作莺花里,汉主山河锦绣中。春去—作风水春来洞庭阔,白蘋愁杀白头翁。

〔一〕《汉·艺文志》:"蹴鞠二十五篇。"师古曰:"鞠,以韦为之,实以物,蹴蹋为戏乐也。"宗懔《岁时记》:"寒食有打球、秋千、施钩之戏。"打球即"蹴鞠"也。将雏远:言携子远游。《乐府》有《凤将雏》。《古今艺术图》:"以彩绳悬木立架,士女坐立其上,推引之,谓之秋千。"一云:当作"千秋",本出汉宫祝寿词，后人倒读，又易其字为"秋千"耳。

望　岳

《水经注》："衡山，《山海经》谓之岣嵝山，南岳也。山下有舜庙，南有祝融冢。"徐灵期《南岳记》："南岳周回八百里，回雁为首，岳麓为足。"《元和郡国志》："衡岳庙，在衡州衡山县西三十里。"

南岳配朱鸟[一]，秩礼自百王[二]。欻吸领地灵，鸿—作澒洞半炎方[三]。邦家用祀典，在德非馨香。巡狩何寂寥，有虞今则亡。泪—作泊吾隘世网，行迈越潇湘[四]。渴日绝壁出[五]，漾舟清光旁[六]。祝融五—作三峰尊，峰峰次低昂[七]。紫盖独不朝[八]，争长嶪音业相望[九]。恭闻魏夫人，群仙夹—作来翱翔[一〇]。有时五峰气，散风如飞霜。牵迫限—作恨修途，未暇杖崇冈[一一]。归来觊命驾，沐浴休玉堂[一二]。三叹问府主，曷以赞我皇？牲璧忍—作感衰俗，神其思降祥[一三]。

〔一〕《汉·天文志》："南宫朱鸟，权、衡。"《湘中记》："度应权衡，位值离宫，故曰衡山。"

〔二〕《书》："柴望秩于山川。"注："如其秩次望祭之。"

〔三〕《淮南子》："鸿濛澒洞，莫知其门。"

〔四〕《水经注》："衡山东南二面，临映湘川。自长沙至此，江湘七百里，中有九向九背，故渔歌曰：'帆随湘转，望衡九面。'"

〔五〕赵曰："'渴日'，望日如渴也。"一云：以朝日出水如渴然，犹渴虹之渴。

〔六〕《拾遗记》:"皇娥歌曰:乘桴轻漾着日旁。"

〔七〕《长沙记》:"衡山轩翔耸拔九千馀丈,尊卑差次七十二峰,最大者五:芙蓉、紫盖、石廪、天柱、祝融,祝融为最高。"

〔八〕《树萱录》:"岳之诸峰,皆朝于祝融,独紫盖一峰,势转东去。"

〔九〕嶫:山高貌。

〔一〇〕《南岳魏夫人传》:"夫人名华存,字贤安,晋司徒魏舒之女。适南阳刘文,生二子。夫人幼而好道,味真耽玄,常服胡麻散、茯苓丸。忽太极诸真人授以仙经三十三卷,又授《黄庭内景经》,令昼夜存念,遂得冥心斋静,真灵累感。凡在世八十三年,以晋成帝咸和九年,托剑化形而去,北诣上清宫玉阙之下。诸真君授夫人玉札金文,位为紫虚元君,领上真司命、南岳夫人,比秩仙公。"《集仙录》:"夫人以杖代尸而升天,扶桑大帝君授夫人青琼之板、丹箓之文,治南岳。"

〔一一〕杖崇冈:言杖策崇冈也。

〔一二〕《吴都赋》:"玉堂对霤,石室相距。"注:"皆仙人所居。"

〔一三〕府主:指岳神,如仙府、洞府之府。因山有神祠,故以"降祥"祈之,与起"秩礼"语相应。

岳麓山道林二寺行

钱笺:"《元和郡国志》:'岳麓山在长沙县西南,隔湘江六里。'《方舆胜览》:'又名灵麓峰,乃岳山七十二峰之数。自湘西古渡登岸,夹径乔松,泉涧盘绕,诸峰叠秀,下瞰湘江。岳麓寺在山上,百馀级乃至,今名惠光寺,下有李邕《麓山寺碑》。'又曰:'道林寺在岳麓之下,距善化县八里。'"

玉泉之南麓山殊〔一〕,道林林壑争盘纡〔二〕。寺门高开洞庭野,殿脚插入赤沙湖〔三〕。五月寒风冷佛骨,六时天乐朝香炉〔四〕。地灵步步雪山草〔五〕，僧宝人人沧海珠〔六〕。塔劫一云当作级宫墙《英华》作坛壮丽敌，香一作石厨松道清凉樊作崇俱〔七〕。莲花樊、陈俱作池交响共命鸟〔八〕，金榜双回三足乌〔九〕。方丈涉海费时节〔一〇〕，玄圃寻河知有无〔一一〕？暮年且喜经行近，春日兼蒙暄暖扶。飘然班白身奚适？傍此烟霞茅可诛。桃源人家易去声制度〔一二〕，橘洲田土仍膏腴〔一三〕。潭府邑中甚淳古〔一四〕，太守庭内不喧呼。昔遭衰世皆晦迹，今幸乐国养微躯。依止老宿亦未晚，富贵功名焉足图！久为谢一作野，非客寻幽惯〔一五〕，细学何当作周颙免兴孤〔一六〕。一重一掩吾肺腑〔一七〕，山鸟山花《英华》作仙鸟仙花吾友于。宋公放逐曾题壁原注：之问也〔一八〕，物色分留与《英华》作待老夫。

〔一〕《述异记》："荆州青溪诸山，山洞往往有乳窟，窟中多玉泉交流。"《隋炀帝集》："开皇十二年十二月，智𫖮禅师至荆州，创立玉泉寺。"《旧唐书》："神秀大师居荆州玉泉寺。"按：寺在麓山之北，所谓"玉泉之南麓山殊"也。旧注"玉泉，地名"，大误。

〔二〕《南都赋》："溪壑错缪而盘纡。"

〔三〕《水经注》："澧水经南安县，又东与赤沙湖水会。湖水北通江而南注澧，谓之决口。"《岳阳风土记》："赤沙湖在华容县南，夏秋水涨，与洞庭湖通。"《一统志》："赤沙湖在洞庭湖之西，涸时惟见赤沙。"

〔四〕《阿弥陀经》："极乐国土，常作天乐，昼夜六时，天雨曼陀罗华。"

〔五〕《楞严经》："雪山大力白牛，食其山中肥腻香草，此牛惟饮雪山清水，其粪微细，可和合旃檀。"

〔六〕《起信论》："一真如是觉性，名佛宝。二真如有执持义，名法宝。三真如有和合义，名僧宝。"《譬喻经》："王舍国人欲作寺，钱不足，入海得名宝珠。"

〔七〕香厨：香积厨也。《维摩经》："上方有国，佛号香积，如来以一钵盛香饭，恒饱众生。"

〔八〕《阿弥陀经》："极乐国土有七宝池，池中莲花大如车轮。又有伽陵频伽共命之鸟，昼夜六时，出和雅音。"《宝藏经》："雪山有鸟，名为共命，一身二头，识神各异，同共报命，曰共命。"《法华》作"命命"。

〔九〕金榜：注见五卷：三足乌，注见十八卷。双回三足乌：言金榜照耀日乌，为之回光也。

〔一〇〕《天台赋》："涉海则有方丈、蓬莱。"

〔一一〕《张骞传赞》："《禹本纪》言河出昆仑，自骞使大夏之后，穷河源，恶睹所谓昆仑者乎？""玄圃"即昆仑。言方丈、玄圃，恍惚难到，不若此地之近而可居也。

〔一二〕桃源：注见二卷。

〔一三〕《水经注》："湘水又北径南津城西，西对橘洲或作吉字，为南津洲尾，水西有橘洲子戍，故郭尚存。"《寰宇记》："橘洲在长沙县西南四里，江中时有大水，洲渚皆没，此洲独存。"《湘中记》："谚曰：昭潭无底橘洲浮。"《一统志》："橘洲在长沙府善化县西四里。"

〔一四〕《唐书》："潭州长沙郡，属江南西道，为中都督府。"崔珏《道林寺》诗："潭州城郭在何处？东边一片青模糊。"

〔一五〕《异苑》："初，钱塘杜明师，梦有人入其馆，是夕灵运生于会稽，旬日而谢玄亡。其家以子孙难得，送灵运于杜治养之，十五方还都，故名客儿。"注："治音稚，奉道之家静室也。"钟嵘《诗品》："谢客为元嘉之雄。"《宋书》："灵运为永嘉太守，性好山水，肆意遨游，尝于南山伐木开径，直至临海。"

〔一六〕周顗：注见十卷。

〔一七〕旧注："一重一掩，言山也。"

〔一八〕《宋之问传》："睿宗立，诏流钦州。"按：钦州属岭南，之问道经长沙，故有诗题寺壁。杨用修云："诗今失传。"

奉送韦中丞之晋赴湖南

按：《旧书》："大历四年二月，以湖南都团练观察使、衡州刺史韦之晋为潭州刺史，因是徙湖南军于潭州。"此诗是送韦之衡州而作。

宠渥征黄渐，权宜借寇频。湖南安背水〔一〕，峡内忆行春〔二〕。王室仍多难，苍生倚大臣。还将徐孺榻，处处待高人。

〔一〕洞庭湖枕衡州之北，故曰"背水"。旧注引韩信背水阵，非是。
〔二〕《后汉书》："谢夷吾为钜鹿太守，行春乘柴车，从两吏。"韦必尝于峡中作守，故曰"忆行春"，盖自峡而迁湖南也。

咏怀二首

人生贵是男〔一〕，丈夫重天机〔二〕。未达善一身，得志行所为。嗟予竟坎坷，将老逢艰危。胡雏逼神器，逆节同所归。河洛化为血，公侯—作卿草间啼。西京复陷没，翠盖蒙尘飞。万姓悲赤子，两宫弃紫微〔三〕。倏忽向二纪，奸雄多是非。本朝再树立，未及贞观时。日给在军储，上官督有司。高贤迫形势，岂暇相扶持？疲苶苟怀策，栖屑无所施。先王实罪己〔四〕，愁痛正为兹。岁月不我与，蹉跎病于斯。夜看丰城气，回首蛟龙池。齿发已自料，意深陈苦词。

〔一〕《列子》:"荣启期曰:男尊女卑,故以男为贵。吾既得为男,是二乐也。"

〔二〕《庄子》:"嗜欲深者,天机浅。"

〔三〕两宫:玄宗、肃宗也。《晋·天文志》:"紫宫垣十五星,在北斗北,一曰紫微,天帝之座。"

〔四〕先王:疑作"先皇",谓肃宗也。按史:肃宗即位后,以寇孽未平,屡下罪己之诏。

邦危坏法则,圣远益愁慕。飘飘桂水游〔一〕,怅望苍梧暮〔二〕。潜鱼不衔钩〔三〕,走鹿无反顾〔四〕。皦皦幽旷心,拳拳异平素〔五〕。衣食相拘阂五嘅切,朋知限流寓。风涛上春沙,千刊作十里侵一作浸江树。逆行少陈作值吉日,时节空复度。井灶任尘埃,舟航烦数色角切具。牵缠加老病,琐细隘俗务。万古一死生,胡为足名数〔六〕?多忧污桃源,拙计泥去声铜柱〔七〕。未辞炎瘴毒,摆落跋涉惧。虎狼窥中原,焉得所历住?葛洪及许靖〔八〕,避世常此路。贤愚诚等差〔九〕,自爱各一作合驰骛。羸瘵且如何?魄夺针灸屡。拥滞僮仆愠,稽留篙师怒。终当挂帆席,天意难告诉。南为祝融客〔一〇〕,勉强亲杖屦。结托老人星,罗浮展衰步〔一一〕。

〔一〕《楚词》:"桂水兮潺湲。"《水经注》:"郴阳县,桂阳郡治也。《地理志》曰:'桂水所出,因以名。'应劭曰:'桂水出桂阳东北,入湘。'"《元和郡县志》:"桂江一名漓水,经临桂县东。"按:漓水与湘水,同出今桂林府兴安县海阳山,漓南流而湘北流,漓水又名桂水。公时未尝至桂林,而此云"飘飘桂水游",他诗又云"桂江流向北,满眼送波涛",盖湘水自临桂而来,亦得称"桂水"也。

〔二〕《山海经》注:"长沙、零陵,古者总名其地为苍梧。"

〔三〕《文赋》:"若游鱼衔钩而出重渊之深。"

〔四〕《左传》:"鹿死不择音,铤而走险,急何能择?"

〔五〕《陶潜传》:"吾不能为五斗米折腰,拳拳向乡里小儿。"以"潜鱼"、"走鹿"况己之避难奔走,不得遂生平幽旷之志也。

〔六〕足名数:言求足于名数也。

〔七〕马援铜柱:注见十四卷。

〔八〕葛洪:注见一卷。《蜀·许靖传》:"孙策东渡江,走交州以避其难。靖至交州,太守士燮厚加敬待。王朗与靖书曰:'足下周游江湖,以暨南海,历观夷俗,可谓遍矣。'"

〔九〕贤愚:谓许、葛及己。

〔一〇〕祝融峰:见前。

〔一一〕罗浮山:注见十八卷。

发潭州

时公自潭州之衡州。

夜醉长沙酒,晓行湘水春。岸花飞送客,樯燕语留人〔一〕。贾傅才未俗本作何有,褚公书绝伦〔二〕。名高一作高名前后事,回首一伤神。

〔一〕何逊诗:"岸花临水发,江燕绕樯飞。"魏道辅《诗话》:"子美潭州诗'岸花飞送客,樯燕语留人',以兴丧乱之际,人无将迎,曾不若'岸花'、'樯燕'也。"

〔二〕《唐书》:"褚遂良工隶楷,太宗令侍书。高宗时为右仆射,谏立武昭仪为后,左迁潭州都督。"

酬郭十五判官受

《唐诗纪事》:"郭受,大历间为衡阳判官。"

才微岁老—作晚尚虚名,卧病江湖春复生。药裹关心诗总废,花枝照眼句还成〔一〕。只同燕石能星陨〔二〕,自得隋—作随珠觉夜明〔三〕。乔口橘洲风浪促〔四〕,系帆何惜片时程〔五〕?

〔一〕梁武帝《春歌》:"阶上香入怀,庭中花照眼。"
〔二〕《韩非子》:"宋之愚人得燕石于梧台之侧,藏之以为大宝。周客闻而观焉,掩口笑曰:'此燕石也,与瓦甓等。'"《左传》:"陨石于宋五。陨星也。"
〔三〕《搜神记》:"隋侯出行,见大蛇被伤中断,使人以药封之。岁馀,蛇衔明珠以报。珠盈径寸,夜有光明,可以烛室。""燕石"喻己之诗,"隋珠"喻郭之诗也。
〔四〕乔口、橘洲:注俱见前。
〔五〕末二语乃是公在潭州候郭受。梦弼谓公欲郭自潭到衡访己,恐非。

杜员外兄—本无兄字垂示诗,因作此寄上　郭受

新诗海内流传遍,旧德朝中—作中朝属望劳。郡邑地卑饶雾雨,江河天阔足风涛。松醪酒熟旁看醉〔一〕,莲叶舟轻自学

操〔二〕。春兴不知凡几首,衡阳纸价顿能高。

〔一〕裴硎《传奇》:"酒名松醪春。"《元化记》:"崔希真献父老松花酒。"邵注:"太乙真人乘莲叶舟。"
〔二〕沈君攸诗:"莲舟泛浪花。"

衡州送李大夫七丈勉赴广州

《唐书》:"衡州衡阳郡,属江南西道。李勉自江西观察使入为京兆尹,兼御史大夫。大历三年十月,拜广州刺史,充岭南节度使。"公此诗应是四年春作。

斧钺下青冥,楼船过洞庭。北风随爽气,南斗避文星。日月笼中鸟,乾坤水上萍〔一〕。王孙丈人行叶音项,垂老见飘零。

〔一〕日月之长,但如笼鸟;乾坤之大,止作浮萍。皆自叹也。

回 棹

黄曰:"旧编大历五年作。然诗中不言臧玠之变,当是四年至衡州,畏热,复回棹,欲归襄阳不果,而竟留于潭也。"按:公自衡州适襄阳,必道经长沙。五年夏,臧玠方据潭为乱,公岂得略无戒心而优游道出其间乎?当以鹤注为是。

宿昔试—作世安命,自私犹畏天。劳生系一物〔一〕,为客费多年。衡岳江湖大,蒸池疫疠偏〔二〕。散才婴薄俗,有迹负前贤〔三〕。巾拂那关眼,瓶罍易满船。火云滋垢腻,涷音东雨裹沉—作尘绵〔四〕。强其亮切饭飧添滑,端居茗续煎。清思汉水上,凉忆岘山巅。顺浪翻堪倚〔五〕,回帆又省牵。吾家碑不昧〔六〕,王氏井依然〔七〕。几杖将衰齿,茅茨寄短椽。灌园曾取适〔八〕,游寺可终焉〔九〕。遂性同渔父,成名—作功异鲁连。篙师烦尔送,朱夏及寒泉。

　　〔一〕钱笺:"'系一物',言此生犹一物耳。"
　　〔二〕《汉·地理志》:"承阳县,属长沙国,在承水之阳,故名。读若烝。"《水经注》:"承水出衡阳重安县西、邵陵县界邪姜山①,东北流至湘东临承县北,东注于湘,谓之承口。"《元和郡国志》:"衡阳城东傍湘江,北背蒸水。"
　　〔三〕有迹:言未能绝迹而游也。
　　〔四〕涷雨:注见八卷。
　　〔五〕自衡回潭,为下水,故云"顺浪"。
　　〔六〕《晋书》:"杜预平吴后,刻二碑纪绩,一立万山之上,一沉万山下潭中。曰:'焉知此后不为陵谷乎?'"
　　〔七〕王粲井:注见九卷。
　　〔八〕《高士传》:"陈仲子辞楚相,与其妻逃去,为人灌园。"
　　〔九〕《南史》:"梁刘慧斐尝游匡山,遂有终焉之志。因不仕,居东林寺,于山北构园一所,号离垢园。"

---

① "邪姜山",底本作"耶姜山",据《水经注》改。

杜工部诗集卷之二十

大历中，公居湖南作。

湘江宴饯裴二端公赴道州

裴虬也。《浯溪观唐贤题名》："河东裴虬，字深源，大历四年为著作郎，兼侍御史、道州刺史。"按：《旧书·本纪》："大历三年十二月，道州刺史崔涣卒。"虬盖代涣。《通典》："唐侍御史号为台端，他人称之曰端公。"舒元舆《御史记》："中丞为端长。"

白日照舟师，朱旗散广川。群公饯南伯[一]，肃肃秋初筵。鄙人奉末眷，佩服自早年。义均骨肉地，怀抱罄所宣。盛名富事业，无取愧高贤。不以丧乱婴，保爱金石坚。计拙百僚下，气苏君子前。会合苦不久，哀乐本相缠。交游飒向尽，宿昔浩茫然。促觞激万虑，掩抑泪潺湲。热云集曛黑《英华》作初集黑，缺月未生天。白团为我破[二]，华烛蟠长烟。鹍鹧一作鹍鸂，一作鸪鸰催明星[三]，解袂从此旋。上请减兵甲，下请安井田。永念病渴老，附书远山巅。

〔一〕道州在南方，故曰"南伯"。

〔二〕白团：团扇也。何逊诗："逶迤摇白团。"

〔三〕鹍鹧：旧注引《字林》"鹩鹩，似伯劳而小"。今考：此是二鸟名。

"鸹",鸧鸹也。《尔雅》:"鸧,麋鸹。"罗愿《尔雅翼》云:"苍麋,其色苍如麋也,一名鸹鹿。"《本草》:"状如鹤而顶无丹,两颊红。"景差《大招》"炙鸹蒸凫"即此。"鹖"乃鹖鴠。《月令》"十一月,鹖鴠不鸣"注:"求旦之鸟也。"郭璞《方言注》云:"似鸡,冬无毛,昼夜鸣。"《礼记》引《诗》作"盍旦",注又作"渴旦"。皆以义借用,与鹖冠之"鹖"不同。

按:道州先经西原蛮寇掠,元结为守,稍安戢。裴继元之后,故勉其无愧高贤、不婴怀于丧乱也。"减兵甲"、"安井田",正告之以靖乱之道。

寄李十四员外布十二韵 原注:新除司议郎兼万州别驾,虽尚伏枕,已闻理装

《唐书》:"万州南浦郡,属山南东道。"按:诗云"巫峡将之郡,荆门好附书",又云"黄牛平驾浪,画鹢上凌虚",明是溯流而上以至万州。旧编广德二年成都作,乃是顺流下峡,不当曰"上凌虚",且荆门在万州之下,无由至此"附书"也。黄鹤以"闷能过小径"谓指成都草堂,则尤固而不通。公去江陵,虽多在舟中,未尝不居客舍。公安诗"水烟通径草,秋露接园葵",潭州诗"春宅弃汝去,秋帆催客归",此可证也。《草堂》本次大历四年湘江诗内,今从之。

名参汉望苑[一],职述景题舆[二]。巫峡将之郡,荆门好附书。远行无自苦,内热比何如[三]?正是炎天阔,那堪野馆疏?黄牛平驾浪[四],画鹢上_{上声}凌虚。试待盘涡歇,方期解缆初。闷能过小径,自_{一作日}为摘嘉蔬。渚柳元幽僻,村花不扫除。宿阴繁素柰[五]①,过雨乱红蕖。寂寂夏先晚,泠泠风

---

① "素柰",底本作"素奈",据诸善本改。

有馀。江清心可莹,竹冷发堪—云宜梳。直作移巾几,秋帆发敝庐〔六〕。

〔一〕《汉书》:"戾太子冠,武帝为立博望苑,使通宾客。"《元和郡县志》:"博望苑在长安县北五里。"按:唐制,司议郎乃东宫官属,故用之。

〔二〕谢承《后汉书》:"周景为豫州刺史,辟陈蕃为别驾,蕃不就。景题别驾舆曰'陈仲举座也',不更辟。蕃惶恐,起视职。"

〔三〕《庄子》:"我其内热与?"

〔四〕郭璞诗:"高浪驾蓬莱。"

〔五〕素柰:注见十六卷。

〔六〕公意欲邀李十四过己客居,俟凉秋水落,然后之官。旧注以"发敝庐"为公欲访李,非也。

哭韦大夫之晋

韦之晋:见十九卷。之晋在湖南加御史大夫,常衮撰制,载《文苑英华》。

凄怆郇须伦切瑕邑一作地〔一〕,差池弱冠年〔二〕。丈一作大,一作士人叨礼数,文律早周旋。台阁黄图里,簪裾紫盖边。尊荣真不忝,端雅独翛然。贡喜音容间〔三〕,冯招疾病缠〔四〕。南过骇仓一作苍卒〔五〕,北思悄联绵①。鹏鸟长沙讳〔六〕,犀牛蜀郡怜〔七〕。素车犹恸哭〔八〕,宝剑欲高悬。汉道中兴盛,韦经亚相传〔九〕。冲融标世业,磊落映时贤。城府深朱夏〔一〇〕,江湖

---

① "联绵",底本作"连绵",据诸善本改。

眇霁天。绮楼高一作关树顶〔一一〕,飞旐泛堂前。帟音绎幕疑海盐刘氏校本作旋风燕〔一二〕,筘箫急暮蝉。兴残虚白室,迹断孝廉船〔一三〕。童孺交游尽,喧卑俗事牵。老来多涕泪,情在强诗篇。谁继方隅理?朝难将帅权〔一四〕。《春秋》褒贬例,名器重双全〔一五〕。

〔一〕《左传》:"晋人谋去故绛,诸大夫曰:必居郇瑕氏之地。"注:"河东解县西北有郇城。"《水经注》:"服虔曰:郇国在解县东,郇瑕氏之墟也,今故城在猗氏故城西北乡。"《一统志》:"在今平阳府猗氏县。"

〔二〕言弱冠之时,得交韦大夫于晋地。

〔三〕贡喜:注见一卷。

〔四〕左思诗:"冯公岂不伟?白首不见招。"

〔五〕骇仓卒:骇韦之死也。

〔六〕鹏鸟赋:注见四卷。

〔七〕《华阳国志》:"秦李冰为蜀郡太守,作五犀牛以厌水精。蜀人慕之,名其里为犀牛里。"

〔八〕《后汉书》:"范式,字巨卿,少与张劭为友。劭死,式梦而赴焉。劭葬日,其母望见素车白马,号哭而来,母曰必巨卿也。式乃修墓种树而去。"

〔九〕韦贤少子玄成,复以明经为相,故曰"亚相"。此言韦有令子。

〔一〇〕沈约《齐安陆王碑》:"城府飒然,庶僚如贯。"

〔一一〕古诗:"西北有高楼,交疏结绮窗。"

〔一二〕《檀弓》:"君于士,有赐帟。"《释名》:"帟,小幕也,在上曰帟。"

〔一三〕《庄子》:"虚室生白,吉祥止止。"杨素诗:"竹室生虚白。"公时哭韦于丧次,故序其所见如此。

〔一四〕韦时充湖南都团练、守捉、观察、处置等使,故曰"将帅权"。

〔一五〕《左传》:"惟名与器,不可以假人。"

江阁卧病，走笔寄呈崔卢两侍御

客子庖厨薄，江楼枕席清。衰年病只瘦，长夏想为情。滑忆—作喜雕胡饭，香闻锦带羹〔一〕。溜匙兼暖腹，谁欲致—作觅杯罍？

〔一〕按：锦带，即莼丝也。《本草》作"莼"。蔡朗父名纯，改为露葵。或谓之锦带。今南方湖泽中多有之，生湖南者最美。此诗"锦带"与秋菰并举，知必为莼无疑也。《本草》又言"莼多食热壅"，故下云"兼暖腹"。薛梦符以为锦带花，谬甚。

潭州送韦员外迢牧韶州

《唐书·世系表》："韦迢终岭南节度行军司马。"韩愈《韦夫人墓志》："大王父迢，以都官郎为岭南行军司马，卒赠同州刺史。"韶州：注见七卷。

炎海韶州牧，风流汉署郎。分符先令望，同舍有辉光〔一〕。白首多年疾，秋天昨夜凉。洞庭无过雁，书疏莫相忘。

〔一〕公与韦同官员外郎。

潭州留别杜员外院长　韦迢

江畔长沙驿,相逢缆客船。大名诗独步,小郡海西偏。地湿愁飞鹏,天炎畏跕鸢。去留俱失意,把臂共潸然。

酬韦韶州见寄

养拙江湖外,朝廷记忆疏。深惭长者辙,重得故人书。白发丝难理—作並,新诗锦不如。虽无南过雁,看取北来鱼〔一〕。

〔一〕蔡曰:"答韦'无南雁'之句,盖谓雁不过衡阳而潇湘北流也。"

早发湘潭寄杜员外院长　韦迢

《唐书》:"湘潭县,属潭州。"

北风昨夜雨,江上早来凉。楚岫千峰翠,湘潭一叶黄。故人湖外客,白首尚为郎。相忆无南雁,何时有报章?

楼　上

天地空搔首,频抽白玉簪〔一〕。皇舆三极北〔二〕,身事五湖南。恋阙劳肝肺，论刊作抡材愧杞梓。乱离难自救，终是老湘潭。

〔一〕钟会赋："散发抽簪。"
〔二〕《系词》："六爻之动，三极之道也。"注："天、地、人，谓之三极。" 补注："三极"，自用《易·系》。以"三极"言之，则皇舆在直北，非谓天地人之北也，泥之则难通。

千秋节有感二首

《旧书·玄宗纪》："开元十七年八月癸亥，上以降诞日，宴百僚于花萼楼下。百僚表请每年八月五日为千秋节，王公以下献宝镜及承露囊，天下诸州咸令宴乐休假三日，仍编为令。"《通鉴》："仍又移社日，就千秋节。"

自罢千秋节，频伤八月来。先朝常宴会，壮观已尘埃。凤纪编生日，龙池堙劫灰。湘川新涕泪，秦树远楼台。宝镜群臣得〔一〕，金吾万国回。衢尊不重饮〔二〕，白首独馀哀。

〔一〕《玉海》："《旧纪》：玄宗以千秋节，赐四品已上金镜、珠囊，又有《赐群臣镜》诗。"
〔二〕《淮南子》："圣人之道，其犹中衢而致樽耶？过者斟酌，多少不同，而各得其所宜。"

御气云楼敞〔一〕，含风彩仗高。仙人张内乐〔二〕，王母献宫桃〔三〕。罗袜红蕖艳〔四〕，金羁白雪毛〔五〕。舞阶衔寿酒〔六〕，走索背秋毫〔七〕。圣主他年贵,边心此日劳〔八〕。桂江流向北〔九〕,满眼送波涛。

〔一〕云楼:见题下注。

〔二〕仙乐:注见十七卷。

〔三〕《汉武内传》:"王母命侍女索桃七枚,大如鸭子,形色正青,以四枚啖帝,自食其三。"

〔四〕《南都赋》:"罗袜蹑蹀而容与。"《洛神赋》:"凌波微步,罗袜生尘。"又:"迫而察之,若芙蕖出渌波。"①

〔五〕《白马篇》:"白马饰金羁,连翩西北驰。"

〔六〕舞阶:谓舞马,详十七卷。

〔七〕《西京赋》:"跳丸剑之挥霍,走索上而相逢。"注:"走索,舞絙之戏也。"《通典》注:"舞絙者,两妓女各从一头上,对舞行于绳上,相逢比肩而不倾。"所谓"背秋毫"也。《玉海》:"《唐实录》:开元二十四年八月千秋节,御广运楼,宴群臣,奏九部乐,内出舞人绳伎,颁赐有差。"

〔八〕边心此日劳:即"芙蓉小苑入边愁"意。

〔九〕桂江:注见十九卷。

奉赠卢五丈参谋琚 原注:时丈人使自江陵,在长沙待恩旨,先支率钱米

《唐书》:"元帅、副元帅府有行军参谋,关豫军中机密。"卢盖江陵帅府参谋也。

---

① "渌波",底本作"绿波",据《六臣注文选》改。

恭惟同自出[一]，妙选异高标。入幕知孙楚[二]，披襟得郑侨[三]。丈人藉才地，门阀冠云霄。老矣逢迎拙，相于契托饶[四]。赐钱倾府待，争米贮一作驻船遥。邻好艰难薄，盯一作眠心杼柚焦[五]。客星空伴使，寒水不成潮。素发干垂领，银章破在腰[六]。说诗能累夜，醉酒或连朝。藻翰惟牵率[七]，湖山合动摇。时清非造次[八]，兴尽却萧条[九]。天子多恩泽，苍生转寂寥。休传鹿是马[一〇]，莫信鹏如陈作为鸮[一一]。未解依依袂，还斟泛泛瓢[一二]。流年疲蟋蟀[一三]，体物幸鹪鹩[一四]。辜刊作孤负沧洲愿，谁云晚见招？

〔一〕自出：注见十九卷。曰"同自出"，盖参谋之母与公母皆崔氏也。黄鹤引公祖母卢氏，非。

〔二〕孙楚：注见二卷。

〔三〕《左传》："季札聘郑，见子产，如旧相识。"

〔四〕相于：注见十六卷。

〔五〕赵曰："赐钱、争米，题注所谓'支率钱米'也。""府"谓长沙。时必有长沙钱米应输江陵者，卢为之请旨，支给本部，故言民心焦嗷，不可多敛以奉邻邦也。

〔六〕《白帖》："《晋·舆服志》：假印绶，而官不给鞶囊，得自具作。汉世有鞶囊者佩在腰间，或谓之绶囊。"按：隋唐以后，官不佩印，止有随身鱼袋。此云"银章破在腰"，盖举银鱼言之，当时金银鱼谓之"章服"。

〔七〕谢瞻《答灵运》诗："牵率酬嘉藻。"

〔八〕非造次：言非造次可致也。

〔九〕"客星"至此，皆自叙。

〔一〇〕《史记》："赵高持鹿献于二世曰：马也。"

〔一一〕《鵩鸟赋序》："鵩似鸮，不祥鸟也。"时卢待恩旨，公恐其奉行未至,故以此戒之。

〔一二〕《周礼》:"酒有五齐,一曰泛齐。"注:"泛者,成而浮泽泛泛然。"《酒德颂》:"操觚饮瓢。"

〔一三〕《诗》:"蟋蟀在堂,岁聿其莫。"

〔一四〕体物:谓赋也。张华《鹪鹩赋》:"虽蒙幸于今日,未若畴昔之从容。"

重送刘十弟判官

刘为襄阳节度使梁崇义判官,详《集外诗》注。

分源豕韦派〔一〕,别浦雁宾秋〔二〕。年事推兄忝〔三〕,人才觉弟优。经过辨丰剑,意气逐吴钩。垂翅徒衰老,先鞭不滞留。本枝凌岁晚,高义豁穷愁。他日临江待,长沙旧驿楼。

〔一〕《左传》:"晋蔡墨曰:陶唐氏既衰,其后有刘累,学扰龙于豢龙氏,事孔甲,以更豕韦之后。"《帝王世纪》:"白马县南有韦城,故豕韦国。""分源豕韦"言刘与杜同出唐尧之后也。

〔二〕《月令》:"季秋之月,鸿雁来宾。"

〔三〕刘孝标《书》:"年事遒尽,容发衰谢。"

登舟将适汉阳

汉阳:注见十九卷。

春宅弃汝去〔一〕,秋帆催客归。庭蔬尚在眼①,浦浪已吹衣。生理飘荡拙,有心迟暮违。中原戎马盛,远道素书稀。塞雁与时集,樯乌终岁飞。鹿门自此往,永息汉阴机〔二〕。

〔一〕公以四年二月到潭州,因居焉,故曰"春宅"。
〔二〕《庄子》:"汉阴丈人曰:有机械者必有机事,有机事者必有机心。"

湖中一作南送敬十使君适广陵

公《追酬高蜀州人日诗序》有"昭州敬使君超先",当即其人也。《唐书》:"扬州广陵郡,属淮南道。"

相见各头白,其如离别何!几年一会面,今日复悲歌。少长乐难得,岁寒心匪他。气缠霜匣满,冰置玉壶多。遭乱实漂泊,济时曾琢磨。形容吾较老,胆力尔谁过?秋晚岳增翠,风高湖涌波。鶱腾访知己,淮海莫蹉跎。

长沙送李十一衔

与子避地西康州〔一〕,洞庭相逢十二秋〔二〕。远愧尚方曾赐履〔三〕,竟非吾土倦登楼〔四〕。久存胶漆应难并,一辱泥涂

---

① "尚在眼",底本作"犹在眼",据诸善本改。

遂晚收。李杜齐名真忝窃〔五〕,朔云寒菊倍离忧。

〔一〕按:西康州,即同谷县。
〔二〕公以乾元二年冬寓同谷,至大历五年为十二秋。今诗所云,盖只约略计之,或欲据此为五年秋自衡归潭之证,则不然也。
〔三〕尚方履:注见十六卷。
〔四〕《登楼赋》:"虽信美而非吾土兮。"
〔五〕《后汉·党锢传》:"杜密与李膺俱坐,而名行相次,故时人亦称'李杜'焉。"注:"前有李固、杜乔,故言'亦'也。"又:"范滂母谓滂曰:汝今得与李杜齐名,死亦何恨!"

晚秋长沙蔡五侍御饮筵送殷六参军归澧州觐省

次《长沙送李十一》诗后。

佳士欣相识,慈颜慰远游。甘从投辖饮〔一〕,肯作置书邮〔二〕?高鸟黄云暮〔三〕,寒蝉碧树秋。湖南冬不雪,吾病得淹留。

〔一〕投辖:事见十九卷。
〔二〕《世说》:"殷羡为豫章太守,将附书百许函,悉掷水中,曰:沉者自沉,浮者自浮,殷洪乔不能作致书邮。"
〔三〕古乐府:"黄云暮四合,禽鸟各分飞。"

送卢十四弟侍御护韦尚书灵榇归上都二十四韵

韦尚书：即之晋。

素幕渡江远，朱幡登陆微〔一〕。悲鸣驷马顾，失涕万人挥。参佐哭辞毕〔二〕，门阑谁送归？从公伏事久，之子俊才稀。长路更执绋〔三〕，此心犹倒衣。感恩义不小〔四〕，怀旧礼无违。墓待龙骧诏〔五〕，台迎獬豸威〔六〕。深衷—作哀见士则〔七〕①，雅论在兵机。戎狄乘妖气，尘沙落禁闱。往年朝谒断，他日扫除非。但促—作整铜壶箭〔八〕，休添玉帐旂〔九〕。动询黄阁老，肯虑白登围〔一〇〕？万姓疮痍合，群凶刊作雄嗜欲肥。刺规多谏诤，端拱自光辉。俭约前王体，风流后代希。对敭同期特达，衰朽再芳菲〔一一〕。空里愁书字，山中疾采薇。拨杯要平声忽罢，抱被宿何依？眼冷看征盖，儿扶立钓矶。清霜洞庭叶，故就别时飞〔一二〕。

〔一〕朱幡：即丹旐也。《文选》注："旐，引柩幡。"
〔二〕参佐：谓参军佐史。
〔三〕《礼记》："助葬者必执绋。"《左传》注："绋，挽索也。"
〔四〕言侍御感韦旧恩，故护榇而归。
〔五〕龙骧：注见十四卷。
〔六〕《旧书·舆服志》："法冠，一名獬豸冠，以铁为柱，其上施珠两枚，

---

① "深衷"，底本作"深衰"，据诸善本改。

为獬豸之形，左右御史台服之。"

〔七〕《世说》："陈仲举言为士则，行为世范。"

〔八〕司马彪《续汉书》："孔壶为漏，浮箭为刻。"陆倕《漏刻铭》："铜史司刻，金徒抱箭。"

〔九〕玉帐：注见九卷。

〔一〇〕《汉·匈奴传》："高帝至平城，冒顿纵精兵三十万，围帝于白登七日。"注："白登在平城东南十馀里。"《括地志》："朔州定襄县，本汉平城县，东北三十里有白登山，山上有台。"

〔一一〕"戎狄"至此，皆时事。"尘沙落禁闱"言吐蕃屡寇京畿也。"他日扫除非"言为扫除之策者，非其人也。"但促铜壶箭，休添玉帐旂"言天子但当早朝勤政，毋事添兵苑中，即《复愁》诗"由来貔虎士，不满凤凰城"意也。"动询黄阁老，肯虑白登围"言执政大臣不以主辱为忧也。"群凶嗜欲肥"言河北诸降将也。"刺规"以下，言当纳谏诤、希俭约以图治理。上云"往年朝谒断"，下云"衰朽再芳菲"，叹己之不得归朝，而期侍御以此入对也。

〔一二〕《楚词》："洞庭波兮木叶下。"

暮秋将归秦，留别湖南幕府亲友

按：此诗旧编四年，与《登舟将适汉阳》同时作。王彦辅、黄鹤之徒以为作于五年，故有公卒于潭岳之间之说，然与二《史》不合。鹤又云："前题'将适汉阳'，此题'将归秦'，不应一时所向不同。"不知适汉阳者，正欲溯汉水以归秦耳。时竟不果归，终岁居潭。

水阔苍梧野樊作晚，天高白帝秋。途穷那免哭？身老不禁愁。大府才能会〔一〕，诸公德业优。北归冲雨雪，谁一作俱怜弊貂裘？

〔一〕《通鉴》注："唐时巡属诸州，以节度使府为大府，亦谓之会府。"

苏大侍御涣，**静者也，旅于江侧，凡**一作乃**是**一本无此二字**不交州府之客，人事都绝久矣。肩舆江浦，忽访老夫舟楫，而已茶酒内，余请诵近诗，肯吟数首，才力素壮，辞句动人。接对明日，忆其涌思雷出，书箧几杖之外，殷殷留金石声。赋八韵记异，亦见老夫倾倒于苏至矣**

《唐·艺文志》："《苏涣诗》一卷。涣，少喜剽盗，善用白弩，巴蜀商人苦之，号白跖，以比庄蹻。后折节读书，进士及第，湖南崔瓘辟从事。瓘遇害，涣走交广，与哥舒晃反，伏诛。"《南部新书》："涣有变律诗十九首，上广帅李公。唐人谓涣诗长于讽刺，得陈拾遗一鳞半甲。"黄鹤本题作"苏大侍御访江浦赋八韵记异"，以此题为序。今从《草堂》及吴、郭诸本。题云"八韵"，而诗止七韵，疑"八"字误，或诗脱一联。

庞公不浪出，苏氏今有之。再闻诵新作，突过黄初诗。乾坤几反覆，扬马宜同时。今晨清镜中，胜食斋房芝〔一〕。余发喜却变，白间生黑丝〔二〕。昨夜舟火灭黄作天接，一作接天，湘娥帘外悲〔三〕。百灵未敢刊作永夜散，风破一作浪寒江迟〔四〕。

〔一〕斋房芝：注见十四卷。
〔二〕言闻苏所诵诗，胜于餐芝引年，故对镜而觉白发之变黑也。
〔三〕《西京赋》："感河冯，怀湘娥。"曹植乐府："湘娥拊琴瑟。"
〔四〕《宋书》："宗悫曰：愿乘长风，破万里浪。"

暮秋枉裴道州手札，率尔遣兴，寄递—作近呈苏涣侍御

久客多枉友朋书，素书一月凡一束。虚名但蒙寒温—作暄问，泛爱不救沟壑辱。齿落未是无心人，舌存耻作穷途哭〔一〕。道州手札适复至，纸长要自三过读。盈把那须沧海珠〔二〕，入怀本倚昆山玉〔三〕。拨弃潭州百斛酒〔四〕，芜没湘岸千株菊。使我昼立烦儿孙，令我夜坐费灯烛〔五〕①。忆子初尉永嘉去〔六〕，红颜白面花映肉。军符侯印取岂迟，紫燕骝耳行甚速。圣朝尚飞战斗尘，济世宜引英杰人。黎元愁痛会苏息，夷狄跋扈徒逡巡〔七〕。授钺筑坛闻意旨，颓纲漏网期弥纶。郭钦上书见大计，刘毅答诏惊群臣〔八〕。他日更仆语不浅，明公论兵气益振平声〔九〕。倾壶箫管黑荆作动，一作理白发，舞剑霜雪吹青春。宴筵曾语苏季子〔一〇〕，后来杰出云孙比〔一一〕。茅斋定王城郭门〔一二〕，药物楚老渔商市〔一三〕。市北肩舆每联袂，郭南抱瓮亦隐几〔一四〕。无数将军西第成〔一五〕，早作丞相东山—作山东起〔一六〕。鸟雀苦肥秋粟菽，蛟龙欲蛰寒沙水。天下鼓角何时休？阵前部曲终日死〔一七〕。附书与裴因示苏，此生已愧须人扶。致君尧舜付公等〔一八〕，早据要路思捐躯。

〔一〕《史记》："张仪为楚相答掠，谓其妻曰：'视吾舌尚在不？'妻笑曰：

---

① "令我夜坐"，底本作"使我夜坐"，涉上文而误，据诸善本改。

'在。'仪曰:'足矣。'"

〔二〕《狄仁杰传》:"阎立本谓曰:君可谓沧海遗珠矣。"

〔三〕《世说》:"毛曾与夏侯玄并坐,时人谓蒹葭倚玉树。"

〔四〕《荆州记》:"长沙郡醴县有醴湖,周回三里,取湖水为酒,极甘美。"

〔五〕言得道州书,宝如珠玉,故无心饮酒对菊,读之昼夜忘倦也。

〔六〕虬尉永嘉,见二卷。

〔七〕《西京赋》:"睢盱跋扈。"《梁冀传》:"此跋扈将军也。"按:《说文》:"扈,尾也。""跋扈"犹大鱼之跳跋其尾,强梁之义也。《选》注及《后汉》注俱未明。

〔八〕《晋书》:"汉魏故事,遣将出征,符节郎授节钺于明堂。""侍御史郭钦上疏曰:'戎狄强犷,历世为患,宜及平吴之威,渐徙内郡杂虏于边地,峻四夷出入之防,明先王荒服之制。'帝不听。""武帝尝问刘毅曰:'朕可方汉何主?'对曰:'桓、灵。'帝曰:'何至于此?'对曰:'桓、灵卖官,钱入官库。陛下卖官,钱入私门。以此言之,殆不如也。'帝大笑曰:'桓、灵之世,不闻此言。'"道州时兼御史,其人敢于谏诤,故以郭钦、刘毅拟之。

〔九〕左思诗:"酒酣气益振。"

〔一〇〕曾语:曾语及之也。

〔一一〕云孙:注见十八卷。

〔一二〕定王城:注见九卷。

〔一三〕谢灵运诗:"楚老憎兰芳。"又诗:"渔商岂安流。"

〔一四〕言苏侍御结茅城南,炼药市北,与我为肩舆、联袂之欢,所居亦有抱瓮、隐几之适,其人之为余倾倒如此。

〔一五〕《后汉·马融传》:"融为大将军《西第颂》,颇为正直所羞。"

〔一六〕《谢安传》:"高崧戏之曰:卿累违朝旨,高卧东山。"

〔一七〕《续汉书》:"大将军营五部,部有校尉一人。部下有曲,曲有军候一人。"

〔一八〕《史记》:"毛遂招十九人,曰:公等碌碌。"

奉赠李八丈曛判官

我丈特《英华》作时英特,宗枝神尧后[一]。珊瑚市则无,骡骥人得有[二]？早年见标格,秀气冲—作通牛斗。事业富清机[三],官曹贞—作正独守。顷来树嘉—作佳政,皆已传众口。艰难体贵安,冗长去声吾敢取此苟切[四]？区区犹历试,炯炯更持久。讨论实解颐,操割纷应手[五]。箧书积讽谏,宫阙限奔走[六]。入幕未展材—作怀,秉钧孰为偶？所亲问淹泊,泛爱惜衰朽。垂白辞吴作乱,《英华》作慕南翁[七],委身希北叟[八]。真成穷辙鲋[九],或似丧家狗。秋枯洞庭石,风飒长沙柳。高兴激荆衡,知音为回首。

〔一〕神尧：注见十八卷。

〔二〕人得有：言非人世所得有也。

〔三〕曹摅《思友》诗："清机发妙理。"

〔四〕《文赋》："固无取乎冗长。"言艰难之时,能以安静为治体,无取冗碎之务也。

〔五〕《左传》："未能操刀而使割也。"

〔六〕奔走：言李奔走幕职。

〔七〕《史记》："南公曰：楚虽三户,亡秦必楚。"正义："虞喜《志林》云：南公者,道士,知亡秦者必楚。"《真隐传》："南公为楚人,居国南鄙,因以为号,著书言阴阳事。"

〔八〕班固《幽通赋》："北叟颇识其倚伏。"注引《淮南子》塞上翁事,见九卷。

〔九〕穷辙鲋：注别见。

别张十三建封

《旧唐书》:"大历初,道州刺史裴虬荐建封于湖南观察使韦之晋,辟署参谋,授左清道兵曹参军。不乐职,辄去,后为徐泗濠节度使。"公别建封,盖在其去职之时也。

尝读唐实录[一],国家草昧初。刘裴首建议[二],龙见尚踌躇[三]。秦王拨乱姿,一剑总兵符。汾晋为丰沛,暴隋竟涤除。宗臣则庙食,后祀何疏芜!彭城英雄种[四],宜膺将相图。尔惟外曾孙,倜傥汗血驹。眼中万少年,用意尽崎岖。相逢长沙亭,乍问绪业馀。乃吾故人子[五],童丱联居诸[六]。挥手洒衰泪,仰看八尺躯。内外名家流,风神荡江湖。范云堪—作结晚交—作结友[七],嵇绍自不孤[八]。择材征南幕[九],潮—作湖落回鲸鱼。载感贾生恸,复闻乐毅书[一〇]。主忧急盗贼,师老荒京都。旧丘复—作当税驾,大厦倾宜扶[一一]。君臣各有分,管葛本时须[一二]。虽当霰雪严,未觉栝柏枯。高义在云台,嘶鸣望天衢。羽人扫碧海[一三],功业竟何如[一四]!

〔一〕《唐·艺文志》:"《高祖实录》二十卷,敬播撰,房玄龄监修。《太宗实录》二十卷,敬播、颜胤撰,房玄龄监修。"

〔二〕《刘文静传》:"大业末,为晋阳令,与晋阳宫监裴寂善。文静见太宗,谓寂曰:'唐公子非常人也。'因与定议起兵。"

〔三〕尚踌躇:言高祖初不从也。

〔四〕《刘文静传》:"文静自言系出彭城,世居京兆武功。父韶,仕隋战死,赠上仪同三司。"

〔五〕《旧唐书》："建封，兖州人，父玠，少豪侠。安禄山反，令伪将李庭伟率蕃兵胁下城邑，玠率乡豪集兵杀之，太守韩择木方遣使奏闻，玠流荡江南，不言其功。"按：公父闲为兖州司马，此云"故人"，当以趋庭之日与玠游也。

〔六〕建封以贞元十六年终，年六十六。公开元末游兖，建封是时才六七岁，故云"童丱联居诸"。旧注"公幼时与建封父友善"，谬矣！

〔七〕《梁书》："范云好节尚奇，专趣人之急。少时与领军长史王畡善，畡亡于官舍，贫无居宅，云乃迎丧还家，躬营唅殡。"

〔八〕《晋书》："嵇康与山涛结神交，康临诛，谓其子绍曰：巨源在，汝不孤矣。"此言得交建封，可以子托之也。

〔九〕晋杜预为征南大将军，以比韦之晋。

〔一○〕《史记》："乐毅降赵，燕惠王遗毅书，且谢之，毅亦作书报焉。"建封在之晋幕中，当必不合而去，观此诗四语可见。

〔一一〕此又勉之以出而济世，无终老于旧丘也。

〔一二〕言建封之才，本当为时用。

〔一三〕羽人：注见十七卷。

〔一四〕按：《史》云建封不乐吏职，疑其人盖有志神仙者，故言吾望子以云台建立之事。彼羽人之流，扫除海外，以视功业济世者，竟何如耶？

奉送魏六丈佑少府之交广

《旧唐书》："武德五年，改隋交趾郡为交州总管府，后改安南都护府。武德四年，置广州总管府，后改中都督府。"

贤豪赞经纶，功成空名—作名空垂。子孙不振耀—云没不振，历代皆有之。郑公四叶孙〔一〕，长大常苦饥。众中见毛骨〔二〕,犹是麒麟儿。磊落贞观事,致君朴直词。家声盖六合,行色何其微。遇我苍梧野—作阴,忽惊会面稀。议论有馀地,公侯来未迟。虚思黄金贵,自笑青云期。长卿久病渴,武帝元同时。季子黑貂敝,得无妻嫂欺〔三〕?尚为诸侯客,独屈州县卑。南游炎海甸,浩荡从此辞。穷途仗神道,世乱轻土宜〔四〕。解帆岁云暮,可与春风归。出入朱门家,华屋刻蛟螭。玉食亚王者,乐张游子悲〔五〕。侍婢艳倾城,绡绮轻—作烟雾霏。掌郭作堂中琥珀钟,行酒双逶迤。新欢继明烛,梁栋星辰飞。两情顾盼合,珠碧赠于斯。上贵见肝胆,下贵不相疑。心事披写间,气酣达所为。错挥铁如意,莫避珊瑚枝〔六〕。始兼逸迈兴,终慎宾主仪〔七〕。戎马暗天宇,呜呼生别离。

〔一〕《魏徵传》:"贞观七年,进左光禄大夫、郑国公。"

〔二〕《晋中兴书》:"嵇绍谓其友曰:'琅琊王毛骨非常,殆非人臣之相。'"

〔三〕"长卿"四句:叹魏佑之有才而不遇也。旧注属公自言,于上下文义不贯。

〔四〕轻土宜:言轻去乡土也。

〔五〕《庄子》:"黄帝张咸池之乐于洞庭之野。"

〔六〕《石崇传》:"武帝尝以珊瑚树赐王恺,高二尺许,世所罕比。恺示崇,崇便以铁如意击之,应手而碎。""珠碧"、"珊瑚"皆交广所产,故诗中及之。

〔七〕赵曰:"击碎珊瑚,虽气之豪迈,然宾主之仪,不可不慎也,又戒之以义。"

北 风

北风破南极,朱凤日威一作低垂。洞庭秋欲雪,鸿雁将安归?十年杀气盛,六合人烟稀。吾慕汉初老,时清犹茹芝。

幽 人

诗末有"五湖浩荡"语,必居湖南时作也。《草堂》本编潭州诗内,今从之。

孤云亦群游,神物有一作识所归。麟一作灵凤在赤霄,何当一作常一来仪〔一〕?往与惠荀一作询辈,中年沧洲期〔二〕。天高无消息,弃我忽若遗。内惧非道流,幽人见瑕疵〔三〕。洪涛隐语笑樊作笑语,鼓枻蓬莱池〔四〕。崔嵬扶桑日〔五〕,照曜珊瑚枝。风帆倚翠盖一作巘〔六〕,暮把东皇衣〔七〕。咽漱元和津〔八〕,所思烟霞微。知名未足称,局促商山芝。五湖复浩荡〔九〕,岁暮有馀悲〔一〇〕。

〔一〕麟凤:梦弼疑作"灵"。次公引《南史》"宝志见徐陵曰'此天上石麒麟'",则"麟"亦可言"在赤霄",然不可言"来仪"也,作"灵"是。云本从龙,孤云群游,必待神物归之,以况幽人类聚,非其时则不出也。"灵凤"、"赤霄",况幽人之高举不可得见也。

〔二〕何云曰:"'惠荀',旧注'惠昭、荀珏',固属伪撰;杜田以为'惠远、许询',亦谬。玄度正可与支公并用,公诗亦屡见之。且自昔多称'远公',公诗亦两谓之'庐山远',不言'惠'也。按:公逸诗中有《送惠二过东溪》,诗云"空谷滞斯人",又云"黄绮未称臣",与此诗"中年沧洲期"句正合。"询"或其名,未可知也。

〔三〕瑕疵:注见二卷。

〔四〕《初学记》:"海,一云朝夕池,亦云天池。"

〔五〕《山海经》:"大荒之中,旸谷上有扶桑,十日所浴,九日居下枝,一日居上枝,皆载乌。"

〔六〕韦诞《景福殿赋》:"龙舟兮翳翠盖。"

〔七〕东皇:注见十卷。郭璞《游仙诗》:"左把浮丘袖。""洪涛"以下,仿像其人为沧州之游如此。

〔八〕《黄庭经》:"口为玉池太和官,漱咽灵液,灾不干。"注:"口中液水为玉津。"《中黄经》:"但服元和,除五谷,必获寥天得真箓。"注:"服元和,谓咽津液。"

〔九〕五湖:洞庭湖也。

〔一〇〕**补注**:"咽漱元和"以下皆自叙语,以未能为沧州之游,故致思烟霞,而茹芝局促,不免于岁暮之悲也,与"内惧非道流,幽人见瑕疵"二语相应。

风疾舟中,伏枕书怀三十六韵,奉呈湖南亲友

轩辕休制律,虞舜罢弹琴。尚错雄鸣管,犹伤半死心〔一〕。圣贤名古邈_{音莫},羁旅病年侵。舟泊常依震〔二〕,湖平早_{一作半}见参〔三〕。如闻马融笛〔四〕,若倚仲宣襟〔五〕。故国悲寒望,群云惨岁阴。水乡霾白屋_{一作厓},枫岸叠_{吴作叠}青岑。郁郁冬炎瘴〔六〕,濛濛雨滞淫。鼓迎非_{一作方}祭鬼〔七〕,弹落似鸮

禽[八]。兴尽才无闷,愁来遽不禁。生涯相汨没,时物自一作正萧森。疑惑樽中弩[九],淹留冠上簪[一〇]。牵裾惊魏帝[一一],投阁为刘歆[一二]。狂走终奚适[一三]?微才谢所钦[一四]。吾安藜不糁,女刊作汝贵玉为琛[一五]。乌几重重缚,鹑衣寸寸针。哀伤同庾信[一六],述作异陈琳[一七]。十暑岷山葛,三霜楚户砧[一八]。叨陪锦帐坐[一九],久放白头吟。反朴时难遇一作过,非,忘机陆易沉[二〇]。应过数粒食[二一],得近四知金[二二]。春草封归恨,源花费独寻。转蓬忧悄悄,行药病涔涔[二三]。瘞音异夭追潘岳[二四],持危觅邓林[二五]。蹉跎翻学步[二六],感激在知音。却假苏张舌[二七],高夸周宋镡音寻[二八]。纳流迷浩汗,峻趾一作址得嵚崟。城府开清旭,松筠一作篁起碧浔[二九]。披颜争倩倩,逸足竞骎骎[三〇]。朗鉴存愚直[三一],皇天实照临[三二]。公孙仍恃险,侯景未生擒[三三]。书信中原阔,干戈北斗深。畏人千里井[三四],问俗九州箴[三五]。战血流依旧,军声动至今[三六]。葛洪尸定解[三七],许靖力还一作难任[三八]。家事丹砂诀,无成涕作霖。

〔一〕《汉·律历志》:"黄帝使伶伦取竹于嶰谷,断两节,间而吹之,以为黄钟之宫。制十二箭以听凤鸣,其雄鸣六,雌鸣亦六,比黄钟之宫,而皆可以生之,是为律本。至治之世,天地之气合以生风,天地之风气正,十二律定。"《礼记》:"舜作五弦之琴,以歌南风之诗,而天下治。"桓谭《新论》:"神农始削桐为琴。"《七发》:"龙门之桐,高百尺而无枝,其根半死半生。" 此四语,原风疾所由生也。

〔二〕震:东方也。一曰即震泽之震,言震荡也。

〔三〕参星:注见八卷。

〔四〕马融《长笛赋》："正浏溧以风洌。"

〔五〕王仲宣《登楼赋》："向北风而开襟。"

〔六〕《岳阳风土记》："岳州地极热，十月犹单衣，或摇扇，震雷暴雨，如中州六七月间。"

〔七〕《论语》："非其鬼而祭之。"《风土记》："荆湖民俗，岁时会集，或祷祠，多击鼓，令男女踏歌，谓之歌场。"

〔八〕似鹗禽：鹏也。《庄子》："见弹而思鹗炙。"

〔九〕《风俗通》："应彬为汲令，请主簿杜宣饮酒。北壁上悬赤弩，照于杯中，影如蛇，宣恶之，及饮，得疾。后彬知之，延宣于旧处设酒，因谓宣曰：'此乃弩影耳。'宣病遂瘳。"

〔一〇〕冠上簪：谓朝簪。公久卧疾，未得归朝，故曰"淹留"也。

〔一一〕牵裾：注见九卷。

〔一二〕投阁：注见一卷。按：子云被收，本为刘歆子棻狱辞连及，今云"为刘歆"，盖借用事以趁韵耳。　二语言己因救房琯得罪。

〔一三〕朱浮《责彭宠书》："伯通独中风狂走。"

〔一四〕陆机《赠从兄》诗："愿言思所钦。"

〔一五〕汝：指"湖南亲友"。《晋书》："太守马岌造宋纤，不得见，铭于壁曰：其人如玉，为国之琛。"《尔雅》："琛，美宝也。"

〔一六〕庾信有《哀江南赋》。

〔一七〕陈琳：注见四卷。

〔一八〕《史记》："楚虽三户，亡秦必楚。"

〔一九〕锦帐：注见十七卷。

〔二〇〕《庄子》："与世违，而心不屑与之俱，是陆沉者也。"郭象曰："人中隐者，譬无水而沉也。"

〔二一〕《鹪鹩赋》："巢林不过一枝，每食不过数粒。"

〔二二〕《后汉书》："王密怀金遗杨震，曰：'暮夜无知者。'震曰：'天知，地知，子知，我知，何谓无知？'遂不受。"

〔二三〕鲍照有《行药至城东桥》诗，注："因病服药，行以宣导之。"《汉书·外戚传》："霍光夫人显，使女医淳于衍投毒药以饮许后，有顷，曰：'我头涔涔也，药得无有毒乎？'"

〔二四〕潘岳《西征赋》："夭赤子于新安，坎路侧而瘗之。"注："瘗，埋也。"黄曰："元稹志公墓云'嗣子宗武，病不克葬'，则宗文早世甚明。今诗云'瘗夭'，意是时丧宗文也。"钱笺："樊晃《序工部小集》云：'君有宗文、宗武，近知所在，漂泊江陵。'则宗文之亡，实在工部没后，鹤说妄也。"

〔二五〕《山海经》："夸父与日逐走，道渴死，弃其杖，化为邓林。"

〔二六〕《庄子》："寿陵馀子学行于邯郸，失其故步，直匍匐而归耳。"

〔二七〕《史·苏秦传》："今子舍本而事口舌。"《张仪传》："谓其妻曰：视吾舌尚在否？"

〔二八〕《庄子》："天子之剑，以燕溪、石城为锋，齐、岱为锷，晋、卫为脊，周、宋为镡，韩、魏为铗。"《说文》："镡，剑鼻也。"

〔二九〕"城府"、"松筠"，幕府所在也。

〔三〇〕《诗》："载骖骏骏。""披颜"二句，言望其颜色者，皆争往而归之。

〔三一〕愚直：公自谓。

〔三二〕"纳流"以下，皆美幕府诸公。

〔三三〕钱笺："大历三年，崔旰既入朝，杨子琳乘虚袭据成都府，宁弟宽攻破子琳，收复成都。四年六月，子琳败还泸州，招聚亡命数千，沿江东下，声言入朝，击破王守仙于忠州，遂杀夔州别驾张忠，据其城。卫伯玉欲结为援，以夔州许之，为之请于朝。此诗'公孙'、'侯景'皆指子琳也。"

〔三四〕《玉台新咏·刘勋妻王氏诗》："千里不唾井，况乃昔所奉。"《金陵记》："南朝计吏，止于传舍，将去，以刲马草污井中，谓无再过之期矣。不久复至，汲水遽饮，遂为昔时之刲刺喉而死。故后人戒曰：'千里井，不污刲。'"谚又云"千里井，不反唾"，"唾"乃"刲"字之讹也。

〔三五〕《左传》："虞人之箴曰：芒芒禹迹，画为九州。"《扬雄传赞》："箴莫善于虞箴，故作《州箴》。"

〔三六〕按：《唐书》："是年冬十一月，吐番复寇灵州。又冯崇道、朱济时反广南。"故有"干戈北斗"及"战血"、"军声"等句。

〔三七〕《晋中兴书》:"葛洪止罗浮山中炼丹,在山积年,忽与广州刺史邓岳书,云当欲远行。岳得书,狼狈而往,洪已亡,时年八十一,颜色如平生,体亦软弱,举尸入棺,其轻如空衣,时咸以为尸解得仙。"

〔三八〕《蜀·许靖传》:"靖走交州,身坐岸边,先载附从,疏亲悉发,乃从后去。陈国袁徽与荀彧书曰:'许文休自流宕以来,与群士相随,每有患急,常先人后己,与九族中外同其饥寒。'"

奉赠萧十二使君

昔在严公幕,俱为蜀使臣。艰危参大府,前后间清尘原注:严再领成都,余复参幕府〔一〕。起草鸣先路〔二〕,乘槎动要津。王凫聊暂出,萧雉只相驯〔三〕。终始任安义〔四〕,荒芜孟母邻。联翩匍匐礼〔五〕,意气死生亲原注:严公既没,老母在堂。使君温清之问、甘脆之礼,名数若己之庭闱焉。及太夫人倾逝,丧事又首诸孙主典,抚孤之情,不减骨肉,则胶漆之契可知矣。张老存家事〔六〕,嵇康有故人〔七〕。食恩惭卤莽,镂骨抱酸辛〔八〕。巢许山林志,夔龙廊庙珍。鹏图仍矫翼,熊轼且移轮〔九〕。磊落衣冠地,苍茫土木身。埙篪鸣自合〔一〇〕,金石莹逾新。重忆罗江外〔一一〕,同游锦水滨。结欢随过隙,怀旧益沾巾。旷绝含香舍〔一二〕,稽留伏枕辰。停骖双阙早〔一三〕,回雁五湖春。不达长卿病,从来原宪贫。监河受贷粟,一起辙中鳞〔一四〕。

〔一〕严武初镇蜀,萧尝参幕府。及再镇,而公继之,故曰"前后间清尘"。

〔二〕起草:言为尚书郎也。

〔三〕详诗语，萧盖除郎官，以他事贬县令，旋复入为郎，故云"萧雉只相驯"。次公引《唐志》"凡诏令皆舍人起草"，固是，然此诗所用"起草"，皆以郎官言之。

〔四〕《汉书》："霍去病为骠骑将军，禄秩与大将军等。故人门下多去事去病，辄得官爵，惟任安不去。"

〔五〕《诗》："凡民有丧，匍匐救之。"

〔六〕《晋语》："赵文子冠，见张老而语之。"注："张老，晋大夫张孟。"《左传》："楚子问赵孟曰：'范武子之德何如？'对曰：'夫子之家事治。'"此以"张老"比萧使君，言能存严公之家也。

〔七〕嵇康故人：谓山涛，注见前。

〔八〕"食恩"二句：惭不能如萧使君之报严公也。

〔九〕熊轼：注见十八卷。

〔一〇〕《广绝交论》①："志婉娈于埍篪。"

〔一一〕《唐书》："罗江县属绵州。"

〔一二〕含香：注见十三卷。

〔一三〕停骖双阙早：自言久断朝谒。

〔一四〕《庄子》："庄周家贫，往贷粟于监河侯，曰：'周昨来，有中道而呼者，顾视，车辙中有鲋鱼焉。周问之，曰：我，东海之波臣也，君岂有升斗之水而活我哉？'"

舟中夜雪有怀卢十四侍御弟

卢侍御：见前。

---

① "广绝交论"，底本误作"广文绝论"。

朔风吹桂水，大雪夜纷纷。暗度南楼月，寒深北渚云。烛斜初近见，舟重竟无闻。不识山阴道，听鸡更忆君。

对　雪

北雪犯长沙，胡云冷万家。随风且间叶，带雨不成花。金错囊从一作徒，黄作垂罄〔一〕，银壶酒易赊。无人竭浮蚁，有待至昏鸦〔二〕。

〔一〕《汉·食货志》："王莽更造错刀，以黄金错其文曰：一刀直五千。"
〔二〕旧本公自注："何逊诗：'城阴度堑黑，昏鸦接翅归。'"按：二语今《何记室集》不载。公《复愁》诗"钓艇收缗尽，昏鸦接翅归"，不应直用成句，且"昏鸦"亦常语，何独于此释之？必出后人假托。今流俗本所云"公自注"者，多此类也。

冬晚送长孙渐舍人归州

参卿休坐幄〔一〕，荡子不归乡〔二〕。南客潇湘外，西戎鄂杜旁〔三〕。衰年倾盖晚，费日系舟长。会面思来札，销魂逐去樯。云晴鸥更舞，风逆雁无行。匣里雌雄剑，吹毛任选将〔四〕。

〔一〕旧注："《玉台集》卢思道有《和徐参卿捣衣》诗。"按：《太白集》有《宴郑参卿山池》诗。　公为剑南节度参谋，今罢，故曰"休坐幄"。

〔二〕古诗:"荡子行不归,空床难独守。"

〔三〕《汉·宣帝纪》:"尤乐杜、鄠之间。"杜属京兆,鄠属扶风。时吐蕃入寇京畿,故曰"鄠杜旁"。

〔四〕吹毛:注见四卷。

暮冬送苏四郎徯兵曹适桂州

公有《别苏徯赴湖南幕》诗,时自幕为桂州兵曹。

飘飘苏季子,六印佩何迟〔一〕。早作诸侯客,兼工古体诗。尔贤埋照久〔二〕,余病长年悲。卢绾须征日〔三〕,楼兰要斩时〔四〕。岁阳初盛动,王化久磷缁。为入苍梧庙,看云哭九疑〔五〕。

〔一〕《史记》:"苏秦为从约长,佩六国相印。"蔡邕《释诲》:"连衡者,六印磊落。"

〔二〕颜延之诗:"沉醉似埋照。"

〔三〕《汉书》:"高祖使使征卢绾,绾称病不行,上怒曰:'绾果反。'使樊哙击之。"

〔四〕楼兰:注见四卷。按史:大历四年十二月,广州人冯崇道、桂州人朱济时反,容管经略使王翃败之。"卢绾"、"楼兰"正指此也。

〔五〕黄希曰:"九疑山在道州,徯适桂州,道所从出。"

客　从

客从南溟来,遗我泉客珠〔一〕。珠中有隐字〔二〕,欲辨不成书。缄之箧笥久,以俟公家须。开视化为血,哀今征敛无〔三〕。

〔一〕《博物志》:"南海外有鲛人,水居如鱼,不废织绩,其眼能泣珠。"《述异记》:"鲛人即泉先也,又名泉客。"《吴都赋》注:"俗传鲛人从水中出,曾寄寓人家,积日卖绡。临去,从主人索器,泣而出珠满盘,以与主人。"
〔二〕《酉阳杂俎》:"摩尼珠中有金字偈。"
〔三〕哀无泪化之珠以应公家之征敛也。

蚕谷行

天下郡国向万城,无有一城无甲兵。焉得铸甲作农器?一寸荒田牛得耕。牛尽耕一有田字,蚕亦成。不劳烈士泪滂沱,男谷女丝行复歌。

白凫行

《尔雅》:"舒凫,鹜。"按:凫,水鸟,江东人呼为野鸭。

君不见黄鹄高于五尺童,化为白凫似老翁〔一〕。故畦遗穗已荡尽,天寒岁一作日暮波涛中。鳞介腥膻素不食,终日忍饥西复东。鲁门鶢鶋亦蹭蹬,闻道如樊作于今犹避风〔二〕。

〔一〕黄鹄化为白凫,不能飞举矣,犹五尺童化为老翁,不复少壮矣。此自伤衰暮之语。罗景纶目为倒句,非也。

〔二〕《国语》:"海鸟曰爰居,止于鲁东门之外三日。展禽曰:'今兹海其有灾乎? 夫广川之鸟兽,常知而避其灾也。'是岁海多大风。" 爰居今犹避风,则黄鹄蹭蹬所固然耳,何必以忍饥西东为戚哉?

朱凤行

君不见潇湘之山衡山高,山巅卜圜本作岩朱凤声一作鸣嗷嗷。侧身长顾求其群《英华》作曹,翅垂口噤心甚劳一作劳劳〔一〕。下愍百鸟在罗网,黄雀最小犹难逃。愿分竹实及蝼蚁,盡赵云:音儘,一作忍使鸱枭相怒号。

〔一〕乐府《飞鹄行》:"吾欲衔汝去,口噤不能开。"

《文选》刘桢诗:"凤凰集南岳,徘徊孤竹根。岂不长勤苦,羞与黄雀群。"公诗似取其意而反之。羞群黄雀者,凤采之高翔。下愍黄雀者,凤德之广覆也。所食竹实,愿分之以及蝼蚁,而鸱鸮则一听怒号,此即"驱出六合枭鸾分"意也,诗旨包蕴甚远。黄鹤云"为衡州刺史阳济讨臧玠而作",乃谬说耳。

追酬故高蜀州人日见寄 并序

开文书帙中,检所遗忘,因得故高常侍适往居在成都时,高任蜀州刺史,人日相忆见寄诗,泪洒行间,读终篇末。自枉诗已十餘年，莫记存没，又六七年矣！老病怀旧，生意可知。今海内忘形故人，独汉中王樊作郡王瑀与昭州敬使君超先在〔一〕。爱而不见，情见乎辞。大历五年正月二十一日〔二〕，却追酬高公此作，因寄王及敬弟。

自蒙一作枉蜀州人日作，不意清诗久零落。今晨散帙眼忽开一作明，迸泪幽吟事如昨。呜呼壮士多慷慨，合沓高名动寥廓。叹我凄凄求友篇，感君他本作时郁郁匡时他本作君略。锦里春光空烂熳，瑶墀侍臣已冥寞〔三〕。潇湘水国傍鼋鼍，鄠杜秋天失雕鹗〔四〕。东西南北更堪论，白首扁舟病独存。遥一作犹拱北辰缠寇盗，欲倾东海洗乾坤。边塞西羌他本作蕃最充斥〔五〕，衣冠南渡多崩奔〔六〕。鼓瑟至今悲帝子〔七〕，曳裾何处觅王门？文章曹植波澜阔，服食刘安德业尊〔八〕。长笛谁能一作邻家乱愁思，昭州词翰与招魂〔九〕。

〔一〕《旧唐书》："昭州乐平郡，属岭南道，以昭冈潭为名。"
〔二〕公在成都，上元初始有草堂，高人日寄诗，当在上元二年，至大历五年，恰十年矣。
〔三〕高为散骑常侍，故曰"瑶墀侍臣"。
〔四〕失雕鹗：叹高之云亡也。公《简高使君》诗亦比之"鹰隼出风尘"。
〔五〕大历三年、四年，吐蕃频入寇，故曰"最充斥"。
〔六〕衣冠南渡：言渡江汉而南也。
〔七〕《楚词》："使湘灵鼓瑟兮，令海若舞冯夷。"
〔八〕《古今注》："淮南子服食求仙，遍礼方士。"乐府《淮南王篇》①："淮

---

① "淮南王篇"，底本脱"王"字，据《乐府诗集》补。

南王,自言尊。"

〔九〕向秀《思旧赋序》:"邻人有吹笛者,发声寥亮,追思曩昔游宴之好,感音而叹,故作赋云。"旧注:"以秀之思嵇、吕,比己之思高蜀州也。"

人日寄杜二拾遗　高適

人日题诗寄草堂,遥怜故人思故乡。柳条弄色不忍见,梅花满枝空—作堪断肠。身在南蕃无所预,心怀百忧复千虑。今年人日空相忆,明年人—作此日知何处?一卧东山三十春,岂知书剑与—作老风尘?龙钟还忝二千石,愧尔东西南北人。

送重表侄王砯_{力制切,郭作殊}评事使南海

《集韵》:"砯,履石渡水,今作厉。"《说文》引《诗》"深则砯"。

我之曾老—作祖姑,尔之高祖母。尔祖未显时,归为尚书妇〔一〕。隋朝大业末,房杜俱交友〔二〕。长者来在门,荒年自糊口。家贫无供给,客位但箕帚。俄顷羞颇珍—作颇羞珍,寂寥人散后。入怪鬟发空,吁嗟为之久。自陈剪髻鬟,市鬻充杯—作沽酒〔三〕。上云天下乱,宜与英俊厚。向窃窥数公,经纶亦俱有。次问最少年,虬髯十八九〔四〕。子等成大名,皆因此人手。下云风云合〔五〕,龙虎一吟吼。愿展丈夫雄,得辞儿女丑。秦王时在坐,真气惊户牖〔六〕。及乎贞观初,尚书践台斗〔七〕。夫人常肩舆,上殿称万寿〔八〕。六宫师柔顺,法则化

妃后。至尊均嫂叔,盛事垂不朽〔九〕。凤雏无凡毛,五色非尔曹〔一〇〕?往者胡作逆,乾坤沸嗷嗷。吾客左—作在冯翊〔一一〕,尔家同遁逃。争夺至徒步,块独委蓬蒿。逗留热尔肠,十里却呼号。自下所骑马,右持腰间刀。左牵紫游缰〔一二〕,飞走使我高。苟活到今日,寸心铭佩牢。乱离又聚散,宿昔恨滔滔。水花笑白首,春草随青袍〔一三〕。廷评近要津〔一四〕,节制收英髦〔一五〕。北驱汉阳传〔一六〕,南泛上泷闻江切舠〔一七〕。家声肯坠地?利器当秋毫。番铺官切禺元俱切亲贤领〔一八〕,筹运神功操。大夫出卢宋樊作宗,非〔一九〕,宝贝休脂膏〔二〇〕。洞主降户江切接武〔二一〕,海胡舶千艘〔二二〕。我欲就丹砂,跋涉觉身劳。安能陷粪土?有志乘鲸鳌。或骖鸾腾天〔二三〕,聊樊作不作鹤鸣皋。

〔一〕旧注:"'尚书',王珪也。贞观十七年,珪拜礼部尚书。"

〔二〕《唐书》:"珪始隐居时,与房玄龄、杜如晦善。"赵曰:"玄龄、如晦与王珪同学于文中子,则'俱交友'可知矣。"

〔三〕此暗使陶侃母剪发具酒食为侃留客事,以形容之,未必实然也。

〔四〕太宗虬髯,见十四卷。《唐书》:"太宗起义兵时,年十八。"

〔五〕"上云"、"下云","上"指客言之,"下"指主言之也。

〔六〕《马援传》:"始知帝王自有真也。"

〔七〕《唐书》:"贞观四年二月,珪以黄门侍郎迁侍中,参豫朝政。"

〔八〕钱笺:"《唐会要》:命妇朝谒,并不得乘担子,其尊属年高、特敕赐担子者不在此例。"

〔九〕《唐书》:"珪母李尝语珪曰:'而必贵,但未知所与游者何如人,而试与偕来。'会玄龄、如晦过其家,李窥大惊,敕具酒食,欢尽日,喜曰:'二客公辅才,汝贵不疑。'"《复斋漫录》:"房、杜旧不与太宗相识。太宗起兵,玄龄仗策谒军门,乃荐如晦。珪则建成诛后始见召。以史传参考,诗为误也。"《西清诗话》:"以《新书》所载,质之是诗,则珪之妇杜,非其母李也。且一妇人识真主于侧微,其事甚伟,史缺而不录,是诗载之为悉,世号诗史,信矣。"《容斋随笔》:"高祖时,太子建成与秦王相倾,珪为太子中允,说建成收刘黑闼以立功名。其后杨文幹事起,高祖以兄弟不睦,归罪珪等而流之。太宗即位,乃召用。然则珪与太宗非素交,明矣。《唐书》载李氏事,亦采之小说,恐未必然。而杜公称其祖姑事,不应不实。且太宗时宰相别无姓王者,真不可晓也。"

〔一○〕非尔曹:言非尔曹而谁。

〔一一〕冯翊:同州也,天宝末公避寇同州。

〔一二〕紫游缰,注见十六卷。

〔一三〕古诗:"青袍似春草。"

〔一四〕《六典》注:"汉宣帝于廷尉置左右评员四人。魏晋以来,直谓之廷尉评。"

〔一五〕节制:谓广南节度使。

〔一六〕传:传车也。

〔一七〕《水经注》:"武溪水又南入里山,谓之泷中。悬湍回注,崩浪震天,谓之泷水。泷水又南出峡,谓之泷口。又南径曲江县东。"《一统志》:"三泷水,在韶州府昌乐县西六十里。"《释名》:"船三百斛曰舠。"

〔一八〕《旧唐书》:"南海县,即汉番禺县,地以番山、禺山名。"

〔一九〕卢宋:卢奂、宋璟也。《旧书》:"奂为南海太守。南海利兼水陆,瑰宝山积。刘巨鳞、彭杲相继为太守,五府节度皆坐赃死。乃授奂任,贪吏敛迹,人用安之。"又云:"自开元四十年,广府节度使清白者四,裴伷先、李朝隐、宋璟及卢奂。""出卢宋"言出其上也。

〔二○〕《东观汉记》:"孔奋守姑臧七年,治有绝迹,或嘲其处脂膏中不能自润,而奋不改其操。"

〔二一〕广南有溪洞蛮,其长曰"洞主"。

〔二二〕《国史补》:"南海舶,外国船也,每岁至安南、广州。师子国舶最大,梯而上下数丈,皆积宝货,有蕃长为主领。"刘恂《岭表录》:"独樯舶深五十馀肘,三木舶深一百馀肘。肘者,西域以为度也。"钱笺:"《旧书》:'大历四年,李勉除广州刺史,兼岭南节度观察使。番禺贼帅冯崇道、桂州叛将朱济时阻洞为乱,勉遣将招讨,悉斩之,五岭平。先是,西域舶泛海至者,岁才四五。勉性廉洁,舶来都不检阅,末年至者四十馀。代归至石门,停舟,悉搜家人所贮南货犀象之物,投之江中,耆老以为可继宋璟、卢奂、李朝隐之后。'黄鹤注'亲贤'、'大夫'并言李勉,是也。梦弼以为指王砅,失之远矣。"

〔二三〕《别赋》:"驾鹤上汉,骖鸾腾天。"

清　明

着处繁花——作华务《正异》作矜是日,长沙千人万人出。渡头翠柳艳明眉〔一〕,争道朱蹄骄啮膝〔二〕。此都好游湘西寺〔三〕,诸将亦——作远,——作方自军中至。马援征行在眼前,葛强亲近同心事〔四〕。金镫都磴切下山红日蔡云:——作粉,非晚〔五〕,牙樯捩音列舵青楼远〔六〕。古时丧乱皆可知,人世悲欢暂相遭。弟侄虽存不得书,干戈未息苦离——作难居。逢迎少壮非吾道,况乃今朝是被除〔七〕。

〔一〕梁元帝诗:"柳叶生眉上,珠珰摇鬓垂。"唐太宗《柳》诗:"半翠几眉开。"

〔二〕《庄子》:"乘驳马而偏朱蹄。"注:"偏者,一蹄偏赤也。"王褒《颂》:"及至驾啮膝,骖乘旦。"应劭曰:"马怒有馀气,常啮膝而行也。"孟康曰:"良马低头,口至膝,故曰啮膝。"

〔三〕湘西寺:即岳麓、道林二寺。

〔四〕马援:比主帅。葛强:比部将。

〔五〕镫:马鞍踏。《广韵》:"鞍,镫也。"

〔六〕《齐书》:"武帝兴光楼上施青漆,谓之青楼。"乐府《美女篇》:"青楼临大路。"

〔七〕《周礼》:"女巫掌岁时被除衅浴。"郑注:"如今三月三日上巳往水上之类。"赵曰:"以唐史气朔考之,大历五年三月三日清明,是清明正值上巳,故有'今朝更被除'之句。"

风雨看舟前落花,戏为新句

江上人家桃树—作李枝,春寒郭作风细雨出疏篱。影遭碧水潜勾引〔一〕,风妒红花却倒吹。吹花困癫—作懒傍去声舟楫,水光风力俱相怯。赤憎轻薄遮入—作人怀〔二〕,珍重分明不来接。湿久飞迟半欲高,萦沙惹草细于毛。蜜蜂蝴蝶生情性—作住,偷眼蜻蜓避伯劳〔三〕。

〔一〕常理《薄命篇》:"艳花勾引落。"

〔二〕赤憎:犹云"生憎",亦方言也。公诗:"轻薄桃花逐水流。"梁武帝《春歌》:"阶上香入怀。"

〔三〕《尔雅》:"䴗,伯劳也。"疏:"《春秋传》'伯赵氏司至',伯赵,䴗也,以夏至来,冬至去。"《物理论》:"伯劳,恶鸟,故众鸟畏之,性好独。"末二句只是落花时所见。鹤注作比说,太迂。

奉送二十三舅录事崔伟之摄郴州

《唐书》:"郴州桂阳郡,属江南西道。"

贤良归盛族,吾舅尽知名。徐庶高交友[一],刘牢出外甥[二]。泥涂岂珠玉[三]？环堵但柴荆。衰老悲人世,驱驰厌甲兵。气春江上别,泪血渭阳情。丹鹊排风影,林乌反哺声[四]。永嘉多北至[五],勾漏且南征。必见公侯复[六],终闻盗贼平。郴州颇凉冷,橘井尚凄清[七]。从事—作役何蛮貊,居官志在行[八]。

〔一〕《蜀志》:"徐庶,字元直,与崔州平友善。""高交友"言为徐庶所交,盖以州平比伟也。

〔二〕《晋书》:"桓玄曰:何无忌,刘牢之之甥,酷似其舅。共举大事,何谓无成？"

〔三〕《世说》:"王武子,卫玠之舅,见玠辄叹曰:珠玉在侧,觉我形秽。"

〔四〕束皙《补亡诗》:"嗷嗷林乌,受哺于子。"赵曰:"此言崔舅侍太夫人以行也。"

〔五〕晋永嘉之乱,元帝渡江,衣冠多自北至。

〔六〕公侯复:注见十九卷。

〔七〕苏耽橘井:注见十四卷。

〔八〕《左传》:"当官而行,何强之有？"

送魏二十四司直充岭南掌选崔郎中判官,兼寄韦韶州

《唐书》:"高宗上元三年,以岭南五管、黔中都督府得任土人,而官或非才,乃选郎中、御史为选补使,谓之'南选'。"《唐会要》:"开元八年八月,移岭南选补使于桂州。"

选曹分五岭〔一〕,使者历三湘〔二〕。才美膺推荐,君行佐纪纲。佳声斯—作期共樊作不远,雅节在周防。明白山涛鉴〔三〕,嫌疑陆贾装〔四〕。故人湖外少,春日岭南长。凭报韶州牧,新诗昨寄—作夜将。

〔一〕选曹:谓崔郎中。
〔二〕使者:谓魏司直。颜延之诗:"三湘沦洞庭。"善曰:"《山海经》注:江、湘、沅水,皆会巴陵洞庭陂,号三江口。"铣曰:"三湘,谓三江也。"《寰宇记》:"湘潭、湘乡、湘源,是为三湘。"
〔三〕《晋书》:"山涛典选十餘年,甄拔人物,各为题目,时称山公启事。"
〔四〕《汉书》:"高祖使陆贾赐尉佗印,为南越王。佗赐贾橐中装,直千金,他送亦千金。"

送赵十七明府之县

　　连城为宝重〔一〕,茂宰得才新〔二〕。山雉迎舟楫〔三〕,江花报邑人〔四〕。论交翻恨晚,卧病却愁春。惠爱南翁悦,馀波及老身〔五〕。

〔一〕《史记》:"赵惠王得楚和氏璧,秦昭王请以十五城易之。"卢谌诗:"连城既伪往,荆玉亦虚还。"
〔二〕谢朓《和伏武昌》诗:"茂宰深遐眷。"
〔三〕《续汉书》:"鲁恭为中牟令,有驯雉之异。"
〔四〕江花:用潘岳事。
〔五〕赵必官衡、潭间,故有末语。

同豆卢峰贻主客李员外贤子棐知字韵

《唐书·世系表》:"豆卢,姓慕容氏,北人谓归义为'豆卢',因赐以为氏,居昌黎棘城。"

炼—作练金欧冶子〔一〕,喷玉大宛儿〔二〕。符彩高无敌〔三〕①,聪明达所为。梦兰他日应〔四〕,折桂早年知〔五〕。烂熳通经术,光芒刷羽仪。谢庭瞻不远〔六〕,潘省会于斯〔七〕。唱和将雏曲〔八〕,田翁号鹿皮。

〔一〕《吴越春秋》:"干将与欧冶子采五山之精,合六金之英,炼而为剑。"

〔二〕喷玉:注见十六卷。

〔三〕曹植《七启》:"符采照烛。"

〔四〕《左传》:"郑文公有贱妾曰燕姞,梦天使与己兰。既而文公见之,与之兰而御之。辞曰:'妾不才,幸而有子。将不信,敢征兰乎?'公曰诺。生穆公,名之曰兰。"

〔五〕折桂:用郤诜事。

〔六〕《世说》:"谢太傅问子侄曰:'子弟亦何与人事,而欲使其佳?'玄答曰:'譬如芝兰玉树,欲使其生于庭除耳。'"

〔七〕潘岳《秋兴赋序》:"余以太尉掾,寓直于散骑之省。"公与李皆员外郎,豆卢亦必官省郎,故曰"潘省会于斯"也。

〔八〕《晋书·乐志》:"吴歌杂曲,一曰《凤将雏》。"按:此曲自汉至梁有歌,今不传。

---

① "符彩",底本作"符采",据诸善本改。

归雁二首

万里衡阳雁〔一〕,今年又北归。双双瞻客上_{上声},一一背人飞。云里相呼疾,沙边自宿稀。系书元浪语,愁绝—作寂故山薇。

〔一〕衡山有回雁峰。

欲雪违胡地,先花别楚云。却过清渭影,高起洞庭群。塞北春阴暮,江南日色曛。伤弓流落羽,行户刚切断不堪闻。

江南逢李龟年

《楚词章句》:"襄王迁屈原于江南,在江、湘之间。"《史记》:"王翦定荆、江南地。"又:"项羽徙义帝于江南。"此诗题曰"江南",必潭州作也。旧编荆南诗内,非是。《明皇杂录》:"上素晓音律,乐工李龟年特承恩遇。其后流落江南,每遇良辰胜景,常为人歌数阕。座客闻之,莫不掩泣罢酒。"《云溪友议》:"明皇幸岷山,百官皆窜辱。李龟年奔泊江潭,杜甫以诗赠之。"

岐王宅里寻常见〔一〕,崔九堂前几度闻_{原注:崔九,即殿中监崔涤,中书令湜之弟〔二〕}。正是《友议》作值江南好风景,落花时节又逢君。

〔一〕《旧唐书》:"岐王范,睿宗子,好学工书,雅爱文章之士,开元十四年病薨。"黄曰:"开元十四年,公年十五。"

〔二〕《旧书》:"崔湜弟涤,素与玄宗款密,用为秘书监,出入禁中,后赐名澄,开元十四年卒。"

小寒食舟中作

佳辰强饮—作饭食犹寒,隐几萧条带鹖冠。春水船如天上坐〔一〕,老年花似雾中看。娟娟戏蝶过闲—作开幔〔二〕,片片轻鸥下急湍。云白山青万馀里,愁看直—作西北是长安。

〔一〕沈佺期诗:"人如天上坐,鱼似镜中悬。"
〔二〕幔:舟幕也。按:子美父名闲(閑),古"閒"字通作"闲"(閑)。诗中不避"閒"字,盖临文不讳也。张文潜《杂志》云:"王仲至家有古本杜诗,'閒幔'本作'开(開)幔',谓舟中幔开(開),因见蝶过也。"说亦通。

燕子来舟中作

湖南为客动经春,燕子衔泥两度新。旧入故园尝识主,如今社日远看人〔一〕。可怜处处巢君—作居室〔二〕,何异飘飘托此身?暂语船樯还起去,穿花落范德机云:善本作贴水益沾巾。

〔一〕燕以春社日来。
〔二〕古诗:"思为双飞燕,衔泥巢君屋。"

赠韦七赞善

乡里衣冠不乏贤,杜陵韦曲未央前。尔家最近魁三象_{原注:斗魁下,两两相比为三台},时论同归—作因侵尺五天_{原注:俚语曰:城南韦杜,去天尺五}。北走关山—作河开雨雪,南游花柳塞_{悉则切}云烟〔一〕。洞庭春色悲公子〔二〕,虾_{吴作鲑}菜忘归范蠡—作万里船〔三〕。

〔一〕二语属韦赞善,韦盖北来而至湖南也。
〔二〕悲公子:悲与韦别也。
〔三〕任昉《述异记》:"洞庭湖中有钓洲,昔范蠡乘扁舟至此,遇风,钓于洲上,刻石记焉。有一陂,陂中有范蠡鱼。"时公舟居,故以"范蠡船"自况。

酬寇十侍御锡见寄四韵复寄寇

往别郇瑕地〔一〕,于今四十年。来簪御府笔〔二〕,故泊洞庭船。诗忆伤心处,春深把臂前。南瞻按百越,黄帽待君偏〔三〕。

〔一〕郇瑕:注见前。
〔二〕《魏略》:"殿中侍御史簪白笔,侧陛而坐。帝问左右:'此何官?'辛毗曰:'此谓御史,旧时簪笔以奏不法,今直备位,但珥笔耳。'"《汉书》注:"簪笔者,插笔于首也。"
〔三〕黄帽:公自谓也。《刘郎浦》诗:"黄帽青鞋归去来。"旧注引《汉书》"黄头郎",非是。

按:公《哭韦之晋》诗云"凄怆郇瑕邑,差池弱冠年",此诗云"往别郇瑕地,于今四十年",则公十八九岁时尝至晋州,而《年谱》俱失书。黄鹤谓公适郇瑕在游齐赵时,大谬。

入衡州

《旧唐书》:"大历四年秋七月,以澧州刺史崔瓘为潭州刺史、湖南都团练观察使。五年夏四月庚子,瓘为其兵马使臧玠所杀。玠据潭州为乱,湖南将王国良因之而反。"时公入衡州避兵。

兵革自久远,兴衰看帝王。汉仪甚照耀,胡马何猖狂!老将一失律[一],清边生战场。君臣忍瑕垢,河岳空金汤。重镇如割据,轻权绝纪纲。军州体不一,宽猛性所将[二]。嗟彼苦节士[三],素于圆凿方[四]。寡妻从为郡,兀者安短一作堵墙[五]。凋弊惜邦本,哀矜存事常。旌麾非其任,府库实过防。恕己独在此[六],多忧增内伤。偏裨限酒肉,卒伍单衣裳。元恶迷是似[七],聚谋一作谍泄康庄[八]。竟流帐下血,大降湖南殃。烈火中夜发,高烟焦上苍。至今分粟帛,杀气吹沅湘。福善理颠倒,明征天莽茫[九]。销魂避飞镝,累足穿豺狼[一〇]。隐忍枳棘刺,迁延胝张尼切跰吉典切疮[一一]。远归儿侍侧,犹乳女在旁。久客幸脱免,暮年惭激昂。萧条向水陆,汩没随渔商。报主身已老,入朝病见妨。悠悠委薄俗,郁郁回刚肠。参错走洲渚,春容转林篁〔一二〕。片帆左—作在郴丑林切岸〔一三〕,通郭前衡阳〔一四〕。华表云鸟埠部弭切①,蔡云：疑作阵〔一五〕,名园花草香。旗亭壮邑屋〔一六〕,烽橹蟠杜田作卧城隍〔一七〕。中有古刺史,盛才冠岩廊〔一八〕。扶颠待柱石,独坐飞风霜〔一九〕。昨者间去声琼树〔二〇〕,高谈随羽觞〔二一〕。无论再缱绻〔二二〕,已是安苍黄。剧孟七国畏〔二三〕,马卿四赋良〔二四〕。门阑苏生在原注：苏生,侍御涣,勇锐白起强。问罪富形势〔二五〕,凯歌悬否臧〔二六〕。氛埃期必扫,蚊蚋焉能当？橘井旧地宅〔二七〕,仙山引舟航。此行怨暑雨,厥土闻清凉。诸舅剖符近〔二八〕,开缄书札光。频繁黄作蘋蘩命屡及,磊落字百行。江总外家养〔二九〕,谢安乘兴长〔三〇〕。下流匪珠玉〔三一〕,择木羞鸾凰〔三二〕。我师嵇叔夜,世贤张子房原注：彼掾张劝〔三三〕。柴荆寄乐土〔三四〕,鹏路观翱翔〔三五〕。

〔一〕失律：谓哥舒翰失守潼关。

〔二〕言为政宽猛,各随其性。

〔三〕苦节士：谓崔瓘。

〔四〕圆凿方枘：见十三卷。圆凿而方之,言其矫俗为治也。

〔五〕兀：刖足。《庄子》："王骀,兀者也。"旧注："言自崔为郡,寡妇亦得所,如兀者之安于堵墙,不复惊扰也。"

〔六〕《三略》："良将之统军也,恕己而治人。"

〔七〕元恶：谓臧玠。

〔八〕《尔雅》："五达谓之康,六达谓之庄。"

〔九〕《旧唐书》："瓘以士行闻,莅职清谨,迁潭州刺史,政在简肃,恭守

---

① "部弭切",底本作"郭弭切",形近之讹,据《集韵》改。

礼法。将吏自经时艰,久不奉法,多不便之。五年四月,会月给粮储,兵马使臧玠与判官达奚觐忿争,觐曰:'今幸无事。'玠曰:'有事何逃?'厉色而去。是夜,玠遂构乱,犯州城,以杀觐为名。瓘惶遽走,逢玠兵至,遂遇害。"

〔一〇〕《汉书》:"累足胁息。"

〔一一〕胝趼疮:足胝趼而成疮也。

〔一二〕春容:注见九卷。言己遇臧玠之乱,仓卒避兵。

〔一三〕郴岸:郴水之岸也。《九域志》:"郴州西北至衡州界一百三十七里。"则郴在衡之东南,故云"左郴岸"。

〔一四〕《唐书》:"衡州倚郭为衡阳县。"

〔一五〕《说文》:"亭,邮表。"徐曰:"表双立为桓。今邮亭立木交于其端,或谓之华表。"按:《韵会》:"垺,增也,厚也。"于"云鸟"难通。公诗"共说总戎云鸟阵",作"阵"字是。言华表之旁,皆列云鸟之阵也。

〔一六〕《西京赋》:"旗亭五里,俯察百隧。"注:"旗亭,市楼也。"

〔一七〕"橹",城上守望楼;"烽橹",设烽燧于楼橹也。"隍",城下濠。

〔一八〕《汉书》注:"岩廊,殿下小屋。"《演繁露》:"舜游岩廊。"李试《义训》曰:"屋垂谓之宇,宇下谓之庑,步檐谓之廊,峻廊谓之岩廊。"

〔一九〕"古刺史"谓阳济也。济为衡州刺史,兼御史中丞,故以"独坐"称之。次公谓"即后篇崔侍御溁",非。

〔二〇〕古诗:"安得琼树枝,以解长渴饥。"言得侍刺史,如问琼树然。

〔二一〕《束皙传》:"周公成洛邑,因流水泛酒,故逸诗云:'羽觞随波。'"《汉书》音义:"羽觞作生爵形。"《西京赋》注:"杯上缀羽,以速饮也。"杨慎曰:"以玳瑁覆翠羽于下彻上见。唐诗'玳瑁筵'本此。"

〔二二〕《左传》:"缱绻从公。"

〔二三〕《汉书》:"剧孟以侠显,七国反时,条侯乘传东,将至河南,得之,隐若一敌国。"

〔二四〕《司马相如传》载《子虚》《上林》《哀二世》及《大人》四赋。

〔二五〕《唐书》:"时澧州刺史杨子琳、道州刺史裴虬、衡州刺史阳济,各出兵讨玠。"故曰"问罪富形势"。

〔二六〕《易》:"师出以律,否臧凶。""悬否臧"言与否臧者悬绝也。

〔二七〕橘井:详十四卷。《后汉志》注:"郴县南数里有马岭山,山有仙人苏耽坛。"《元和郡县志》:"马岭山在县东北五里。苏耽旧宅在郴州东半里。俯临城,馀迹犹存。"

〔二八〕鲁訔曰:"'诸舅'谓崔伟。"公有《送二十三舅录事伟之摄郴州》诗,时将往依焉。

〔二九〕《陈书》:"江总七岁而孤,依于外氏,聪敏有至性,舅吴平侯萧励名重当时,尤所钟爱。"

〔三〇〕《晋书》:"谢安寓居会稽,出则渔弋山水,入则言咏属文,无处世意。"

〔三一〕珠玉:注见前。

〔三二〕凤凰非梧桐不栖,言避地有同择木,但愧非鸾凤耳。

〔三三〕《通鉴》:"德宗建中中,以张劝为陕虢节度使。"

〔三四〕乐土:即郴州。

〔三五〕言将寄居郴土,以观衡守之讨贼立功、翱翔鹏路也。

白　马

白马东北来,空鞍贯双箭。可怜马上郎,意气今谁见?近时主将戮,中夜伤_{旧本俱作商。王原叔本云:或作伤。《草堂》从之}于战〔一〕。丧乱死多门,呜呼泪如霰。

〔一〕蔡兴宗曰:"此潭州诗。'主将'谓崔瓘也,时为臧玠所杀。"黄鹤曰:"'商於'即张仪欺楚之地,唐为商州上洛郡。史云:大历三年三月,商州兵马使刘洽杀防御使殷仲卿,此为仲卿作也。"按:鹤说似有据,但三年春,公自峡之江陵,商州在江陵西北,不当云"白马东北来"也。考《九域志》,衡州北至潭州三百九十里。公自潭如衡,则所见之白马为自东北来明矣。臧玠与达奚觀忿争,是夜以兵杀瓘,所谓"中夜伤于战"也。梦弼、次公皆主此说,似可从。

舟中苦热遣怀,奉呈阳中丞,通简台省诸公

阳中丞:即阳济。

愧为湖外客,看此戎马乱。中夜混黎氓,脱身亦奔窜。平生方寸心,反当旧作掌,《正异》改作当帐下难。呜呼杀贤良,不叱白刃散。吾非丈夫—作人特[一],没齿埋冰炭。耻以风病辞,胡然泊湘岸。入舟虽苦热,垢腻可溅灌。痛彼道边人,形骸改昏旦。中丞连帅职,封内权得按。身当问罪先,县实诸侯半。士卒既辑睦,启行促精悍。似闻上游兵[二],稍逼长沙馆。邻好彼克修,天机自明断。南图卷云水,北拱戴—作载霄汉[三]。美名光史臣,长策何壮观!驱驰数公子,咸愿同伐叛。声节哀有馀,夫何激衰懦叶"暖"去声,奴乱切。偏裨表三上,卤莽同一贯。始谋谁其问?回首增愤惋[四]。宗英李端公[五],守职甚昭焕。变通迫胁地,谋画焉得算?王室不肯微,凶徒略无惮。此流须卒斩[六],神器资强幹。扣寂豁烦襟[七],皇天照嗟叹。

〔一〕《诗》:"百夫之特。"

〔二〕《汉书》注:"上游,居水之上流。"上游兵:澧州刺史杨子琳之兵

也。见《呈聂令》诗注。黄曰:"谓裴道州。道州在潭州之西,乃湘水上流。"

〔三〕南图、北拱:言连帅问罪之师,将南靖湖湘而北尊天子也。

〔四〕钱笺:"唐时藩镇有事,俱用偏裨将上表,假众论以胁制朝廷也。"按:"偏裨上表",疑皆请释玠罪者。《通鉴》:"杨子琳起兵讨玠,取赂而还。"此盖子琳为之也。时必出于迫胁,非众心所与,故下有"变通迫胁地"之句。

〔五〕梁邵陵王《让丹阳尹表》:"臣进非民誉,退异宗英。" 李端公:旧注皆云李勉。按:勉是时在广州,方招讨冯崇道、朱济时之乱,未闻与讨臧玠也。或疑遣兵赴难,史不及书,然唐人御史相呼为"端公",考史,勉镇岭南,已兼御史大夫,不当以"端公"称之,旧注恐未可信。

〔六〕《诗》:"国既卒斩。"

〔七〕《文赋》:"叩寂寞而求音。"

江阁对雨,有怀行营裴二端公

裴虬与讨臧玠之乱,故有行营。

南纪—作极风涛壮,阴晴屡不分。野流行地日,江入度山云〔一〕。层阁凭雷殷上声,长空面水文—作纹。雨来铜柱北,应洗伏波军。

〔一〕赵汸曰:"流潦满道,日照其中,雨过而晴也。度山之云,下与江接,晴而又雨也。皆阴晴不分之景。"

题衡山县文宣王庙新学堂呈陆宰

《唐书》:"衡山县属衡州。"

　　旄头彗紫微[一],无复俎豆事。金甲相排荡,青衿一憔悴。呜呼已十年,儒服弊于地。征夫不遑息,学者沦素志。我行洞庭野,欸得文翁肆[二]。侁侁胄子行_{蔡读户郎切}[三],若舞风雩至[四]。周室宜中兴,孔门未应弃。是以资雅才[五],涣然立新意。衡山虽小邑,首唱恢大义[六]。因见县尹心,根源旧宫闼[七]。讲堂非曩构,大屋加涂墍[八]。下可容万_{他本作百}人,墙隅亦深邃。何必三千徒,始压戎马气?林木在庭户,密干叠苍翠。有井朱夏时,辘轳冻阶陁[九]_{音土}。耳闻读书声,杀伐灾髣髴_{叶方未切}[一〇]。故国延归望,衰颜减愁思。南纪改_{陈作收}波澜,西河共风味[一一]。采诗倦跋涉,载笔尚可记_{一作尝记异,一云纪奇异}。高歌激宇宙,凡百慎失坠。

〔一〕《晋·天文志》:"昴七星,天之耳也,主西方,又为旄头胡星也。"《广韵》:"彗,扫也。"

〔二〕文翁肆:即书肆、讲肆之肆。《水经注》:"文翁为蜀守,立讲堂,作石室于南城。永平后,学堂遇火,后守更增二石室。"

〔三〕《招魂》:"往来侁侁。"注:"众貌。"

〔四〕《论语》疏:"雩者,祈雨祭名。使童男女舞之,因谓其处为舞雩。舞雩之处有坛墠、树木可以休息,故曰'风乎舞雩'。"

〔五〕《汉书》:"杜邺子林,清静好古,有雅才。"

〔六〕首唱:言陆宰倡起义兵,共讨臧玠之乱。

〔七〕《诗》:"閟宫有侐。"注:"閟,闭也。"言无事而闭。

〔八〕《书》注:"涂塈,泥饰也。"

〔九〕《广韵》:"辘轳,圆转木,用以汲水。"梁简文帝诗:"银床系辘轳。"《顾命》:"夹两阶戺。"

〔一〇〕旧注:"'灾髣髴',言兵革之灾,特觉仿佛而已。"

〔一一〕《史记》:"子夏居西河教授,为魏文侯师。"索隐:"西河在河东郡之西界,盖近龙门。刘氏云:同州河西县,有子夏石室学堂。"

聂耒阳以仆阻水,书致酒肉,疗饥荒江,诗得代怀,兴尽本韵,至县呈聂令。陆路去方田驿四十里,舟行一日,时属江涨,泊于方田

《唐书》:"耒阳县属衡州。"《元和郡国志》:"因耒水在县东为名。西北至衡州一百七十八里。"黄曰:"郴州与耒阳皆在衡州东南,衡至郴四百馀里,郴水入衡。公初欲往郴依舅氏,卒不遂。其至方田也,盖溯郴水而上,故诗云'方行郴岸静'。"《明皇杂录》:"杜甫客耒阳,颇为令长所厌。甫投诗于宰,宰遂致牛炙白酒,甫饮过多,一夕而卒。"观此诗序,乃是令遗酒肉,而后赠之以诗,《杂录》误也。

耒阳驰尺素,见访荒江渺一作眇。义士烈女家,风流吾贤绍〔一〕。昨见狄相孙,许公人伦表。前朝旧作期,《正异》改作朝翰林后,屈迹县邑小。知我碍湍涛,半旬获浩溔以沼切,一作渺〔二〕。麾下杀元戎,湖边有飞旐〔三〕。孤舟增郁郁,僻路殊悄悄。侧惊猿猱捷,仰羡鹳鹤矫。礼过宰肥羊〔四〕,愁当置清醥普沼

切〔五〕。人非西喻蜀〔六〕,兴在北坑赵〔七〕。方行郴岸静,未话长沙扰。崔师乞已至,澧里第切卒用矜少。问罪消息真,开颜憩亭沼原注:闻崔侍御涣乞师于洪府,师已至袁州北,杨中丞琳问罪将士,自澧上达长沙。

〔一〕义士:谓聂政。烈女:政姊嫈也。事见《战国策》。
〔二〕《上林赋》:"浩溔潢漾。"注:"皆水无际貌。"
〔三〕飞旐:谓崔瓘之丧。
〔四〕《增韵》:"宰,烹也,屠也。"《诗》:"既有肥羜。"《尔雅》:"羜,未成羊。"
〔五〕曹植《酒赋》:"其味有宜城醪醴、苍梧醇清。"《七启》:"乃有春清醇酒,康狄所营。"
〔六〕喻蜀:相如事,见十七卷。
〔七〕《史记》:"白起破赵,坑其降卒四十万人。"言臧玠之徒,非可檄喻,必尽诛之乃快也。

王彦辅《麈史》:"世言子美卒于衡之耒阳,《寰宇记》亦载其坟在县北二里,《唐书》称耒阳令遗白酒黄牛,一夕而死。予观子美遇臧玠乱,仓皇往衡州,至耒阳,舟中伏枕,又畏瘴,复沿湘而下,故有《回棹》之作。又《登舟将适汉阳》云'秋帆催客归',盖《回棹》在夏末,此篇已入秋矣。又继之以《暮秋将归秦留别湖南幕府亲友》诗①,则子美北还之迹,见此三篇,安得卒于耒阳耶?以元微之《墓志》、吕汲公《诗谱》考之,其卒当在潭岳之交,秋冬之际。但《诗谱》云是年夏卒,则非也。" 黄鹤曰:"《谢聂令》诗云'兴尽本韵',又且宿方田驿,若果以饫死,岂能为是长篇,复游憩亭沼?以诗证之,其诬明矣。" 钱笺:"《旧书》本传:'甫游衡山,寓居耒阳,啖牛肉白酒,一夕

---

① "湖南",底本误作"河南"。

而卒于耒阳。'元稹《墓志》：'扁舟下荆楚间，竟以寓卒，旅殡岳阳。'公卒与殡，《史》《志》皆可考据。自吕汲公《诗谱》不明'旅殡'之义，以为是年夏还襄汉，卒于岳阳。于是王得臣、鲁訔、黄鹤之徒纷纷聚讼，谓子美未尝卒于耒阳。又牵引《回棹》等诗，以为是夏还襄汉之证，不知《登舟》《归秦》诸诗，皆四年潭州作。《回棹》诗有'衡岳'、'蒸池'之句，盖四年夏入衡，苦其炎暍，思回棹为襄汉之游而不果也，其不在耒阳之后明矣。吾断以《史》《志》为正，曰：子美卒于耒阳，殡于岳阳。他说支离附会，尽削不载可也。"按：《耒阳县志》："工部墓祠在县治北郭外二里，耒江左畔，洞阳观之西。"苕溪渔隐云："考襄阳、岳阳并无子美墓，惟耒阳有之，唐贤多留题，则子美当卒于耒阳也。"次公亦云："《呈聂令》诗，盖公之绝笔。旧谱谓还襄汉，卒于岳阳，误矣。"其说与笺合，并志之。

杜工部集外诗

狂〔一作短〕歌行赠四兄

见陈浩然本,又见《文苑英华》。

与兄行年校一岁,贤者是兄愚是弟。兄将富贵等浮云,弟窃〔一作切〕功名好权势。长安秋雨十日泥,我曹鞴〔音备〕马听晨鸡〔一〕。公卿朱门未开锁,我曹已到肩相齐。吾兄稳睡方舒膝,不袜不巾踏晓日。男啼女哭莫我知,身上须缯腹中实。今年思我来嘉州〔二〕,嘉州酒重〔一作香〕花绕〔一作满〕楼。楼头吃酒楼下卧,长歌短咏〔一作歌〕还相酬。四时八节还拘礼,女拜弟妻男拜弟。幅巾鞶带不挂身,头脂足垢何曾洗〔三〕?吾兄吾兄巢许伦,一生喜怒长任真。日斜枕〔去声〕肘寝已熟,啾啾唧唧为何〔浩然本作何为〕人〔四〕?

〔一〕《说文》:"鞴,车鞁也。"一曰:"加鞍于马曰鞴。"

〔二〕嘉州:注见十卷。

〔三〕《说文》:"鞶,大带也。"《南史》:"阴子春身服垢污,脚数年一洗,言每洗则失财败事。"

〔四〕《唐韵》:"啾唧,小声也。"《楚辞》:"鸣玉鸾之啾啾。"古《捉搦歌》:"窗中女子声唧唧。"

呀鹘行

呀：虚加切，张口貌。见陈浩然本，又见《文苑英华》。

病鹘孤—作卑飞俗眼丑，每夜江边宿衰柳①。清秋落日《英华》作月已侧身，过雁归鸦错回首。紧脑雄姿迷所向，疏翮稀毛不可状。强神迷复皂雕前，俊才早在苍鹰上。风涛飒飒寒山阴，熊罴欲蛰《英华》作絷龙蛇深。念尔此时有一掷，失声溅血非其心〔一〕。

〔一〕言呀鹘虽病，犹思凌风一掷，与《瘦马行》同意。

惜别行送刘仆射判官

按：唐制，仆射下宰相一等。时盖刘之主将加此官，而刘为其属也。见陈浩然本，又见《文苑英华》。

闻道南行市骏马，不限匹数军—作官中须。襄阳幕府天下异，主将俭省忧艰虞。只收壮健胜平声铁甲，岂因格斗求龙驹？而今西北尽反胡，骐骥荡尽一匹无。龙媒真种在帝都，子孙未落西《英华》作东南隅。向非戎事备征伐，君肯辛苦

---

① 此句底本作"每见江边宿衰柳"，据诸善本改。

越江湖？江湖凡马多憔悴，衣冠往往乘蹇驴。梁公富贵于身疏，号令明白人安居。俸钱时散士子尽，府库不为骄豪虚。以兹报主寸心赤，气却西戎回北狄。罗网群马藉马多，气—作用在驱除出金帛。刘侯奉使光推择，滔滔才略沧溟窄。杜陵老翁秋系船，扶病相识长沙驿。强梳白发提胡卢，才把菊花路旁摘。九州兵革浩茫茫，三叹聚散临重阳。当杯对客忍流涕—作涕泪，不觉老夫神内伤。

按：诗云"襄阳幕府天下异，主将俭省忧艰虞"，又云"梁公富贵于身疏，号令明白人安居"。考《唐志》，襄州襄阳郡，乃山南东道节度使所治。广德初，梁崇义据襄州，代宗不能讨，因拜山南东道节度。至建中元年，始为李希烈所诛。则"梁公"即崇义也。史称其以地偏兵少，法令最治，折节遇士，自振襄汉间。观此诗所称，正与相合。

送司马入京

见吴若、郭知达、黄鹤本。黄曰："当与《巴西闻收京阙送班司马入京》诗合为一题。"

群盗至今日，先朝忝从臣。叹君能恋主，久客羡归秦。黄阁黄作阁长司谏，丹墀有故人。向来论社稷，为话涕沾巾。

瞿唐怀古

见吴若、郭知达、黄鹤本，又见《文苑英华》。

西南万壑注,勍敌两崖开。地与山根裂,江从月窟来。削成当白帝,空曲隐阳台。疏凿功虽美,陶钧力大哉。

右五篇,乃苏州太守裴煜如晦所收,见旧集《补遗》。

逃　难

见陈浩然本,又见《文苑英华》。

五十白头翁,南北逃世难。疏布缠枯骨,奔走苦不暖叶去声。已衰病方入,四海一涂炭。乾坤万里内,莫见容身畔。妻孥复随我,回首共悲叹。故国莽丘墟,邻里各分散。归路从此迷,涕尽湘江岸。

按:公在湘江,虽尝以避臧玠乱入衡州,然"故国丘墟"、"邻里分散"等语,于事情不类,且全诗词旨凡浅,断非真笔。

送灵州李判官

见郭知达、黄鹤本。黄云:"新添。"

羯胡腥四海,回首一茫茫。血战乾坤赤,氛迷日月黄。将军专策略,幕府盛才良。近贺中兴主,神兵动朔方。

诸本编秦州诗内。按史：乾元二年八月，李光弼代郭子仪为朔方节度、兵马副元帅。诗云"神兵动朔方"，正其时事也。

寄高適

郭知达诸本不载。

楚隔乾坤远，难招病客魂。诗名惟我共，世事与谁论？北阙更新主，南星落故园〔一〕。定知相见日，烂熳倒芳樽。

〔一〕南星：南极老人星也。《晋志》："老人星见，则治平。"

按：此诗"北阙更新主"，是言宝应元年代宗初即位，时公方在蜀，不应首有"楚隔乾坤远"之句。夔州为南楚，公到夔时，適已没矣。以此推之，必是赝作。编诗者不审，遂误入耳。

与严二郎—作归，误奉礼别

《唐书》："太常寺奉礼郎二人，掌君臣版位，以奉朝会、祭祀之礼。"详诗语，时严必入京师赴职。以下十首，俱见郭知达、黄鹤本。

别君谁暖眼？将老病缠身。出涕同斜日，临风看去尘。商歌还入夜，巴俗自为邻。尚愧微躯在，遥闻盛礼新。山东群盗散，阙下受降频〔一〕。诸将归应尽，题书报旅人。

〔一〕群盗散、受降频：指史朝义破灭，其将薛嵩、田承嗣等相继降附，事在代宗改元之初。黄鹤以"群盗"为来瑱诸将，非是。

巴西驿亭观江涨，呈窦使君二首

前一首，见十五卷。

转惊波作恶—作怒，即恐岸随流。赖有杯中物，还同海上鸥。关心小剡县〔一〕，傍眼见扬州。为接情人饮，朝来减半—作片愁。

〔一〕《九域志》："越州东南二百八十里有剡县。"《一统志》："今绍兴府嵊县。"

又呈窦使君

向晚波微—作犹绿，连空岸脚—作却青。日兼春有暮，愁与醉无醒。漂泊犹杯酒，踟蹰—作踌躇此驿亭。相看万里外，同是一浮萍。

花　底

紫萼扶千蕊，黄须照万花。忽疑行暮雨，何事入朝霞〔一〕？恐是潘安县，堪留卫玠车〔二〕。深知好颜色，莫作《广韵》入去声委泥沙。

〔一〕周弘正诗："带啼疑暮雨，含笑似朝霞。"
〔二〕《晋书》："卫玠风神秀异，总角乘羊车入市，见者以为玉人。"

柳　边

只道梅花发，谁知柳亦新。枝枝总到地，叶叶自开春〔一〕。紫燕时开翼，黄鹂不露身。汉南应老尽〔二〕，霸上远愁人〔三〕。

〔一〕古诗："枝枝相覆盖，叶叶相交通。"
〔二〕《枯树赋》："昔年杨柳，依依汉南。今看摇落，凄怆江潭。"
〔三〕霸上：注见十六卷。《三辅黄图》："霸桥在长安东，汉人送客至此桥，折柳赠别，名曰销魂桥。"

题郪县一作原郭三十二明府茅屋壁

江头且系船，为尔独相怜。云散灌坛雨〔一〕，春青彭泽田〔二〕。频惊适小国〔三〕，一拟问高天。别后巴东路，逢人问几贤。

〔一〕《搜神记》："文王以太公为灌坛令，期年，风不鸣条。文王梦一妇人,甚丽,当道而哭,问其故,曰:'我,泰山之女,嫁为西海妇,欲归,灌坛令当道有德,废吾行,吾行必有大风疾雨。'文王觉,召太公问之,果有疾风暴雨从太公邑外过。文王乃拜太公为大司马。"

〔二〕《晋·陶潜传》:"潜为彭泽令,公田悉令种秫,曰:'令吾常醉于酒,足矣。'妻子固请种粳,乃使一顷五十亩种秫、五十亩种粳。"①

〔三〕补注:《左传》:"楚文王戒甲侯毋适小国。"

奉送崔都水翁下峡

《唐书》:"都水监,使者二人,正五品上,总河渠诸津监署。"

无数涪江筏,鸣桡总发时。别离终不久,宗族忍相遗?白狗黄牛峡,朝云暮雨祠。所过频问讯,到日自题诗。

送窦九归成都

文章亦不尽,窦子才纵横。非尔更苦节,何人符大名?观书云阁观,问绢锦官城。我有浣花竹,题诗须一行。

东津送韦讽摄阆州录事

东津:在绵州。

---

① "常醉于酒",底本作"尝醉于酒","一顷",底本作"二顷",均据《晋书》改。

闻说江山好,怜君吏隐兼。宠行舟远泛,惜别酒频添。推荐非承乏〔一〕,操持必去嫌。他时如按县,不得慢陶潜〔二〕。

〔一〕《左传》:"摄官承乏。"
〔二〕《白帖》:"录事参军,即古郡督邮之职。"故以"慢陶潜"戒之。

随章留后新亭会送诸君

新亭有高会,行子得良时。日动映江幕,风鸣排槛旗。绝辔终不改,劝酒—作醉欲无辞。已堕岘山泪〔一〕,因题零雨诗。

〔一〕《晋书》:"羊祜尝登岘山置酒。祜没,襄阳百姓建碑其上,见者莫不流涕,杜预因名为堕泪碑。"
〔二〕按:孙楚《陟阳候送别》诗:"晨风飘岐路,零雨被秋草。"《宋书·谢灵运传论》所称"子荆零雨之章"也,因送别,故用之。旧注引《东山》诗"零雨其濛",非是。

客旧馆

此与下《戏呈路十九》诗,郭、黄本俱不载。

陈迹随人事,初秋别此亭。重来梨叶赤,依旧竹林青。

风幔何—作前时卷？寒砧昨夜声。无由出江汉，愁绪—作秋渚月—作日冥冥。

遣闷戏呈路十九曹长

江浦雷声喧昨夜，春城雨色动微寒。黄鹂并坐交愁湿〔一〕，白鹭群飞太剧干。晚节渐于诗律细，谁家数去酒杯宽？惟君最爱清狂客，百遍相看—作过意未阑。

〔一〕补注：古乐府："乌生八九子，端坐秦氏桂树间。"

阆州奉送二十四舅使自京赴任青城

以下七首，俱见郭知达、黄鹤本。

闻道王乔舄，名因太史传。如何—云何如碧鸡使，把诏紫微天？秦岭愁回马，涪江醉泛船。青城漫污杂，吾舅意凄然。

赠裴南部 原注：闻袁判官自来，欲有按问

《唐书》："南部县属阆州。"

尘满莱芜甑〔一〕，堂横单父吟。人皆知饮水〔二〕，公辈不偷金〔三〕。梁狱书因上—作应作，作去声，秦台镜欲临〔四〕。独醒时所嫉，群小谤能深。即出黄沙在，应—作何须白发侵。使君传旧德，已见直绳心〔五〕。

〔一〕《后汉书》："范丹，字史云，为莱芜长，清贫，人歌曰：'甑中生尘范史云，釜中生鱼范莱芜。'"

〔二〕《晋书》："邓攸为吴郡守，载米之官，俸禄无所受，饮吴水而已。"

〔三〕《汉书》："直不疑为郎①，其同舍有告归，误持同舍郎金去。金主意不疑，不疑买金偿之。后告归者来而归金，金主大惭。"

〔四〕《西京杂记》："高祖入咸阳宫，周行府库，有方镜，广四尺，高五尺九寸，表里洞明。人直来照之，影则倒见，以手掩心而来，即见肠胃五脏。又女子有邪心，则胆张心动。秦始皇尝以照宫人，胆张心动则杀之也。"

〔五〕鲍照诗："直如朱丝绳。"

遣　忧

乱离知又甚，消息苦难真。受谏无今日〔一〕，临危忆古人顾陶作伤故臣。纷纷乘白马，攘攘看—作着黄巾〔二〕。隋氏留顾作营宫室，焚烧何太频！

〔一〕黄曰："广德元年十月，吐蕃陷京师，代宗幸陕。及还京，太常博士柳伉上疏切谏。'受谏'句盖谓此也。"

---

① "直不疑"，底本作"伏不疑"，据《汉书》改。

〔二〕"白马"用侯景事,"黄巾"用张角事。按:吐蕃之乱,本仆固怀恩引之。"白马"、"黄巾"以比怀恩之徒。

吴曾《漫录》:"唐顾陶大中丙子岁编《唐诗类选》载此诗,世所传杜集皆无之。"

巴　山

阆州山也。

巴山遇中使,云自陕_{旧作峡,郭定作陕}城来〔一〕。盗贼还奔突,乘舆恐未回。天寒邵伯树〔二〕,地阔望仙台〔三〕。狼狈风尘里,群臣安在哉?

〔一〕陕城:即陕州。《唐书》:"陕州陕县有陕城宫。"《水经》:"河水又西径陕县故城南。"注:"昔周、召分伯,以此城为东西之别。"
〔二〕《括地志》:"邵伯庙,在洛州寿安县西北五里,有棠在九曲城东阜上。"《九域志》:"召伯甘棠树,在陕州府署西南隅。"
〔三〕《三辅黄图》:"望仙台,汉武帝所建,在华州华阴县。"《长安志》:"望仙台,在鄠县西三十里。"

早　花

西京安稳未?不见一人来。腊日一作月巴江曲,山花已自开。盈盈当雪杏,艳艳待春一作香梅。直苦风尘暗,谁忧客一作容鬓催？

收 京

《唐书》:"广德元年十月癸巳,郭子仪复京师。十二月,车驾至自陕州。"

复道收京邑,兼闻杀犬戎。衣冠却扈从,车驾已还宫。克复诚如此,安危—作扶持在数公。莫令回首地,恸哭起悲风。

巴西闻收京阙,送班司马入京

闻道收京阙,鸣銮自陕归。倾都看黄屋,正殿引朱衣。剑外春天远,巴西敕使稀。念君经世乱,匹马向王畿。

愁 坐

高斋常见野,愁坐更临门。十月山寒重,孤城水气昏。葭萌氐种迥〔一〕,左担—作武担,非犬戎存—作屯〔二〕。终日忧奔走,归期未敢论。

〔一〕《华阳国志》:"梓潼郡晋寿县,本葭萌城,刘氏更曰汉寿。昔蜀王封其弟葭萌于汉中,号曰苴侯,因命其地曰葭萌。"《唐书》:"葭萌县,属利州。"《一统志》:"今保宁府广元县。"

〔二〕任豫《益州记》:"江油左担道,按图在阴平县北,于成都为西。其道至险,自北来者,担在左肩,不得度担也。邓艾束马悬车之处。"《华阳国志》:"阴平郡多氐傁,有黑白水羌、紫羌、戎房。风俗所出,与武都略同。自景谷有步道,经江油左担行出涪,邓艾伐蜀道也。又南广郡自僰道至朱提有步道,至险难行,语曰'厤降贾子,左担七里'。建宁郡治,故厤降都督屯。"

陪郑公秋晚北池临眺

以下四首,俱见郭知达、黄鹤本。

北池云水阔,华馆辟秋风。独鹤元—作先依渚,衰荷且映空。采菱寒刺上,踏藕野泥中。素楫分曹往,金盘小径通。萋萋露草碧,片片晚旗红。杯酒沾津吏,衣裳与钓翁。异方初艳菊,故里亦高桐。摇落关山思,淹留战伐功。严城殊未启〔一〕,清宴已知终。何补参卿事—作军乏〔二〕,欢娱到薄躬。

〔一〕徐悱诗:"严城不可越。"
〔二〕参卿:注见二十卷。

哭台州郑司户苏少监

故旧谁怜我?平生郑与苏。存亡不重见,丧乱独前途。

豪俊何人—作人谁在？文章扫地无。羁游万里阔，凶问一年俱。白日中原上，清秋大海隅。夜台当北斗，泉路著海盐刘氏校本作窅东吴。得罪台州去，时危弃硕儒。移官蓬阁后〔一〕，谷贵殁潜夫〔二〕。流恸嗟何及，衔冤有是夫。道消诗发兴，心息酒为徒。许与才虽薄，追随迹未拘。班扬名甚盛，嵇阮逸相须。会取君臣合，宁诠品命殊？贤良不必展，廊庙偶然趋。胜决风尘际，功安—作名，误造化炉〔三〕。从容询旧学〔四〕，惨澹闷《阴符》〔五〕。摆落嫌疑久，哀伤志力输。俗依绵谷异，客对雪山孤。童稚思诸子，交朋列友于。情乖清酒送，望绝抚坟呼。疟病—作痢餐巴水，疮痍老蜀都。飘零迷哭处，天地日榛芜。

〔一〕苏为秘书少监，故用"蓬阁"事。

〔二〕谷贵：谓广德二年，苏、郑皆以是年没，详《八哀诗》注。《苕溪渔隐丛话》："律诗有扇对格，第一与第三句对，第二与第四句对，如少陵《郑司户苏少监》诗云'得罪台州去，时危弃硕儒。移官蓬阁后，谷贵没潜夫'，东坡《和郁孤台》诗云'邂逅陪车马，寻芳谢朓洲。凄凉望乡国，得句仲宣楼'之类是也。"

〔三〕《庄子》："以天地为大炉，造化为大冶。"

〔四〕《说命》："台小子旧学于甘盘。"

〔五〕《战国策》："得太公《阴符》之谋。"《唐书》"兵书类"有《周书阴符》九卷。苏尝为谕德司业，故曰"询旧学"。郑尝著兵法诸书，不见用，故曰"闷阴符"。

去　蜀

五载客蜀郡①,一年居梓州。如何关塞阻,转作潇湘游?世_{一作万}事已黄发,残生随白鸥。安危大臣在,不_{一作何}必泪长流。

放　船

收帆下急水,卷幔逐回滩。江市戎戎暗〔一〕,山云淰_{音审}淰寒〔二〕。荒林_{一作村}无径入,独鸟怪人看。已泊城楼底,何曾夜色阑?

〔一〕《诗》:"何彼秾矣。"注:"秾秾,犹戎戎。"张衡《冢赋》:"乃树灵木,戎戎繁霜。"

〔二〕董斯张曰:"《礼运》'鱼鲔不淰',注:'群队惊散貌。'淰淰者,状云物散而不定也。《广雅》:'淰,溷,浊也。'音奴感切②。一云水不波也,升庵主此说,谓寒云凝聚,如不波之水。此与《礼运》义相左。"

右二十七篇,朝奉大夫员安宇所收③。

---

① "客",底本作"居",据诸善本改。
② "奴感切",底本作"徒感切",据《广雅疏证》改。
③ "员安宇",底本作"袁安宇",据诸善本改。

送王侍御往东川放生池祖席

以下二首,俱见王原叔本。

东川诗友合①,此赠怯轻为。况复传宗近,空然惜别离。梅花交近野,草色向平池。倘忆江边卧,归期愿早知。

惠义寺送王少尹赴成都

见郭知达、黄鹤本。

苒苒谷中寺,娟娟林表峰。阑干上_{上声}处远,结构坐来重。骑马行春径,衣冠起晚_{一作暮}钟。云门青_{一作春}寂寂,此别惜相从〔一〕。

〔一〕云门寺:注见二卷。

避　地

见赵次翁本,题曰"至德二载丁酉作"。

---

① "诗友",底本作"亲友",据诸善本改。

避地岁时晚,窜身筋骨劳。诗书逐—作遂墙壁,奴仆且旌旄。行在仅闻信,此生随所遭。神尧旧天下,会见出腥臊。

惠义寺送辛员外

以下三首俱见卞圜、吴若、黄鹤本。

朱樱此日垂朱实〔一〕,郭外谁家负郭田?万里相逢贪握手,高才仰望足离筵。

〔一〕《永徽图经》:"樱桃,洛中者胜,深红色曰朱樱,明黄色曰蜡樱。"

又 送

双峰寂寂对春台,万竹青青照—作送客杯。细草留连侵坐软,残花怅望近人开。同舟昨日何由得?并马今朝未拟回。直到绵州始分首—作手,江头树里共谁来?

长 吟

江渚翻鸥戏,官桥带柳阴。花飞竞渡日,草见踏青—作春心。已拨形骸累,真为烂熳深。赋诗新—作歌句稳,不觉—作免自长吟。

绝句九首

前六首见十二卷。以下三首俱见吴若、黄鹤本。

闻道巴山里，春船正好行_{赵作还}。都将百年兴，一望九江城_{赵作山}。

水槛温江口〔一〕，茅堂石笋西。移船先主庙，洗药浣沙_{一作花，是}溪。

〔一〕《唐书》："温江县，属成都府。"

漫_{一作没}道春来好，狂风大放颠。吹_{一作飞}花随水去，翻却钓鱼船。

右三绝句，谢克家任伯题云："得于盛文肃家故书中，犹是吴越钱氏时人所传，格律高妙，其为少陵不疑。"《诗说隽永》："晁氏尝于中壶缄线纩夹中①，得吴越人写本杜诗，讳'流'字之类，乃盛文肃故书也。如'日出篱东水'等绝句六首，乃九首，其一云'漫道春来好'云云。"苕溪渔隐曰："此诗浅近，决非少陵语。"

---

① "缄线"，底本作"箴绣"，据《苕溪渔隐丛话·杜子美四》引改。

送惠二归故居

吴若作"闻惠二过东溪特一送",黄鹤作"闻惠子过东溪"。

惠子白驹坡作驴瘦,归溪惟病身。皇天无老眼,空谷滞一作值斯人。崖蜜松花熟一作白,一作古,山杯一作村醥竹叶新一作春。柴门了无一作生事,黄一作园绮未称臣。

李祁萧远校书云:"陈恬叔易,传东坡记此诗云:'右一篇,刘斯立得于管城人家册子叶中,题云工部员外诗集,名甫,字东美。其馀诸篇,语多不同,如"故园桃李今摇落,安得愁中却尽生"也。'"《洪驹父诗话》:"刘路左车为予言,尝收得唐人杂编诗册,有老杜《送惠二归故居》诗,即此也。"

过洞庭湖

吴若作"舟泛洞庭"。

蛟室围青草〔一〕,龙堆拥一作隐白沙〔二〕。护堤一作江盘古木,迎棹舞神鸦〔三〕。破浪南风正,回樯吴若作收帆,一作归舟畏日斜〔四〕。湖光与天远,直欲泛仙槎一作:云山千万叠,几处上仙槎。

〔一〕洞庭君山有八景,一曰射蛟浦,相传汉武帝登是山,射蛟于浦,因名。

〔二〕《一统志》："金沙洲，在洞庭湖中，一名龙堆，延袤数里。杜诗'龙堆拥白沙'即此，又名金沙滩。"

〔三〕《岳阳风土记》："巴陵鸦甚多，土人谓之神鸦，无敢弋者。"

〔四〕《左传》注："夏日可畏。"

右一篇，洪玉甫云："有人得之江中石刻。"《潘子真诗话》："元丰中，有人得此诗，刻于洞庭湖中，不载名氏。以示山谷，山谷曰：此子美作。今蜀本已收入。"按：此诗有"收帆畏日斜"之句，断非公作。"畏日"，夏日也。公过南岳入洞庭湖，在大历四年正月，至五年夏，已卒于耒阳，安得复有洞庭之泛乎？或欲援此诗以证公之旅殡岳阳，尤为无据。

汉州王大录事宅作

见郭知达本，他本皆不载。公有《诘王录事许修草堂赀不到》诗，疑即其人。

南溪老病客〔一〕，相见下肩舆。近发看乌帽，催莼煮白鱼。宅中平岸水，身外满床书。忆尔才名叔，含凄意有馀。

〔一〕南溪：即浣花溪，《送韦司直归成都》诗有"为问南溪竹"是也。

《漫南遗老诗话》："世所传新添杜诗四十馀篇，吾舅周君卿尝辨之云：惟《瞿唐怀古》《呀鹘行》《惜别行》为杜无疑，自馀皆非真本，盖后人依仿而作。"按：新添诗固多赝者，然漫南之说，恐亦未然。如《别严二郎》《客旧馆》《呈路十九》《遣忧》《巴山》《愁坐》《陪郑公秋晚》《放船》《避地》等诗，皆非子美不能作。

他集互见四首

哭长孙侍御

见郭知达、黄鹤本。

道为诗一作谏,一作谋书重,名因赋颂雄。礼闱曾擢桂,宪府旧乘骢。流水生涯尽,浮云世事空。惟馀旧台柏,萧瑟九原中。

《文苑英华辨证》:"杜诵《哭长孙侍御》诗,今载杜甫集中。按《中兴间气集》《又玄集》《唐宋类诗》皆云杜诵。高仲武当唐中兴肃宗时编《间气集》,载诵诗止此一首。又云:'杜君诗平调不失,如"流水生涯尽,浮云世事空",得生人始终之理,故编之。'必不误。近卞圜《注杜诗》,亦载此篇,虽云'或以为杜诵作',然不明辨也。"

虢国夫人

见《草堂逸诗》。

虢国夫人承主恩,平明上马入宫《张祜集》作金门〔一〕。却嫌脂粉浣乌卧切颜色〔二〕,淡扫蛾眉朝至尊〔三〕。

〔一〕《明皇杂录》:"虢国夫人出入禁中,常乘紫骢,使小黄门为御。紫骢之骏健,黄门之端秀,皆冠绝一时。"

〔二〕《广韵》:"涴,泥着物也。"《集韵》:"或作污。"

〔三〕《杨妃外传》:"妃有姊三人,皆丰硕修整,工于谐浪,每入宫中,移晷方出。虢国不施妆粉,自炫美艳,常素面朝天,当时杜甫有诗云云。" 此诗《张祜集》作《集灵台二首》,《万首唐人绝句》作张祐,《三体诗》及《唐诗品汇》并作张祜。

军中醉歌寄沈八刘叟

见《草堂逸诗》。

酒渴爱江清,馀酣一作甘漱晚汀。软沙欹坐稳,泠石醉眠醒。野膳随行帐,华音发从伶。数杯君不见〔一〕,都一作醉已遣沉冥。

〔一〕乐府有《君不见》。

《文苑英华辨证》:"其有可疑及当两存者,如畅当此诗及司空曙《杜鹃行》,今并载《杜甫集》。"《潘子真诗话补遗》:"唐顾陶集《诗选》二十卷,载畅当《军中醉歌寄沈八刘叟》诗。山谷顷在蜀道,见古石刻有唐人诗,以老杜'酒渴爱江清'为韵,人各赋一诗。"

杜鹃行

见陈浩然本,亦见黄鹤本。

古时杜宇称望帝,魂作杜鹃何微细①!跳枝窜叶树木中,抢佯《英华》作翔瞥捩雌随雄。毛衣惨黑貌—作自憔悴,众鸟安肯相尊崇?隳《英华》作漏形不敢栖华屋,短翮惟愿巢深丛。穿皮啄朽嘴欲秃,苦饥始得食一虫。谁言养雏不自哺?此语亦足为愚蒙。音声咽咽如有谓《英华》作咽哕若有谓,注云:咽,平声,啼号略与婴儿同。口干垂血转迫促,似欲《英华》作欲以上诉于苍穹。蜀人闻之皆起立,至今教学传遗风《英华》作相效传微风,乃知变化不可穷。岂思昔日居深宫,嫔嫱—作妃左右如花红!

《文苑英华》作司空曙,注云:"又见《杜甫集》。"

---

① "魂作",底本作"魂在",据诸善本改。

杜工部文集卷之一

进三大礼赋表

《通考》:"唐祀南郊,即祠太清宫、太庙,谓之三大礼。"《钱笺》:"吕汲公《年谱》、吕东莱注三赋,并据《新书》本传云:'献赋在十三载。'黄鹤曰:'《旧书·玄宗纪》:十载正月乙酉朔壬辰,朝献太清宫。癸巳朝享太庙,甲午有事于南郊。《朝享太庙赋》曰:"壬辰,既格于道祖,乘舆即以是日致斋于九室。"《有事于南郊赋》曰:"二之日,朝庙之礼既毕。"与《旧书》甲子俱合,则为十载献赋明矣。'赵子栎《年谱》:'考《明皇纪》,十三载二月癸酉,朝献太清宫。甲戌亲飨太庙,未尝有事南郊。当以《旧书》为正。'按:诸书载十三载献赋,并承《新书》本传之误。然献赋自在大礼告成之后,鹤谓九载预献,则非也。"

臣甫言:臣生长陛下淳朴之俗,行四十载矣。与麋鹿同群而处,浪迹陛下丰草长林,实自弱冠之年矣。岂九州牧伯,不岁贡豪俊于外;岂陛下明诏,不仄席思贤于中哉?臣之愚顽,静无所取,以此知分,沉埋盛时,不敢依违,不敢激讦,默以渔樵之乐自遣而已。顷者卖药都市,寄食朋友,窃慕尧翁击壤之讴,适遇国家郊庙之礼,不觉手足蹈舞,形于篇章。漱吮甘液,游泳和气,声韵寖广,卷轴斯存,抑亦古诗之流,希乎述者之意。然词理野质,终不足以拂天听之崇高,配史籍以永久,恐倏先狗马,遗恨九原。臣谨稽首,投延恩匦,献纳上表[一]。进明主《朝献太清宫》《朝享太庙》《有事于南郊》等三赋以闻。臣甫诚惶诚恐,顿首顿首,谨言。

〔一〕《旧唐书》:"则天临朝,欲大收人望。垂拱初年,令铸铜为匦,四面置门,各依方色,共为一室。东面名曰延恩匦,上赋颂及许求官爵者,封表投之。"

朝献太清宫赋

《太真经》:"三清之间,各有正位。圣登玉清,真登上清,仙登太清。太清有太极宫殿。"《唐会要》:"太清宫荐享圣祖玄元皇帝,奏混成紫极之舞。"《通鉴》:"天宝八载五月,太白山人李浑等上言:见神人言金星洞有玉板石记圣主福寿之符①。命御史王鉷入仙游谷求而获之。九月,谒太清宫。九载十月,白山人王玄翼上言:见玄元皇帝言宝仙洞有妙宝真符。命刑部尚书张均等往求得之。时上遵道教,慕长生,故所在争言符瑞,群臣表贺无虚日。十载春正月壬辰,上朝献太清宫;癸巳朝享太庙;甲午合祭天地于南郊。"以下三赋,吕东莱祖谦略有注释,其未备者,今悉补入,原注仍标"吕曰"以别之。

冬十有一月,天子既纳处士之议,承汉继周,革弊用古,勒崇扬休〔一〕。明年孟陬〔二〕,将摅大礼以相籍,越彝伦而莫俦。历良辰而戒吉,分祀事而孔修。营室主夫宗庙〔三〕,乘舆备乎冕裘。甲子王以昧爽,春寒薄而清浮。虚闾阖,逗蚩尤〔四〕,张猛马,出腾虬,捎<small>初交切</small>荧惑,堕<small>一作随</small>,非旄头〔五〕。风

---

① "金星洞",底本作"金仙洞","之符",底本作"之徵",均据《资治通鉴》改。

伯扶道,雷公挟辀[六]。通天台之双阙[七],警溟涨之十洲[八]。浩劫礧砢,万仙—作山飕飗[九]。欻臻于长乐之舍[一〇],崟入乎昆仑之丘[一一]。

太一—作乙奉引,庖牺左—作在右[一二]。尧步舜趋—作趣,禹驰汤骤[一三]。郁囷宫之崒嵂[一四],拆—作坼元气以经构[一五]。断紫云而竦墙[一六],抚流沙而承霤[一七]。纷隋—作隓,古通用珠而陷碧,爝音酷波锦而浪绣[一八]。森青冥而欲雨,艳光炯而初昼[一九]。于是翠蕤俄的,藻藉—作籍舒就[二〇]。祝融掷火以焚香[二一],溪女捧盘而盥漱[二二]。群有司之望幸,辨名物之难究。琼浆自间于粢盛[二三],羽客先来于介冑[二四]。

烁圣祖之储祉[二五],敬云孙而及此[二六]。诏轩辕使合符[二七],敕王乔以视履[二八]。积昭感于嗣续,匪正辞于祝史[二九]。若肸蠁而—作之有凭[三〇],肃风飙而乍起。扬流苏于浮柱[三一],金英霏而披靡[三二]。拟杂佩于曾巅,芝—作孔盖欹以飒纚音史[三三]。中漎漎以回复[三四],外萧萧而未已。上穆然注道为身,觉天倾耳。陈僭号于五代,复战国于千祀。曰:

呜呼! 昔苍生缠孟德之祸,为仲达所愚。凿齿其俗,窦豗其孤[三五]。赤乌高飞,不肯止其屋;黄龙哮吼,不肯负其图[三六]。伊神器臲卼,而小人响喻云俱切[三七]。历纪大破,创痍未苏。尚攫挐于吴蜀,又颠蹶于羯胡。纵群雄之发愤,谁一统于亨衢?在拓跋与宇文,岂风尘之不殊[三八]。比聪、虎及坚、特,浑貔豹而齐驱[三九]。愁阴鬼啸,落日枭呼。各拥兵甲,俱称国都。且耕且战,何有何无?

惟累圣之徽典,恭淑慎以允缉。兹火土之相生[四〇],非符谶之备及。炀帝终暴，叔宝初袭，编简尚新，义旗爰一作衰，古通入〔四一〕。既清国难，方睹家给。窃以为数子自诬，敢贞乎五行攸执？而观者潜晤《文粹》同，一作悟，或作悟。《玉篇》：悟，俯九切，小怒也，或喜至于泣一本有剡字。鳞介以一本无此字之鸣虞，昆蚑音奇以之一本无此字振蛰〔四二〕。感而遂通，罔不具集。仡神光而甜呼含切，音酣閜许下切，鰕上声〔四三〕，罗诡异以戢畜音集〔四四〕。地轴倾而融曳〔四五〕，洞宫俨以嶷岌〔四六〕。九天之云下垂，四海之水皆立。凤鸟威迟而不去，鲸鱼屈矫以相吸。扫太始之含灵，卷殊形而可挹。

则有虹蜺为钩带者，入自于东，揭莽苍，履崆峒〔四七〕。素发漠漠，至精浓浓。条弛张于巨细，觊披写于心胸。盖修竽无隙《英华》作陴，而仄侧同席已容〔四八〕。裂手中之黑簿〔四九〕，睨堂下之金钟〔五〇〕。得非拟斯人于寿域，明返朴于玄踪？忽翳日而翻万象，却浮云《文粹》作空而留六龙。咸謷章陟切，憎同跆之石切而壮兹应〔五一〕，终苍黄而昧所从。上犹色若不足，处之弥恭。

天师张道陵等，洎左玄君者前〔五二〕，千二百官吏谒而进曰：今王巨唐，帝之苗裔，坤之纪纲。上一作土配君服，宫尊臣商〔五三〕。起数一作数起得统，特立中央〔五四〕。且大乐在悬，黄钟冠八音之首〔五五〕；太昊斯启，青陆献千春之祥〔五六〕。旷哉勤力耳目，宜乎大带斧裳〔五七〕。故风后孔甲充其佐，山稽岐伯翼其旁〔五八〕。至于易制取法，足以朝登五帝，夕宿三皇。信周武之多幸，存汉祖之自强。且近朝之滥吹去声，仍改卜乎祠堂〔五九〕。初降胡江切素车，终勤恤其后〔六〇〕；有客白马，固漂沦不忘〔六一〕。伊庶人得议〔六二〕，实邦家之光。臣道陵等，本之于青简《文粹》作节,探之于缥囊。列圣有差义宜切,夫子闻斯于老氏〔六三〕;好问自久,宰我同科于季康〔六四〕。敢拨乱反正,乃此其所长。

　　万神开,八骏回。旗掩月,车奋雷〔六五〕。骞七曜,烛九垓〔六六〕。能事颖脱,清光大来。或曰:今太平之人,莫不优游以自得。况是蹴魏踏晋、批周抶耻栗切,一作抶隋之后〔六七〕,与夫更始者哉!

〔一〕《通鉴》:"天宝九载八月,处士崔昌上言:'国家宜承周、汉,以土代火。周、隋皆闰位,不当以其子孙为二王后。'事下公卿集议,集贤殿学士卫包言:'集议之夜,四星聚于尾,天意昭然。'上乃命求殷、周、汉后为三恪,废韩、介、酅公。"注:"韩,元魏后;介,后周后;酅,隋后。"

〔二〕吕曰:"梁元帝《纂要》:'正月为孟陬。'《记·月令》注:'孟春者,日月会于陬訾,斗建寅之辰也。'"

〔三〕《尔雅》:"营室谓之定。"《诗》笺:"定昏中而正,于是可以营建宫室,故谓之营室。定昏中而正,谓小雪时。"《史·天官书》:"营室为清庙,岁星也。"

〔四〕阊阖、蚩尤:注俱见诗集。

〔五〕《春秋纬·文耀钩》:"荧惑位南方,礼失则罚出。"《羽猎赋》:"荧惑司命,天弧发射。"《晋·天文志》:"昴七星,天之耳也,又为旄头。昴、毕间为天街。天子出,旄头罕毕前驱。此其义也。"

〔六〕《楚词》注:"飞廉,风伯也。"《韩非子》:"昔者黄帝合鬼神于太山之上,风伯进扫,雨师洒道。"《吴越春秋》:"欧冶子作剑,雷公击橐,蛟龙捧炉。"

〔七〕《天台赋》:"双阙云竦以夹路。"

〔八〕溟涨、十洲:注俱见诗集。

〔九〕《说文》:"磊砢,众石貌。"《上林赋》:"水玉磊砢。"《集韵》:"磊,或作礧,又作礌。"《吴都赋》:"与风飙飏,飚浏飕飀。"

〔一〇〕《汉武故事》:"上起建章、未央、长乐三宫,皆辇道相属,悬栋飞阁,不由径路。"

〔一一〕《穆天子传》:"天子升于昆仑之丘,以观黄帝之宫。"

〔一二〕《汉·郊祀志》:"天神贵者,曰太一。太一佐,曰五帝。"《礼乐志》:"武帝祀太一于甘泉,就乾位也。"崔骃《东巡颂》:"驾太一之象车。"《通鉴》:"天宝三载,术士苏嘉庆请祀九宫贵神于东郊,从之。"注:"九宫贵神,《易·乾凿度》所谓太一也。"《律历志》:"炮牺氏继天而王,为百王先,首德始于木,故为帝太昊。作网罟以田渔,取牺牲,故天下号曰炮牺氏。"

〔一三〕《后汉书》:"三五步骤,优劣殊轨。"注引纬书云:"三皇步,五帝骤;三王驰,五霸骛,七雄僵。"

〔一四〕《诗》:"闷宫有侐。"

〔一五〕《鲁灵光殿赋》:"含元气之烟煴。"

〔一六〕《汉武故事》:"宣帝祠甘泉,紫云从西北来,散于殿前。"《通鉴》:"天宝十三载正月,太清宫奏:学士李琪见玄元皇帝乘紫云,告以国祚延昌。"

〔一七〕《列仙传》:"老子为关令尹喜著书,与俱之流沙之西。"

〔一八〕《西都赋》:"若摛锦而布绣。"

〔一九〕《景福殿赋》:"菡萏艳舀。"艳:大赤也。

〔二〇〕翠蕤:注见诗集。《说文》:"的,明也。"徐锴曰:"其光的然也。"《周礼·典瑞》:"王搢大圭,执镇圭,缫藉五采五就,以朝日。"注:"缫有五采文,所以籍玉。缫,读为藻率之藻。五就,五匝也,一匝为一就。"《记·杂义》:"藻三采六等。"注:"荐玉者,以朱白苍画之再行。"《左传》注:"藻率,以韦为之,所以籍玉。"

〔二一〕吕曰:"祝融,社稷五祀之官。《左·昭二十九年》:'颛顼氏有子曰犁,为祝融。'注:'犁,明貌,火正也。'"

〔二二〕李贺《绿章封事》:"溪女浣花染白云。"冯班曰:"道书有十二溪女,即十二阴神。"按《道教灵验记》:"陵州天师井有十二玉女,乃地下阴神。"岂玉女即溪女耶?

〔二三〕琼浆：注见诗集。

〔二四〕羽客：即《楚词》"羽人"。齐袁彖《游仙诗》："羽客宴瑶宫，旌盖乍舒设。"

〔二五〕《唐书·玄宗纪》："天宝二年正月，加号玄元皇帝曰太圣祖。三月壬子，享于玄元宫，改西京玄元宫曰太清宫。八载六月，朝谒太清宫，加玄元皇帝号曰圣祖大道玄元皇帝。"《封禅书》："上帝垂恩储祉，将以庆成。"

〔二六〕云孙：注见诗集。

〔二七〕吕曰："《史》：黄帝姓公孙，名轩辕，合符釜山，而邑于涿鹿之阿。"

〔二八〕王乔事：见诗集注。

〔二九〕《左传》："祝史正辞，信也。"按：篚，本作匪，与棐通。《汉志》"赋入贡棐"，可证棐、匪，古通用。棐，训辅也，此当从辅义。《书·大诰》："天棐忱辞。"

〔三〇〕《子虚赋》："肸蠁布写。"《蜀都赋》："景福肸蠁之兴作。"注："肸蠁，湿生虫蚊类，言大福之兴，如此虫群飞而多也。"

〔三一〕《东京赋》："飞流苏之骚杀。"注："流苏，五彩毛杂之，以为马饰而垂之。"《续汉书》："驸马赤珥流苏。"挚虞《决疑要注》："凡下垂为苏。"《海录》："流苏，即盘线绘绣之毯。"又："析羽为苏。"浮柱：注见诗集。

〔三二〕《抱朴子》："咀吸金英。"《学道传》："夏禹撰真灵之玄要，集天官之宝书，封以金英之函，检以玉都之印。"《南都赋》："阿那蓊茸，风靡云披。"

〔三三〕《西京赋》："骊驾四鹿，芝盖九葩。"注："芝盖，以芝英为盖也。"阮籍《清思赋》："折丹木以蔽阳，竦芝盖之三重。"又《楚词》："孔盖兮翠旌。"注："言司命以孔雀之翅为车盖，翡翠之羽为旌旗。"《西京赋》："奋长袖之飒纚。"注："飒纚，长貌。"

〔三四〕《甘泉赋》："风漎漎而扶辖兮。"

〔三五〕《长杨赋》："昔有强秦，封豕其土，窫窳其民，凿齿之徒，相与磨牙而争之。"善曰："《淮南子》注：尧之时，窫窳、封豕、凿齿皆为人害。窫窳，类貙，虎爪，食人。凿齿，齿长五尺，似凿，亦食人。"

〔三六〕吕曰:"《史·周纪》:'武王渡河,有火自上复于下,至于王屋,流为乌,其色赤,其声魄云。'注:'王屋,王所居屋。流,行也。乌有孝名,武王卒父大业,故乌瑞臻。赤者,周之正色。'" 孙氏《瑞应图》:"黄帝巡省,过洛河,龙负图出,赤文绿字,以授帝。帝尧即位,坐河渚之滨,神龙赤色,负图而至。"

〔三七〕王褒《颂》:"是以呴喻受之。"应劭曰:"呴喻,和悦貌。"按:傅毅《舞赋》:"姁媮致态。"善曰:"姁媮,和悦貌。"呴喻,即姁媮。一作嘮喻,歌也,见《说文》。

〔三八〕吕曰:"《北史》:后魏拓跋氏,祚传十六主,分而为东西魏。后周宇文氏,祚传五主,禅位于隋。"

〔三九〕吕曰:"《晋·载记》:刘聪,字玄明,以永嘉四年僭即皇帝位。前燕慕容廆封燕王,在位四十九年,及儁僭号,伪谥武宣皇帝。前秦苻坚,字永固,以升平元年僭称大秦天王。蜀李特,字玄休,起流人,据蜀。其子雄僭位,追谥景皇帝。"《上林赋》:"生貔豹,搏豺狼。"

〔四○〕吕曰:"《历代纪运图》:隋以火德王,唐以土德王。"

〔四一〕吕曰:"《唐本记》:高祖募众,起兵太原,传檄诸郡,号为义兵。"

〔四二〕《说文》:"虡,钟鼓之柎,饰为猛兽。亦作簴。"《考工记》:"臝者、羽者、鳞者以为筍虡。"《说文》:"蚑,无足虫也。"《史·匈奴传》:"蚑行喙息。"按:《周礼》:"凡六乐者,一变而致羽物,再变而致臝物,三变而致鳞物,四变而致毛物,五变而致介物,六变而致象物。"此故云"鸣虡""振蛰"也。

〔四三〕《广韵》:"閜,大裂也。"《上林赋》:"甛呀豁閜。"閜与閜同。郭璞曰:"涧谷之形容也。"

〔四四〕《鲁灵光殿赋》:"芝栭攒罗以戢舂。"善曰:"《苍颉篇》:戢舂,众貌。"《韵会》:"《诗》:'螽斯羽,揖揖兮。'"《增韵》:"或作舂,义与集同。"

〔四五〕地轴:注见诗集。《景福殿赋》:"绵蛮黮䵠,随云融泄。"综曰:"融泄,动貌。泄,洩通。"

〔四六〕洞宫:注见诗集。

〔四七〕崆峒:注见诗集。

〔四八〕相如《大人赋》："建格泽之修竿兮。"张揖曰："格泽气，如炎火状，黄白色，起地上至天，下大上锐。修，长也。建此气为长竿也。"《吴越春秋》："侧席而坐，安心无容。"

〔四九〕《酉阳杂俎》："罪薄有黑、绿、白簿，赤丹编简。"①《真仙通鉴》："老君授张道陵以玉函素书三卷，题曰：三八谢罪灭黑簿，超度玄祖章真人。再拜受之。"《葛仙公传》："有七品斋法，一曰八节斋，谢玄祖及己身之罪，灭黑簿之法也。"

〔五〇〕《书》："下管鼗鼓，笙镛以间。"注："下，堂下之乐；镛，大钟也。"

〔五一〕扬雄《河东赋》："秦神下詟，跖魂负沴。"服虔曰："沴，渚也。"师古曰："跖，蹈也。言此神怖詟，下入水中，自蹈其魂而负沴渚，戚惧之甚也。"

〔五二〕《真诰》："张陵，字辅汉，沛国丰人，学长生之道，得九鼎丹经。闻蜀中多名山，乃入鸣鹄山，著道书二十篇，仙去。"《正一经》："陵学道于鹤鸣山，感太上老君，降授正一明威法，始分人鬼，置二十四治，有戒鬼坛见在。"《云笈七签》："朝真仪：左玄真人在左，右玄真人在右。"

〔五三〕《史·乐书》："宫为君，商为臣，角为民，徵为事，羽为物。"

〔五四〕土德为中央。

〔五五〕《史·律书》："黄钟长八寸十分一宫。"索隐曰："黄钟为历之首，宫为五音之长。十一月以黄钟为宫，则声得其正。"《汉·律历志》："十一月，乾之初，九阳伏地，故黄钟为天统。"

〔五六〕《汉·魏相传》："东方之神太昊，乘震执规司春。"张协《杂诗》："太昊启东节。"《律历志》："日行东陆谓之春。春为青阳，故曰青陆。"

〔五七〕《周礼》疏："大带，大夫以上用素，士用练，即绅也。革带，所以配玉带剑。"《左传》注："鞶，绅带也，一曰大带。"《书·顾命》："王麻冕黼裳。"注："古黼，斧通。斧裳，裳绣斧形，取其断。"

〔五八〕吕曰："《逸史》：风后孔甲充其位，山稽岐伯翼其旁，所以格天地，通神明，安万姓，成性类者也。"

----

① "赤丹"，底本作"赤舟"，据《酉阳杂俎》改。

〔五九〕《唐书》:"玄宗下诏,以唐承汉,黜隋以前帝王,废介、酅公,尊周、汉为二王后。京城起周武王、汉光武庙。"

〔六〇〕吕曰:"《记·郊特牲》:'大圭不琢,美其质也;素车之乘,尊其朴也。所以交于神明也。'"

〔六一〕吕曰:"《周颂》:'有客有客,亦白其马。'《序》以为'微子来见祖庙'之诗。" 按:《秦本纪》:"子婴白马素车,奉天子玺符,降轵道旁。"隋恭帝传位于唐,故此用子婴素车事。"勤恤其后","漂沦不忘",讽以虽废公号,犹当加恩也。《通鉴》:"天宝十二载夏五月,复以魏、周、隋后为三恪。"吕注引《郊特牲》,非是。

〔六二〕庶人:谓处士崔昌。

〔六三〕《记·曾子问》:"孔子曰:'祫祭于祖,则祝迎四庙之主,主出庙入庙,必跸。吾闻诸老聃云。'"

〔六四〕《史·仲尼弟子列传》:"宰我问五帝之德,子曰:'予非其人也。'"又:"季康子问孔子:'冉求、子路仁乎?'孔子皆对曰'不知'。"

〔六五〕《释名》:"九旗,日月为常,画日月于其端,天子所建。"相如《长门赋》:"雷隐隐而响起兮,象君之车音。"

〔六六〕七曜:注见诗集。《广雅》:"九天之外,次曰九垓。"《封禅书》:"上畅九垓,下沂八埏。"

〔六七〕《埤苍》:"抶,笞击也。"《羽猎赋》:"神抶电击。"

蔡絛《西清诗话》:"少陵文如'九天之云下垂,四海之水皆立'、'忽翳日而翻万象,却浮云而留六龙',其语磊落惊人。或言'无韵者殆不可读',是大不然。东坡《有美堂诗》云'天外黑风吹海立,浙东飞雨过江来',盖出于是。"

朝享太庙赋

初,高祖、太宗之栉风沐雨,劳身焦思,用黄钺白旗者五年，而天下始一。历三朝而戮力，今庶绩之大备。上方采厖俗之谣，稽正统之类。盖王者盛事，臣闻之于里曰：昔武德以前，黔黎萧条，无复生意。遭鲸鲵之荡汨[一]，荒岁月而沸渭[二]。衮服纷纷，朝廷多闻者[三]，仍亘乎晋魏。臣窃以自赤精之衰歇[四]，旷千岁而无真人[五]。及黄图之经纶[六]，息五行而归厚地[七]。则知至数不可以久缺，凡材不可以长寄。故高下相形，而尊卑必异。惟神断系之于是，本先帝取之以义。

壬辰，既格于道祖[八]，乘舆即以是日致斋于九室[九]。所以昭达孝之诚，所以明继—作经天之质。具礼有素，六官咸秩。大辂每出，或黎元不知；丰年则多，而筐筥甚实。既而太尉参乘，司仆扈跸。望重闱以肃恭，顺法驾之徐疾[一〇]。公卿淳古，士卒精一。默"耽"上声，黑貌宗庙之愈深，抵职司之所密。宿翠华于外户[一一]，曙黄屋于通衢[一二]。气凄凄于前旒[一三]，光靡靡于嘉栗[一四]。阶有宾阼，帐有甲乙[一五]。升降之际，见玉柱生芝[一六]；击柎之初，觉钧天合律[一七]。

簨簴仡以碣磍胡八切，音辖[一八]，干戚宛而婆娑[一九]。鞉鼓埙篪为之主，钟磬竽瑟以之和。《云门》《咸池》取之至[二〇]，空桑、孤竹贵之多[二一]。八音循通，既比乎旭日升而氛埃灭；万舞陵乱，又似乎春风壮而江海波。鸟不敢飞，而玄甲崝嵘以岳峙[二二]；象不敢去，而鸣佩剡爓音药以星罗[二三]。

已而上干豆以《登歌》，美《休成》之既飨[二四]。璧玉储精以稠叠[二五]，门阑洞豁而森爽。黑帝归寒而激昂，苍灵戒晓而来往[二六]。熙事荐而充塞，群心虞鱼矩切，本作噱以振荡。桐花未吐,孙枝之鸾凤相鲜[二七];云气何多,宫井之蛟龙乱上[二八]。

若夫生弘佐命之道,死配贵神之列,则殷、刘、房、魏之勋[二九],是可以中摩伊、吕,上冠夔、卨即契,代天之工,为人之杰。丹青满地,松竹高节。自唐兴以来,若此时哲,皆朝有数四,名垂卓绝。向不遇反正拨乱之主,君臣父子之别,奕叶文武之雄,注意生灵之切,虽前辈之温良宽大、豪杰果决,曾何足以措其筋力与韬钤,载其刀笔与喉舌,使祭则与,食则血,若斯之盛而已。

尔乃直于主,索于祊补畊切[三〇],警幽全之物,散纯道之精[三一]。盖我后常用,惟时克贞,肯以萧合,酌以茅明,嘏以慈告,祝以孝成[三二]。故天意张皇,不敢殄《文粹》作残其瑞;神奸妥帖,不敢祕其精。而抚绝轨,享鸿名者矣。

于以奏《永安》,于以奏《王夏》[三三]。福穰穰于绛阙,芳霏霏于玉罍[三四]。沛枯骨而破聋盲,施殀胎而逮鳏寡[三五]。园陵动色,跃在藻之泉鱼[三六];弓剑皆鸣,汗铸金之风马[三七]。霜露堪吸,祯祥可把。曾宫歔欷,阴事俨雅[三八]。薄清辉于鼎湖之山一作上,静馀响于苍梧之野一作下。

上一本无此字眢然漠漠,惕然兢兢,纷益所慕,若不自胜。瞰牙旗而独立[三九],吟翠駮伯各切而未乘[四〇]。五老侍祠而精骇[四一],千官逖听以思凝[四二]。于是二丞相进曰[四三]:陛下应道而作,惟天与能。浇讹散,淳朴登。尚犹日慎业业,孝思烝烝。恐一物之失所,惧先王之咎徵。如此之勤恤匪懈,是百姓何以报夫元首,在臣等何以充其股肱!且如周宣之教亲不暇,孝武之淫祀相仍[四四]。诸侯敢于迫胁,方士奋其威稜〔四五〕。一则以微言劝内《文苑英华》作微弱内侮,一则以轻举虚凭〔四六〕。又非陛下恢廓绪业,其琐细亦曷足称!

丞相退,上蹈天躏地,授绥登车〔四七〕。伊沨洞枪櫐,先出为储胥〔四八〕。本枝根株乎万代,睿想经纬乎六虚。甲午,方有事于綵—作采坛绀席〔四九〕,宿夫行所—作在如初〔五〇〕。

〔一〕吕曰:"《左传》注:鲸鲵,大鱼名。喻不义之人吞食小国。"

〔二〕《长杨赋》:"乃命骠、卫,汾沄沸渭。"师古曰:"奋击貌。"

〔三〕吕曰:"《汉·王莽传赞》:馀分闰位。"

〔四〕《王命论》:"唐据火德,而汉绍之,故曰赤精。"《鲁灵光殿赋》:"绍伊唐之炎精。"

〔五〕《南都赋》:"真人革命之秋。"注:"真人,光武也。"《光武纪》:"王莽恶刘氏,以钱文有金刀,改为货泉。或以货泉字文为'白水真人'。"

〔六〕黄图:注见诗集。

〔七〕唐以土德王,故云。

〔八〕唐祖玄元皇帝,故称"道祖",又称"玄祖"。

〔九〕吕曰:"《大戴礼·盛德篇》:明堂九室,室有四户八窗。"

〔一〇〕《汉旧仪》:"祀天地于甘泉宫,备大驾祀天,法驾祀地,五郊、明堂、宗庙小驾。"《小学绀珠》:"汉大驾八十一乘,法驾三十六乘,小驾十二乘。"

〔一一〕翠华:注见诗集。

〔一二〕黄屋:注见诗集。《说文》:"术,邑中道。"《汉志》注:"术,道径也。"

〔一三〕《家语》:"天子冕而前旒。"

〔一四〕《左传》:"嘉栗旨酒。"服虔曰:"谷初熟为栗。"王氏曰:"栗,不秕也。"

〔一五〕吕曰:"《汉·西域赞》:武帝作通天之台,兴造甲乙之帐。"

〔一六〕《汉书》:"武帝大兴祠祀。元封六年,甘泉宫中产芝,九茎连叶,作《芝房之歌》。"《旧唐书》:"天宝七载三月,大同殿柱产玉芝。八载六月,又产玉芝。"

〔一七〕《史记》:"赵简子寤,语诸大夫曰:我之帝所,甚乐,与百神游于钧天,广乐九奏万舞,不类三代之乐,其声感人心。"

〔一八〕《记·明堂位》:"夏后氏之龙簨簴。"注:"横曰簨,直曰簴,所以悬钟磬者。"《甘泉赋》:"金人仡其承钟簴兮。"济曰:"仡,壮勇貌。"《长杨赋》:"建碣磍之簴。"孟康曰:"簴,刻猛兽为之,故其形碣磍而盛怒也。"

〔一九〕《记·乐记》:"朱干玉戚。"注:"戚,斧也。"《诗》:"市也婆娑。"注:"婆娑,舞貌。"

〔二〇〕吕曰:"《周礼》:'大司乐以六舞大合乐以致鬼神示。'注:'黄帝曰《云门》,尧曰《咸池》,舜曰《大韶》,禹曰《大夏》,汤曰《大濩》,武王曰《大武》。'"

〔二一〕吕曰:"《周礼·大司乐》:孤竹之管,空桑之琴瑟。"《记·礼器》:"礼有以多为贵者。"

〔二二〕《真诰》:"感味上契,渊渟岳峙。"

〔二三〕《西都赋》:"星罗云布。"《羽猎赋》:"焕若天星之罗。"

〔二四〕《汉·礼乐志》:"干豆上,奏《登歌》。独上歌,不以筦弦乱人声,犹古《清庙》之歌也。《登歌》再终,下奏《休成》之乐,美神明既飨也。"注:"干豆,脯羞之属。《休成》,叔孙通所奏乐。"自"尊卑必异"以下至此,今本俱脱落。

〔二五〕《通鉴》:"太清宫、太庙上所用牲璧,皆侔天地。"《甘泉赋》:"惟天所以澄心清魄,储精垂思。"

〔二六〕《记·月令》:"孟冬之月,其帝颛顼,其神玄冥。"注:"此黑精之君,水官之臣。""孟春之月,其帝太皞,其神勾芒。"注:"此苍精之君,木官之臣。""黑帝"谓颛顼,"苍灵"谓太皞也。

〔二七〕沈约《桐赋》:"喧密叶于凤晨,宿高枝于鸾暮。"薛道衡诗:"集凤桐花散。"

〔二八〕戴延之《西征记》:"太极殿前有金井栏、金博山、金辘轳,蛟龙负山于井上。"

〔二九〕殷开山、刘文静、房玄龄、魏徵皆配享太宗庙廷,见《唐书》。

〔三〇〕吕曰:"《记·郊特牲》:'直祭祝于主,索祭祝于祊。'注:'直,正也。谓荐熟之时,索求神也。祭于庙门曰祊。'"

〔三一〕吕曰:"《郊特牲》:毛血,告幽全之物也。告幽全之物者,贵纯之道也。"

〔三二〕《郊特牲》:"取膟膋燔燎升,报阳也。"注:"膋,肠间脂也,与萧合烧之。""缩酌用茅,明酌也。"①《礼运》:"祝以孝告,嘏以慈告,是谓大祥,此礼之大成也。"

〔三三〕吕曰:"《汉·礼乐志》:'大祝迎神于庙门,奏《嘉至》,犹古降神之乐也。皇帝入庙,奏《永至》,以为行步之节,犹古《采荠》《肆夏》也②。皇帝就东厢坐定,奏《永安》之乐,美礼以成也。'《周礼·大司乐》:'凡乐事,大祭祀宿县,遂以声展之。王出入则令奏《王夏》,尸出入则令奏《肆夏》,牲出入则令奏《昭夏》。'注:'三夏,皆乐章名。'"

〔三四〕《文粹》注:"舜祠宗庙以玉斝也。"按:《说文》:"斝,玉爵也。一曰斝,受六升。"《明堂位》:"夏后氏以盏,殷以斝,周以爵。"元注未详所本。

〔三五〕《汉·礼乐志》:"众庶熙熙,施及夭胎。"注:"少长曰夭,在孕曰胎。"

〔三六〕杜氏《通典》:"秦始皇起寝殿于墓侧,汉因之,上陵皆有园寝。"《诗》:"鱼在在藻,有颁其首。"唐讳渊,故曰"泉鱼"。

〔三七〕《汉·郊祀志》:"黄帝骑龙上天,馀小臣不得上,乃悉持龙髯,髯拔弓坠,百姓仰望,乃抱其弓与龙髯号,故后世名弓曰乌号。"《列仙传》:"黄帝葬桥山,山崩柩空,惟剑舄在焉。"《后汉书》:"武帝时,善相马者东门京铸作铜马法,献之,诏立马于鲁班门外,更名鲁班门曰金马门。"

〔三八〕《鲁灵光殿赋》:"俨雅跽而相对。"张载注:"言敬恭也。"善曰:

---

① "缩酌",底本作"缩酒",据《礼记·郊特牲》改。
② "采荠",底本作"采齐",据《汉书》改。

"俨雅,跽貌。跽,长跪也。"

〔三九〕《东京赋》:"牙旗缤纷。"注:"天子出,建大牙旗,竿上以象牙饰之。"

〔四〇〕翠駮:注见诗集。

〔四一〕《论语谶》:"仲尼曰:吾闻尧率舜等游首山,观河渚,有五老飞为流星,上入昴。"

〔四二〕《封禅书》:"逖听者风声。"

〔四三〕时李林甫、陈希烈为左、右丞相。

〔四四〕吕曰:"《诗·黄鸟》'刺宣王也',注:'刺其以阴礼①教亲而不至,联兄弟而不固。'《曲礼》:'非其所祭而祭之曰淫祀。'《史·本纪》:'武帝作通天之台,置祠具其下,招徕神仙之属。'"

〔四五〕方士:如文成、五利之属。

〔四六〕汉谷永《疏》:"诸言世有仙人,服食不终之药,遥兴轻举,登遐倒景,皆奸人惑众,欺罔世主。"

〔四七〕《曲礼》:"君出就车,则仆并辔授绥。"

〔四八〕颒洞:见诗集。《长杨赋》:"木拥枪累,以为储胥。"善曰:"木拥栅其外,又以竹枪累为外储胥也。"韦昭曰:"储胥,藩落之类。"济曰:"拥禽兽,使不得出。"

〔四九〕《记·祭法》:"燔柴于泰坛,祭天也。"《汉·郊祀志》:"紫坛有文章、采镂、黼黻之饰。"《汉旧仪》:"皇帝自行,群臣从,斋皆百日,紫坛帐幄。高皇帝配天,居堂下,西向,绀幄绀席。"

〔五〇〕《舜典》:"至于西岳如初。"

有事于南郊赋

《唐书》:"玄宗定《开元礼》,天宝元年,遂合祭天地于南郊。"

---

① "阴礼",底本作"阴事",据《毛诗注疏》改。

盖主上兆于南郊，聿怀多福者旧矣。今兹练时日[一]，就阳位之美[二]，又所以厚祖考、通神明而已。职在宗伯，首崇禮祀[三]。先是，春官条一作修颂祇之书[四]，献祭天之纪。令泰龟而不昧[五]，俟万事之将履。掌次阅毡邸之则，封人考壝宫之旨[六]。司门转致乎牲牢之系，小胥专达乎悬位之使[七]。

二之日，朝庙之礼既毕，天子苍然视于无形，澹然若有所听。又斋心于宿设，将旰食而靡宁。旌门坡陀以前驾[八]，縠骑反覆以相经[九]。顿曾城之轧乙黠切轧[一○]，轶万户之荧荧[一一]。驰道端而如砥[一二]，浴日上上声而如萍[一三]。掣翠旄于华盖之角，彗黄屋于钩陈之星。神仙一作山，非戍削以落羽[一四]，鬼魅幽忧以固扃[一五]。战岐慄华，摆渭掉泾[一六]。地回回而风浙浙，天泱泱而气清清。甲胄乘陵，转迅雷于荆门巫峡；玉帛清迥，霁夕雨于潇湘洞庭。

于是乘舆沛然乃作，翳夫鸾凤将至，以冲融寥廓，不可乎一作以弥度[一七]。声明通乎纯粹，溟涬户顶切为之垠堮[一八]。驷苍螭音鸥而蜿蜒[一九]，若无骨以柔顺；奔乌攫而《文粹》作获之黝蟉音求[二○]，徒有势于杀缚。朱轮竟野而杳冥[二一]，金镊成阴以结络[二二]。吹堪舆以轩轾一作轾[二三]，抢寒暑以前却[二四]。中营密拥乎太阳[二五]，宸眷眇临乎长薄[二六]。熊罴弭耳以相舐[二七]，虎豹高跳以虚攫。上方将降帷宫之綝縭音离[二八]，屏玉轵音代以蠓略[二九]。人门行马，以拱乎合沓之场[三○]；皮弁大裘，始进乎穹崇之幕[三一]。冲牙铿锵以将集[三二]，周卫缪辐以咸若[三三]。月窟黑而扶桑寒[三四]，田烛稠而晓星《英华》作河落〔三五〕。

肃定位以告絜—作潔，《韵会》：潔，通作絜，蔼严上而清超。云菌苔以张盖〔三六〕，春葳蕤以建杓〔三七〕。簪裾斐斐，樽俎萧萧。方回《文粹》作面曲折〔三八〕，周旋寂寥。必本于天，王宫与夜明相射〔三九〕；动而之地〔四〇〕，山林与川谷俱标〔四一〕。

于是官有御，事有职，所以敬鬼神，所以勤稼穑〔四二〕，所以报本反始〔四三〕，所以度长立极。玄酒明水之上尚通，越席疏布之列—作侧〔四四〕。则—本无此字必取先于稻粱麴蘖之勤，必取着于纷纯文绣之饰〔四五〕。虽三牲八簋，丰备以相沿；而苍璧黄琮，实归乎正色〔四六〕。

先王之丕业继起，信可以永其昭配；群望之遍祭在斯〔四七〕，示有以明其翼戴。由是播其声音以陈列，从乎节奏以进退。《韶》《夏》《濩》《文粹》作頀《武》，采之于训谟；钟石陶匏，具之于梗概〔四八〕。变方《文粹》作万形于动植，听宫徵于砰普萌切磕苦盖切〔四九〕。英华发外，非因乎簧簌之高；和顺积中，不在乎雷鼓—作霆，非之大〔五〇〕。

既而—本无此字脟音律胢音聊，一作脔骨，非脝音圭胃，柴燎窟块，骦君俱霍国切辟赫—作骦骦辟赫，笳斜晦溃—作渍〔五一〕，电缠风升，雪飒星碎，拂勿俀音惮，一作促淡音荧，一作偒眇溟苂音竦淬音翠〔五二〕。圣虑岑寂，玄黄增霈，苍生颙昂，毛发清籁。雷公河伯，或骉音彼骏"词"上声以修耸〔五三〕；霜女江妃，乍纷纶而晻暧爱、戏二音〔五四〕。

执籥秉翟，朱干玉戚。鼓瑟吹笙，金支翠旌〔五五〕。神光倏敛，祀事虚明〔五六〕。于是湑音踏，沱同沱乎涣汗〔五七〕，纡馀乎经营〔五八〕。浸朱崖而洒朔漠〔五九〕,汹旸谷而濡若英〔六〇〕。耆艾涕—作悌而童子儛〔六一〕,丛棘坼而狴犴—作牢倾〔六二〕。是率土之滨,覃醹醾音蒲渠以涵泳〔六三〕;非奉郊之县,独宴慰以纵横。玄泽澹泞音纟乎无极〔六四〕,殷荐绸缪乎至精〔六五〕。稽古之时,屡应符而合契;圣人有作,不逆寡而雄成〔六六〕。

尔乃孤卿侯伯,杂群儒三老,俨而绝皮轩,趋帐殿〔六七〕,稽首曰:臣闻燧人氏已往,法度难知—作和,文质未变。太昊氏继天而王,根启闭于厥初〔六八〕;以木传子,摅终始而可见〔六九〕。洎虞、夏、殷、周,兹炳焕葱倩。秦失之于狼贪蚕食〔七〇〕,汉缀之以蛇断龙战〔七一〕。中莽茫—作莽茫茫夫何从,圣蓄缩曾不眷—作不下眷。

伏惟道祖,视生灵之磔音格裂〔七二〕,丑害马之蹄啮〔七三〕,呵五精之息肩,考正气之无辙。协夫贻孙以降,使之造命更挈,累圣昭洗,中遭触蹶〔七四〕。气惨当作瘆黩乎脂夜之妖,势回薄乎龙蛇之孽〔七五〕。

伏惟陛下,勃然愤激之际,天关不敢旅拒,鬼神为之鸣咽。高衢腾尘,长剑吼血〔七六〕。尊卑配,宇县刷。插紫极之将颓〔七七〕,拾清芳于已缺。炉以之仁义,锻以之贤哲。联祖宗之耿光,卷夷狄之氅撇〔七八〕。盖九五之后,人人自以遭唐、虞;四十年来,家家自以为稷、禼。王纲近古而不轨,天听贞观以高揭。蠢尔差僭,灿然优劣。宜其课密于空积忽微〔七九〕,刊定于兴废继绝〔八〇〕。而后睹数统从首,八音六律而惟新;日起算外,一字千金而不灭〔八一〕。

上曰:吁!昊天有成命〔八二〕,惟五圣以受〔八三〕。我其夙夜匪遑,实用素朴以守。吁嗟乎麟凤,胡为乎郊薮? 岂上帝之降鉴及兹,玄元之垂裕于后? 夫圣以百年为鹈鷇口豆反,道以万物为刍狗〔八四〕。今何以茫茫临乎八极,眇眇托乎群后,端策拂龟于周、汉之馀〔八五〕,缓步阔视一作缓视阔步于魏、晋之首〔八六〕? 斯上古成法,盖其人已朽,不足道也。

于是天子默然而徐思,终将固之又固之,意不在抑一云当作仰殊方之贡,亦不必广无用之祠。金马碧鸡,非理人之术;珊瑚翡翠,此一物何疑〔八七〕。奉郊庙以为宝,增怵惕以孜孜。况大庭氏之时,六龙飞御之归〔八八〕。

〔一〕《汉·礼乐志》:"《郊祀歌》十九章,一曰《练时日》。"

〔二〕吕曰:"《记·郊特牲》:兆于南郊,就阳位也。"

〔三〕吕曰:"《周礼·大宗伯》:以禋祀,祀昊天上帝。"

〔四〕《甘泉赋》:"集乎礼神之囿,登乎颂祇之堂。"晋灼曰:"后土,歌祭之处也,为歌颂以祭地祇。"

〔五〕吕曰:"《周礼》:'龟人,凡有祭祀,则奉龟以往。'《记·曲礼》:'为日,假尔泰龟有常。'"

〔六〕吕曰:"《周礼》:'掌次,掌王次之法①,以待张事。王大旅,则张毡案,设皇邸。''封人,掌王之社壝,为畿封而树之。'"

〔七〕吕曰:"《周礼》:'司门,祭祀之牛牲系焉,监门养之。''小胥,正悬乐之位,王宫悬,诸侯轩悬,卿大夫判悬,士特悬,辨其声。'"

〔八〕《周礼》:"掌舍,为帷宫,设旌门。"注:"王行,昼止食息,张帷为宫,则树旌以表门也。"颜延之《序》:"旌门洞立,延帷接桁。"坡陀:注见诗集。

〔九〕《史·冯唐传》:"彀骑万三千。"注:"彀骑,张弓之骑也。"

〔一〇〕《文赋》:"思轧轧其若抽。"注:"轧轧,难进也。"

---

① "掌王次之法",底本脱"次"字,据《周礼》补。

〔一一〕宋玉赋:"煌煌荧荧,夺人目精。"《说文》:"荧,屋下灯烛光。"

〔一二〕《诗》:"周道如底。"底、砥,古通。

〔一三〕《家语》:"楚王渡江,得萍实,大如斗,赤如日。"

〔一四〕《子虚赋》:"扬袘戍削。"善曰:"戍削,裁制貌。"李白乐府:"巉岩容仪,戍削风骨。"《水经注》:"上谷王次仲,变苍颉旧文为今隶书,始皇三征不至,令槛车送之,次仲变为大鸟,落翮于居庸山中。"

〔一五〕《说文》:"扃,外闭之关也。"言鬼魅深伏而不出。

〔一六〕《河东赋》:"簸丘荡峦,踊渭跃泾。"

〔一七〕《甘泉赋》:"直峣峣以造天兮,厥高庆而不可乎弥度。"注:"弥,终也。"

〔一八〕滇泙、垠堮:注俱见诗集。

〔一九〕《高唐赋》:"乘玉舆兮驷苍螭。"《甘泉赋》:"驷苍螭兮六素虬。"

〔二〇〕按:"乌攫"字,虽见《汉书》,然此处用之不伦,当以《文粹》本为正。盖"获(獲)"、"攫"字相近而讹耳。"黝蟉",宜作"蚴蟉"。蚴,"忧"上声。蚴蟉,龙行貌。《上林赋》:"青龙蚴蟉于东厢。"

〔二一〕《东都赋》:"跃马叠迹,朱轮累毂。"

〔二二〕按:金鋄,当作鍐,古与鏒同,亡犯切。《东京赋》:"龙辀华轙,金鋄镂钖。"善曰:蔡邕《独断》:'金鋄者,马冠也。高广各五寸,上如玉华形,在马髦前。'"

〔二三〕《甘泉赋》:"属堪舆以壁垒兮。"《淮南子》:"堪舆行雄以知雌。"许慎曰:"堪,天道也;舆,地道也。"《诗》:"如轾如轩。"

〔二四〕抢:争取也。《舞赋》:"抢捍凌越。"

〔二五〕《甘泉赋》:"屯万骑于中营兮。"注:"中营,天子营也。"

〔二六〕《说文》:"薄,林薄也。"虞世基诗:"七萃紫长薄。"

〔二七〕《文苑英华辨证》:"弥,凶弥耳,或欲作弭。《大礼赋》'熊罴弭耳',而《周礼·小祝》'弭灾兵',则弥与弭同。"

〔二八〕帷宫:注见上。张衡《思玄赋》:"佩㶼㶼其煇煌。"注:"㶼㶼,盛貌。"《集韵》:"㶼,绥也,通作绤。"

〔二九〕《楚词》："齐玉轪而并驰。"《甘泉赋》："肆玉釱而下驰。"晋灼曰："轪,车辖也。"《文苑英华辨证》："《甘泉赋》'蠼略蕤绥',蠼,于镬反,正言车马之状。集作'蠼略',非。"

〔三〇〕吕曰："《周礼·掌舍》：'无宫则共人门。'注：'谓王行所逢遇,若住游观,陈列周卫,则立长大之人以表门。'""掌舍,掌王之会同之舍,设梐枑再重。"注："杜子春曰：梐枑,行马也。或曰：行马绕舍,交木以御众。"《汉官仪》："光禄勋门外,特施行马,以旌别之。后世人臣得用行马,始此。"

〔三一〕吕曰："《记·郊特牲》：'祭之日,王皮弁以听祭报,示民严上也。'《周礼》：'王祀昊天上帝,则大裘而冕。'"注："大裘,黑羔裘。"

〔三二〕《记·玉藻》："凡带必有佩玉,佩玉必有冲牙。"《大戴礼》："佩玉上有双衡,下有双璜,冲牙、玭珠以纳其间。"汉明帝《三礼图》曰："璜中衡以冲牙,以苍珠为瑀。"

〔三三〕司马迁《书》："出入周卫之中。"《西都赋》："周以钩陈之位,卫以严更之署。"《鲁灵光殿赋》："洞轇轕乎,其无垠也。"

〔三四〕月窟、扶桑：注俱见诗集。

〔三五〕吕曰："《记·郊特牲》：'祭之日,丧者不哭,不敢凶服。氾扫反道,乡为田烛。'注：'田首为烛,郊道之民为之也。'"

〔三六〕《史·武帝本纪》："天子至中山,晏温,有黄云盖焉。"《魏志》："文帝生时,云气青色而圆如车盖,当其上。"周王褒诗："俯观云似盖,低望月如弓。"

〔三七〕《蜀都赋》："敷蕊葳蕤。"《说文》："杓,斗柄也。斗柄东而天下皆春。"

〔三八〕按：《周礼》："正方定位,审曲面势。"作"方面"为正。

〔三九〕吕曰："《记·祭法》：王宫,祭日也。夜明,祭月也。"《易》："雷风相射。"

〔四〇〕《记·礼运》："夫礼必本于天,动而之地,列而之事,变而从时。"

〔四一〕《记·祭法》："山林、川谷、山陵,民所取财用也。非此族也,不在祀典。"

〔四二〕《左传》:"郊祀后稷,以祈农事。是故启蛰而郊,郊而后耕。"

〔四三〕《记·郊特牲》:"郊之祭也,大报本反始也。"

〔四四〕吕曰:《记·郊特牲》:'玄酒明水之尚,贵五味之本也。疏布之尚,反女功之始也。莞簟之安,而蒲越、稾鞂之尚,明之也。'注:'蒲越、稾鞂,藉神之席也。'"

〔四五〕《周礼》:"大朝觐,王设黼衣,设莞席纷纯,次席黼纯。"注:"纷纯,谓以组为缘也。"

〔四六〕吕曰:《记·祭统》:'三牲之俎,八簋之实,美物备矣。'"《周礼》:"大宗伯以苍璧礼天,黄琮礼地。"《庄子》:"天之苍苍,其正色邪?"

〔四七〕《书·舜典》:"望于山川,遍于群神。"

〔四八〕吕曰:《记·郊特牲》:'器用陶匏,以象天地之性也。'"

〔四九〕《周礼》"七律"注:"黄钟为宫,太簇为商,姑洗为角,林钟为徵,南宫为羽,应钟为变宫,蕤宾为变徵。"《西京赋》:"砰磕象乎天威。"《羽猎赋》:"上下砰磕,声若雷霆。"

〔五〇〕《春秋元命苞》:"乐者,和盈于内,动发于外。"宋均注:"和盈于内,乡人邦国咸歌之;动发于外,形四方之风。"《周礼》:"鼓人掌教六鼓。"注:"雷鼓、灵鼓、路鼓、鼖鼓、馨鼓、晋鼓也。"

〔五一〕《礼记·祭义》:"取膵膋,乃退。"注:"膵膋,肠间脂。祭则合萧爇之,使臭达墙屋。"腪胵,腹大貌。胃,挂也。《庄子》:"謋然向然,奏刀騞然。"注:"謋,皮骨相离声。騞,声大于謋也。"沈佺期《霹雳引》:"始戛羽以騞謋,终叩宫而砰訇。"

〔五二〕竧:大也。溁:水回旋貌。按:"苁淬"未详,疑当作"溠萃"。《吴都赋》:"纻衣絺服,杂沓溠萃。"注云:"皆纷扰貌。"此或传刻者误以草旁、水旁倒书之耳。

〔五三〕《文选》注:"《韩诗》:駜駜俟俟。薛君《章句》:趋曰駜,行曰俟。"

〔五四〕霜女、江妃:注俱见诗集。《鲁灵光殿赋》:"霄蔼蔼而晻暧。"

〔五五〕注见诗集。

〔五六〕神光:注见诗集。《诗》:"祀事孔明,先祖是皇。"

〔五七〕《海赋》:“长波涾㴔,迤延八裔。”注:“涾㴔,延长貌。”

〔五八〕《上林赋》:“纡馀逶迤。”

〔五九〕《海赋》:“南澰朱崖,北洒天墟。”

〔六〇〕《书》:“宅嵎夷曰旸谷。”吕曰:“《淮南子》:‘日出于旸谷,浴于咸池,拂于扶桑。’” 《九歌》:“华采衣兮若英。”吕曰:“谢庄《月赋》:‘嗣若英于西溟。’善曰:‘若木之英也。’《山海经》:‘灰野之山有赤桐,青叶,名曰若木,日所入处。’”

〔六一〕《诗》:“俾尔耆而艾。”

〔六二〕吕曰:“《易·坎·上九》:‘系用徽纆,置于丛棘。’注:‘言众议于九棘之下也。’杨《吾子篇》:‘狴犴使人多礼乎?’注:‘牢狱也。’”

〔六三〕《周礼》注:“有祭酺合醵之欢。”《说文》:“酺,王德布,大饮酒也。醵,合钱饮。” 《唐纪》:“开元十一年十一月戊寅,有事于南郊,赐奉祠官勋阶,天下酺三日,京城五日。天宝十载正月甲午,有事于南郊,大赦,赐侍老粟帛,酺三日。”

〔六四〕《海赋》:“泱漭澹泞,腾倾赴势。”注:“澹泞,澄深也。”

〔六五〕《易》:“先王以作乐崇德,殷荐之上帝,以配祖考。”

〔六六〕《庄子》:“古之至人,不逆寡,不雄成,不谟士。”郭象曰:“‘不雄成’,不恃成而处物先。”

〔六七〕蔡邕《独断》:“前驱有九斿云罕、凤凰闟戟、皮轩銮旌。”《上林赋》:“前皮轩,后道游。”帐殿:注见诗集。

〔六八〕吕曰:“《帝王世纪》:燧人氏没,庖牺氏继之而王,首德于木,为百王先。帝出于震,未有所因,故位在东方,主春,象日之明,故称太昊。”

〔六九〕《史·历书》:“鲁人公孙臣以终始五德上书。”《汉·郊祀志》:“自齐威王时,驺子之徒论著终始五德之运,始皇采用之。”

〔七〇〕《项羽传》:“贪如狼,狠如羊。”《韩非子》:“诸侯可蚕食而尽。”

〔七一〕《汉书·赞》:“汉承尧运,德祚已盛[①],断蛇著符,旗帜尚赤。”

---

① “已盛”,底本作“已益”,据《汉书》改。

《光武纪》:"四七之际龙斗野。"

〔七二〕《长杨赋》:"分梨单于,磔裂属国。"

〔七三〕《庄子》:"为天下何以异于牧马者哉?去其害马者而已。"郭曰:"马以过分为害。"

〔七四〕谓则天武后革唐为周。

〔七五〕埽黙:注见诗集。吕曰:"《汉·五行志》:'传曰:思心之不容,是谓不圣,厥咎霿,厥罚恒风,厥极凶短折。有脂夜之妖。一曰,有脂物而夜为妖,若脂水夜污人衣,淫之象也。皇极之不建,厥咎眊,厥罚恒阴,厥极弱,时则有龙蛇之孽。'"

〔七六〕谓玄宗为临淄王时讨平韦后之乱。

〔七七〕《汉·李寻传》:"紫宫极枢,通位帝纪。"注:"紫宫,天之北宫也。极,北极星也。"南齐《四厢乐歌》:"诞受休祯,龙飞紫极。"

〔七八〕《说文》:"搫,击也。"《集韵》:"或作撇。"

〔七九〕《汉·律历志》:"杂候上林、清台,课诸历疏密,凡十一家。非黄钟而他律,虽当其月自宫者,其和应之律有空积忽微,不得其正。此黄钟至尊,无与并也。"孟康曰:"空积,若郑氏分一寸为数千。忽微,若有若无,细于发者也。"

〔八〇〕兴废继绝:谓求殷、汉、周后为三恪。按:《唐书》:"王勃历算尤精,尝谓王者乘土王,世五十,数尽千年;乘金王,世四十九,数九百年;乘水王,世二十,数六百年;乘木王,世三十,数八百年;乘火王,世二十,数七百年。天地之常也。自黄帝至汉,五运适周,土复归唐。唐应继周、汉,不可承周、隋短祚。乃斥魏、晋以降非真主正统,皆五行沴气,遂作《唐家千岁历》。"此云"刊定于兴废继绝",盖主子安之说。

〔八一〕《汉·律历志》:"数从统首日起算。"又曰:"数者,所以算数事物,顺性命之理也。本起于黄钟之数,始于一而三之,三三积之,历十二辰之数,十有七万七千一百四十七,而五数备矣。"《史记》:"吕不韦集论,号曰《吕氏春秋》,悬千金于市,能增损一字者与之。" 按:《唐书》:"开元中,僧一行精诸家历法,言《麟德历》行用既久,晷纬渐差。玄宗召见,令造新历。推大衍数,立术以应之,较经史所书气朔、日名、宿度可考者皆合。十五年草成,而一行卒,张说与历官等次成之。""课密"以下,盖指此为言也。

〔八二〕《诗》序:"《昊天有成命》,郊祀天地也。"

〔八三〕五圣:注见诗集。

〔八四〕吕曰:"《庄·天地篇》:'圣人鹑居而鷇食,鸟行而无彰,天下有道则昌,无道则修德就闲。'《老·虚用篇》:'天地不仁,以万物为刍狗。'注:'视之为刍草狗畜而不贵也。'"

〔八五〕《卜居》:"郑詹尹乃端策拂龟。"

〔八六〕《列子》:"子华子之门徒,皆世族也,缟衣乘轩,缓步阔视。"

〔八七〕吕曰:"《汉·郊祀志》:'宣帝时,或言益州有金马碧鸡之神,可醮祭而致之,于是遣王褒持节求焉。'注:'金形似马,碧形似鸡。'《晋·舆服志》:过江,服章多缺,而冕饰以珊瑚翡翠。'"

〔八八〕大庭氏:注见诗集。

陈子龙曰:"《三大礼赋》辞气壮伟,非唐初馀子所能及。"按:玄宗崇祀玄元,方士争言符瑞,又信崔昌之议,欲比隆周、汉,不知淫祀矫诬,惭德多矣。子美三赋之卒章,皆寓规于颂,即子云风《羽猎》《甘泉》意也。公云"赋料扬雄敌",岂虚语哉!

进封西岳赋表

《旧唐书》:"天宝九载正月,群臣奏封西岳,从之。二月辛亥,西岳庙灾,时久旱,制停封西岳。"玄宗《御制西岳碑》:"十有一载孟冬之月,停銮庙下,久勤报德之愿,未暇崇封之礼。"按:《表》云"年过四十",又云"笃生司空",为十三载冬所上无疑。此盖先以庙灾及旱停封,至是公始进赋以请也。

臣甫言：臣本杜陵诸生，年过四十，经术浅陋，进无补于明时，退尝困于衣食，盖长安一匹夫耳。顷岁，国家有事于郊庙，幸得奏赋，待罪于集贤，委学官试文章，再降恩泽，仍猥以臣名实相副，送隶有司，参列选序。然臣之本分，甘弃置永休，望不及此。岂意头白之后，竟以短篇只字，遂曾闻彻宸极，一动人主，是臣无负于少小多病、贫穷好学者已。在臣光荣，虽死万足，至于仕进，非敢望也。日夜忧迫，复未知何以上答圣慈，明臣子之效。况臣常有肺气之疾，恐忽复先草露，涂粪土，所怀冥寞，孤负皇恩。敢摅竭愤懑，领略丕则，作《封西岳赋》一首以劝，所觊明主览而留意焉。先是，御制岳碑文之卒章曰："待余安人治国，然后徐思其事。"此盖陛下之至谦也。今兹人安是已，今兹国富是已，况符瑞禽集〔一作习〕，福应交至，何翠华之默默乎？维岳固陛下本命，以永嗣业〔一〕；维岳授陛下元弼，克生司空〔二〕。斯又不可寝已，伏惟天子霈然留意焉。春将披图视典〔三〕，冬乃展采错事〔四〕，日尚浩阔，人匪劳止，庶可试哉。微臣不任区区恳到之极，谨诣延恩匦献纳，奉表进赋以闻。臣甫诚惶诚恐，顿首顿首，谨言。

〔一〕玄宗《御制西岳碑》："予小子之生也，岁景戌月仲秋，膺少皥之盛德，协太华之本命，故常寤寐灵岳，肸蠁神交。"

〔二〕《旧书·玄宗纪》："天宝十三载二月戊寅，右相杨国忠守司空。甲申，司空杨国忠受册，天雨黄土，沾于朝服。"《唐会要》："临轩册三公，自神龙以来，册礼久废，惟天宝末册杨国忠为司空。"

〔三〕《穆天子传》："河伯乃与天子披图视典，以观天子之宝器。"

〔四〕《封禅书》:"使获曜日月之末光绝炎,以展采错事。"

封西岳赋并序

上既封泰山之后〔一〕,三十年间,车辙马迹,至于太原,还于长安〔二〕。时或谒太庙,祭南郊,每岁孟冬,巡幸温泉而已。圣主以为王者之体,告厥成功,止于岱宗可矣。故不肯到崆峒,访具茨,驱八骏于昆仑,亲射蛟于江水〔三〕,始为天子之能事壮观焉尔。况行在供给萧然,烦费或至,作歌有惭于从官,诛求坐杀于长吏,甚非主上执玄祖醇酓之道,端拱御苍生之意。大哉圣哲,垂万代则,盖上古之君,皆用此也。然臣甫愚,窃以古者疆场有常处,赞见有常仪,则备乎玉帛而财不匮乏矣,动乎车舆而人不愁痛矣。虽东岱五岳之长,足以勒崇垂鸿〔四〕,与山石无极。伊泰华最为难上,至于封禅之事,独轩辕氏得之。夫七十二君,罕能兼之矣〔五〕。其馀或蹶踬风云,碑版祠庙,终幺麽不足比数。今圣主功格轩辕氏,业篆七十二君,风雨所及,日月所照,莫不砥砺。华近甸也,其可恶乎?比岁,鸿生巨儒之徒,诵古史,引时—作诗义云:国家土德,与黄帝合;主上本命,与金天合。而守阙者亦百数。天子寝不报,盖谦如也。顷或诏厥邦国,扫除曾巅,虽翠盖可薄乎苍穹,而银字未藏于金气〔六〕。臣甫诚薄劣,不胜区区吟咏之极,故作《封

西岳赋》以劝。赋之义,预述上将展礼焚柴者,实觊圣意因有感动焉。其词曰:

惟时孟冬,百工乃休。上将陟西岳,览八荒,御白帝之都[七],见金天之王[八]。既刊石乎岱宗,又合符乎轩皇[九]。兹事体大,越不可载已[一〇]。

先是,礼官草具其仪,各有典司,俯叶吉日,钦若神祇。而千乘万骑,已蠖略佁丑吏切儗音拟①,屈矫陆离,惟君所之[一一]。然后拭翠凤之驾,开日月之旗[一二]。撞鸿一作鸣钟,发雷輶[一三]。辨格泽之修竿[一四],决河汉之淋漓[一五]。圹天狼之威弧[一六],坠魍魉之霏霏[一七]。赤松前驱,彭祖后驰[一八]。方明夹毂,昌寓字同侍衣[一九]。山灵秉钺而踉蹡,海若护跸而参差[二〇]。风驭御同冉以纵巇嵩上声[二一],云螭縒音雌而迟跜音尼[二二]。地轴轧轧,殷以下折,原隰草木,俨而东飞。岐梁闪倏,泾渭反覆,而天府载万侯之玉,上方具左纛黄屋[二三],已焜煌于山足矣。

乘舆尚鸣鸾和,储精澹虑。华盖之大角低回[二四],北斗之七星皆去[二五]。届苍山而信宿,屯绝壁之清曙。既臻夫阴宫,犀象碑兀,戈鋋窸窣,飘飘萧萧,泂泂如也[二六]。

于是太一抱式,玄冥司直[二七]。天子乃宿祓斋,就登陟,骈素虬,超屭屃音疾力[二八]。天语秘而不可知,代欲闻而不可得[二九]。柴燎上达,神光充塞。泥金乎菡萏之南[三〇],刻石乎青冥之北。

---

① "儗音拟",底本如此,疑误。"佁儗"为叠韵联绵词(叠去声"志"韵),今读 chì yì,见《广韵·至韵》"佁""儗"二字。

上意由是茫然，延降天老，与之相识〔三一〕。问太微之所居〔三二〕，稽上帝之遗则。飒弭节以徘徊〔三三〕，抚八纮而黬乙减切黑〔三四〕。忽风翻而景倒〔三五〕，澹殊状而异色。佪若褰袪开帷，下辨宸极者。久之，云气蓊以回复〔三六〕，山嘑呼同巢而未息〔三七〕。祀事孔明，有严有翼。神保是格，时万时亿。

尔乃驻飞龙之秋秋旧本作飞龙之湫，误〔三八〕，诏王属以中休〔三九〕。觐群后于高掌之下〔四〇〕，张大乐于洪河之洲一作州。芬树羽林，莽不可收〔四一〕。千人舞，万人讴。麒麟踆踆而在郊〔四二〕，凤凰蔚跂而来游〔四三〕。雷公伐鼓而挥汗，地祇被震而悲愁。乐师拊石而具发，激越乎遏陬。群山为之相峣楚两切〔四四〕，万穴为之倒流。又不可得载已。

久而景移乐阕，上悠然垂思曰：嗟乎！余昔岁封泰山，禅梁父〔四五〕，以为王者成功，已纂终古。尝鉴前史，至于周穆汉武，豫游寥阔，亦所不取此苟切。惟此西岳，作镇三辅，非无意乎？顷者，犹恐百姓不足，人所疾苦，未暇瘗斯玉帛，考乃钟鼓。是以视岳于诸侯，锡神以茅土。岂惟壮设险于甸服，报西成之农扈〔四六〕？亦所以感一念之精灵，答应时之风雨者矣。

今兹冢宰庶尹，醇儒硕生，佥曰：黄帝颛顼〔四七〕，乘龙游乎四海，发轫匝乎六合，竹帛有云，得非古之圣君？而太华最为难上，故封禅之事，郁没罕闻。以予在位，发祥陨祉者〔四八〕，焉可胜纪？而不得已，遂建翠华之旗，用塞云台之议。矧乎殊方奔走，万国皆至，玄元从助，清庙歔欷去声也。

臣甫舞手蹈足曰：大哉烁乎！真天子之表，奉天为子者已。不然，何数千万载，独继轩辕氏之美？彼七十二君，又畴能臻此？盖知明主，圣罔不克正，功罔不克成。放百灵，归华清〔四九〕。

〔一〕《玄宗纪》："开元十三年十月，如兖州。十一月庚寅，封于泰山。辛卯，禅于梁父。壬辰大赦，免所过一岁、兖州二岁租。"

〔二〕《通鉴》："开元十一年己巳，车驾自东都北巡。辛卯至并州，置北都，以并州为太原府，刺史为尹。三月庚午，车驾至京师。二十年冬十月壬午，上发东都。辛丑至北都。十二月辛未，还西京。"

〔三〕注俱见诗集。

〔四〕《河东赋》："因以勒崇垂鸿。"

〔五〕《封禅书》："继昭夏，崇号谥，略可道者七十二君。"

〔六〕《白虎通》："封禅，金泥银绳。或云石泥金绳，封以金印。"《吴越春秋》："宛委书，金简青玉为字，编以白银，皆瑑其文。"

〔七〕《洞天记》："华山，太极总仙之天，即少昊，为白帝，治西岳。"

〔八〕《旧唐书》："玄宗先天二年七月正位，八月癸丑，封华岳神为金天王。"《传信记》："车驾次华阴，上见岳神数里迎谒。至庙，见神朱发紫衣橐鞬，俯伏庭东南大柏树下，上加敬礼，仍自书所制碑文以宠异之。"

〔九〕注见《太清宫赋》。

〔一〇〕《河东赋》："盛哉铄乎，越不可载已。"注："越，曰也。其事甚大，不可尽载。"

〔一一〕蠖略：见《南郊赋》。相如《大人赋》："沛艾赴蜩，仡以佁儗兮。"张楫曰："沛艾，駊騀也。赴蜩，申头低昂也。佁儗，不前也。"《河东赋》："千乘霆乱，万骑屈矫。"师古曰："屈矫，壮健貌。"

〔一二〕李斯《书》："建翠凤之旗。"《河东赋》："乃抚翠凤之驾，六先景之乘。"师古曰："天子所乘车为凤形，饰以翠羽。"班固《南巡颂》："运天官之法驾，建日月之旌旄。"

〔一三〕《河东赋》："奋电鞭，骖雷辎。"班固《燕然山铭》："雷辎蔽野。"

〔一四〕《汉·天文志》："格泽星，如炎火状，黄白，起地而上，下大上锐。

其见也,不种而获,不有土功,必有大客。"《大人赋》:"建格泽之修竿兮。"

〔一五〕《河图括地象》:"河精上为天汉,亦曰银汉。"

〔一六〕《河东赋》:"㠥天狼之威弧。"晋灼曰:"有狼弧之星。"

〔一七〕王延寿《梦赋》:"捎魍魉,拂诸渠。"

〔一八〕赤松子:注见诗集。《列仙传》:"彭祖,姓篯名铿,陆终氏之仲子。历夏至殷末八百馀岁,善导引行气。历阳有彭祖仙室,祷风雨辄应。"

〔一九〕《汉·律历志》:"商太甲以冬至越茀,祀先王于方明,以配上帝,是朔旦冬至之岁也。"孟康曰:"方明者,神明之象也。以木为之,方四尺,画六采,东青西白,南赤北黑,上玄下黄。"《庄子》:"黄帝将见大隗于具茨之山,方明为御,昌寓骖乘。张若謵朋前马,昆阍滑稽后车。"陶弘景《真灵位业图》:"第四中位,有宁封、方明、力牧、昌寓。"

〔二○〕《西京赋》:"海若游于玄渚。"综曰:"海若,海神。"

〔二一〕北周《祀圜丘歌》:"风为驭,雷为车。"《甘泉赋》:"凌高衍之嵱嵷。"《韵会》:"嵷,或作巑。"

〔二二〕谢朓《三日侍宴应诏》:"筵浮水豹,席绕云螭。"《文选》注:"蠼跜,虬龙动貌。"

〔二三〕《汉·高帝纪》:"纪信乘黄屋左纛。"注:"天子车,以黄缯为盖里。纛,毛羽幢也,在乘舆车衡左方上注之。"

〔二四〕大角:注见诗集。

〔二五〕《春秋运斗枢》:"斗,第一天枢,第二璇,第三玑,第四权,第五衡,第六开阳,第七摇光。"

〔二六〕《河东赋》:"遂臻阴宫,穆穆肃肃,蹲蹲如也。"

〔二七〕太一:见《太清宫赋》。三式有太一九宫法。玄冥:见《太庙赋》。

〔二八〕《甘泉赋》:"駍苍螭兮六素虬。"《鲁灵光殿赋》:"屭赑嶷釐。"注:"高大峻险貌。"

〔二九〕《汉·郊祀志》:"封太山下东方,如郊祠太一之礼,封广丈二尺,高九尺,其下有玉牒书,书秘。礼毕,天子独与侍中奉车子侯上太山,亦有封,其事皆禁。"又:"礼登中岳太室,从官在山上闻若有言'万岁'云。问上,上不言；问下，下不言。"

〔三〇〕菡萏：谓华山有莲花峰。

〔三一〕天老：注见诗集。

〔三二〕《史·天官书》："南宫朱鸟，权、衡。衡，太微，三光之庭。"正义："太微宫垣十星，天子之宫庭。"崔骃《东巡赋》："开太微于禁庭。"

〔三三〕《离骚》："吾令羲和弭节兮。"《上林赋》："于是乘舆弭节徘徊，翱翔往来。"司马彪曰："弭，犹低也。"

〔三四〕《淮南子》："九州之外有八寅，八寅之外有八纮。"

〔三五〕《甘泉赋》："历倒景而绝飞梁兮。"

〔三六〕《汉·郊祀志》："上封禅泰山，其夜若有光，昼有白云出封中。"

〔三七〕《武帝纪》："朕用事华山，至于中岳。翌日，亲登嵩高，御史乘属、在庙旁吏卒咸闻呼万岁者三，登礼罔不答。"

〔三八〕《汉志》："《房中歌》：飞龙秋，游上天。"注："秋，飞貌。"《荀子》："凤皇秋秋。"注："犹跄跄。"《羽猎赋》："秋秋跄跄，入西园，切神光。"

〔三九〕《穆天子传》："天子北至犬戎，北风雨雪，命王属休。"

〔四〇〕《水经注》："华岳本一山，当河，河水过而曲行。河神巨灵，手荡脚蹋，开而为两。今掌足之迹，仍在华岩。"《西京赋》："巨灵赑负，高掌远迹。"

〔四一〕《房中歌》："芬树羽林，云景杳冥。"注："所树羽葆，其盛若林。"

〔四二〕跋跋：注见诗集。

〔四三〕或曰："跋，疑作跂。"《舞剑行序》："壮其蔚跂。"

〔四四〕《韵会》："崾，山相摩貌。"

〔四五〕梁父：泰山旁小山。《白虎通》："封者，增高也。禅者，广厚也。增泰山之高，以示报天；禅梁父之阯，以示报地。"

〔四六〕《左传》："少皞氏以九扈为九农正，扈民无淫者也。"

〔四七〕《汉·郊祀志》："黄帝封泰山，禅亭亭；颛顼封泰山，禅云云。"

〔四八〕《河东赋》："发祥隤祉。"注："隤，降也。祉，福也。"

〔四九〕谓华清宫也。

进雕赋表

按：《表》云"自七岁所缀诗笔，向四十载矣"，与前《进三赋表》云"生长陛下淳朴之俗，行四十载矣"，其语意相类，疑是同时所上。黄鹤《谱》编九载，或然。

臣甫言：臣之近代陵夷，公侯之贵磨灭，鼎铭之勋不复照曜于明时。自先君恕、预以降，奉儒守官，未坠素业矣。亡祖故尚书膳部员外郎先臣审言，修文于中宗之朝，高视于藏书之府，故天下学士到于今而师之。臣幸赖先臣绪业，自七岁所缀诗笔，向四十载矣，约千有馀篇。今贾、马之徒，得排金门、上玉堂者甚多矣。惟臣衣不盖体，尝寄食于人，奔走不暇，只恐转死沟壑，安敢望仕进乎？伏惟天子哀怜之。明主倘使执先祖之故事，拔泥涂之久辱，则臣之述作，虽不能鼓吹六经，先鸣数子，至于沉郁顿挫，随时敏捷，扬雄、枚皋之徒，庶可企及也。有臣如此，陛下其舍诸？伏惟明主哀怜之，无令役役便至于衰老也。臣甫诚惶诚恐，顿首顿首，死罪死罪。臣以为雕者，鸷鸟之殊特，搏击而不可当，岂但壮观于旌门，发狂于原隰。引以为类，是大臣正色立朝之义也。臣窃重其有英雄之姿，故作此赋，实望以此达于圣聪矣①。不揆芜浅，谨投延恩匦，进表献上以闻，谨言。

---

① "实望以此"，底本无"望"字，据诸善本补。

雕　赋

　　当九秋之凄凉，见一鹗而直上。以雄才为己任，横杀气而独往。梢梢劲翮，肃肃遗响。杳不可追，俊无留赏。彼何乡之性命，碎今日之指掌？伊鸷鸟之累百，敢同年而争长〔一〕。此雕之大略也。

　　若乃虞人之所得也，必以气禀玄冥，阴乘甲子。河海荡潏，风云乱起。雪—作云冱山阴，冰缠树死。迷向背于八极，绝飞步于万里。朝无以充肠，夕违其所止。颇愁呼而蹭蹬，信求食而依倚。用此时而椓杙〔二〕，待尤者而纲纪。表狎《英华》作神羽而潜窥，顺雄姿之所拟〔三〕。欻捷来于森木，固先击—作系于利觜〔四〕。解腾攫而竦神，开网罗而有喜。献禽诸本作令，误。今据《文粹》《英华》改正之课，数备而已。

　　及乎司—作闲，《文粹》《英华》作阍隶受之也，则择其清质，列在周垣。挥拘挛之掣曳，挫豪梗之飞翻。识畋游之所使，登马上而孤骞。然后缀以珠《英华》作殊饰，呈于至尊。挎风枪櫐，用壮旌门。乘舆或幸别馆，猎平原，寒芜空阔，霜仗喧繁。观其夹翠华而上下，卷毛血之奔崩。随意气而电落，引尘沙而昼昏。豁堵墙之荣观，弃功效而不论。斯亦足重也。

　　至如千年孽狐，三窟狡兔，恃古冢之荆棘，饱荒城之霜露。回惑我往来，趑趄我场圃。虽青骹带角〔五〕，白鼻如瓠，蹙奔蹄而俯临，飞迅翼而—作以遐寓。而料全于果，见迫宁遽。屡揽之而脱颖，便有若于神助。是以哓哮其音，飒爽其虑。续下鞲而缭绕,尚投迹而容与。奋威逐北,施巧无据。方蹉跎而就擒,亦造次而难去。一奇卒获,百胜昭著。夙昔《文粹》作宿多端,萧条何处?斯又足称也。

尔其鸧鸹鸱鹞之伦,莫益于物,空生此身。联拳拾穗,长大如人。肉多觅有,味乃不一作不足珍。轻鹰隼而自若,托鸿鹄而为邻。彼壮夫之慷慨,假强敌而逡巡。拉先鸣之异者,及将起而复《文粹》作遒臻。忽隔天路,终辞水滨。宁掩群而尽取,且快《文粹》作决意而惊新。此又一时之俊也。

夫其降精于金,立骨如铁〔六〕。目通于脑,筋入于节。架轩槛之上,纯漆光芒;掣梁栋之间,寒风凛冽。虽趾躅千变,林岭万穴。击丛薄之不开,突杈枒而皆折。又有触邪之义也。

久而服勤,是可吁畏。必使乌攫之党〔七〕,罢钞盗而潜飞;枭怪之群,想英灵而遽诸本作虚,误。今据《文粹》《英华》改正坠。岂比乎诸本作岂非,误。今据《文粹》《英华》改正虚陈其力,叨窃其位,等摩天而自安〔八〕,与抢榆而无事者矣〔九〕!

故不见其用也,则晨飞绝壑,暮起长汀。来虽自负,去若无形。置巢巀嶭,养子青冥。倏尔年岁,茫然阙廷。莫试钩爪,空回斗星〔一〇〕。众雏倘割鲜于金殿,此鸟已将老于岩扃〔一一〕。

〔一〕邹阳《书》:"鸷鸟累百,不如一鹗。"

〔二〕《长杨赋》:"橐巀嶭而为杙。"《说文》:"杙,橛也。"

〔三〕傅玄《鹰赋》:"雄姿邈世,逸气横生。"

〔四〕《东京赋》:"秦政利觜长距,终得擅场。"

〔五〕傅玄《蜀都赋》:"鹰则青骹素羽。"

〔六〕魏彦深《鹰赋》:"身重若金,爪刚似铁。"

〔七〕《汉·黄霸传》:"吏出食于道旁,乌攫其肉。"

〔八〕乐府:"黄鹄摩天极高飞。"

〔九〕《庄子》:"决起而飞,抢榆枋。"

〔一〇〕《春秋元命苞》:"瑶光星散为鹰。"

〔一一〕卒章伤此鸟之不得见试,寓意可感。

天狗赋并序

天宝中,上冬幸华清宫,甫因至兽坊,怪天狗院列在诸兽院之上。胡人云:此其兽猛健无与比者。甫壮而赋之,尚恨其与凡兽相近。

澹华清之莘莘漠漠,而山殿戌削,缥与《英华》作焉天风,崛乎回薄。上扬云旓兮,下列一作刻猛兽。夫何天狗嶙峋兮,气独神秀?色似狻猊,小如猿狖音右。忽不乐,虽万夫不敢前兮,非胡人焉能知其去就?向若铁柱一作树欹而金锁断兮,事未可救。瞥流沙而归月窟兮,斯岂逾昼〔一〕。日食君之鲜肥兮,性刚简而清瘦。敏于一掷,威解两斗。终无自私,必不虚透。

尝观乎副君暇豫,奉命于畋,则蚩尤之伦,已脚渭戟泾,提挈丘陵,与南山周旋,而慢围者戮,实禽有所穿。伊鹰隼之不制兮,呵犬豹以相缠。蹙乾坤之翕习兮,望麋鹿而飘然。由是天狗捷来,发自于左。顿六军之苍黄兮,劈万马以超过。材官未及唱,野虞未及和。罔髐矢与流星兮[一],围要害而俱破。洎千蹄之迸《英华》作逆集兮,始拗怒以相贺。真雄姿之自异兮,已历块而高卧。不爱力以许人兮,能绝甘《英华》作等以为大徒贺切。既而群有啖咋,势争割据。垂小亡而大伤兮,翻投迹以来预。划雷殷而有声兮,纷胆破而何遽?似爪牙之便秃兮,无魂魄以自助。各弭耳低回,闭目而去[三]。

每岁天子骑白日,御东山,百兽跧跄以皆从兮,四《英华》作肆猛仡铦锐乎其间。夫灵物固不合多兮,胡一作故役役从此辈而往还?惟昔西域之远致兮,圣人为之豁迎风,虚露寒[四],体苍螭,轧金盘[五]。初一顾而雄材称是兮,召群公与之俱观。宜其立阊阖而吼紫微兮,却妖孽而不得上干。时驻君之玉辇兮,近奉君之渥欢。

使昊扃阒切处而谁何兮[六],备周垣而辛酸。彼用事之意然兮,匪至尊之赏阑。仰千门之崚一作崚嶒兮,觉行路之艰难。惧精爽之衰落兮,惊岁月之忽殚。顾同侪之甚少兮,混非类以摧残。偶快意于校猎兮,尤见疑于蹻捷。此乃独步受之于天兮,孰知群材之所不接。且置一作致身之暴露兮,遭纵观之稠叠。俗眼空多,生涯未愜。吾君倘忆耳尖之有长毛兮,宁久被斯人终日驯狎已!

〔一〕天狗来自西域,即西旅贡獒之类,故以"流沙"、"月窟"言之。

〔二〕《汉书》注:"鸣镝,髐箭也。"

〔三〕以上皆序驰猎之事。

〔四〕迎风、露寒:见诗集。

〔五〕金茎承露盘。

〔六〕《说文》:"臭,犬视貌,从犬目声。"他本作"臭处",误也。

画马赞

韩幹画马,毫端有神。骅骝老大,騕褭清新。鱼目瘦脑,龙文长身〔一〕。雪垂白肉,风蹙兰筋〔二〕。逸态萧疏,高骧纵恣。四蹄雷电,一日天地。御者闲敏,去《英华》作云何难易。愚夫乘骑,动必颠踬。瞻彼骏骨,实惟龙媒。汉歌燕市,已矣茫一作亡哉。但见驽骀,纷然往来。良工惆怅,落笔雄才。

〔一〕《汉·西域赞》:"孝武之世,蒲梢、龙文、鱼目、汗血之马充于黄门。"注:"四骏马名。"
〔二〕《相马经》:"兰筋竖者,千里马。一筋从玄中出,谓之兰筋。玄中者,目上痕如井字。"

杜工部文集卷之二

为阆州王使君进论巴蜀安危表 续添

广德元年作。

臣某言：伏自陛下平山东，收燕蓟，自海隅万里，百姓感动，喜王业再康一作遘，疮痏苏息。陛下明圣，社稷之灵，以至于此。然河南河北，贡赋未入；江淮转输，异于曩时。惟独剑南，自用兵以来，税敛则殷，部领不绝，琼林诸库，仰给最多。是蜀之土地膏腴，物产繁富，足以供王命也。

近者贼臣恶子，频有乱常，巴蜀之人，横被烦费，犹自劝勉，充备百役，不敢怨嗟。吐蕃今下松、维等州[一]，成都已不安矣。杨琳师再胁普、合[二]，颙颙两川，不得相救，百姓骚动，未知所裁。况臣本州，山南所管，初置节度[三]，庶事草创，岂暇力及东西两川矣！

伏愿陛下听政之馀，料巴蜀之理乱，审救援之得失，定两川之异同，问分管之可否，度长计大，速以亲贤出镇，哀罢人以安反仄。犬戎侵轶，群盗窥伺，庶可遏矣。而三蜀，大府也，征取万计，陛下忍坐见其狼狈哉！不即为之，臣窃恐蛮夷得恣屠割耳，实为陛下有所痛惜。必以亲王，委之节钺，此古之维城盘石之义明矣，陛下何疑哉！在选择亲贤，加以醇厚明哲之老为之师傅，则万无覆败之迹，又何疑焉！

其次付重臣旧德，智略经久，举事允惬，不陨获于苍黄之际，临危制变之明者，观其树勋庸—作献于当时，扶泥涂于已坠今本"之际"以下二十三字，误在后"镇抚不缺"句之下，整顿理体，竭露臣节，必见方面小康也。

今梁州既置节度，与成都足以久远相应矣。东川更分管数州，于内幕府取给，破弊滋甚。若兵马悉付西川，梁州益坦为声援，是重敛之下，免出—作至多门，西南之人，有活望矣〔四〕。必以战伐未息，势资多军，应须遣朝廷任使旧人授之，使节留后之寄，绵历岁时，非所以塞众望也〔五〕。臣于所守分—作封界，连接梓州，正可为成都东鄙，其中别作法度，亦不足成要害哉，徒扰人已，伏惟明主裁之。敕—作又天下征收赦文，减省军用外，诸色杂赋名目，伏愿省之又省之。剑南诸州，亦困而复振矣。

将相之任，内外交迁，西川分阃—作壶，以仗贤俊，愚臣特望以亲王总戎者，意在根固流长，国家万代之利也，敢轻易而言。次请慎择重臣，亦愿任使旧人，镇抚不缺。

借如犬戎俶扰，臣素知之。臣之兄承训，自没蕃以来，长望生还，伪亲信于赞普〔六〕，探其深意，意者报复摩弥青海之役决矣〔七〕。同谋誓众，于前后没落之徒，曲成翻动，阴合应接，积有岁时。每汉使回，蕃使至，帛书隐语，累尝恳论。臣皆封进，上闻屡达。臣兄承训，忧国家缘边之急，愿亦勤矣。况臣本随兄在蜀向二十年，兄既辱身蛮夷，相见无日。臣比未忍离蜀者，望兄消息时通，所以戮力边隅，累践班秩，补拙之分浅，待罪之日深，蜀之安危，敢竭闻见。臣子之义，贵有所尽于君亲。愚臣迂阔之说，万一少裨圣虑，远人之福也，愚臣之幸也。

昨窃闻诸道路，云吐蕃已来，草窃岐陇，逼近咸阳〔八〕。似是之间，忧愤陨迫，益增尸禄寄重之惧，瘝瘝报效之恳。谨冒死具巴蜀成败形—作之势，奉表以闻。

〔一〕事在广德元年。
〔二〕杨琳：即杨子琳。《通鉴》："永泰元年，泸州牙将杨子琳举兵讨崔旰。"此云"再胁普、合"，其事未详。《唐书》："普、合二州，俱属剑南道。"
〔三〕按：阆州，《旧书》《通典》《通志》俱属剑南东道，《新书》属山南西道。此云"本州，山南所管"，与《新书》合。《唐书·方镇表》："广德元年，升山南西道防御守捉使为节度使，寻降为观察使，领梁、洋、集、壁等十三州，治梁州。"
〔四〕按：东川与山南接壤，山南既增节度，东川兵马便可并付西川，减省幕府繁费。高适奏请罢东川节度，以一剑南西山不急之城，稍以减削，意亦与公同也。
〔五〕时章梓州彝为东川留后，故云。
〔六〕注见诗集。
〔七〕《唐书》"鄯州"注："度西月河一百十里，至多弥国。"摩弥：疑即"多弥"。青海：注见诗集。
〔八〕《唐书》："广德元年七月，吐蕃入大震关。八月，寇奉天、武功。"

为夔府柏都督谢上表

柏都督：注见诗集。

臣某言：伏见月日制，授臣某官，祇拜休命，内顾陨越，策驽马之力，冒累践之宠。自数勋力，万无一称，再三怵惕，流汗至踵，谨以某月日到任上讫。臣某诚战诚惧，顿首顿首，死罪死罪。

伏以陛下君父任使之久，掩臣子不逮之过，就其小效，复分深忧，察臣剑南区区，恐失臣节如彼；加臣频烦—作繁阶级，镇守要冲如此。勉励疲钝，伏扬陛下之圣德，爱惜陛下之百姓，先之以简易，间之以乐业，均之以赋敛，终之以敦劝。然后毕禁将士之暴，弘洽主客之宜，示以刑典难犯之科，宽以困穷计无所出，哀今之人，庶古之道。内救茕独，外攘师寇。上报君父，曲尽—作盖庸拙之分；下循臣子，勤补失坠之目。灰粉骸骨，以备守官。伏惟恩慈，胡忍容易，愚臣之愿也，明主之望也。限以所领，未遑谒对，无任兢灼之极，谨遣某官，陈谢以闻。臣诚喜诚惧，死罪死罪。

为遗补荐岑参状

宣义郎、试大理评事、摄监察御史、赐绯鱼袋岑参，右臣等窃见岑参，识度清远，议论雅正，佳名蚤上—作立，时辈所仰。今谏诤之路大开，献替之官未备。恭惟近侍，实藉茂材。臣等谨诣阁门，奉状陈荐以闻，伏听进止。

    至德二载六月十二日 左拾遗内供奉臣裴荐等状
               左拾遗内供奉臣杜甫
               左补阙臣韦少游
               右拾遗内供奉臣魏齐聃
               右拾遗内供奉臣孟昌浩

奉谢口敕放三司推问状

《本传》:"甫与房琯为布衣交,琯以客董庭兰罢宰相。甫上疏言:'罪细不宜免大臣。'帝怒,诏三司推问,宰相张镐救之,得解。"按:《唐书》:"韦陟除御史大夫,会杜甫论房琯词意迂慢,帝令陟与崔光远、颜真卿按之。陟奏:'甫言虽狂,不失谏臣体。'帝由是疏之。"观此,则当时论救者,不独一张镐矣。

　　右臣甫智识浅昧,向所论事,涉近激讦,违忤圣旨。既下有司,具已举劾,甘从自弃就戮为幸。今日巳时,中书侍郎、平章事张镐奉宣口敕,宜放推问,知臣愚戆,赦臣万死,曲成恩造,再赐骸骨。臣甫诚顽诚蔽,死罪死罪。

　　臣《英华》有比字以陷身贼庭,愤惋成疾,实从间道获谒一作面龙颜。猾逆未除,愁痛难遏,猥厕衮职,愿少裨补。窃见房琯以宰相子少自树立[一],晚为醇儒,有大臣体。时论许琯必位至公辅,康济元元。陛下果委以枢密,众望甚允。观琯之深念主忧,义形于色,况画一保泰,其素所蓄积者已。而琯性失于简,酷嗜鼓琴。董庭兰,今之琴工[二],游琯门下有日,贫病之老,依倚为非,琯之爱惜人情,一至于玷污。臣不自度量,叹其功名未垂,而志气挫衂,觊望陛下弃细录大,所以冒死称述,何思虑始《英华》作未竟,阙于再三。陛下贷以仁慈,怜其恳到,不书狂狷之过,复解网罗之急,是古之深容直臣、劝勉来者之意。天下幸甚!天下幸甚!岂小臣独蒙全躯,就列待罪而已。无任先惧后喜之至,谨诣阁门,进状奉谢以闻。

　　　　　　至德二载六月一日
　　宣义郎行在—一本无在字左拾遗臣杜甫状进

〔一〕琯父融,相武后。《唐书·宰相表》:"长安四年十月,怀州长史房融为正谏大夫,同凤阁鸾台平章事。中宗即位,除名,流高州。"

〔二〕唐刘商《胡笳曲序》:"蔡文姬善琴,能为《离鸾》《别鹤》之操,后董生以琴写胡笳声,为十八拍,今胡弄是也。"李肇《国史补》:"董庭兰,善沉声、祝声,盖大、小胡笳云。"

钱笺:"朱长文《琴史》云:'董庭兰,陇西人,唐史谓其为房琯所昵,数通赇谢,为有司劾治,而房公由此罢去。杜子美亦云庭兰游琯门下有日,贫病之老,依倚为非。琯之爱惜人情,一至于玷污。而薛易简称庭兰不事王侯,散发林壑者六十载,貌古心远,意闲体和,抚弦韵声,可感鬼神。天宝中,给事中房琯,好古君子也,庭兰闻义而来,不远千里。予因此说,亦可以观房公之过而知其仁矣。当房公为给事中也,庭兰已出其门,后为相,岂能遽绝哉!又赇谢之事,吾疑潛琯者为之。而庭兰朽耄,岂能辨释,遂被恶名耳。房公贬广汉,庭兰诣之,公无愠色。唐人有诗云:七条弦上五音寒,此乐求知自古难。惟有开元房太尉,始终留得董庭兰。'按:薛易简以琴待诏翰林,在天宝中,子美同时人也,其言必信。伯原《琴史》,千载而下,为庭兰雪此恶名,白其厚诬,不独正唐史之谬,兼可以补子美之阙矣。"

为华州郭使君进灭残寇形势图状

右臣窃以逆贼束身槛中,奔走无路,尚假馀息,蚁聚苟活之日久[一]。陛下犹觊其匍匐相率,降款尽至,广务宽大之本,用明恶杀之德,故大军云合,蔚然未进。上以稽王师有征无战之义,下以成古先圣哲之用心。兹事玄远,非愚臣所测。臣闻《易》载"随时"、"不俟终日",先王之用刑也,抑亦小者肆诸市朝,大者陈诸原野。今残孽虽穷蹙日甚,自救不暇,尚虑其逆帅望秋高马肥之便,蓄突围拒辙之谋,大军不可空勤转输之粟,诸将宜穷犄角之进。

顷者河北初收数州,思明降表继至[二]。实为平卢兵马在贼左胁[三],贼动静乏—作之利,制不由己,则降附可知。今大军尽离河北,逆党意必宽纵,若万一轶略河县,草窃秋成,臣伏请平卢兵马及许叔冀等,军郓州[四],西北渡河,先冲收魏[五],或近军志避实击虚之义也。伏惟陛下图之,遣李铣、殷仲卿、孙青汉等军[六],逦迆渡河佐之,收其贝、博[七]。贼之精锐,撮在相、魏、卫之州[八],贼用仰魏而给。贼若抽其锐卒,渡河救魏、博,臣则请朔方、伊西、北庭等军[九],渡沁水[一〇],收相、卫。贼若回戈距我两军[一一],臣又请郭当作鄜,音廊口、祁县等军[一二],驀岚驰—作驀山风驰,或云驀岚风驰屯,据林虑县界[一三]。候其形势渐进,又遣季广琛、鲁炅等军[一四],进渡河,收黎阳、临河等县[一五],相与出入犄角,逐便扑灭,则庆绪之首,可翘足待之而已。是亦恭行天罚,岂在王师必无战哉!

愚臣闻见浅狭,承乏待罪,未精慎固之守,轻议擒纵之术。抑臣之梦寐,贵有裨补,谨进前件图如状,伏听进止。

乾元元年七月日某官臣状进

〔一〕《通鉴》:"至德二载冬十月,广平王入东京,安庆绪走保邺郡,诸将阿史那承庆等散投常山、赵郡。旬日间,蔡希德自上党,田承嗣自颍川,武令珣自南阳,各帅所部兵归之。又召募河北诸郡人众至六万,军声复振。"

〔二〕《通鉴》:"至德二载十二月,史思明囚阿史那承庆等,遣其将窦子昂奉表,以所部十三州及兵八万来降,并帅其河东节度使高秀岩以所部来降。思明以其将薛萼摄恒州刺史,子朝义摄冀州刺史,以其将令狐彰为博州刺史,乌承恩所至宣布诏旨,沧、瀛、安、深、德、棣等州皆降。虽相州未下,河北率为唐有矣。"

〔三〕《唐书·方镇表》:"开元五年,营州置平卢军使。七年,升为平卢军节度。"《通鉴》:"至德二载,安东都护王玄志与平卢将侯希逸袭杀伪平卢节度徐归道。又遣兵马使董秦将兵,以苇筏渡海,与大将田神功击平原、乐安,下之。"平卢在幽燕之东,故曰"左胁"。

〔四〕《唐书》:"郓州,隋东平郡之须昌县,属河南道。"《通鉴》:"至德二载七月,灵昌太守许叔冀为贼所围,救兵不至,拔众奔彭城。乾元元年八月,以青、登等五州节度使许叔冀为滑、濮等六州节度使。"公作《状》时,叔冀尚未镇滑、濮,故曰"军郓州"也。

〔五〕《唐书》:"魏州,汉魏郡元城县地,属河北道。"时为安庆绪所据。

〔六〕李铣:上元初,领淮西节度副使。殷仲卿:上元初,自青州刺史领淄、沂、沧、德、棣等州节度使。孙青汉:无考。

〔七〕《唐书》:"贝州,隋清河郡。博州,隋武阳郡之聊城县。俱属河北道。"

〔八〕《唐书》:"相州,汉魏郡。卫州,隋汲郡。俱属河北道。"

〔九〕《通鉴》:"乾元元年八月,朔方节度使郭子仪诣行营。三月,镇西、北庭行营节度使李嗣业屯河内。"

〔一〇〕沁水:在泽州。

〔一一〕谓郭子仪、李嗣业之军。

〔一二〕按《唐书》:"崞县,属代郡都督府。"崞口,疑在其境。《通鉴》注:"崞口在洺州邯郸县西,盖即壶关之险也。"《旧书》:"崞口在相州西山。"祁县,本汉县,属并州太原府。 时李光弼为河东节度使,王思礼兼领泽潞节度使。郦口、祁县等军,当指二镇之兵也。

〔一三〕《唐书》:"岚州,本隋楼烦郡之岚城县,属河东道。林虑,汉隆虑县,属相州。"

〔一四〕时季广琛为郑蔡节度使,鲁炅为淮西节度使。

〔一五〕《唐书》:"黎阳,属卫州。临河县,析黎阳置,属相州。"

乾元元年华州试进士策问五首

《唐六典》:"诸州每岁贡人,其进士帖一小经及《老子》,试杂文两首,策时务五条。" 时公贬华州司功参军。

问:《英华》有古之二字山林薮泽之地,各以肥硗多少为差。故供甲兵士徒之役,府库赐予之用,给郊庙宗社—作郊社宗庙之祀,奉养禄食之出,辨乎名物,存乎有司,是谓公赋知归,地著不挠者已。今圣朝绍宣王中兴之洪业于上,庶尹备山甫补衮之能事于下,而东寇犹小梗〔一〕,率土未甚辟,总彼赋税之获,尽赡军旅之用《英华》有逮字,是官御之旧典阙矣,人神之攸序乖矣。欲使军旅足食,则赋税未能充备矣;欲将诛求不时,则黎元转罹疾苦矣。子等以待问之实,知新之明,观志气之所存,于应对乎何有?伫渴救敝之道术,愿闻强学之所措,意盖—作道在此矣,得游说乎?

问:国有轺车,庐有饮食,古之按风俗、遣使臣,在王官之一守,得驰传而分命。盖地有要害,郊有远近,供给之比,省费相悬。今兹华惟襟带,关逼辇毂[二],行人受辞于朝夕,使者相望于道路,属年岁无蓄积之虞,职司有愁痛之叹—作色。况军书未绝,王命急宣,插羽先蓻于腾鹰[三],敝帷不供于埋马[四],岂刍粟之勤独尔,实骖騑之价阙如。人主之轸念,屡及于兹;邦伯之分忧,何尝敢怠?乞恩难再,近日已降水衡之钱;积骨颇多,无暇更入燕王之市。欲使轺轩有喜,主客合宜,闾阎罢杼轴之嗟,官吏得从容之计,侧伫新语《英华》作佳论,当闻济时。

问:通道陂泽,随山浚川,经启《英华》注云:《名贤策问》作启关之理,疏奠《名贤策问》作凿之术,抑有可观,其来尚矣。初,圣人尽力沟洫,有国作为堤防,洎后代控引淮海,漕通泾渭,因舟楫之利,达仓庾之储[五]。又赖此而殷,亦行之自久。近者有司相土,决彼支渠,既溃渭而乱河,竟功多而事寝。人实劳止,岸乃善崩。遂使委输之勤,中道而弃。今军用盖寡,国储未缮,虽远方之粟大来,而助挽之车不给。是以国朝仗彼天使,征兹水工,议下淇园之竹,更凿商颜之井[六]。又恐烦费居多,绩用莫立,空荷成云之锸,复拥填淤之泥[七]。若然,则舟车之用,大小相妨矣;军国之食,转致或阙矣。矧夫人烟尚稀,牛力不足者已。子等饱随时之要,挺宾王之资,副乎求贤,敷厥说论。

问:足食足兵,先哲雅诰。盖有兵无食,是谓弃之。致能掉鞅靡旌,斯可用矣[八]。况寇犹作梗,兵不可去,日闻将军之令,亲睹司马之法。关中之卒未息,灞上之营何远。近者郑南训练,城下屯集,赡—作瞻彼三千之徒,有异什一而税。窃见明发教以战斗,亭午放其庸—作佣保,课乃菽麦,以为寻常。夫悦以使人,是能用古。伊岁则云暮,实虑休止《英华》作工。未卜及瓜之还,交比翳桑之饿〔九〕。群有司自救不暇,二三子谓之何哉?

问:昔唐尧之为君也,则天之大,敬授人时,十六升自唐侯者已。昔舜帝之为臣也,举禹之功,克平水土,三十登为天子者已。本之以文思聪明,加之以劳身焦思,既睦九族,协和万邦,黜去四凶,举十六相,故五帝之后,传载唐、虞之美,无得而称焉。《易》曰:"君子终日乾乾。"《诗》曰:"文王小心翼翼。"窃观古之圣哲,未有不以君倡于上,臣和于下,致乎人和年丰,成乎无为而理者也。主上躬仁—作纯孝之圣,树非常之功。内则拳拳然,事亲如有阙;外则悸悸然,求贤如不及。伊百姓不知帝力,庶官但恭己而已。寇孽未平,咎征之至数也;仓廪未实,物理之固然也。今大军虎步,列国鹤立,山东之兵将云合,淇上之捷书日至〔一〇〕。二三子议论弘正,词气高雅,则遗裖荡涤之后,圣朝砥砺之辰,虽遭明主,必致之于尧、舜;降及《英华》作虽降元辅,必要之于稷、咼《英华》作夔皋。驱苍生于仁寿之域,反淳朴于羲皇之上。自古哲王立极,大臣为体,眇然坦途,利往何顺《英华》作何往不顺,子有说否?庶复见子之志,岂徒琐琐射策,趋竞一第哉!顷之问孝廉—作秀取备寻常之对,多忽经济之体,考诸词学,自有文章在，束以征事，曷成凡例焉？今愚之粗征，贵切时务而已。夫时患钱轻，以至于量资币，权子母〔一〕。代复改铸，或行乎前榆荚、后契刀〔二〕。当此之际，百姓蒙利厚薄，何人所制轻重？又谷者，所以阜俗康时、聚人守位者也。下至十室之邑，必有千钟之藏〔三〕。苟凶穰以之，贵贱失度，虽封丞相而犹困，侯大农而谓何〔四〕？是以《英华》作亦继绝表微，无或区分逾越，蒙实不敏，仁远乎哉！

〔一〕谓安庆绪末年。
〔二〕潼关：在华州。
〔三〕薛道衡诗："插羽夜征兵。"
〔四〕《礼记》："敝帷不弃，为埋马也。"
〔五〕《唐书》："华州华阴县有漕渠，自苑西引渭水，因石渠会灞、浐，经广运潭至县入渭。天宝三载韦坚开。又有永丰仓，有临渭仓。"
〔六〕《汉·沟洫志》："令群臣从官，皆负薪寘决河。是时东郡烧草，以故薪柴少，而下淇园之竹以为楗。"晋灼曰："淇园，卫之苑也。""为发卒万人穿渠，自徵引洛水至商颜下。岸善崩，乃凿井，深者四十馀丈，井下相通行水。水隤以绝商颜，东至山领十馀里间。井渠之生，自此始。穿得龙骨，故名龙首渠。"师古曰："徵，音惩，即今澄城。商颜，商山之颜也。谓之颜者，譬人之颜额。"
〔七〕《沟洫志》："荷锸成云，决渠如雨。" 填淤：注见诗集。
〔八〕《左传》："楚许伯曰：'吾闻致师者，御靡旌摩垒而还。'乐伯曰：'吾闻致师者，御下两马，掉鞅而还。'"注："靡旌，驱疾也。掉，正也。"
〔九〕《左传》："齐侯使连称、管至父戍葵丘，瓜时往，曰：'及瓜而代。'""赵盾舍于翳桑，见灵辄饿，食之。既而与公介，倒戟以御公徒，而免之，问其故，对曰：'翳桑之饿人也。'"
〔一〇〕注详《洗兵马》。

〔一一〕《国语》:"景王将更铸大钱,单穆公曰:不可。古者天降灾戾,于是乎量资币、权轻重以救民。民患轻,则为之作重币以行之,于是乎有母权子而行,民皆得焉。若不堪重,则多作轻而行之,亦不废重,于是乎有子权母而行,大小利之。"应劭曰:"母,重也。其大倍,故为母。子,轻也。其轻少半,故为子。"

〔一二〕《汉·食货志》:"汉兴,以秦钱重难用,更令民铸荚钱。"如淳曰:"如榆荚也。""王莽又造契刀、错刀。契刀,其环如大钱,身形如刀,长二寸,文曰'契刀五百'。"

〔一三〕《管子》:"使万室之邑,必有万钟之藏,藏繦千万。千室之邑,必有千钟之藏,藏繦百万。"

〔一四〕《汉书·列传》:"田千秋代刘屈氂为丞相,封富民侯。"《食货志》:"桑弘羊为治粟都尉,领大农,代孔仅幹天下盐铁,赐爵左庶长。"①

唐兴县客馆记

唐兴:注见诗集。上元二年作。

中兴之四年,王潜为唐兴宰,修厥政事,始自鳏寡茕独,而和其封内,非偊循循,不畏险肤而行一。咨于官属、于群吏、于众庶曰:"邑中之政,庶几缮完矣。惟宾馆上漏下湿,吾人犹不堪其居,以客—作容四方宾,宾其谓我何?改之重劳,我其谓人何?"咸曰:"诞事至济,厥载,则达观于大壮。"

作之闲阄,作之堂构,以永图崇高广大,逾越传舍。通

---

① "幹",底本作"斡",据《汉书》改。

梁直走,虺将坠压,素柱上承,安若泰山。两旁序开,发洩霜露,潜静深矣。步檐復—作複雷,万瓦在后,匪丹臒为,实疏达为。回廊南注,又为覆廊,以容介行人,亦如正馆,制度小劣。直左阶而东,封殖修竹茂树。挟右阶而南,环廊又注,亦可以行步风雨。不易谋而集事,邑无妨工,亦无匮财,人不待子来,定不待方中矣。宿息井树,或相为宾,或与之毛。天子之使至,则曰:"邑有人焉,某无以粟阶。"州长之使至,则曰:"某非敢宾也,子无所用俎。"四方之使至,则曰:"子贶某多矣,敢辞贽?"

或曰:"明府君之侈也,何以为人?"皆曰:"我公之为人也,何以侈!子徒见宾馆之近夫厚,不知其私室之甚薄。器物未备,力取诸私室,人民不知赋敛。乃至于馆之醯醢阙,出于私厨;使之乘驲阙,办于私厩。君岂为亭长乎?是躬亲也。若馆宇不修,而观台榭自好,宾至无所纳其车,我浩荡无所措手足,获高枕乎?其谁不病吾人矣!疵瑕忽生,何以为之?是道也,施舍不几乎先觉矣。"

杜之朋友叹曰:"美哉!是馆也。成,人不知,人不怒,廨署之福也,府君之德也—本多"府君之德也,廨署之福也"二句。"府君曰:"古有之也,非吾有也,余何能为?是亦前州府君崔公之命也,余何能为!"是日辛丑岁秋分,大馀二,小馀二—作一①千一百八十八。杜氏之老记〔一〕。

〔一〕《汉·律历志》:"推正月朔,以月法乘积月,盈日法得一,名曰积

---

① "一作一",底本作"一作二",与前"二"字重复,误,参仇兆鳌《杜诗详注》校记改。

日。不盈者,名曰小馀。小馀三十八以上,其月大。积日盈六十,除之不盈者,名曰大馀。"《蜀艺文志》云:"此篇疑有阙误。"

杂 述

杜子曰:凡今之代,用力为贤乎?进贤为贤乎?进贤为贤,则鲁之张叔卿、孔巢父二才士者〔一〕,聪明深察,博辩闳大,固必能伸于知己,令问不已,任重致远,速于风飙也。是何面目黧黑,尝不得饱饭吃,曾未如富家奴,兹敢望缟衣乘轩乎?岂东之诸侯深拒于汝乎?岂新令尹之人汝未之知也?由天乎?有命乎?虽岑子、薛子〔二〕引知名之士,月数十百,填尔逆旅,请诵诗,浮名耳。勉之哉!勉之哉!

夫古之君子,知天下之不可盖也,故下之;又知众人之不可先也,故后之。嗟乎叔卿!遣辞工于猛健放荡,似不能安排者,以我为闻人而已,以我为益友而已。叔卿静而思之。嗟乎巢父!执雌守常,吾无所赠若矣。

泰山冥冥崒以高,泗水潾潾瀰以清。悠悠友生,复何时会于王镐之京?载饮我浊酒,载呼我为兄。

〔一〕按史:孔巢父少与韩准、李白、裴政、张叔明、陶沔隐于徂徕山,号"竹溪六逸"。此云"张叔卿",岂即张叔明邪?

〔二〕岑参、薛据。

秋　述

《年谱》：天宝十载，公年四十。此云"四十无位"，当作于其时。

秋，杜子卧病长安旅次，多雨生鱼，青苔及榻。常时车马之客，旧雨来，今雨不来。昔襄阳庞德公，至老不入州府，而杨子云草《玄》寂寞，多为后辈所褒，近似之矣。呜呼！冠冕之窟，名利卒卒，虽朱门之涂泥，士子不见其泥，矧抱疾穷巷之多泥乎？

子魏子[一]独踽踽然来，汗漫其仆夫，夫又不假盖，不见我病色，适与我神会。我，弃物也，四十无位，子不以官遇我，知我处顺故也。子，挺生者也，无矜色，无邪气，必见用，则风后、力牧是已。于一本无此字文章，则子游、子夏是已，无邪气故也，得正始故也。噫！所不至于道者，时或赋诗如曹、刘，谈话及卫、霍，岂少年壮志未息俊迈之机乎？

子魏子今年以进士调选，名隶东天官，告余将行。既缝裳，既聚粮，东人怵惕，笔札无敌，谦谦君子，若不得已。知禄仕此始，吾党恶乎无述而止。

〔一〕未详其人。

说　旱 原注：初，中丞严公节制剑南日，奉此说

宝应元年作。

《周礼·司巫》："若国大旱，则率巫而舞雩。"《传》曰："龙见而雩。"—本有谓字建巳之月，苍龙宿之体，昏见东方，万物待雨盛大，故祭天远为百谷祈膏雨也。今蜀自十月不雨，一本有月字抵建卯，非雩之时，奈久旱何！得非狱吏只知禁系，不知疏决，怨气积，冤气盛，亦能致旱？是何川泽之干也，尘雾之塞也，行路皆菜色也，田家其愁痛也！

自中丞下车之初，军郡之政，罢弊之俗，已下手开济矣；百事冗长去声者，又已革削矣。独狱囚未闻处分，岂次第未到，为狱无滥系者乎？谷者，百姓之本，百役是出，况冬麦黄枯，春种不入。公诚能暂辍诸务，亲问囚徒，除合死者之外，下笔尽放，使囹圄一空，必甘雨大降。但怨气消，则和气应矣。躬自疏决，请以两县〔一〕及府系为始，管内东西两川各遣一使，兼委刺史县令，对巡使同疏决，如两县及府等囚例处分，众人之望也，随时之义也。

昔贞观中，岁大旱，文皇帝亲临长安、万年二赤县决狱，膏雨滂足。即岳镇方面岁荒札，皆连帅大臣之务也，不可忽。凡今征求无名数，又耆老合侍者，两川侍丁，得异常丁乎？不殊常丁赋敛，是老男及老女死日短促也。国有养老，公遽遣吏存问其疾苦，亦和气合应之义也，时雨可降之征也。愚以为至仁之人，当一作常以正道应物，天道奚近一作天道

远,去人不远。

〔一〕成都、华阳。

东西两川说 续添

广德二年,严武幕中作。

闻西山汉兵〔一〕,食粮者四千人,皆关辅山东劲卒,多经河陇幽朔教习,惯于战守,人人可用。兼差堪战子弟向二万人,实足以备边守险。脱南蛮侵掠〔二〕,邛雅子弟不能独制〔三〕,但分汉劲卒助之,不足扑灭,是吐蕃凭陵,本自足支也。

揣量西山邛雅兵马,卒畔援形胜明矣。顷三城失守〔四〕,罪在职司,非兵之故也,粮不足故也。今此辈见阙兵马使,八州素归心于其世袭刺史〔五〕,独汉卒自属裨将主之——作汉卒偏裨将主之,窃恐备吐蕃在羌,汉兵小昵,而衅郤隙同随之矣。况军需不——本无"需不"二字足,奸吏减剥未已哉!愚以宜——本无宜字速择偏裨主之,主之势,明其号令,一其刑罚,申其哀恤,致其欢忻,宜先自羌子弟始,自汉儿易解人意,而优劝——作勤旬月,大浃洽矣。

仍使兵羌当作羌兵各系其部落,刺史得自教阅,都受统于兵马使,更不得使八州都管,在一羌王,或都关一世袭刺史。是羌之豪族,发源有远近,世封有豪家,纷然聚藩落之议于中，肆予夺之权于外已。然则备守之根危矣，又何以藉其为本，式遏雪岭之西哉？比羌俗封王者，初以拔城之功得。今城失矣，袭王如故，总统未已，余诸董攘臂何，王尹之狱是已。由策嗣羌王，关王氏旧亲〔六〕，西董族最高，怨望之势然矣。诚于此时便宜闻上，使各自统领，不须王区分易制，然后都静听取别于兵马使，不益元戎气壮，部落无语哉！纵一部落怨，获群部落喜矣。无爽如此处分，岂惟邛南不足忧〔七〕，八州之人，愿贾勇复取三城不日矣。幸急择公所素谙明了将—作明于将者，正色遣之。

獠贼内编属自久，数扰背亦自久，徒恼人耳，忧虑盖不至大。昨闻受铁券，爵禄随之，今闻已小动，为之奈何？若不先招谕也，谷贵人愁，春事又起，缘边耕种，即发精卒讨之甚易，恐贼星散于穷谷深林，节度兵马但惊动缘边之人，供给之外，未见免劫掠。而还赁—作任其地，豪俗兼有其地而转富。蜀之土肥，无耕之地，流冗之辈，近者交互其乡村而已，远者漂寓诸州县而已，实不离蜀也。大抵只与兼并豪家力田耳。但—作促均亩薄敛，则田不荒，以此上供王命，下安疲民，可矣。

豪族转安，是否非蜀，仍禁—本无此"豪族"以下十字豪族受赁罢人田，管内最大，诛求宜约，富家办而贫家创痍已深矣。今富儿非不缘子弟职掌，尽在节度衙府州—本无州字县长官手下哉！村正虽见面—作田，不敢示文书取索，非不知其家处，独知贫儿家处。两川县令刺史，有权摄者，须尽罢免。苟得贤良，不在正授—作受权，在进退闻上而已。

〔一〕西山：注见诗集。

〔二〕《唐书·南蛮传》："南诏本哀牢夷后，乌蛮别种也。居永昌、姚州之间，铁桥之南，西北与吐蕃接。天宝后，臣吐蕃。"

〔三〕《唐书》："邛、雅二州，俱属剑南道。雅州为下都督府。"

〔四〕三城：注见诗集。广德元年，陷于吐蕃。

〔五〕《旧书·地理志》："剑南节度使西抗吐蕃，南抚蛮獠，统团结营及松、维、蓬、恭、雅、黎、姚、悉等八州兵马。雅州都督一十九州，并生羌、生獠羁縻州，天宝已前，岁时贡奉。又黎州统制羁縻五十五州，皆徼外生獠。松州都督羁縻二十五州，皆招抚生羌。"此云"世袭刺史"，当即羁縻州，如今之土官也。

〔六〕《旧唐书》："贞观元年，左上封生羌酋董屈占等举族内附，复置维州。咸亨二年，刺史董弄招慰生羌，置小封县。又贞观十五年，西羌首领董周贞归化，置彻州。又贞观二十年，松州首领董和那蓬固守松府，特置当州，以蓬为刺史，子屈宁袭。又显庆元年，生羌首领董系比内附，乃置悉州，以系比为刺史。又开元二十八年，析维州置奉州，以董宴立为刺史。天宝元年，改为云山郡，又改为天保郡。乾元元年二月，西山子弟兵马使嗣归成王董嘉俊归附，乃立保州，以嘉俊为刺史。"此云"嗣羌王"，疑即嘉俊也。时吐蕃陷松、维、保三州及云山新筑二城。上云"今城失矣，袭王如故"，以此知其为嘉俊也。"王氏"疑即王承训，时没吐蕃，见《巴蜀安危表》。

〔七〕邛南：注见诗集。

前殿中侍御史柳公紫微仙阁画太乙天尊图文

《魏书·释老志》："道家之源，出于老子。上处玉京，为神王之宗；下在紫微，为飞仙之主。"《长安志》："罗汉寺，在万年县南六十里。终南山石鳖谷有罗汉石洞三。旧图经曰：'本唐紫微宫，天祐初为寺。'"今云"紫微仙阁",殆即紫微宫也。　《隋书》:"众经或言传之神人,篇卷非一,自云天尊,姓乐名静信,例皆浅俗,故世共疑之。"

石鳖老[一],放神乎始青之天[二],游目乎浩劫之家[三],泠泠然御乎风,熙熙然登乎台,进而俯乎寒林,退而极乎延阁[四],见龙虎日月之君[五],亘于疏梁,塞于高壁,骨者鬣者,皙者黝者,视遇之间,若严寇敌者已。伊四司五帝天之徒,青节崇然[六],绿舆骈然[七],仙官洎鬼官,无央数众[八]。阳者近,阴者远,俱浮空不定,目所向如一。盖知北阙帝君之尊,端拱侍卫之内,于天上最尊矣。

已而左玄之属吏[九],三洞弟子某[一〇],进曰:"经始缋事[一一],前柱下史河东柳涉,职是树善,损于而家,忧于而国,剥私室之匮,渴蒸人之安,志所至也。请梗概帝君救护之慈、朝音潮拜之功曰:若人存思我主箓,生之根,死之门,我则制伏妖之兴,毒之腾。凡今之人,反侧未济。柳氏,柱史也,立乎老君之后[一二],获隐默乎?忍涂炭乎?先生与道而游,与学而游,可上以昭太乙之威神于下,下以昭柱史之告诉于上。玉京之用事也,率土之发祥也,恶乎寝而,庸讵仰而?"

先生巍然而一作若往,颓然而止,曰:"噫!夫鸟乱于云,鱼乱于水。是罿弋钩罟削格之智生[一三],是机变缴射攫拾之智极。故自黄帝已下,干戈峥嵘,流血不干,骨蔽平原,乖气横放,淳风不返。虽《书》载'蛮夷率服',《诗》称'徐方大来',许其慕中夏与?夫容成氏、中央氏、尊卢氏一本无此三字辈,结绳而已[一四],百姓至死不相往来,兹茂德困矣。矧贤主趣之而不及,庸主闻之而不晓,浩穰崩蹙,数千古哉!至使世之仁者，蒿目而忧世之患，有是夫！今圣主诛干纪，康大业，物尚疵疠，战争未息，必揆当世之患，日慎一日，众之所恶与之恶，众之所善与之善，敕有司宽政去禁，问疾薄敛，修其土田，险其走集。以此驭贼臣恶一作愚子，自然百祥攻百异有渐。天下汹汹，何其挠哉！已登乎种种之民，舍夫哼哼之意〔一五〕，是巍巍乎北阙帝君者，肯不乘道腴，卷黑簿〔一六〕，诏北斗削死，南斗注生〔一七〕。与夫圆首方足，施及乎蠢蠕之虫，肖翘之物，尽驱之更始，何病乎不得如昔在太宗之时哉！"

　　石鳖老辞毕，三洞弟子某又某，静如得，动如失，久而却走，不敢贰问。

〔一〕《长安志》："石鳖谷，在万年县西南五十五里。"张礼《游城南记》："百塔在梗梓谷口，塔东石鳖谷。"

〔二〕《云笈七签》："三天者，清微天、禹馀天、大赤天是也。天宝君治玉清境，即清微天也，其气始青；灵宝君治上清境，即禹馀天也，其气元黄；神宝君治太清境，即大赤天也，其气玄白。"《洞玄本行经》："五灵玄老君者，玄皇之胤，太清之胄，生于始青天中。"

〔三〕浩劫：注见诗集。

〔四〕《蜀都赋》："结阳城之延阁。"

〔五〕《茅君内传》："句曲山有神芝五种，服之，拜太清龙虎仙君。"

〔六〕《清灵真人裴君传》："仗青旄之节，以周流九宫。"

〔七〕《云笈七签·三道秘言》："太极真君乘玄景绿舆，上诣紫微宫。"

〔八〕《酉阳杂俎》："鬼官有七十五品，仙官二万四千。"《真灵位业图》："鬼官楚严公、赵简子等，见有七十五职。"

〔九〕左玄君：注见《太清宫赋》。

〔一〇〕《云笈七签》："三洞者，洞言通也，其统有三，故曰三洞。第一洞真、第二洞玄、第三洞神。天宝君为洞真教主,灵宝君为洞玄教主,神宝君为洞神教主。"《灵宝经目序》:"元嘉十四年,三洞弟子陆修静,敬示诸道流云云。"

〔一一〕《景福殿赋》:"命共工使作缋。"善曰:"缋,读曰绘,凡画者为绘。"

〔一二〕谓老君尝为周柱下史,柳氏今继其后。

〔一三〕《庄子》注:"削格,所以设罗网者。"

〔一四〕《因提纪》:"容成氏传八世。"中央氏、尊卢氏:俱见《史记》。

〔一五〕种种、啍啍:俱见《庄子》。

〔一六〕注见《太清宫赋》①。

〔一七〕《搜神记》:"北边坐人是北斗,南边坐人是南斗。南斗注生,北斗注死。凡人受胎,皆从南斗过北斗。所有祈求,皆向北斗。"

祭远祖当阳君文_{续添}

维开元二十九年,岁次辛巳月日,十三叶孙甫,谨以寒食之奠,敢昭告于先祖晋驸马都尉、镇南大将军、当阳成侯之灵〔一〕。

初,陶唐出自伊祁〔二〕,圣人之后,世食旧德。降及武库,应乎虬精〔三〕。恭闻渊深,罕得窥测。勇功是立,智名克彰〔四〕。缮甲江陵,浸清东吴〔五〕。建侯于荆,邦于南土。河水活活,造舟为梁〔六〕。洪涛奔汜,未始腾毒。《春秋》主解,稿隶躬亲〔七〕。呜呼笔迹,流宕何人?苍苍孤坟,独出高

---

① "太清宫赋",底本误作"上清宫赋"。

顶〔八〕。静思骨肉,悲愤心胸。峻极于天,神有所降。不毛之地,俭乃孔昭。取象邢山,全模祭<small>侧卖切</small>仲。多藏之戒,焯序前文。

　　小子筑室,首阳之下。不敢忘本,不敢违仁。庶刻丰石,树此大道。论次昭穆,载扬显号。于以采蘩,于彼中园。谁其尸之?有齐<small>壮皆切</small>列孙。呜呼!敢告兹辰,以永薄祭。尚飨!

〔一〕《晋书》:"杜预,字元凯,京兆杜陵人。尚文帝妹高陆公主,袭祖爵丰乐亭侯。羊祜卒,拜镇南大将军,都督荆州诸军事。孙皓平,以功进爵当阳县侯,年六十三卒,追赠征南大将军,开府仪同三司,谥曰成。"

〔二〕《史记》索隐:"帝尧,姓伊祁氏。"

〔三〕《晋书》:"预在内七年,损益万机,朝野称美,号曰杜武库。预在荆州,因燕集,醉卧斋中,外人闻呕吐声,窃窥于户,正见一大蛇垂头而吐,闻者异之。"

〔四〕《晋书》:"襄阳谣曰:后世无叛由杜翁,孰识智名与勇功。"

〔五〕《晋书》:"太康元年,预进攻江陵,克之。沅湘以南,至于交广,吴之州郡,皆望风归命。指授群帅,径进秣陵,所过城邑,莫不束手。"

〔六〕《水经注》:"孟津,亦曰盟津。《晋阳秋》曰:杜预造桥于富平津。所谓造舟为梁也。"《晋书》:"预以孟津渡时有覆没之患,请建河桥于富平津,桥成,帝从百僚临会,举觞属预曰:非君此桥不立也。"

〔七〕《晋书》:"预耽思典籍,为《春秋左氏经传集解》,又参考众家谱第,为之《释例》,又作《盟会图》《春秋长历》。"

〔八〕《晋书》:"预先为遗令曰:'吾往为台郎,尝过密县之邢山,山上有冢,问耕夫,云是郑大夫祭仲,或云子产之冢也。冢居山之顶,四望周远,连山体南北之正而邪东北,向新郑城,意不忘本也。隧道惟塞其后而空其前,示藏无珍宝也。山多美石不用,必集洧水自然之石以为冢藏,贵不劳工巧

1083

也。吾去春入朝,自表营洛阳城东、首阳之南为将来兆域。地中有小山,上无旧冢,虽不比邢山,然东望二陵,西瞻宫阙,南观伊洛,北望夷齐,情之所安也。故遂开隧道南向,仪制取法于郑大夫,欲以俭自完耳。棺器小敛之事,皆称此,子孙一以遵之。'"

祭外祖祖母文 续添

维年月日,外孙荥阳郑宏之、京兆杜甫,谨以寒食庶羞之奠,敢昭告于外王父母之灵。

呜呼!外氏当房—作亡,祭祀无主。伯道何罪,元阳谁抚[一]?缅惟夙昔,追思艰窭。当太后秉柄,内宗如缕。纪国则夫人之门[二],舒国则府君之外父[三]。聿以生居贵戚,衅结狂竖。雌伏单栖,雄鸣折—作析羽。忧心惙惙,独行踽踽。悲夫逝今本缺逝字景,分飞忽间于凤凰;咄彼谗人,有词何今本缺何字异于鹦鹉?

初,我父王之遘祸,我母妃之下室[四]。深狴殊途,酷吏同律。夫人于是今本缺是字布裙扉屦,提饷潜出。昊天不佣,退藏于密。久成凋瘵,溘至终毕。盖乃事存于义阳之诔,名播于燕公之笔[五]。呜呼哀哉!

宏之等从母昆弟,两家因依。弱岁俱苦,慈颜永违。岂无世亲?不如所爱;岂无舅氏?不如所归。誓以偏往,恻恋光辉①。渐积—作渍相勖,居诸造微。幸遇圣主,愿发清机。

---

① "恻恋",宋本《杜工部集》作"测恋"。

1084

以显内外,何当奋飞？洛城之北,邙山之曲。列树风烟,寒泉珠玉。千秋古道,王孙去兮不归；三月清—作晴天,春草萋兮增绿。顷物将牵累,事未遂欲,使泪流顿尽,血下相续者矣。抚奠迟回,炯心依属。庶多载之洒扫,循兹辰之轨躅。

〔一〕《晋书·邓攸传》："天道无知,使邓伯道无儿。"《魏舒传》："舒,字阳元,少孤,为外家甯氏所养。""元阳"当作"阳元"。

〔二〕注详下。

〔三〕钱笺："舒王元名,高祖第十八子。永昌年,与子亶俱为丘神勣所陷,系诏狱。元名坐迁利州,寻被杀。神龙初,诏复官爵,赠司徒。曰'府君之外父'者,盖舒国为府君外王父也,于《赠李乂》诗可考。"

〔四〕谓下请室也。

〔五〕钱笺："纪王慎,太宗第十子。越王贞败,慎亦下狱,改姓虺氏,配流岭表,道至蒲州而卒。慎次子,沂州刺史、义阳王惊等五人,垂拱中并遇害。中兴初,追复官爵。张燕公《义阳王碑》曰：'初,永昌之难,王下河南狱,妃录司农寺,惟有崔氏女屝屦布衣,往来供馈,徒行悴色,伤动人伦,中外咨嗟,目为勤孝。'按,碑则公之外母,纪王之孙、义阳之女也。故曰'纪国则夫人之门',又曰'名播于燕公之笔'也。公母崔氏,此有明征。《范阳太君志》称'冢妇卢氏',其为传写之误无疑矣。燕公《碑》又载：'义阳二子,配在巂州,长曰行远,以冠就戮；次曰行芳,以童当舍。芳啼号抱远,乞代兄死,不见听,固求同尽,西南伤之,称为死悌。季子行休,泣血上请,迎丧远裔,至孝潜通,精魄昭应。'《新书》又载：'纪国之女,适太子司议郎裴仲将。王死,呕血数升,绝膏沐者二十年。王既归葬,一恸而卒。中宗举哀,章善门,下诏褒扬。'勤孝、孝悌,萃于一门,未有如纪国之盛者也,余是以详著之。"

祭故相国清河房公文

房琯事，详诗集注。

维广德元年，岁次癸卯，九月辛丑朔，二十二日壬戌，京兆杜甫，敬以醴酒茶藕莼鲫之奠，奉祭故相国清河房公之灵曰：

呜呼！纯朴既散，圣人又没。苟非大贤，孰奉天秩？唐始受命，群公间出。君臣和同，德教充溢。魏、杜行之，夫何画一。娄、宋继之，不坠故实。百馀年间，见有辅弼。及公入相，纪纲已失。将帅干纪，烟尘犯阙。王风寝顿，神器圮裂。关辅萧条，乘舆播越。太子即位，揖让仓卒。小臣用权，尊贵倏忽〔一〕。公实匡救，忘餐奋发。累抗—作挫直词，空闻泣血。时遭禠疹，国有征伐。车驾还京，朝廷就列。盗本乘弊，诛终不灭。高义沉埋，赤心荡折。贬官厌路，谗口到骨〔二〕。致君之诚，在困弥切。

天道阔远，元精茫昧。偶生贤达，不必际—作济会。明明我公，可去时代。贾谊恸哭，虽多颠沛。仲尼旅人，自有遗爱。二圣崩日，长号荒外。后事所委，不在卧内。因循寝疾，憔悴无悔。矢死泉途，激扬风概。天柱既折，安仰翊戴？地维则绝，安放夹《英华》作挟载？

岂无群彦，我心忉忉。不见君子，逝水滔滔。泄涕寒—作塞谷，吞声贼壕。有车爱送，有绋爱操。抚坟日落，脱剑秋高。我公戒子〔三〕，无作尔劳。敛以素帛，付诸蓬蒿。身瘵万里,家无一毫。数子哀过,他人郁陶。水浆不入,日月其慆。

州府救丧,一二而已。自古所叹,罕闻知己。曩者书札,望公再起。今来礼数,为态至此。先帝松柏,故乡枌梓。灵之忠孝,气则依倚。拾遗补阙,视君所履。公初罢印,人实切齿。甫也备位此官,盖薄劣耳。见时危急,敢爱生死?君何不闻,刑欲加矣。伏奏无成,终身愧耻。

乾坤惨惨,豺虎纷纷。苍生破碎,诸将功勋。城邑自守,鼙鼓相闻。山东虽定,灞上多军。忧恨展转,伤痛氤氲。玄岂正色,白亦不分。培塿满地,昆仑无群。致祭者酒,陈情者文。何当旅榇,得出江云。呜呼哀哉!尚飨。

〔一〕赵次公曰:"'小臣'二语,盖谓李辅国也。"
〔二〕逸曰:谓肃宗入贺兰进明之谮,恶琯贬之,事见《唐书》本传。
〔三〕《唐书》:"琯子孺复,终容州刺史。"

《唐诗纪事》:"司空图曰:子美《祭房太尉文》,太白《佛寺碑赞》,宏拔清厉,乃其歌诗也。"

唐故德仪赠淑妃皇甫氏神道碑

黄曰:"碑云:'自我之西,岁阳载纪。'按《尔雅》:'自甲至癸,为岁之阳。'妃以开元二十三年乙亥薨,至天宝四载乙酉,为岁阳载纪矣,碑当立于是年也。"《东观馀论》:"董君新序称,甫为《淑妃碑》,在开元二十三年,最少作也。予按：是年甫才二十四岁，碑末云云，若其葬年所作，岂得称'白头嵇、阮'与'野老何知'哉？又其铭曰'日居月诸，丘陇荆杞'，'列树拱矣，丰碑阙然'，则其立碑，盖在葬后十年，非皇甫葬时也。"

后妃之制古矣，而轩辕氏、帝喾氏次妃之迹，最有可称，传一作存乎旧史〔一〕，然则其义隐，其文略。《周礼》王者内职大备，而阴教宣。诗人《关雎》，风化之始，乐得淑女。盖所以教本古训，发皇妇道。居具燕寝之仪，动有环佩之节，进贤才以辅佐君子，不淫色以取媚闺房。虽彤管之地，功过必纪；而金屋之宠，流宕一揆。稽女史之华实，嗣嫔则之清高，亦时有其人，伟夫精选。

淑妃讳口字口，姓皇甫氏，其先安定人也。惟卨封商，於赫有光。伊玄祖树德，于今不忘。必宋之子，莫之与比。伊清风继代，惠此馀美。夫其系绪蕃衍，绂冕所兴，列为公侯，古有皇父充石〔二〕，则其宗可知已。夫其体元消息，经术之美，刊正帝图，中有玄晏先生〔三〕，则其家可知已。嗟乎！我有奕叶，承权舆矣。我有徽猷，展肃雍矣。积群玉之气，自对白虹之天〔四〕；生五色之毛，不离丹凤之穴〔五〕。

曾祖烜，皇朝宋州刺史。祖粹，皇朝越州刺史，都督诸军事。父曰休，皇朝左监门卫副率，妃则副率府君之元女也。粤在襁褓，体如冰雪。气象受于天和，诗礼传于胎教〔六〕。故列我开元神武之嫔御者〔七〕，岂易其容止法度哉！今上昔在春宫之日，诏告良家女，择视可否，充备淑哲。太妃以内秉纯一，外资沉静。明珠在蚌，水月鲜白；美玉处石，崖津润泽〔八〕。结褵而金印相辉，同辇而翠旗交影〔九〕。由是恩加婉顺,品列德仪[一〇]。虽掖庭三千,爵秩十四[一一],掩六宫以取俊,超群女以见贤。

岂渥泽之不流,曾是不敢以露才扬己,卑以自牧而已。夫如是,言足以厚人伦、化风俗,弥缝坤载之失,夹辅元亨之求[一二]。呜呼!彼苍也常与善,何有初也不久好,奈何[一三]!况妃亦既遘疾,怗_{音帖,安也}如虑往。上以服事最旧,佳人难得,送药必经于御手,见寝始回乎天步。月氏使者,空说返魂之香[一四];汉帝夫人,终痛归来之像[一五]。以开元二十三年岁次乙亥十月癸未朔,薨于东京某宫院,春秋四十有二。呜呼哀哉!

望景向夕,澄华微阴,风惊碧树,雾重青岑。天子悼履綦之芜绝,惜脂粉之凝冷。下麟凤之银床,到梧桐之金井。呜呼哀哉!厥初权殡于崇政里之公宅,后诏以某月二十七日己酉,卜葬于河南县龙门之西北原,礼也。制曰:"故德仪皇甫氏,赞道中壸,肃事后庭。孰云疾疢,奄见凋落。永言懿范,用怆于怀。宜登四妃之列[一六],式旌六行之美[一七],可册赠淑妃[一八]。丧事所需,并宜官供。河南尹李适之[一九],充使监护。"非夫清门华胄,积行累功,序于王者之有始有卒,介于嫔御之不僭不滥,是何存荣没哀,视有遇之多也!

有子曰鄂王,讳瑶,兼太子太保,使持节幽州大都督事,有故在疢而卒。岂无乐国?今也则亡。匪降自天,云何吁矣[二〇]。有女曰临晋公主,出降代国长公主子荥阳郑潜耀_{一作曜},官曰光禄卿,爵曰驸马都尉[二一]。昔王俭以公主恩,尚帝女为荣[二二];何晏兼关内侯,是亦晋朝归美[二三]。

公主礼承于训,孝自于心,霜露之感,形于颜色;享祀之数,阙于洒扫。尝戚然谓左右曰:"自我之西[二四],岁阳载纪。彼都之外,道里遐绝。圣慈有蓬莱之深,异县有松槚之阻。思欲轻举,安得黄鹄?未议巡豫,徒瞻白云。望阙塞之风烟,寻常涕泗[二五];怀伊川之陵谷,恐惧迁移[二六]。"于是下教邑司,爰度碑版。甫忝郑庄之宾客,游窦主之园林[二七]。以白头之嵇、阮[二八],岂独步于崔、蔡[二九]?而野老何知,斯文见托;公子泛爱,壮心未已。不论官阀,游、夏入文学之科[三〇];兼叙哀伤,颜、谢有后妃之诔[三一]。铭曰:

积气之清,积阴之灵。汉曲回月,高堂丽星。惊涛汹汹,过雨冥冥。洗涤苍翠,诞生娉婷。其一

婉彼柔惠,迥然开爽。绸缪之故,昔在明两。恩渥未渝,康哉大往。展如之媛,孰与争长?其二

珩佩是加,翚褕音遥克备。先德后色,累功居位。壸仪孔修,宫教咸遂。王于奖饰,礼亦尊异。其三

小苑春深,离宫夜逼。花间度月,同辇未饰。池畔临风,焚香不息。呜呼变化,惠好终极。其四

冯相视祲,太史书氛。藏舟晦色,逝水寒文。翠幄成彩,金炉罢熏。燕赵一马,潇湘片云。其五

恍惚馀迹,苍茫具美。王子国除,非他之耻。公主愁思,永怀于彼。日居月诸,丘陇荆杞。其六

岩岩禹凿,渺渺伊川。列树拱矣,丰碑缺然。爰谋述作,欻就雕镌。金石照地,蛟龙下天。其七

少室东立,缭垣西走。佛寺在前,宫桥在后。维山有

麓，与碑不朽。维水有源，与词永久。其八

〔一〕《帝王世纪》："黄帝四妃，生子二十有五人。帝喾四妃，生稷及尧及契。"

〔二〕《左传》："宋武公之世，鄋瞒伐宋，司徒皇父帅师御之，耏班御皇父充石。"注："皇父，戴公子。充石，皇父名。"

〔三〕臧荣绪《晋书》："皇甫谧，字士安，安定朝那人也。年二十，始受书，得风痹疾，犹手不辍卷。举孝廉，不行。又辟著作，不应。自称玄晏先生，后卒于家。"按：谧撰《帝王世纪》十卷、《年历》六卷，故曰"刊正帝图"也。

〔四〕《礼记》："玉气如白虹天也。"

〔五〕注见诗集。

〔六〕《列女传》："太任有娠，目不视恶色，耳不听淫声，口不出傲言。溲于豕牢，而生文王，君子谓能胎教。"

〔七〕《玄宗纪》："开元元年十一月，群臣上尊号曰开元神武皇帝。二十七年二月，群臣上尊号曰开元圣文神武皇帝。"

〔八〕《三辅决录》："孔融见韦元将、仲将，与其父书曰：不意双珠生于老蚌。"《吴都赋》："蚌蛤珠胎，与月亏全。"《文赋》："石韫玉而山辉，水怀珠而川媚。"

〔九〕《后汉·皇后纪论》："六宫称号，惟后、贵人，贵人金印紫绶。"《汉旧仪》："皇后婕妤乘辇，馀皆以茵，四人舆以行。"同辇：注见诗集。

〔一〇〕《通鉴》："上为临淄王也，赵丽妃、皇甫德仪、刘才人皆有宠。"注："帝置六仪，德仪其一也。"杜氏《通典》："唐内官有德仪六人，正二品。"

〔一一〕《后汉·皇后纪论》："孝元之后，世增隆费，至乃掖庭三千，增级十四。"

〔一二〕《易·坤》："君子以厚德载物。""元亨，利牝马之贞。"

〔一三〕此处疑有脱误。

〔一四〕《十洲记》："聚窟洲，在西海中。洲上有大树，与枫木相似，香闻数百里,名为返魂。叩其树,树能自声,声如群牛吼。伐其根心,玉釜中煮,取汁,更微火熟煎之如饴,令可丸,名曰惊精香,或名振灵丸,或名返生香。"《博物志》:"武帝时,月支国王遣使献香四两,大如雀卵,黑如桑椹,云能起夭残之死。始元元年,京城大疫,死者过半,帝取月支神香烧之,死未三日者皆活,香气经三月不歇。乃秘录馀香,一旦失去。此香出聚窟洲人鸟山,山多树,与枫树相似,而香闻数里,名为返魂树。"

〔一五〕《汉·郊祀志》:"齐人少翁,以方见上,上所幸李夫人卒,少翁以方夜致夫人及灶鬼之貌,天子自帷中望见焉。"桓谭《新论》:"武帝思念李夫人不已,有方士齐人李少翁,言能致夫人之魂。及夜,设灯烛于幄帷,令帝居他帐中遥望,见李夫人之貌,婉若生时。"

〔一六〕《史记》索隐:"黄帝立四妃,象后妃四星。"《大戴礼·帝系》:"帝喾卜其四妃之子,皆有天下。"《初学记》:"正嫡曰元妃,以下称次妃。"

〔一七〕晋傅玄《皇后赞》:"明德马后,执履贞素。光崇六行,动遵礼度。"

〔一八〕《唐书》:"唐制:皇后而下,有贵妃、淑妃、德妃、贤妃,是为夫人。"

〔一九〕《唐书》:"开元中,適之擢秦州都督,徙陕州刺史、河南尹。"

〔二〇〕《旧唐书》:"鄂王瑶母皇甫德仪,光王琚母刘才人,皆玄宗在临淄邸以容色见顾,出子朗秀,而母加爱焉。及惠妃承恩,鄂王之母亦渐疏薄。太子瑛、鄂、光王等谓母氏失职,尝有怨望。开元二十五年,鄂王、光王得罪,废。"《通鉴》:"杨洄奏太子瑛与瑶、琚潜构异谋,宣制废为庶人,寻赐死城东驿。瑶、琚好学,有才识,死不以罪,人皆惜之。"

〔二一〕《唐书·公主传》:"代国公主,睿宗女,名华,字华婉,刘皇后所生,下嫁郑万钧。临晋公主,玄宗女,皇甫淑妃所生,下嫁郑潜耀,卒大历时。"《孝友传》:"开元中,代国长公主寝疾,潜耀侍左右,累三月不颒面,尚临晋长公主,历太仆、光禄卿。"独孤及《郑驸马孝行记》:"公肤敏而文,生知纯孝。开元二十八年,尚玄宗第十二女临晋长公主,嗣荥阳郡公,佩金印,列长戟,垂三十载。"

〔二二〕《齐书》:"王俭,父僧绰,嫡母武康公主。丹阳尹袁粲闻俭名,言之于明帝,尚阳羡公主,拜驸马都尉。"

〔二三〕《魏志》:"何晏,大将军进孙,长于宫省,尚金乡公主,得赐爵为列侯。晏与夏侯玄名盛于时,司马师亦预焉。师,即晋景皇帝也。"

〔二四〕自东都归西都。

〔二五〕阙塞:即伊阙,注详诗集。

〔二六〕伊川:在洛阳。

〔二七〕郑庄:注见诗集。《汉·东方朔传》:"初,帝姑馆陶公主,号窦太主,爱叔说董偃白主献长门园,上大悦,主因请上临山林。"应劭曰:"公主园中有山,谦不敢称第,故托山林也。"

〔二八〕嵇康、阮籍。

〔二九〕崔骃、蔡邕。邕集多碑诔,传于世。

〔三〇〕《后汉·郑玄传》:"仲尼之门,考以四科,回、赐之徒,不称官阀。"

〔三一〕颜延之有《宋文元皇后哀册文》,谢庄有《宋孝武宣贵妃诔》。《南史》:"敬皇后迁祔山陵,谢朓撰《哀册文》,齐世莫及。"

唐故万年县君京兆杜氏墓志

甫以世之录行迹、示将来者多矣,大抵家人贿赂,词客阿谀,真伪百端,波澜一揆。夫载笔光芒于金石,作程通达于神明,立德不孤,扬名归实,可以发皇内则,标格女史,窃见于万年县君得之矣。

其先系统于伊祁[一],分姓于唐杜[二],吾祖也,吾知之[三]。远自周室,迄于圣代,传之以仁义礼智信,列之以公侯伯子男,《春秋传》云,穆叔谓之世禄,其在兹乎？曾祖某[四],隋河内郡司功、获嘉县令。王父某[五],皇朝监察御史、洛州巩县令。前朝咸以士林取贵,宰邑成名。考某[六],修文馆学士、尚书膳部员外郎,天下之人谓之才子。兄升,国史有传,缙绅之士谏为孝童[七]。故美玉多出于昆山,明珠必传于沧海。盖县君受中和之气,成肃雍之德,其来尚矣。

作配君子,实为好仇。河东裴君,讳荣期,见任济王府录事参军,入在清通,同行领袖,素发相敬,朱绂有光。县君既早习于家风,以阴教为己任,执妇道而纯一,与礼法而终始,可得闻也。昔舅没姑老,承顺颜色,侍历年之寝疾,力不暇于须臾。苟便于人,皆在于手,泪积而形骸夺气,忧深而巾栉生尘。尊卑之道然,固出自于天性,孝养哀送,名流称仰,允所谓能循法度,则可以承先祖供给祭祀矣。惟其矜庄门户,节制差服,功成则运,有若四时,物或犹乖,匪逾终日。黼画组就之事[八],割烹煎和之宜,规矩数及于亲姻,脱落颇盈于气序。若其先人后己,上下敦睦,县朝涓切馨知归,揖让惟久,在嫂叔则有谢氏光小郎之才[九],于娣姒则有钟琰洽介妇之德[一〇]。周给不碍于亲疏,泛爱无择于良贱。

至如星霜伏腊,轩骑归宁,慈母每谓于飞来,幼童亦生乎感悦。加以诗书润业,导诱为心,遏悔吝于未萌,验是非于往事。内则置诸子于无过之地,外则使他人见贤而思齐。爰自十载以还,默契一乘之理[一一]。绝荤血于禅味,混出处于度门[一二]。喻筏之文字不遗,开卷而音义皆达。母仪用事,家相遵行矣。至于膳食滑甘之美,鞞结缝线之难,展转忽微,欲参谋而县胡涓切解[一三];指麾补合,犹取则于垂成。其积行累功,不为熏修所住着直略切,有如此者。灵山镇地,长吐烟云;德水连天,自浮星象。则其着心定惠,岂近一作遥于扬摧者哉[一四]!

越天宝元年某月八日,终于东京仁风里,春秋若干,示诸生灭相。越六月二十九日,迁殡于河南县平乐乡之原,礼也。呜呼哀哉!琴瑟罢声,蘋蘩晦色,骨肉号兮天地感,中外痛兮鬼神恻。有子,长曰朝列;次朝英,北海郡寿光尉;次朝牧。女长适独孤氏,次阎氏,皆秉自胎教,成于妙年。厥初寝疾也,惟长女在,列一作侧、英、牧或以游以宦,莫获同曾氏之元申,号而不哭,伤断邻里。悠哉少女,未始闻哀,又足酸鼻。呜呼!

县君有语曰:"可以褐衣敛我,起塔而葬。"裴公自以从大夫之后,成县君之荣,爱礼实深,遗意盖阙。但褐衣在敛,而幽隧爰封,其所廞虚金切饰[一五],咸遵俭素。眷兹邑号,未降天书,各有司存,成之不日。呜呼哀哉!

有兄子曰甫,制服于斯,纪德于斯,刻石于斯。或曰:"岂孝童之犹子与,奚孝义之勤若此?"甫泣而对曰:"非敢当是也,亦为报也。"甫昔卧病于我诸姑[一六],姑之子又病,问女巫,巫曰:"处楹之东南隅者吉。"姑遂易子之地以安我。我用是存,而姑之子卒,后乃知之于走使。甫尝有说于人,客将出涕,感者久之,相与定谥曰"义"。君子以为鲁义姑者,遇暴客于郊,抱其所携,弃其所抱,以割私爱[一七],县君有焉。是以举兹一隅,昭彼百行。铭而不韵,盖情至无文。其词曰:"呜呼! 有唐义姑京兆杜氏之墓。"

〔一〕注见前。

〔二〕《左传》:"穆叔如晋,范宣子问曰:'古人有言,死而不朽。昔匄之祖,自虞以上为陶唐氏,在夏为御龙氏,在商为豕韦氏,在周为唐杜氏,晋主夏盟为范氏,其是之谓乎?'穆叔曰:'以豹所闻,此之谓世禄,非不朽也。'"

〔三〕《左传》:"郯子来朝,昭子问曰:'少昊氏以鸟名官,何故也?'郯子曰:'吾祖也,吾知之。'"

〔四〕名无考。

〔五〕名依艺。

〔六〕名审言。

〔七〕事详下篇。

〔八〕《周礼》"典丝":"凡祭祀,供黼画组就之物。"

〔九〕《晋书》:"王凝之妻谢氏,字道韫。献之与客谈,词理将屈,道韫遣婢白献之曰:'欲与小郎解围。'乃施青纱步障自蔽,论献之前义,客不能屈。"

〔一〇〕《晋书》:"王浑妻钟氏,字琰,聪慧弘雅,博览记籍,礼仪法度,为中表所则,适浑,生济。浑弟湛,妻郝氏,亦有德行。琰虽贵门,与郝雅相亲重。郝不以贱下琰,琰不以贵凌郝,时人称钟夫人之礼、郝夫人之法云。"

〔一一〕《法华经》:"十方佛土中,惟有一乘法,无二亦无三,除佛方便说。"

〔一二〕《华严疏钞》:"《贤劫经》中说:佛有八万四千诸度法门,菩萨行时,便能通达诸度法门。"

〔一三〕《庄子》:"古者谓是帝之县解。"郭象曰:"以有系者为县,则无系者县解也。县解,而性命之情得矣。"

〔一四〕二句今本讹缺。

〔一五〕《说文》:"黻,陈舆服于庭也。"《周礼》:"黻大裘。"

〔一六〕黄曰:"'卧病于我诸姑',意公之母早亡,而育于姑也。"

〔一七〕《列女传》:"齐攻鲁,至郊,遥见一妇人携一儿抱一子。及军至,乃弃抱者而抱携者。将欲射之,遂止,而问曰:'所抱者谁之子?'对曰:'兄之子。''所弃者谁之子?'曰:'己子也。'军曰:'何弃所生而抱兄子?'对曰:'子之与母,私爱也;侄之于姑,公义也。背公向私,妾不为也。'齐军曰:'鲁郊有妇人,犹持节行,况朝廷乎?'遂回军不伐。鲁君闻之,赐一束帛,号曰义姑。"

唐故范阳太君卢氏墓志

五代祖柔,隋吏部尚书、容城侯。大父元懿,是渭南尉。父元哲,是庐州慎县丞。维天宝三载五月五日,故修文馆学士、著作郎、京兆杜府君讳某〔一〕之继室,范阳县太君卢氏,卒于陈留郡之私第,春秋六十有九。呜呼!以其载八月旬有一日发引,归葬于河南之偃师。以是月三十日庚申,将入著作之大茔,在县首阳之东原,我太君用甲之穴,礼也。坟南去大道百二十步奇三尺,北去首阳山二里。凡涂车刍灵、设熬置铭之名物〔二〕,加庶人一等,盖遵俭素之遗意。茔内西北去府君墓二十四步,则壬甲可知矣。

遣奠之祭毕,一二家相进曰:"斯至止,将欲启府君之墓门,安灵椟于其右,岂厥饰未具,时不练与?前夫人薛氏之合葬也,初太君令之,诸子受之,流俗难之,太君易之。今兹顺壬取甲,又遗意焉。呜呼孝哉!"孤子登,号如婴儿,视无人色。且左右仆妾,洎厮役之贱,皆蓬首灰心,呜呼流涕,宁或一哀所感,片善不忘而已哉!实惟太君积德以常,临下以恕，如地之厚，纵一作敬天之和，运阴教之名数，秉女仪之标格。呜呼！得非太公之后，必齐之姜乎〔三〕？

薛氏所生子，適丁历切曰某〔四〕，故朝议大夫、兖州司马〔五〕。次曰升《唐书》作并，幼卒，报复父仇，国史有传〔六〕。次曰专，历开封尉，先是不禄。息女，长适钜鹿魏上瑜，蜀县丞。次适河东裴荣期，济王府录事。次适范阳卢正钧，平阳郡司仓参军。呜呼！三家之女，又皆前卒。而某等夙遭内艰，有长自太君之手者。至于昏姻之礼，则尽是太君主之。慈恩穆如，人或不知者，咸以为卢氏之腹生也。然则某等，亦不无平津孝谨之名于当世矣〔七〕。登即太君所生，前任武康尉。二女：曰适京兆王佑，任硖石尉；曰适会稽贺拠，卒常熟主薄。其往也，既哭成位，有若冢妇同郡卢氏当作清河崔氏，介妇荥阳郑氏、钜鹿魏氏〔八〕、京兆王氏，女通诸孙三十人。内宗外宗，寔以疏阔者，或玄纁玉帛，自他日互有所至。若以为杜氏之葬，近于礼而可观，而家人亦不敢以时继年。式志之金石，铭曰：

大君之子，朝议所尊。贵因长子，泽就私门。亳邑之都，终天之地。享年不久，殁而犹视〔九〕。

〔一〕审言。

〔二〕《礼记·舍人》："共饭米，熬谷。"注："熬者，煎谷也。将涂设于棺旁，所以惑蚍蜉不至棺也。"《仪礼》："士丧礼为铭，各以其物。"

〔三〕《韵会》："姜氏封于卢，以国为氏，出范阳。"

〔四〕闲。

〔五〕《旧书·职官志》："朝议大夫，文散官，正五品下阶。"兖州为上州，上州司马,从五品下阶。

〔六〕《旧书·杜审言传》:"审言贬授吉州司户参军,与州僚不协,司马周季重与司户郭若讷,共构审言罪状,系狱,将因事杀之。既而季重等府中酣宴,审言子并年十三,怀刃击之,季重中伤死,而并亦为左右所杀。季重临死曰:'我不知审言有孝子,郭若讷误我至此。'审言因此免官,还东都,自为文祭并,士友咸哀并孝烈,苏颋为墓志,刘允济为祭文。"

〔七〕《汉书》:"公孙弘养后母孝敬,后母卒,服丧三年。元朔中为丞相,封平津侯。"

〔八〕钱笺:"此志代其父闲作也。薛氏所生子,曰闲、曰升、曰专;太君所生,曰登。志云'某等宿遭内难,长自太君之手者',知其代父作也。又曰'升幼卒,专先是不禄',则知闲尚无恙也。黄鹤以为代登作,又疑闲已卒,何不考之甚也!元《志》云'闲为奉天令',是时尚为兖州司马。闲之卒,盖在天宝间,而其年不可考矣。公母崔氏,此云'冢妇卢氏','卢'字误。以《祭外祖祖母文》及张燕公《义阳王碑》考之甚明,而作年谱者曲为之说曰'先生之母微,故没而不书',或又大书于《世系》曰'母卢氏,生母崔氏',其敢为诞妄如此!"按:《志》云"故朝议大夫、兖州司马",犹《汉书·李广传》所云"故李将军",非谓已没也。旧谱殆因"故"字误。但闲时为兖州司马,而《志》《传》俱云"终奉天令"。考奉天为次赤县,唐制:京县令,正五品上阶。闲自兖州司马授奉天令,盖从五品升正五品也。公东郡趋庭之后,闲即丁太君忧,必服阕补此官耳。又按:"卢氏"乃"崔氏"之讹,极有据,但崔之郡望为清河,此曰"同郡",疑并误。

〔九〕潘岳《马汧督诔》:"没而犹眠。"眠,与视同。

后　序

　　杜诗之学，至今日而发明无馀蕴矣。虞山钱宗伯实为首庸，吾友长孺朱子增华加厉，缉诸本之长而芟其芜舛，至鸡林贾人，亦争购其书，呜呼盛矣！乃世传虞山长牋，以说有异同，盛气诋諆。又增删改窜，前后二刻迥别，见者深以为疑。余尝取二本对勘，其中所不合者，惟《收京》《洗兵马》《哀江头》数诗。试平心论之，两京克复，上皇还宫，臣子尔时当若何欢忭？乃逆探移仗之举，遽出诽刺之辞，子美胸中不应峭刻若此。商山羽翼，自为广平；剑阁伤心，非关妃子。斯理不易，何嫌立异？况古人著书，初不以附和为贵。苏颍宾，欧阳公门下士也，而其解《周颂》则极驳时世论之非。蔡九峰传《书》，朱子所命也，而其辨正朔，则明与周七八月、夏五六月相左。当时后世，未闻訾议及之者。盖二公从经籍起见，非有所齮龁而然。故两持之说，各传千古。今之论杜者，亦求其至是而已矣。异己之见，岂所以为罪乎！往方尔止尝语余云："虞山笺杜诗，盖阁讼之后，中有指斥，特借杜诗发之。长孺则锐意为子美功臣，必按据时事，句栉字比，以明核其得失，可谓老不解事，固宜有弹射之及也。"虽然，长孺为少陵老人而得此弹射，其荣多矣。彼听听者，何以为哉！宣州沈寿民书于金坛僧舍。

旧　序

杜工部小集序

（唐）樊晃　润州刺史

工部员外郎杜甫，字子美，膳部员外郎审言之孙。至德初，拜左拾遗，直谏忤旨，左转，薄游陇蜀，殆十年矣。黄门侍郎严武总戎全蜀，君为幕宾，白首为郎，待之客礼。属契阔湮厄，东归江陵，缘沅湘而不返，痛矣夫！文集六十卷，行于江汉之南。常蓄东游之志，竟不就。属时方用武，斯文将坠，故不为东人之所知。江左词人所传诵者，皆公之戏题剧论耳，曾不知君有大雅之作，当今一人而已。今采其遗文，凡二百九十篇，各以事一作志类，分为六卷，且一作直行于江左。君有宗文、宗武，近知所在，漂寓江陵。冀求其正集，续当论次云。

杜工部集序

（宋）王洙　翰林学士

杜甫，字子美，襄阳人，徙河南巩县。曾祖依艺，巩令。祖审言，膳部员外郎。父闲，奉天令。甫少不羁，天宝末献

《三大礼赋》，召试文章，授河西尉，辞不行，改右卫率府胄曹。天宝末，以家避乱鄜州，转陷贼中。至德二载，窜归凤翔，谒肃宗，授左拾遗，诏许至鄜迎家。明年收京，扈从还长安。房琯罢相，甫上疏论琯有才，不宜废免。肃宗怒，贬琯邠州刺史，出甫为华州司功。属关辅饥乱，弃官之秦州，又居成州、同谷，自负薪采梠，铺糒不给。遂入蜀，卜居成都浣花里，复适东川。公适东川，在严武镇成都之后。此四字当删。久之，召补京兆府功曹，以道阻不赴，欲如荆楚。上元二年，闻严武镇成都，自阆挈家往焉。按：子美自阆还成都，武再镇蜀时也。此序误。武归朝廷，甫浮游左蜀诸郡，往来非一。武再镇两川，奏为节度参谋、检校工部员外郎，赐绯。永泰元年夏，武卒。郭英义代武，崔旰杀英义，杨子琳、柏正当作贞，宋本避讳节举兵攻旰，蜀大乱。甫逃至梓州，乱定，归成都，无所依，按：子美避徐知道乱，入梓州。崔旰乱后，自云安寓夔，不复还成都矣。此序亦误。乃泛江游嘉、戎，次云安，移居夔州。大历三年春，下峡至荆南。又次公安，入湖南，溯沿湘流，游衡山，寓居耒阳。尝至岳庙，阻暴水，旬日不得食。耒阳聂令知之，自具舟迎还。五月夏，一夕，醉饱卒，年五十九。观甫诗与唐实录，犹概见事迹，比《新书》列传，彼为舛驳。传云"召试京兆功曹"，而集有《官定后戏赠》诗，注云"初授河西尉，辞，改右卫率府胄曹"。传云"遁赴河西，谒肃宗于彭原"，而集有《喜达行在》诗，注云"自京窜至凤翔"。传云"严武卒，乃游东蜀，依高適，既至而適卒"，据適自东川入朝，拜散骑常侍，乃卒，又集有《忠州闻高常侍亡》诗。传云"扁舟下峡，未维舟而江陵乱，乃游湘衡"，而集有居江陵及公安诗至多。传云"永泰二年卒"，而集有大历五年正月《追酬高蜀州》诗，及别题大历年者数篇。甫集初六十卷，今秘府旧藏、通人家所有称大小集者，皆亡逸之馀，人自编摭，非当时第次矣。搜裒中外书，凡九十九卷。古本二卷，蜀本二十卷，集略十五卷，樊晃序小集六卷，孙光宪序二十卷，郑文宝序少陵集二十卷，别题小集二卷，孙仅一卷，杂编三卷。除其重复，定取千四百有五篇。凡古诗三百九十有九，近体千有六。起太平时，终湖南所作，视居行之次与岁时为先后，分十八卷。又别录赋、笔、杂著二十九篇为二卷，合二十卷。兹未可谓尽，他日有得，尚图益诸。宝元二年十月日。

晁公武曰："本朝自王原叔以后，学者喜观杜诗。世有为之注者数家，率鄙浅可笑。有托原叔名者，其实非也。"吴彦高《东山集》云："今世所注杜诗，乃元祐间秘阁校对黄本，邓忠臣所为，**镂板家标题遂以托名王原叔**。两王公前后《记》，初无一语及注。《后记》又言'如原叔之能文，止作记于后'，则原叔不注杜诗，益可见矣。"

后 记

（宋）王琪 _{姑苏郡守}

　　近世学者争言杜诗，爱之深者，至剽掠句语，迨所用险字而模画之，沛然自以绝洪流而穷深源矣。又人人购其亡逸，多或百馀篇，少数十句，藏弆矜大，复自以为有得。翰林王君原叔尤嗜其诗，家素蓄先唐旧集，及采秘府名公之室，天下士人所有得者，悉编次之，事具于记，于是杜诗无遗矣。子美博闻稽古，其用事，非老儒博士罕知其自出。然讹缺久矣，后人妄改而补之者众，莫之遏也。非原叔多得其真，为害大矣。子美之诗，词有近质者，如"麻鞋见天子"、"垢腻脚不袜"之类，所谓转石于千仞之山，势也。学者尤效之而过甚，岂远大者难窥乎？然夫子之删《诗》也，至于桧曹小国、寺人女子之诗，苟中法度，或取而弦歌。善言诗者，岂拘于人哉？原叔虽自编次，余病其卷帙之多而未甚布，暇日与苏州进士何君瑑、丁君修，得原叔家藏及古今诸集，聚于郡斋而参考之，三月而后已。义有兼通者，亦存而不敢削，阅之者固有浅深也。而又吴江邑宰河东裴君煜取以覆视，乃益精密，遂镂于板，庶广其传。或俾余序于篇者，曰："如原叔之能文称于世，止作记于后，且余安知子美哉？"但本末不可阙书，故概举以附于卷终。原叔之文，今迁于卷首云。嘉祐四年四月望日。

《吴郡志》："嘉祐中，王琪以知制诰守郡，大修设厅，规模宏壮，假省库钱数千缗。厅既成，漕司不肯除破。时方贵杜集，人间苦无全书。琪家藏本雠校素精，即俾公使库镂板，印万本，每本为直千钱，士人争买之。既偿省库，羡馀以给公厨。"《通考》："陈氏曰：按《唐志》，杜甫集六十卷，小集六卷，王洙原叔搜裒中外书，合为二十卷，王琪君玉嘉祐间刻之姑苏。元稹《墓志》附二十卷之末。又有遗文九篇，治平中太守裴煜刊附集外。蜀本大略相同，而以遗文入正集中，则非其旧也。"

成都新刻草堂先生诗碑序

（宋）胡宗愈 知成都府

草堂先生，谓子美也。草堂，子美之故居，因其所居而号之曰草堂先生。先生自同谷入蜀，遂卜居成都浣花江上，万里桥之西，为草堂以居焉。唐之史记，前后抵牾，先生至成都之年月不可考。其后，先生《寄题草堂》云："经营上元始，断手宝应年。"然则先生之来成都，殆上元之初乎？严武入朝，先生送武至巴西，遂如梓州。蜀乱，乃之阆州。将赴荆楚，会武再镇两川，先生乃自阆州挈妻子归草堂。武辟先生为参谋。武卒，蜀又乱。先生去之东川，移居夔州，遂下荆渚，溯沅湘，上衡山，卒于耒阳。先生以诗鸣于唐，凡出处去就，动息劳佚，悲欢忧乐，忠愤感激，好贤恶恶，一见于诗。读之可以知其世，学士大夫谓之诗史。其所游历，好事者随处刻其诗于石，及至成都则阙然。先生之故居，松竹荒凉，略不可记。丞相吕公镇成都，复作草堂于先生之旧址，绘先生之像于其上。宗愈假符于此，乃录先生之诗，刻石置于草堂之壁间。先生虽去此，而其诗之意有在于是者，亦附于后，庶几好事者得以考先生去来之迹云。元祐庚午某月日。

杜工部诗后集序见《临川文集》

（宋）王安石

予考古之诗，尤爱杜甫氏作者。其词所从出，一莫知穷极，而病未能学也。世所传已多，计尚有遗落，思得其完而观之。然每一篇出，自然人知非人所能为，而为之者惟其甫也，辄能辨之。予之令鄞，客有授予古之诗，世所不传者二百馀篇，观之，予知非人所能为，而为之实甫者，其文与意之著也。然甫之诗，其完见于今者，自余得之。世之学者，至乎甫而后为诗不能至，要之不知诗焉尔。呜呼！诗其难，惟有甫哉！自《洗兵马》下，序而次之，以示知甫者，且用自发焉。皇祐壬辰五月日。

《蔡宽夫诗话》:"王原叔本,杜诗辞有两出者,多并存于注。至荆公为《百家诗选》,始参考择其善者,定归一辞。"《王直方诗话》:"荆公编集四家诗,以子美为第一,永叔次之,退之又次之,以太白为下。"

校定杜工部集序见《东观馀论》
（宋）李纲

杜诗旧集,古律异卷,编次失序。余尝有意参订之,特病多事,未能也。故校书郎武阳黄长睿父,博雅好古,工文词,尤笃好公之诗,乃用东坡之说,随年编纂,以古律相参,先后始末,皆有次第。然后子美之出处,及少壮老成之作,粲然可观。盖自开元、天宝太平全盛之时,迄于至德、大历干戈乱离之际,子美之诗凡千四百四十馀篇。其忠义气节,羁旅艰难,悲愤无聊,一寓于此。句法理致,老而益精。时平读之,未见其工。迨亲更兵火丧乱,诵其词,如出乎其时,犁然有当于人心,然后知为古今绝唱也。公之述作,行于世者既不多,遭乱亡逸,加以传写谬误,浸失旧文,乌三转而为焉者,不可胜数。长睿父官洛下,与名士大夫游,裒集诸家所藏,是正讹舛,又得逸诗数十篇参于卷中。及在秘阁,得御府定本,校雠益号精密,非行世者之比。长睿父没十七年,予始见其亲校集二十二卷于其家,朱黄涂改,手迹如新,为之怆然。窃叹其博学渊识,有功于子美之多也。方肃宗之怒房琯,人无敢言,独子美抗疏救之,由是废斥,终身不悔,与阳城之救陆贽何异？然世罕称之者,殆为诗所掩故耶？因序其集而及之,使观者知公遇事不苟,非特言语文章妙天下而已。绍兴六年丙辰正月朔。

严沧浪《诗话》:"'迎旦东风骑蹇驴'决非盛唐人言语。今世俗图画以为少陵诗,渔隐亦辨其非矣,而黄长睿编入杜集,非也。"

杜工部集后记

（宋）吴若 通判建康

右杜集,建康府学所刻版也。初,教授刘常今_旦当兵火瓦砾之馀,便欲刻印此集,府帅端明李公允行之,继而枢密赵公不废其说。未几,赵公移帅江西,常今亦以病丐罢,属府倅吴德充_{公才}、察推王伯言_阊嗣成之,德充、伯言为求工于外邑,付学正张巽、学录李鼎,要以必成。逾半载,教授钱耆明_{寿朋}来,乃克成焉。盖方督府宣司鼎来,百工奔走,趋命不暇。一集之微,更岁历十馀君子始就。呜呼,儒业之难兴如此。常今初得李端明本,以为善,又得抚属姚令威_宽所传故吏部鲍钦止本较定之,末得若本,以为无憾焉。凡称"樊"者,樊晃《小集》也。称"晋"者,开运二年官书本也。称"荆"者,王介甫《四选》也。称"宋"者,宋景文也。称"陈"者,陈无己也。称"刊"及"一作"者,黄鲁直、晁以道诸本也。虽然,子美诗如五谷六牲,人皆知味,而鲜不为异馔所移,故世之出异意、为异说,以乱杜诗之真者甚多。此本虽未必皆得其真,然求不为异者也。他日有加是正者重刻之,学者之所望也。绍兴三年六月日。

今世所传杜集,以若本为最古。若字幼海,钦宗朝除大学正,上书论李邦彦、吴敏奸邪,被斥。见《北盟会编》。

校定集注杜诗序

（宋）郭知达 成都人

杜少陵诗,世号诗史。自笺注杂出,是非异同,多所抵牾。致有好事者掇其章句,穿凿附会,设为事实,托名东坡,刊镂以行,欺世售伪,有识之士,所为浩叹。因辑善本,得王文公安石、宋景文公祁、豫章先生黄庭坚、王原叔洙、薛梦符□、杜时可田、鲍文虎彪、师民瞻尹、赵彦材次公凡九家。属二三士友,各随是非而去取之。如假托名氏,撰造事实,皆删削不载。精其雠校,正其讹舛,大书锓板,置之郡斋,以公其传。庶几便于观览,绝去疑误。若少陵出处大节,史有本传及互见诸家之序,兹不复云。淳熙八年八月日。

严沧浪《诗话》:"旧蜀本杜诗并无注释,但编年而不分古近体,其间略有公自注而已。今之豫章库本,以为翻镇江蜀本,既入杂注,又分古律,其编年亦且不同。近南海漕台刊杜集,亦以为摹蜀本,虽删去假坡注,尚有王原叔以下九家,而赵注比他本最详,皆非蜀旧本也。"《通考》:"陈氏曰：世有称《东坡杜诗故事》者,随事造文,一一牵合,而皆不言其所出,且其词气首末如出一口,盖妄人依托以欺乱流俗者,书坊辄勒入集注中,殊败人意。蜀人郭知达所集《九家注》独削去之,福清曾噩子肃刻板五羊漕司,字大宜老,最为善本。"

杜工部草堂诗笺跋

（宋）蔡梦弼 建安人

少陵先生博极群书，驰骋今古，周行万里，发为歌诗。自唐迄今五百馀年，家传而人诵之。国家设科取士，词赋之后，继之以诗，主司命题，多取是集。惜乎世本讹舛，训释纰谬，有识恨焉。梦弼因博求唐宋诸本，聚而阅之，重复参校，仍用嘉兴鲁氏编次岁月，以为定本。凡所校雠，如唐之樊晃《小集》本，顾陶本，晋开运二年官书本，欧阳永叔、宋子京、王介甫、苏子瞻、陈无己、黄鲁直、王原叔、张文潜、蔡君谟、晁以道诸本，又如宋次道、崔德符、鲍钦止、王禹玉、王深父、薛梦符、薛苍舒、蔡天启、蔡致远、蔡伯世、徐居仁、谢任伯、吕祖谦、高元之、赵子栎、赵次翁、杜修可、杜立之、师古、师民瞻，皆有训解。复参以蜀石碑、诸儒之定本，各因其实而条纪之，以俟博识者决择焉。嘉泰甲子正月榖旦。

唐故检校工部员外郎杜君墓系铭 并序

元稹

　　叙曰：余读诗至杜子美，而知大小之有所总萃焉。始尧舜时，君臣以赓歌相和，是后诗继作，历夏殷周千馀年，仲尼缉拾选练，取其干预教化之尤者三百篇，其馀无闻焉。骚人作而怨愤之态繁，然犹去风雅日近，尚相比拟。秦汉以还，采诗之官既废，天下妖谣民讴、歌颂讽赋、曲度嬉戏之词亦随时间作。至汉武帝赋《柏梁》诗，而七言之体兴。苏子卿、李少卿之徒，尤工为五言，虽句读文律各异，雅郑之音亦杂，而词意简远，指事言情，自非有为而为，则文不妄作。建安之后，天下文士遭罹兵战。曹氏父子鞍马间为文，往往横槊赋诗。其遒壮抑扬、冤哀悲离之作，尤极于古。晋时风概稍存。梁齐之间，教失根本，士子以简慢矫饰、翕习舒徐相尚，文章以风容色泽、放旷精清为高。盖吟写性灵、流连光景之文也，意义格力，固无取焉。陵迟至于梁陈，淫艳刻饰、佻巧小碎之词剧，又宋齐之所不取也。唐兴，学官大振。历世之文，能者互出，而又沈宋之流，研练精切，稳顺声势，谓之为律诗。由是而后，文体之变极焉。然而莫不好古者遗近，务华者去实；效齐梁则不逮于魏晋，工乐府则力屈于五言；律切则骨格不存，闲暇则纤浓莫备。至于子美，盖所谓上薄风雅，下该沈宋，言夺苏李，气吞曹刘，掩颜谢之孤高，杂徐庾之流丽，尽得古人之体势，而兼今人之所独专矣。使仲尼考锻其旨要，尚不知贵其多乎哉！苟以其能所不能，无可无不可，则诗人以来，未有如子美者。是时山东人李白亦以奇文取称，时人谓之李杜。余观其壮浪纵恣，摆去拘束，模写物象，及乐府歌诗，诚亦差肩于子美矣。至若铺陈终始，排比声韵，大或千言，次犹数百，辞气豪迈而风调清深，属对律切而脱弃凡近，则李尚不能历其藩翰，况堂奥乎！予尝欲条析其文，体别相附，与来者为之准，特病懒未就尔。适遇子美之孙嗣业，启子美之柩之襄祔事偃师，途次于荆，雅知余爱言其大父之为文，拜余为志。辞不能绝，余因系其官阀而铭其卒葬云。

系曰：晋当阳成侯姓杜氏，下十世而生依艺，令于巩。依艺生审言，审言善诗，官至膳部员外郎。审言生闲，闲生甫；闲为奉天令。甫字子美，天宝中献《三大礼赋》，明皇奇之，命宰相试文，文善，授右卫率府胄曹。属京师乱，步谒行在，拜左拾遗。岁馀，以直言失官，出为华州司功，寻迁京兆功曹。剑南节度严武状为工部员外郎，参谋军事，旋又弃去。扁舟下荆楚间，竟以寓卒，旅殡岳阳，享年五十有九。夫人弘农杨氏女，父曰司农少卿怡，四十九年而终。嗣子曰宗武，病不克葬，殁，命其子嗣业。嗣业以家贫，无以给丧，收拾乞丐，焦劳昼夜，去子美殁后馀四十年，然后卒先人之志，亦足为难矣。

铭曰：维元和之癸巳，粤某月某日之佳辰，合窆我杜子美，于首阳之山前叶慈邻切。呜呼千载而下，曰此文先生之古坟。

旧唐书·文苑·杜甫传

刘昫

杜甫，字子美，本襄阳人，后徙河南巩县。按：《晋书·杜预传》云京兆杜陵人，又《周书·杜叔毗传》云其先京兆人，徙居襄阳，《唐书·宰相世系表》载襄阳杜氏出自预少子尹。公自称预十三叶孙，其为尹之后明矣。后又自襄阳徙居河南，故公之田园都在巩洛。其族望本出杜陵，故诗每称杜陵野老，《进封西岳赋表》亦云"臣本杜陵诸生"也。曾祖依艺，位终巩令。祖审言，终膳部员外郎，自有传。父闲，终奉天令。甫天宝初当作开元末，应进士不第。《新唐书》："甫少贫不自振，客吴越齐赵间。李邕奇其才，先往见之。举进士，不中第，困长安。"天宝末，献《三大礼赋》，玄宗奇之，召试文章，授京兆府兵曹参军。《新书》："天宝十三载乙未，朝献太清宫，飨庙及郊，甫奏赋三篇。帝奇之，使待制集贤院，命宰相试文章，擢河西尉，不拜，改右卫率府胄曹参军。"按：献赋在天宝十载，《新史》误，辨详文集。十五载，禄山陷京师，肃宗征兵灵武。甫自京师宵遁，赴河西，谒肃宗于彭原，拜右拾遗。《新书》："禄山乱，天子入蜀，甫避走三川。肃宗立，自鄜州羸服欲趋行在，为贼所得。至德二年，亡走凤翔，上谒，拜左拾遗。"按：公自京师西窜，谒肃宗于凤翔。《旧史》误也。房琯布衣时，与甫善。时琯为宰相，请自帅师讨贼，帝许之。是年十月，琯兵败于陈涛斜。明年春，琯罢相，甫上疏，言琯有才，不宜罢免。肃宗怒，贬琯为刺史，出甫为华州司功参军。《新书》："琯败陈涛斜，又以客董庭兰罢宰相。甫上疏，言琯罪细，不宜免大臣。帝怒，诏三司推问。宰相张镐曰：'甫若抵罪，绝言者路。'帝乃解，然自是不甚省录。时所在寇夺，甫家寓鄜，弥年艰窭，孺弱至饿死，因许甫自往省视。从还京师，出为华州司功参军。"按：公之孺弱饿死，乃天宝十四载自京赴奉先时事。若往鄜迎家，则在至德二载。《新史》又误，当以《奉先咏怀》诗正之。时关辅乱离，谷食踊贵。甫寓居成州同谷县。《新书》："关辅饥，辄弃官去客秦州。"自负薪采梠，儿女饿殍者数人。久之，召补京兆府功曹。《新书》："流落剑南，结庐成都西郭。召补京兆司功参军，不至。会严武节度剑南东西川，往依焉。"按：公不赴京兆曹，乃武再帅剑南时也。史亦误，辨详诗集。上元二年冬，当作"广德二年春"。黄门侍郎郑国公严武镇成都，奏为节度参谋、检校尚书工部员外郎，赐绯鱼袋。《新书》："武再帅剑南，表为参谋、检校工部员外郎。"武与甫世旧，待遇甚隆。甫性褊躁，无器度，恃恩放恣。尝凭醉登武之床，瞪视武曰："严挺之乃有此儿！"武虽急暴，不以为忤。《新书》："武外若不为忤，中衔之，一日欲杀甫及梓州刺史章彝，集吏于门。武将出，冠钩于帘三。左右白其母，奔救得止，独杀彝。"按：此说出《云溪友议》，不可信，辨详诗集。甫于成都浣花里种竹植树，结庐枕江，纵酒啸咏，与田夫野老相狎荡，无拘检。严武过之，有时不冠，其傲诞如此。永泰元年夏，武卒，甫无所依。及郭英乂代武镇成都，英乂武人粗暴，无能刺谒，乃游东蜀，依高适。既而适卒。按：适自西川入朝，在严武再镇之前，拜散骑常侍，乃卒。《旧书》误也。宝应元年，避徐知道之乱入梓州，居东川者三年，亦未尝依高适，辨详《年谱》。是岁，崔宁杀英乂，杨子琳攻西川，蜀中大乱。甫以其家避乱荆楚，扁舟下峡，未维舟而江陵乱。《新书》："崔旰等乱，甫往来梓、夔间。大历中，出瞿唐，下江陵。"按：公居江陵及公安颇久，其时江陵无警。《旧书》曰"未维舟"及"江陵乱"者，误也。公尝往来梓、阆间，今云"梓、夔"，《新书》亦误。二史载居夔、下峡事，皆不详。乃溯沿湘流，游衡山，寓居耒阳。甫尝游岳庙，为暴水所阻，旬日不得食。耒阳聂令知之，自棹舟迎甫而还。永泰二年，当作"大历五年"。啖牛肉白酒，一夕而卒于耒阳。《新书》："令尝馈牛肉白酒，大醉，一夕卒。"时年五十有九。子宗武，流落湘湘而卒。元和中，宗武子嗣业自耒阳迁甫之柩，归葬于偃师西北首阳山之前。天宝末诗人，甫与李白齐名，《新书》："甫少与李白齐名，时号李杜。尝从白及高適过汴州，酒酣登吹台，慷慨怀古，人莫测也。"而白自负文格放达，讥甫龌龊，有"饭颗山头"之嘲诮。唐《本事诗》："太白戏杜曰：'饭颗山头逢杜甫，头戴笠子日卓午。借问别来太瘦生，总为从前作诗苦。'盖讥其拘束也。"《酉阳杂俎》："众言李白惟戏杜考功'饭颗山头'之句。白有《祠亭上宴别杜考功》诗。"按："饭颗山头"诗，《太白集》不载，柯古所言，特据流俗传闻。又子美未尝为考功，其诬可不攻而破。刘昫以之入史，谬也。苕溪渔隐亦有辨。元和中，词人元稹论李杜之优劣曰："余读诗至子美云云特病懒未就尔。"自后属文者，以稹论为是。甫有集六十卷。《新书》："甫放旷不自检，好论天下大事，高而不切。数尝寇乱，挺节无所污。为歌诗，伤时挠弱，情不忘君，人怜其忠云。赞云：唐兴，诗人承陈隋风流，浮靡相矜。至宋之问、沈佺期等，研揣声音，浮切不差，而号律诗，竞相袭沿。逮开元时，稍裁以雅正，然恃华者质反，好丽者壮违，人得一概，皆自名所长。至甫，浑涵汪茫，千汇万状，兼古今而有之。他人不足，甫乃厌馀。残膏剩馥，沾丐后人多矣。故元稹谓诗人以来，未有如子美者。甫又善陈时事，律切精深，至千言不少衰，世号诗史。韩愈于文章慎许可，至歌诗独推曰'李杜文章在，光焰万丈长'，诚可信云。"

杜工部年谱

松陵　朱鹤龄　订

睿宗

先天元年壬子 即景云三年。正月改元太极,五月改延和,八月改先天。

公生。 吕汲公《诗谱》云:"墓志、本传皆言公年五十九岁,卒于大历五年庚戌。则当生于是年。"蔡兴宗、鲁訔、黄鹤诸《谱》同。

玄宗

开元元年癸丑 即先天二年,十二月改元。

开元三年乙卯

公《舞剑器行序》云①:"开元三年,余尚童稚,记于郾城观公孙氏舞剑器。"黄鹤曰:"公七岁能诗,则四岁记事,非不能矣。"吕《谱》疑其年必有误,非也。

开元六年戊午

公《壮游》诗云:"七龄思即壮,开口咏凤皇。"又《进雕赋表》云:"自七岁所缀诗笔,向四十载矣,约千有馀篇。"

开元八年庚申

《壮游》诗云:"九龄书大字,有作成一囊。"

开元十四年丙寅

《壮游》诗云:"往昔十四五,出游翰墨场。斯文崔魏徒,以我似班扬。"

开元十九年辛未

---

① "舞剑器行序",底本脱"器"字。

公年二十，游吴越。黄曰："公《进三大礼赋表》云'浪迹于陛下丰草长林，实自弱冠之年'①，则其游吴越，乃在开元十九年。自是下姑苏，渡浙江，游剡溪，久之方归。"按：公《哭韦之晋》诗："凄怆郇瑕邑，差池弱冠年。"又《酬寇侍御》诗："往别郇瑕地，于今四十年。"郇瑕，晋地也。公弱冠之时，尝游晋地。当是游晋后，方为吴越之游也。

开元二十三年乙亥

公自吴越归，赴京兆贡举，不第。黄曰："公本传：'尝举进士不第。'故《壮游》诗云：'归帆拂天姥，中岁贡旧乡。忤下考功第，独辞京兆堂。'按史：唐初，考功郎掌贡举。至开元二十四年，考功郎李昂为举人诋诃，帝以员外郎望轻，徙礼部，以侍郎主之。"则公下考功第，当在二十三年，盖唐制年年贡士也。《选举志》："每岁仲冬，州县馆监举其成者，送之尚书省。"《旧史》云"天宝初应进士不第"，非。

开元二十五年丁丑

公游齐赵。按：《壮游》诗："忤下考功第，独辞京尹堂。放荡齐赵间，裘马颇清狂。"是下第后即游山东之明证，但未详起于何年。今姑依鲁訔、黄鹤诸《谱》。又按《壮游》诗不言游兖州，而《集》中颇多兖州所作，盖兖州与齐州接境，公游齐州，盖在兖州趋庭之后也。

开元二十九年辛巳

公年三十，在东都。是年寒食，祭远祖当阳君于洛之首阳。

天宝元年壬午正月改元。

公在东都。是年，公姑万年县君卒于东京仁风里。六月，还殡河南县，公作墓志。

天宝三载甲申五月改"年"为"载"。

公在东都。五月，公祖母范阳太君卒于陈留之私第。八月，归葬偃师，公作墓志。钱谦益曰："是时太白自翰林放归，客游梁、宋、齐、鲁，相从赋诗，正在天宝三、四载间。按：旧谱谓开元二十五年，公从高适、李白过汴州，登吹台怀古。以《寄李十二白》诗证之，其谬信矣。"

---

① "进三大礼赋表"，底本脱"三"字。

天宝四载乙酉

公在齐州。是年,撰《皇甫淑妃神道碑》。夏,陪李北海邕宴历下亭。钱曰:"高适、李白俱有赠邕诗,当是同时。白有《鲁郡石门别杜二甫》诗,或四、五载之秋也。"

天宝五载丙戌

公归长安。黄曰:"《壮游》诗:'放荡齐赵间,裘马颇清狂。快意八九年,西归到咸阳。'则归京师在天宝四、五载。"

天宝六载丁亥

公应诏退下,留长安。元结《谕友》文云:"天宝六载,诏天下有一艺诣毂下。李林甫命尚书省试,皆下之。遂贺野无遗贤。"时公与结皆应诏而退。

天宝七载戊子

公在长安。

天宝八载己丑

公在长安,间至东都。公《洛城北谒玄元庙》诗云:"五圣联龙衮。"唐史,加五帝"大圣"字,在八载闰六月,可证是年公又在东都。

天宝九载庚寅

公在长安。

天宝十载辛卯

公年四十,在长安,进《三大礼赋》。玄宗奇之,命待制集贤院。鲁訔曰:"公奏《三大礼赋》,史、集皆以为十三载。按《帝纪》,十载行三大礼,十三载未尝郊。况表云'臣生长陛下淳朴之俗,行四十载矣',故知当在今岁。"是年,作《秋述》。

天宝十一载壬辰

公在长安,召试文章,送隶有司,参列选序。

天宝十二载癸巳

公在长安。

天宝十三载甲午

公在长安。黄曰:"是年进《封西岳赋》。"

天宝十四载乙未

授河西尉,不拜,改右卫率府胄曹参军。十一月,往奉先。

鲁曰:"公在率府,其家先在奉先。《诗史》云:蓟北反书未闻,公已逸身畿甸。"

肃宗

至德元载丙申即天宝十五载。七月,肃宗即位灵武,改元。

五月,自奉先往白水,依舅氏崔少府。六月,又自白水往鄜州。闻肃宗即位,自鄜羸服奔行在,遂陷贼中。

至德二载丁酉

四月,脱贼,谒上凤翔,拜左拾遗。疏救房琯,上怒,诏三司推问。宰相张镐救之,获免。八月,墨制放还鄜州省家。十月,上还西京,公扈从。是年六月一日,有《奉谢口敕放三司推问状》,又有《同遗补荐岑参状》。

乾元元年戊戌二月改元,复以"载"为"年"。

任左拾遗。六月,出为华州司功。冬晚,离官,间至东都。

是年十月,有《为华州郭使君进灭残寇形势图状》,有《试进士策问五首》。

乾元二年己亥

春,自东都回华州。关辅饥。七月,弃官西去,度陇客秦州,卜西枝村置草堂,未成。十月,往同谷,寓同谷不盈月。十二月,入蜀,至成都。

上元元年庚子闻四月改元

公在成都,卜居浣花溪。是年,营草堂,公诗所云"经营上元始"是也。又云"频来语燕定新巢",则三月堂成。

上元二年辛丑九月,去年号,止称元年,以十一月为岁首,以斗所建辰为名。

公年五十，居成都草堂。间至蜀州之新津、青城。按：公赴青城，黄《谱》编上元元年，鲁《谱》编上元二年，以《寄杜位》诗考之，疑鲁是。是年秋作《唐兴县客馆记》。

代宗

宝应元年壬寅建巳月，代宗即位，改元，复以正月为岁首，建巳月为四月。

公居成都草堂。七月，送严武还朝，到绵州。未几，西川兵马使徐知道反，因入梓州。冬，复归成都，迎家至梓。十二月，往射洪南之通泉，皆梓属邑。或曰：《新书》本传"游东蜀，依高适"当在此时，严武入朝之后。按：严武还朝，适领西川节度，公方携家往东川，其时并无一诗与之，不得云"依高适"也。公在梓州，最善留后章彝。彝为留后，可知适未尝兼领东川，而谓之依适，可乎？是年建巳月，公上严武《说旱》。

广德元年癸卯七月改元。

公在梓州。春，间往汉州。秋，往阆州。冬晚，复回梓州。是岁，召补京兆功曹，不赴。按：鲁、黄《谱》俱云"是年春，公尝暂至绵州"，以《惠义寺送辛员外》诗有"直到绵州始分手"之句。而《惠义寺》以下诸作皆逸诗也，未可深信，今削而不书。又按：公补京兆功曹，蔡兴宗、赵子栎、鲁訔、黄鹤诸《谱》俱编广德元年，盖以《别马巴州》诗注为据。惟《新唐书》本传与王原叔集注谓公不赴功曹，在严武初镇成都之时，恐非。辨详诗集注。是年有《为阆州王使君进论巴蜀安危表》。九月，有《祭房相国文》。

广德二年甲辰

春，复自梓州往阆州。严武再镇蜀，春晚，遂归成都草堂。六月，武表为节度参谋、检校工部员外郎，赐绯鱼袋。是年上武《东西两川说》。

永泰元年乙巳正月改元。

正月，辞幕府，归草堂。四月，严武卒。五月，遂离蜀南下，自戎州至渝州。六月，至忠州。秋，至云安，居之。

大历元年丙午十一月改元。

春，自云安至夔州，居之。秋，寓西阁。是年有《为夔府柏都督谢上表》。

大历二年丁未

公在夔州。春，迁居赤甲。三月，迁瀼西。秋，迁东屯。未几，复自东屯归瀼西。

大历三年戊申

正月，去夔出峡。三月，至江陵。秋，移居公安。冬晚，之岳州。

大历四年己酉

正月，自岳州之潭州。未几，入衡州。夏，畏热，复回潭州。是年，公自潭之衡，诸《谱》皆同。按：公有《衡州送李勉》及《回棹》二诗，当是其年尝间至衡州，不久复回长沙也。钱曰："秋，欲适汉阳。暮秋，欲归秦，皆不果。自是率舟居。"

大历五年庚戌

公年五十九。春，在潭州。夏四月，避臧玠乱，入衡州。欲如郴州依舅氏崔伟，因至耒阳，卒。《传》云："啖牛肉白酒，一夕而卒于耒阳。"按：《旧书》本传云："其孙嗣业自耒阳迁甫之柩，归葬偃师。"《寰宇记》载杜甫坟在耒阳县北二里。则公之卒在耒阳，审矣。惟元微之《志》云："竟以寓卒，旅殡岳阳。"与本传异，遂启后人之疑。按《说文》"殡者，死在棺，将迁葬，柩宾遇之"，此云"旅殡"，当是卒于耒阳，迁柩岳阳，后乃归葬偃师也。吕汲公《诗谱》谓是年夏还襄汉，卒于岳阳。鲁訔、黄鹤诸《谱》谓卒于潭岳之交，秋冬之际。其说皆未可信，辨详诗集。

年谱终

《国学典藏》丛书已出书目

周易 [明] 来知德 集注
诗经 [宋] 朱熹 集传
尚书 曾运乾 注
周礼 [清] 方苞 集注
仪礼 [汉] 郑玄 注 [清] 张尔岐 句读
礼记 [元] 陈澔 注
论语·大学·中庸 [宋] 朱熹 集注
孟子 [宋] 朱熹 集注
左传 [战国] 左丘明 著 [晋] 杜预 注
孝经 [唐] 李隆基 注 [宋] 邢昺 疏
尔雅 [晋] 郭璞 注
说文解字（繁/简）[汉] 许慎 撰

战国策 [汉] 刘向 辑录
　　　　[宋] 鲍彪 注 [元] 吴师道 校注
国语 [战国] 左丘明 著
　　　[三国吴] 韦昭 注
史记菁华录 [汉] 司马迁 著
　　　　　　[清] 姚苎田 节评
徐霞客游记 [明] 徐弘祖 著

孔子家语 [三国魏] 王肃 注
　　　　（日）太宰纯 增注
荀子 [战国] 荀况 著 [唐] 杨倞 注
近思录 [宋] 朱熹 吕祖谦 编
　　　　[宋] 叶采 [清] 茅星来 等 注
传习录 [明] 王阳明 撰
　　　（日）佐藤一斋 注评
老子 [汉] 河上公 注 [汉] 严遵 指归
　　　[三国魏] 王弼 注
庄子 [清] 王先谦 集解
列子 [晋] 张湛 注 [唐] 卢重玄 解
　　　[唐] 殷敬顺 [宋] 陈景元 释文
孙子 [春秋] 孙武 著 [汉] 曹操 等注

墨子 [清] 毕沅 校注
韩非子 [清] 王先慎 集解
吕氏春秋 [汉] 高诱 注 [清] 毕沅 校
管子 [唐] 房玄龄 注 [明] 刘绩 补注
淮南子 [汉] 刘安 著 [汉] 许慎 注
金刚经 [后秦] 鸠摩罗什 译 丁福保 笺注
维摩诘所说经 [后秦] 鸠摩罗什 译
　　　　　　　[后秦] 僧肇 等 注
楞伽经 [南朝宋] 求那跋陀罗 译
　　　　[宋] 释正受 集注
坛经 [唐] 惠能 著 丁福保 笺注
世说新语 [南朝宋] 刘义庆 著
　　　　　[南朝梁] 刘孝标 注
山海经 [晋] 郭璞 注 [清] 郝懿行 笺疏
颜氏家训 [北齐] 颜之推 著
　　　　　[清] 赵曦明 注 [清] 卢文弨 补注
三字经·百家姓·千字文
　　　　　[宋] 王应麟等 著
龙文鞭影 [明] 萧良有等 编撰
幼学故事琼林 [明] 程登吉 原编
　　　　　　　[清] 邹圣脉 增补
梦溪笔谈 [宋] 沈括 著
容斋随笔 [宋] 洪迈 著
困学纪闻 [宋] 王应麟 著
　　　　　[清] 阎若璩 等注

楚辞 [汉] 刘向 辑
　　　[汉] 王逸 注 [宋] 洪兴祖 补注
曹植集 [三国魏] 曹植 著
　　　　[清] 朱绪曾 考异 [清] 丁晏 铨评
陶渊明全集 [晋] 陶渊明 著
　　　　　　[清] 陶澍 集注
王维诗集 [唐] 王维 著 [清] 赵殿成 笺注
杜甫诗集 [唐] 杜甫 著 [清] 钱谦益 笺注

杜甫全集 [唐]杜甫 著 [清]朱鹤龄 辑注
李贺诗集 [唐]李贺 著 [清]王琦等 评注
李商隐诗集 [唐]李商隐 著
　　　　　　[清]朱鹤龄 笺注
杜牧诗集 [唐]杜牧 著 [清]冯集梧 注
李煜词集（附李璟词集、冯延巳词集）
　　　　　　[南唐]李煜 著
柳永词集 [宋]柳永 著
晏殊词集·晏幾道词集
　　　　　　[宋]晏殊 晏幾道 著
苏轼诗集 [宋]苏轼 著 [清]纪昀 评
苏轼词集 [宋]苏轼 著 [宋]傅幹 注
黄庭坚词集·秦观词集
　　　　　　[宋]黄庭坚 著 [宋]秦观 著
李清照诗词集 [宋]李清照 著
辛弃疾词集 [宋]辛弃疾 著
纳兰性德词集 [清]纳兰性德 著
六朝文絜 [清]许梿 评选
　　　　　　[清]黎经诰 笺注
古文辞类纂 [清]姚鼐 纂集
乐府诗集 [宋]郭茂倩 编撰
玉台新咏 [南朝陈]徐陵 编
　　　　　　[清]吴兆宜 注 [清]程琰 删补
古诗源 [清]沈德潜 选评
千家诗 [宋]谢枋得 编
　　　　　　[清]王相 注 [清]黎恂 注
瀛奎律髓 [元]方回 选评
花间集 [后蜀]赵崇祚 编 [明]汤显祖 评
绝妙好词 [宋]周密 选辑
　　　　　　[清]项絪 笺 [清]查为仁、厉鹗 笺

词综 [清]朱彝尊 汪森 编
花庵词选 [宋]黄昇 选编
阳春白雪 [元]杨朝英 选编
唐宋八大家文钞 [清]张伯行 选编
宋诗精华录 [清]陈衍 评选
古文观止 [清]吴楚材 吴调侯 选注
唐诗三百首 [清]蘅塘退士 编选
　　　　　　[清]陈婉俊 补注
宋词三百首 [清]朱祖谋 编选
文心雕龙 [南朝梁]刘勰 著
　　　　　　[清]黄叔琳 注 纪昀 评
　　　　　　李详 补注 刘咸炘 阐说
诗品 [南朝梁]钟嵘 著
　　　　　　古直 笺 许文雨 讲疏
人间词话·王国维词集 王国维 著

戏曲系列

西厢记 [元]王实甫 著 [清]金圣叹 评点
牡丹亭 [明]汤显祖 著
　　　　　　[清]陈同 谈则 钱宜 合评
长生殿 [清]洪昇 著 [清]吴人 评点
桃花扇 [清]孔尚任 著
　　　　　　[清]云亭山人 评点

小说系列

封神演义 [明]许仲琳 编 [明]钟惺 评
儒林外史 [清]吴敬梓 著
　　　　　　[清]卧闲草堂等 评
聊斋志异 [清]蒲松龄 著
　　　　　　[清]何守奇等 评

部分将出书目

公羊传	后汉书	日知录	李白全集	明诗别裁集
穀梁传	三国志	文史通义	孟浩然诗集	清诗别裁集
史记	水经注	心经	白居易诗集	博物志
汉书	史通	文选	唐诗别裁集	温庭筠诗集